Dear Natasha

дорогая наташа

Josep Daniel Llopis

Para Claudia, un placer conocerte,
espero que disfrutes el libro y
me cuentes si te ha gustado

Dear Natasha

Dear Natasha

Como Dionisio y Ariadna, estamos predeterminados por nuestro destino y nuestro final, necesitamos amar y ser amados.

Muchas veces las consecuencias son las que son, por mucho que miremos al pasado, siempre nos recordara que fue el pasado, siendo el presente y el futuro el nuevo desafío.

Título: Dear Natasha
Autor: Josep Daniel Llopis

ISBN: 9798821972071

@JosepDanielLlopis / Josep Daniel Llopis

@JosepDanielLLo1

Para mis soles que son Sylviane y María

Dear Natasha

Prologo

Voy a contar una historia heredada que ha marcado mi ser y ha descubierto facetas de mi personalidad que no conocía, historia entre dos personas que han significado mucho en mi vida, aunque las estoy descubriendo en estas líneas y en cada tecla que pulso, descubriendo lo difícil que tuvo que ser para ellos en aquellos momentos y las decisiones que tuvieron que tomar en cada instante, pero que han definido quien soy yo, ahora, como consecuencia o final de esta historia entre Natasha y Juan. Siendo el producto del cruce de sus destinos, pero con espíritu independiente y solitario. Prometo ser fiel a los hechos y explorar mi pasado con el que lea esta historia, ya que aún estoy conociendo a Juan y Natasha, aunque son una parte importante de mi vida y sin ellos yo no existiría. Siendo con este relato el notario de lo que sucedió y el biógrafo de una vida no vivida, siendo testigo de los hechos y siendo también el hecho, reviviendo aquella historia que tantas veces he escuchado en las largas noches de invierno. Me limitare a contarla y espero tener suerte.

No nos damos cuenta cuando brilla el sol, estamos delante de él y no podemos verlo, es un reflejo lejano que no podemos ver, las circunstancias ocultan el sol y no podemos ver más allá de nuestros límites del dolor, cegando cualquier posibilidad de solución o encontrar cualquier camino. En esos momentos, el dolor se expresa de forma más intensa y pierdes la palabra por completo, las ganas de vivir y de seguir a delante. La vida es una consecución de barreras que tenemos que pasar..., aunque sea un comienzo deprimente, lo que estoy intentando de escribir es totalmente diferente, pero no se me había ocurrido otro comienzo como este, cuando empiezas a escribir delante de una página en blanco, es difícil elegir un comienzo adecuado, ya que las primeras líneas son cruciales para que el lector tenga algún tipo de interés en lo que escribes y siga tu historia, en definitiva, mi historia acerca de los acontecimientos que pasaron y están pasando.

Volviendo al lado oscuro, todos hemos sentido esa sensación en algún momento, el desconcierto nos gobierna y nos vemos perdidos, en mi caso en una mar de letras, siempre he superado estas situaciones, leyendo, algunos les dan, por comer u otras cosas, a mí, personalmente me da por leer, me veo reflejado en los libros y cada historia que leo, veo una analogía con lo que me está pasando, no sé si a ti, te pasara lo mismo. Es como si el personaje del relato tuviera algo de mí, como si sus experiencias en ese mismo momento tuvieran que ver conmigo, un poco raro. !!!no crees!!!

Toda mi vida he leído mucho, desde muy pequeño ya leía novelas de adulto a una temprana edad, me sumergía en sus historias, disfrutaba leyendo y aun lo hago, me siento el protagonista y comparto sus experiencias y vivencias ficticias, placer que nunca voy a perder, por muchos años que pase.

La mente humana es compleja, hay más de cientos de estudios sobre la mente humana, de sus peculiaridades, algunos son complementarios y otros son totalmente antagónicos, hasta en eso no nos ponemos de acuerdo el ser humano, pero lo que si estamos todos unánimes es que es un órgano complejo y difícil de arreglar, esto no es un apéndice que se extirpa y ya está, !qué va!, es algo más delicado y complejo, nuestras limitaciones y fobias nos definen, nos forjan como personas y definen nuestro ser, somos lo que hacemos o lo que no podemos hacer, gran dilema el hacer o no hacer, el mover ficha, porque no sabemos si con el movimiento vamos a tener éxito o no. Ese es el verdadero problema, el miedo nos consume en ese momento y no podemos hacer más que lo que hacemos, luego está claro los arrepentimientos y *"yo hubiera podido hacer aquello u lo otro"*, palabras vacías que en ese momento no sirven de nada. Pero ya da igual en esos momentos, como se dice el mal o el bien ya está hecho y no se puede volver atrás en el tiempo.

¿Por qué?, en un momento acertamos de pleno y en otros no, cual es la barita mágica o la piedra angular que encaje con el problema, ninguno lo sabe, muchas veces haciendo las mismas cosas tenemos éxito y en otras ocasiones fracasamos estrepitosamente, por lo que el éxito o el fracaso está condicionado por los factores que nos rodean y las situaciones que tenemos, ¿es justo?, cuando fracasamos, no, pero cuando la situación se arregla nos da igual, como fue el desenlace.

Independientemente y por norma general, mantener anclas en situaciones terminadas nunca es bueno, no nos hace avanzar y nos encontrarnos estancado, como decía al principio, no ver el sol que tenemos delante, cuando una cosa termina, ya ha terminado, pero nos ofuscamos en encontrar una solución a nuestro problema, ese *"aún tiene solución"*, una forma de remediar lo ocurrido con discursos interminables o cartas que nunca llegaran al destinatario.

Creo, es una opinión, está claro que completamente personal, abierta al posible lector de estas líneas, que lo que intentamos en poner orden en nuestro interior, justificar de alguna forma lo ocurrido, enajenarnos del problema, hacernos quedar bien delante de una problemática situación, que en ese momento tenemos delante y nos está consumiendo vivos, en el caso de ser la víctima, totalmente justificado, pero en otros, es pura autodefensa, si no de lo contrario se caería dentro del agujero de la culpabilidad, siendo humano y compresible, aunque no para la víctima, eso está claro.

Hay personas que tienen el superpoder de ser inmunes a los victimismos o la falta de conciencia, sus acciones, por ridículas que sean, son espontaneas, sean correctas o no, no miran las consecuencias que puedan causar, como observadores de su propio espectáculo, en cierta forma les tengo envidia, porque son libres de culpabilidades y libres de responsabilidades, siendo la mayor parte del tiempo los responsables de los males originados.

Aunque en el fondo saben que las malas acciones que han hecho, pero creen que fue lo correcto y justo. Otro sentimiento egoísta de autoprotección, para no caer en el rol de víctima. He vuelto a mi lado más oscuro, rompiendo una lanza a favor del ser humano, tiene cosas increíbles, como la inventiva, talento, la creatividad, esas pequeñas cosas que nos diferencian del resto de las otras especies, que nos hace únicos y especiales. En definitiva, es lo que quiero expresar en mi relato posterior, con la historia de Natasha y Juan o Juan y Natasha, siendo complementos y justificación de mi ser.

Natasha era una mujer joven nacida en el estado de Tennessee, de padre de origen ucraniano, ortodoxo y de madre irlandesa, católica, una buena mezcla, ¿tú que crees? Natasha, quedo huérfana de padre, a una edad muy joven, debido a que su padre murió en un accidente de trabajo en la explotación de una mina de carbón, su madre, aun joven tuvo que vivir como pudo, ya que lo perdió todo, tras la muerte de su marido, haciendo frente a numerosas deudas y una niña pequeña. A la mayoría de edad, Natasha perdió a su madre de un tumor cerebral, quedándose sola en el mundo, siendo recogida por la hermana de su madre que vivía en Virginia.

Al final, Natasha honro a su madre licenciándose en la universidad y consiguiendo todo aquello que ella quería, pero el sentimiento de culpabilidad por la pérdida de sus padres era enorme, es curioso que la misma cosa que nos hace movernos hacia delante para conseguir lo que deseamos, nos hace desdichados, la conciencia o el sentimiento de culpa, sabes que no eres responsable de ello, pero te sientes igual de culpable. Por otra parte, Juan, ese don Quijote científico que se enfrenta a los molinos y su pasión lo convierte en su oficio, en su medio de vida, con las cabeza en las nubes, pero los pies en el suelo, apasionado, pero a la vez realista, ese Juan que tanto admiro y respeto. Pero por su pasión y sus actos, también se ve atrapado en esta telaraña tejida por la culpabilidad, en esos casos un Juan fuerte y decidido se convierte en débil, un títere en las manos del destino, donde las fuerzas le abandonan y deja surgir "la culpa", como una corriente eléctrica. Juan y Natasha, Natasha y Juan, dos partes de mi binomio, dos ecuaciones que resuelven mi ecuación, futuro y pasado, mezclándose y transformándose en presente, o presente caducando y transformándose en pasado, en cada tic de reloj, como los granos de arena que se mueven al azar por el viento.

Según los conceptos cristianos, la culpa se traduciría como una deuda con dios, una falta por no hacer bien las cosas, o según los mandatos divinos y la cultura cristiana, los seres humanos hemos explotado el sentimiento de culpa en todos los ámbitos, transcendiendo de lo divino a lo terrenal, emergiendo el sentimiento de una forma colectiva o individual, arraigando en el corazón del que la padece. El culpable puede ser por voluntad propia o impuesto por otros, sentirse o ser acusado de ella, independiente del medio que la adquirido, sigue siendo perjudicial y dañina quien la padece, pasando la redención por uno mismo, nunca al criterio de los otros.

El más extenso de los usos de la culpa ha sido el servilismo de las clases bajas con las clases altas, el cristianismo ha explotado esto a su servicio, con una legión de sacerdotes en las capas más altas y el pueblo o el rebaño, bajo el mandato de esta clase privilegiada.

Pero la culpa que se trata en este texto es más mundana, más simple, más terrenal, de carácter personal, donde el culpable de forma voluntaria se siente como tal, donde como una espiral no puede salir, de ese círculo de culpabilidad, una culpa entre dos, más íntima, Natasha y Juan, que, siendo inocente de todo, el sentimiento de culpabilidad, principalmente con su madre en caso de Natasha, hace que su tormento sea interminable, pero al mismo tiempo, es la razón que la hace mover hacia el logro personal, licenciándose en la universidad.

Umberto Eco en su libro ***"El Péndulo de Foucault"*** hace una analogía del fantasma de las letras, cuando el protagonista, juega con las letras tecleadas desde el ordenador, compara ese juego, con el carácter efímero de las mismas, como son de variables a borrarse o cambiar una letra y tener un significado totalmente diferente. Un pensamiento puede ser eliminado de la pantalla con un simple movimiento de dedos, dejando el espacio que antes ocupaba y ahora es el más inmenso vacío.

La culpabilidad causa esos efectos secundarios, tiene la facultad de borrar pensamiento por otros, ocupando posiciones que no tenía que ocupar e invadiendo sitios que nunca hubiera de haber entrado, donde en el pasado, un sentimiento de felicidad ocupaba todo el espacio, ahora es tristeza y pensamientos recurrentes, pensamientos que al igual que las letras de Umberto, cambia al gusto de la culpabilidad creciente.

¿Cuál fue el sentimiento Natasha tras la muerte de sus seres queridos?, ¿qué desolación le embargo?, llorando por la pérdida del ser querido que ya no volvería a ver y galopando hacia un dolor insoportable que la hacía enmudecer, el dolor enmudece y ciega, ese es su efecto más inmediato.

Cuestiones que intentare explicar a lo largo de mi relato desde mi perspectiva y de forma objetiva, pero sin dejar a Natasha y Juan.

Con cariño y con todo mi corazón para Natasha Shevchenko y Juan Morant

Atentamente vuestro hijo,

Philip Morant Shevchenko

Capítulo 1

"Todos estamos marcados por las decisiones que tomamos y en ocasiones hay caminos de no retorno, donde nada volverá a ser como era"

Barcelona, 23 de Abril 2042

En frente de este papel en blanco e inmaculado y sentado en mi escritorio, me dispongo a contar una historia, que en cierta forma es la mía, juego con el bolígrafo mientras pienso y recuerdo aquel momento, donde tantas veces Natasha me conto cuando era pequeño, donde estaba a punto de empezar algo nuevo, muchos años atrás, dejar todo lo que conocía y embarcarse en algo nuevo, que marcaría su vida y tomaría un rumbo diferente, debido a que semanas anteriores estuvo pensando en hacer ese salto y cambiar, pero aquella mañana de hace muchos años, ya lo tenía claro, según me relato tantas veces y como una imprenta a fuego se me quedo en mi memoria desde mi infancia, ya que también es el comienzo de mi historia...

Natasha

Los cambios de la vida son insospechados, un día lo encuentras en una situación y al poco, da un giro de 180 grados. Siempre he pensado o creía pensar, que todo sería igual y constante, pero mi vida nunca ha sido de ese modo, siempre he envidiado aquellos que todo lo tenían preprogramado, ahora de repente estoy haciendo planes otra vez, Natasha, *"c'est la vie"*.

Ese día, me levante menos pensativa que otros días, dentro de mí, algo había hecho un clic, esa sensación de que todo cobraba sentido y que un nuevo futuro delante de mí se abría ante mis ojos, por fin había encontrado una solución o al menos yo creía que la había encontrado.

Toda la pasada noche, había estado pensando en una idea que ocupaba toda mi mente, bueno varias a la vez, llegue a la conclusión que tenía que hacer una parada en mi vida y empezar de nuevo, al fin y al cabo, esta situación estaba angustiando y era momento de emprender un nuevo camino.

A lo largo del año, había pasado por situaciones difíciles e incluso traumáticas, pero aquí me tienes viva y coleando, en este preciso momento mirando la ventana de mi habitación como entra el sol entre las cortinas, que estaba convencida, de que mi sitio no estaba en Estados Unidos, como el título de aquella película, "*No Country for Old Men*", por ese motivo iba a reservar un billete de avión, iba aceptar el trabajo de Suecia, decidido, estaba mañana haría las dos cosas, no había vuelta atrás.

Mi amiga, me ha contado maravillas de ese país, aunque según ella no había estado nunca en él, por lo tanto, creo que promete y le voy a dar una oportunidad, ¡!! a ya voy Suecia !!!, además, mi amiga conocía personalmente a mi posible nuevo jefe, que también es estadounidense, el cual, según ella, había conocido en algún seminario en la universidad. Curiosa como soy, mire su perfil en la página web de la organización y no está del todo mal, será posible, pensando en eso en estos momentos, pero ya dice el refrán, "*una mancha de frambuesa se quita con otra*", ya veremos qué pasa.

Susan, es una maravilla de persona, me ha facilitado el trabajo, por mediación de un contacto que tiene ella en Suecia, no la voy a defraudar, además lleva todo el mes pasado, convenciéndome para que aceptara. Por lo que me conto, Susan, esta organización necesitan una persona activa para un puesto en un proyecto internacional de depuración de aguas en el tercer mundo, cosa que me viene como anillo al dedo, ya que mi proyecto final de máster había sido en temas de colaboraciones internacionales, el tema me apasionaba, por fin podría hacer algo en que me sintiera integrada y me gustara, voy a ser libre y feliz o al menos lo voy a intentar.

No hay marcha atrás, decidido, esta mañana lo hago todo, ya que estoy convencida de cerrar un episodio de mi vida y empezar otro nuevo, pero antes tengo que solucionar algunos temas aquí, por ejemplo, la vivienda, tengo que hablar con la inmobiliaria y cerrar mi contrato de arrendamiento, creo que no tendré ningún problema, independientemente de que he renovado hace poco, por supuesto, es una gente razonable y no me darán problemas, además este apartamento lo tienen alquilado rápidamente, no hay problema.

Pensando, ¿Qué hago con mis cosas?, para viajar a Suecia solo poder llevarme ropa y algunas cosas personales, lo necesario, creo, bueno, puedo venderlas o ponerlas en un almacén hasta que pueda venir por ellas, aunque me quedare con lo más valioso y el resto lo regalare o lo venderé. Lo más duro será despedirme de mis amigos, son pocos, pero les tengo mucho aprecio, sobre todo de mi tía, que ha sido una segunda madre para mí, soy lo que soy, gracias a ella, aunque ella siempre está diciéndome que vuele y abandone este lugar, que no es sitio para mí, creo que Susan y mi tía, me estaban empujando a que tomara esta decisión, desde el fondo de mi corazón les doy las gracias, me siento bien y contenta, sabiendo que hay gente que se preocupa por mí.

No sé, porque me preocupo, desde anoche, le estoy dando vueltas a la idea, la compañía me proporciona una VISA temporal y luego por lo que me han contado amigos que han trabajado en Suecia, puedo pedir la VISA permanente, creo que no habría ningún problema al respecto, pero es la primera vez que lo hago, es normal que tenga un poco de miedo.

¿Qué hora es?, son las siete de la mañana, pero no tengo que preocuparme de ir a trabajar, una de las cosas buenas que se tiene cuando estas desempleada, hace un par de semanas renuncie a mi puesto de trabajo y salí de allí con la cara bien alta, estaba aburrida e insatisfecha con el trabajo que hacía en esa compañía de seguros, no tenía ningún problema con mis compañeros, tenía muy buena relación con ellos, además mi trabajo quedaba muy cerca de mi casa, pero no era para mí, toda la vida haciendo lo mismo, no quería y renuncie, no me arrepiento, porque ahora tengo la oportunidad de empezar uno nuevo en otro sitio y soy libre.

Si al menos hubiera sido el trabajo de vendedora y visitando clientes, no hubiera estado mal, por lo menos hubiera sociabilizado con la gente, pero me pasaba todo el día detrás de mi escritorio y haciendo papeleo aburrido para los clientes, aunque de vez en cuando, hablaba con ellos por teléfono, que consuelo, pensándolo ¡!no!!, ha sido una buena idea, por otra parte lo que me pagaban era de risa, para todo el trabajo que tenía que hacer, bueno era normal, es una oficina de seguros local y no con muchos clientes, fui admitida por que mi tía conoce a uno de los dueños, que por cierto nunca he visto por la oficina, fue mi primer trabajo después de terminar la universidad, que quería más, como experiencia no está del todo mal.

Natasha, ¿Cómo vamos de finanzas?, creo que mal, después de cobrar el despido y los pocos ahorros que tengo en el banco, creo que voy muy justa, es un decir, tengo que economizar y vender algo para sacar dinero para el viaje a Suecia, una vez allí, siempre puedo pedir un adelanto, al fin y al cabo, estaré ya trabajando, serán meses difíciles, pero creo que sobreviviré.

Natasha busca tu portátil, que seguro, lo habrás dejado al lado de la cama, ya que la noche anterior estuviste viendo series y películas en Netflix. Menos mal que aún tiene batería, la noche anterior por casi termino la serie esa que me tiene enganchada, esta noche la termino, no deben ser caros los billetes de avión.

Ante el ordenador hizo una búsqueda de precios de billetes de avión, estaban carísimos, no pensaba que viajar a Europa, podría ser tan caro, al menos entre 900 y 1000 dólares. Por otro lado, tenía que cogerlo de ida y vuelta, porque sólo de ida, a veces le resultaba más caro. No tenía sentido, porque a veces las cosas, por mucho que las pienses y busques una explicación razonable, no la tienen, en ese caso, no hay otra.

Al fin, Natasha escogió un vuelo que le acomodaba en tiempo y dinero. Esa misma semana tendría una reunión formal en su nuevo jefe, para concretar temas de dinero y alojamiento, ella pensaba que no tendría ningún problema con esto, al fin en pocas semanas, estaría en Suecia, "Bueno una cosa menos", pensó Natasha.

Natasha vuelve a ver el reloj, ya eran las nueve en punto, se dirigió hacia el comedor para pasar a la cocina, para desayunar, la noche anterior no había comido nada o casi nada. Con la mente clara, el hambre había vuelto a ella, de lo más fuerte. Le apetecía unos cereales con leche, además de un buen café, muy fuerte, para despertarse o cumplir con el ritual matutino. Al momento, pensó, si en Suecia todos tomarían el café al estilo americano o más corto como en Italia, pensamientos que surgían de repente casi como un acto reflejo, que eran anulados con pensamiento opuesto, la mente humana de veces es muy binaria, por ese motivo, pensó que ya lo descubriría, tenía mucho tiempo para descubrirlo.

Mientras se comía los cereales con leche, el teléfono del recibidor sonó con el ring característico. Ella se levantó, con tranquilidad se dirigió hacia el recibidor. El teléfono seguía sonando con insistencia, cuando ella lo agarro.

- Si - Dijo Natasha -

- Natasha, soy Susan, que te pasa, estoy dos horas llamando y no me contestabas, que tienes el móvil apagado. Por eso te he llamado al teléfono fijo – Susan con un tono de preocupación –
- No, no, no sé, no lo he mirado, posiblemente.... Bien, ¿qué querías?, tenía la cabeza en otro sitio.
- No te preocupes.... ¿Ya te lo has pensado bien?, esta semana tienes la entrevista con Eduard Williams. Debemos darle una respuesta a la oferta de trabajo –hacía dos semanas que Susan se lo había comentado la oferta de trabajo en Suecia, incluso Susan había hablado con Eduard, para convencerle de que Natasha era una muy buena opción, para el puesto de trabajo -.
- Hoy, me he levantado y lo tengo muy claro, ¡¡¡si acepto el trabajo!!!, cien por cien. Creo que será una buena oportunidad para mí, además de un buen cambio de aires y como siempre tenías razón – afirma Natasha –
- Me alegra de verdad, es una excelente noticia, sé que te irá bien. Tengo un buen presentimiento, además, te deseo todo lo mejor, no sabes lo que me ha costado que te aceptaran.
- Muchas gracias, te debo una, por ese motivo tengo mucho trabajo por hacer, sin angustiarme, por supuesto, poco a poco.
- Claro que sí, mujer, tienes mucho tiempo. Además, si te puedo ayudar en algo, me lo dices. No te preocupes. Para eso estamos las amigas.
- Gracias, no sé qué haría sin ti, te extrañaré mucho en Suecia, de verdad, ¿no quieres venir conmigo?, bien ya me imagino tu respuesta.... – pregunta y auto reflexiona Natasha-, nada, acabare de desayunar y empezare a trabajar en el tema, sin perder un minuto.
- Sabes que no puedo, mi vida está aquí, además, no le des más vueltas, sé que te irá muy bien, no te angusties, hasta ahora... que eras muy pesada – Susan y Natasha se pusieron a reír -.

- Hasta ahora, Susan, después te llamaré - Finalmente dijo Natasha –

Hago una parada en mi escritura, para tomarme un poco de café en mi taza preferida y poner mis ideas en claro, mientras me digo "Philip hay que seguir..." y continúo escribiendo su relato, con alegría y añoranza por los recuerdos contados por Natasha y ahora escritos o rememorados por mí.

Natasha volvió a la cocina para terminar los cereales y el poquito de café que le quedaba, pensaba en todo el trabajo que tenía que hacer. Había tomado una decisión y sabía que no había camino de retorno, en aquellos momentos no tenía dudas al respecto, ni cabida para ellas, tenía que mover ficha de alguna forma, aquella era la que iba a seguir, aunque en el último tiempo había superado las dificultades y les había dado lucha, triunfando, notaba que aquello no ya no iba con ella, necesitaba aires nuevos, mirando el fondo del café que tenía delante, se daba cuenta del pasado y del futuro incierto que estaba por acontecer, cosa que no le preocupaba, las personas cuando se llega a un punto de su vida se hace inflexible a los acontecimientos que le pasan, siguen caminando, con el poco café que aún le quedaba en la taza, movió la taza en círculos, viendo como el café recorría el fondo de la taza, viéndose los restos de azúcar adherido que había quedado en la taza de café, como un efecto hipnótico, no dejaba de mover la taza de forma circular, con movimientos despacio, al final paro, dejo la taza sobre la mesa y se bebió lo que le quedaba de un trago, quedándose mirando la ventana de la cocina como entraba el sol de la mañana, aún tenía cereales, pero decidió no comérselos y tirar el resto a la basura, recogiéndolo todo de la mesa, limpiando la taza y el cuenco en la pila con agua y metiéndolos en el lavavajillas, comprobó que lo tenía lleno y puso el detergente de lavavajillas y lo encendió para que se limpiaran. Se quedo delante de él, unos segundos, este hizo el sonido de la entrada de agua y empezaba el ciclo de lavado, una luz roja se reflejaba en el suelo, indicando que el lavavajillas estaba en marcha.

Cogió un trapo mojado y limpio la mesa de la cocina, luego volvió a limpiarlo en la pila de platos que estaba vacía, dejando plegado en una esquina. Le vino una imagen mental de cuando su expareja, limpiaba y recogía los vasos, platos y la vajilla en general, muchas veces, sucesos que han pasado, vuelven a ocupar el mismo lugar, por cuestión de minutos, como si el fantasma de esa acción quedara impregnada en el mismo lugar donde se generó, Natasha volvió al instante actual y el fantasma de la acción desapareció y solo estaba ella en esa cocina, recogiendo las cosas, la esencia efímera o fantasma del pasado se había ido, solo quedaba ella y la realidad.

Natasha le gustaba su apartamento, se sentía a gusto en él, fue una elección suya, el apartamento de Natasha no era muy grande, suficiente para una sola persona, aunque en el pasado, vivieron los dos, con una decoración moderna, ya que el edificio era relativamente nuevo, de principios de los 90 del siglo pasado, con acabados de lujo y una recepción espaciosa y muy bonita, donde tenía zonas para dejar las bicicletas, además, el apartamento tenía un balcón que se podía acceder por el comedor, con unas grandes ventanas donde podía ver una gran explanada con árboles en un extenso parque en las afueras de la ciudad.

Natasha le gustaba aquel parque, cuando vivía con él, daban grandes paseos e incluso, por las mañanas hacia deporte, corría o cogían la bicicleta, en tiempos de su ruptura, le sirvió de mucho para superar todo aquello, el aire fresco y la naturaleza, hacían de balsámico ante tanto tristeza y pensamiento recurrente, solo tenía que bajar de su apartamento y adentrase entre los árboles, muchas veces había visto ardillas y conejos, incluso durante el día. Una noche desde su balcón, vio un par de ciervos, estuvo un rato viéndolos, debido a que, al salir del bosque, sobre el asfalto de la calle, se le veía desorientados, hasta que, con un movimiento rápido, se volvieron otra vez al bosque y desaparecieron de la vista de Natasha, aquella escena le dio tranquilidad y darse cuenta que no todo el espacio lo ocupa el ser humano, que de vez en cuando otros seres, más indefensos y puros podían ocupar espacios reservados a los humanos.

A Natasha no le importaba estar apartada del centro, todo lo contrario, agradecía este alejamiento, por aquellos momentos donde se podía poner en contacto con la naturaleza y desconectar de la sociedad, ella se consideraba urbanita, le gustaba las ciudades y el bullicio de la gente en las ciudades, no se veía como una ermitaña en alguna montaña o cualquier lugar parecido, sin ver a nadie durante meses o años, no iba con ella, no se sentía cómoda en un lugar tan apartado, no se veía en definitiva, prefería estar rodeada de gente e interaccionar con ella.

En general, el apartamento poseía mucha conexión al centro con transporte público, por lo que casi nunca tomaba un taxi para volver a casa, a no ser que fuera muy tarde y no hubiera servicio, ya que frente a su edificio había una parada de autobús con líneas regulares, con un amplio horario de llegada y salida, aunque era un pueblo pequeño tenía un buen servicio de transporte público en autobús, no haciendo necesario otros transportes públicos por la dimensión del pueblo, además Natasha poseía coche, dándole esa libertad de moverse de un sitio a otro.

Natasha escogió personalmente, aquel apartamento, porque desde el primer momento que lo vio, se sentía como en casa, un casa que añoraba desde pequeña, un hogar que quería crear, de un espacio que necesitaba para ella, con la visita para alquilarlo, mentalmente veía donde irían las cosas y los muebles, ya que inicialmente estaba vacío y recién pintado por el inquilino anterior, imaginaba escenas hogareñas que aun tenían que pasar o que nunca pasarían como ella las estaba imaginando en ese momento, pero le gustaba el apartamento, por ese motivo no espero al día siguiente y a la agente de la inmobiliaria, le dijo que si al instante, fue el primer apartamento que vio en su búsqueda y el único, ya que tras resérvalo dejo por completo cualquier búsqueda de otro apartamento, es como si el apartamento con un espíritu benévolo propio hubiera elegido como inquilina a Natasha, le estuviera invitando a quedarse y formar parte de él, pero en aquel tiempo se sentía fuera de lugar en aquellas paredes, el espíritu del apartamento le había abandonado y solo quedaban fantasmas del pasado que lo ocupaban todo, forzando a Natasha para irse de allí, aquel indulgente espíritu sabia ido, Natasha en parte con él.

Aquel edificio tenía muchas zonas en comunes, como un área para cerrar las bicicletas y un área para hacer barbacoas. Por norma general, en Estados Unidos, algunos edificios poseen una parrilla común, donde las únicas reglas eran la limpieza de esta por el usuario, al fin del uso, además del suministro de carbón o madera, corría por parte de lo que la utilizará, Natasha había celebrado muchas fiestas allí con barbacoas por el día y nocturnas, donde cada uno traía bebidas y en los días de verano, hablaban y se divertían, el grupo de amigos de Natasha, también durante la hora de comer, invitando aquel ambiente a después de la comida o durante, a practicar algún deporte en el césped o una vez terminada la comida, dar largos paseos por el bosque, cosa que se agradecía después de ingerir cantidades de grasa y carne roja, además de la bebida que se acompañaba en estos casos.

Pocas veces se había emborrachado Natasha, además tenía poco aguante para el alcohol, con dos vasos de cualquier cosa, ya estaba borracha. Por ese motivo siempre era muy cuidadosa en beber más de la cuenta, siempre de una forma social y en pequeñas cantidades. Pero eso no quería decir que le molestase que otros lo hicieran, le daba igual, mientras ellos se lo pasaran bien, ella continuaría con su ritmo, tampoco lo envidiaba, debido a su carácter reservado, prefería en estos casos ser espectadora más que participar, solo quería que sus amigos se lo pasaran bien y ella se lo pasaba bien.

Otra cosa del apartamento y que era común, era la lavadora y la secadora, que no estaban en el apartamento, sino en el sótano, cogiendo turnos para su utilización. Por otra parte, la basura, se tiraba en unos contenedores en una habitación en el sótano del edificio, una vez por semana, el conserje del edificio sacaba los contenedores para que el servicio de recogida municipal se los llevará.

Aunque era un sitio como anillo al dedo para Natasha, Natasha tenía que hacer un cambio, era tiempo para ello, tenía que avanzar hacia delante, lo iba hacer, recordaba con añoranza lo vivido aquellos años en aquel apartamento y siempre los recordaría, pero su carácter y su pasado errante de su niñez, la hacían moverse hacia otros horizontes, hacia otras metas, pensaba que el sitio donde se establecería no había llegado, aunque le gustaba su actual apartamento no era el definitivo.

Al mediodía, Natasha se dirigió al centro del pueblo, quería comer cualquier cosa y comprar algunas cosas por el viaje. Abingdon en Virginia era un pueblo relativamente pequeño, al menos de unos 8100 habitantes según el censo de 2010, situado en el condado de Washington. El gran porcentaje de la población eran personas mayores con la vida más o menos resuelta, por ese motivo, no era un punto de mucha atracción para las personas más jóvenes. Natasha no era natural de Abingdon, ni siquiera de Virginia, ella nació y creció en Nashville, Tennessee, una ciudad grande, con toda la personalidad de la cultura del sur.

Su madre, Mary Kelly, tras casarse se cambió el nombre a Mary Shevchenko, era de Boston, Massachusetts, de descendencia irlandesa y católica, según Mary no muy practicante, no creía en la Iglesia como institución, por otra parte, su padre era natural de Alabama, de orígenes ucranianos, que aun conservaban sus tradiciones y eran muy arraigados, donde tenían aun familia en ese país, sobre todo en Crimea y la capital Kiev, Natasha no los conocía, pero su madre aún se carteaba con algunos de ellos, además era la segunda o tercera generación que había nacido en Estados Unidos, claramente cien por cien estadounidense, según los cánones, ya que todos alguna vez en Estados Unidos habían sido emigrantes o hijos de emigrantes.

Su padre murió en un accidente en el trabajo, cuando ella tenía menos de un año de vida, por eso, no tenía recuerdos de su padre, sólo las cosas que le decía su madre sobre él. Su padre, John Shevchenko, junto a su hermano, Mark Shevchenko, tenían una compañía familiar de extracción de minerales traspasada de sus padres cuando se jubilaron, hasta ahora sus abuelos paternos todavía vivían. En los últimos años se habían diversificado el negocio en la extracción del petróleo y gas, porque daba más dinero, en particular en la instalación de plataformas petrolíferas, suministrando equipamiento y personal a grandes compañías. John se dedicaba más a la parte técnica de la empresa y Mark a las finanzas, por ese motivo, cuando John murió, Mary no vio ni un céntimo, porque Mark lo había desviado todo el dinero a empresas satélites, donde el único administrador era él.

Esta situación fue muy fuerte para Mary, de repente, era una viuda, sin dinero con una hija pequeña, además de perder su casa, ya que, su casa pertenecía a la sociedad familiar, siguiendo un extraordinario consejo de Mark, para no pagar impuestos y desgravar frente al departamento de tasas estadounidense (IRS). Además de quedarse sin techo, Mary tuvo que pagar las pérdidas de la compañía durante años, por el cierre del negocio, pérdidas generadas por Mark, que provocaron la asfixia económica de Mary el resto de su vida. En los primeros años, después de la muerte de John, Mary tuvo que sobrevivir de cualquier manera, los familiares que tenía vivos residían en los estados del norte y Europa, estando muy lejos de donde ella vivía. Por ese motivo, Mary trabajó de camarera a tiempo parcial, compaginando con otros trabajos, que podía o encontraba, la vida da cucharadas de vinagre, cuando quieres azúcar, dejando sabores extraños.

Mary era una mujer muy atractiva, de cabellos rojizos y cara redonda, el pelo lo tenía ondulado y antes de la muerte de su marido siempre estaba sonriendo, tras su muerte, un sombra se cernió sobre ella, cosa que le acompaño por el resto de su vida, nunca se le conoció otra pareja, ni tenía ganas de tener otra pareja, se dedicó en exclusiva a su hija, siendo su deber y devoción, con el paso de los años su pelo se volvió más gris y el rojizo de antaño desapareció con su juventud, ya que siempre lo llevaba recogido y formando una cola.

Por mediación de una amistad, Mary pudo alquilar un apartamento de una habitación, literalmente una habitación, donde todo está concentrado en esa habitación; cocina, comedor y dormitorio. Al menos el baño, con las cosas esenciales para considerarse un baño, estaba separado del resto de la vivienda, dándoles cierta privacidad, pero dos personas no podían estar en el baño, al mismo tiempo, haciéndolo útil, por supuesto, pero no confortable.

Cuando Natasha era muy pequeña y no tanto, su madre la lavaba en un barreño, en la única habitación que tenían, con el paso del tiempo, Mary puso en esa habitación dos camas, ya que Natasha iba haciéndose mayor y tenía que dormir sola, pero en los comienzos las dos dormían juntas. De mayor, Natasha no le molestaba que no tuviera intimidad, se había acostumbrado, además veía a su madre como una compañera de cuarto, si alguna vez, quedaba con una amiga o compañera de colegio, las dos iban a otro sitio, como la biblioteca o algo parecido, otras veces que dormía con sus amigas siempre en la casa de las otras, nunca en la suya, solo una vez, celebro su cumpleaños, que era en agosto, con un grupo muy reducido de niñas del colegio, pero solo fue una vez.

Natasha no tenía amigas, solo conocidas, aunque socializaba, conocía las limitaciones de su situación, aunque no echaba de menos tener una vida más social y activa, era feliz con lo que tenía y su madre, la cual era todo su mundo.

El apartamento estaba en un bloque con una zona muy humilde de la ciudad y era muy antiguo, al menos de principio del siglo XX, pero a Mary, no le importaba, peor sería vivir en la calle, pensaba su madre, además era lo máximo que podía permitirse Mary en ese momento. Lo positivo es que sus vecinos la habían aceptado y no eran muy conflictivos. Poco a poco, ella, con el poco dinero que podía ahorrar al cabo del mes, de sus múltiples sueldos, compraba muebles y cosas para el apartamento, otras veces, las amistades le daban muebles, que no querían, o los compraba con su trabajo, ya que inicialmente, el apartamento estaba completamente vacío y muy sucio.

Esta situación le causaba una ansiedad a Mary, ya que ella de pequeña había vivido con sus hermanos y padres en una casa con muchas habitaciones, en un barrio muy bueno y dentro de los privilegios de la sociedad, teniendo una vida tranquila y feliz, cuando se casó con su marido, siguió esa vida e incluso la mejoro, ya que los negocios de su marido iban muy bien, tenían todas las comodidades que podrían esperar, pero ahora vivía en una apartamento de una sola habitación y a su única hija le estaba privando, por el destino, de todo aquello que ella disfruto en su vida de soltera y luego de casada, cosa que le angustiaba y le provocaba una extrema tristeza, muchas veces lloraba en su cama en medio de la noche, Natasha la escuchaba, cada llanto de su madre se le rompía el corazón, ya que pensaba desde una edad muy temprana, Natasha pensaba que era la causante de las desdichas de su madre y sin ella su madre hubiera podido ser otra persona, salir de aquel circulo vicioso, pero lo que comprendido años más tarde, cuando ella fue madre, que era todo lo contrario, que sin su hija, Mary, su madre no hubiera sido nada, la necesitaba y su llantos eran porque no podía darle más, "la culpa" y otra vez "la culpa" iba otra vez suelta.

La niñez de Natasha la pasó sin muchas cosas y viviendo en este apartamento. Esto la marcó con un carácter autosuficiente, pensaba y está orgullosa de lo que tenía, no envidiando al resto de sus amistades en la escuela, por tener más cosas que ella, pensaba que eran tonterías.

Natasha recordaba que algunas Navidades, Mary no podía hacerle ningún regalo, puesto que, en su casa, se priorizaba la comida primero que cualquier otra cosa. Pero esto, no le angustiaba, todo lo contrario, la hacía cada vez más fuerte, valorando todas las pequeñas cosas que podía conseguir por sí misma, o las que hacía su madre.

Natasha siempre había sentido un alto respeto por su madre, le adoraba, sabía y comprendía, la importancia de las acciones de Mary, por ese motivo, desde muy pequeña, valoró su situación y la aceptó, su mundo cambiaba cuando su madre sonreía, o los ratos que podía disfrutar de cualquier pequeña cosa, era feliz y se sentía feliz, que era lo más importante, afuera, la gente podía necesitar infinidad de cosas, para ser feliz, buscando o comprando la felicidad, como de un frasco o botella de perfume, que se puede comprar en el supermercado, pero Natasha solo quería, más bien deseaba, que su madre estuviera contenta, ahí radicaba su fortaleza y el carácter diferenciador, creando un vínculo especial entre madre e hija, una simbiosis perfecta, ellas contra el mundo, nadie más, todo lo otro era superfluo, banal en ciertos aspectos, lo importante, eran ellas dos, los otros eran complementos necesarios, un club privado para dos, donde no tenían cabida nadie más y querían que lo hubiese, el circulo se cerraba con ellas.

A lo largo del tiempo, Mary cada vez iba degradando su salud, con un poco dinero ahorrado de los años que había trabajado, pudo ir a un médico bajo la presión de Natasha, a Natasha se le rompía el corazón de ver el único ser vivo que tenía, degradarse de esa forma, pero no podía hacer nada más, ya que, Estados Unidos no es un país para enfermos o gente sin recursos, no tienen un sistema social como toca.

El médico le dijo que tenía un tumor cerebral y el tratamiento era muy costoso, imposible para la economía de Natasha o su madre, lo intentaron todo, como llamar a sus familiares en Estados Unidos y Ucrania, consiguiendo un poco dinero, cosa que permitió, en cierto modo, mejorar la salud de Mary al menos unos años, otra de las cosas que hicieron es probar suerte con juegos de azar, pero sin ningún acierto, solo perder unos cientos de dólares y la esperanza en aquellos estúpidos juegos.

Natasha desde el principio comienzo a buscarse la vida en un trabajo a tiempo parcial, no quería dejarse la escuela, ni su madre quería que lo hiciera, porque le iba muy bien, tenía un potencial y era muy lista, pero cada vez ella trabajaba más y su madre menos, afectando en cierto modo el rendimiento académico de Natasha en la escuela, aunque a Natasha no le importaba, debido a que la situación de salud de su madre era más importante que nada en esos momentos, en los últimos años apenas podía hablar o acordarse con claridad de las cosas, debido a su enfermedad.

Natasha tenía que hacer de todo, incluso asearla y bañarla, cosa que no le importaba, pero una fuerza interior hacía que Natasha tomara el control de la situación y le hiciera moverse hacia adelante, enajenándose de la pura realidad y concentrándose en aquello importante que tenía delante, con aquello Natasha se hizo mayor antes de hora, sus preocupaciones no eran los chicos o los grupos musicales de moda, como el resto de las otras chicas, sino su madre, intentando pasar el máximo posible con ella.

En el último curso, antes de la graduación en el instituto, Mary murió, fue un golpe muy fuerte para Natasha, ya que, en los últimos meses de Mary, Mary no podía levantarse de la cama, la enfermedad estaba muy avanzada, ni siquiera, podía reconocer a su hija y menos hablar coherentemente, aunque Natasha nunca se separó de su madre, ni un momento, siempre estuvo cerca de ella, asistiéndola en todo lo que podía, e incluso descuidando su aseo personal.

Aquel año, Natasha tenía un sentimiento agrio y dulce, por un lado, se graduaba y por otro no tenía a su madre para verla cómo se graduaba en la escuela, cosa que le hubiera gustado verla en la fiesta de graduación. Tras la muerte de Mary, la hermana de su madre, Adela Kelly, vino desde Virginia. Mary sólo tenía una hermana y un hermano, pero de su hermano no sabía gran cosa de él. Sólo tenía conocimiento de que estaba por California, siendo su relación con su hermano nula o casi nula. Los demás parientes de Mary estaban muy lejos, en los estados del norte o Ucrania y apenas mantenía ninguna relación estable con ellos, felicitaciones de vez en cuando en Navidad y poco más, algo de dinero y soporte cuando su madre estuvo enferma.

Nunca los había considerado como una ayuda cercana, ni siquiera, una ayuda como tal, solo familiares que estaban ahí, que respondían sus llamadas de vez en cuando. En cambio, Adela era otra cosa, había estado muy cerca de ella toda la enfermedad, y fue un soporte para su hermana y sobrina, en todo el proceso de enfermedad de Mary. No les visitaba más, porque el viaje desde Virginia a Tennessee era costoso y Adela era una simple trabajadora, muchas veces Adela había plantado, que Mary y Natasha se trasladaran a Virginia, pero siempre esperaban que Natasha terminase la escuela, aunque Adela, les llamaba diariamente, para conocer su estado de salud de su hermana y asistir en lo que fuera a su sobrina, que algunas de la veces se sentía totalmente perdida ante aquella situación.

Adela había estado muy unida a Mary, desde muy pequeñas, siempre habían estado juntas, eran como se dice, la carne y la uña, además la diferencia de edad no era muy mayor, en comparación con su hermano pequeño, Ben Kelly, que apenas había tenido una relación cercana, como he dicho antes, el cual había abandonado la casa familiar, a una edad muy joven, trasladándose a California.

Los abuelos maternos de Natasha, murieron a una edad relativamente avanzada, porque, se casaron mayores, para los estándares de la época, teniendo sus hijos también, ya mayores, en cambio, sus abuelos paternos, no sabía nada de ellos, desde la muerte de su padre, no los había vuelto a verles, sabía que estabas vivos, porque Mark, estaba vivo y tenía relación con ellos, esta afirmación para Natasha no era del todo cien por cien segura, eran sospechas por parte de ella, ya que la relación con sus abuelos paternos era completamente nula, pero a Natasha, no le importaba, había crecido sin ellos, no los necesitaba, todo su mundo estaba cubierto por el cariño de su madre y su tía, no necesitaba nadie más.

Por el contrario, mantenía contacto con la hermana de su abuela y su familia en Ucrania, siendo su tía-abuela más abuela que la madre de su padre, que se había desvinculado de Mary y Natasha desde la muerte de su hijo, centrando su cariño en el otro hijo que le quedaba, Mark. Natasha hablaba no muy frecuente con sus familiares en Ucrania, pero no con su familia paterna en Estados Unidos, además Natasha recordaba mantener una correspondencia con su prima de la misma edad, Katerina, para practicar su ruso, entablando una cierta amistad que duraría durante años, incluso Katerina visito a Natasha en virginia, mucho tiempo después de la muerte de Mary.

La muerte de Mary fue un golpe muy duro para Natasha, debido a que, su infancia y parte de su juventud se cerraban con la muerte de Mary, un nuevo episodio se abría en la vida de Natasha, este episodio sin Mary, pero no había de otra.

El mismo día de la muerte de Mary, Adela ofreció a Natasha ayudarla para ir la universidad a Virginia, ya que Adela poseía unos ahorros, no mucho dinero, pero al menos suficientes para pagar la primera cuota de la matrícula a la universidad a Natasha, por supuesto, Natasha debería encontrar un trabajo a tiempo parcial y solicitar becas, era la única condición que Adela le dijo a Natasha.

Esto, le dio un motivo a Natasha de recuperar la confianza y tener un futuro, además, su madre hubiera querido y deseado, que ella, tuviera estudios universitarios, puesto que ella nunca los había tenido, dándole un valor añadido, el hecho de estudiar una carrera universitaria.

Cuando llegó al centro de la ciudad, se dirigió hacia la cafetería de su amiga Jenifer, hacía poco que había abierto el negocio, y ofrecía además de desayunos y comida para el almuerzo, un servicio muy cercano al cliente, ya que sólo tenía una empleada y ella. Jenifer no abría, su local por las noches, porque no tenía licencia para bebidas, tampoco estaba muy interesada en pedirla, puesto que no le resultaba de gran provecho, abrir por las noches, pensaba que su verdadero negocio estaba en la cafetería por el día.

Natasha le gustaba hablar con Jenifer, en general le gustaba pasar tiempo con Jenifer, debido a su carácter revolucionario de Jenifer y el optimismo que desprendía, era de esas personas que con dos gotas de agua en el vaso, siempre lo veía lleno, era una mujer de carácter y echa a sí misma, anarquista convencida, que le importaba muy poco la opinión de los demás, cosa que envidiaba sanamente Natasha, que tenía unos ideales fuertes y sólidos, además de un sentido del humor que no lo perdía nunca.

Natasha recordada anécdotas y vivencias con ella, que le hacía sonreír cuando se acordaba de ellas, en la universidad fueron muy buenas amigas y aun lo eran, junto con Susan hacían un trio fantástico.

Todas sus comidas, en la cafetería de Jenifer eran alimentos de proximidad cero, los compraba en los pequeños comercios alrededor de la ciudad o la comarca, a excepción de algunos alimentos que no podía encontrarlos localmente, en ese caso, si iba a los grandes supermercados para adquirirlos. De este modo, Jenifer había creado ella sola, una red de suministro local a su negocio, es decir, todas las mañanas una cooperativa agrícola local le traía los huevos, la leche, verduras y otros productos, por otra parte, una pastelería local; las tartas, el pan y el resto de bollería.

La cafetería de Jenifer estaba cerca del centro histórico, teniendo una ubicación excepcional, para toda la gente que paseaba para realizar las compras diarias. El local no era muy grande, de momento Jenifer no podía permitir otro sitio, era un buen punto para empezar, por este motivo, la decoración era más cercana a una cafetería, que a un restaurante propiamente dicho, con más sofás que mesas, copiando en cierta forma el modelo nórdico de cafetería, ya que Jenifer leyó en algún sitio, que el estilo nórdico era más confortable, acogedor y los clientes se podían sentir como en casa, además, las paredes de la cafetería estaban cubiertas de estanterías con libros de diferentes temáticas y autores, de momento en inglés, en un futuro próximo, Jenifer no descartaba meter más libros en diferentes lenguas, puesto que ella hablaba más de diez idiomas.

Las estanterías con libros era un doble negocio, porque los clientes además de poder leerlos, bajo unas normas de uso, los podían comprar, si les apetecía. Era una deformación profesional por parte de Jenifer lo de la pequeña librería, ya que había estudiado literatura inglesa en la universidad, al fin, Jenifer era una enamorada de la literatura y las políticas sociales, quería un negocio donde se mezclará ambas cosas, lectura y cafés, buena combinación, aunque no creía en la propiedad privada como anarquista, tenía que comer. Al entrar Natasha en la cafetería de Jenifer, se dirigió hacia el mostrador donde se encontraba Jenifer, para saludarla.

- Buenas tardes - dijo Natasha - te veo con mucho trabajo, ¿muchos clientes el día de hoy?
- No creas – dijo Jenifer, limpiando y recogiendo platos – bastante normal, sólo que ahora tengo bastante trabajo.... Me ha dicho Susan, que estás valorando aceptar un trabajo en Europa. Yo, si fuera tú, lo aceptaría, creo que es mejor que estar en ese pueblo. – Jenifer reconocía que ese pueblo tenía limitaciones profesionales, no se podía hacer gran cosa, solo había gente mayor -
- Ya lo tengo claro, esta mañana, lo he decidido, vender casi todo y al final de este mes, quiero irme a Suecia, la decisión está tomada. No hay vuelta atrás.
- Me alegra, es lo mejor que puedes hacer, además, por curiosidad, ¿Qué vas a hacer en el nuevo trabajo?
- En un principio, debo coordinar proyectos de colaboración internacional en suministros de agua en países del tercer mundo. No tengo mucha experiencia sobre el tema de las aguas, pero ya saldré y aprenderé.
- Claro que sí, estoy totalmente convencida de esto. ¡!Bien!!!, sólo quiero decirte que te deseo todo lo mejor, un muy buen viaje........ Sólo te pediré una cosa, llámame a menudo para saber de ti, no me olvides, por favor.
- Esto está hecho. Otra cosa, ¿cómo vas con tu nueva pareja?, ¿cómo se llamaba? Kato o algo así, sólo sé, que es nativo americano...- Recientemente Jenifer había conocido a un chico, que trabajaba en la cooperativa ecológica -
- No hables de Kato, a veces me saca de mis casillas, porque tiene esas pequeñas connotaciones machistas, es lo que suele

llamarse un machista pasivo, no quiero, que me mal interpretes mis palabras, es un buen tío, pero él, se escuda de esos toques machistas, diciendo que es su cultura ancestral, ¡!una mierda ¡!, siendo su heterodoxia muy relativa y confusa, como la ley del embudo, el ancho por mí el estrecho por ti. Lo más importante de momento, que él no es celoso, y por ahora, nos respetamos nuestros espacios, que es lo más importante. Quien me ve, yo que he militado en ligas femeninas en la universidad, mandaba a mierda a cualquiera que se pasara de la raya.

- Ya lo sé, ten paciencia, parece un buen tío.... ¿Ya vivís juntos?
- De momento no, es mejor así. Él en su casa y yo en la mía, no mezclemos, solo para lo importante, puesto que mi libertad como persona, es cosa mía, eso no podrá cambiarlo nadie, por muy indio americano que sea.
- Jenifer, nunca cambiarás...y me alegro.
- No, más vale así. Bien ¿qué quieres para comer? Hoy te invito a cualquier cosa.
- Gracias, con gusto un Sándwich de Virginia con una ensalada de las tuyas, tus Sándwich están muy buenos – Sándwich de Virginia era una invención de Jenifer, llevaba tomate, lechuga, huevo duro, mayonesa, mostaza inglesa, carne fría de ternera y jamón dulce, todo aderezado con especias, que sólo sabía Jenifer-
- Esto está hecho. Coge asiento y ahora te lo prepararé.
- Aquella mesa estará bien para mí. – señala Natasha en una mesa cercana a una ventana y que hacía rincón en unas estanterías -
- Vale, 10 minutos...... Ahora mismo personalmente te lo preparo.

Natasha, tomo asiento, repasó mentalmente todo lo que tenía que hacer para el viaje, tenía que organizarlo todo, en pocos días, estaba super convencida que lo iba hacer. Jenifer era una vieja amiga de la universidad, siempre habían tenido una buena química entre sí. Se conocieron en la universidad por mediación de asociaciones anarco-feministas, Natasha nunca estuvo muy involucrada, puesto que no era una persona muy política, pero era simpatizante de algunas de las ideas de este movimiento, no del todo, pero coincidía con Jenifer en temas de la igualdad y la cooperación entre las personas, al fin, ella quería estudiar graduado social, ese era su fin en la universidad, además de su pasión, las personas y sus relaciones. Natasha tenía un carácter más humanista, aunque en los comienzos de su vida no habían sido fáciles, aun creía en la humanidad y las personas en general, siempre viendo la parte positiva de los mismos.

Natasha en ese momento tuvo un pensamiento sobre su madre, sentada en aquella mesa del restaurante de su amiga.

"¿Qué pensaría mi madre ahora? Llevo toda la noche pensando en ello, creo que, igual que mi amiga Susan y mi tía Adela, que no mirase hacia atrás, la echo mucho de menos y más en estos momentos tan cruciales en mi vida, creo y estoy convencida de que estaría orgullosa de mí, esta Jenifer no va a cambiar, desde que la conozco no le he visto un novio estable, pobre de ese Kato, lo lleva claro el hombre, Jennifer es toda una mujer, mejor que no cambie."

Jenifer se acercó a su mesa con la comida, en verdad aquel bocadillo tenía muy buena pinta, además, Jenifer hacía unas ensaladas con frutos secos, pasas, hojas de espinacas crudas, tomate y trozos de huevos hervidos. El condimento era todo un secreto, Natasha sabía que llevaba aceite de oliva y ajos, pero, ella no estaba al cien por cien segura del resto de ingredientes, según Jenifer, la receta la copió de un novio italiano, uno de tantos.

- Aquí lo tienes, que disfrutes, esta comida va de mi parte, te invito. – deja el plato sobre la mesa con una gran sonrisa –

- Gracias, otra cosa, sabes de alguien, que esté interesando por mi coche. Meterlo en un garaje o almacén, es muy caro, en general conservarlo y no se para que. Tan sólo es un Toyota, no vale la pena conservarlo. – Era un coche muy funcional, llevaba cinco años y lo compró de segunda mano. –
- Puede que sí, el otro día, una cliente me pregunto si alguien vendía un coche barato. ¿En cuánto lo vendes?
- No muy caro, tengo prisa de quitármelo de encima, entre mil o dos mil dólares, si puedo sacar para el billete el avión, sería perfecto.
- Es un precio razonable, además tiene ya más de quince años, no creo que pudiera sacar mucho más por ese coche. Llamaré a esta cliente y te cuento.
- Gracias, Jenifer, te debo una.
- ¡¡¡Tan sólo una!!!....... - Se oyeron unas risas -....

Natasha disfrutó de la comida, porque estaba muy buena, su amiga Jenifer era una buena cocinera, al fin, se despidió de su amiga y dirigió hacia la puerta de salida.

Abingdon, al igual que el resto de los pueblos norteamericanos, la vida neurálgica se centraba en las calles principales, normalmente en torno a una calle principal, "Golden Mille", llenas de tiendas y oficinas, muchas de las veces los edificios del gobierno local, como el ayuntamiento u otros, estaban en otras zonas, alejadas del centro. Por lo que respecta al resto de organización urbanística eran casas residenciales, no habia mucho misterio, por cierto, simple y funcional.

Natasha compró lo que le hacía falta en las tiendas del centro, debía economizar con espacio y dinero, porque tan sólo quería llevarse dos maletas grandes. Natasha no se preocupó por el estacionamiento de su coche, ya que había pagado por casi todo del día, en pueblos como Abingdon, el estacionamiento era muy barato y en algunos sitios gratuito.

Algo que no entendía Natasha, mejor dicho, no le encontraba ningún sentido, era las señales de estacionamiento americanas, como era posible que, en un mismo sitio de estacionamiento, dependiendo de las circunstancias, tiempo y otros factores, podían tener tantas contradicciones, a veces estaba permitido el estacionamiento y otras no, formando una mezcla de pequeñas señales en un mismo palo. A menudo, era preferible que le pusieran una multa, que entenderlas, siendo del todo incomprensible, pero Natasha, pensaba que no era la persona adecuada para cambiar el sistema, ni lo quería, no era su asunto suyo, hacía como el resto personas, aceptarlo con resinación, ya que, no había otra.

Pasados unos días, Natasha se levantó, tenía que prepararse para la reunión con su nuevo jefe, lo haría por vídeo-conferencia, por ese motivo, tenía que prepararlo todo, no era una entrevista de trabajo normal, ya que el trabajo era suyo, si ella quería, por supuesto, el sueldo no era muy grande, al menos le daría por vivir en Suecia, además, la organización le proporcionaba alojamiento con otras compañeras de la compañía, el día anterior su nuevo jefe, se lo había confirmado por mediación de correo electrónico, por ese motivo, el tema del alojamiento no tendría problemas, menos mal, ella pensaba aliviada. Natasha lo agradecía mucho el ofrecimiento de su nuevo jefe, porque se había informado de que Suecia, bien en toda escandinava, el alquiler de un apartamento era toda una historia, siendo una misión casi imposible, porque el gobierno controlaba la disponibilidad de los alquileres e incluso de la venta de las propiedades, rigiéndose, por un sistema social y listas de espera.

Le sorprendía, que un país tan industrializado y capitalista, al menos este último tópico, la apariencia que él daba al resto del mundo podía tener un sistema tan social, no le parecía malo, todo lo contrario, creía que era lo correcto y lo justo, en una sociedad tan capitalista como la que vivía, pero era muy incómodo y molesto, para la gente que venía de fuera, puesto que en un primer momento, ya que es por normal general, cuando te trasladas a un sitio nuevo, no estas integrado en el sistema, ya que no sabes su lengua y sus costumbres, si encima se le añade el problema de la vivienda, es duro para los recientes llegados a Suecia, un país abierto a los inmigrantes pero entrecomillas. Al menos el tema de la vivienda lo tenía resuelto de cierta forma, era otra tarea que podía borrar de su lista mental.

A diferencia del resto de sus compatriotas, no era amante de los desayunos copiosos, solía tomar un café y no siempre, algunas veces, cereales, porque, le daba más importancia a la comida o la cena, en verdad, no era muy comedora.

Natasha era de constitución débil, menos de treinta años, de una altura de alrededor de metro sesenta, normal de una mujer de su edad, pelo rubio claro, a veces blanco, que le sobre pasaba los hombros, además liso y casi todo el tiempo recogido en una cola de caballo, sus amigos no la habían conocido con otro peinado, de cara pequeña y ojos estirados, de un azul intenso, le daban una apariencia frágil y femenina, al mismo tiempo. No podía negar sus facciones ucranianas, tenía muy poco de su madre, que era más rojiza y con los ojos verdes, la típica irlandesa. Su apariencia y carácter, era lo único que conservaba de su padre, que nunca llego a conocer. Su voz era calmada y no muy grave, pero tenía muy mal carácter en ocasiones, dándole esa personalidad que la caracterizaba. Hasta ese momento nunca había usado gafas, tenía una vista perfecta y se orgullecía de ello.

No era amante de grandes vestidos, no quería decir que no le gustaran, por ese motivo, solía vestir lo suficientemente casual o informal, casi todo el tiempo, incluso en el trabajo. En referencia los complementos ocurrían lo mismo que los vestidos, tampoco era una apasionada, solía llevar una bolsa de estilo mensajero, donde llevaba casi todo, el ordenador, una libreta y el resto de las cosas que podría necesitar. En su casa tenía bolsos y complementos, llenando su armario con ellos, porque le gustaban, pero encontraba más cómodo su bolsa funcional al estilo mensajero, no usándolos aquellos complementos, pero le daba igual, le gustaba tenerlos y que se las regalasen. Ese preciso momento pensaba que debería deshacerse de todas estas cosas, debido no podría llevarlas con ella en su viaje, cuyo límite eran dos maletas con todo aquello que necesitaba, por eso lo regalaría o vendería, buena ocasión para una renovación de armario.

A Natasha, le gustaba mucho leer, poseía una pequeña biblioteca en su casa, detrás de la mesa del comedor. A diferencia de los complementos y los bolsos, no pensaba deshacerse de ellos, pensaba ponerlos en un almacén o regalarlos a su tía Adela, sabía que al fin volverían a ella, de una forma u otra, además su tía le gustaba también leer.

Eran las diez menos 5 minutos, a las diez en punto tenía la reunión con su jefe, sabía que en Suecia estaba por la tarde, que ironía, ella empezaba el día, la otra parte del mundo, casi habían finalizado su jornada laboral, pero con las nuevas tecnologías no había ninguna distancia y parece que todos estamos en una misma realidad, en tiempo y espacio, más ahora que podemos hacer conferencias en 3D con hologramas, como avanzan las cosas, en mi última entrevista de trabajo la hice con 3D.

En la universidad, Natasha recordaba que, muy poca gente poseía un móvil y menos acceso a internet, no siendo ningún problema en el ámbito social y las relaciones personales, ya que en aquella época la gente se relacionaba más y tenían más iteraciones personales, un contacto cara a cara, más humano y personal, algo que hoy en día, es del todo, impensable, sin el móvil o una aplicación en internet, haciéndonos esclavos de la tecnología, pero necesaria en otros ámbitos, como el trabajo. En mi caso y hago un paréntesis en la historia, siempre llevo mi móvil encima, nunca me lo dejo en casa, primero que mi cartera o cualquier cosa.

Pienso, que el móvil o teléfonos inteligentes gobiernan la voluntad del ser humano, eso sin duda, más que la televisión o la radio, en su momento, moldeando sus comportamientos a sus pautas y aplicaciones. La gente se queda hechizada con aquella forma rectangular, volcando todas sus aspiraciones, ilusiones, desilusiones, frustraciones en este conjunto de circuito con una pantalla táctil, ¿Cuántas veces hemos dicho "apago el móvil" ?, quiero un momento de relax, en mi caso muchas.

Cuando Steven Jobs mostro el primer móvil inteligente al mundo, en el siglo pasado, los teléfonos inteligentes ya existían, Steven no invento el móvil, pero si le dio otra dimensión, no solo el, sino otros visionarios. En aquel tiempo, Natasha y otros muchos creían que estaba loco y se decían, *"¿Qué se puede hacer cualquier cosa con el móvil?, no me lo puedo creer"*, esto es un claro ejemplo, de como una tontería que no querían la gente, se convierte en un artículo de primera necesidad. Vivimos en una sociedad consumista, no es un caso aislado, porque las compañías habían aprendido la lección, hablo en pasado, porque hoy en día está totalmente asumido, creando necesidades que no quieren la gente, adoctrinando, en algunos casos, que sin estas cosas no se puede vivir, convirtiéndolas en una cuestión de tenerla, "Sí" o "Sí", recuerdo cuando Natasha me contaba, las colas que se hacían en las tiendas de informática para conseguir el último modelo de teléfono, tableta o portátil, la gente las hacía, para sentirse únicos y poseer el último modelo, en un acto totalmente egoísta y diferenciador, siendo un sentimiento arraigado en el ser humano, pero potenciado en los últimos tiempos por las campañas publicitarias.

Volviendo a mi madre, Natasha pensaba que vivían en la dictadura de lo efímero, de la ilusión prefabricada, como el juego del trilero, ahora ves la bola ahora no. Natasha no se consideraba una talibán en términos de tecnología, todo al contrario le gustaba y mucho, los nuevos avances, pero, siempre hay un pero, creía que debía hacerse un uso más responsable de ella, un uso más pensado en el entorno del ser humano y sus verdaderas necesidades dentro de una sociedad, no tan superficial, ahí volvía a salir la vertiente más humanista de Natasha, en eso estoy de acuerdo con mi madre, pero matizo, que son necesarios, hoy por hoy, los avances tecnológicos.

Las diez en punto, Natasha, ya estaba preparada para la reunión, se había peinado y puesto ropa de calle, no se maquilló, porque no tenía ganas, tampoco lo vio apropiado. La música del Skype sonó, era la hora de la verdad.

- Buenas tardes - dijo Natasha, a su jefe, ya que quería causar muy buena impresión, debido a que, iba a ser su superior inmediato -
- Buenos días, Natasha Shevchenko - respondió Ed Williams su nuevo jefe – me alegro por tu decisión de tomar este trabajo, creo que podrás encajar muy bien con nuestro equipo. Además, tú eras una apuesta mía por cubrir este sitio en nuestra compañía.
- Gracias, estoy muy ilusionada con esta aventura, sólo tengo ganas de empezar, ¡ya! – no podía disimular su ilusión.
- Buena actitud, bien comencemos...."All need water", como bien sabrás, nuestra organización es una compañía sin ánimo de lucro, que operamos en varios continentes y países, nos dedicamos a la organización y ejecución de proyectos internacionales relacionados con el suministro de agua en países del tercer mundo, el año pasado, finalizamos dos proyectos en Ghana y Etiopía, con la construcción de diversas depuradoras de agua y algunos casos como en Ghana, desaladoras, para convertir el agua salada de la mar en agua potable. Nuestro trabajo, como sabrás es la organización y ejecución de los proyectos, además de la búsqueda de fondos,

la contratación de empresas locales para la construcción de las depuradoras o instalaciones, siempre bajo un marco sostenible, no discriminación o explotación laboral, bien lo que se dice, un comercio justo. Además, debemos participar con organizaciones locales para el desarrollo de nuestros proyectos, fomentando con ello la industria local y el desarrollo de la zona a la que ayudamos. Por otra parte, solemos trabajar en otras organizaciones internacionales no lucrativas, porque la gran mayoría de los proyectos poseen sinergias, nos aportan ayuda a la que no podemos llegar. Claro ejemplo, lo tenemos con "schools for everybody", esta organización se dedica a la construcción de escuelas en zonas deprimidas en todo el mundo. Nosotros participamos en cursillos de la depuración de aguas, dirigidos a las mujeres, principal herramienta centralizadora en estas comunidades, estamos teniendo una muy buena aceptación. Varios compañeros están trabajando en ello, de forma presencial o por teleconferencias. ¿Alguna pregunta?

- No, todo es muy interesante, por favor, sigue. – dijo Natasha que estaba atenta a lo que le decía Ed-
- Por tanto, tu trabajo será la coordinación de un grupo de trabajo en centro América o Filipinas, dependiendo de los tiempos de los proyectos, ya que allí tienen agua en las zonas rurales, no como en África, como ya conocerás, esta agua está muy contaminada, careciendo de una red de abastecimiento en condiciones, por otra parte, podrás trabajar con el banco mundial y banco latino americano para el desarrollo, ya que son ellos que llevan la dirección del proyecto y marcan las pautas de este.
- ¡!Fantástico!!, cuando podré empezar -exclama Natasha excitada, le hacía mucha ilusión todo lo que sentía por parte del Ed-.
- Primero, tengo que preparar toda la documentación para tu llegada a Gotemburgo, debemos hacerte todo el papeleo, ya

que no eres de la comunidad europea y debemos hacer una tramitación diferente, después, una vez estés instalada, personalmente te mostrare que hemos hecho hasta ahora en los proyectos, además de asignarte un proyecto en concreto.

- Gracias, necesitas alguna documentación por mi parte – dijo Natasha-
- No gracias, lo tenemos todo, Bien creo que es todo por hoy, tienes alguna pregunta.
- No por el momento, es posible, en el futuro, tenga miles de preguntas, por ahora no.
- Entonces, gracias por tu tiempo y solo queda vernos en persona, a finales del mes. Que tengas un buen viaje, ¡!bienvenida!!, una última cosa, si necesitas cualquier cosa, no dudes en llamarme, te he dejado en el último correo electrónico mi teléfono personal.
- De acuerdo lo haré, Adiós
- Adiós y que pases un buen día
- Igualmente.

Al cerrar el Skype, Natasha se encontraba sobre una nube, no se lo podía creer, como era posible que su suerte hubiera cambiado de la noche a la mañana, pensaba que estaba dentro de un sueño, pero la realidad era muy distinta, estaba bien despierta y los pies tocando la tierra.

Pasaba de tramitar seguros para mascotas o un coche, lo más emocionante que había hecho en su vida, a coordinar con un equipo internacional en proyectos sociales e integradores. Por fin, el destino le estaba sonriendo. Natasha no era muy creyente, más bien agnóstica, pensaba que el destino se le forzaba uno mismo, no había fuerzas ocultas, ni predestino que le manejará, pero, aquella vez, sus firmes convicciones empezaron a tambalearse, a los hechos que estaba experimentado, empezaba a creer que podría haber algo más, puesto que en su corta vida no había tenido, tanta suerte en sus manos.

"¡!!Que bien!!!, no me lo puedo creer, yo coordinadora de proyectos internacionales, mi tía Adela siempre me dice que tenga fe, ¡¡¡Amen!!!, que guapo es Ed, ¿estará soltero?, bueno Natasha céntrate y déjate de tonterías, lo primero es lo primero, voy a dar el cien por cien en este proyecto, ... no me lo creo, voy a llamar a Susan, esto lo tengo que decir alguien, que mejor que a ella, después claro, a mi tía Adela. ¡¡¡Suecia prepárate que voy!!!"

A finales de mes, sólo quedaba tres días para tomar el avión, lo haría en fin de semana. Tenía pensado cerrar su antiguo apartamento, devolver las llaves, debido a que este estaba completamente vacío, por suerte suya, había vendido todos sus muebles a precios casi regalados o muy baratos. Natasha quería pasar las últimas noches en casa de Susan y dar una fiesta de despedida con sus antiguos amigos y conocidos, pensando en la taberna irlandesa O'Callaghan en el centro.

O'Callaghan sería un lugar fantástico para encontrarse con la gente que había compartido tantas cosas a lo largo de los años, un punto a favor era que todas o casi las noches, había música en directo, lo que le convertía en un escenario perfecto para la fiesta.

O'Callaghan era el típico sitio, donde la gente iba para beber algo después del trabajo y relajarse, si la música estaba muy baja, excepto los días de un concierto en directo, que era un completo bullicio, la gente irlandesa o de origen, suele ser así. Como toda taberna irlandesa, las paredes estaban rellenas de fotografías de Irlanda o con motivos de ese país, desde luego no faltaba la bandera irlandesa en distintos lugares desplegada. Natasha recordaba, en determinadas ocasiones, por ejemplo, en celebraciones deportivas importantes, encendían la Televisión para transmitir algún evento deportivo, como la final de béisbol, la Super Bowl o cualquier partido regular de la liga, tanto fuera de fútbol americano o béisbol.

Además, recordó que una vez a lo largo de la barra se colgaron todas las banderas de las naciones que jugaban las seis naciones de rugby. Ella pensó, que aquello se debía a que había europeos ese año por la ciudad, porque los americanos no eran muy aficionados al rugby, en verdad a los americanos no les gustaba ese deporte, el rugby, preferían el fútbol americano, lo encontraban más emocionante que el rugby Europeo. En general, a Natasha le daba igual, no le gustaba el deporte, ni siquiera lo entendía, ni quería, aunque le encantaba hacer deporte o ejercicio de forma individual, como el ciclismo, caminar o correr, eso no quitaba, que de vez en cuando iba a ver una retransmisión deportiva importante, para socializar con la gente, o ver a los amigos, el resultado final del partido era lo de menos, no apoyaba a ninguno de ellos.

O'Callaghan estaba dividido en dos partes o plantas, la de abajo era una taberna propiamente irlandesa, como cualquier otra, la parte de arriba estaba más reservada para comedor o pequeño restaurante, con grandes ventanas que daban a la calle. Para acceder a la parte superior, se hacía por mediación de una escalera de caracol, muy empinada y donde sólo podía pasar una sola persona a la vez, Natasha recordaba, que el camarero debía esperar a que bajaran los clientes, para subir él. La cocina no estaba a la vista del resto de clientes, siendo una incógnita, si la comida se cocinaba allí, o iban a otro sitio a por ella. Pensaba que daba igual, para ella, estaba todo muy bueno, en especial las hamburguesas, que habían recibido muchos premios, según un cartel en la puerta, siendo las mejores de toda Virginia.

Por otro lado, O'Callaghan tenía un patio exterior y privado, para fiestas o si la gente quería fumar, con varios barriles, que servían como mesa improvisada para dejar la bebida. El propietario del O'Callaghan, Brian O'Callaghan, nació en Dublín, pero de muy pequeño se había mudado a Estados Unidos con sus padres, por lo tanto, era más norteamericano que irlandés. Brian era un hombre de avanzada media edad, era amigo de la tía de Natasha, Natasha sospechaba que habían tenido algún lio amoroso, en el pasado, pero que su tía, nunca se lo contó.

Adela Kelly nunca se había casado, seguía soltera, había tenido sus relaciones con otros hombres por supuesto, pero por alguna razón que no comprendía Natasha, nunca había querido casarse o comprometerse, Adela nunca saco el tema, ni tuvo esas intimidades con su sobrina en tema de hombres, pero Natasha tenía claro que era una mujer muy independiente y celosa de su libertad, cosa que para ella, eso, le bastaba como explicación, que tampoco indago porque del motivo de su tía, ni se lo planteo a su Tía tan siquiera. Por otra parte, Natasha, dentro de sus pensamientos o su juventud, creía que Adela había llegado a punto sin retorno para no buscar pareja, ella pensaba que llegaría al mismo camino, lo que le angustiaba, todo lo contrario que su tía, que amaba mucho su libertad como persona y la situación de su vida, juventud divina inocencia.

Se acercaba la hora de la fiesta, Natasha se arreglaba en la casa de Susan, se maquillo un poco, no mucho, porque no le gustaba, se puso un bonito traje para la ocasión.

- Mira que eres sosa Natasha, mira que no querer maquillarte – dijo Susan
- No me gusta maquillarme, lo encuentro ridículo, lo importante es que me encuentre bien yo, no los otros, ¿tú que crees? – contesto Natasha
- Creo que eres una sosa, con lo guapa que eres, menos mal que te he convencido de que te pongas un vestido elegante, sino vas con jeans a tu propia fiesta.
- ¿Qué quieres?, yo estoy cómoda con jeans y una buena camisa, me siento yo misma.
- Menos tonterías, termino de arreglarme y vamos hacia el pub. – dijo Susan desde su habitación

Susan y Natasha se dirigieron hacia el O'Callaghan, 10 minutos antes de la hora. Natasha odiaba llegar tarde, lo consideraba una falta de respeto. Al llegar, comprobó que nadie estaba en la fiesta, siendo normal. Natasha había tenido mucho cuidado al invitar a casi todos, o aquéllos que consideraba más cercano, ya que no tenía tiempo para ser condescendiente o quedar bien con otras amistades. Mentalmente, repasó la lista de invitados; el grupo de trabajadores del antiguo trabajo, amigos más cercanos, por supuesto a su tía, Adela, y otros conocidos, que ella consideraba importantes.

La gente comienzo a llegar al O'Callaghan, primero se dirigían hacia Natasha, como era normal, como anfitriona, la saludaban y después se mezclaban con la gente que iba viniendo, después de un buen rato, casi toda la gente, ya había llegado y estaba integrada en algún grupo o conversación, Brian había habilitado el patio interior para esta fiesta, por indicaciones de Adela. Además, iban a hacer una barbacoa con una parrilla móvil que solía utilizar en estas épocas de verano. Era finales de julio, en pleno verano, la gente agradecía estar afuera, además, si había una barbacoa en marcha, el éxito era asegurado.

Natasha iba de un grupo con otro, saludando y haciendo de buena anfitriona, al fin, eran más de 20 personas, conocidas por ella, cuanto más iba pasando el tiempo, otros clientes del O'Callaghan se unían a la fiesta, puesto que salían a fumar o porque conocían a alguien en la fiesta, independiente si conocían a Natasha o no, en aquel pequeño pueblo, era muy extraño, que no se conocieron o hubiera algún vínculo entre ellos, en definitiva, estaba siendo un éxito la fiesta. Recuerdo un verano, los dos solos en la playa, cuando Natasha me contaba acerca de esa fiesta de despedida, los recuerdos que tenia de ella, creo que fue un bonito punto final a su etapa en Estados Unidos, o al menos eso es lo me trasmitió, cuando me lo conto.

Se encontraba contenta, pero al mismo tiempo cansada de repetir siempre la misma historia de su nuevo trabajo en Suecia, una y otra vez, era un precio, que debía pagar, porque en esas fiestas funcionaban así. Al fondo, vio a su antiguo novio, algo que la entristeció y cabreo, pensaba, que como podía tener la poca vergüenza de aparecer por allí, después de lo ocurrido, a veces la gente no tiene vergüenza, ni la conoce.

- Como puede estar aquí con todo lo que ha pasado – Natasha dijo a Amanda su ex compañera de trabajo, que estaba hablando en ese mismo momento –
- No te preocupes, el pub es un lugar libre puede venir el que quiera, no hay ninguna ley que lo prohíba, además eso ya ha pasado y pasa página, que haga lo que quiera con su vida, tú tienes un futuro brillante en Europa y allí puedes conocer alguien mejor que eso, personalmente has tenido suerte al romper con él, nunca me ha gustado ese tipo, tiene algo oscuro y no es buena gente. Desde que me lo presentaste en la oficina, no me gustó nada, además no es tu tipo, creo que mereces una cosa mejor para ti, - contesto Amanda
- Tienes razón, no debería de alterarme, lo pase muy mal cuando rompimos, ya no siento nada por él, es agua pasada, si quieres que te diga la verdad me da igual que este aquí o no,
- Esa es la actitud que tienes que tomar, mirar atrás ni para dar impulso – ambas se rieron.

Natasha había sido pareja de Richard, un antiguo compañero de la universidad, antes y después de terminar los estudios, habían tenido una relación bastante estable, incluso se pusieron a vivir juntos en el apartamento de ella.

Natasha tuvo que irse a una conferencia de seguros en Nueva York, de lo más divertido, pensaba ella. Finalmente, por indicaciones de su jefe, tuvo que volverse antes de tiempo, cosa que no tuvo ningún problema, la compañía corría con todos los gastos que podría ocasionar ese cambio de billete a última hora. Al regresar a su casa, encontró a su pareja en la cama con una de sus amigas, Caroline. Aquel hecho la cabreó mucho, pero no lo exteriorizó en ese momento, lo que la atormentaría mucho, a lo largo de los años, surgiendo un sentimiento de culpabilidad por lo hecho y no lo hecho al pasar aquel trágico episodio de su vida, pero los hechos fueron de esa manera y no tenía ninguna manivela para volver atrás en el tiempo, por lo que se resignó y acepto los hechos como pasaron, que fueron de la siguiente forma, según me relato Natasha en frente de una copa de vino, al final purgo su culpa al contármelo.

Al entrar en el dormitorio, los vio, se quedó paralizada por el dolor que sentía en ese momento, la traición iba penetrando en su carne y no le dejaba respirar, a penas oía lo que le decía Richard, que intentaba argumentar aquello que no tenía argumentos, ni explicación alguna, era una traición en toda regla, no se movió de la puerta del dormitorio como una estatua de sal, sin hacer ningún movimiento o articular ninguna palabra alguna, estaba como espectadora de aquella escena, donde Richard chillaba, Caroline desnuda y tapada con una sábana se cubría la cara y lloraba sin descanso, mientras Natasha no reaccionaba y permanecía quieta en la puerta sujetándola, el único que hablaba y chillaba era Richard, haciendo movimientos rápidos y violento, ya que el silencio de Natasha le enfurecía e irritaba aún más.

Al cabo de unos minutos, Natasha reacciono y cierro la puerta del dormitorio, dejando la histérica escena del dormitorio, dirigiéndose hacia el comedor, cogió un papel de la cocina y escribió lo siguiente en letras grandes y claras,

"por la noche no quiero encontrarte en mi casa, recoge todas tus cosas."

No podía articular palabra, por lo que lo dejo sobre la mesa, mientras Richard estaba desnudo y primero le suplicaba y después, al ver que no le respondía y era total el desprecio de Natasha hacia él, le empezó a gritar y acusarla que ella era la responsable de aquella situación, mezclado de suplicas y promesas que iba a cambiar, mientras Natasha no movía ni una ceja, ya que estaba ajena a todo aquello, no tenía ganas o no podía hablar, no respondiendo a sus acusaciones, en definitiva no le respondía a nada, al final como Richard no tenía argumentos, se limitó a hacer afirmaciones del estilo "*bien tú lo has querido...*" o por el estilo. En esos últimos momentos, Natasha se dirigió hacia la puerta de la calle y salió, dejando a Richard con un palmo de narices.

Richard no tuvo tiempo para decir nada, quedando en el más desprecio por parte de Natasha. Durante los años, ese silencio entre ellos fue la tónica, incluso cuando se veían por la calle en el pueblo, no teniendo ninguna conversación directa o indirecta acerca del tema, ni de nada, al respecto, salvo esa noche de la fiesta de Natasha y a pocas horas de Natasha irse del país, debido a que, por una traición, se había terminado una relación de años.

Tras cerrar la puerta, Natasha se fue a continuación a casa de Susan, su mejor amiga y confidente, allí es donde sacó toda su furia al contarle todo lo que había pasado, al final, ella estalló a llorar en el hombro de Susan, algo que le vino muy bien, por toda la rabia y la tensión acumulada. Esa misma noche, Natasha volvió a su casa, no encontró rastro de él, pero sus cosas todavía estaban allí.

Al día siguiente, cambio la cerradura de su casa, dio todas las cosas de Richard a su hermana, Julia, que la había citado ese mismo día, sin mucha lógica, intento persuadirla y convencerla con alguna absurda excusa, cuál era el motivo, porque lo había hecho su hermano, pero ni siquiera Julia se las creía, ni como persona adulta, ni como mujer. A lo largo de las siguientes semanas, algunas amistades e incluso la propia Julia, intentaron solucionar la situación, ya que Natasha ya había tomado una decisión, no había vuelta de hoja, el destino estaba tomado, Richard pasaba a la cola del olvido, o casi, nunca se sabe, pero en estos casos es que sí.

Antes de esa situación, la relación de Natasha y Richard, en los últimos tiempos, se había helado mucho, Natasha, había intentado revivirla en varias ocasiones, consiguiendo una desilusión tras otra por parte de él. Ella lo quería, por ese motivo, todavía estaba con él. Además, Richard había perdido su trabajo y ella creía que ese era el principal motivo de su comportamiento y su alejamiento de ella.

Tres semanas antes de su viaje a Nueva York, Richard encontró un trabajo, Natasha suponía que la relación podría cambiar, resurgir, pero, todo lo contrario, siguió por el mismo camino, sólo que, él era más seguro de lo que hacía, al tener trabajo, ya no necesitaba la protección maternal de Natasha, el amor se iba terminando y pasando aun estado de contrataques. Uno de las cosas que no iba a tolerar, según el criterio de Natasha era la infidelidad, para ella no tenía justificación alguna, menos la mentira, creía que la comunicación entre la pareja era fundamental, si él tenía un problema con la relación con ella, tenía que contárselo, por duro y fuerte que este fuera, la valentía algunas veces manca en algunas situaciones, no afloro en Richard, afrontar el problema y decirlo a la cara, aquello que ocurría, hubiera sido lo mejor en esos momentos previos a la escena del dormitorio, porque la mentira siempre sale y no hay verdad que se esconda entre cielo y tierra.

Natasha, había aprendido una lección muy valiosa que le acompañaría a lo largo de su vida, donde la gente no es tan valiente, como lo que presume decir, los secretos y los malestares, suelen esconderse bajo una capa de conformidad. Fuera como fuera, lo tenía clarísimo en ese momento, hasta ahora pensaba lo mismo, no había solución respecto a Richard, se encontraba muy bien con la nueva situación personal, además se iba Suecia en unas pocas horas.

Natasha se dirigió hacia Richard, muchos pensaran que es un error, yo también lo pienso, pero ya había pasado mucho tiempo, además, no había motivo para no decirle cualquier cosa, ya que en poco tiempo se diferenciarían en muchos kilómetros entre ellos, ella estaría en Suecia, como son los sentimientos, en el fondo tenía buenos recuerdos de Richard, aunque nunca me lo confeso Natasha, creemos que conocemos a nuestros padres, pero siempre hay algo que nos sorprende.

- ¿Cómo estás Richard? -dijo Natasha-.
- Muy bien, ¿y tú? – contesta Richard -
- Bien, disfrutando con unos amigos, ¿sabes que me voy a Europa?
- Si me lo habían dicho, por eso he venido a despedirme.... Me han dicho, que vas a trabajar para una ONG, me alegro por ti, te lo mereces.
- Gracias, ¿y tú? ¿Cómo te va?
- Bien no puedo tener ninguna queja, con el nuevo trabajo, me va muy bien, tengo mucho trabajo.
- Qué Bueno, fantástico
- Natasha, sólo quiero decir una cosa, que lo siento muchísimo, de verdad, todo lo que ocurrió, no tuve tiempo de decírtelo, sé lo mucho que perdí, pero en cierta forma me lo merezco, hace años que quería decírtelo, antes de irte te lo quería decir.
- No pasa nada, aquello ocurrió hace tiempo, pensándolo en frio, es lo mejor que nos podía haber ocurrió. Te deseo que seas feliz, de corazón. – en ese momento la tensión se cortaba con un cuchillo -
- Gracias, igualmente, además de que tengas un buen viaje y mucha suerte en Europa.
- Gracias, bien ya nos veremos.

- Si ya nos veremos... Adiós y suerte
- Adiós, Igualmente....Richard

Natasha se dirigió hacia otro lugar de la fiesta, pero mentalmente, pensaba "estúpido Richard, ahora tendrás tiempo de hacer de gigolo". La fiesta estaba siendo un éxito, por supuesto. Finalmente, Susan y otros amigos habían organizado una sorpresa para Natasha, por ese motivo de repente la música paró y Susan tomó la palabra.

- Gracias a todos por haber venido, como sabéis nuestra amiga Natasha se va a Europa, por este motivo, hemos organizado una sorpresa por ella.... ¡¡¡Te extrañaré mucho Natasha!!!, tú lo sabes...muy bien, – mucha gente se unió a la exclamación – pero, no hay nada que hacer, la vida es así.... Entre todos hemos recolectado algo de dinero, ya que sabemos que no tienes espacio en las maletas, creo que es el mejor regalo, el dinero, que cosas materiales, por este motivo, quiero darte este sobre, no tengo ni idea, de cuánto dinero puede haber en el - todo el mundo se río -, porque la gente hasta el último minuto ha metido dinero dentro de él.... Que lo disfrutes -se sintió ovaciones y aplausos - y nada más, coge el sobre de una vez- se volvieron a sentir aplauso y ovaciones-.
- Gracias a todos - dijo Natasha - muy agradecida, en verdad me harán más provecho el dinero que más cosas para meter en las maletas - Todo el mundo se río - pero, no era necesario, de todas formas, muchas gracias de verdad - se volvieron a sentir aplauso y conformidades, en todas partes - bien que disfrutéis de la fiesta y muchas gracias - se sintió una fuerte ovación -

Después de este discurso, mucha gente se acercó a Natasha, para saludarla y despedirse de ella de una forma más personal e íntima, en esos momentos, ella se sentía muy protegida por sus amigos, estaba un poco triste por tener que irse, pero, la decisión ya estaba tomada desde hacía unas semanas atrás, era mujer de fuertes convenciones, a veces erraba, como todo ser humano, otras, daba, en el blanco, pero estaba convencida que aquella vez, era lo mejor que le podía pasar.

No tenía un carácter impositivo o muy fuerte con los demás, ya que solía escuchar a la gente y si podía dar su opinión, la daba por supuesto, pero si no le hacían caso, tampoco era muy importante para ella. Además, a lo largo de su vida, siempre había sido muy reservada y callada, más cuando ella era joven, le costaba muchísimo forzarse ese carácter seguro y autosuficiente, que ahora reflejaba a los treinta, porque bajo toda esa apariencia de seguridad, seguía siendo muy vulnerable, frágil y a veces tenía que consultarlo casi todo con otras personas, dándole esa apariencia de inseguridad, pero al fin, siempre hacía lo que ella creía lo mejor, sin el consejo de nadie.

Pensaba que la gente suele creer que las personas con apariencia de seguras o autosuficientes, que Natasha quería transmitir a los demás, no tenían esa sensibilidad y que los problemas le pasaban por encima, no es así. Además, poseía una sensibilidad a flor de piel y los problemas o las ofensas le dolían como a cualquiera, aún no había encontrado el remedio por ello, hasta el momento.

Un sentimiento perpetuo de culpa le recorría por su mente, a veces era generado por otros, casi siempre, de otras se auto infringía, pero Natasha era fuerte o al menos ella transmitía esa sensación a los demás, aunque en el fondo seguía siendo la pequeña niña huérfana. Con el tiempo y la edad, Natasha pudo reducirlo e incluso eliminarlo, cosa que Natasha me trasmitió y enseño a lo largo de los años.

El día del viaje llegó, era sábado de buena madrugada, su tía la llevaría al aeropuerto de Virginia Highland a unos 7 minutos de Abingdon, era un aeropuerto muy pequeño, sólo tenía vuelos nacionales, por ese motivo debería hacer escala en Nueva York en el JFK y luego tomar otro vuelo por Gotemburgo, Natasha debería pasar muchas horas de viaje y esperar en el aeropuerto el tráfico para el siguiente vuelo.

Natasha pensó en coger un libro para el viaje, lo que no me conto o no recuerdo el nombre del libro, pero Natasha creía que en tantas horas de viaje se lo leería, tampoco no sé, si lo leyó o termino.

Durante el viaje hacia el aeropuerto, Natasha y su tía hablaron de su futuro, que le llamaría por teléfono bastante a menudo, por supuesto al llegar a Suecia, lo haría, siendo la primera de las cosas a hacer. Sentía una mezcla de miedo y emoción, era la segunda vez que salía de su país, la primera fue de pequeña a Ucrania a ver su familia, pero Natasha se dirigía hacia un futuro totalmente incierto por ella, creía que todo iría bien, eso lo tenía claro, que sería muy bueno para ella esa aventura, pero al mismo tiempo tenía miedo, por lo que podría encontrarse, no por vivir a solas, hacía muchos años que lo estaba haciendo, más por la novedad de la situación y encontrarse en un país extranjero, en otro continente, con una lengua diferente y cultura también, debido a que una cosa es ir a ver tus familiares en Ucrania, un verano, otra mudarse permanentemente a Europa.

Llegaron el aeropuerto y su tía, lo primero que hizo es aparcar su coche en el estacionamiento del aeropuerto, seguidamente, Natasha cogió unas de las maletas que quería llevarse y la otra la cogió su tía, dirigiéndose hacia en el mostrador de la aerolínea. Allí, se registró en el vuelo y le indicaron las puertas que tenía que coger. Ante el control antes de las puertas de embarque, se despidió de su tía.

- Bien, ya llegado el momento – dijo entre emoción y nervios
- Si - dijo Adela en la misma emoción- No me gustaría que te fueras, te añoraré mucho, tú eres la única familia que tengo, y todos estos años que hemos estado juntas, han sido los

mejores de la mía vida, le prometí a tu madre, que cuidaría de ti, también reconozco que tu vida es tuya y que eras muy grande para cuidarte sola - la voz de Adela sonaba muy pesada y triste -

- Ya lo sé, estoy muy agradecida, sé que has hecho lo imposible después de la muerte de mi madre, para que no me faltase de nada, reconociendo que cuando no he podido hacer frente a mis deudas, siempre has estado allí, para cualquier cosa. Además, yo tampoco tengo otra familia más que tú. Tía, te quiero muchísimo, tú lo sabes, vendré a visitarte o ven tu – respondió con lágrimas en la cara -
- Yo también, hija mía, yo también - Adela se puso a llorar, algo que Natasha le acompaño con un fuerte abrazo, al cabo de unos minutos Adela dijo – bien basta de llorar, este momento es de alegría no para llorar, coge ese avión y demuestra lo que vales, que no me arrepienta de mi sobrina favorita.
- Gracias, tía, lo haré. – se volvieron a abrazar – Adiós tía – al mismo tiempo que se alejaba hacia el control.
- Adiós te quiero mucho.

Adela la vio pasar por el control, sólo llevaba su bolsa de estilo mensajero, el libro y todos los billetes del viaje dentro del libro, además del pasaporte. Natasha comenzaba un viaje sin boleto de regreso, hacia un futuro incierto y desconocido, que solo ella lo descubriría y forjaría.

Capítulo 2

"El ser humano es de lo más extraordinario, siempre está dispuesto a descubrir nuevas formas de hacer las cosas, reinventarse y cambiando el mundo que le rodea."

Barcelona, 30 de Abril 2042

Esta mañana tengo una entrevista de trabajo en una editorial de Barcelona como editor, me han dicho que el sueldo no será mucho, pero estoy mucho tiempo desempleado, me vendrá bien algo de dinero, porque los cuentos que escribí y publique no dan para mucho, menos mal que mi padre, Juan me está ayudando con algo de dinero, desde que volví de Finlandia, estoy teniendo una relación más estrecha con él, aunque él vive en Valencia, esta retirado, nos llamamos todos los días, al menos no perdemos el contacto, ya estuvimos mucho tiempo sin saber de él.

Natasha siempre mantuvo la llama viva y el recuerdo de Juan durante todos estos años y casi era como estuviera presente en su día a día, como descubrir luego, aunque no supe nada. Está bien que tenga contacto con mi padre, me suena raro llamarle así, creo que nunca lo he hecho, siempre ha sido por su nombre, Juan. El continua con los temas de la universidad y la investigación, creo que nunca cambiara, la apasiona la ciencia y siempre lo demuestra.

Bueno, voy a continuar escribiendo, ahora que me ha venido a la memoria mi padre, además mi café me espera en mi escritorio y tengo un poco tiempo antes de la entrevista de trabajo, vamos a ver si tengo suerte y consigo el trabajo, creo que sí, creo que ese Andreu Rivas es buena gente.

Juan y Javier, estudiaban y trabajaban en la Universidad Politécnica de Valencia, o más conocida por sus siglas UPV. Juan Morant era natural de Gandía, la comarca de la Safor. Estudiaba y trabajaba en la universidad como investigador, recientemente había terminado su DEA (Diploma de Estudios Avanzados), dentro de un programa de doctorado. Juan estaba convencido de que aquel diploma no servía para nada, una especie de perder el tiempo antes de lo importante, que era el grado de doctor, además de una forma poco elegante de sacar el dinero a los estudiantes por parte de la universidad, ya que los estudiantes tenían suficientes gastos a lo largo de sus estudios, para pagar otros.

Juan era un apasionado a su trabajo y por descontado de la ciencia, pensaba que su nombre se escribiría en letras de oro en la historia, que el proceso de doctorado era tan sólo un escalón para conseguirlo. Soñaba con participar en proyectos de investigación y en un futuro tener su propio grupo de investigación, además, las ideas le hervían en su mente. Soñaba a lo grande, con reconocimientos académicos y grandes proyectos científicos donde el participaba o incluso dirigía, no le queda Juan por vivir, porque la realidad siempre se presenta más modesta, pero juventud divina inocencia.

El grupo de investigación al que trabajaba era suficientemente relevante, dentro de la universidad y en el ámbito académico, pero él no tenía mucha relevancia dentro de él, ya que los proyectos por lo que le pagaban eran suficientemente tontos y no tenían una fuerza relativamente mayor en la comunidad científica. Juan le daba igual, el trabajar con estos proyectos, de momento, sabía que algún día, valorarían su potencial como investigador, porque tenía muchas ideas y potencial que hasta el momento nadie quería aprovecharse, algún día podría lucir con luz propia.

Por otro lado, Javier Grau era natural de sueca, en la comarca de la ribera baja, todavía estudiaba como ingeniero industrial electrónico en la UPV, pero tan sólo le faltaba un curso para terminar la carrera y leer su proyecto fin de carrera, que, si no ocurría nada anormal, podría hacerlo a finales del siguiente curso.

Javier y Juan eran amigos hacía mucho tiempo, se conocieron en la universidad, cuando eran estudiantes, siempre habían estado juntos, además cogían todos los días el mismo tren para ir a la universidad, de Valencia a Gandía, cosa que les afianza más su amistad.

Javier no era tan apasionado a la ciencia como Juan, porque, para Javier era más importante terminar la carrera e irse fuera de valencia para trabajar y ver mundo, era su mayor afán, ya que no había mucho futuro en valencia para cualquier ingeniero. Juan también sabía esto, puesto que él también era ingeniero, pero de otra disciplina, la informática, por ese motivo, se había focalizado en el ambiente académico y en terminar el doctorado, para quedarse en su Valencia, haciendo lo que le gustaba.

Juan y Javier tenían fuertes peleas, sobre todo, yendo a casa en el tren, porque Javier creía que el fin de los estudios, era la carrera y empezar a trabajar, Juan todo lo contrario, que sólo era el comienzo, que allí en la universidad, había muchas cosas para estudiar, por tanto, investigar, claro ejemplo de idealismo frente al pragmatismo, un don quijote y sancho panza, pero a nivel de ingenieros y científicos.

Ese día, su jefe, un catedrático, además de vicerrector de la universidad, le hizo llamar a su despacho del rectorado, Juan creía que le iban, por una vez a su corta vida de investigador, a oír sus propuestas, que le esperaba un proyecto con más fondos de investigación y más relevancia, como una especie de recompensa por su esfuerzo.

Al entrar en el despacho, Juan vio que era inmenso con un escritorio muy grande, detrás de ese escritorio, estaban las banderas de España, Valencia y la Universidad Politécnica, lo que parecía más un despacho de un cargo político que de un científico abnegado a la ciencia, Juan consideraba que tanta pomposidad le resultaba excesivamente ridícula, para un hombre de ciencia, pero su jefe no había hecho nada demasiado relevante en el campo de la ciencia, para tener ese despacho, Juan pensaba que no se lo merecía, que era un pomposo, pero más daba si le daba lo que él quería, siendo sus méritos más políticos que científicos.

Como todo despacho ministerial, tenía un recibidor con sofás y una mesa pequeña. Su jefe le sentó en un sofá de tres plazas, que tenía cerca de la ventana que daba al campus, donde se podía ver todo el campus, tenía unas vistas espectaculares, ya que su despacho se encontraba en el centro neurológico de la universidad, él en un sofá en el lateral del de tres plazas, donde podía controlarlo todo.

- Juan te he hecho llamar, porque hemos decidido que no estás a la altura de nuestro grupo y por este motivo no podemos renovarte tu contrato con nosotros - su jefe se lo suelta sin filtro, ni una pausa, todo de golpe –
- ¿Qué? ¿No le he oído bien?, ¿por qué? ¿No está contento con mi trabajo? -Juan estaba en ese momento totalmente sorprendido y en completo shock, no esperaba de ninguna de las maneras aquella reacción por parte de su jefe -
- No es eso Juan, pero tu trabajo no está la altura, de nuestros estándares – reitera con su cabeza sin darle más explicaciones–
- ¡!Como que no estoy a la altura!!!, usted sabe lo que estoy esforzándome en hacer esos proyectos sin importancia, esperando que me dé un proyecto con más base científica, viendo cómo mis compañeros se tocan las narices y se pasan la vida jugando al bádminton y cualquier otra tontería que saca el departamento de deportes, al final, son ellos que firman los mejores artículos de investigación. - Juan estaba sacando su carácter, además de no gritar mucho porque jugaba en campo ajeno- además, es su opinión, no la mía.
- La decisión es firme, por ese motivo, retira las cosas de tu escritorio y si tienes algo en el ordenador del grupo – su jefe

no quería darle más explicaciones, ni siquiera entrar en una guerra dialéctica, donde él saldría perdiendo seguramente, puesto que su afirmación no era muy sólida, además le estaba hinchando las narices de que Juan contestará, ya que era un hombre que nadie le replicaba, por su posición académica y política dentro de la universidad, menos Juan que no era nadie para él –

- Bien de acuerdo, no estoy donde no me quieren, esta misma tarde mi escritorio estará completamente limpio. – se levantó y se dirigió hacia la puerta – Adiós
- Adiós -dijo su exjefe en voz baja, con mucho desprecio hacia Juan-

Juan salió del edificio del rectorado, estaba muy cabreado y ofendido a su corta edad, pensaba que se había creído ese, "sucedáneo de científico", con aquella afirmación, Juan pensaba que le otorgaba a su exjefe, un grado elevado.

En verdad, Juan entro por casualidad en ese grupo, sustituyendo a unos de esos elegidos que se llaman "científicos de carrera", que después de hacerle para él, ese puesto de trabajo, se les dejó con un palmo de narices a los compañeros del grupo y sus superiores, se fue a la universidad de valencia donde le ofrecieron más dinero y estudiar el doctorado en el CSIC.

Juan creía que la vida era muy injusta, ya que esos elegidos, terminaban sus tesis en las canchas de bádminton o baloncesto, teniendo los mejores artículos de investigación. Por otro lado, estaban la infantería a la que pertenecía Juan, que eran los que realmente hacían las tareas de investigación como tal, que nunca o casi nunca, acabarían sus estudios obteniendo el grado de doctor, como en la escuela de primaria que el maestro siempre decía "progresa adecuadamente", nunca se progresaba, en eso estaba Juan, que nunca tocaría el cielo prometido, menos después de la reunión con su exjefe, la desilusión y el desconcierto reinaba por la cabeza de Juan, pero solo le quedaba la rabia contenida y que tenía que dirigirla hacia otros lugares, no le quedaba otra, la impotencia y la soledad era el todo en ese momento.

Juan venía de una familia más bien modesta, donde su padre debía ganarse la vida todos los días, sus padres, siempre había querido que su único hijo, tuviera una carrera universitaria, para que no pasará por donde ellos habían pasado, mira las vueltas de la vida, le estaba pasando lo mismo, a niveles más ilustrados y en la universidad.

Valencia es muy clasista, pensaba Juan, que nunca cambiara, el olor a rancio se respira en todas partes, la valencia del casal y la traca, de los peinados con permanente, de los tres forasteros de Madrid, de Eduard Escalante y la más oscura, si la España de pandereta, Valencia le ganaba en creces, en eso, siendo la primera de la lista, pero él amaba valencia con todo su corazón, creía que después todos sus defectos, era la mejor tierra del mundo, sólo que la habitaban la gente equivocada.

En aquel momento, estaba muy enfadado, las razones no le sobraban, por ese motivo fue a buscar a su amigo Javier, para contarle lo que le había pasado, dirigiéndose al edificio de industriales en la UPV, donde estudiaba Javier, se esperó en la puerta de la clase de Javier, cuando salió Javier, Juan se acercó.

- Javier, tienes un rato para hablar –dijo, cuando Javier estaba hablando con algunos de sus compañeros de clase, entonces se dio cuenta de la presencia de Juan y se dirigió hacia él–
- ¿Qué pasa Juan? ¿No deberías estar trabajando? – hizo una exclamación –
- Para trabajo estoy ahora, sabes que mi jefe me ha echado del grupo, según él, porque no estoy al nivel del grupo. – su tono de voz era exaltado –
- No digas, que poca vergüenza, ¿Cómo ha pasado? – Javier estaba intrigado porque su amigo le contará su historia –

- Hace un rato, ese sucedáneo de científico con pelos en las orejas – había visto muchas veces que su exjefe lucía unos bosques de pelos dentro de sus orejas, pero nunca había hecho nadie, ningún comentario al respecto, hasta ahora-, me ha llamado a su despacho, de repente, me lo ha dicho, sin filtro y de una forma muy directa que estaba fuera del grupo, desde hoy mi contrato estaba finalizado – su voz continuaba muy afectada y al borde del llanto –
- Ya está... ni una sola explicación o alternativa para que puedas trabajar en otro sitio –
- No, ahí tienes la puerta y limpia tu escritorio de tus cosas, no quería verme más.
- Que le den.... Seguro que encuentras algo mucho mejor, yo si fuera tú, no le daría más importancia, ellos se lo pierden, además siempre estabas diciéndome que estabas muy aburrido de trabajar en esos proyectos de poca importancia, pero ahora, tienes la oportunidad de cambiar de trabajo y de vida. Aprovecha, cuando la vida te da limones, haz limonada.
- Ya si lo miras bien, tienes razón...- dijo, además el rato que había estado esperando a Javier, le había dado tiempo de pensarlo mejor – quiero replantearme mi vida, ¡!decidido!!!
- Eso mismo, plantearla de otra forma, no es el fin del mundo, hombre, cuando se cierra una puerta, se abre otra y a veces una ventana, como decía mi abuelo. – dijo Javier, que en su corta vida siempre estaba lleno de refranes, sobre todo de su abuelo -
- Ya, tienes razón, ¿Cuándo acabas para coger el tren? Hoy como ves, podría terminar más pronto – hablaba con ironía
- Ahora tengo otra clase y después ya no tengo nada, si quieres podemos ir a la cantina con unos amigos y al final, cogemos el tren, ¿estás de acuerdo? – le sugirió, ya que pensaba que era lo mejor en su situación viendo el estado

de su amigo, que estaba muy afligido por lo que le había pasado –

- Bien nos vemos en una hora en el ágora – el ágora era una especie de plaza en medio de la universidad, en los diseños iniciales debería estar cubierta por una cúpula, pero alguna cabeza brillante se equivocó en las dimensiones de la cúpula, y quedó descubierta para siempre, después en la última remodelación lo arreglaron quedándose como una plaza abierta, la España de pandereta -, todavía tengo que recoger mis cosas en el despacho. Hasta ahora y gracias…- se despidió de su amigo con una mirada triste, aún estaba procesado lo que le había pasado y no se hacía a la idea-
- De nada, hombre, hasta ahora, Juan. Y no seas tonto y alegra esa cara que le mundo no se ha terminado y menos por ese trabajo, otro trabajo te saldrá y mucho mejor que el que tenías.
- Gracias, nos vemos

Alejándose del edificio de industriales, el mundo se cernía sobre él, pero se encontraba mucho mejor después de la conversación con Javier, siempre era como una bocanada de aire fresco, además tenía razón, en aquella sociedad valenciana, tanto tienes y tanto vales, por el estado de tu cuenta corriente, se valoraban a las personas, los méritos quedaban en segundo lugar, o la validez de las personas, era del todo irrelevante, por ese motivo en aquella sociedad era muy difícil el destacar o relucir, él siempre lo comparaba, eso que era joven y no había vivido suficiente para hacer juicios de valor, a la superficie aceitosa que se forma cuando se hierve muchos alimentos en un cocido, esa capa no deja pasar el resto de sabores y esencias.

Lo bueno siempre queda en el fondo y lo perjudicial o malo para la salud en la superficie, por ese motivo los buenos chef, siempre quitan esa capa que se forma cuando se hace un cocido, independientemente de comparaciones culinarias, Juan se sentía muy mal y afligido, de camino hacia el edificio donde estaba su escritorio y donde trabajaba el grupo de investigación, se le hizo eterno, como un caballo galopante, la culpa y la depresión hicieron mella de él, se creía que no tendría otra oportunidad como aquella y que el mundo se quebraba ante sus pies, cayendo en los más profundos infiernos inventados por dante, otra vez la culpa por lo que se hubiera o no hubiera hecho o dicho, si al final no existe remedio, ni vuelta atrás.

Pero el dolor y la culpa recorrían el pobre cuerpo de Juan, como una corriente eléctrica, abatiéndolo y dejándolo como un simple títere, tenía y debía de reaccionar y lo haría. Un futuro y el sol se brindaban delante de él, pero el permanecía ciego o al menos tuerto.

Delante del edificio de su grupo se dispuso a subir las escaleras y recoger todas sus cosas, con la dignidad que podría reunir y hacer frente a la situación, al fin al cabo el orgullo no lo había perdido, siendo lo último que se pierde en estos casos.

En el despacho que tenía en el grupo de investigación en la universidad, recogió todas sus cosas, además borro todas las cosas personales o trabajos de su ordenador del grupo, por otra parte, sus compañeros, no le dijeron absolutamente nada, como si se tratara de un día cualquiera, eso no quería decir que no lo supieran que le había pasado a Juan, todo lo contrario, lo sabían al pie de la letra, todo, o al menos esa era la sensación de Juan, pero internamente no le importaba nada, ni un ápice.

Juan creía que el exjefe, ya los habría puesto al día en todo, incluso, ya lo sabían antes de que él fuera al despacho del rectorado. Su exjefe era de esas personas que lo controlaba todo, además todos los artículos de investigación debían estar firmados por él, por ese motivo lo sabían, sin lugar a duda, pero no le importaba, eso era el pasado y debía de quedarse allí, en el pasado, nunca se debe volver y por un motivo vuelve tiene que ser reformado o por que el destino debía ser así, a veces andamos en círculos y el pasado vuelve reformado o mejorado, pero no es conveniente, siempre acaba mal. Vida y sangre nuevas, como dice el dicho.

Al salir, sintió que una nueva etapa se abría frente a él, que encontraría el mejor camino, para su futuro inmediato, estaba totalmente convencido de ello, que sus objetivos podría cumplirse. A lo largo de la tarde, pensó diferentes formas para hacer la investigación por su cuenta, eso lo tenía claro, hasta el momento, no deslumbraba el camino que debería tomar, sólo veía o entendía el camino convencional, el que había sido adoctrinado por sus superiores, el que tenía y creía que tenía que seguir, porque era el verdadero camino de cualquier científico en ese momento y era como se tenían que hacer las cosas, como parte del rebaño enseñado y obediente a las órdenes científicas de sus superiores, éste se lo había cerrado por su exjefe, siendo historia en esos momentos y una suerte para Juan, que de alguna forma le había abierto los ojos con una bofetada con la mano extendida, duele pero enseña.

Si al final, Javier tenía razón, y debía de abandonar esos molinos de viento y centrase en morir el trigo, más productivo, al final con la harina se hace pan. El pragmatismo de Javier, le hacía en momentos replantearse las cosas, pero él quería conseguir su sueño y lo iba a conseguir, solo era cuestión de actitud, con el ademan cabezota que caracterizaba a Juan, el éxito estaba cerca.

Desde hacía mucho tiempo, estaba trabajando totalmente solo, con un sistema para la encriptación y la transmisión de información por mediación de algoritmos de múltiples dimensiones, hasta el momento y por lo que había leído, los algoritmos eran muy fáciles, en su desencriptación, sólo habían alcanzado las tres dimensiones, haciéndolos no muy útiles en el ámbito comercial, fáciles de desencriptar, ni siquiera en el ámbito de la universidad se les consideraba un tema importante para perder el tiempo, como un juego de niños, pero con más niveles eso era otras palabras, hasta el momento era un campo vacío donde Juan quería sumergirse y poder encontrar soluciones.

Había realizado casi toda la investigación para algoritmos de más de cinco dimensiones, además de poder ser escalables, sólo necesitaba una plataforma electrónica para probar sus teorías, aquí es donde entraba su amigo Javier, ya que él tenía nociones de electrónica, pero no al nivel de un ingeniero electrónico o experto en la materia como su amigo Javier. Ésta era la mejor oportunidad de probarlo si funcionaba o no, darles en todas las narices, de quien estaba a nivel, aun resonaban las palabras de su exjefe en su cabeza, las iba aprovechar en su beneficio propio, para impulsarlo hasta el objetivo que quería conseguir.

En Aquellos momentos, se encontraba en paro, sin dinero con poca o casi experiencia en el sector privado, ya que había trabajado con un contrato especial como investigador, hasta que termino su carrera, sin cotizar a la seguridad social, por tanto, sin prestaciones por el paro.

Además, esos contratos, si se podían llamar como tal, pagaban muy poquito, era más la devoción por parte del investigador que el sueldo que podían percibir los participantes, como se dicen no daban ni para pipas. Por otro lado, pensaba, que al menos en las becas asociadas a alguna tarea relacionada en algún programa de doctorado, tenían un fin, la de obtener el grado de doctor, puesto que estaban estipuladas en metas para conseguir el objetivo, que no era otro que el doctorado. También sabía, que no todas las becas no eran iguales, había algunas becas que eran peor que su contrato, pero sus colegas las cogían sin preguntar, sin rechistar, todo en nombre de la ciencia y continuar sus estudios. Antes de entrar en ese mundo de la investigación, Juan lo desconocía, ya que no es una materia que la dan en los estudios o durante la carrera universitaria, como los trucos de magia, sólo lo sabes si te lo cuentan y si lo haces, pero veces ni de esa.

Por ese motivo, conoció que estos contratos asociados a un proyecto de investigación, sólo eran asociados a una tarea de investigación, sólo el líder del grupo, investigador jefe, decidía la prolongación del contrato, dependen del dinero que el grupo tenía asignados, en definitiva la misma voluntad del jefe, de ahí que era irrelevante la progresión académica del alumno, todo dependía del investigador jefe, la simpatía que él podría tener hacia destinatario del contrato o beca, es decir, quien tiene padrinos lo bautizan, sino quedas en el más absoluto limbo de los pecadores.

Tanto fuera una beca o contrato, era un trabajo esclavo encubierto dentro de un ambiente académico, en pro de la ciencia, donde sólo les beneficiaban, aquellos que estaban en la pirámide académica a un nivel más estable y alto, el resto, la base de la pirámide estaba formada por mano de obra barata, precaria y sobreexplotada, que soñaba con hacer cosas grandes, que odiaba a quienes trabajaban en las empresas privadas, ya que seguían ídolos académicos imaginarios y objetivos que nunca podrían conseguir.

Como todo sistema de desigualdades, siempre había alguien que podía empezar por la base como todo el mundo, sin ningún motivo aparente, al menos visible, subía en el tiempo a un nivel más estable en el sistema académico, sin despeinarse. También, Juan había conocido casos en los que personas muy brillantes que habían empezado por la base como él, conseguían tener un lugar relevante en la ciencia por sus méritos, había, pero muy raramente, no era lo habitual, eran estos últimos, que Juan tomaba como referencia, ya que los demás, lo normal, se consideraba parásitos, de un sistema enfermizo y totalmente corrompido, donde las excentricidades de los líderes de grupo estaban a flor de piel, donde se priorizaba su narcisismo, relegando la ciencia a un sitio inexistente, como una palabra vacía de contenido, con un uso totalmente partidista por sus intereses personales, siendo cautivos de un grupo de investigadores-esclavos, que soñaban estar en su sitio, formando un círculo vicioso, donde el pez se muerde la cola, como el refranero dice, "no sirvas al que sirvió, ni pides al que pidió", puesto que no encontrarás ninguna ayuda, ya que él antes ha estado en tu situación. No siempre ocurría así, pero casi siempre, eso era lo que pensaba Juan.

Esperaba desde hacía diez minutos en el ágora de la universidad a Javier, ya con la mente esclarecida y ánimos de "Che Guevara", en plan revolucionario, cuando le vio con un grupo de amigos, le apetecía pasar un buen rato entre amigos y charlar de cualquier cosa, ya tendría tiempo para saber qué haría en el futuro. El grupo se acercó a él, se saludaron, conocía a casi todos, de otras veces, todo eran estudiantes de industriales como Javier. Todos juntos se dirigieron hacia "La Bella" una cafetería-restaurante situada en el edificio de arquitectura técnica y cercano de la facultad de informática, "La Bella" era muy conocida por sus bocadillos, que además de ser muy baratos, estaban muy buenos. En aquella época, fumar en la universidad no estaba prohibido, mucha gente en "La Bella" lo hacía, al tiempo que se tomaba un café o cualquier cosa, o simplemente charlaba con sus compañeros. Lo único que no estaba permitido en la universidad era la venta de alcohol, por este motivo, "La Bella" u otras cafeterías en el campus no se vendía ninguna clase de alcohol, si querías beber, tenías que salir del campus en un bar normal en torno a la universidad, los cuales no faltaban y cogían con las manos abiertas a todos los universitarios o estudiantes de instituto que se preciaba, sin preguntar su edad, en aquella época no eran tan estrictos, si podías pagar, estaba permito y licito para el dueño del local.

Aquellas conversaciones con los compañeros y amigos de Javier le hicieron pasar un buen rato, al fin, todo se despidieron y cada uno se dirigió a su casa, además Javier y Juan, no podían perder el tren hacia Gandía, tampoco querían llegar demasiado tarde a su casa, al menos para Juan ya había tenido demasiadas aventuras ese día, solo quería volver a casa y descansar, por ese motivo, tomaron desde la universidad, el autobús hacia la estación del norte, allí subieron en al tren, que no tardaría en salir.

Una vez en sus asientos, tenían más de media hora para charlar, cosa que hicieron como en otras ocasiones y en otros días, mientras esperaban al revisor por sus billetes.

- Sabes que es lo mejor de todo, que mañana tengo el día libre –con ironía–
- Suerte la tuya, porque mañana tengo el día relleno de clases, por la mañana y por la tarde, son las últimas antes de los exámenes parciales, después vacaciones de verano. – los parciales estaban cerca, Javier ha tenido algunos exámenes y a finales de junio acababa todos – por suerte sólo me quedan un par y después a disfrutar – recalcó Javier -
- ¿Ya te quedarán poquitas asignaturas para acabar la carrera?
- No muchas, sobre todo algunas de tercero y las de quinto, creo que el próximo año podría terminar y leer el proyecto.
- ¿Ya sabes que vas a hacer en tu proyecto fin de carrera? Porque dijiste que tenías varias ideas y que además tu tutor te había dado otras.
- Si creo que si, al fin voy a hacer un sistema de alarmas electrónico para robots en una cadena de producción industrial, ¿Qué piensas, te parece bastante interesante?, no crees – afirmó Javier –
- Si está muy bien, ya me dices cómo va la cosa... Por otra parte, ¿sabes que voy a hacer, al final, con mi futuro?

- No ni idea - contestó –
- Voy a buscarme la vida y ver si hago las investigaciones por mi cuenta..., ¿Te importa si estas semanas te hago algunas preguntas técnicas sobre electrónica?, ¿te molesta?
- No hombre, si no son muy complicadas, ya sabes que tengo que terminar los exámenes – respondió Javier
- No creo, además, no te voy a quitar mucho tiempo.
- Ningún problema, ¿qué quieres hacer?
- Primero terminar la idea que tenía sobre encriptación y después ya veremos.... ¿Qué te parece?
- Fantástico, ya sabes dónde presentarlo una vez terminada tu idea....
- Ni idea, porque en la universidad, ya sabes que no van a hacerme ni caso, ya una vez comenté una idea y dijeron que en la universidad se viene a estudiar, no a inventar. – Juan recuerda aquella vez que tenía otra idea y fue al centro de transferencia tecnológica de la universidad, para ver si le podían ayudarle y le pegaron con la puerta en las narices –
- Si me acuerdo de aquello, que poca vergüenza que tienen, cosa que no sé, para qué están, hasta el día de hoy, todavía me lo pregunto. – Javier recordó aquella vez que fue con Juan – pero creo que tengo la persona adecuada que te podría ayudar, te acuerdas de Andrea, que el año pasado terminó la carrera de ingeniero industrial y se metió a trabajar en el departamento de comunicación de la universidad, podría ser una buena opción para ti, ella podría ayudarte y proporcionarte en uno o varios contactos en otras universidades, por si están interesados con tu idea.
- Claro que sí, si me acuerdo de ella, hace tiempo que no la veo, ¿Ahora está en la universidad trabajando? La hacía en alguna compañía privada trabajando, era muy lista. – le vino a la memoria la imagen de Andrea -
- Sí, entró como becaria y ahora ya le han hecho permanente con un contrato. Además, ella lleva muchos proyectos en

otras universidades, creo que conocerá a alguien en concreto, para que le enseñes tu idea, por supuesto no será tan impresentable como los de centro de transferencia, eso te lo aseguro, alguna solución podrá encontrar. – Andrea tenía su edad, más o menos, además era muy accesible y amigable, si decía que te ayudaba lo haría, seguro-

- Perfecto, ¿cuándo podemos hablar con ella? – pregunta Juan -
- Podemos hacerlo este viernes, además unos amigos me han invitado este jueves a salir por la noche por valencia, ¿te apuntas?
- Claro que si - respondió Juan –
- Todo está decidido, el jueves de fiesta y el viernes a ver a Andrea – afirma Javier –
- Una cosa, ¿tienes algún sitio para dormir el jueves?
- ¿Piensas dormir? – exclama Javier – no es un chiste, sí que lo tengo, un compañero nos dejará dormir en su casa, no hay ningún problema al respecto.
- ¡Qué bueno!!! – por megafonía se oía la parada de Javier –
- Bien te dejo, esta es mi parada – respondió –
- Ningún problema, ¿nos veremos el jueves, te parece bien en el ágora el jueves por la tarde?
- fantástico, allí nos veremos, Adiós. - Javier salió de vagón del tren, al mismo tiempo se cerraba y sonaba un ruido que el tren se ponía en marcha -

Juan pensaba que era una buena idea, buscar en otras universidades, en valencia no iba a encontrar nada, ya que valencia, es una ciudad grande, aun así, es un pañuelo lleno de mocos, todos se conocen.

Lo mejor para él, era cambiar de aires e irse bien lejos, Andrea podría, darles alas a las aspiraciones de Juan, o al menos él pensaba eso. En pocos minutos, el tren le señalo su parada y además era el final del trayecto, Gandía final de trayecto, se escuchó.

Juan bajo del tren y se dirigió hacia su casa. Juan todavía vivía con sus padres, con el sueldo de la universidad no podía permitir vivir solo, lo bueno, es que vivía a cinco minutos de la estación de trenes, en poco estaría en su casa, podría descansar después de un día tan turbulento como el que había pasado.

Por la mañana y después de poner en orden sus ideas, Juan se levantó de su cama, no tenía que ir a trabajar, podía hacer lo que quisiera, pero él prefería levantarse, desayunar y hacer algo. La noche anterior, se lo había comentado a sus padres, ellos estuvieron de acuerdo con la opinión de Javier, que era mejor buscar ayuda, fuera, en valencia se acabó para él, era un episodio que se había cerrado por completo.

Además, no le parecía bien el comportamiento de su exjefe, había sido muy mezquino y sin tacto, las cosas se pueden decir de otra forma y no ofender, cosa que no hizo su exjefe, además pensaban que su hijo tenía razón y que actuó correctamente, sintiendo sus padres un sentimiento de orgullo por el comportamiento de su hijo y de rabia por la ofensa de su exjefe, pero sabían que su hijo a su corta edad tenía las cosas bien claras, pero por su carácter y personalidad, afable y de buena persona iba a padecer mucho en esta vida, la vida no es fácil y las personas complicamos las cosas, en ciertas o en todas las ocasiones, demasiado.

Las palabras de sus padres le hicieron mucho bien, se sentía nuevo y en ganas de hacer cosas, totalmente renovado, como si hubiera pasado una resaca que apenas se podía acordar, además la vida la veía de otra forma, había comprendido que él, tenía razón, no su exjefe, eso le proporcionaba aún más ganas de seguir adelante con el proyecto que llevaba entre manos.

Termino su desayuno, que se limitaba en un café con leche, organizo sus notas sobre el sistema de encriptación que llevaba en mente durante meses, se dio cuenta que casi todo estaba hecho, las ecuaciones, los estudios e incluso un test teórico que había hecho con la aplicación octave, solo tenía que hacer un prototipo electrónico para demostrar sus teorías, cosa que tenía pensado hacer a lo largo de ese mes y que a principios de julio tendría terminado, se veía esperanzado con la idea de tener ese prototipo entre las manos, porque de esa forma, podría demostrar a cualquiera, sus ideas y conseguir los objetivos que se había marcado.

Alrededor de las diez, Juan se dirigió, hacia el bar donde se encontraba su padre y compañeros de trabajo de su padre, la noche anterior su padre le había invitado con los colegas de trabajo en el centro de Gandía. Su padre estaba trabajando con un grupo de albañiles, para el ayuntamiento de Gandía, para hacer reformas de albañilería en las calles, sobre todo las aceras y mobiliario urbano. Su padre era el capataz y les mandaba que debían hacer, además de pagarle directamente.

Los almuerzos en valencia suelen ser copiosos, siendo una de las comidas más importantes a lo largo del día, incluso más que otra comida, recordaba que cuando estudiaba y era más joven, trabajaba con su padre, Daniel, a la hora de almuerzo, ambos llevaban sus propios bocadillos que les preparaba su madre la noche anterior, antes en los bares se podía hacer esas cosas, y era permitido solo la consumición, cosa impensable ahora, debido a que les resulta poco económico para el dueño del bar, si lo piensas bien, es lógico, el dueño del bar tenía que tener ingresos, para cubrir sus gastos.

El bar donde iba su padre con su grupo, que siempre era el mismo, independientemente de donde estuviera el trabajo, hacía unos bocadillos de lo más deliciosos, lo que más le gustaba era el de bacalao rebosado y frito, con una buena capa de alioli untada por las dos partes del bocadillo, como decía el padre de Juan "de aquí al cielo", Juan creía que el cuerpo integrador de Valencia sin lugar a duda era el alioli, no la paella, uniéndolos a todos.

Otro clásico de este bar era el bocadillo de Almussafes, que dicen que es originario de esta población, que llevaba sobrasada, cebolla frita, lonchas de queso y aceite de oliva, todo bien tostado el pan a la plancha. Juan también le gustaba el bocadillo con el nombre "Chivito", que llevaba lechuga, tomate, en algunos lugares lo hacían con pechuga de pollo a la plancha, en otros, lomo de cerdo, Juan prefería el de lomo de cerdo, tocino y huevos fritos, algunos le ponían alioli o alguna salsa parecida, siendo una delicatesen para los que lo probaban, para los recién iniciados en la cultura de los almuerzos valencianos. Otro clásico era el bocadillo "Blanco y Negro", que era salchichas y morcilla de sangre, por supuesto para no variar el alioli untado en todo el pan. Había una variedad de bocadillos, no siempre disponibles, como el de carne de caballo con ajos tiernos, salchichas con habas y el de ternera con cebolla frita, ajos, cortes de jamón serrano, aceite y sal.

Juan recordaba que en la cafetería de la universidad con el nombre "La Bella", si querías dentro del bocadillo se podía añadir las patatas fritas, siendo el único sitio en el mundo donde lo hacían, o al menos Juan le parecía que lo era, siendo la expectación del que visitaba valencia por primera vez.

Juan se lo pasaba muy bien con el grupo de su padre, había algunos trabajadores que tenían la edad de él y podía hablar de cualquier cosa, pero por lo general, independientemente de su edad, siempre tenían historias que contar, una cosa que caracteriza valencia es su ironía y su doble sentido de contar las cosas, siempre dentro de una connotación sexual, pero con una base graciosa y chistosa, para nada ofensiva y degradante, creo que es la temperatura y el buen clima de valencia, que hace que la gente no se tome las cosas del todo en serio y que siempre tenga ese carácter festivo, casi siempre jovial.

Después del almuerzo, que duro alrededor de dos horas, su padre y el grupo de trabajo volvió a que sus haceres, él decidió dar una vuelta por Gandía, se la conocía de palmo a palmo, había vivido allí, toda su vida, además era una ciudad pequeña y costera, pero no tenía nada que hacer y decidió dar un paseo y pensar en lo que tendría que hacer las siguientes semanas con el prototipo que llevaba en mente.

Al volver a su casa, su madre ya había hecho la comida, aquel día tenía el arroz que le gustaba a Juan. Estaba lleno del almuerzo, pero por la dedicación y el cariño con lo que lo había preparado su madre, seguro que comería un plato con ella, Juan pensaba que, si seguía ese ritmo, no sé si ejecutaría su proyecto, pero que aumentaría unos kilos, ¡!seguro!!, por eso pensaba que, dentro de su plan, el hacer ejercicio también tendría cabida, ya que cuando trabajaba solo comía ensaladas o algún sándwich, pero nunca esas comidas con tantas calorías y sobre todo llenas de grasa.

Su madre, María Carmen, era guapísima, debido a por el destino y la época que tuvo que vivir, era la típica ama de casa que se había dedicado a su familia, ya que no le había conocido ningún oficio en su vida, sabía que había sido modista en su juventud, pero que lo dejo al casarse, pero ahora era feliz, con su pequeño jardín en su casa y sus cafés con sus amigas por la tarde, eran otros tiempos y otro estilo de vida diferente al de ahora, cada uno hace lo que le gusta y se siente feliz, eso pensaba Juan con su madre, que para nada tenía ningún reproche hacia ella, además la adoraba.

La casa de Juan estaba en una calle pequeña, típicamente mediterránea, de pueblo y en los lados tenía casas parecidas a la suya, más o menos grandes y pintadas de diferentes colores, además tenía dos plantas, una azotea y un balcón que daba a la calle. Como casi todas las casas del vecindario, tenía una gran puerta de madera con decoraciones florales y otros motivos, su madre y él la habían barnizado, el pasado verano, con los mismos colores de la madera, esas puertas se abrían por la mitad, además en uno de los lados de la puerta tenía una pequeña puerta que normalmente es la que se abría con un pomo de hierro, además de un picaporte dorado representando una mano que engalanaba la puerta.

Su casa no tenía un timbre eléctrico, por ese motivo el visitante tenía que utilizar el picaporte para llamar, haciéndolo de lo más rustico y manual, provocando un ruido hueco y pronunciado, que se oía desde la esquina de la calle. Esas puertas en Valencia tenían su sentido, porque antiguamente en un sociedad completamente rural y enfocada a las labores del campo, era la entrada de los carruajes y animales, de paseo o de trabajo, ya que la planta baja de esas viviendas estaba dedicada a ellos, pero con el tiempo se convirtieron en decorativas y parte de la vivienda familiar.

Al entrar en la casa de Juan, en los techos se podía ver las vigas de madera, también barnizadas con el color de la madera original, según su madre la casa tenía más de doscientos años, pero ellos solos vivían en ella desde que sus padres se casaron y compraron la casa y la restauraron.

Su padre emigro a Suiza para trabajar cuando era joven y no se había aun casado con su madre, cosa muy normal en todos los jóvenes de aquella época, el sueño dorado de Francia o Alemania, en la época de la dictadura, para ganar mucho dinero y comprar la casa, además de restaurarla, ya que su padre sabía cómo hacerlo, ya que era albañil.

Al entrar en la casa en la parte izquierda, estaba el recibidor con un sofá de tres plazas y dos sofás laterales, de una plaza, una mesa de recibidor, de la altura de los asientos del sofá. En la parte derecha un mueble de madera maciza con cajones, un gran espejo a su derecha allí era el sitio adecuado para dejar las llaves y donde estaba el único teléfono fijo de la casa, al otro lado del mueble estaba un perchero con abrigos, chaquetas y sombreros, además de recipiente donde se dejaban los paraguas, bastones o similares.

Toda la primera planta estaba alicatada con azulejos de Manises en el suelo, en formas geométricas muy bonitas, por lo que decía su madre, eran los originales de la casa, además la primera planta no tenía divisiones en todo el espacio por mediación de paredes, por ese motivo su madre había colocado grandes cortinas para separar los espacios.

El siguiente espacio era un comedor con una gran mesa de madera y sillas, detrás de un gran escaparate con fotografías y toda la vajilla de cuando se casaron sus padres. En las paredes había pinturas y muchas fotografías familiares, la escalera para subir a la segunda planta estaba en esa área, de forma recta y alicatada sus escalones con la misma decoración que el piso de la primera planta, además tenía una barandilla de madera y hierro.

El último espacio era un pequeño comedor, donde estaba un sofá más funcional, la televisión y una mesa ordinaria con sillas, en realidad, allí es donde realmente la familia hacía toda su vida cotidiana. Al fondo estaba la cocina alargada con todas las últimos avances hasta la fecha, donde se podía acceder a un patio interior, además donde estaba el pequeño jardín de María, también se podía acceder desde el pequeño comedor, por mediación de unas puertas grandes, que su familia abría para que en verano entrase el fresco, poder cenar o comer en el patio en los días de verano, ya que el patio tenía una mesa y silla exteriores y una pequeña fuente de agua que refrescaba el ambiente, por no decir las numerosas plantas colgadas en las paredes de cal pintada y una pequeña palmera en el centro. Al final de la casa y pasando por el patio, estaba un baño completo.

En la segunda planta, estaban los dormitorios, el más grande y que tenía el balcón era los de sus padres con una cama grande de matrimonio y un armario con espejos a las puertas. Luego había un pasillo que comunicaba con las otras dos habitaciones de la segunda planta. Una era para Juan y la otra había una cama, que no lo utilizaba nadie, ya que Juan era hijo único, solía ser la habitación de los invitados o para dejar cualquier cosa que no necesitaban la familia, un cajón desastre de la familia. En el espacio común había otra escalera que comunicaba con la azotea con azulejos rojos, más rudimentarios que los del interior, que solo serbia para tender la ropa.

Juan le gustaba la casa de sus padres, era acogedora y no muy grande además de tener muchos servicios comunes, siendo años de dedicación de sus padres para dejarla así, por otra parte, en su habitación había creado su mundo, donde estaban sus libros y el ordenador portátil, además de una impresora.

Al entrar en casa, Juan se dirigió hacia su habitación, debía organizar la idea que le daba vueltas a su cabeza, se había convertido en su razón de existencia, comenzó por organizar las notas y escritos, una segunda vez, ya que al despertar esa mañana ya había hecho un primer barrido, dándose cuenta por segunda vez, que el siguiente paso era la construcción del prototipo funcional, de ese modo demostrar que sus ecuaciones funcionaban, que no eran simples garabatos en una hoja de papel.

Para construir el prototipo tenía que comprar todos los componentes electrónicos, en Gandía no había tiendas de electrónica como tal, solo ferreterías con enchufes y cosas parecidas, por ese motivo se decantó por comprarlos por internet en una web de electrónica, en pocos días los tendría y esperaba con la ayuda de Javier termínalo lo más pronto posible.

Su madre que no le había visto entrar en la casa, pero que sabía que estaba allí, lo llamo para comer y juntos disfrutaron del arroz de su madre. Juan tenía un afecto especial a su madre, había sido su confidente durante años y su paño de lágrimas cuando tenía algún problema, siendo la primera persona en acudir a contarle algún problema, su madre era más comprensiva y sabia como calmarlo cuando se ponía nervioso y no encontraba ninguna solución, al fin y al cabo, madre solo hay una, eso es lo que pensaba Juan con su corta edad. En eso estoy de acuerdo con Juan, debido que Natasha durante un tiempo lo fue todo para mí.

María era una mujer muy lista y guapa, según lo que le contaba Juan, cuando era joven tenía muchos pretendientes, pero de muy joven empezó a salir con el padre de Juan, además, le hubiera gustado estudiar como Juan, pero como decía ella eran otros tiempos, por lo que es su padre, también lo era, le gustaba la construcción y era de todos sus compañeros, el único que podía leer los planes de arquitectura, como su madre, eran otros tiempos y desde muy pequeños había ido a trabajar, dejando los estudio a un lado.

Tanto María, como Daniel, habían cursado el graduado escolar, a la edad que les tocaba, pero ellos decían era otra época, pero sus padres, los abuelos de Juan, nunca los animaron, aunque tenían aptitudes para hacerlo, por ese motivo le decían a Juan que fuera a estudiar y terminase su carrera. Después de comer, Juan volvió otra vez a sus cosas, hasta la hora de la cena, que era cuando venía su padre de trabajar, se reunían en el pequeño salón y disfrutando todos juntos de la cena, para poder conversar de sus diferentes temas y ver la televisión, lo rutinario de todos los días, con el tiempo, Juan echaría de menos esos momentos con sus padres, porque se sentía seguro y arropado, debido a que les quería y respetaba.

El jueves por la mañana, Juan cogió su bolsa con un poco de ropa, para cambiarse a la mañana siguiente, ya que esa noche se quedaría en valencia a dormir, también cogió su ordenador portátil y una libreta que usaba para tomar apuntes o notas. La idea de Juan era estar en valencia al mediodía, estar un rato en la biblioteca que estaba en el centro de la universidad, comer por allí y después encontrarse con Javier y sus amigos.

Al llegar a la universidad, y dirigirse hacia la biblioteca, tuvo sentimientos contrarios, nunca había ido a la universidad sin motivo alguno, pensaba que algo estaba mal o extraño, veía a la gente, hablando o yendo a sus respectivas clases, él pensaba que todo el mundo sabía que él no tenía nada que hacer ese día, percepción que sólo él tenía, porque el resto de la gente no le importaba lo más mínimo que hacía él allí.

Juan, ya lo tenía casi todo planeado, había comprado los componentes por internet, debido que, a lo largo de ese mes, haría el primer prototipo, se sentía confiado y creía que estaba haciendo algo importante, en verdad lo estaba haciendo, pero él no se daba cuenta de la magnitud de su invento.

A la hora de la comida se reunió con Javier y otros, para planear la salida por valencia aquella noche, por el alojamiento no había ningún problema, un amigo de Javier, que estudiaba ingeniero agrícola, les dejaba dormir en su casa, además podría dejar sus cosas allí, puesto que antes de salir de fiesta por valencia, había una pequeña fiesta en el piso del amigo de Javier.

Al acabar todas las clases, Javier, su amigo agrónomo y él se dirigieron hacia el piso del amigo de Javier. El piso no estaba muy lejos de la universidad, en la avenida de Blasco Ibáñez, esquina con la avenida de Manuel Candela, perfecta localización para todo, universidad, zonas de fiesta, etc. Juan pensaba que el amigo de Juan había tenido mucha suerte, además de dinero para alquilar un piso como aquél. Una vez en el piso del amigo de

Javier, Simón, bebieron, ya que en el piso había bebida de restos de otras fiestas, comieron algo, no mucho porque tenían pensado ir a cenar fuera, al mismo tiempo que esperaban los otros amigos, además de que el dueño del apartamento se cambiara y arreglara, ya que Simón era muy presumido y un don Juan, además de feo, según él, aquella era su noche, bien todas las noches lo eran, si se daba la oportunidad.

Una vez estuvieron los esenciales o al menos todos los que esperaban, fueron a un bar cerca del piso de Simón, cruzando la avenida de Blasco Ibáñez, donde las cervezas eran baratas y se servían las botellas en un cubo lleno de hielo. Allí entre cigarrillos y risas, en la terraza de la calle, se fueron uniendo el resto de los amigos que estaban esperando y algún espontaneo que se unió al grupo.

Los jueves era típico en Valencia por la noche que los estudiantes universitarios y no universitarios salieran a divertirse, era lógico ya que la gran mayoría de ellos no vivían en valencia, solo estaban en ella entre semana, volviendo a sus respectivas casas los fines de semana, había otros que estaban toda la semana, incluso los fines de semana, eran de los pocos, o porque su casa no estaba cerca, pero normalmente, aunque vivieran a menos de 30 kilómetros de valencia, algunos se alquilaban algún piso en Valencia, solos o con compañeros, para sentir que eran independientes y se hacían mayores, por edad ya eran mayores de edad. Por otra parte, el coste de esa independencia era caro, si no trabajabas, por eso muy pocos se lo costeaban con trabajos auxiliares, mientras estudiaban, aunque la mayoría, por no decir todos, era sufragado por los padres, en el caso de Javier y Juan, su presupuesto se limitaba a comprarse billetes del tren, aunque si les hubiera gustado alquilarse algún piso en valencia, pero el presupuesto familiar era limitado y ellos lo sabían, aunque siempre podían tener el consuelo irse los fines de semana a casa de uno de esos afortunados amigos suyos, que sus padres se lo pagaban, sentir por una noche que eran independientes, de alguna forma. En el caso Juan aún era peor, él ya era trabajador, siendo su sueldo de investigador, que no le daba ni para gastos de ir a trabajar todos los días a valencia, ayudándole sus padres, menos mal que aquello se había terminado y tenía que buscarse su futuro en otro sitio.

Valencia cambiaba por la noche, había dos valencias, una por el día y otra por la noche, totalmente diferentes, la burocrática, donde la gente iba y venía para trabajar o comprar en las tiendas, y la otra de fiesta y de la luna de valencia, que tenía una magia especial, cuando la gente paseaba por la alameda, moviéndose de una zona a otra, buscando los mejores locales para divertirse.

Valencia tiene muchas zonas de diversión, Juan creía que en eso no le ganaba ninguna ciudad de España, creía que era el carácter divertido y festivo de los valencianos, ya que el clima era excepcional, e invitaba a estar todo el día en la calle, por ese motivo a lo largo de los años, echaría de menos aquellos momentos cuando era universitario, en su caso investigador, que era casi lo mismo. Una zona por excelencia que era muy frecuentada por universitarios o aspirantes de serlo era la zona Xuquer, donde era una plaza y algunas calles, con el mismo nombre que la zona, muy cerca de las universidades, que era la hacía idónea para todo universitario que un jueves por la noche quisiera divertirse.

Todos los locales de aquella zona, eran pequeños y mal ventilados, en aquel tiempo no era importante esas cosas, donde se valoraba más el bajo precio de las bebidas y la música que se ponía en los locales, muchos de estos locales eran garajes grandes, con apenas una barra y los servicios mínimos para considerarse ni tan siquiera un bar, solían tener un servicio pequeño y unisex, muchas veces han tenido que mear Juan o sus amigos, al lado de alguna chica que también estaba meando o arreglándose, todos han ido a lo suyo, por otra parte, la mugre y la suciedad de esos servicios, al final de la noche muchas veces costaba caminar, ya que las suelas de los zapatos se pegaban al suelo, el olor era intenso, pero por el estado de los que iban y las urgencias físicas del momento, después de ingerir cantidades de cerveza, era un rato y salir, volviendo a divertirse, no siendo importante las condiciones sanitarias del lugar.

La decoración de estos locales no era gran cosa, muchas veces estos locales tenían popularidades efímeras y nombre del local igual, por eso Juan y sus amigos, se referían a estos locales por la situación geográfica, no por el nombre de estos, ya que en un par de meses podría haber cambiado de dueño o de nombre o de decoración, daba igual, porque la gente iba por que estaba cerca o le gustaba, sobre todo por la cerveza barata, sin darle importancia por tecnicismos, como nombre y temática del local.

Normalmente estos locales eran para las primeras horas de la noche, ya que solían cerrar más pronto que las discotecas u otros sitios. En Valencia o en general en España, la hora de la cena suele ser muy tarde en comparación con otras zonas de Europa, mientras que otras áreas de Europa a las 10 de la noche ya estas divirtiéndose, en España, a las 10 de la noche, se está pensando en irse a cenar, eso hace que las cosas se retrasen unas cuantas horas. Era el caso de Juan y sus amigos, que, tras tomar unas cervezas, querían ir a buscar algún sitio para ir a cenar, nadie había hecho una reserva, tenían que ir buscando algún sitio que estuviera libre.

Al final encontraron un bar cerca de la zona Xuquer, su primera parada de la noche. En ese bar, como era costumbre, todo comieron algún bocadillo, con ensaladas compartidas, tenían que tomar fuerzas para la noche que les esperaba, todo regado con más cervezas y algún vino, aunque no solía ser lo normal, pedir un vino.

Otra zona para divertirse era la alameda, cercana del antiguo río Turia, esta zona era más de discotecas o locales más grandes, pero había también pequeños, en general se cerraba más tarde, seguramente sería la última zona que visitarían Juan y sus amigos a lo largo de la noche. Al otro lado del río estaba el centro histórico, donde estaba la catedral y la plaza de la reina, que solía llamarse zona del Carmen, por el nombre del barrio, más democrático que la zona Xuquer, allí la gente era más variada, aunque los jueves la gran mayoría de la gente era universitaria.

Había algunos locales que solían frecuentar Juan y sus amigos, como una sidrería ubicada en el barrio del Carmen, siendo una parada obligatoria si ellos iban a esa zona. Además de la zona del Carmen, había muchas zonas en diferentes partes de valencia, como Cánovas y otras, aunque quedaban lejos de los objetivos de esa noche de Juan y sus amigos, debido a que ninguno tenía coche y tenían que beber.

Juan recordaba que repartidos por toda valencia había bares y locales temáticos, dependiendo de la música y el estilo de vida que los frecuentaban, Juan le gustaba ir a esos sitios de alguna forma tematizados, independiente de si le gustaba la música o la temática, quería experimentar, la diversidad y conocer nuevas cosas, con eso satisfacía su curiosidad de aquella época, como, por ejemplo, Heavy Metal o Rock.

A lo largo de la noche, Juan y sus amigos pasaron por diferentes sitios, algunos de ellos solo entraban y volvían a salir a los pocos minutos, simplemente porque no les gustaba la música o por el simple motivo porque no había suficientes chicas, según el canon de Simón, para Juan le daba igual, se lo estaba pasando bien y no le daba importancia si el número de féminas era abundante o no.

Hacía unos meses que había roto con su novia y no quería complicarse la vida con otra relación aunque fuera corta, o de una noche, prefería divertirse con sus amigos y dejar volar la noche, eso no quería decir, que si se diera el caso o conocía alguien, no lo intentaría pero ahora tenía cosas en que pensar, además si tenía que irse de valencia, por algún motivo para que complicarse la vida, la noche era joven y con buena compañía, tras una semana para olvidar, necesitaba ese respiro, además ese mismo día, iría hablar con Andrea, esperaba encontrar alguna ventana o puerta a su solución.

Finalmente, tras un largo peregrinaje, la total perdida de casi todos los integrantes del grupo, quedando los tres originarios del grupo, Simón, Javier y Juan, siendo las cinco de la madrugada pasadas, decidieron regresar al piso de Simón, e intentar dormir algunas horas antes de la reunión con Andrea.

Javier y Juan hace horas se hubieran vuelto a casa, pero no era su casa y dependían de la última decisión de Simón, que, en el último momento, había ligado con una chica, que al final le dio calabazas y se volvió a casa sola, por lo que el don Juan, se dio por vencido y volvía a casa con cansamiento y un comienzo de resaca.

Al día siguiente por la mañana, Juan se levantó relativamente pronto, en un par de horas de dormir, tenía bastante, sus compañeros estaban durmiendo todavía, sólo algunos compañeros de piso del amigo de Javier estaban preparándose para ir a la universidad.

Uno de ellos iba a la universidad de valencia, donde parte de su campus estaba disperso por la avenida de Blasco Ibáñez, lo que se llamaba popularmente "La Literaria", Juan sabía que había otro campus, con la estructura parecida a la UPV, más concretamente en Burjassot, que era la parte más técnica, de ahí que la denominación entre una y otra. Además, en medio de este campus más urbano, estaba medicina y la antigua farmacia, dos facultades entroncadas en ciencias y alrededor de facultades de letras. Juan sospechaba que era por la propia organización de la universidad de valencia, que era mucho más antigua que la UPV.

Juan se esperó a que su amigo Javier se levantará, por ese motivo se hizo un café con leche, al mismo tiempo que inspeccionaba el pequeño comedor de aquel piso, pero no había mucho que ver un sofá viejo y muebles que ya están allí desde tiempo inmemorables y una colección de botellas de cerveza vacías de todos los países y marcas.

Una vez Javier se levantó, los dos se dirigieron hacia la universidad, Javier pasaba de ir a clase, ya pediría los apuntes el lunes siguiente, si hubiera sido por Javier, se hubiera ido a casa directamente, pero, se lo había prometido a Juan, ir a hablar con Andrea, y eso estaban haciendo. Andrea trabajaba en el departamento de relaciones internacionales de la universidad, encargada de establecer relaciones con otras universidades, tanto en el ámbito de estudiante como personal de la universidad que quería realizar alguna estancia en otra universidad nacional o extranjera.

Al entrar en el edificio, preguntaron por Andrea Perís, en la recepción le dijeron dónde estaba su mesa, al fondo, en España, las cosas siempre están al fondo y la derecha. Al llegar allí se saludaron, ella tenía un mundo de papeles, encima su mesa y los metió en un cajón de lado de su escritorio, para hacer sitio en su escritorio, invitándoles a sentarse en dos sillas que trajeron de otros escritorios adjuntos, que en ese momento estaban vacíos.

- ¡¡Cuánto tiempo !! – exclamó Andrea –
- Si hace tiempo, que no nos veíamos – contesta Juan – por lo que veo tienes mucho trabajo.
- No puedo quejarme, más de lo que yo quisiera – Afirmó Andrea al tiempo que bloqueaba su ordenador – ¿y tú cómo estás Javier? ya estarás a punto de terminar.

- Si tan sólo faltan un par de asignaturas y el proyecto fin de carrera. – dijo Javier –
- Muy bien.... Javier llamó el otro día porque quieres hacer algo en el extranjero – Andrea se dirigió hacia Juan –
- Si, esta semana me han despedido de mi trabajo y quiero hacer algo, fuera de valencia, por ese motivo he venido a verte, para que me aconsejes, qué caminos podría tomar. – dijo Juan -
- En el ámbito académico muy poco o nada, ya que no eres parte de la comunidad universitaria o docente, este servicio es sólo para la gente dentro de la universidad, ya que somos una agencia de viajes o colocación para ellos – Andrea utilizo la ironía, Juan puso una cara de tristeza, ya que lo suponía desde un principio las palabras que le estaba diciendo Andrea– Entonces, por ahí no se puede hacer nada, pero, extraoficialmente, yo te puedo dar unos contactos y serás tú, el que tendrá que hacer todo el trabajo de convencerlos si quieres hacer un proyecto con ellos, lo siento muchísimo, Juan, pero así están las cosas, por mí, te ayudaría más – Andrea quería ayudarle, pero ella tenía unas limitaciones y aquel servicio solo era para la gente que estaba en la universidad-
- Muchas gracias, lo intentaré, como se dice, el “no” ya lo tengo, sólo falta el “sí” como respuesta. Juan con esa pequeña ventana veía que podría hacer algo y agradecía a Andrea que se tomara tantas molestias y comprendía que ella no podía hacer más –
- Entonces, ahora mismo le enviaré un correo electrónico a un profesor de filología hispánica del MIT, él seguro que podrá dirigirlo a las personas adecuadas, ya que el MIT siempre está buscando nuevos talentos, sólo quiero tu dirección de correo personal o un correo para hacerte copia. – Andrea desbloqueo su ordenador –

- ¡!MIT!!!, en ¡!Estados Unidos!!! – exclamo con sorpresa – yo pensaba que referirías alguna universidad española o europea, bueno.... no tengo nada en la contra de esto – al final dijo Juan, todo emocionado con la idea de MIT–
- Sí, creo que es lo mejor, ya que, en el ámbito nacional o europeo, necesitas permiso de la universidad de origen y es más complicado, en el MIT sólo si vales, vales, no necesitas tantos papeles para hacerlo.
- De acuerdo, entonces Estados Unidos, mejor – exclamó – apunta mi dirección de correo electrónico personal – Juan dijo su dirección electrónica y Andrea le iba apuntando en el programa de correo electrónico – muchísimas gracias.
- De nada hombre, ya está, ya te he presentado al profesor de MIT, he enviado un correo explicándolo todo, y encima en español, el resto, es cosa tuya. – Dijo Andrea –
- Gracias, ¿quieres venir con nosotros a tomar algo en la cantina? – Pregunta Juan –
- No gracias, tengo mucho trabajo y estoy muy liada, aún tengo cosas que terminar antes del fin de semana, sino aun tendré problemas con mi supervisor, muchas gracias – Andrea quería ir, pero tenía un mundo de trabajo que hacer, además quería terminar pronto hoy, era viernes – Que tengas mucha suerte y me dices, estaré esperando tus noticias y espero que este profesor te ayude, mantenme informada, por favor.
- Claro que sí.... – respondió Juan – Adiós y gracias
- Adiós y nos veremos – dijo Andrea –
- Adiós - Dijo Javier –

Juan no podía creérselo, trasvasaba todo lo que había pensado hasta el momento, él creía que podría encontrar un lugar parecido al que tenía en la universidad, en otra universidad nacional o europea, nunca de la vida, aquello. Más que nunca tenía que prepararlo todo sin ningún error, convencer a aquella gente, algo que de momento no tenía ni idea de cómo hacerlo, además estaba aterrizado. Por otro lado, él pensaba que debía de mejorar su inglés, en ese momento sería crucial, para comunicar sus ideas.

Javier y Juan se dirigieron hacia la estación de trenes, Juan sólo tenía ganas de llegar a casa para contarlo a sus padres, escribir un correo al profesor del MIT, para exponerle sus ideas. En el vagón del tren, Javier aprovechó para dormir, el pesado de Juan no le había dejado hacerlo a lo largo del día, pero Juan no podía, su cabeza pensaba las posibilidades de ir al MIT, al mismo tiempo que no tenía nada y había dado un salto mortal sin red, en verdad era así, *"no vender la piel del oso antes de matarlo"*, se repetía, los sueños son buenos, pero primero tenía que conseguirlos, y ser consciente de que tenía mucho trabajo que hacer y que no iba a ser del todo fácil conseguirlo.

Ese mismo sábado, él se encontraba muy seguro, ya lo había hablado con sus padres, éstos estaban de acuerdo en todo lo que hacía su hijo, incluso, le darían dinero para el viaje y el alojamiento. No iba a perder más tiempo, escribió un correo electrónico al profesor de MIT, con sus ideas y el sistema de encriptación. Por suerte éste le contestó el mismo sábado y le dijo que hablaría con unos colegas en electrónica y ciencias de la computación, pero no le prometía nada, para él le parecía muy bueno su trabajo. Mauricio era un profesor de filología hispánica en el MIT, él nació en Chile, pero había vivido casi toda su vida en Estados Unidos, en concreto en Boston, Massachusetts. En los últimos años había estado trabajando en programas de colaboración en universidades latinas americanas y españolas, de ahí que conocía a Andrea. Era un hombre de avanzada edad y muy simpático, y siempre respondía los correos de Juan en español e incluso en persona también hablaban en español, esta amistad duraría toda su vida con ese hombre, cosa que agradecería Juan.

En medio de la semana siguiente, Mauricio le envió un correo a Juan, diciendo que una profesora del MIT y directora del centro de electrónica quería hablar con él, a Juan no le cabía el corazón en su pecho de la emoción, le estaban haciendo caso, por una vez en su vida. Ésta había leído su trabajo y le parecía muy bueno, pero antes debía hablar con él en persona. Juan se queda boquiabierto, debería ir a Boston y presentar su trabajo, por ese motivo no debía perder más tiempo y terminar el prototipo para finales de Julio, estar allí y dejarlos maravillados.

Seguidamente cogió su portátil, empiezo a buscar un billete de avión por esas fechas, la suerte estaba echada y sólo podía ir hacia un sentido, hacia delante y hacia el éxito. A lo largo de ese mes se cerró en su habitación, trabajando en el prototipo, que no tenía toda la funcionalidad, pero si al menos, este demostraba su algoritmo, serviría que era lo importante. Con la ayuda de su amigo Javier, pudo resolver algunos problemas electrónicos, además Javier ya había terminado sus parciales y estaba de vacaciones.

A finales de julio estaba todo arreglado, las maletas hechas para un par de semanas en Boston y un hotel que le había recomendado Mauricio, que por cierto no muy caro y cerca de las universidades. Llego el día de irse y su padre debía llevarlo a Manises, donde estaba el aeropuerto de Valencia. Había cogido un vuelo con escala en Ámsterdam, Nueva York y como destino final Boston, no muy confortable, pero al menos era barato y él pensaba que necesitaba todo el dinero, que él había ahorrado y de sus padres, que le habían dado. Con su equipaje llevaba su ordenador con un conversor de luz, ya que en Estados Unidos tienen otro voltaje y enchufes. El prototipo, que no era muy grande, además, Juan llevaba una carta explicando que era aquello, su finalidad y dónde se dirigía, adicionalmente del permiso de la profesora que quería que le hiciera una demostración, no se sabía si con esto tendría suficiente información para los agentes de la frontera en los Estados Unidos, no hicieran preguntas incomodas y no tener problemas al entrar en Estados Unidos, puesto que todo aquello era nuevo para él.

Había cogido una maleta con ropa por un par de semanas y sobre todo mucha ilusión, el futuro se le abría ante él. A lo largo del viaje desde Gandía a Manises, Juan se encontraba muy nervioso y al mismo tiempo excitado, nunca había salido de Valencia, menos al extranjero, él mentalmente repasaba todo lo que llevaba, hacía poco que se había renovado el pasaporte y estaba completamente nuevo, no lo había abierto, aun. Al llegar a Manises, su padre aparcó en el estacionamiento del aeropuerto, se dirigieron a tomarse un café, ya que todavía tenía tiempo para hacer el registro y tomar el vuelo, en la cafetería él pidió un cortado y su padre un café, no quisieron comer nada, Juan estaba muy nervioso y no le apetecía nada en aquellos momentos. Por otro lado, su padre no comía nada para desayunar, sólo el café, ambos empezaron hablar de sus cosas.

- Bien, Juan, ¿nervioso? – Dijo su padre, para romper el silencio que había entre ellos –
- Un poco, ahora veremos cómo me saldré de ésta – exclama Juan con voz algo nerviosa –
- No te preocupes, seguro que todo va bien, si no les gusta tus ideas, que creo que sí, les gustara, al menos habrás visto a Boston, piensa en la parte positiva de las cosas – su padre intentaba animarle –
- Si tienes razón, al menos veré Boston y Estados Unidos, nunca he salido de Valencia – la mente de Juan estaba en mil ideas en ese momento y al mismo tiempo –
- Bien, Juan, ¿quieres que vayamos, a registrarte para el vuelo? ¿Ya has terminado tu cortado?
- Aún no - su padre tomaba el café con dos cucharadas de azúcar y solía ser muy rápido al beberlo, a Juan le pasaba lo

mismo, sólo que él no le ponía azúcar en su bebida, pero ese día todavía tenía todo el cortado por beber, por el tema del nerviosismo y el vuelo –

- Y que a esperas - exclamo su padre - ¿no tienes que hacer el registro para el vuelo? - su padre estaba preocupado por el tiempo, no le gustaba llegar tarde a los sitios, cosa que también compartía Juan -
- Aún tenemos tiempo, no te preocupes, ¿una pregunta papá?, si al final me cogen para hacer algún tipo de estudio en Boston, ¿Cómo podrás pagarme los estudios? – Juan sabía que sus padres no iban sobrados de dinero, una cosa es estudiar en Valencia, que podía tener becas o trabajando como investigador o parecido, otra era en MIT, donde Juan había visto que el precio de los estudios era prohibitivo, siendo muy caros, esto no lo podrían sufragar sus padres, seguro -
- No te preocupes, ya veremos, primero consigue el "sí", y después veremos la vía para hacer realidad tu sueño. – esto tranquilizo a Juan -
- Tienes razón, ya veremos...- exclamo Juan –
- No quieras vender la piel del oso antes de cazarlo, todo tiene su tiempo y solución – su padre en su fondo sabía que Juan tenía razón y que iba a ser muy complicado sacar ese dinero para que Juan tuviera la oportunidad de estudiar en Boston, pero aquél no era ni el momento, ni el lugar para plantearse futuras soluciones o situaciones -
- Si, ¿quieres que vayamos al mostrador de la compañía aérea?
- Venga, que harás tarde...y no quiero que pierdas el vuelo.

Al llegar al mostrador, Juan registro su maleta y le dieron los billetes para todo el viaje, contando los dos transbordos que debía realizar. Era un viaje de más de diez horas, por eso, Juan llevaba encima, un libro y algunas películas en su ordenador portátil. Al contrario de Natasha, si me acuerdo del libro que estaba leyendo mi padre en ese viaje "On intelligence" de Jeff Hawkins, por lo que me comento mi padre se refería al inventor de la PalmPilot, y su paso por MIT, siendo un análisis de la inteligencia artificial. Otros hubieran elegido algo más ligerito para el viaje, algún libro de aventuras o de misterio, de fácil lectura, pero Juan era Juan, finalmente me convenció y hace unos años lo leí.

Siguiendo con la historia, Juan llevaba su móvil, que por aquel entonces no eran inteligentes, sólo servía para llamar y recibir llamadas. Hacía unos días, había llamado a la compañía de su móvil, le habían dicho los precios de conferencia en los Estados Unidos, eran carísimos, de ahí que sólo llamaría en caso de emergencia, por otra parte, ya le había instalado un ordenador, en casa de sus padres, para hablar con ellos por el ordenador con una aplicación de videoconferencia. Algo que no tenía muy claro, era si sus padres supieran utilizarlo, de todas formas, había configurado el ordenador, para que ellos no tuvieron que hacer casi nada, además les había dado un cursillo básico de cómo utilizarlo, esperaba que le hicieran caso, pensaba que sí, de otro modo las conferencias saldrían muy caras.

En las puertas de embarque, Juan y su padre debían despedirse, allí se abrazaron y besaron, Juan llamo por teléfono a su madre, su madre no había podido ir a despedirse de Juan, por qué no se encontraba muy bien de salud, desde la noche anterior, la madre de Juan siempre había tenido la salud muy débil, era una mujer de mucha voluntad y fuerza interior, eso era lo que la hacía salir adelante, pero su cuerpo de vez en cuando, no le respondía. Su madre entre lágrimas se despedía de Juan, le deseaba que tuviera mucha suerte y que oraría por él. Era el momento, Juan cruza la zona de inspección y se entró en un corredor, con la bolsa del ordenador y una bolsa de mano auxiliar, donde llevaba el prototipo, la moneda estaba lanzada, Juan se dirigía a MIT.

Capítulo 3

"Cada persona siempre busca nuevas metas y en ocasiones toma caminos de lo más inciertos, no cuidando de los peligros o aciertos que podamos haber, donde el futuro proveerá."

Barcelona, 2 de mayo de 2042

Desde que trabajo en la editorial, tengo mucho trabajo, acabo de entran y tengo que irme Kiev para entrevistarme con un autor, tomar sus impresiones, notas y bueno casi todo, la editorial me ha conseguido un vuelo con parada en Ámsterdam, no está mal, pero hubiera preferido vuelo directo, no me apetece estar esperando en el aeropuerto hasta mi conexión, pero acabo de entrar, ya tendré tiempo para ponerme serio con ellos, eso me viene a la memoria otra parte de la historia de Juan en ultramar, antes de cenar voy a ver si puedo escribir algo, ¿tengo suficientes folios en la mesa?, creo que sí, de todas formas, en el cajón tengo más, además será interesante este relato, de una Juan aventurero, vamos a ver si termino y luego a cenar.

El viaje a Ámsterdam no fue muy largo, en un rato, ya estaba allí, al bajar debía buscar su conexión con el vuelo a Nueva York. Juan lo encontró todo nuevo, el aire, la gente y todo lo que le rodeaba, en verdad era la primera vez que salía de Valencia, todo le parecía excitante y sorprendente. Sólo tenía menos de 45 minutos por el cambio, por lo que se concentró en buscar la puerta de embarque para conexión de su vuelo.

Siempre llevaba, los billetes de embarque dentro del pasaporte, por si tenía que usarlos o enseñarlos, pero en ese primer vuelo no le hicieron falta. Juan no solía dormir en los viajes, ni siquiera cuando cogía el tren para Valencia, además en aquella ocasión estaba muy excitado, pero reconocía que estaba muy cansado, ya que había cogido el avión muy pronto, casi no había podido dormir esa pasada noche. Llego justo a tiempo a la puerta, cuando los pasajeros se disponían a embarcar, le esperaban al menos siete horas de viaje, hasta llegar a Nueva York, pensaba que podría dormir un rato dentro del avión, o al menos intentarlo.

De repente, las luces se encendieron dentro de la cabina del avión, estaban a punto de llegar al aeropuerto de Nueva York, al fin, Juan había podido dormir por el cansancio acumulado, eso sí, después de ver numerosas películas en la pantalla pequeña que tenía frente a él. Esas pantallas, no se veía muy bien y reflejan por cualquier luz, por no hablar de los auriculares, de lo más incómodos y que funcionaban dependen de la posición de la cabeza o del cuerpo, que por supuesto no eran de alta fidelidad en el sonido.

Juan vio que la azafata iba repartiendo unas tarjetas verdes y blancas a los pasajeros no norteamericanos, Juan suponía que eran las visas para entrar en Estados Unidos. Cuando llegó la azafata, le pregunto su nacionalidad, al final, le dio los dos papeles. Juan cogió un bolígrafo que tenía a mano, empezó a llenarlos. El blanco, no tenía mucho misterio, era para declarar las mercancías que llevabas en el viaje, Juan pensaba que no tenía nada que declarar, ya que todo lo que llevaba se podía considerar como personal, no tenía dinero en sus bolsillos, ya que había pensado comprar dólares una vez llegará a Estados Unidos.

El papel verde, sí que era la propia visa, allí le preguntaban por sus datos y la duración de su estancia en Estados Unidos, lo tenía que rellenar sin lugar a duda. Al darle la vuelta al papel verde, en la parte de abajo, vio unas preguntas de lo más extrañas, Juan se quedó boquiabierto, se pensaba que era una broma, las preguntas eran referentes a si era terrorista, había pertenecido al partido Nazi y si quería asesinar al presidente de Estados Unidos. Por ese motivo, muy discretamente o al menos lo intentaba, miro a su compañero de viaje por encima del hombro, por si su papel estaba equivocado, pero vio que no, todos los papeles eran iguales, de ahí que descarto la idea de la cámara oculta. Volvió a ver el papel, de pronto o el demonio que tenemos dentro, tenía en su interior unas ganas de contestar a todo que "sí", ese duende que llevamos dentro, que nos dice, "a ver qué pasa". Al final, Juan contesto que "no" a todas las preguntas, no quería más problemas y además tenía mucho trabajo, no quería explicar nada a los agentes de la frontera y menos tener problemas, sólo quería tomar el siguiente vuelo a Boston. Juan pensó que era una tontería aquellas preguntas, por no decir una locura, ya que si lo fuera de verdad, un potencial terrorista, por supuesto no contestaría la verdad, en qué cabeza podría caber, sólo Estados Unidos podría hacer esto. Juan pensaba que al rico y al loco todo le sienta bien, además después de los atentados del 11 de septiembre, en Estados Unidos había una fobia colectiva permanente.

Al salir del avión se dirigió hacia la frontera, debían firmar los documentos y tomar el siguiente vuelo, por suerte, tenía suficiente tiempo para el vuelo de Boston, además era un vuelo nacional, no debería pasar más controles, eso le tranquiliza. En la frontera había una cola enorme, todos los vuelos internacionales confluyen en el mismo punto, por suerte había muchos mostradores con agentes de fronteras, por ese motivo, el trámite podría ir rápido. Juan por última vez reviso sus documentos, lo tenía todo en la mano, llevaba la mochila y una bolsa de mano con el prototipo, los ojos de Juan reflejaban un cansancio acumulado, además del famoso desfase horario, era por la mañana en Nueva York, pero en Valencia estaba por la tarde-noche, lo que le hizo recordar que debía llamar a su familia, seguro que estarían esperando su llamada, él pensó que después del control, les llamaría.

La cola iba avanzando en cuentagotas, estaba nervioso por qué era la primera vez que hacía esto, pero dentro de él, sabía que no iba a pasar nada y no tendría ningún problema. Al final, ya estaba delante del mostrador que le tocaba, mentalmente repasaba lo que tenía que decir y cómo comportarse. El agente le llamó y él se dirigió hacia el mostrador. El agente le pidió el pasaporte y los papeles verde y blanco, que había rellenado en el avión, Juan se los dio y el agente comienzo a teclear en su ordenador. Después de un silencio, el agente le pregunto por el motivo de su visita a Estados Unidos, Juan respondió a la versión que había entrenado en valencia, en un inglés ortopédico y forzado por el cansancio, pero al agente, sólo se quedó en la primera frase "vengo por negocios", siendo totalmente irrelevante el resto de la explicación que le dio Juan, lo que le desilusionó a Juan, ya que él quería explicarle por qué estaba allí, su mundo estaba cambiando y quería compartirlo, al menos en ingles con el agente de fronteras.

Seguidamente, con una cara bastante indiferente, el agente le dijo que se moviera a un círculo amarillo delante de una cámara y que pusiera uno por uno, los dedos en el escáner dactilar, cosa que hizo Juan sin decir ni una sola palabra. Al final, hubo otro silencio, el agente le grapo el papel verde en el pasaporte y le hizo un gesto de moverse con la cabeza, que siguiera su camino, con la misma indiferencia que en todo el proceso. Juan se dirigió a recoger las maletas y pasar el último control, que sólo era entregar a otro agente de aduanas el papel blanco, en el camino hacia las puertas de embarque hacia su conexión.

Juan pensaba que no había sido para tanto, pensaba que hubiera podido tener más problemas, pero al final, sólo había sido un trámite burocrático, lo que le quitaba un peso de encima. Claro que estos agentes estaban todo el día haciendo lo mismo, con una infinidad de personas, Juan suponía que no estaban para oír historias personales, sino agilizar su trabajo, que por sí ya era rutinario, pero a Juan le pareció un momento exclusivo y único, el que estaba viviendo.

El aeropuerto de Nueva York era muy grande, con muchas puertas y transporte para ir de una puerta a otra, él no era un experto en aeropuertos, de hecho, sólo había ido una o dos veces al de Valencia, pero en comparación al de Valencia, este era una sección pequeña del de Nueva York. Lo primero que hizo es localizar su puerta de embarque, después hacerse algún desayuno o almuerzo, por qué en ese momento, no sabía muy bien qué hora era, por el cambio de horario, en teoría para él era la hora de cenar, por su reloj, que era de cuerda y todavía no lo había puesto a la hora local. Todo le parecía diferente, el aire era diferente y eso que era artificial, porque no tenía ventanas abiertas para que corriera el aire, se sentía diferente y le gustaba.

Después de cambiar algo de dinero a dólares, se dirigió hacia una zona diáfana con muchas tiendas y cafeterías, ya había localizado su puerta y tenía tiempo, de ahí que tenía tiempo de tomar algo. En la cola de la cafetería vio a una chica muy guapa con el cabello rubio y recogido con una cola de caballo, estaba tentando de decirle algo, después de pensarlo muchas veces, se atrevió a dirigirse a ella.

- Es asqueroso las colas - Juan le dijo a la chica delante de él, con un inglés forzado –
- Sí, no me gustan – la chica se vuelve hacia él con una amplia sonrisa en la cara –
- Debe ser la comida muy buena en esta cafetería, por cierto, me llamo Juan – respondió Juan ofreciéndole su mano
- No sé por qué será, es la primera vez que estoy aquí, es decir, en el Aeropuerto de Nueva York, a mí me llaman Natasha – respondió Natasha e hizo la misma acción con la mano –
- ¿No eres de aquí? – pregunto Juan
- No, vivo en Virginia y he llegado hace unos momentos para tomar un vuelo a Europa – respondió Natasha, pensando que le estaba dado mucha información a una persona que apenas la conocía, Natasha siempre había sido muy reservada con los desconocidos.

- Yo vengo de allí, que casualidad - Juan pensó que era una lástima que no hubiera tenido el mismo destino que él, se moría por saber más de aquella chica -
- ¡¡Si de verdad!!, ¿De dónde eres? – Natasha se le iluminaron los ojos, ya que le empezaba a gustar Juan -
- De Valencia en España, ¿Sabes dónde está? – Juan sabía que en el extranjero no muchos sabían localizar Valencia en el mapa –
- No – respondió Natasha con curiosidad
- En la parte este de España y junto al mediterráneo – debido que Juan sabía que con aquellas indicaciones Natasha podría encontrarlo –
- Nunca he estado en tu país, pero debe ser muy bonito – respondió Natasha
- Si y sobre todo Valencia, es una ciudad cerca del mar y con mucha historia, pero yo soy natural de un pueblo cercano a Valencia, de Gandía, no sé si le conocerás – Si localizar Valencia ya era difícil para Natasha, Gandía sería una misión imposible, por eso no hizo más comentarios de su pueblo natal –
- Me lo imagino, pero algún día quiero ir..., Por otro lado, yo soy de Tennessee, pero vivo muchos años en Virginia con mi tía – Natasha todavía se sentía entrecortada por aquella conversación, creía que estaba diciendo muchas cosas a una persona que no conocía de nada, al final, tenía mucha vergüenza.
- ¡!!Tennessee!!! He oído mucho de ese estado, pero nunca he estado allí – Juan, como todos los europeos tenían una visión de Estados Unidos prefabricada y llena de estereotipos, pero al menos conocía por encima los estados y los nombres, muchos estadounidenses tan sólo sabían localizar España en el mapa, al menos Natasha sabía que estaba en Europa, esto era un adelanto.
- ¿Qué haces en Estados Unidos? – pregunto

- He llegado hace un rato, es la primera vez que estoy en tu país, mi destino final es Boston, presentare un prototipo y a ver si puedo terminar mis estudios en el MIT – respondió Juan con una voz de excitación, por fin podría explicar lo que iba hacer allí, ya que los agentes de fronteras no tenían ni el más mínimo interés, hace unos minutos de las explicaciones de Juan.
- Bienvenido, ¿has dicho que tu destino final es Boston? Qué casualidad, mi madre es de allí y casi toda mi familia materna es también de allí, te gustará la ciudad y sobre todo si estudias o trabajas en el MIT - Cada vez Natasha cogía más interés en aquel europeo misterioso -
- Si, el mundo es un pañuelo, tú yéndote a Europa y yo viniendo a Estados Unidos, además tú tienes ascendencia de Boston, ¿casualidad o el destino?, ve tú a saber - los dos empezaron a sonreír -
- Fuera lo que fuera, está siendo un placer conocerte, lástima que nos separemos aquí en Nueva york, con destinos opuestos – respondió Natasha, mientras el último bloque de hielo se rompía delante de ellos –
- No tiene porque, dame tu correo electrónico y estamos en contacto, te cuento como me va o si tengo que volver a Valencia, porque a lo mejor no me cogen en MIT. Podemos vernos allí en Europa, por supuesto estas, invitada si pasas por Valencia. Por cierto ¿Dónde vas en Europa?
- Voy a Suecia en concreto a Gotemburgo, dicen que es la segunda ciudad más grande de Suecia
- ¡!!Fantástico!!!, nunca he estado allí, pero seguro que te ira muy bien, ya me cuentas por correo y cuando tengas un teléfono me lo cuentas en persona.
- Sin dúralo, tienes un papel o algo para apuntar – dijo Natasha
- Si claro te registro en mi agenda de contactos del móvil

- Apunta este es mi teléfono americano, que no sé cuánto tiempo funcionara allí, pero puedes llamarme cuando quieras y este es mi correo electrónico.
- Perfecto, ya te tengo registrada, te paso mi teléfono y mi correo también
- Claro que sí, - Natasha hizo lo mismo que Juan y los anotó en la agenda del móvil

Juan la invitó a comer y le propuso sentarse mientras esperaban los vuelos, lo que aceptó Natasha con mucho gusto, estaba disfrutando con la compañía de Juan hasta el momento, por ese motivo, ambos se dirigieron hacia una mesa vacía y continuaron su conversación.

- Gracias - Dijo Natasha
- De nada, estoy mucho rato sin hablar con nadie, además contigo puedo practicar mi inglés – respondió Juan
- Lo hablas muy bien, ¿Dónde lo aprendiste? – pregunto Natasha
- Sobre todo, en el instituto y en la universidad, leyendo muchos libros.
- Aquí como segunda lengua, aprendemos francés o español, yo en particular elegí por el francés, pero no me acuerdo de nada, si quieres que te sea franca, sólo me acuerdo de palabras sueltas, pero no para una conversación fluida. Además, me arrepentí de no coger el español, ya que me hubiera servido de mucho en mi trabajo, ahora es tarde para aprender un nuevo idioma. Tú no sabes en los últimos años cómo el español ha subido aquí en Estados Unidos, muchos compañeros míos lo han aprendido para subir de nivel a la empresa, cada vez hay más población latina y quieren un servicio en español.
- Increíble, yo pensaba que, en Estados Unidos, todos hablaban inglés – Juan respondió con curiosidad –

- No creas, la emigración hacia Estados Unidos desde latinoamericano es muy grande, muchos no saben hablar nada de inglés, además, el sector de los servicios debe adaptarse a los nuevos clientes, por eso hay cada vez más servicios en español y la gente debe aprender el español, para mejorar en su lugar de trabajo.
- Curioso, está visto que Estados Unidos no es como lo cuentan las películas de Hollywood – exclamo Juan
- Ni mucho menos, las películas en el cine presentan un Estado Unidos muy diferente al real, tenemos mucha pobreza, siendo uno de los países más ricos del mundo, además, no tenemos un sistema realmente social, provocando que mucha gente, sea excluida de la sanidad y otros servicios, yo he visto gente comer alimentos procesados para perros o gatos, para pagar la medicación, o ir al veterinario, por qué no han tenido dinero para pagar un médico de verdad. Es muy triste, pero nadie dice nada al respecto. - en el fondo, Natasha estaba hablando de sus vivencias con su madre -
- Es muy fuerte - exclamo Juan - al menos en mi país no pasa esas cosas, todo el mundo tiene derecho a una sanidad universal, pero no sé cuánto tiempo podremos mantener ese sistema, por qué los partidos más conservadores en mi país ven como una referencia a Estado Unidos como un excelente sistema de sanidad y quieren privatizarlo todo, libre mercado, creo que lo dicen así, además nos hacen creer que, vayamos, a tener una asistencia más personalizada y mejor, con la mano en el corazón creo que no, en mi opinión debería mejorarse el sector público, empezando por la atención primaria e ir subiendo hacia los hospitales.
- Están muy equivocados esos políticos, estoy de acuerdo contigo, este sistema es solo por unos pocos que tienen dinero, no cubre toda la población, además los norteamericanos pagamos muchos impuestos, eso sí, dependiendo del Estado, no recibimos casi nada de

prestaciones sociales. - la voz de Natasha se iba cabreando, ya que era uno de los motivos por lo que quería irse a Europa -

- Tienes toda la razón, en Valencia tenemos mucha corrupción y obras faraónicas que no sirven para nada, al final, siempre lo pagan los de siempre, mientras otros se hacen ricos – Juan recordaba las noticias en los periódicos y telediarios, que siempre estaban hablando de casos de corrupción, que la gente no hacía nada, además ya lo había normalizado la gente en su vida cotidiana -
- Aquí ocurre lo mismo, Estados Unidos es una gran empresa donde los ciudadanos son los trabajadores – afirma Natasha –
- Me gusta que coincidamos, cambiando de tema, ¿Qué vas a hacer a Europa? ¿Dónde vas? – pregunta Juan
- Como te he dicho antes, me voy a Suecia, a Gotemburgo, me han dicho que es la segunda ciudad más importante en Suecia, y voy para trabajar en una ONG, como coordinadora de proyectos internacionales, ya veremos cómo va la cosa - suspira Natasha - pero estoy muy nerviosa, es la segunda vez que salgo de mi país, la primera fue a Ucrania a visitar unos familiares.
- Fantástico, que tengas mucha suerte, no te preocupes, yo estoy en lo mismo, para mí es la primera vez que salgo de mi país, además a diferencia de ti, yo no tengo ni idea de que pasara en Boston, no tengo nada seguro en el MIT, ni trabajo ni nada, sólo una confirmación de una profesora para ver mi trabajo – hasta ese momento, Juan no había valorado el riesgo de su acción, se había echado a la piscina sin traje de baño, cabía la posibilidad de que se volviera a Valencia con un palmo de narices, pero ya estaba hecho, Juan pensaba que al menos había conocido a aquella chica tan interesante –
- ¡No digas!!, ¿no tienes nada seguro? – exclama Natasha
- No, sólo una confirmación de una profesora de MIT para ver mi trabajo, pero nada en firme, no hemos hablado de un

puesto de trabajo, ni siquiera una oportunidad para estudiar en el MIT.

- ¡Tú estás loco!!, a buen país has venido para quedarte en medio de la calle. – exclama Natasha
- Bueno en parte sí, pero si no lo intento, nunca voy a saber, eso sería peor que no hacer nada. Al fin y al cabo, sólo podría perder dinero y tiempo – Juan se reafirmaba con su decisión
- Al menos eres valiente, yo no lo haría, de todas formas, mucha suerte y espero que encuentres lo que buscas en Boston, como he dicho antes, Boston es muy bonita y te gustara - Natasha estaba sorprendida por la decisión y valentía que tenía aquel chico, lamentaba no poder conocerle más, por qué empezaba agradarle, como persona y actitud –
- Gracias, espero que sí, por qué voy a necesitar mucha suerte
- Y si no es una indiscreción, ¿Qué vas, a presentar al MIT? – la curiosidad le picaba a Natasha
- Un nuevo sistema de encriptación que he diseñado, con ello, quiero terminar mis estudios de doctorado en el MIT
- ¡!!Sorprendente!!, debes ser muy listo - exclama Natasha - además ¿no tendrás ni un céntimo para la matrícula en el MIT?, no suele ser barata.
- Ya lo sé, espero encontrar una solución, ya veremos qué es lo que hago. – la duda se le apoderaba de Juan, si Natasha tenía razón –
- bueno no te preocupes, se te ve muy listo, alguna solución vas a encontrar.
- Espero Que sí,

Siguieron hablando durante un largo rato de diferentes temas, cada vez se encontraban más a gusto e iban cogiendo más confianza el uno con el otro, Juan miro su reloj y vio que debía irse hacia su puerta , Natasha hizo lo mismo, tenía más tiempo que Juan, pero ya era hora de que se fuese hacia su puerta de embarque, ya se habían intercambiado direcciones de correo electrónico, teléfonos y usuarios de redes sociales, ya que quería mantenerse en contacto, saber el uno del otro, habían tenido una muy buena química los dos, pero el destino los separaba, de momento.

Al final, se despidieron dándose la mano y mirándose a los ojos. Juan estaba arrepentido de no tener más tiempo para conocer más a aquella chica, que la encontraba fascinante, pero su destino estaba en otro lugar, tenía que luchar mucho para conseguirlo. Por otra parte, Natasha tenía el mismo pensamiento, pensaba que Juan era una persona muy interesante y empezaba agradarle, era una lástima que el destino se separará, en direcciones tan distintas, también pensaba que si Juan podía conseguir sus objetivos en Boston, ella podría tener la oportunidad en algunas vacaciones que volviera a Estados Unidos ir a verle a Boston, o incluso si Juan volviese a Valencia, España no estaba muy lejos de Suecia, podría ir a verlo, en definitiva todo eran posibilidades, no un adiós rotundo.

Sus puertas estaban cada una en dirección contraria, mientras caminaban cada uno a su puerta, Natasha y Juan voltearon la cabeza para ver al otro, no al mismo tiempo, con resinación continuaban su camino. Un futuro incierto les esperaba y con mucha ilusión daban un paso tras otro, estaban escribiendo su destino sobre una hoja en blanco, ni siquiera ellos sabían que iba a pasar, cuando fueron más viejos, recordarían con mucha nostalgia aquellos episodios de su vida, independientemente si fue una buena o mala elección, pero siempre con nostalgia, ahora, su hijo lo está contando en estas hojas de papel en blanco.

El ejercicio de vivir no es fácil a veces, estamos en constante dilema y decisión, tanto los errores como los ciertos condicionan nuestra personalidad, forjándonos como personas, no hay malas decisiones, solos malos o buenos períodos de tiempo, somos nosotros los que debemos renacer de las malas situaciones, lo que lo aprenderían Juan y Natasha con el paso del tiempo.

Capítulo 4

"Una americana en tierra de los vikingos, Natasha quería devolverles la visita después de 500 años, que pisaron Terranova"

Barcelona, 14 de Junio 2042

Mi amigo Erik me ha venido a verme, ese hombre está obsesionado con el ejercicio, yo no sé cuántas carreras y cosas ha hecho ese hombre y desafíos deportivos, bueno al menos habrá visitado países que es lo importante, ya que, con la excusa del deporte, el hombre este no está en su casa, bueno no me extraña, ya que los suecos son así, creo que lo tienen en su ADN, aunque este es medio sueco si no recuerdo mal, ya que su madre es catalana y su padre sueco, por eso está trabajando aquí. Bueno da igual, la cuestión es que nos hemos tomado algo en el bar de la esquina y hemos recordado cuando pase temporadas en Gotemburgo, ya que Natasha estuvo allí viviendo y trabajando, siempre había tenido buenos recuerdos de esa ciudad, ¿Qué habrá sido de sus amistades? Lo malo es que perdí el contacto al mudarme aquí en Barcelona, buscare su correo o la dirección deben estar por algún sitio. Esto me recuerda que tengo que continuar mi historia, ya tengo folios escritos, e iban a ser un par de folios como máximo, a este paso la pila de folios escritos será considerable, bueno da igual, a ver que hago con todos esos folios, lo importante es la historia.

Por fin tras muchas horas, Natasha llego a Gotemburgo, después de muchas horas de viaje, el aeropuerto de Gotemburgo estaba a las afueras de la ciudad, por lo tanto, tenía que coger un autobús para moverse al centro de la ciudad, la otra opción era coger un taxi, pero, no sabía ni el idioma y el precio que podría costarle, ya que todavía no controlaba las distancias en aquella nueva ciudad. Una vez tuvo todas sus maletas en su poder, se dirigió hacia la salida con un carrito donde llevaba todas sus pertenencias. Por el camino, Natasha pensaba que no podría con todo, una vez estuviera en el centro, ya que el apartamento estaba en la otra parte del río y tenía que tomar otro transporte, por lo que había visto por internet un tranvía, que la dejaba delante de su nueva casa. Inicialmente la semana pasada, había planificado los transportes y todo del viaje, creía que podría hacerlo todo con el transporte público. En aquel momento, se sentía muy cansada con el pelo grasiento, además de oler a sudor, es decir, no para dar más vueltas alrededor de la nueva ciudad, buscando su apartamento, quería llegar tan pronto como pudiese, ya que había estado de viaje, más de doce horas, contando transbordos y vuelos, además del cambio de horario.

Al final, decidió, por una solución mixta, tomar el autobús hasta el centro y allí buscar un taxi hasta su nueva casa, ya que en el aeropuerto le habían dicho una mujer en el mostrador de información, que en el centro siempre había taxis, sólo tenía que hacer una parada en Östra Hamngatan en Kungsportsplatsen, a la altura de Kopparmärra. La primera vez que oyó aquellos nombres, le parecían chino, por este motivo, se lo hizo repetir varias veces a la mujer del mostrador, y ésta, se lo volvía a decir los nombres en sueco, finalmente, viendo que Natasha estaba totalmente perdida, la mujer del mostrador tomo un mapa del centro de la ciudad y le señalo los puntos donde tenía que parar y tomar el taxi. Al menos, la dirección de la nueva casa, la tenía apuntada y se la podría decir o enseñar al taxista.

Todo en Suecia estaba en sueco, pero al menos la gente hablaba inglés, cosa que la tranquilizaba, por otra parte, el acento en inglés de los suecos era curioso, nunca lo había oído, pero no era un problema para ella poderlos entender, sin mucha dificultad.

Otro problema era las tarjetas de crédito o débito, en Europa estaban con un chip y su tarjeta era americana, por lo que todavía funcionaba con banda magnética, lo que la limitaba cuánto iba a pagar en lugares donde sólo tuvieron lectores con chips, por suerte en el autobús admitía las dos formas de pago, lo que la tranquilizó, pero en el taxi no quería jugársela, e iría a sacar dinero, lo más pronto posible.

Compró el billete hasta el centro, antes le señalo en el mapa su destino, el chófer con un inglés rudimentario, le sacó el billete y le indico dónde debía parar. Una vez en el autobús se relajó y gozó de las vistas, hasta el momento Suecia era muy bonita, muy verde y no muy montañosa la parte de Gotemburgo. El aeropuerto estaba en landvetter, era un aeropuerto internacional que suplía a toda esa región, además estaba muy cercano de mölndal, una población muy cercana a Gotemburgo, se podía llamar una ciudad dormitorio, pero tenía industria y empresas instaladas allí.

Debían pasar por una autopista y entrar en Gotemburgo por Liseberg, una zona muy conocida donde había un parque de atracciones, muy grande, además de un museo natural, donde había un oceanográfico y una selva tropical distribuida en vertical en diversas plantas del edificio, además de un museo de ciencias.

Pasando Liseberg, paso por el museo de arte hacia Kungsportsplatsen, muy cercano al destino de Natasha, el chófer el autobús le indicó a Natasha que aquélla era su parada, lo que lo agradeció mucho. Había tenido cuidado de sentarse muy cercano al chófer, ya que el autobús no le indicaba las paradas, al menos ese autobús. Al llegar a su destino, le dio las gracias al chófer y bajó del autobús.

Era nueva en la ciudad, todo le parecía novedoso y excitante, hasta el más mínimo detalle o las escenas más cotidianas, siempre veía la parte más positiva de las cosas. Se sentía feliz, llena de alegría y esperanza al encontrarse en esa ciudad con tanta historia, salvando el cansancio acumulado y las horas de vuelo. Finalmente, descubrió, que era Kopparmärra, al preguntarlo alguien que pasaba por allí, descubrió que era una estatua ecuestre en medio de una plaza, por lo que descubriría los días posteriores era de un rey, Carlos IX, fundador de Gotemburgo. La plaza estaba llena de tiendas y restaurante, enfrente estaba otra plaza donde se encontraba un mercado y detrás de un cine.

Como le había indicado la mujer del mostrador en el aeropuerto, cercano de allí, había taxis, por lo que no tuvo ningún problema en coger uno. Antes sacó dinero en una máquina dispensadora en un banco cercano, indicándole al taxista que su dirección estaba en la otra parte del río en lindholmen, una zona más humilde e industrial de Gotemburgo, algo que el taxista no tuvo ningún problema de reconocer la zona y la calle.

El viaje fue de unos minutos, cuando llegó, era una zona muy residencial con fincas muy bajas y casas. Su apartamento estaba en un bloque muy parecido a los edificios de alrededor, por ese motivo, miró el número de bloque y de piso, para asegurarse. Por suerte, su jefe le había enviado un juego de llaves la semana pasada, por tanto, no debía llamar o esperar a sus compañeras de piso.

Al entrar en el portal del edificio, vio que no había ningún ascensor, solo una escalera empinada, por lo que tuvo que subir sus pertenencias por turnos. El piso tenía tres habitaciones y sus compañeras le habían dejado unas indicaciones en la puerta, diciéndole cuál era su habitación. Natasha se alegró de que el piso era nuevo y muy limpio, además de mucha luz. Natasha, se dirigió hacia su habitación y dejo sus cosas, ya que, en ese momento se sentía más relajada, la habitación daba a un jardín y una escuela con su patío, tenía mucha luz, ya que tenía unas ventanas grandes que iluminaban toda la habitación, no tenía cortinas o nada parecido, sólo una persiana retráctil, que en ese momento estaba levantada hacia arriba. Además, las ventanas estaban dentro de una superficie rectangular, por lo que, formaban una cavidad para dejar cosas, como libros o lo que quisiera. Debajo de las ventanas en el espacio de la habitación estaba el radiador. La habitación tenía un armario empotrado en la pared y unas de sus puertas corredizas era todo un espejo.

El resto del mobiliario era muy sencillo, sólo una cama con su juego de sábanas y almohadas, una pequeña mesa que hacía de escritorio con su silla, además, de una mesita de noche junto a varias cajas.

Las paredes carecían de cuadros y hacía poquito que habían sido pintadas de un blanco neutro. En el techo había unas luces de forma esférica con colores muy suaves, dándole un ambiente muy cálido cuando se encendían.

Natasha estaba sorprendida por el limpio que estaba todo, su habitación parecía más una habitación de un hotel que de una casa compartida por otras compañeras. Por curiosidad, vio las demás habitaciones, había una al lado de la suya, la abrió, ya que, estaba convencida de que no había nadie en aquellos momentos, por ese motivo no llamo a la puerta, antes.

Las dimensiones de otra habitación eran idénticas a las de la suya, pero a diferencia de la suya, esta estaba personalizada y con cosas tiradas por tierra de la persona que dormía allí, cosa que la hacía distinta a la suya. Cerró la puerta y se dirigió por el pasillo hacia el comedor, éste era amplio con una ventana con un balcón que daba al mismo jardín de su habitación.

Era muy sencillo, un sofá de tres plazas, dos sillas-sofás suplementarios del IKEA, una pequeña mesa de cristal frente al sofá de tres plazas y suelo laminado, una alfombra con color suaves que lo cubría el suelo de aquellos muebles. Enfrente del sofá grande estaba una mesa de la televisión pegada a la pared, con un plasma, no muy grande, encima de la mesa había cuencos con llaves, DVD, libros y otros utensilios. Llegado a la pared de la ventana y junto a la televisión, había un reproductor de CD, radio y controlador de la calefacción, que estaba colgado en la pared, a una altura lo suficientemente razonable y asequible, ya que los apartamentos en Suecia no tenían aire acondicionado o nada parecido, solo calefacción.

Al otro lado del comedor había estanterías con libros y figuras de decoración, en un lado, una mesa redonda con sus sillas en un rincón, en el otro lado. La mesa redonda también tenía, una alfombra y detrás de un mueble-mesa con más decoraciones y flores, que parecen de plástico, además, colgado en la pared y encima de la mesa había un espejo muy grande.

La iluminación del comedor era muy sencilla, las mismas luces con forma esférica en la parte de la mesa redonda y una general en el área de los sofás, además de una lámpara de pie junto al sofá grande, que se encendía con un interruptor.

En medio del comedor y junto a la TV, había una puerta a otra habitación, que parecía más pequeña y que daba al mismo jardín, Natasha abrió la puerta y también estaba ocupada por otra persona. El comedor se entraba por un pequeño corredor o recibidor donde estaba la puerta principal del piso, un armario empotrado, un mueble para colgar los abrigos y dejar los zapatos, además de un recinto para los paraguas.

Enfrente del armario empotrado, estaba el baño con una ducha con cristal protector, un lavabo para lavarse o limpiarse con un espejo colgado, al fondo en un rincón y junto a la ducha, la lavadora y secadora, esta última sobre la lavadora.

Por otra parte, junto a la puerta de entrada principal, estaba la entrada de la cocina, que no tenía puerta como tal. La cocina era pequeña, pero había una pequeña mesa con sus sillas para comer, pegada a la ventana que daba a la calle y que tenía una base para dejar cosas.

Natasha pudo ver por aquella ventana la calle por la que había venido, además de una casa grande frente a su edificio, con árboles y un jardín lo suficientemente grande. El resto de la cocina de forma muy rectangular estaba equipada con todos los aparatos, incluidos lavavajillas, microondas, tetera y más. Estaba contenta, ya que aquel apartamento era muy acogedor, además de limpio y nuevo, ya que todas las paredes estaban pintadas de un blanco neutro, finalmente, después de revisarlo todo, volvió a su habitación, no para ordenar sus cosas, sino más bien para descansar, ya tendría tiempo para deshacer las maletas.

Una vez sobre su cama, Natasha pensó, que una chica como ella, recién llegada de Estados Unidos, se encontrará en el viejo continente, ya era un éxito o logro, más incluso en Gotemburgo, donde en cada calle se podía respirar la historia de la ciudad y el continente. Ella no había salido de Virginia, hasta ese mismo momento, el cambio cultural entre Estados Unidos y Europa le resultaba fascinante, su mente estaba acostumbrada a cómo se hacían las cosas en Estados Unidos, más en Virginia, le chocaba como se comportaban las personas de aquí en Europa, pensaba, que no les entendía, pero con el tiempo, seguro que se acostumbraría a eso, sólo era cuestión de tiempo.

En ese momento, en su cabeza seguía planificando su futuro en Europa, su nueva vida, cómo se establecería y se desenvolvería en aquella vieja ciudad, que era nueva para ella, que empezaría a encontrar nuevos amigos, aunque seguía pensado en su tía y amigos en Virginia, todo lo que había dejado atrás y que posiblemente no volvería a ver en tiempo.

Nunca es fácil empezar en un nuevo sitio, siempre debes poner el contador a cero, volver a un punto inicial, mucha gente vive en ese punto inicial perpetuamente, intentando encontrar los siguientes pasos, pero nunca da el paso, debido a su trabajo, o la vida en general, siempre estás dando vueltas con diferentes facetas y protagonistas, pero, para Natasha, no era su primera vez en la vida que debía empezar de cero, ya lo había hecho con la muerte de su madre.

En los últimos años, interiormente se había creado un círculo de seguridad, que se vio quebrado por la rotura con su pareja. Este círculo se componía principalmente; de la escuela, el instituto, la universidad y el trabajo, siempre alrededor de su poca familia, que se componía de su tía Adela, y los pocos amigos que tenía.

Aquello era una oportunidad para demostrarse a ella misma, que podía hacer cosas solas, además cosas que le gustaban, siendo una mujer de treinta años, se auto convencía, de que podía hacerlo, que por duro que fuera los comienzos, lo iba a conseguir y se podría adaptar aquel cambio y aquella ciudad, solo era cuestión de aptitud y suerte, por ese motivo eligió Europa y aquella ONG.

Acostada en la cama de su nueva habitación estaba deprimiéndose por momentos, pensó en dar una vuelta en su nueva ciudad, por ese motivo decidió ducharse, ya que olía muy mal del viaje y se sentía sucia, se cambió de ropa.

Era un día radiante, la luz inundaba cada rincón de la ciudad, Natasha estaba en el centro Gotemburgo en la parada del tranvía de Kungsportsplatsen, hacía unas horas ya había estado allí, una plaza en el centro de Gotemburgo, que fue construida en 1852 y que recibió su nombre por la puerta del rey, ya que cerca de allí estaban las antiguas murallas de la ciudad y entrada a la antigua ciudad amurallada de Gotemburgo, constancia de ello, en los sótanos de un cine cerca de la plaza se puede ver parte de las antiguas murallas, perfectamente conservadas, chocaba porque, los clientes del cine, podían ver que antigua era aquella ciudad y los límites de la antigua Gotemburgo.

La plaza es uno de los puntos de encuentro de la gente en Gotemburgo, tanto personales, políticos, eventos u otras manifestaciones. En la plaza hay una estatua ecuestre del rey Carlos IX que fue colocada allí en 1902, que observa desde su altura, el ir y venir de la gente; turistas, padres e hijos o ciudadanos en general.

Natasha le gustaba la plaza y el ambiente que le rodeaba, ese día la luz reflejaba en los edificios provocando una calidez en todo el ambiente, la gente aprovechaba esos minutos de sol, se movía de un sitio a otro, hablando, caminando y disfrutando del día. Por lo general cualquier día de sol en Escandinavia eran muy extraños y la gente aprovechaba la mínima ocasión de disfrutar de ellos, independientemente si la temperatura era hacia abajo de cero o mucho calor, que no era el caso en estas latitudes, en ese caso era en pleno verano y no hacía mucho calor, el tiempo invitaba a que la gente paseara por las calles de Gotemburgo.

La multitud de gente generaba un desorden, que le encantaba, ya que le gustaba observar a la gente, se imaginaba cómo sería la vida de aquella gente, que problemas tendría e intentaba adivinar sus sentimientos, a mero juego interno, donde ella marcaba las reglas y sólo había un concursante, ningún premio, solo la simple curiosidad, algunas veces conocía a la persona que había observado y constataba sus primeras impresiones.

Observo que, dentro de aquel aparente desorden, todo tenía una disciplina, una cortesía, concertada entre peatones y conductores, ya que la gente cruzaba la calle por cualquier sitio, los coches y los tranvías le cedían el paso, como una coordinación perfecta. En esta pequeña anarquía de los suecos, el respeto de los conductores por sus conciudadanos a la hora de cruzar, generaban una simbiosis entre conductores y peatones, respetándose unos a otros independientes de leyes o señales de circulación, eso le llamaba la atención de cierta forma.

Ella recordaba que, en América, sólo existía la autoridad del vehículo, nadie se permitía el lujo de enfrentarse a él, limitándose los peatones a regiones permitidas para su paso, siendo vulnerado sus derechos en el terreno del Vehículo.

Decidió ir a comer algo, no tenía mucha hambre, pero tenía que empezar a hacer vida normal, para superar el cambio de horario: desayuno, comida y cena, en la hora local. Estaba en el mejor sitio para comer, por lo que echó un vistazo a su alrededor, con la vista vio restaurantes comerciales de comida rápida, restaurante de menú y un sinfín de opciones donde podía ir a comer. Inmediatamente descartó los locales comerciales, no iba a ir a un restaurante de comida rápida, el primer día de estar en Gotemburgo, por lo que optó por buscar otras alternativas, si fuera posible donde pudiera comer algo más escandinavo o nórdico, o al menos más elaborado y no tan prefabricado, como la comida rápida.

Siguió hasta el puente, ya que, el río atravesaba cerca de la plaza, vio un restaurante flotante y le llamó la atención, por lo que se acercó y estaba cerrado, aunque pensó que otro día, sí le gustaría ir a comer o tomar algo, el resto de los restaurantes eran asiáticos y nada que ver con la cultura local, finalmente entró en un restaurante que servían comida local o al menos del estilo sueco.

Al entrar en el restaurante, el camarero fue muy amable con ella, le sirvió agua y le trajo pan y mantequilla, esperó unos segundos para que decidiera. Estaba totalmente perdida, ya que el menú estaba en sueco, no estaba subtitulado al inglés, por lo que decidió, preguntar al camarero. Este muy amable se acercó a ella y le explicó los platos y su significado, entonces le recomendó especialmente un entrecot con una salsa de champiñones y una especialidad sueca, que le dijo que se llamaba "Pyttipanna", que consistía en unos dados de patata y cebolla con trozos de carne o salchichas, fritos todo juntos con una salsa determinada o aceite, el cual no sería, por supuesto, libre de grasas, pero en ese momento, Natasha pensó que un día es un día, que la dieta podría esperar.

No sé si fueron las ganas de comer o la descripción del camarero, pero, no tuvo ninguna duda en pedirse el plato, que le habían recomendado. El camarero le dijo que era una buena elección, después de determinar el punto en el que quería el entrecot, el camarero tomó la nota y se dirigió hacia la cocina. Natasha no pidió nada de beber, ya que el agua era suficiente, a lo visto en Suecia era gratis y entraba en el menú, o por lo menos estaba dentro de la comida. Durante el período de espera en el restaurante, se limitó a verse el móvil, aunque recordó que le tenía desconectado los datos por culpa de la conexión de su compañía de teléfonos americana y las compañías suecas, algo que mentalmente lo tenía presente, por lo que tenía que conseguir una línea telefónica sueca lo antes posible, al mismo tiempo, miro la agenda y vio los datos de Juan, se le dibujo una sonrisa en su cara, le había gustado ese chico, pensaba que era una lástima no conocer más a ese español que había conocido hacia unas horas en Nueva York, en otras circunstancias hubieran tenido una cita, pero no todo estaba perdido, él tenía sus datos, y seguro que él, le escribiría si se acordaba de ella, además, los escandinavos no estaban del todo mal, aunque ella prefería más morenos y de carácter mediterráneo.

Por su tez pálida y cabellos rubios, Natasha pasaba desapercibida en aquella sociedad, aunque sus facciones eslavas la delataban que no era de allí, pero a primera vista, era fácil confundirla, por otra parte, Natasha, por su carácter, era muy reservada y callada, en las fiestas era las que sentaba y escuchaba al resto de la gente, sus ojos reflejaban atención, reservaba sus emociones, pero cuando ella estaba contenta, no dudaba en exteriorizarlo, iluminado sus ojos azules y expresando sus emociones como si fuera una niña, la gente no sabía si su inocencia era innata o lo hacía por pasar desapercibida, pero algunas veces sorprendía su inocencia, pero por lo general era actuada, como un mecanismo de autodefensa.

Natasha era amante del ejercicio en general y se ponía metas para hacerlo, al menos todos los días, la bicicleta era otra de las pasiones de Natasha, cuando pudiera se compraría alguna en aquella ciudad. Con su constitución delgada y su metro sesenta, le conferían un carácter femenino y delicado. Por lo que veía hasta el momento en aquella ciudad, se podría hacer ejercicio, si el tiempo lo permitía, cosa que le alegraba en cierta forma. Se le paso por la cabeza, que de pequeña cuando fue a la playa con su madre, a visitar algunos familiares de Ucrania en Crimea, la primera vez que salió de Estados Unidos, sus cabellos se convertían blancos, por la salinidad de las aguas, convirtiéndose en casi en albina, ya que tenía la tez muy blanca, en aquel momento le paso por la memoria esos agradables periodos de su vida, cuando su madre aún vivía, fueron los más felices de su vida.

A los pocos minutos, el camarero estaba con su plato de entrecot, Natasha no era un amante de las carnes rojas, prefería las ensaladas o pescado, esto quizás lo había heredado de su madre, que tampoco era una fan de la carne roja, pero estaba allí para probar y experimentar nuevas comidas, un poco de grasa y calorías no venían mal, después de ese viaje tan largo, tenía que coger fuerzas, además el plato lucía espectacular con esa gama de colores y tonalidades brillantes que resaltaban el trozo de carne, por ese motivo le hizo una fotografía con su móvil antes de empezar a comer, no para compartirlas en las redes sociales, sino para conmemorar la primera comida en Gotemburgo.

Tuvo mucha suerte con el apartamento, ya que en Suecia tienen un gran problema para acomodar a las personas que vienen de otras ciudades o países, ya que tienen un sistema de colas o listas para buscar piso en la ciudad, cosa que ya había leído por internet, lo que dificulta en gran medida, encontrar un lugar en condiciones, independiente del sueldo que tengas o el tiempo que quieras alquilarlo. La finalidad de las colas de alquiler, en cierta forma, lo entendía, puesto que Suecia era un país muy social, pero reconocía que no funcionaba, al menos con la gente de fuera, como ella, mucha gente opinaba lo mismo, como descubriría más adelante, aunque la mentalidad escandinava, pensaba que si funcionaba, no estaba dispuesta a cambiarlo su sistema, algo que aprendería de los suecos a lo largo de su estancia en Suecia, que podían ser muy inflexibles en ciertas cosas, además de fríos en sus relaciones personales, ese carácter nunca se acostumbró en su estancia en aquel país.

La ONG le proporcionó un apartamento que estaba situado en la zona de lindholmen, una zona humilde y periférica del centro de la ciudad, en tranvía a más de media hora de su nuevo puesto de trabajo, junto a liseberg, en una antigua fábrica de cerveza local, reconvertida en oficinas y con un centro comercial al lado, frente a la oficina, tenía un aparcamiento, pero, no le importaba por qué ella no tenía coche, ni esperanzas para tener uno, puesto que con el transporte público tenía suficiente.

Además, no sabía cuánto tiempo estaría en Suecia, podría ser un par de meses o toda su vida, el camino estaba abierto, de momento no quería tener ningún coche o coste extra, ya que, si volvía a Estados Unidos o se fuera a otra parte, tendría un problema con él, otra vez, debería qué mal vender el coche, no quería volver hacerlo, se lo tomaba como un periodo de prueba, la estancia en Suecia, para ver lo que pasaba.

Gotemburgo no era una ciudad en la que había muchas bicicletas circulando, aunque todos tenían una, ya que un primer momento pensaba que sería como en Holanda, donde el número de bicicletas es mayor al número de habitantes. Los suecos usaban transportes alternativos como la bicicleta o el transporte público, pero normalmente, la gran mayoría de la gente usaba su coche, muchos de ellos vivían en zonas periféricas en Gotemburgo, hubiera sido una locura el moverse con la bicicleta, aunque los holandeses si lo hacían, habiendo autopistas solo para bicicletas. Suecia no estaba muy poblada como creía la gente, sólo en los núcleos urbanos más importantes, el resto eran pequeñas poblaciones alejadas, por ejemplo, la provincia de Västra

Götaland donde la capital era Gotemburgo, la población se concentraba en la misma capital, formado pequeñas islas en el país, lo mismo ocurría en la capital del país, Estocolmo, todo alrededor eran pueblos pequeños o ciudades no muy importantes, que dependían exclusivamente de la ciudad más cercana. Había otra ciudad importante detrás de estas dos, que era Malmö, en el suroeste del país y cerca de Copenhague, la capital de Dinamarca, o Linköping en el puro centro del país. Esta visión de un país no muy poblado, le chocó, puesto que, en el continente americano, las ciudades eran grandes y con mucha población, pero, a lo largo de su estancia en Suecia y otros países europeos, verá que las dimensiones y distancias son diferentes para los ojos de los europeos, poblaciones que ella creía que estaban cercanas, para un europeo era todo un mundo o muy lejano.

De todas formas, sus compañeras de piso le habían aconsejado que encontrará una bicicleta, por eso la más joven le había dicho que un amigo suyo se volvía a Alemania, porque había terminado su máster en la Universidad de Gotemburgo, le podría vender o dar la bicicleta. Aunque no sería difícil encontrar una bicicleta decente, ya que el número de estos vehículos en la ciudad era elevado y por tanto la oferta también, superando en muchas ocasiones a la demanda. Esto le emocionaba, ya que Natasha era una apasionada de las bicicletas, la suya la tuvo que mal vender cuando abandono Virginia, ya que no se la podía llevar a Europa.

Después de pedir la comida, le preguntó al camarero si podía moverse en la terraza del bar y observar a la gente pasar, el camarero no puso ninguna pega alguna y le ayudó a moverse de mesa. Natasha observaba otro rasgo que le era llamativo de la gente local, era su extrema timidez frente al público, más que su timidez, ya que en los restaurantes que vio, la gente no se sentaba cerca de las ventanas sino en el interior, como si de un extraño pudor impedirá a la gente sentarse mirando al exterior, en su caso le daba igual, esa vergüenza la había perdido hacía tiempo, o al menos era más atrevido que los suecos, dentro de su carácter introvertido.

Ella pensaba que era un día, muy bonito, ¿porque lo mejor, pasa en verano?, pensaba, no le incomodaba estar comiendo sola, siempre había estado sola, más después de la muerte de su madre, además estaba disfrutando de la comida y las vistas de su nueva ciudad. Por otra parte, con el dinero que había ahorrado en su antiguo trabajo, puesto que vivía sola y no con muchos gastos, el alquiler bajo, además del adelanto que le habían dado la ONG para mudarse a Suecia podía vivir al menos durante los primeros meses, la tranquilidad le invadió, la vida le estaba sonriendo.

Sus compañeras le habían aconsejado que debía tramitarse el número personal sueco, que era indispensable para trabajar en Suecia, aunque ella había firmado un contrato sin ese número, algo muy habitual en los contratos con personas extranjeras. Todo trabajador en Suecia debe tener un número de identificación para el cálculo de los impuestos y otras cosas, siendo obligatorio, por este motivo, en Suecia, se podía decir, que cada trabajador o en general sueco es literalmente un número, porque ese número se usaba para todo, hasta para comprar en supermercados, o reservar cualquier cosa.

Acostumbrada a Estados Unidos, que no tienen identificación y que casi todas las transacciones se hacían con dinero, eso le parecía estar dentro de un gran hermano, haciendo una analogía de la obra de Orwell, "1984".

El trabajo en la ONG, aunque no era un sueldo no era grande, se le consideraba una trabajadora sueca como otra, no una voluntaria, por ese motivo tenía sus derechos, sus vacaciones y un sindicato que la apoyaba. Después de terminar, pagó su comida y pensó en tomarse un té en otro sitio, por eso vio en la esquina del restaurante, vio un pequeño café, al entrar le llamó la atención del local, ya que tenía un ambiente similar a las grandes cadenas de cafeterías norteamericanas, pero más acogedor, familiar y menos comercial, ya que los nórdicos, preferían locales donde se sintieran como en su casa, al menos eso había leído en alguna parte de las costumbres escandinavas, además se sentían orgullosos de haber inventado este tipo de locales, en los que tienen su zen o chill-out. El local estaba lleno de sofás, mesas y cuadros con paisajes, además de una música ambiental no muy alta, haciéndolo muy agradable, en general los escandinavos están muy orgullosos de ser los primeros que hicieron estos espacios chill-out, con sus velas y libros esparcidos por todo el local y estratégicamente colocados.

Se sentía muy bien, con su taza de té y planeando que iba a hacer en los próximos meses, pensó que era una lástima no haber traído una revista o libro, aunque podía ver alguno de los libros que estaban en torno a ella. Echó un vistazo y la gran mayoría estaban en sueco, los que estaban en inglés, no eran muy buenos.

Al instante entró por la puerta Heidi y Berta, las compañeras de piso de Natasha, con otros amigos de ellas, se alegró de verlas, le caía muy bien sus compañeras, aunque muchas veces no las entendía mucho, ya que pertenecían a culturas distintas, las conoció por qué habían hablado por videoconferencia varias veces, una especie de romper el hielo, antes de ir a trabajar a Suecia. Levantó el brazo, y sus compañeras la vieron e hicieron lo mismo. Natasha estaba sentada en un sofá, por lo que tenían suficiente espacio para todo el grupo.

- ¿Qué haces aquí?, te esperábamos más tarde, de todas formas, te hemos dejado un papel en todas las instrucciones y dónde estaba tu habitación, ¿Lo has encontrado? – le dijo Berta.

- Si muchas gracias, al fin, no ha habido ningún retraso en mis vuelos y he llegado puntual como un reloj – respondió.
- Me alegro de eso, bueno... ¡bienvenida a la tierra de los vikingos!!!– exclama Berta.
- Gracias – respondió
- ¿Como es que no estas descansando?, deberás estar muy cansada -dijo Berta
- No creas, si lo estoy, pero, no quería estar sola en el piso, ni tenía ganas de dormir
- Deberías, por qué hoy es domingo y mañana tenemos que trabajar – afirma Berta.
- Yo lo sé, pero me apetecía dar un paseo por el centro, sé que tendré tiempo para conocer la ciudad
- Por supuesto que lo tendrás, bien quiero presentarte a la gente, a Heidi, ya la conoces – Berta empieza a decir nombres y señalarlos con el dedo, mientras decía el nombre de Natasha.
- Encantada de conoceros – haciendo un saludo general – ¿y vosotros de dónde venís?
- Acabamos de venir de un evento de la universidad, que actuaban un grupo de teatro aficionado de la universidad, nos habían dicho que eran muy buenos. – explicó Berta
- ¿De qué iba la obra? ¿Era buena? – pregunto
- Si y no, lo que más me gustó fue su puesta en escena, la obra se llamaba "Norma", después leí en el programa que está basada en la ópera de Bellini, pero no era una ópera, mira por dónde, ya que los actores no cantaban, sólo bailaban y la música era una versión moderna con acordes de la obra de Bellini con éxitos actuales -Berta entendía de música, ya que había estudiado en el conservatorio durante muchos años-, esto leí en el programa, pero, para mi opinión ni se parecía a la música de Bellini, en definitiva no era una ópera, podría llamarse un ballet o algo parecido, o lo que se dice danza moderna. Pero, aunque te parezca extraño, la mezcla

estaba bien, he visto la ópera de Bellini hace mucho tiempo, pero quiero volver a verla para comparar una obra con este mezcla de adaptación de Bellini, aunque son estilos diferentes, por supuesto. Aunque, en definitiva, estaba bien, después nos hemos ido a comer cerca de la universidad, a un sitio muy bueno de comida marroquí. Si quieres, cualquier día de la semana podemos ir y te lo enseñamos

- Muy bien, otra vez os acompañaré – respondió, que quería integrarse aquel nuevo grupo – me habías dicho que se llamaban Hanns y Justina, ¿verdad? – se dirigió hacia los nuevos integrantes, para cambiar de tema -
- Si – contestaron los dos
- Encantados de conoceros, mi nombre es Natasha – dijo, presentándose doblemente y levantándose para encajarles la mano. Ya que le gustaba presentarse por sí misma, no por terceras personas.
- ¿De dónde sois? ¿Sois alemanes como Heidi y Berta? – pregunto
- No, yo soy local, sueco y de Borås, una población cercana a Gotemburgo – contesta Hanns
- Yo soy polaca de Varsovia – respondió Justina casi al mismo tiempo
- ¿Y tú de dónde eres? Por tu acento no serás de aquí – preguntó Justina
- Norteamérica, bien de Estados Unidos, y en concreto de Virginia – simplifico la cosa, por no contar de dónde era original, ya que debería contar toda la historia
- Virginia, la conozco por las películas – la misma reacción que Juan en el aeropuerto de Nueva York – ¿qué haces aquí?
- Trabajar con Heidi y Berta en una ONG sobre un proyecto de abastecer agua a zonas con pocos recursos.
- Entonces sois compañeras, qué bueno – respondió Justina
- Además, somos compañeras de piso, en definitiva, pasaremos todo el día viéndonos – respondió.

- Mejor que nos llevemos bien - sonrió Berta.
- Por supuesto que sí, no tendremos ningún problema – respondió.
- No, le hagas caso a la cascarrabias de Berta, claro que estaremos bien – respondió Heidi – lo que ocurre es que Berta muchas veces es demasiado directa, siendo un poco áspera con la gente que conoce muy poco tiempo.
- Tranquila no hay problema, voy captando el carácter de Berta, y no será ningún problema para mí – diplomáticamente intentó desviar la atención con otra pregunta a sus nuevos amigos - ¿A qué os dedicáis?
- Yo estoy haciendo el doctorado en la Universidad, creo que pronto leeré mi tesis – respondió Hanns
- ¿De qué estás haciendo la tesis? – preguntó.
- De cambios estructurales y políticos en los movimientos nacionalistas en Europa, algo de lo más divertidísimo, como estás viendo, ya que cuando empiezo a contarlo, siempre suelo quedarme a solas, pero si te interesa el tema, yo podría contarte, soy un apasionado del tema.
- No para nada, no tengo ni idea de política y menos de nacionalismo europeos, pero si en el futuro quieres, puedes contarme algo sobre el tema, te prometo no aburrirme, con tu charla.
- Esta chica promete, no como vosotros que no queréis oírme - afirma Hanns y todos se rieron
- No le des la tabarra a la pobre chica, con tus movidas, que eres muy pesado - contesto Berta y todos volvieron a reírse.
- ¿Cuándo llegaste a la ciudad? – preguntó Justina
- Hace pocas horas, estoy habituándome a la ciudad, de momento sólo conozco a Heidi y Berta, por supuesto a vosotros dos. – contestó
- Gotemburgo te gustará, ya verás, es una ciudad que tiene muchos eventos y siempre tienes cosas que hacer, yo llevo dos años viviendo en la ciudad, lo que más me cuesta es

aprender el idioma, ya que el sueco y sus dialectos, me están resultando muy difícil, eso que el polaco es difícil de aprender para los extranjeros. – contesta Justina

- Esto me han dicho que aquí en Gotemburgo es fácil vivir sin el sueco, con sólo el inglés, pero hay otros lugares de Suecia que necesitas aprender el sueco para vivir. Por este motivo, ahora con el número personal sueco, quiero buscar una escuela gratuita de sueco y empezar a ir a la escuela, creo que el programa se llama SFI.
- Es muy buena idea, ya que a mí me lo están pagando el gobierno, es decir, las clases de sueco con ese mismo programa de idiomas, pero, soy yo, que soy una negada para aprender otro idioma – dijo Justina –

Natasha estaba disfrutando con aquella conversación, ya sea por el ambiente tan familiar del local o porque los amigos de sus compañeras le habían integrado dentro de su mundo, es normal que cuando uno está fuera, la gente expatriada, se sienta más abierta a relacionarse con los demás, esto hace que se conozca la sociedad y cultura local, por los ojos y vivencias de otros, además de la cultura de los otros expatriados, ya sea por medio de internacionales como tú.

En aquellas horas, aprendió mucho sobre Suecia y sobre todo de cómo vivir en Gotemburgo, de las experiencias de sus tertulianos, eran valiosas para ella en aquellos momentos, ya que, de una forma u otra, ella debería pasar por lo mismo o algo similar.

Después de dos horas de charla, cada uno se despidió con dirección a su casa, ya que era un domingo por la tarde, pocas cosas se podían hacer. Las tres se dirigieron a tomar el primer tranvía que les dejaría cerca de su casa. Al llegar al portal, Berta le repitió a Natasha el código para abrir la puerta del portal, por si acaso no llevaba las llaves encima, sabía que se le había escrito en el papel que le había dejado aquella mañana, pero, Berta a más de desconfiada era muy perfeccionista, como buena alemana, nunca dejaba nada al azar, todo debía estar bajo control.

Cuando subieron al apartamento, cada una tenía su habitación, tenían la gran suerte de que el apartamento pertenecía a una empresa, por ese motivo no tenían un propietario del apartamento, sientiendose menos observandas en cada paso que daban, disfrutando de cierta libertad, además como el contrato lo tenía la ONG, la despreocupación era total. Las tres pagaban o descontaban de su nómina el correspondiente alquiler de una habitación. En el caso de Natasha, la ONG había hecho una excepción en los dos primeros meses, al considerarlo como gastos de deslocalización. Todo pintaba bien para Natasha, no se podía quejar, un buen trabajo en Europa, las compañeras no estaban mal y toda una ciudad por descubrir, que podía pedir más.

Sus compañeras se habían ido a sus habitaciones y ella se dirigía a la cocina para coger un vaso de leche y unas galletas, ya que pensaba ver una película en su cama mientras tomaban la leche y comía sus galletas. En el corredor no se escuchaba nada de nada, la única luz era la del corredor, antes de entrar en su habitación sintió unas risas y golpes en la habitación de Berta, se dirigió hacia allí. La habitación de Heidi estaba al lado de la suya, en la habitación de Heidi no escuchó nada, además desde la habitación de Berta se volvió a escuchar, risas picaras y nerviosas, ella pensó que no había entrado nadie después de ellas, por lo que las únicas causantes de las risas, deberían ser sus amigas.

Por ese motivo pensó que sus amigas tenían una pequeña fiesta sin ella, pero, no se lo tomó mal, todo lo contrario, y comprendía que era muy pronto para tener esas confidencias con sus nuevas amigas. Por ese motivo, dio una media vuelta sin hacer mucho ruido y se dirigió hacia su habitación, continuando con su plan original, su vaso de leche y una buena película por internet.

Al entrar en su habitación encontró su ordenador preparado sobre la cama y a la espera de una película de internet, a la mañana siguiente, debía levantarse pronto, era su primer día de trabajo, no quería causar mala impresión, hacía un rato que no escuchaba ningún ruido de sus compañeras, pensó que la fiesta ya debería haber terminado, era domingo y al dia siguiente, lunes de trabajo, las fiestas no podrian ser largas.

Por otra parte, quería darlo todo, ya que su jefe había apostado por ella, para cubrir ese trabajo, además de los esfuerzos que había hecho su amiga Susan desde Virginia, hablando de ella para que fuera aceptada, la presión era doble, pero en esos momentos, poco podría hacer, sólo relajarse y ser ella misma, la mejor Natasha que pudiera ser. Después de esos pensamiento, decidió disfrutar de la película y descansar, por la mañana tenía muchas cosas por descubrir.

Capítulo 5

"Primer día de trabajo, todo es nuevo y diferente, nuevos compañeros, nueva oficina, nueva vida"

Barcelona, 19 de octubre 2042

¿Cómo fue mi primer día de trabajo? No me acuerdo, la verdad, ni tan siquiera recuerdo el nombre de mis compañeros de trabajo, es un vago recuerdo, aquel día, sé que había terminado la universidad y era muy inexperto en todo, lo que si recuerdo era que empecé como becario en un periódico local, luego me fui a Finlandia, ya que sabia ruso por mi madre, lo que si me acuerdo es que hacía de todo menos escribir, cafés, ir hacer recados, bueno un poco de todo y variado, bueno el chico para todo.

Ahora me está viniendo a la memoria, que los más veteranos, me decían que era imprescindible para mi formación, aquellos trabajos manuales sin importancia, no sé en qué manera, ya que en ese periodo no escribí ni el horóscopo, bueno reescribir, porque lo copiábamos de un periódico más grande, cambiando algunas palabras para que no fueran iguales, del día anterior, para más inri. No sé si alguno de los lectores haría caso omiso de lo que decía el horóscopo, pobre de ellos si lo hacían, porque solo ponían tonterías, me voy a escribir algo, pero es curioso como la memoria después de tantos años, no te acuerdes de los nombres de los compañeros e incluso las oficinas de este periódico y en cambio sí de cosas como esa tontería del horóscopo, bueno, los folios y la nueva pluma me esperan.

A las siete de la mañana en la habitación de Natasha, el despertador sonó de forma criminal, sabes que sonará, porque eres tú, en este caso Natasha, el que lo programas, rompiendo el silencio que hasta ese momento reinaba en la habitación, exalta todos los nervios de tu cuerpo y te pone de mal humor.

Natasha, alargo la mano para apagar el despertador, éste iba incrementando su volumen, dependiendo del tiempo que ella no hacía nada, como un castigo para perezosos. Finalmente, la alarma dejó de sonar, estaba tumbada en la cama mirando el techo, volver a dormir no era una posibilidad, por muchas razones, entre ellas, porque tenía que ir a trabajar y no tenía sueño. Al final, decidió levantarse y dirigirse hacia el baño para darse una ducha. Sólo había un baño en todo el apartamento, por lo general siempre estaba ocupado, en ese momento estaba libre, por ese motivo que aprovechó para ducharse.

Pensaba que una ducha por la mañana era reconfortante, además de ir a trabajar con sensación de estar limpia, siempre le daba un grado de seguridad y confianza en sí misma. Algunas veces, le gustaba ponerse algún tipo de ropa u otra, porque encontraba que con una determinada falda o jersey se sentía más cómoda y segura. Con una toalla alrededor de su cabello y otra toalla cubriéndose el cuerpo, salido del baño con la ropa sucia en la mano, de camino a su habitación, saludó a Heidi que salía de su habitación en ese momento, con el pelo revuelto y cara desencajada y de pocos amigos.

Al llegar a su habitación, se sentó en la cama, se quitó la toalla del cuerpo, la cual la dejó a un lado en el suelo, como se había depilado con maquinita de afeitar, se dispuso a ponerse crema en las piernas, desde pequeña había tenido la piel muy seca, solía ponerse cremas hidratantes para ello. Se dirigió hacia el armario y eligió una camisa de color claro y un pantalón a juego, antes de acostarse, había ordenado por encima su ropa de las maletas en el armario de su habitación. Natasha tenía el pelo largo y sus cabellos eran rubios con reflejos más claros y abundante, solía ondulársele el pelo en las puntas, aunque se lo alisaba y se lo recogía en una cola de caballo, casi todo el tiempo.

Aquella mañana optó por el mismo estilo de pelo, no quería complicarse la vida, aunque de más joven se hacía trenzas al estilo de Ucrania, después de secarlo y peinarlo, se lo recogió y se hizo una cola de caballo, ese día estaba preciosa y se sentía igual.

Recuerdo que mi primer día de colegio, Natasha llevaba puesto aquella ropa y el mismo estilo de pelo, cuando me describió su primer día trabajo en Gotemburgo, muchas años después, cuando yo ya era adolescente, viniéndome a la memoria, mi infancia, cuando yo era pequeño e iba de la mano de Natasha a la escuela, ahora revivo al contar este episodio de su vida, no sé si conservara aun esa camisa y pantalón, creo que si, por que siempre se vestía así, en las ocasiones importantes, bueno voy a continuar con aquel primer día de trabajo de Natasha.

Una vez lista, se dirigió al comedor a reunirse con sus compañeras de piso, tanto Berta como Heidi estaban desayunando y hablando de sus cosas, saludaron a Natasha que se incorporó al desayuno y la conversación. No tenía mucha hambre, por lo que optó por tomar una tostada con mermelada y un té, ella siempre tomaba café por las mañanas, pero esa mañana le apeteció, un té verde, era su favorito, algunas veces se aventuraba con otros tipos de té, porque el concepto y cultura del té le gustaba mucho, aún más el ritual alrededor de él, de ahí que era una enamorada de las ceremonias de los tés asiáticas, sobre todo la japonesa, con ese gusto, coincidía con sus compañeras, aunque Berta le gustaba más el café, era más práctica.

Cuando terminaron de desayunar, se dirigieron todas hacia la parada de tranvía, que las dejaría cerca de la puerta de la oficina de la ONG, sólo tenían que caminar unos metros por la acera, junto al parque de atracciones, ya que las oficinas daban frente a este parque. Natasha pensaba que era gratificante ir a trabajar acompañada, siempre tenía algo que decir o hacer con otras personas, por otra parte, sola, se limitaba a leer un libro o estar pensando y observar las calles, simplemente, que de vez en cuando, también estaba bien, aquellos ratos de soledad, cosa que pensaba ella.

Natasha aún no había ido a la oficina, ya que había llegado en fin de semana y la entrevista la realizó por internet, por lo que todo iba a ser nuevo para ella. Al llegar al portal de la oficina, Berta llamo al timbre electrónico y dijo que le abrieron, la ONG carecía de llaves electrónicas para abrir la puerta. El edificio era nuevo, dentro de lo que cabe, ya que era un antiguo almacén de cerveza y estaba repleto de oficinas, tenía varias plantas y dos ascensores, aunque las tres tomaron las escaleras, las oficinas estaban en el segundo piso, no había muchos escalones entre los pisos.

Al entrar, la puerta no estaba cerrada, por lo que se limitaron a empujarla, dentro estaba lleno de escritorios y sillas, en un espacio diáfano, donde las managers estaban cerca las ventanas de la calle, por otra parte, al fondo había una sala de reuniones con una mesa grande, no debería tener unos 90 metros cuadrados en total, toda la oficina, tenía un ambiente acogedor e invitaba al trabajo, viendo que sus compañeros estaban enfrascados en sus respectivas tareas.

Dentro de la oficina, había una pequeña área que hacía de cocina y comedor, por su reducido espacio, los trabajadores deberían hacer turnos para comer, pero independiente de su reducido espacio, Natasha le gustó ese espacio, lo encontraba acogedor para tomar cualquier cosa y charlar con los nuevos compañeros.

Por su estructura y colocación del mobiliario, se notaba que era una pequeña empresa y que la dirección estaba muy cerca de los empleados, es decir, sin levantarte de tu mesa, podías hablar con tu jefe inmediato o supervisor, aunque por su carácter de ONG, el tema de las jerarquías no era de carácter primordial, puesto que parecía que estuvieran al mismo nivel todos los que trabajaban allí. El trabajo era mucho y los objetivos debían cumplirse, siendo los tiempos muy ajustados, le llamó la atención que no hubiese recepción, que cualquiera que pasará por el pasillo, hacía de recepcionista temporal en ese momento, incluso algún jefe, economía de trabajo, se le suele decir, muy común en las organizaciones suecas, donde sus estructuras suelen ser más bien horizontales, poca diferencia entre empleados y jefes, factor que le gustaba a Natasha.

De la sala de reuniones salió su jefe acompañado con otros dos colaboradores, su jefe la vio a lo lejos, le hizo gesto levantando la cabeza para saludarla, además de hacerle un guiño, ella se dio por aludida. Al ir acercándose, se dio cuenta de que su jefe era un hombre muy atractivo, más que ella suponía, las video conferencia engañan, en persona su jefe ganaba muchísimo, era moreno, ojos claros, alto y de constitución atlética. Natasha estaba nerviosa al ser su primer día y porque empezaba a gustarle su jefe. Al llegar a ella, él le levantó la mano y la saludo.

- Bienvenida, ¿Cómo ha ido el viaje? – preguntó su jefe
- Muy bien y relajado de lo que pensaba, creía que con el cambio de horario iba a ser más difícil y duro – dijo Natasha un poco nerviosa.
- Suele ser normal en estos viajes transoceánicos, bueno, me alegro, supongo que ya estarás lista para empezar a trabajar – respondió de repente su jefe, que siempre tenia los tiempos muy ajustados.
- Claro que sí, por ese motivo estoy aquí – Natasha emocionada y con ganas de empezar.
- Otra cosa, ¿Qué tal el alojamiento? – hacía unos días su jefe en persona, se había encargado de todo, para el alojamiento de Natasha, incluso de la excedencia de dos meses en el alquiler-
- Fantástico y mis compañeras son perfectas, gracias por proporcionármelo – dirigió la mirada hacia Heidi y Berta que estaban a su lado.
- También me alegro, como hablamos por nuestra conferencia la semana pasada, me tenías que traer unos papeles para

completar tu registro en la organización y para el tema del trabajo, no me lo tienes que dar a mí, ya que estoy muy liado, sino a Julia, quien te lo arreglara todo, en verdad es nuestro ángel en la tierra en temas de burocracia y cosas así, yo personalmente no tengo ni idea, luego si tienes tiempo te la presento, es una persona muy amable y seguro que te ayuda en todo lo que quieras, dentro y fuera de la oficina. Ahora no la veo por ningún sitio, seguro que estará con algún asunto de los suyos, bueno, espero que te guste los proyectos en que estamos trabajando y que tengas pasión por ellos, algunos son muy interesantes y te sientas integrada en el grupo que es lo más importante, si te gusta el trabajo, todo será perfecto. – Ed motivaba a su nueva empleada

- ¡!claro!!!, así lo hare, por ahora no me puedo quejar, es demasiado pronto para decir nada – Natasha sonrió tímidamente - pero gracias – afirmo Natasha mirando a la cara a su jefe – creo, que me gustara y me sentiré integrada en el grupo, el ambiente en el grupo se ve fantástico para trabajar.
- En eso te doy la razón, tenemos un buen grupo y no tenemos muchos problemas entre nosotros, esto es un punto favorable. Otra cosa, te hemos preparado una mesa y un ordenador portátil para que trabajes – su jefe la acompañó al escritorio de Natasha donde había un ordenador portátil y el material de oficina necesario para empezar – aquí tienes todo lo que necesitas por el momento, la bolsa del portátil está debajo de la mesa, si necesitas una pantalla auxiliar, me lo dices y podría conseguirte una, sé que tenemos una por algún sitio – decía esto mientras ordenaba las cosas que Natasha tenía sobre el escritorio.
- Muchas gracias, una pregunta, en el tema del portátil, porque me conozco y soy muy patosa, ¿Hay alguien que podría ayudarme?, si es necesario instalar o configurar mi portátil – Natasha se conocía demasiado bien y sabía que haría miles de preguntas al respecto, en toda esa apariencia de persona muy segura que era por otros temas, en el ámbito de tecnología, siempre quería una segunda o tercera opinión.

- No te preocupes, tenemos a Christian, el cual es nuestro informático, un gurú, si no te funciona cualquier cosa, se lo dices a él, suele sentarse al final de la oficina, donde ves todo ese montón de ordenadores en su escritorio y cables por todos los sitios, además, tiene muy buen carácter y mucha paciencia, además de ser un buen tipo y tranquilo.
- Qué bueno, creo que sí, se lo preguntaré - Natasha no estaba segura de sus habilidades por las nuevas tecnologías -, ya te digo que soy un desastre para el tema de los ordenadores.
- No te preocupes, mujer, seguro que no tendrás ningún problema, como decía, bienvenida a la empresa, creo que Christian te ha dejado las contraseñas de todo en una nota en el portátil y unas instrucciones de como configurarlo, creo, pero no estoy del todo seguro, que la primera vez que enciendas el portátil, te pedirá que cambies las contraseñas, pero da igual, si necesitas ayuda, me lo dices, o hablas con Christian, ningún problema. Mi mesa es aquella de allá, la que está cerca de la ventana, para cualquier cosa me lo dices. ¡Ah!!, se me olvidaba, cuando tengas el correo, me lo dices y convocaremos una reunión de información, tienes que ponerte al día sobre los proyectos.
- Gracias de nuevo, si de acuerdo, te envió un correo, no te preocupes – Natasha comienza a sentarse en su silla y despedirse de Berta y Heidi con un simple movimiento de la cabeza.

Se quedó sola en su escritorio, con su nuevo portátil, dispuesta a configurarlo y empezar a trabajar. Christian había sido muy cuidadoso y precavido confeccionando una lista de puntos que debían hacerse, para todos los nuevos usuarios, cuando estos abrían su ordenador por primera vez, lo que tranquilizó a Natasha, le dio más confianza.

Después de poner todas las contraseñas y elegir miles de opciones, siguiendo cuidadosamente todas las indicaciones de Christian, que le había puesto en la hoja de instrucciones. Tenía operativo su ordenador, llenándola de orgullo, ya que apenas había consultado a Christian, para que le arreglase los pequeños desastres informáticos. Como le había dicho a su jefe, se dispuso a enviarle un correo y esperar la convocatoria de la reunión por parte de él, no tardó mucho en recibir su contestación, tendría su primera reunión esa misma tarde, después de comer.

Con el fondo de escritorio de Windows y pensando que hacer primero, Natasha se dispuso a ver por internet documentos y proyectos de la organización, sobre todo aquellos que podrían salir en la reunión de la tarde, quería informarse y entender de que se hablaba en la reunión, Natasha siempre había sido muy cuidadosa con eso, informándose del tema central de la reunión, para seguir el hilo de la conversación y no ser una simple espectadora.

La oficina, en esos momentos estaba en plena actividad, gente moviéndose de un escritorio a otro, hablando, con reuniones en la sala de juntas y gente trabajando frente a su ordenador. Por delante de Natasha pasó una chica de aspecto muy frágil, pero, llena de vida, su cara parecía triste, aunque lo disimulaba con su carácter extrovertido. La chica levantó la cabeza y la saludó, Natasha hizo lo mismo, cosa que le llamo la atención, rompiendo la atención en el trabajo, pero al cabo de unos segundos volvía al tema que tenía entre manos, pero en esos pequeños segundos que cruzaron miradas, sintió empatía, un reflejo futuro, como un fantasma, una sensación extraña, pero no le dio más importancia y siguió su trabajo, la chica no la vio otra vez por la oficina.

En general, el equipo era gente bastante normal, había gente muy responsable, que se le veía muy enfocada en sus tareas, había otra gente más informal, que prevalecía más sus relaciones con el resto de los compañeros o vida social, que el mismo trabajo en la oficina, por lo que no ocultaba para nada o al menos no lo disimilaban públicamente, finalmente, estaban aquél que aparentaban llevar en sus hombros toda la empresa, que parecían muy ocupados, si le preguntabas por cualquier tema, o te dirigía a un compañero, o decía directamente que estaba ocupado, así de simple, luego veías al mismo perdiendo el tiempo delante de un café o en reuniones tontas que no aportaban ninguna luz a nada. En definitiva, el ambiente normal en cualquier empresa, estando dentro de la normalidad.

Natasha pensó que no tenía ni taza para el café, dirigiéndose a la cocina para buscarse una taza limpia, pensaba hacerse el primer café en su nuevo trabajo, era tiempo y le apetecía. Por normal general, en el banco de la cocina, todos los lunes por la mañana, solía haber una cesta de frutas y de vez en cuando una bandeja con pasteles o galletas.

Aquel día, por suerte para Natasha, estaban las dos cosas, Natasha aprovechó para coger unos granos de uva y un pastel de canela (que allí le llamaban Kanell Bullar), Natasha recordaba que las tartas o bollería escandinava estaban muy buena, por medio de la cadena de tiendas de IKEA y su restaurante, que había en virginia, quienes suelen ser un embajador excelente de la cultura nórdica, además de vender muebles, por supuesto.

Se sentó sola en la mesa y empezó a comer los granos de uva, en ese momento se acercó una chica pelirroja, de mirada viva y de su misma edad.

- Buenos días, me llamo Susan, he oído que éste es tu primer día en la oficina, ¡Bienvenida!
- Buenos días, encantada de conocerte, Susan, yo soy Natasha - ofreciéndole su mano y pensando que tenía el mismo nombre que su mejor amiga en virginia, cosa que le recordó a su amiga -, muchas gracias por la bienvenida, de momento estoy muy a gusto y estáis siendo todos muy amable conmigo.
- Bueno no te confíes, ya estarás desbordada de trabajo y no opinaras lo mismo. Aunque se trabaja muy bien, tenemos un buen grupo, no hay muchos conflictos, de verdad.
- ¿En qué estás trabajando? – Natasha intenta romper el hielo

- En un poco de todo, mi principal proyecto es el de Senegal, principalmente debemos coordinar con las autoridades locales, toda la logística para llevar los materiales para construir los pozos y un sinfín de cosas. También estoy en otros proyectos, creo que tú estás metida o lo estarás, en el proyecto de Filipinas o de Latino-América, donde la gente más pobre no tiene agua corriente y recoge el agua de la calle, en los charcos improvisados, que se hace al llover, siendo extremadamente insalubre esta agua.
- ¿El gobierno no hace nada al respecto?
- La gran mayoría de las veces, nada o casi nada, además no invierten en infraestructuras, se construye sin licencias, de cualquier modo, las casas, por decirlo de alguna manera, no poseen la infraestructura para tener agua corriente o un baño normal, deben hacer sus necesidades cerca de la casa, provocando que los ríos se llenen de suciedad y bacterias, siendo insalubre, el beber esa agua directamente, aunque lo hacen, no es una broma. Parte de tu tiempo, será concienciar y educar a los habitantes de las aldeas, para que tomen las mínimas reglas de higiene, es decir, limpieza personal y aseo de su lugar donde viven. En estos proyectos es bastante difícil, no sólo por la lengua, que es una barrera, sino por la brecha cultural que existe entre nosotros y la gente que vive allí.
- Es mi primera vez que voy a trabajar en una ONG y en temas sociales o comunitarios en el tercer mundo, antes trabajaba en una aseguradora local, no muy social como ves – Natasha recuerda las tareas que realizaba en su viejo trabajo.
- ¿Eres de Estados Unidos?, me han dicho - Susan quiso cambiar de tema-.
- Así es, llegue ayer.
- ¿Qué tal te está pareciendo Europa hasta el momento?
- Bien, muy interesante y todo muy diferente de dónde vengo, aunque sólo he visto a Gotemburgo y solo algunas calles, no tengo ninguna idea global sobre Europa, bueno de pequeña fui a Ucrania a visitar a unos parientes.
- Ya tendrás tiempo de viajar y visitar Suecia, lo bueno de aquí, es que todo está muy cerca y los vuelos a cualquier parte son

muy baratos, por ejemplo, mi novio es alemán y vive en Múnich, muchos fines de semana o el viene aquí o yo voy a Múnich, aunque estamos pensando en establecernos en Alemania.

- Y tú, ¿De dónde eres? – Natasha tenía curiosidad por su procedencia de su amiga, debido al carácter internacional del grupo de trabajo.
- Yo soy sueca, pero mis padres son polacos, aunque vinieron antes de que yo nací, yo me crie aquí y fui a la escuela aquí en Suecia, por lo tanto, soy cien por cien sueca. – Susan se afirmaba frente a Natasha de su nacionalidad, para los suecos era muy importante ser sueco.
- Como sabes, yo soy norteamericana, pero, mi madre es de origen irlandés y mi padre ucraniano, pero ambos son norteamericanos de nacimiento – dijo Natasha.
- Interesante mezcla, en mi caso hablo cuatro lenguas de forma diaria, polaco con mi familia, alemán con mi novio, inglés y sueco en el trabajo y la calle, no está mal.
- Increíble, yo que me creía especial porque solo hablaba ruso e inglés.
- Todo es un comienzo, ahora podrás aprender sueco y lo pones en tu lista.
- Si tienes razón, además he notado que aquí en Europa, la gente suele hablar varias lenguas, en Estados Unidos sólo el inglés y raramente el español.
- Es normal Natasha, este continente vivimos mucha gente de diferentes culturas y lenguas, es bastante normal que vivas en un lugar, tengas tu pareja en otro país, familia en otra parte, es consecuencia de la unificación de la unión europea, la libre circulación de personas y bienes, creo que se llama espacio Schengen.
- Una idea muy buena, eso de la unificación - Natasha se sorprendió de que en un continente hubiesen logrado una unificación de territorios y países diferentes – he leído en los periódicos de aquí, que algunos miembros no están muy de acuerdo con la Unión Europea y quieren separarse de ella.

- Si es verdad, siempre hay discrepancias entre matrimonios y esta unión no es una excepción, por el momento no podemos quejarnos, no sé cuánto, durará esta unificación, el tiempo lo dirá, porque desde sus inicios no estuvo bien constituida, muchos agujeros, muchas directivas, finalmente algunos países no quieren seguirlas y perder su soberanía, es complicado, la verdad, pero no difícil con un poco aptitud por parte de todos los miembros.
- Si tienes razón, pero no soy una experta en este tipo de uniones, en Estados Unidos no sabemos nada de la EU o Europa en general, las noticias sólo hablan de Estados Unidos, como si no hubiera más países en el mundo y nosotros fueron el ombligo, raramente se habla de México o Latinoamérica, acerca de temas de inmigración, sobre todo nada de Canadá, la eterna desconocida y vecina para los norteamericanos.
- Aquí, en toda Europa no tienen muy buena fama, los norteamericanos, me refiero, se suelen asociar con gente muy cerrada y egocentrista, aunque siempre hay alguien que es fanático de la cultura americana, en la sociedad europea se ve este contraste, los amamos y odiamos al mismo tiempo.
- No todos somos iguales - Natasha sacando el orgullo nacionalista -
- Ya lo sé mujer, no todos sois iguales, sólo lo pensamos de forma generalizada – Susan excusándose del comentario de antes – cambiando de tema, sabes que los nombres femeninos polacos deben acabar en "a" – Susan desviando la conversación.
- No, no lo sabía.
- Mi nombre es Susan, aquí, pero realmente es Susanna en polaco - las dos se echaron a reír, era una forma de desviar la conversación y mantener una conversación más afable con Natasha que empezaba a caerle muy bien –

Ambas estuvieron hablando un buen rato de diferentes temas, incluido de política internacional, Natasha notaba que había hecho una nueva amistad con Susan, le caía muy bien. Le parecía una chica muy lista, además de independiente, dos factores que siempre iba buscando en las nuevas amistades, no coincidía mucho con algunas ideas que tenía sobre la política internacional, pero para diversidad los colores, cada uno tenía su opinión y era respetable.

- Un placer Natasha y si te apetece algún día podemos hablar de política, debido a que participo en un grupo de izquierdas, donde tratamos temas políticos, como si no tuviera suficiente con el trabajo de aquí - se despidió Susan, ya que había visto su reloj y tenía cosas por hacer.
- Igualmente, gracias, será hora de volver a trabajar - se dirigió a limpiarse la taza en el grifo y llevarlo a su escritorio, había disfrutado de la conversación con Susan y estaba esperanzada con esta nueva aventura de trabajo.

Natasha no era una persona muy política, pero, tenía su opinión al respecto, aunque siempre intentaba no herir los sentimientos de nadie, por ese motivo, muchas veces se quedaba al margen y era una simple espectadora de las conversaciones ajenas.

Al volver a su escritorio, se dio cuenta de que era casi la hora de la comida, ella no había traído nada para comer, cosa normal había llegado el día anterior, era domingo, por lo que debería salir a comprar algo para la comida y regresar a la oficina. Como no conocía los alrededores de la oficina, se dirigió a sus compañeras de piso y le preguntó si iban a salir a comprar algo para la comida o irían a comer fuera.

Berta le dijo que estaba muy ocupada y que comería cualquier cosa más tarde, por lo que quedaba descartada. En cambio, Heidi, en tono amigable y cordial, le dijo que le dejará unos cinco minutos, para terminar unas cuantas cosas que llevaba entre manos, le enseñaría algunos lugares donde ella iba a comprarse la comida, cosa que Natasha agradeció muchísimo, debido a que otro día, cuando ella estuviera sola, podría ir y valerse por sí misma, sin esperar a nadie. Natasha esperó a Heidi, mirando el móvil, finalmente Heidi le hizo una señal que había terminado y que podían marcharse, dirigiéndose hacia la puerta de la calle charlando.

- ¿Qué tal te ha ido por la mañana? – dijo Heidi
- No me puedo quejar, al menos ya tengo arreglado el portátil y puedo ponerme a trabajar – recalcando su logro en la tecnología
- Ya veo
- ¿Y tú? – pregunto
- Como siempre, llena de problemas, solucionas uno y se forman cuatro nuevos, así es el trabajo. – Heidi le vino a la cabeza el problema de tenía entre manos, que ella creía que lo había solucionado, al final se había complicado –
- Ya veo, he recibido el correo de Ed, ¿Sabes de qué se hablará en la reunión de esta tarde? – Natasha quería recoger la mayor información posible para no estar perdida, odiaba no saber de qué están hablando en las reuniones –
- Creo que te presentara al grupo y hablara sobre el proyecto de Filipinas, además del proyecto de Latinoamericano, que lo llevamos bastante retrasado, la semana pasada vinieron los patrocinadores, todavía no hemos hecho nada.
- Las pocas veces que he hablado con Ed, este sólo habla del proyecto de Latinoamérica, además del de Filipinas.
- Puede ser, no hay bastante gente para los proyectos, esa es la razón por lo que te han contratado, creo que no tendrás mucho tiempo para aburrirte, ¡amiga mía!, te caerá trabajo por todos los sitios, en estos proyectos todo está por hacer, no hemos empezado ni con los requerimientos iniciales, por lo que deberemos irnos a Manila para hablar con el gobierno local, lo más seguro.
- Fantástico, al menos haremos turismo en Filipinas,
- No te creas, hay mucho trabajo en esos viajes, apenas se puede hacer algo decente, además las zonas a las que vamos no suelen ser recomendadas para hacer turismo, pero no te

preocupes, seguro que algo nos ocurría, seguro que hacemos turismo al final.

Natasha le encantaba el optimismo de Heidi, puesto que era todo lo contrario a Berta, que siempre veía el vaso medio vacío y era poco sociable, pero junto a Heidi, se convertía en una persona más amable, más simpática, todo lo contrario que en solitario, que volvía a la Berta de siempre, áspera e introvertida.

De todas formas, Natasha sabía que era buena persona y que tenía buenos sentimientos, por el poco tiempo que la conocía, en general había tenido buena suerte con sus compañeras de trabajo y piso. Aunque, sí había notado una muy estrecha amistad entre las dos, que quedaba fuera de los límites del compañerismo y amistad, pero pensaba que era por qué llevaba mucho tiempo trabajando juntas, con el tiempo, las conocería mejor, ahora sólo tenía una idea superficial de ellas.

Llegaron a un café-bar donde servían ensaladas y bocadillos, Heidi se pidió una ensalada de salmón y Natasha un bocadillo vegetal, aunque ambas pidieron un zumo de naranja. Como hacía muy buen tiempo decidieron salir a la terraza de la cafetería y tomarse allí su comida, en días de sol debían aprovecharlo y no comérselo en la cocina de la oficina o en sus escritorios, en días tristes y nublados, ya lo harían.

Empezaron a comer y el silencio reinó en los primeros minutos, había hambre, finalmente Heidi rompió el silencio.

- No te acostumbres a días como éste, esto es excepcional que salga este sol, en invierno el cielo estará nublado y hará mucho frío, no es por ser pesimista, es la verdad.
- Bueno, ya vendrá el mal tiempo, ahora disfrutemos - se sonrió, mientras comía.
- Con eso tienes mucha razón, ya vendrá malos días, por cierto, ¿tienes novio o algo parecido?

- ¿A qué viene esto? – se sentía intimidada, no estaba acostumbrada a que la gente que la conocía de hacía muy poco, le preguntase cosas personales, pensaba que en Europa todos eran muy directos, cosa que comprobó en la conversación con Juan en Nueva York. Heidi y Juan habían sido muy directos, después comprobaría que no era lo normal, sólo Heidi y Juan que había conoció en esos primeros días, en general la gente en el viejo continente era muy reservada con su intimidad –
- Para dar algo de conversación - Heidi se justificó por ser tan directa
- Tuve novio, pero ahora estoy libre y completamente soltera - sus palabras incluso sonaban con resentimiento.
- Ya veo, sino te molesta con lo del novio, si no es mucha indiscreción, puedo preguntarte ¿Qué pasó? - la curiosidad era más fuerte que el mal rato que le estaba haciendo pasar a su nueva amiga en aquellas preguntas, ya que Natasha no le gustaba que se hablara de su intimidad, era muy introvertida en ese tema -
- No, es agua pasada, no me importa, cuando vivía en Virginia, tenía un novio, vivíamos juntos y queríamos hacer muchas cosas, un día volví de un viaje y lo encontré con mi mejor amiga en la cama – continuando con su tónica no dio más explicaciones
- ¡Qué cabrón!, ¿En tu cama?, hay hombres que se les debería cortar el miembro de raíz. – Heidi estaba toda indignada –
- La verdad es que tienes parte de razón – afirmando con la cabeza
- Bien y ¿Qué hiciste tú? – Heidi estaba enganchada a la historia
- Nada, de nada, cogí la puerta y hasta hoy, no le he visto más, ni tampoco a su amante, que era mi amiga o, mejor dicho, ahora nada
- Eso es peor, entonces no hiciste nada – Heidi estaba haciendo suyo el caso y estaba indignada por momentos
- No, me bloqueé, algunas veces me he arrepentido, porque habría tenido que gritar o darle una buena hostia. He imaginado ese momento de muchas maneras y diferentes

finales. – le venía a la mente ese desagradable momento y se sintió muy triste –

- Sí, se la merecía, porque decirte que no. Entonces después que digan que las nórdicas y alemanas no somos temperamentales, en mi caso, ese tipo no se va de vacío de mi casa, seguro con una buena hostia puesta, además no hubiera llorado ni un minuto por ese desgraciado.
- En verdad, hubiera tenido que hacer algo, no tuve sangre, me arrepiento de eso.
- No mujer, cada persona reacciona de una forma, si reaccionaste así, reaccionaste así, tus razones tendrías en aquellos momentos, tampoco es para hacer un mundo, pero ahora ¿estás bien?, dentro de lo que cabe. – Heidi intenta consolarla de algo que había pasado mucho tiempo –
- Sí, lo he superado, mi vida siguió y estoy completamente libre.
- ¿Quieres que volvamos a la oficina?, debo terminar unas cosas antes de la reunión de las 4 – Heidi quería cambiar de tema
- Por supuesto, vamos –con voz triste, por la conversación
- Nada, Creo que la papelera está allí - Heidi señala el rincón
- Sí, ya la veo

Limpiaron sus bandejas en las papeleras y se dirigieron hacia la oficina, en verdad era un día fantástico, no apetecía volver a la oficina, pero el trabajo es el trabajo, de camino hacia la oficina, Natasha y Heidi continuaron hablando, en verdad Natasha se sentía a gusto con Heidi, después de la confesión de lo sucedido con su novio, más aún, pensó que se estaba forjando una bonita amistad entre ellas, pero el tiempo diría lo que pasaría.

Encontrar la sala de reuniones en la oficina no era un problema, debido a que, era la única habitación cerrada de toda la oficina, cuando Natasha entró en la habitación encontró a Heidi y Berta, además de nueva gente que todavía no conocía. Noto que todos estaban hablando, algunos al verla la saludaron con la cabeza y quienes no la conocían se presentaron y estuvieron hablando con ella, de repente Ed rompió el silencio.

- Bien, creo que estamos todos, en primer lugar, gracias por acudir, en segundo lugar, esta semana se ha incorporado a la compañía, Natasha, que viene de Estados Unidos - todo el mundo hizo un saludo- viene ayudarnos en el proyecto de Filipinas y también con los de Latinoamérica, en el tema de toda la logística en estos proyectos, pero, mejor que ella vaya presentándose a todo el mundo, por favor, Natasha, explica algo de ti.
- Hola a todos, me llamo Natasha, soy de Estados Unidos, en concreto de Virginia. Estudié graduado social en la universidad, este último año he estado trabajando en una agencia de seguros – no estaba muy orgullosa de ello, ya que sus compañeros tenían más experiencia en ONG o similares – llegue ayer, domingo, me estoy instalando y de momento me encanta Gotemburgo, sinceramente no he tenido mucho tiempo para visitarla, pero, en las próximas semanas espero ver lo más importante de la ciudad – en la sala se escucharon una serie de aprobaciones y consejos.
- Gracias Natasha – dijo Ed para terminar la presentación de Natasha – en referencia al tema del proyecto de Filipinas, vamos muy atrasados, ¡!chicos hay que darnos prisa!!, hasta el momento no tenemos ni un borrador de propuesta para enseñar a los patrocinadores, los tenemos en pocas semanas aquí, hay que organizar un pequeño borrador del proyecto y hablar con las autoridades filipinas sobre las infraestructuras, por eso había pensado que pronto, deberemos viajar a Manila, creo que podría ir Heidi, Berta y Natasha, las tres están involucradas en el proyecto y trabajarán al cien por cien en él – Heidi dio una mirada cómplice a Berta, tendrían unas vacaciones patrocinadas por parte de su jefe – por otra parte, Berta podrías trabajar con Josefina, para terminar al menos una propuesta de borrador para los patrocinadores, me da igual en qué formato lo escriba, si es una presentación o un documento Word, preferiría que fuera una presentación, así

de esa manera podríamos presentarla directamente a los patrocinadores, ¡!pero termínalo lo más pronto posible!!. En referencia a la logística, Raúl, ¿Cómo vas con el tema de la logística?, ¿Tenemos empresas de transporte para llevar las donaciones y material a filipinas? – Ed hizo una pregunta directa a uno de sus colaboradores.

- He contactado con dos distribuidores, que también podrían ser nuestros patrocinadores, además tenemos una empresa de suministro de agua, que estaría interesada en el proyecto, pero debemos ver cómo participa, puesto que su intención es participar en algún proyecto tipo Unicef, si no recuerdo mal, este proyecto de filipinas estaría dentro de las ayudas Unicef para este año, por ese motivo esta empresa estaría interesada para temas de marketing de sus productos. Otra cosa que he comentado con ellos es el tema de la logística, ellos tienen bastante logística en Asia y Oceanía, además podrían ayudarnos en el tema de la logística de una forma indirecta –
- Fantástico, esto sería un buen punto a nuestro favor, buen trabajo, Raúl. ¿Hay algún tema más que tratar?
- Si quiero hablar del tema del almacenaje de las donaciones - dijo Julia desde el fondo de la habitación -, porque tenemos que renovar con la empresa de almacenaje, les he pedido un presupuesto, creo que no han cambiado mucho de lo que estábamos pagando en los últimos años. Veré si nos hacen una rebaja por ser clientes antiguos, en otro caso, ya he buscado algunas empresas alternativas a la que tenemos, que tienen precios muy competitivos.
- Buen trabajo Julia – contesto Ed – otro tema – se hizo un silencio en la sala – bueno muchachos, creo que con esto es todo, ¡a trabajar!, otra cosa, Heidi, por favor enseña a Natasha toda la organización y los documentos relacionados al proyecto de Filipinas, Natasha debe estar involucrada con el proyecto, al cien por cien, antes de que os vayáis a Filipinas.
- Ningún problema, jefe – afirmo Heidi a su jefe con un gesto militar.

Todos salieron de la habitación, hablando de los proyectos o de otros temas, formando un alboroto de voces donde era difícil diferenciar una conversación de la otra, por otra parte, Natasha salió con Heidi dirigiéndose al escritorio de esta, Natasha necesitaba aprender todo sobre el proyecto de Filipinas, por ese motivo, Heidi, le presentó todos los documentos que debería conocer y trabajar en el proyecto, explicándole la organización, estructura y manejo de éstos, ya que la compañía poseía una aplicación informática para ordenar y clasificar los documentos, relativamente fácil y que se podía acceder desde el navegador.

Natasha pensaba que tenía mucho que leer y aprender, no pensaba que un proyecto como éste, tuviera tanta documentación y papeles. De vuelta a su escritorio, iba cargada de varios dossiers y carpetas con documentos relacionados con el proyecto de Filipinas, Heidi se había quedado a gusto dándole tantos documentos, además de limpiar su escritorio. Tenía que leer mucho y en poco tiempo, para ponerse al día, menos mal que el proyecto estaba empezando, las compañeras y compañeros podían ayudarle en las dudas que poseía.

Al final de la jornada, Berta y Heidi, fueron a buscar a Natasha a su mesa, no había sido un día excesivamente duro o pesado, pero, para Natasha había sido todo nuevo y excitante, agradeció que le fueran a buscar sus compañeras, puesto que cualquier otro día, lo más seguro cada una, saldría a una hora y un ritmo diferente, se sentía arropada por esas dos alemanas, en verdad eran muy atentas con ella, pensaba que había tenido mucha suerte con las compañeras de piso y trabajo.

Al salir de la oficina, decidieron ir a comer algo a un restaurante, Berta propuso un restaurante libanés que no quedaba muy lejos de dónde vivían, se lo habían sugerido un amigo suyo, que había ido hace tiempo, aunque ella no había tenido la oportunidad de ir a comer a ese restaurante, hasta ese momento, además se moría de ganas de ir, pensó porque no esa noche, con Heidi y Natasha, por que no.

El día empezaba a anochecer y las tres amigas se dirigieron al restaurante libanés, Natasha pensaba que el ambiente que se respiraba en Europa era total diferente a Norteamérica, los primeros meses siempre tendría el mismo pensamiento recurrente, ya que en Norteamérica tenía aquellas avenidas enormes, la zona de negocios estaban llena de rascacielos, donde en los fines de semana, solían estar desiertos, por poca gente vivía en esas zonas, luego estaban las zonas comerciales o de diversión, que solían ser edificios de una o dos plantas como máximo, con un carácter más residencial. Natasha recordaba que cuando iba con su madre al centro para ir a comprar, a ciertas horas, la gente desaparecía y solo se veía a gente que se iba a los bares o pub para tomar algo.

Al menos en Gotemburgo en aquella época del año, se veía a gente en la calle en todas partes, no sólo de las oficinas, sino estudiantes, gente que vivía en el centro, otros paseando, etc. Por eso, hacía que la ciudad fuera más acogedora, como si no fuera cementerio de luces y asfalto, algo que no tenía vida, como las ciudades norteamericanas, a excepción de Nueva York, que es la ciudad que nunca duerme.

Al llegar y entrar en el restaurante libanés, se encontraron con un local totalmente decorado con una decoración oriental, con alfombras y cuadros del Líbano, a lo visto el dueño del restaurante, era un auténtico libanés y estaba enamorado de su tierra, o simplemente era puro marketing, pero eso daba igual, el local era bonito.

Vieron en un cartel junto a la barra, que, durante la semana en la hora de la comida, se ofrecía comidas a muy buen precio, al mismo precio que la cafetería que habían ido por la mañana Heidi y Natasha, ambas se comentaron que era una lástima que estuviera tan lejos del trabajo, porque hubieran ido a menudo a comer aquel restaurante temático, aunque tenían que probar la comida, de momento les gustaba la presentación, siendo un punto a favor del restaurante.

Se sentaron cerca de la ventana, la mesa era redonda de madera barnizada con relieves y surcos haciendo figuras geométricas y una pata central que sujetaba el tablero, para cubrir el tablero de madera, poseía un cristal y en el centro de la mesa debajo del cristal, un mapa del Líbano con todas las regiones, las tres pensaron que era original aquella mesa y que no era la típica mesa de restaurante cuadrada o rectangular con las sillas a su alrededor, con servilletas de papel, de algo sí podían estar seguras, que el decorador o encargado del restaurante había cuidado hasta el mínimo detalle. Las tres pidieron pan árabe o mankoushe para acompañar con un tabboulé, también pidieron humus, después Natasha y Berta pidieron mezza, así probar algo de la comida libanesa, Heidi pidió cordero con diferentes salsas, para beber las tres pidieron unos tés.

Después de comer, pagaron y se dirigieron hacia casa, por el camino iluminado por tenues luces de las farolas de la calle, Natasha se quedó rezagada mirando su móvil, mientras sus compañeras iban delante charlando, cuando en uno de esos momentos levantó la cabeza, vio que Heidi y Berta tenían cogidas las manos de manera cariñosa, como un acto reflejo bajo la mirada y volvió a concertarse en el móvil, su mente empezó a extraer conclusiones, entonces no se aventuraba a dar un dictamen definitivo, aunque su lógica ganó y pensó – creo que son más que amigas, son pareja – .

A lo largo de su vida, la mentalidad de Natasha iría cambiando y se haría más abierta, no se vería intimidada por escenas que para otros era de lo más normal, aunque era una chica de Virginia, el estado más puritano de los Estados Unidos, ver cariño entre dos personas del mismo sexo, le chocaba además que le molestaba.

Al llegar a casa, cada una se fue a su habitación, había sido un día largo y la mañana siguiente debían de trabajar.

Luego en la cama y repasando el primer día de trabajo, le vino una sonrisa a su cara, le gustaba Gotemburgo, su nuevo trabajo y los compañeros de trabajo, los proyectos en los que iba a trabajar, le apasionaban y sentía un sentimiento de orgullo y satisfacción, además, como un pensamiento fugaz, le encantaba la pareja que hacían Berta y Heidi, creía que tenían una buena relación, aunque no quería sacar juicios de valor antes de conocer la historia, pero pensaba interiormente, "que mejor que una mujer para comprender a otra, en todos los sentidos", lástima que a ella le gustasen tanto los hombres, aunque por las experiencias pasadas, muchas veces pensaba que hubiera tenido que pasarse de acera. Por un instinto o algo parecido, abrió el ordenador y vio que tenía un correo del chico que había conocido en Nueva York, el corazón le dio un vuelco, no pensaba que fuera a tener noticias de él, le sorprendió mucho, porque le contesto a su correo electrónico de inmediato, por el momento el tema de los hombres no iba a ser trivial, seguirían gustándole, la compañía masculina, no había de otra, quedando en nada el pensamiento antes de abrir el ordenador.

Querido Juan

Para mí también fue un placer y espero que tengamos la oportunidad de vernos en persona otra vez y seguir hablando, disfruto mucho con tus charlas. El viaje fue muy largo y cansado, pero ahora estoy bien, además hoy ha sido mi primer día de trabajo y todo ha ido muy bien, me está gustando el trabajo y mis compañeros, supongo que con el tiempo me adaptare aquí a Suecia, pero no le veo problemas, la verdad, espero que tu presentación fuera bien y consigas tu objetivo, eres una persona muy inteligente y con los objetivos claros, cosa que percate en Nueva York. Si quieres podemos escribirnos y contarnos las cosas, para mí, sería un verdadero placer hacerlo. Otra cosa, te enviare mi usuario de Skype y podremos hacer video conferencias, que te parece.

Un fuerte abrazo, Natasha

Una vez con el pijama y totalmente acostada en su cama, después de escribir el correo electrónico, se sentía feliz y empezaba a caer en brazos de Morfeo, se le iban cerrando los ojos, a la mañana siguiente tendría que hacer el mismo ritual que había hecho ese primer día, la cosa prometía y ella lo sabía.

Pensaba mientras se relajaba que Juan sería una persona interesante para conocer y no sabía dónde llevaría esa correspondencia electrónica entre ellos, pero quería mantener contacto con ese chico español que tuvo la oportunidad de conocer en el aeropuerto de Nueva York, finalmente no pudo más y se quedó dormida.

No sé, pero cuando recuerdo este momento de Natasha en Gotemburgo, me siento identificado con lo que sintió ella en esos momentos, una empatía con mi madre, todos hemos tenido nuestro primer día de trabajo, en mi caso, mi recuerdo personal se remonta a cuando me mude a Finlandia, en principio por amor, debido a que empecé a salir con una finlandesa, con el tiempo se terminó el amor de tanto usarlo, pero no tenía ganas de irme de Finlandia y me quede allí, fueron los mejores años de mi vida, los recuerdo con nostalgia, cosa que le pasaría a Natasha con Gotemburgo.

En la vida, muchas veces tienes que cambiar o renovarte, aunque es duro ser el nuevo del barrio, muchas veces o casi siempre es una ventaja serlo, se ve el mundo desde otra perspectiva, doy gracias a Natasha por enseñarme esos valores. Hace poco que vine a Barcelona, restablecí mi conexión con mi padre, suena raro decir mi padre, Juan, en cierta forma es una renovación, aunque con estas memorias este mirando el pasado, pero el que olvida su pasado, olvida su historia y está condenado a repetirla. De todos modos, estoy disfrutando con estos escritos, el Sherlock Holmes familiar, pienso que Juan estará harto de mí, con tantas preguntas, la culpa la tiene Natasha por iniciarme en esta aventura, la echo muchísimo de menos, ¡Natasha!

Capítulo 6

"MIT la hora de la verdad, presentación del prototipo"

Barcelona, 30 octubre 2042

Tengo que hacer un artículo sobre el MIT, el Instituto Tecnológico de Massachussets. Por ese motivo, he llamado a mi padre esta mañana, sé que él, estuvo trabajando o estudiando allí, en verdad me ha dado mucha información, demasiada para lo que tengo que escribir, por ese motivo, intentare reutilizar lo más personal del relato de Juan en escribirlo para mi mega historia familiar, la nueva pluma va de lujo. Esta mañana un compañero me ha dicho, ¿Por qué escribo en pluma y con papel?, teniendo un buen portátil, no he sabido responderle, creo que por la magia de escribir delante de un papel, ya que si al final, utilizo lo que estoy escribiendo para algo, tendré que pasarlo a limpio, reescribirlo en el ordenador, corrigiendo todo faltas de ortografía y demás, pero me da igual, disfruto del placer de escribir a mano, sin tecnología y cosas de esas, además los mejores escritores como por ejemplo Víctor Hugo escribían con pluma y papel, aún recuerdo cuando leí "La Sombra del Viento" de Carlos Ruiz Zafón, que gran libro por cierto, da igual, yo voy a seguir haciéndolo y ya está.

Juan había llegado al aeropuerto de Boston por la tarde-noche, todavía había movimiento de gente ida y venia, pues como había pasado el control en Nueva York, la salida fue más rápida, por eso se dirigió a la cinta de las maletas directamente.

Desde Valencia, había programado tomar un taxi directamente no estaba en ánimos de hacer de aventurero aquellas horas, además estaba muy cansado del largo viaje. Las sensaciones estaban a flor de piel, el olor de aquel aeropuerto le pareció diferente, como una bocanada de aire fresco, diferente al de su valencia natal, Juan siempre había tenido esa habilidad de captar el espíritu de los olores de cualquier lugar, por su primera estancia en el lugar, marcando por primera vez en la mente de Juan ese olor con el lugar, asociando olor con el lugar. Juan volaría varias veces a Boston, nunca volvería a sentir lo mismo que estaba sintiendo en ese momento, era un defecto o una virtud como se vea, pero era una de las peculiaridades que poseía Juan.

Cargado con las maletas, intento buscar un taxi y practicar su inglés, ya que había estado mucho tiempo sin hablar con nadie, salvo en Nueva York con Natasha que hacía el camino contrario a él. Le vino a la cabeza Natasha y que estaría haciendo en esos momentos, si había llegado a Suecia, el creía que sí y lo más importante, si aún se acordaba de él, al mismo tiempo, él pensaba que no se acordaría de él, lo más seguro, que pasaría a ser una cara más que había visto en el aeropuerto, de todas formas, él estaba decidido a escribirle y probar si aún se acordaba del encuentro que tuvieron en el aeropuerto de Nueva York.

No tardo en encontrar un taxi libre y dirigirse al hotel que había reservado por internet. Juan no quería gastarse mucho dinero, ya que tenía el dinero justo y no sabía, cuánto tiempo podría estar en Boston, por ese motivo, el hotel no estaba en el centro y tenía que cruzar el río de Boston, Charles River, en una zona más modesta, junto a una gasolinera y un McDonald's, pero a Juan no le importaba, ya era bastante emocionante todo lo que le estaba pasando, solo el hecho de estar en Estados Unidos, ya era un subidón de adrenalina, estar en la meca de la ciencia, en el MIT, nada menos.

Al llegar al hotel, vio que era el típico hotel de carretera norteamericano, donde tenía dos plantas y todas las puertas de las habitaciones, daban al estacionamiento de aparcamiento del hotel, Juan creía que estaba en esas películas norteamericanas donde siempre aparece este tipo de hotel/motel.

En la recepción le dieron una habitación en la parte de arriba, bastante lejos de la recepción. Lo bueno de este hotel eran las habitaciones que tenían todos los servicios, incluido el baño, con un escritorio pequeño, perfecto si tenía que trabajar por las noches, con una televisión de plasma, además dentro del armario había otro juego de sabanas, almohadas extras y bolsas por si quería utilizar el servicio de limpieza del hotel.

Juan estaba muy cansado y arrojo las maletas en un rincón de la habitación y se desplomo sobre la cama, sin quitarse los zapatos, ni cambiarse, mirando el techo de la habitación que era de un blanco neutro y hacia poco que lo habían pintado, le vino un sinfín de pensamientos, estaba aterrado, aquello que iba hacer era de lo más arriesgado, presentarse allí sin una propuesta bajo el brazo, era lo más arriesgado que había hecho en su vida, pero que podía hacer en esos momentos, ¿Tomar un vuelo y regresar?, no era la mejor solución, ni la más sensata, aunque el miedo se lo hacía planteárselo.

Finalmente pensó, estaba allí en los USA, lo iba intentar y presentarse delante de la profesora de MIT y dejarla con la boca abierta, si no salía nada de esto, al menos podría hacer turismo por la ciudad, cosa que lo iba hacer de todas maneras, fuera cual fuera el resultado final.

Aquella idea del turismo lo tranquilizo, tuvo una sonrisa en su cara, estaba eufórico y feliz, revisando el móvil por si tenía algún mensaje, solo vio los mensajes que había enviado a sus padres y la dirección de correo de Natasha. Con un impulso, cogió su ordenador y le configuro la red del hotel y le escribió un correo a Natasha, quería saber de esa chica tan guapa que había conocido hacia unas horas, que perdía, ¡nada!.

Querida Natasha

Espero que tu llegada a Suecia fuera tranquila, aunque no se si estarás cansada, muchas gracias por el tiempo que hemos pasado juntos, hablando en Nueva York, me lo pasé muy bien y espero que tú también, me causaste muy buena impresión, es una lástima que nos separe tantos kilómetros, espero que tu estancia en Europa, disfrutes y consigas lo que quieras, bueno yo desde aquí en tu país, voy a ver qué puedo hacer, mañana tengo la gran prueba, espero que por lo menos la profesora de MIT me haga caso. Aunque es de noche, Boston es muy bonita, como me dijiste, creo que mañana a la luz del día poder disfrutarla más, si estas, interesada en escribirnos, te iré contando las cosas, me gustaría tener contacto contigo y que me cuentes tus cosas y experiencias en Suecia.

Recibe un cordial saludo, Juan

Dejo el ordenador en el suelo, cerca de la cama y le pudo el sueño de inmediato. Después de unos minutos de inconsciencia autoinducida por el cansancio, se frotó los ojos e hizo unos estiramientos con los brazos, aún estaba vestido, pensó que tenía que cenar algo, las opciones que tenía, era la comida rápida del a lado del hotel, no le emocionaba la idea, pero no eran horas para busca un restaurante en condiciones y podría ser que estuvieran cerrados en aquellos momentos, por ese motivo se decidió por la hamburguesa y las patatas que solo ofrecía ese local, además necesitaba agua para la noche, no sabía si sería potable el agua del baño y no quería correr ningún riesgo, por eso compraría dos botellas en el mismo local.

A la mañana siguiente, Juan se levantó muy pronto, casi si poner el despertador, no había dormido mucho por la diferencia horaria y el nerviosismo de lo que le estaba ocurriendo. Se sorprendió que cada vez iba asimilando el cambio de horario y costumbres locales, cosa que era bueno.

El desayuno no estaba incluido en el precio del hotel y tenía que ir a buscarlo fuera, aunque solo quería un café con leche y como máximo unas tostadas. El recepcionista, que era el mismo que la noche anterior, con la misma expresión y posición que lo había dejado la noche anterior, le aconsejo una cafería en la esquina. El hotel estaba situado cerca de una carretera que comunicaba con los pueblos alrededor de Boston. La idea de una cafetería como tal, para tomar un café con leche, no le desagradaba, todo lo contrario, ya que se negaba a ser un cliente fijo en el restaurante de comida rápida de al lado del hotel, además el café con leche de esos locales no suele ser muy bueno.

La cita la tenía a las 10 de la mañana en el edificio de Stata Center, un edificio de estilo modernista y que fue patrocinado por Ray y María Stata, los fundadores de la compañía Analog Devices. El edificio tenía unas formas irregulares como si estas construido con piezas de otros edificios, muy al estilo del arquitecto Frank Gehry, había gente que le gustaba mucho, otras no tanto, mezclaba componentes metálicos con baldosa, algunas partes desafiaban las leyes de la física, por su construcción.

El edificio estaba destinado a la facultad de informática como tal, de ahí que había muchas clases con auditorios. Dentro del edificio tenía un aspecto muy modernista con exposiciones de obras de arte temporales mezcladas con proyectos de la propia facultad de informática de algunos alumnos. Otra cosa que era un punto de atracción por los visitantes y nuevos estudiantes, era el tener un coche de policía personalizado en una de sus paredes, según la historia, este coche fue ensamblado pieza por pieza en la cúpula del MIT, como una performance de un grupo de artistas que querían hacer una llamada sobre la sociedad americana y sus limitaciones, después se trasladó al Stata Center donde lo colocaron en un podio bastante alto, colgado en una pared en el centro del edificio, cosa que le hacía muy impresionante a todo el mundo que entraba o visitaba el edificio.

Otro edificio que arquitectónicamente no era muy relevante era el Media Lab, bastante funcional externamente, pero con mucha innovación dentro de él, ya que se podía encontrar los proyectos más innovadores y punteros a nivel de ingeniería, la gente que trabajaba allí dentro, estaba años luz del resto de ingenieros, haciendo cosas totalmente marcianas e innovadoras, siendo un paraíso para cualquier ingeniero o investigador, que le gustará las nuevas innovaciones y estar en la cresta de la tecnología.

Juan termino su café con leche y se dirigió hacia el autobús que le llevaría al centro de MIT, ya había comprobado la noche pasada qué líneas de autobús podía coger para ir al MIT, lo tenía todo controlado, Juan no dejaba nada al azar, le gustaba tenerlo todo bajo control. Por suerte, el autobús que le llevaría estaba muy cercano de la cafetería donde había desayunado, por suerte, su última parada era MIT, lo que le gustó, ya que no tenía que estar pendiente de las paradas.

Después de comprar el billete, se sentó por la mitad del autobús, cercano de la salida, para salir lo más pronto posible. Juan sólo llevaba dos bolsas, la del ordenador y una bolsa de mano con el prototipo. Juan, la noche anterior había hecho algunas pruebas, por si el viaje había dañado algún componente, comprobación inútil, por qué, si estaba estropeado el prototipo, poco podría hacer en ese momento, ya que no tenía el suficiente material para componerlo y menos tiempo, solo un ataque de ansiedad y pánico, además de quererse morir.

Por suerte, todo funcionaba a la perfección, y las luces indicadoras que había puesto funcionaban, cosa que le tranquilizo, el viaje no lo había dañado, Juan pensaba que había tenido mucha suerte y que era una buena señal. En su estancia en Boston, siempre llevaba el prototipo con él, siendo lo más preciado que poseía, más que su pasaporte o sus pertenencias personales. En el autobús hacia MIT, lo tenía cogido entre sus manos, entre las piernas y en el suelo su ordenador y resto de cosas, casi sin darle importancia.

Su futuro, pasaba por aquellas horas con los profesores del MIT, él lo sabía, por ese motivo, el corazón le iba a cien por hora, en cada parada del autobús, sentía que estaba en el final de su trayecto, era un sentimiento de miedo con expectación, a pesar de todo, Juan se sentía seguro, de aquello que iba a hacer, dicen que la valentía es cuestión de minutos, si contienes el miedo, el éxito llamara a tu puerta, eso es lo que iba hacer Juan, contener su miedo e irradiar seguridad, al fin al cabo, todo su futuro pasaba por una buena presentación.

Aquella mañana, un punto jugaba a su favor y era que la profesora del MIT, estaba medio convencida, el problema seria los asesores que le acompañaban, por ese motivo tenía que engancharlos y suscitarles curiosidad con su trabajo de investigación, algo difícil para gente que vivía en el sitio más tecnológico que Juan había conocido, la meca de la ciencia, nada menos, seguro que su exjefe no la había visto ni en fotografía, pero él, sin nivel, catalogado por un catedrático y vicerrector de la UPV, estaba a punto de hacer una presentación en el MIT, como son las cosas de curiosas, hay diferentes varas de medir, en España le das a uno, una gorra y se cree capitán general.

Juan estaba convencido de lo que podría lograr y salir triunfante de esa reunión, le iba a poner un par, que podía perder, tiempo y autoestima, bueno, él pensaba que había tocado fondo, después del incidente con su exjefe, además era joven y podría recuperarse de las malas críticas, siempre podría mejorar o dedicarse a otra cosa, como sus compañeros de promoción, haciendo programas informáticos para empresas de poca monta, pensamiento que le pasaron por la cabeza a Juan en el trayecto del autobús, pero ese día, pensaba que la iba montar gorda e iba a brillar con luz propia, se negaba a seguir el camino de sus compañeros de promoción, no iba con él.

Juan pasaba la mano por la bolsa del prototipo, como si fuera un bebe, como si dándole cariño, funcionara mejor o algo parecido, confiriéndole, un carácter vivo a un ser inanimado, a punto estuvo por ponerle nombre a su prototipo, pero la razón o más bien el sentido común, le quitaron esa estúpida idea de la cabeza, al fin al cabo, había pasado muchas noches en vela, los últimos meses en su casa de valencia, por lo que había pasado más tiempo con el prototipo que con una persona de carne y hueso.

Finalmente, el autobús, llego a MIT en Massachusetts Avenue, frente al centro de deportes y la casa del alumno de MIT, un complejo con Food Courts (recintos con varios establecimientos para comer, normalmente comida rápida), librerías, Bancos, áreas para los alumnos rellenas de sofás e incluso un pequeño supermercado, es decir muchos alumnos vivirían allí, sin alquilarse un apartamento, porque encima tenía salones con sofás.

Al cruzar la avenida estaba una de las puertas del MIT, majestuosa con unas columnas jónicas griegas, imitando a un templo Ateniense, siendo una ofrenda a la diosa de la sabiduría, proclamando que allí encontraba el templo del saber, todos los que lo cruzaban, quedaban bendecidos por la sabiduría, bueno algunos podían entrar varias veces y quedarse como antes de entrar, pero quedaba bonito la frase.

Las comparaciones son odiosas, Juan mentalmente lo comparaba con las entradas de las universidades en valencia, en concreto la UPV, que eran de hormigón armado y no con tanto glamur, en estas daba igual el que entrara, mientras entraran alumnos, el fin estaba justificado.

Juan observo que detrás de las majestuosas columnas, se levantaba unas puertas impresionantes de hierro con decoraciones simétricas y cristales. Como cualquier templo que se aprecie tenía una escalinata, no pensada para personas con minusválida, por supuesto. Juan estaba hechizado con lo que estaba viendo, en los años que vivió allí siempre se asombraba de aquella entrada y todo lo que representaba el MIT.

Para el visitante que viene de fuera toda esa área es Boston, pero realmente Boston es solo lo que hay a la otra parte del rio, es decir el centro y poco más, alrededor de Boston hay una infinidad de ciudades que están pegadas al propio Boston, que por comodidad todo es considerado todo "Boston", pero tienen su gobierno propio, sus leyes y todo es diferente. Es lo que pasaba con Cambridge, es donde estaba ubicado el MIT y la otra universidad importante Harvard. Juan descubriría, a lo largo de su estancia en "Boston", que el propio Boston es una isla pequeña abocada hacia el mar, rodeada de pueblos o ciudades grandes, consecuencia de las expansiones urbanísticas de la ciudad, Cambridge era una de ellas, ciudad industrial con muchas empresas importantes que tienen sede allí, que marcar el ritmo de la economía y la tecnología, además de importantes centros de investigación punteros, empresas y fábricas, ya que antiguamente los trenes de mercancías pasaban cerca de las universidades, no sé si todavía pasan los trenes, pero las vías siguen en medio de la calle, eso me dijo mi padre.

Además, de ser núcleo universitario muy importante, alojando las dos universidades más importantes, MIT y Harvard, no sólo de Estados Unidos, sino mundialmente, Boston, como una vez le dijo a Juan el cónsul general de España en Boston, Boston mezcla los tres pilares más importantes de toda economía moderna; dinero, por qué, tiene centros financieros muy importantes, como capital riesgo, fondos de inversión, ubicados en el centro de Boston. Industria, porque ha tenido una cultura industrial antigua, desde sus orígenes, en diversas actividades industriales, hay que recordar que Boston fue una importante ciudad en la guerra de la independencia, universitaria o de conocimiento, ya que alrededor de Boston está repleta de universidades muy importantes, MIT, Harvard, Boston College, entre otras. Cóctel necesario, por tener el éxito que ha tenido, ya que con estos tres pilares no se puede fracasar, Juan estaba allí, un chico de valencia, siempre que me lo cuenta no me lo puedo creer, yo que lo máximo que he hecho es irme a Finlandia con un contrato bajo el brazo, sí que le echo un par, lo reconozco.

Juan tenía que buscar la calle de Vassar Street, que estaba a su izquierda, ya que, a su derecha, se encontraba memorial drive que era paralelo al río, donde estaba la puerta más significativa del MIT y donde se podía ver la famosa cúpula de MIT, que es la sede de la biblioteca, días posteriores, Juan descubriría la fantástica biblioteca del MIT dentro de la cúpula. Caminando hacia su destino, Juan observo que los edificios de MIT eran cada vez más irregular y de distintas épocas, más funcionales, pero sin carecer de su majestuosidad.

Por otra parte, Massachusetts Avenue es una avenida muy grande que atraviesa diferentes ciudades y pueblos, conservando su numeración consecutiva a lo largo de las áreas que atraviesa, cambiando tan sólo la ciudad donde esta, cosa curiosa que a Juan le sorprendió, ya que en España si cambias de ciudad o pueblo la calle es diferente y tiene diferente numeración. Al girar hacia Vassar Street, los edificios continuaban siendo variados y de diferentes épocas, había edificios particulares y otros eran propiedad del MIT o la universidad, como una mezcla perfecta, como si el MIT más urbanita se mezclara con la ciudad que lo había visto nacer, siendo una simbiosis perfecta, Juan tenía que mirar los carteles para saber si éste u otro edificio era del MIT o de un particular o empresa.

El conocimiento no tiene fronteras y MIT era un claro ejemplo en el plano urbanístico, además de otros aspectos. Juan paso por la puerta de los laboratorios de MTL, laboratorios de microelectrónica y donde estaba la cámara limpia o fábrica de silicio para hacer chips electrónicos. Este Laboratorio era patrocinado por diversas empresas del sector del semiconductor, siguiendo la tónica general de mezclar ciencia con pura industria.

Finalmente, Juan llego a su destino, el Stata Center o la facultad de ciencias de la computación. Al entrar, Juan dio un vistazo a su alrededor, para localizar a Mauricio, eran las diez menos cuarto, perfecto para tener una pequeña conversación con él, antes de la reunión con los profesores del MIT. Juan localizo al momento a Mauricio, ya que ellos dos habían tenido videoconferencias antes de su encuentro en el MIT. Mauricio le esperaba de pie en medio del recinto. Mauricio era un hombre de avanzada edad, Juan calculaba alrededor de los 60, con pelo gris y barba también, ambos bien cuidados, con gafas metálicas y de constitución física más bien, delgada y no mucha altura. Por su ropa y su comportamiento, era el típico maestro de antaño, donde solían tener las manos llenas de tiza blanca, no era el caso de Mauricio, ya que las manos las tenía siempre limpias y bien cuidadas.

Mauricio era de origen chileno y mantenía el acento chileno, lo que le gustaba a Juan, ya que podría hablar en español con él, pero había vivido casi toda su vida en Estados Unidos. De carácter muy apacible y una educación perfecta, era profesor de lengua hispánica en el MIT y en Boston College, con muchas relaciones con diversas universidades latinoamericanas y españolas, por este motivo, Mauricio era el punto de enlace con él y el que le había propiciado su amiga Andrea en Valencia. Mauricio se da cuenta de la presencia de Juan, se dirigió caminando hacia él, con aptitud cordial y para darle la bienvenida.

- Bienvenido a Boston – dijo Mauricio
- Bien hallado, todo esto es fantástico y nunca hubiera imaginado ni en mis mejores sueños – respondió Juan
- Suele pasar, si es la primera vez que vienes, yo estoy acostumbrado, lo veo todos los días y son muchos años. Pero ¿Cómo fue tu viaje?, supongo que muy cansado y largo.

- Sí, muchas horas de avión y paradas, para que el billete me saliera más barato.
- Me hago una idea, bueno, ¿Lo tienes todo preparado?
- Supongo, Que sí,
- Perfecto, sólo decirte que seas muy breve, los estadounidenses quieren cosas breves, para ellos el tiempo es muy valioso, porque ellos creen en la teoría de las conversaciones del ascensor, breve, directo y concreto. Una palabra de más y no te escucharán, son de esa manera, muy cuadrados y rozando la estupidez.
- Gracias por el consejo, de todas maneras, iba a ser muy directo y con las ideas claras.
- Esa es la actitud, quería decirte, que a mí me encantaron tus ideas, pero no entiendo nada de nada, sólo sé que tienes un gran potencial y que mis compañeros podrán hacer algo contigo, explotar todas las ideas que tienes en mente.
- Gracias, por tu confianza
- Bueno, vamos que estos tienen no tienen paciencia, es mejor estar a tiempo que hacerlos esperar, son muy susceptibles.

Mauricio y Juan se dirigieron hacia unos de los ascensores de la primera planta, tenían que subir al segundo piso, en una sala de reuniones pequeña, junto a los despachos de los profesores y que daba a la calle de Vassar Street.

Aquel día, hacía un día maravilloso, el sol reflejaba en todos los rincones y sitios que podía alcanzar. Boston, tenía la calidad de tener las estaciones del año bien pronunciadas, cuando era verano era verano, en invierno lo mismo, también hay que recalcar que tenía cambios de tiempo muy a menudo, había una frase que decían de Boston, que era "don't like weather, wait a minute" (si no te gusta el tiempo, espera un minuto).

Juan seguía a Mauricio en aquellos corredores sin ventanas y llenos de puertas de despachos, pasaron por una cocina y al fondo estaba la sala de reuniones. Al golpear la puerta, entraron y los tres profesores ya estaban allí, Juan lo primero que pensó que la puntualidad en aquella gente no era cosa de broma, tenía razón Mauricio, Juan pensó en ser breve en su presentación.

Eran tres profesores, la mujer que había hablado y expuesto sus ideas por videoconferencia, que se llamaba Sofía, con un apellido de origen de la Europa del Este, pero de nacionalidad mexicana, cosas de las mezclas etnias-culturales, algún día Sofía se lo explicaría.

Sofía era una mujer de fuerte carácter y mayor, de la misma edad que Mauricio, de constitución física pequeña y frágil, pero no de pensamiento, como se dice, una mujer con toda su personalidad, hecha a sí misma, donde su padre fue catedrático de la UNAM, Universidad Autónoma de México, donde ella mismo estudió, licenciatura en Físicas, más tarde estudio el doctorado de físicas en los Estados Unidos, llegando a ser profesora del MIT y la directora del laboratorio de MTL en la misma universidad.

Juan sentía una adoración por aquella pequeña mujer, de metro cincuenta, considerándola un ejemplo a seguir. Sofía vestía casi siempre ropa casual, pantalones y camisetas, no era muy coqueta, para nada, ya no tenía tiempo para ello, con el pelo totalmente gris y recogido con una cola de caballo, la piel y ojos claros, pasaba como una estadounidense más, sólo cuando hablaba español, sabías que era mexicana, por su acento, por otro lado, su inglés era perfecto y nativo.

Los otros dos profesores eran estadounidenses y no tan amables como Sofía. Uno era profesor de computación y algoritmos en el MIT, el típico estudiante, que entró a estudiar en el MIT, no encuentra el tiempo de salir de la casa de sus padres universitarios, un hombre de la casa, ¡como se dice!, éste era gordito con gafas, de unos cuarenta años, no muy espabilado y de ideas fijas, con ropas viejas y desastrado, de esos que pisan el suelo del gurú del software libre, Richard Stallman, otro del mismo club que él. Con el tiempo, Juan conoció en persona a Richard Stallman, incluso hablo con él, pero no le causo muy buena impresión, la verdad.

De esos profesores había a puñados de dónde venía, Juan estaba decepcionado, pensaba que en el MIT, todo era excelencia. Juan descubriría que una cosa es la institución y otra quienes la componen, por desgracia la mediocridad es una virtud universal y no conoce fronteras.

El otro profesor era otra cosa, más joven que el primero, muy callado, delgado, elegante al vestir y muy alto. Éste había estudiado en el oeste, en California, y era profesor en Connecticut, un estado muy cercano a Massachusetts. Pero también daba clases o colaboraba con el MIT. Juan no sabía, si aquel hombre sabía sobre la materia o era complaciente con sus colegas, porque no se mojaba en casi nada, lo deja todo al criterio del grupo.

Al menos, para Juan no fue un dolor de cabeza, ni fue muy crítico con sus ideas. Además, Juan creía que sí, tenía criterio este profesor, pero Juan no era lo suficientemente importante para ser valorado o al menos escuchado, por sus ideas, por qué, no había ninguna recompensa material por él, en dinero o trabajos, que le suscitaron valoración objetiva sobre las ideas de Juan. De esos también hay muchos de dónde venía Juan, aunque más en MIT.

Después de la presentación de Juan y romper el hielo por parte de Sofía, a sus compañeros, Juan preparo su ordenador y puso el prototipo sobre la mesa. La presentación comienzo lenta y con mucha teoría, pero a lo largo del tiempo, Juan iba cogiendo confianza y cada vez era más fluida y directa. Salvo las preguntas, muchas de ellas evidentes, por parte del profesor gordito de MIT, como si quisiera, decir "ves listillo, ya te he pillado y no tienes ninguna salida", lo que le fortalecía con sus contestaciones, cada vez iba cogiendo más seguridad, el juego del gato y el ratón continúa a lo largo de la exposición, pero a Juan ya no le cabreaba y con mucha educación contestaba todas sus preguntas, a la eminencia de sobrepeso del MIT.

Por otra parte, el otro profesor delgado y callado, tenía una vertiente a favor y en contra sobre el trabajo de Juan, a veces era crítico y otras le daba la razón a Juan, siempre sin una valoración objetiva al respecto, no le pagaban por ello, ese era el problema, estaba por compromiso o algún favor, seguro a Sofia. En todo ese tiempo, Sofía no abría la boca por nada, Mauricio ya hacía tiempo que había desconectado, ya que esos temas tecnológicos le sobrepasaban como humanista y lingüista que era, cosa que no le preocupaba lo más mínimo a Juan, porque sabía de antemano la opinión de Mauricio, sabía que estaba de su parte, el creía en ese momento que era el único amigo en esa sala de reuniones, cosa que lo tranquilizaba y le daba fuerzas para seguir su exposición.

Al final, después de la demostración práctica del prototipo, los tres profesores felicitaron a Juan por su trabajo y el profesor de sobrepeso y el delgado se fueron, Juan se quedó solo, con Sofía y Mauricio. Juan estaba totalmente desconcertado, no sabía en ese momento si la cosa había ido bien o mal, porque Sofía no había abierto la boca por nada, en toda la exposición de Juan, cosa que al propio Juan lo había desconcertado. El nerviosismo le corría por todo el cuerpo, pensaba que todo había sido una locura y que el viaje, bonito al fin, no había servido para nada. Cuando Sofía se dirigió hacia él.

- Fantástico, me ha gustado mucho, veo que es un trabajo serio y bien trabajado –dijo Sofía
- Muchas gracias – Juan ese momento tocaba el cielo
- Creo que podrías ser admitido en el MIT para hacer el doctorado y trabajar más tus ideas.

- ¡Eso sería fantástico!
- Pero, hay una pega el MIT no subvenciona a los doctorados, a no ser algún un caso muy excepcional, como podría ser el tuyo, entonces tardaría mucho tiempo en ser aprobado por la junta de admisión, ahí, no tengo nada que hacer.
- ¿Esto significa un sí o un no?,
- En cierto modo sí, no habría problemas, yo podría hacer todas las recomendaciones para que entrases, sin embargo, necesitamos el dinero para pagar el doctorado, ahí está el verdadero problema, ya que los estudios en MIT no son baratos.
- Sofía, ¿Y sí?, Juan encontrará un patrocinio en una empresa privada, ¿Serviría? – Mauricio pregunto a Sofía.
- Claro que ¡sí!, la admisión sería directa. – respondió Sofía emocionada, Sofía le angustia ser tan clara, pero la realidad era esa, en eso le recordó la contestación de Andrea en Valencia, misma contestación diferente persona.
- No se hable más, yo conozco una empresa emergente, que estaría interesada en las ideas de Juan - Afirmo Mauricio.
- ¿Me patrocinarían? – pregunto Juan
- Claro que sí, es lo más común en estos casos, porque estas empresas lo que necesitan son nuevos talentos para incorporar a sus filas, además de las ideas que les puedes aportar, siendo un prestigio además de valor a su empresa, además si estudias en el MIT. – afirmo Mauricio
- Y a que esperamos – dijo exaltado Juan
- Tranquilo Juan, todo a su tiempo, primero tengo que presentarte y hablar con ellos – todo rieron dirigiéndose a la salida.

Juan estaba alucinado, como un hombre de letras puras podía conocer una empresa de alta tecnología, pero estaba en Boston, no era muy raro que cualquiera que viviera allí, no estuviera involucrado en el emprendimiento empresarial, lo llevaban en su ADN, el dinero es el dinero, por allí, era verde esperanza.

- Bueno, Juan, ponte guapo y tu mejor sonrisa, que mañana vas a conocer a esta gente – dijo Mauricio
- Lo que haga falta, por eso estamos aquí – contesta Juan.
- Cuando establezca el contacto con esta empresa, me lo dices, si quieres una carta para esa gente, dímelo, Mauricio, no hay problema en hacerla, tengo muy buenas vibraciones con el proyecto de Juan – dijo Sofía, era muy raro que un profesor del MIT, que suelen considerarse la elite dentro del mundo académico, tomara tantas molestias en el caso de Juan, de alguna forma Juan había impresionado a Sofia, aunque esta no lo quisiera admitir abiertamente.
- Gracias, de momento, creo que no nos hará falta, sólo que Juan lo haga la mitad de bien, como lo ha hecho hoy, creo que nos dirán que sí – contesta Mauricio.
- Gracias por todo y en especial a ti, Sofia, por dedicar tiempo en escucharme y ayudarme- finalmente dijo Juan.
- De nada, hazle caso a Mauricio y hablamos, - dijo Sofia

Antes de salir de aquella sala de reuniones, Sofía le toco el hombro a Juan, le deseo mucha suerte, gesto que le confortó a Juan. Aquella reunión había sido una prueba para Juan ante Sofía, al menos eso pensaba Juan, fuese como fuese, tenía una segunda oportunidad con aquella gente de la empresa privada, por ese motivo, no quería tener ningún error, le horrorizaba volver con las manos vacías hacia Valencia, no era el fin del mundo, pero sería un duro golpe para Juan. Porque Mauricio y Sofía le habían protegido tecnológicamente y creían en él, siendo lo más importante en esos momentos, Juan no tenía respuesta a eso, el ser humano tiene esas cosas, imprevisible hasta el último minuto, Juan pensaba que los dos, se veían reflejados de algún tipo con Juan y sus ganas de saber, como un acto altruista, querían hacer algo por él, acción no muy cotidiana en el día a día, por desgracia, que sigue una excepción a la norma. Pero Juan no le quitaba el sueño ese pensamiento, los tenía de cara, Sofia y Mauricio, había que aprovecharse, las ventanas o las puertas sólo se abren una vez en la vida, máxima en el pensamiento de Juan, lo iba aprovechar, era su momento y parecía que todo iría bien, solo era otra reunión para la gente de la empresa privada.

Mauricio y Juan se dirigieron hacia el ascensor por el mismo camino que habían vuelto, al llegar a la planta baja de la facultad de informática, Juan comprobó personalmente, debido a las prisas o el nerviosismo, no dándose cuenta antes, que el recinto era mayor con varias puertas, una que daba a la calle Vassar Street y otra que daba al campus diáfano del MIT.

Como una catedral moderna, tenía el techo muy alto y muy iluminados combinados con el más puro estilo modernista. A las clases o foros se accedía por unas puertas apenas percibirles, similares entradas de sala de un cine. Había cultura en todas partes, se respiraba cultura, con exposiciones artísticas permanentes y temporales, vigilando en el centro de aquel recinto, el coche de policía colgando en la pared con su personalidad propia, no se parecía a la típica facultad de informática, con los típicos carteles con anuncios de ordenadores o las notas de los parciales, más bien parecía un museo o la facultad de bellas artes de ensueño de cualquier artista novicio o que estaba estudiando, debido a que en MIT los informáticos se les consideraba cerca de los artistas, muchos proyectos artísticos participaban estudiantes de informática.

El recibidor estaba relleno de sitio comunes por los alumnos, por tener sus conversaciones académicas o simplemente personales. Normalmente todo alumno del MIT, no estaba allí por estar, sino que comprendía su situación al estar en aquella institución, además MIT exigía mucho de ellos, siendo la tónica general la excelencia, o al menos casi, con excesivos trabajos y estudio, casi el alumno no tenía vida personal. En la cultura general, en MIT se tenía que ganar el futuro, no como en Harvard, su vecina, que el futuro ya estaba predestinado cuando pagabas el primer curso, sólo tenías que pasar los años, hasta graduarte, al salir el reciente graduado tenía una buena, por no decir la mejor, posición en el mercado laboral.

Además, en aquella facultad, en la planta baja había una cafetería en la que podías comer o tomar algún café o té, algo de lo más reconfórtate en los periodos de exámenes, o simplemente cuando los alumnos salían de las respectivas clases.

Mauricio decidió ir a comer cualquier cosa al Food Court de Kendall Square, muy cercano de la facultad y en la calle Main Street, cerca de Vassar Street. Además, quería enseñarle el CIC, Cambridge Innovation Centre, una incubadora de empresas y donde tenían su sede la empresa que tenían que visitar al día siguiente, con la cual posiblemente tendrían una reunión pronto. El CIC era un edificio entero que estaba dedicado a alojar empresas recién nacidas, que se llaman start-up. Al llegar a Main Street y esquina con Galileo Galilei Way, estaba el Broad Institute MIT and Harvard, un edificio majestuoso de diferentes plantas dedicado exclusivamente a la genética y biología, pero no muy interesante arquitectónicamente, bastante funcional, el típico edificio de oficinas con ventanas grandes, donde en la planta baja, con grandes cristales, se exponían a cualquier viandante, diversas máquinas de secuenciación en funcionamiento, como si fuesen unos grandes almacenes mostrando su mercancía de temporada, donde se podía ver el número de secuencias hechas, hasta el momento, que cambiaba por minutos, enseñando, como funcionaban aquellas complejas máquinas de secuenciación.

El Broad era una colaboración de las dos universidades, MIT y Harvard, además, Mauricio le explico que muchos de los directivos e incluso el instituto eran consejeros del gobierno estadounidense en temas científicos, en varias administraciones, tanto fueran republicanos como demócratas, los gobiernos norteamericanos, invertían mucho dinero en esas instituciones, por ejemplo la sede de la NASA, en un principio debía de estar en Massachusetts, pero por el capricho de un presente, se puso en el sur en cabo cañaveral, en la florida, Juan creía por añoranza de ese presidente, porque los estudios y los científicos estaban en MIT.

Otra cosa característica del instituto era su carácter innovador e internacional, había investigadores de todo el mundo, tanto en forma de colaboración por medio de sus respectivos centros de investigación o universidades, como contratados directamente por el instituto.

Por otra parte, y exactamente en frente, cruzando la calle, estaba el Koch Institute dedicado exclusivamente al cáncer, de la misma o más importancia que el Instituto Broad, también de carácter internacional y un referente en investigaciones sobre el cáncer. Juan alucinaba que todos esos edificios y entidades estaban abiertas al público en general, nadie le pedía nada para entrar, tónica general en casi todos los edificios de alrededor, por supuesto, muchos de ellos tenían su recepción y necesitabas un permiso para entrar, pero a los recibidores, no había ninguna.

Al llegar al Food Court, éste estaba junto a la parada del metro de Kendall Square de la línea roja y compartiendo espacio con un hotel lujoso, donde su recibidor se mezclaba con las otras áreas compartidas, donde no se sabía cuándo empezaba el hotel y donde terminaba, o empezaba el MIT, además de una cafetería de una cadena internacional de cafeterías dentro del recibidor del hotel.

Main Street tenía de todo, un pequeño mundo; Bancos, cafeterías, restaurantes, una tienda de mercancías de productos del MIT, donde incluso se vendía ropa, una estación de bomberos que fue reconvertida en un restaurante lujoso, más edificios de oficinas cerca del CIC, que en el futuro serían la sede de Google y Microsoft, por último, cerca del río, la escuela de negocios SLOAN, uno de los lugares sagrados para los economistas y hombres de negocio, a nivel mundial. En definitiva, cualquier alumno-trabajador podía sobrevivir perfectamente sin salir de aquella área, pero normalmente vivían en otras áreas de Cambridge u otras partes de Boston, por cuestión de dinero y precios, cogiendo el metro u otro transporte para llegar a Kendall o en definitiva al MIT.

Mauricio y Juan se decidieron por la comida china, unos espaguetis chinos con diferentes guarniciones, Juan se decidió por una salsa agro-dulce color naranja con trozos de pollo y unos calamares rebosados, con una especie de tempura, muy típico en ese tipo comidas, que en los últimos tiempos mezclaban todo tipo de culturas asiáticas.

Después de coger la comida para llevar, se dirigieron a la plaza que estaba enfrente del hotel, la cual tenía sillas y mesas, solo se podían encontrar en los periodos de primavera y veranos, porque en el invierno, las sillas y las mesas estaban dentro. Hacia un fantástico día, no muy caluroso y super soleado, apetecía comer en la calle. Juan vio que en la calle había mucha gente que iba y venía, o que simplemente quería coger el metro, ya que la parada de metro de Kendall Square estaba allí.

Era curioso cómo la gente transitaba por allí, algunos de ellos eran estudiantes o trabajadores habituales en Kendall Square, pero había muchos turistas, sorprendidos por la diversidad del sitio, como si fuera un parque de atracciones al mismo nivel que Disney World, siendo en su mayoría los familiares de los estudiantes o simples turistas que querían ver en primera mano toda aquella área y las universidades tan famosas que habían leído en libros o de oídas.

Por último, Mauricio y Juan decidieron tomar un café de la cafetería del hotel, continuar su conversación en la misma plaza y mesa, donde habían comido, no había servicio de mesa, por ese motivo, decidieron primero ir a comprarse las bebidas antes a la cafetería. Mauricio se le hacía tarde, tenía clase y se despidió de

Juan, quedo para la mañana siguiente en las puertas del CIC con Mauricio, durante ese periodo intentaría hablar con la empresa, concretar una hora y día con ellos, que lo más seguro sería la mañana siguiente, para que Juan pudiera hacer otra presentación e introducirlo, pero Mauricio, estaba totalmente convencido que a la mañana siguiente, Juan podría entrevistarse con esta empresa, lo único que quedaba era saber a qué hora ellos tendrían disponibilidad para entrevistarse con Juan, ya que esta gente solía estar muy ocupada y tenían una agenda muy apretada.

Juan estuvo un rato más en aquella mesa, además, no tenía nada que hacer, había pensado hacer turismo por el área y después volver al hotel, eso es lo que hizo. Caminando por el campus se dio cuenta de que el MIT estaba compuesto por edificios con una numeración, que la parte más antigua era aquella que había visto por la mañana, pero sólo había visto una de las puertas y le faltaba la más conocida.

Al cruzar el campus y se dirigió hacia la puerta principal junto al río en memorial drive, las puertas en todo el MIT estaban abiertas, libertad de movimiento, al llegar al edificio más antiguo, donde cruzo sus corredores podía ver laboratorios y fotografías colgadas en las paredes contando la historia del MIT, los personajes ilustres que habían pasado por esos pasillos, premios nobeles, los primeros prototipos de invenciones revolucionarias, trabajos para el gobierno descalificados, Juan se sentía parte de aquella historia viva que estaba ocurriéndole o había ocurrido en el pasado, como si fuera el protagonista de los hechos científicos que habían ocurrido por aquellos corredores y estancias.

Llego a un recibidor enorme con un techo igual de alto, en las paredes podía leer a mera de lista todos los alumnos y su graduación militar, que habían participado y muerto en combate en las guerras más importantes que había tenido Estados Unidos (Primera Guerra Mundial, Segunda, la guerra de Vietnam, entre las más importantes). También vio unas puertas de madera y cristales grandes, donde se podía salir a una gran explanada de césped cuadrado, limitada por árboles grandes y frondosos en sus aceras. Juan salió, se encontró con unas columnas altísimas y un estilóbato que estaba formado por unos escalones pronunciados y sobre todo anchos para sentarse, a modo de un templo modernista, al bajar las escaleras, vio la majestuosidad del edificio, con un arquitrabe y cornisa mantenido por las fuertes y grandes columnas con fustes gruesos, en el frontón rectangular estaba el nombre inscrito con letras grandes de "Massachusetts Institute of Technology" y sobre él la semiesfera de la cúpula característica del MIT. El recinto ajardinado y la estructura arquitectónica, formaba una U perfecta, teniendo su apertura hacia el río en memorial drive y la puerta principal a la base de la U. A los lados de esta U, había edificios de la misma época y estilo arquitectónico, que formaban parte del conjunto arquitectónico de la puerta, pero no tan majestuosos como la misma, además estaban en segunda línea de unos árboles grandísimos bien alineados con una vertical perfecta, no restándole protagonismo a la puerta principal y la cúpula.

Juan camino por aquella enorme explanada, para observar mejor la puerta del MIT, e incluso se hizo un autorretrato con el fondo de la puerta. Por aquel tiempo había extendida una bandera norteamericana sobre las columnas de la puerta, una bandera de dimensiones descomunales, resaltando más la majestuosidad y la notoriedad del recinto. Observando el autorretrato se quedó boquiabierto y tenía un sentimiento de orgullo, por encontrarse allí en esos momentos, creía que tenía mucha suerte y que la suerte le sonreía por primera vez en la vida, ya que un chico de valencia se encontraba delante de las puertas de MIT y todo salía bien, se le abrirían de par en par.

Al poco, decidió volver a las escalinatas y sentarse un rato. Juan observa que no era el único que lo hacía, además había gente que jugada a una variante de fútbol americano, más suave y sin protecciones, tanto chicos con chicas participaban, sin distinción, además del juego de frisbee también muy popular entre los estudiantes. Las tonalidades de verdor y naturaleza le inundaban los ojos a Juan, combinado de una brisa muy suave, le daba una sensación de paz y tranquilidad, observa los juegos en la explanada, que la gente era muy competitiva y para ellos no era un simple juego o pasar el rato, como si fuera un partido de altas competiciones en los últimos minutos de partido, pero eso no le angustiaba a Juan, él sólo quería disfrutar del momento, además estaba contento y feliz.

Se dio cuenta que había una red inalámbrica libre, decidió abrir el ordenador que lo llevaba encima y mirar el correo, la noche anterior había visto que su nueva amiga Natasha le había contestado y quería hacerle participe de lo que estaba viendo con un nuevo correo, cada vez los correos eran más frecuentes entre Juan y Natasha, ya que Natasha también hacia lo mismo, aquello le alegraba a Juan, ya que estaba cogiendo una complicidad con su nueva amiga, poco a poco, no se iban considerando como extraños.

Querida Natasha

Estoy sentado en las escalinatas de MIT, en estos momentos, escribiéndote, esto es muy precioso, la brisa me está dando en la cara y tras la presentación de esta mañana, me siento a gusto y feliz, por cierto, ha salido muy bien, creo que tengo posibilidades con terminar mis estudios aquí en Boston. Aún tengo que ganarme la confianza de una empresa que me podría patrocinar, ya que directamente no puedo optar a estudiar aquí en MIT, pero tengo un buen presentimiento de que lo podría conseguir. Creo que mañana tendré una reunión con ellos, ya te contare que resultado he tenido con ellos. Por otro lado, ¿Cómo te va con tu nuevo trabajo? Por tu ultimo correo, creo que te estas integrando y te gusta el trabajo y los compañeros, cuando me establezca, si tú quieres en vacaciones, podría ir a visitarte a Suecia o si lo prefieres podemos vernos en Valencia. Aunque es pronto para planear cualquier cosa. Lo importante es que te estés integrando y te guste el país. Voy a continuar disfrutando de esta paz y de las vistas de esta esplanada.

Un fuerte Abrazo, Juan

El tiempo paso muy rápido para Juan, ya era hora de volver al hotel y prepararse para la reunión del día siguiente, por este motivo, se fue hacia la parada del bus. Al llegar al hotel, conectó su ordenador e hizo una llamada por videoconferencia a sus padres, sabía que allí sería por la mañana, por lo que no se preocupaba en molestarles, debido a que sus padres estarían esperándole. Sus padres se alegraron mucho de lo que les estaba contando y sentían un orgullo y satisfacción por lo que estaba haciendo su hijo, incluso se ofrecieron a pagarle los estudios, pero los costes de las matrículas además del manteamiento de su hijo en Boston, eran del todo prohibitivo para ellos, pero la intención de sus padres hacía que Juan se sintiera arropado y orgulloso de sus padres, ya que no estaba solo en esa locura que se había metido. Creo que mis abuelos, en esa llamada serían las personas más felices del mundo, Juan me habla constantemente de ellos, con mucho orgullo y satisfacción, creo que fueron una parte muy importante en la vida de Juan, por lastima yo no los conocí.

En el día siguiente, Juan, ya había cogido energías y copiando el itinerario del día anterior, se dirigió hacia MIT, para ir andando al CIC. Mauricio le había llamado la noche anterior, diciéndole que no había ningún problema a la misma hora que había tenido la reunión con los profesores del MIT, pero en este caso con la gente de la empresa privada. Juan suponía que era una buena hora para Mauricio, a esas horas, Mauricio no tendría ningún compromiso o clase, por eso le podría acompañar, Juan estaba muy agradecido con lo que estaba haciendo Mauricio.

Al llegar al CIC, vio a Mauricio y le levanto la mano, con puntualidad británica, Mauricio ya estaba allí esperándole hacía un rato, entonces tenían tiempo para hablar antes de ir a la reunión.

- Buenos días, ¿Estás preparado? - dijo Mauricio.
- Buenos días, No, pero lo haré bien - en un tono dubitativo, respondió Juan.
- No te preocupes, son buena gente, los fundadores de la compañía, son doctores de MIT y hace poco que un ángel de negocios – corporaciones o personas particular que invierten en empresas que están en sus primeras fases desarrollo – les ha metido dinero, sólo son tres personas en la compañía, los dos fundadores y un trabajador, esperamos que tú seas el que hace cuatro.
- Ojalá, pero no son poca gente en la compañía – Juan tenía un concepto de empresa muy general, donde el jefe era una persona malcarada y poco accesible, una estructura piramidal, pero como comprobaría hay muchas formas de empresa y algunas ni siquiera tienen trabajadores –
- Eso no importa, esta tiene mucho potencial y creo que les han metido más dinero, por ese motivo es donde podrías entrar tú y tus ideas, además, lo que estás haciendo tú, les podría ayudar, no soy un experto, pero creo que sí, por lo que me han explicado.
- Espero que si
- Si, hombre, nunca pierdas la esperanza, si dicen que no, ya buscaron otra cosa, conozco a otras compañías del mismo perfil – Mauricio sabía que no había otro plan, que esta era la única posibilidad de Juan, la otra posibilidad sería hacer méritos en el MIT, el éxito no estaba asegurado, ya que era un camino muy largo, además de mucho dinero, Mauricio creía que Juan no poseía tanto dinero. -
- Muchas gracias por lo que está haciendo por mí, tú y Sofía, siempre estaré muy agradecido.

- De nada, sin embargo, si te dan el trabajo, tienes que dar el 100 por 100, estas oportunidades solo se dan una vez en la vida– Mauricio sacó al maestro que tenía dentro, con este comentario.
- Por supuesto, no los defraudaré y no me defraudare.
- Eso espero, bien vamos hacia arriba y mucha suerte.

Juan sentía una gratitud con aquel hombre, ya que sin conocerlo de nada estaba haciendo más que su exjefe con pelos en las orejas, qué diferencia, pensaba. Mauricio y Juan se dirigieron hacia la recepción y dieron sus nombres y alguna identificación, en el caso de Juan su pasaporte. Después de darles las tarjetas de visitantes, siguieron las indicaciones de la recepción. Subieron a la mitad del edificio, donde había zonas comunes, una cafetería con mesas y una cocina, donde podías hacerte tú mismo un café o comer cualquier cosa, ya que tenía cestas de fruta y los armarios llenos de cualquier alimento, hecho o para preparar.

La sala de reuniones estaba al fondo, daba a la calle. A diferencia de los despachos del MIT, ese recinto estaba muy iluminado, con muchas zonas diáfanas y donde la gente hablaba de cualquier cosa o estaba delante de su ordenador trabajando, sentados en algún sofá, ya que mucho preferían trabajar así, no delante de su escritorio o en su escritorio habitual, en verdad se respiraba un ambiente de completa libertad y anarquía sana, donde los jefes estaban a la misma altura que los trabajadores, era muy difícil diferenciar unos de otros.

Aquello empezaba a gustarle, se sentía a gusto y en su sitio. En la sala de reuniones, ya estaban las tres personas que tenían que entrevistarle, con sus ordenadores abiertos y trabajando, cada uno tenía un café junto al ordenador portátil. Al entrar en la sala de reuniones, Mauricio y Juan, los anfitriones se levantaron de sus asientos y empezaron a presentarse.

- Buenos días, ¿cómo estáis? – Pregunto Mauricio

- Buenos días – contestaron todos
- Como había dicho por teléfono, éste es Juan que ha venido de valencia y creo que tiene algunas ideas que os podría interesar- introdujo Mauricio
- Yo, me llamo Stephen Gregorson, soy el CEO – gerente de la empresa – aquél es Robert Alliston, nuestro CTO – responsable de tecnología – ya su lado, Adams Finns nuestro ingeniero de sistemas.
- Encantado de conocerlos, un placer, como ya ha dicho Mauricio, yo soy Juan Morant.
- Encantado – respondieron todos
- Empecemos, - dijo Stephen, que parecía tener el mando en aquel grupo – Simba Tech es una empresa que nació el año pasado, a raíz de unos estudios y patentes sobre sistemas de almacenamiento de datos complejos, que hicimos Robert y yo, cuánto trabajábamos en el MIT. Nuestro sistema es compatible con cualquier servidor o base de datos y mejoramos en un 60% sus prestaciones – se notaba que aquellas frases las había repetido muchas veces, pero esta vez, más tranquilo, informal y de forma muy general – además, el sistema permite el tratamiento de datos diversos y conexiones a Internet de forma segura. Por el momento, estamos utilizando sistemas de encriptación comerciales, pero nos gustaría uno personal y propio – Juan tuvo el impulso de intervenir, pero Stephen aún no había terminado – como habrás comprobado, somos una empresa pequeña, toda la plantilla está en tu entrevista – todo el mundo empezó a reír – Tenemos un despacho no muy grande en la quinta planta, que compartimos los tres y que tenemos una mesa para ti, si quieres incorporarte con nosotros. Por otro lado, el CIC es un vivero de empresas, creo que hay más de 200 registradas en el CIC, porque muchas no tienen despacho físico, pero si buzón de correo. Los espacios son muy abiertos, puede trabajar donde quieras, todo el edificio

tiene Wifi y puntos de conexión a internet. Además, en el último piso, tenemos alquilado unos servidores para hacer pruebas, debido a que tenemos acceso ilimitado a todas las facilidades del CIC – Juan flipaba en colores en ese momento – Por lo que respecta a la empresa, tuvimos una ronda de financiación al principio de año y es posible que tendremos otra en los próximos meses, de ahí que podrían, haber nuevas incorporaciones, a nivel técnico, como logístico, de marketing, estamos en pleno crecimiento. Tu tarea sería en el tema del sistema de cifrado de los datos y comunicación segura, de ahí que trabajarás con Robert y Adams para adaptarlo a nuestra tecnología y arquitectura. ¿Tienes alguna duda?

- No, de momento – Respondió Juan

Juan preparó su presentación y puso el prototipo sobre la mesa y comienzo. Notaba que estaban muy atentos a sus explicaciones y desarrollos, muy diferente a la presentación del día de antes, que los dos profesores, estaban por estar y apenas les interesaba mucho o nada de lo que dijera Juan, en este caso, aquella gente le prestaba atención y cogían notas. Además, las preguntas que le hicieron eran más directas y profesionales, no había ningún daño detrás de ellas, solo curiosidad tecnológica y afán de mejorar, lo que le daba mucha confianza a Juan.

Sólo al terminar la demostración del prototipo, le dijeron que era simple para el sistema que tenían ellos, pero que la idea general era buena y que podía mejorarse para su sistema, que entendían que aquello era una demostración, pero les había gustado mucho.

- Me gusta tu idea, nos has dicho que no tienes patentes, ni has escrito ningún artículo de investigación al respecto – Dijo Stephen.

- No, era una idea que lo iba elaborando hacía mucho tiempo, sólo estos últimos meses la he implementado en mi casa, - respondió Juan.
- Muy bien, me gusta, ya que es lo que estamos buscado, si te soy sincero, necesitamos una tecnología propia con el cifrado de datos, creo que tu idea nos viene como anillo al dedo – Juan sabía que perdería su idea, pero conseguiría lo que estaba buscando el doctorado, de todas formas lo habría perdido sólo haciendo el doctorado mediante la universidad, porque como le dijeron una vez, el estudiante va a estudiar a la universidad no a inventar – Por ese motivo, te haremos una oferta de trabajo, además nos ha dicho Mauricio, que quieres hacer el doctorado en el MIT, ningún problema podríamos pagarte los costes y patrocinarte, sólo hay que ver, cómo quedaría la propiedad del trabajo entre nosotros y el MIT, pero más que ser un problema para nosotros, sería una ventaja tener una patente compartida con el MIT. Esta tarde llamaré a nuestros abogados para preparar el contrato y la documentación necesaria por el MIT, para que seas admitido en un programa de doctorado. ¿Tienes tutor de tesis?
- Juan podría ser tutorizado por Sofía del MTL – respondió Mauricio
- Buena elección, pero también podría serlo Robert como cotutor, mitad y mitad – respondió Stephen, mirando por el futuro de su empresa.
- No hay problema –dijo Mauricio
- Bueno, bienvenido a Simba Tech – finalmente dijo Stephen
- Muchas gracias – Juan no cabía en su cuerpo, lo había conseguido, volvería a valencia con un contrato bajo el brazo y un futuro prometedor en Boston –

Al salir de la sala de reuniones, Robert les ofreció a Mauricio y Juan, algo para beber y seguir charlando, además de hacerles una visita guiada por el CIC, ya que Stephen se despidió de Mauricio y Juan, por qué tenía otras reuniones, pero Robert y Adams le harían una visita guiada por las instalaciones del CIC.

Subieron a la última planta donde no había despachos, sólo servidores y salas de reuniones más grandes con vistas impresionadas de Boston. Entraron en la más grande, que en ese momento estaba vacía, se veía todo Boston incluso el campus del MIT, ya que la sala daba al río, aquellas vistas le impresionaron a Juan, se sentía poderoso en ese momento. El mobiliario de aquella sala de reuniones era más caro que la sala de antes y con sillas de oficina tapizadas con cuero bueno, con una gran mesa de estilo modernista y todas las facilidades para realizar cualquier tipo de reunión, como si fuera una multinacional con muchos empleados, Juan solo lo había visto en las películas.

Luego bajaron a la planta donde la empresa tenía su sede o despacho. La puerta del despacho se abría con una tarjeta electrónica, todas las puertas al CIC no tenían cerradura, incluso cuando entraban en el CIC por la puerta general tenían que utilizar la tarjeta electrónica e incluso el ascensor. El despacho era pequeño, con cuatro escritorios enfrentados, los más cercanos a la ventana eran los de Stephen y Robert, en ese orden, en frente estaba en el rincón, el de Adams y se entendía que del lado de la puerta debería del ser el suyo. Detrás de los escritorios de Robert y Stephen había un sofá una mesita delante de él, toda la pared donde estaba la puerta principal era una inmensa pizarra blanca, puesto que toda la pared había sido pintada con una pintura para poder dibujarse o escribirse con rotuladores especiales. Juan observa que estaba repleta de fórmulas, fechas e ideas de reuniones pasadas, se notaba que allí se trabajaba y mucho.

Salvo lo esencial de oficina, de impresora y más cosas eran compartidas, además tenían una cota de impresión, incluida en su mensualidad. En el CIC se pagaba por usuario individual, es decir, si ellos eran tres, pagaban tres mensualidades en un mismo contrato de empresa, en el futuro, pagarían cuatro, por lo que Juan compruebo en los próximos meses, no eran baratos. Por planta había dos cocinas totalmente equipadas con electrodomésticos y con alimentos básicos: frutas, chucherías, sopas prefabricadas, toda clase de zumos, frutos secos, leche de todo tipo, agua, pan de toda clase, recién hecho e industrial, quesos, mermeladas, jarabes de todo tipo y sabores, mantequilla y más cosas que no necesitaban mucha conservación, por este motivo, este tipo de alimentos entraba dentro de esa mensualidad como trabajador, eso era una ventaja, ya que no tenía que hacer nada, sólo ir a trabajar, la gran mayoría comía allí, combinándolo con comida casera de su casa, pero muchas de las veces salían salir fuera para desconectar de ese ambiente, mucha de la gente que trabaja allí, tenía un buen sueldo. Otros trabajadores, se lo cocinaban o acaban de cocinarlo allí, aunque eran los de menos, por ese motivo la cocina estaba totalmente equipada. En general los empleados querían algo rápido y volver su trabajo y no calentarse la cabeza.

Aquel ambiente era una simbiosis de diferentes tipos de profesionales, no solo técnicos, que eran la gran mayoría, sino de todo tipo, eso hacía que surgieran sinergias entre las empresas, y que hubiera iteraciones entre los empleados y las empresas, esa era la idea del CIC.

Robert y Adams se despidieron de Mauricio y Juan, los acompañaron hasta la puerta principal del CIC, al mismo momento Mauricio hizo lo mismo, diciéndoles que le iría informado al respecto de Sofia y el tema del MIT. Otra vez, Juan se encontraba sin hacer nada, debido a que Mauricio no comería con él ese día, por eso quiso ir a un centro comercial cercano del MIT, Cambridge Side, allí comería o haría algo, además le habían dicho, que ese centro comercial tenía un lago artificial que se comunicaba con el río, dónde se podía navegar, Juan se moría por verlo.

Al salir del CIC y despedirse en la calle de Mauricio, se fue caminando en dirección al centro comercial, a los pocos metros, noto que alguien le seguía, había notado que le seguían desde que llego a Boston, pero por la emoción o el nerviosismo no le había dado importancia al asunto, pero su vigilante aquel día no le daba igual, el ser descubierto, es más quería, que lo viera como si quisiera hacer contacto con él. El siguió su camino hacia el centro comercial, pensaba que desaparecería, al entrar en el centro, vio que el hombre también entraba con él, dentro del centro comercial lo perdió de vista. Juan ya no le dio más importancia y siguió disfrutando de la tarde libre que tenía.

Cuando se cansó, de ver tiendas y el centro comercial, decidió sentarse en una cafetería que estaba dentro y tomarse algún café. Sentado en la terraza de la cafetería, vio como su vigilante se sentaba a su lado y le dirigió la palabra.

- Veo que no eres de aquí ¿de dónde eres?
- ¿Por qué me sigues?
- No te sigo, creo que teníamos el mismo camino, pero no importa me llamo Aaron – brindándole su mano hacia Juan –
- No te conozco de nada, porque tendría que hablar contigo.
- No tengas miedo, soy un amigo, sé que te llamas Juan y vienes de Valencia. Stephen nos ha puesto al día sobre ti.
- ¿Cómo sabes todas esas cosas? ¿Quién eres?
- Voy a presentarme formalmente, soy Aaron Jacob Nazarí, agente del Mossad, pero colaboro con agencias de investigación norteamericanas, que ahora no te voy a relevar, tu perfil nos ha llamado la atención desde que te pusiste en contacto con los profesores de MIT, te hemos vigilado desde valencia, aunque ellos no saben nada, por ese motivo Stephen se puso esta semana en contacto con Mauricio pidiéndole si conocía alguien para incorporarlo en la plantilla, una cosa ha llevado a la otra, ahora tienes un

contacto bajo el brazo y podrás terminar el doctorado en MIT.

- No entiendo nada, ¿eres un espía? Y ¿Simba Tech?
- Simba Tech es una tapadera del gobierno israelí, hemos metido mucho dinero en ella, eso no quiere decir que los productos que ellos tienen no sean tecnológicos, todo lo contrario, lo son, pero nos servirán en nuestros sistemas de investigación. El único que está al corriente del asunto es Stephen y ahora tú, Robert y el otro colaborador no saben nada y están desarrollado el sistema para su empresa.
- ¿Porque yo si tengo que saberlo?
- Creemos que nos puedes servir después de terminar tus estudios, ya que Simba Tech es solo la plataforma para que termines los estudios, creemos que nos puedes servir en otros proyectos o servicios, además necesitamos gente en Europa, aunque de momento trabajarías en América, es decir aquí, en USA y latino América, además tendrás un entrenamiento militar adicional, aunque no creo que lo necesites. Ya que tus trabajos serán más de inteligencia y menos físicos.
- Me estas asustando, ¿Por qué yo?
- Porque tienes potencial Juan y eres muy listo, nos gustan gente como tu – Juan recordó a su exjefe en un acto reflejo
- ¿No Tengo elección?
- Si quieres terminar tus estudios no, aunque siempre puedes volver a valencia y olvidarte de esto, en tus manos lo dejo. – Juan se quedó pensando, la oferta de terminar el doctorado era un sueño para él, pero todo aquello le sobrepasaba, el simple hecho, de estar en Boston ya era una experiencia, inolvidable, encima lo querían reclutar como espía por los judíos, era demasiado.
- Déjamelo pensarlo
- No me lo tienes que decir a mí, solo firma el contrato con Simba y luego ya me pondré en contacto contigo, sino lo

firmas, es que no quieres seguir adelante – Juan en ese momento tenía un dilema y tenía que pensarlo mejor –

- De Acuerdo
- Bueno Juan, me tengo que ir, disfruta Boston y de esta fantástica tarde.
- Claro, - con un tono de preocupación
- Hasta luego, - dijo Aaron a Juan, pero Juan no le contesto y se centró en su café que tenía delante, sin levantar la mirada, estaba preocupado y pensativo por las palabras de Aaron, más bien por la propuesta que le había hecho.

Quería distraerse y pensar en otras cosas, por ese motivo encendió el portátil y se miró el correo electrónico, vio un correo de Natasha, cosa que le alegro.

Querido Juan

Me alegra muchísimo esa segunda reunión que tendrás, espero que consigas lo que quieres, en referente a tu propuesta de vernos en Europa, por supuesto que sí, dímelo y acordamos algo, aquí en Suecia no me dan tregua, ahora estoy muy liada con un proyecto en las Filipinas, estoy muy contenta y salgo con mis compañeras casi todos los días. Ve informándome de los avances en tus estudios, espero tus noticias.

Un fuerte Abrazo, Natasha.

Tras leer el correo se alegró muchísimo de saber de Natasha y sus avances en Suecia, sus palabras le dieron ánimo, pensó que lo iba hacer al final tendría el doctorado y como había dicho Aaron, seria trabajos de inteligencia y nada físico, como las películas, a continuación, quiso responder a Natasha con otro correo.

Querida Natasha

La reunión con la empresa privada ha sido todo un éxito, van a hacerme un contrato y patrocinarme para mi doctorado, deberé de trabajar muchísimo, pero al final lo voy a conseguir y ser doctor. Me alegro mucho de que todo te valla muy bien en Suecia, se te ve una buena persona y fantástica amiga, no te será difícil hacer amigos, por supuesto tenemos que acordar algo para que en vacaciones vernos en Europa. Estoy un poco preocupado con el doctorado, es mucha responsabilidad, pero creo que es lo normal, ya te contare de mis avances, pero creo que estoy haciendo lo correcto y todo saldrá bien, bueno, no me hagas caso, supongo que serán los nervios de empezarlo, hacía mucho tiempo que lo quería hacer. Diviértete y si puedes mándame fotos de Suecia y de ti.

Un fuerte Abrazo, Juan

Tras escribir el correo cerro su portátil, pago su café y se fue a pasear por el rio en busca de su autobús hacia su hotel, cada minuto que pasaba estaba más convencido de que hacer, pero sería un secreto que no se lo contaría a nadie. Estaba visto, que su sueño tenía un precio, aquel era el suyo. Cuando cogió el autobús hacia el hotel, una sonrisa le apareció en su cara, y un pensamiento dentro de él, se repetía, "*voy a ser doctor y mi invento funciona*", el orgullo y la satisfacción le inundaban.

Capítulo 7

"Juan se establece en Boston definitivamente, tiempo para buscar un apartamento"

Barcelona, 6 de noviembre 2042

Mi casero es una mierda, me tengo que mudar a otro apartamento, menos mal que estoy solo y no tengo pareja, sino tendría problemas, a lo visto quiere subirme el arrendamiento o que abandone el apartamento en menos de unos meses, no puedo pagar lo que me pide, ya estoy haciendo un esfuerzo por pagar un apartamento yo solo, para que encima este tipo me lo suba, voy a buscar otra cosa más económica, o algo parecido. No puedo hacer nada, bueno voy a escribir que ya toca.

Habían pasado unos días desde la reunión con la empresa, todavía no había tenido ninguna respuesta del contrato, Juan le había llamado varias veces al Mauricio, Mauricio le decía que la propuesta estaba todavía en pie por parte de ellos, pero que estaba en manos de los abogados, que no se preocupase, que pronto le harían llegar el contrato, mientras tanto el fin de semana estaba allí, Mauricio le había propuesto que ese fin de semana fueran a ver apartamentos, ya que Juan necesitaba uno, no iba estar viviendo en un hotel, además, podría permitirse alquilar un apartamento con el sueldo que iba a cobrar.

Mauricio le aconsejo, no ir a una residencia de estudiantes, porque, además de ser muy caras, no era sitio para él, además no tendría de independencia que él quería, tenían muchas reglas. Mauricio tenía en cabeza, dos posibles opciones, por un lado, un piso compartido cercano de Boston College, que estaba relativamente lejos del MIT, a unas dos o tres paradas, que uno de sus alumnos, ya había terminado sus estudios y dejaba ese mismo mes, además, el alquiler era más barato, o la segunda opción, era un estudio en Somerville, pueblecito muy cercano de Cambridge, él tendría que pagar todo el alquiler además de buscar muebles, ya que se alquilaba completamente sin muebles. En un principio, Juan tenía todas las esperanzas en el piso compartido, ya que, no quería gastarse mucho dinero, pero al final, iría a ver a los dos.

El sábado por la mañana, Mauricio fue con su coche recoger a Juan, en su hotel. Fueron a desayunar en la misma cafetería que Juan cada mañana iba, que estaba cercano de su hotel, que ya había hecho una amistad en los camareros y con el gerente, ya que no sólo iba a desayunar, sino a comer y la cena solía ir a buscárselo en algún supermercado cercano, o los días que no tenía ganas de nada, iba al restaurante de comida rápida, por sus famosas hamburguesas.

Desde las reuniones de aquella semana, Juan no había vuelto a realizar turismo propiamente dicho, se limitaba a charlar con su familia y ver la televisión en su habitación, televisión que estaba llena de comerciales y programas de poco interés, o al menos los canales de televisión que tenía ese hotel.

Juan estaba muy agradecido con Mauricio, además de buscarle un trabajo y futuro, aquel hombre, de una forma totalmente desinteresada, estaba buscándole un sitio donde vivir, por supuesto, Juan le invitó al desayuno, además, se ofreció a pagarle la gasolina o los gastos que podría tener ese día, cosa que Mauricio no aceptó, de ningún tipo.

Por otra parte, como había prometido Aaron, no lo había visto desde el día de la entrevista con Simba, pero le extrañaba porque estaba tardado el contracto, si tenían tanto interés por reclutarlo, pero ya tendría señales de ellos seguro, de momento su interés era buscarse un alojamiento, él creía que esa mañana lo iba a solucionar.

El coche de Mauricio era un todoterreno JEEP grand cherokee del año 95, negro y automático, ya que en Estados Unidos era muy extraño que la gente condujera coches de marchas, sólo los deportivos o de carreras, todo lo contrario que en Europa, donde los automáticos eran cosa de lujo. Pero, el coche de Mauricio era antiguo, se notaba que había sido de lujo, puesto que tenía los asientos de cuero y muy buenos acabados. Pero a Mauricio, no le importaba, que fuera viejo su coche, mientras funcionara, puesto que era un hombre práctico, aquel coche suplía todas las necesidades que él quería. El interior del coche era muy espacioso, se notaba que detrás no se sentaba nadie, porque lo tenía lleno de cajas, papeles y cosas personales, de sus clases y su trabajo en general. Conduciendo en dirección a Boston College, Juan tuvo la oportunidad de hablar en Mauricio.

- Muchas gracias por todo, no sé qué habría hecho si ustedes no hubieran estado conmigo respaldándome –dijo Juan un poco emocionado
- De nada hombre, espero que empieces pronto a trabajar y puedas acabar el doctorado, ya que ese es tu sueño.
- Una pregunta, sino es una indiscreción, ¿Por qué está haciendo esto por mí?
- Buena pregunta, supongo que será porque estamos cansados, tanto Sofia como yo, de ver alumnos con el dinero de sus padres, que creen que pueden comprarlo casi todo, o por el contrario, otros con potencial como tú, pero que lo desperdician por tonterías, o conseguir un empleo remunerado y no esforzarse más. Por este motivo, cuando te conocimos, fue una bocada de aire fresco, ya que eras, lo opuesto a todo lo que habíamos conocido, era un deber personal-moral ayudarte, dentro de nuestras posibilidades, está claro. A veces, el ser humano tiene estas actos altruistas y totalmente desinteresados, más si ve alguien con mucho potencial, como tú, de ahí que siempre, recuerda esto marcado a fuego, las ventanas o puertas sólo se abren una vez, en otro tiempo podría ser diferente, las personas y los hechos, cosa que no es mala, sino distinta, es decir, distinto

tiempo, distinta reacción – Mauricio sacó su versión más paternal

- Si lo entiendo y muchas gracias por todo, sobre todo por el consejo. – Juan comprendió que no tenía que cagarla, que la oportunidad que tenía ante sus ojos sería la única.

Al llegar al primer apartamento, era una casa de dos alturas, el amigo y exalumno de Mauricio, les esperaba en la puerta. Mauricio le hizo una señal con el brazo y se dispuso a aparcar el coche, en los alrededores de la casa. El exalumno de Mauricio tendría 2 años menos que Juan, había terminado su tesis de máster en literatura hispánica en el Boston College, ahora quería volverse a su país, ya que como Mauricio era latinoamericano, para hacer el doctorado o cualquier cosa, tampoco Juan le preguntó cuáles eran sus planes de futuro.

Como comprobaría Juan, en Estados Unidos se podía sobrevivir solo con el español, hasta ahora, ya había encontrado a mucha gente que hablaba español, además de gente en restaurantes e incluido en el hotel.

La casa era muy vieja y grande, la planta de abajo estaba alquilada a otras personas, por una escalera enmoquetada, en los primeros escalones de la escalera, había zapatos, diferentes objetos personales y muy sucia, además de numerosas propagandas y cartas con recibos de compañías, la primera impresión de Juan fue muy mala, no era un lugar acogedor. Al final de la escalera estaba a mano izquierda la puerta del apartamento.

El alumno de Mauricio tuvo que hacer un poco de fuerza para abrirla, como si estuviera cerrada mucho tiempo, por lo que Juan pensó que estaría rota o necesitaba algunos retoques, los marcos estarían dilatados o tropezaría con la moqueta, no se sabe. Al entrar, la cosa mejora un poco, se veía que los inquilinos los cuidaban, porque era un apartamento relativamente limpio, se notaba que vivían cuatro personas allí, porque podía ver sus afectos personales en todas partes. Todos los espacios comunes no tenían personalidad propia, como si cada inquilino hiciera su mundo en su habitación.

Al entrar en la habitación que quería alquilar, todo estaba en cajas y algo desordenado. El alumno de Mauricio se disculpó, porque pronto dejaría el apartamento, tenía que enviar algunas cosas a su país o darlas. Le dijo, que le vendía los muebles si él quería, a un precio muy barato, ya que él sólo se llevaría los efectos personales. La cama, enorme de matrimonio, estaba junto a unas ventanas grandes, que daban a la calle que habían entrado, en verdad era la mejor habitación que tenía el apartamento, porque las demás, daban detrás de la casa. Algo que, a Juan, no le desagradó del todo. Siguiendo el pasillo, estaba la cocina y el comedor, todo junto, la cocina era muy grande con una mesa redonda e inmensa con sillas, al lado estaban las otras tres puertas que daban a las habitaciones de sus compañeros. El alumno de Mauricio, le explico que los gastos de luz, agua y el alquiler, la parte proporcional, se pagaba directamente en una cuenta del propietario de la casa, ya que él mismo o su contable, dividía los gastos entre cuatro, pero ese motivo no tendría ningún problema, además, él le dijo que nunca habían tenido ningún problema con el propietario. El único problema, era que a veces le costaba arreglar las cosas rotas de la casa, a menos que fuera muy importante, de vez en cuando, ellos habían pagado la reparación a una compañía externa y después, el propietario les pagaba todo el coste.

La casa estaba en un área residencial, enfrente de un campo de beisbol, cerca tenía un supermercado grande y la parada del metro. El problema, era que tenía que tomar la línea verde y luego cambiar a la línea roja en el centro para ir al MIT, si no había ningún problema con las combinaciones o había huelga, que los últimos tiempos si los había. En cambio, para ir al Boston College, se podía ir si quería caminando, Juan pensó que era el motivo, que el alumno de Mauricio había cogido ese apartamento, lo tenía cerca de donde estudiaba.

Se despidieron del amigo de Mauricio, se dirigieron hacia el otro apartamento, en Somerville. En el viaje, Mauricio le explico que su alumno iba a casarse en su país, que tenía algún tipo de relación familiar con él, sin entrar en muchos detalles.

Al llegar a la calle del apartamento de Day Street, entre Massachusetts Avenue y Elm Street, la cosa era diferente, Somerville era un área completamente poblada por gente que trabajaba o estudiaba en la universidad, la mayoría jóvenes, porque estaba rodeada de las dos universidades más importantes de Boston, además, tenía zonas residenciales con familias y casas grandes, combinadas con áreas de ocio y supermercados pequeños y grandes. En un primer momento, Joan le encantó aquella zona a primera vista, ya que tenía muchos servicios y además estaba muy cerca del MIT, sólo tenía que coger la línea roja o si quería, debido a que no estaba muy lejos ir caminado al MIT o CIC.

Al llegar a la puerta del edificio, un edificio antiguo, pero bien conservado, con la fachada de ladrillo rojo y ventanas grandes, sin balcones. El edificio hacía forma de U, había un camino hasta la puerta con un jardín. Tuvieron que esperar un rato a que viniera alguien de la Inmobiliaria, para mostrarle el apartamento, por eso Mauricio les llamo antes, para decirles que estaban allí.

Andado apareció una chica alrededor de la edad de Juan, a lo visto, las oficinas de la inmobiliaria deberían estar cerca. Después de las presentaciones, se dirigieron a ver el apartamento. El recibidor tenía una doble puerta acristalada que daba a las escaleras y en el centro un ascensor antiguo, pero funcional. El apartamento estaba en la cuarta planta, aquel edificio, sólo tenía cinco plantas, de ahí que el piso estaba lo suficientemente alto.

Al entrar el apartamento, éste tenía un pequeño recibidor, donde se podía dejar una bicicleta o los zapatos, después entrabas en un comedor con una ventana que daba a la calle en la que habían entrado, a mano derecha, estaba la cocina pequeña, equipada en todos los electrodomésticos. Cruzando el comedor estaba un pasillo donde estaba el baño y una habitación que tenía una ventana que daba a la misma calle. Estaba muy limpio, se veía que lo habían acabado de pintar, en un principio parecía más grande, pero Juan calculó que, con muebles, aunque fueran los mínimos, los espacios se reducirían. La chica de la inmobiliaria les dijo, que el apartamento no era un de propietario particular, sino de una compañía que se encargaba de todo, incluso del mantenimiento, el agua y las tasas municipales estaban incluidas en el precio del alquiler, sólo tenía que pagar la luz y si quería tener otros servicios, TV, teléfono o internet, pero Juan pensaba que sólo tendría internet o si le hacían alguna oferta en algún paquete con TV o teléfono.

Bajaron al sótano, allí estaban las lavadoras y secadoras comunes, que funcionaban con 25 céntimos de dólar, los famosos "quarters" de dólar, además de almacenes para dejar cosas con su cerradura y placa con el número de piso, por si el propietario o inquilino tenía que almacenar algo. En Estados Unidos, era muy común que las lavadoras y secadoras estuvieran en el sótano, tanto fuera una casa particular como un edificio con muchos apartamentos, lo que le sorprendió a Juan, porque Europa y en particular en España, la gente tenía su lavadora y secadora individual dentro de su casa. Sólo pensaba que sería incomodo, además, de pasar mucho frío en invierno, al bajar para lavar su ropa, porque el sótano, no tenía pinta de tener calefacción.

En el sótano también se podía tirar la basura dentro de unos contenedores negros, después los de mantenimiento lo sacarían a la calle, el día que pasaba el camión de la basura.

Juan lo tenía decidido, no era que quería vivir solo, sino que el otro apartamento, bueno habitación, estaba lejos, de dónde tenía que trabajar, si las ubicaciones hubiesen sido, al contrario, creo que Juan hubiera cogido el otro, además todo el ahorro en dinero del otro apartamento se lo gastaría en viajes. Le dijo a la chica que lo quería, pagando unos 200 dólares de señal y el lunes o martes, tendría todo el contrato y los papeles arreglados.

Era hora de comer, Mauricio y Juan decidieron caminar hasta Elm Street, Mauricio le había dicho que, en Davis Square, había un restaurante-pizzería que se comía muy bien, que era una institución en Boston. Si pensarlo se dirigieron hacia el restaurante. El restaurante se llamaba "Mike´s", como el nombre de su propietario que era de origen italiano. Mike´s era una pizzería con grandes ventanas y además los días de buen tiempo, se podía comer fuera y por las noches se reconvertía en un local de copas. Por supuesto Juan invitó al Mauricio y entraron en el restaurante y pidieron cada uno una pizza y una bebida sin alcohol.

- Muy agradable esta zona, creo que me podré acostumbrar a vivir aquí – dijo Joan
- Si que es muy buena zona, recuerdo que cuando me casé y era joven, sin hijos, alquilé una casa en Somerville y fueron, la mejor época de mi vida.
- Y si no es una indiscreción, ¿Qué hace un chileno en Boston?
- Es una larga historia, pero tenemos tiempo y te lo voy a contar, yo era un reciente licenciado en la universidad de Santiago de Chile, ese mismo año había optado a una plaza temporal como profesor interino en la misma universidad de Santiago, disponía de ella en terminar el doctorado, cuando pasó el golpe de Pinochet, estoy hablándote de los años 70 del pasado siglo. La situación en mi país se convirtió insoportable, por cualquier cosa eras detenido, más si estabas en la universidad, ya te convertías en sospechoso,

muchos de los contratos temporales como el mío, fueron anulados o congelados, para ver tus tendencias políticas, durante los siguientes meses, las clases fueron suspendidas, yo en mi casa, no sabía que iba a pasar, el caos era total, había un silencio sepulcral, todo el mundo tenía miedo de hablar de más o incluso de menos, por qué la policía y los militares entraban sin avisar en tu casa y te detenían, sin hacer ninguna pregunta o explicación. Aún recuerdo, cuando en mi edificio, entraron y se llevaron a una pareja de mí misma edad, les metieron en una furgoneta y ya no los vi más, una noche que hacía mucho frío, aún lo recuerdo como si fuera ayer. Un tío mío, que había sido profesor en la misma universidad, dijo que mi mentor y mejor amigo, había sido detenido, porque en el pasado había militado en el partido comunista, por tanto, irían a por mí, pero, yo pensaba que no, porque no había militado en ningún partido, ni de derechas ni izquierdas, pero eso daba igual para esa gente, querían hacer una purga de raíz, independiente si eras inocente o culpable. Mis padres y mi tío me dieron dinero en mano, recuerdo que eran dólares, ya que la moneda nacional era muy inestable, me aconsejaron que fuera hacia al norte del país y que debía de cruzar la frontera peruana, luego en la capital, Lima, tomará un avión a Caracas en Venezuela, por eso me dieron dinero suficiente para hacer todo aquello, porque mi tío tenía una amistad en la Universidad de Caracas, me daría trabajo y casa, algo de dinero para vivir de momento, cuando contactara con él. El trayecto hasta la frontera, tuve mucho miedo, ya que había muchos controles, pero siempre decía lo mismo, que iba a visitar a unos familiares al norte del país. Recuerdo como si fuera ayer, el autobús muy viejo que hice el viaje, los asientos muy incómodos y el miedo que tenía en el cuerpo, al fin, yo no había hecho nada, sólo tener amistad con mi mentor, que era comunista, o eso ellos decían, tampoco había hecho nada, sólo por tener unas ideas distintas a los que habían dado el golpe de estado. Los paisajes iban cambiando, ya que mi país es un país de contrastes ambientales, recuerdo cada olor y tramo de ese trayecto. Al llegar cerca de la frontera de Perú, que estaba muy vigilada, por otra parte, mi tío había hablado con una familia de aquella zona, ya que tenían vínculos familiares por parte de su mujer, para que me guiaran para cruzar la frontera, ya que ellos conocían la zona y sabían dónde no habría controles fronterizos. Cruze la frontera por la noche, ya que era más seguro, no tuve ningún problema, una vez en Perú, me dirigí hacia Lima y allí cogí un avión a Caracas. – Mauricio emocionado hizo una pausa para beber algo, su rostro se le veía afectado por el relato que estaba contando.

- Increíble historia, pero no pares que pasó más – Juan estaba boquiabierto y expectante del relato de Mauricio, Juan pensaba que lo que le había pasado con su profesor con pelos en las orejas, era una gran tontería en comparación con lo que estaba escuchando,
- Veo que tengo audiencia, bien te contaré, al llegar a Caracas, las cosas no fueron de color rosa, había muchos emigrantes chilenos y el amigo de mi tío, me ofrecía una habitación en su casa, hasta que mi situación en la universidad se pudiera solucionar, mediante un doctorado o trabajo. En los primeros meses trabajé de cualquier cosa, profesor de inglés, camarero o lo que salía, mis padres me enviaban dinero, pero no eran suficientes para pagar el alquiler y vivir en condiciones. En un principio, el amigo de mi tío me dejo vivir gratis en su casa e incluso me dejo dinero, por la amistad que le unía, pero con el paso del tiempo acordamos que le pagaría un alquiler, era lo justo, ya que en Caracas los alquileres estaban imposibles. Caracas en aquella época era muy diferente, no como ahora, con el régimen chavista, como he dicho antes había muchos exiliados Chilenos

viviendo allí, pronto contacté con ellos, gracias a ellos, encontré trabajo e iba sobreviviendo, de lo que podía, las noticias de mi país cada vez eran más malas y había más desaparecidos, conforme el régimen de Pinochet iba haciéndose más fuerte, yo creo ningún Chileno de sangre caliente, no ha superado aquella época de nuestra historia, todavía hay mucho rencor, pero mejor que en tu país, que todavía no se han cerrado las heridas de la guerra civil, donde existe una amnesia total o forzada. – Juan hizo un gesto de aprobación con la cabeza – Pasado un tiempo, el amigo de mi tío, me había encontrado una plaza en la universidad de profesor auxiliar, podría hacer el doctorado, al fin, veía la luz al final del túnel. Por ese mismo tiempo conocí a mi futura mujer, que también era chilena, nos casaron en Caracas, una vez terminé el doctorado. Por cierto, el abuelo de mi exalumno del primer apartamento de esta mañana es el amigo de mi tío, por ese motivo tenemos ese trato de familiaridad, ya que haría cualquier cosa por él y su familia, ese apartamento se lo conseguí yo, además de conseguirle plaza en el Boston College, una lástima que se quiera volver a su país, porque aquí podría tener más futuro y proyección profesional, pero el amor es el amor, y su prometida vive en Venezuela, ambos han decidido establecerse allí, pero si quiere volver, aquí siempre tendrá las puertas abiertas y un amigo, el destino decidirá – Mauricio vuelve a beber de su vaso.

- Ya comprendo, ¿y cómo terminó en Boston? – Pregunto Juan
- Eso es otra historia, pero como tenemos tiempo, te lo contaré, llevaba ya unos años dado clases en Caracas y en un simposio de literatura hispánica en mi universidad, invitaron a profesores de Estados Unidos, en particular del Boston College. Allí conocí a mi viejo amigo, Erik, también profesor de hispánicas y un amante de la cultura

latinoamericana. Después del simposio, Erik y yo nos carteábamos por temas profesionales o personales, cogiendo una fuerte amistad. Un día, Erik me propuso que había una vacante de profesor auxiliar en Boston College, que era una posición inferior a la que tenía en Venezuela, pero seguro cobraría más dinero y con el tiempo podría promocionar, ya que era una plaza con expectativas. Yo lo consulté con mi reciente mujer, ella estuvo de acuerdo conmigo, no había nada que nos ligase a Caracas, sólo mi trabajo, ambos éramos chilenos expatriados, si eso era mejor para mi trabajo, no había duda. Al llegar a Boston, Boston college me hizo una visa de trabajo, pero tenía sus limitaciones, por este motivo, Erik nos alquiló en su nombre la casa de Somerville, además de buscarle trabajo de profesora de primaria en una escuela de Cambridge, a mi joven mujer. Como comprobarás en Estados Unidos hay un rosario de visas, con todas las letras del abecedario, no todas tienen los mismos derechos – Juan puso una cara de preocupación – Pero no te preocupas esta gente que quiere contratarte te hará un buen contrato y te patrocinará para una buena VISA, por eso está tardando el contrato porque eres europeo.

- En este caso, ¿yo no podré alquilar el apartamento? – Respondió Juan alarmado.
- Creo que te harán un contacto de alquiler temporal de tres meses y después lo harán definitivo cuando tengas arreglado el número de la seguridad social y la visa para trabajar aquí, no te preocupes por eso.
- ¡!menos mal!! Eso tranquiliza,
- Las cosas han cambiado mucho, pero no lo suficiente, desde mi época.
- ¿Qué Quieres decir?
- Estados Unidos todavía tiene unas leyes muy estrictas en temas de emigración, por ejemplo, yo, estoy toda mi vida

aquí, hasta que mis hijos no acabaron la universidad, no obtuve, la nacionalidad norteamericana, a veces es un asco este país, pero soy muy viejo para vivir en otro sitio – Juan lo escuchaba muy atentamente – ya estoy acostumbrado a vivir en Boston.

- ¿Es verdad que hay mucha gente ilegal?, da asco la palabra ilegal, porque esta gente si tuviera la posibilidad de regularizarse lo haría y serían legales. Sólo vienen a trabajar y tener un futuro mejor de dónde vienen.
- Si tienes razón, ya lo creo que hay de ilegales, todos no tienen la suerte como nosotros, de venir entre algodones a trabajar en Estados Unidos, la gran mayoría cruzan la frontera con México por el rio bravo, por eso el apelativo de espaldas mojadas, una vez dentro de Estados Unidos buscan familiares o conocidos, porque yo hice lo mismo cuando crucé la frontera con Perú, pero por motivos totalmente distintos. Hay otros que tienen la gran suerte de obtener un visa de estudiante de su país de origen, vosotros los europeos no tienen ningún problema, ya que no tienen limitaciones en venir a Estados Unidos como turistas, pero en latinoamericano es muy complicado obtener una visa de turistas a Estados Unidos, se tiene que tramitar en el país de origen, muchas veces es totalmente imposible, ya que ponen muchas limitaciones desde las autoridades norteamericanas – Juan pensaba que había sido muy fácil para él, ir a Estados Unidos, sólo comprar un billete de avión, cada vez empatizaba con aquellos que por destino habían nacido en algún lugar desafortunado – Por este motivo, una vez dentro y terminada su estancia en Estados Unidos, pierden su pasaporte o lo queman y se quedan de ilegales. Por otro lado, están los cubanos, que en páteras o valsas, se lanzan a mar abierto, para encontrar las costas de Miami, muchos de ellos, terminan muertos o en las costas mexicanas, siendo víctimas de grupos organizados de tratos

de personas, los que cruzan el rio bravo o la frontera con México también están expuestos al tráfico de personas. Los cubanos que llegan a costas de Miami, tienen la gran suerte y pueden acogerse al ajuste cubano, una ley que permite a los cubanos convertirse en estadounidenses, si pisan los Estados Unidos, ya que no hay líneas regulares de aviones en la isla, ni en un sentido, ni en el otro, por el motivo del embargo de Estados Unidos a Cuba.

- Qué fuerte para esos cubanos, y ¿el gobierno no hace nada?
- Que tiene que hacer, cerrar los ojos, por ignorancia o algo peor, para aprovecharse de esa gente. La gran mayoría de la economía de Estados Unidos está sustentada por la mano de obra ilegal, quieres apostar, que la gran mayoría de los camareros de este restaurante, son ilegales.
- No me digas, ¿por qué la gente lo consiente?
- La hipocresía del ser humano, mientras no les toque a ellos, todo vale, ya lo normalizas en su día a día, eso no es bueno. Se que, en Europa, no suele ocurrir estas cosas, no quiere decir, que no haya esclavitud económica, pero estoy seguro de que no a los niveles de Estados Unidos.
- Esto es verdad, en mi país, está muy controlado la explotación de personas, si el gobierno lo detecta, por mediación de inspecciones de trabajo, le puede caer el pelo al empresario, esto no quiere decir que haya casos, que, seguro que los habrá, pero está más controlado, en Europa tiene más políticas más sociales. Por lo menos es lo que nos hacen creer.
- Sabías que las políticas sociales y de derechos humanos aplicadas en Europa en la actualidad, surgieron antes y después de la primera guerra mundial en Estados Unidos, fueron copiadas en Europa, ya que se consideraba en aquella época, que Estados Unidos eran unos de los países más avanzados y tuvo reivindicaciones para los trabajadores y los derechos humanos. Un claro ejemplo lo tienes en la

huelga del textil en la localidad de Lawrence cercano de Boston, en 1912, y que se llamó "pan y rosas" o "queremos pan y también rosas", que es el nombre de un poema y una canción, si no recuerdo mal, se originó como eslogan del discurso de una sufragista y defensora de los derechos humanos, Helen Todd. Donde querían equipar los salarios de las mujeres con los hombres, algo que ahora nos parece trivial, en aquella época era toda una revolución. Por este motivo, los activistas y asociaciones de reivindicaciones tienen tanto poder relativo en Estados Unidos, porque es algo cultural, arraigado en el ADN del norteamericano, otra cosa es que les hagan caso –Mauricio sonrió - en las últimas décadas, siempre se ha quedado en papel mojado, pero a veces es necesario para ser un contrapeso del sistema capitalista de Estados Unidos, han tenido también muchas batallas ganadas las reivindicaciones sociales.

- Pero, en cierta forma, no está pasando lo mismo con el resto de los países, es decir, es como si los gobiernos hubieran encontrado la vacuna contra las reivindicaciones sociales, no les hicieran caso, salen por la tangente.
- En cierto modo sí, pero vuelvo a decir lo mismo que en el tema de la emigración, lo hemos normalizado la gente corriente, ya no le damos importancia y seguimos nuestro camino, porque no queremos tener problemas.
- En este caso, ¿sirve de algo reivindicar? – pregunta Juan
- Claro que sí, siempre que se haga pacíficamente, es una herramienta democrática que no tenemos que desaprovechar, además de una obligación.
- Ya veo, entonces tenemos mucho trabajo por hacer
- Y tanto – dijo Mauricio
- Otra cosa, usted dice que Estados Unidos es un referente en las últimas décadas de una democracia plena, que en Europa hemos copiado ciertas medidas en Estados Unidos, antes y después de guerras –dijo Juan– Pero no es cierto, que el

movimiento libertario nació en Europa, claro ejemplo la comuna de París, lo más cerca de mí, la huelga de la canadiense, donde hoy en día, podemos disfrutar de jornadas laborales más dignas, o las libres asociaciones anarquistas agrarias e industriales de la guerra civil, no podría ser al revés, que Estados Unidos ha hecho una interpretación de estos movimientos europeos, después la ha devuelto a Europa por mediación de algún plan internacional de ayudas o por el estilo – dijo y afirmó Juan

- Buena cuestión, no lo había pensado desde ese punto de vista, lo que si tengo claro que a día de hoy, no es ningún ejemplo a seguir, hace cien años es posible, hoy en día no, tenemos aquí en Estados Unidos que depender mucho del viejo continente, no sólo eres listo en tecnología, sino en otros ámbitos, me gusta, puede que no esté de acuerdo en ciertas cosas contigo, pero me gusta la discrepancia y el diálogo– afirmo Mauricio – espero y deseo tener largas conversaciones contigo en el futuro, no de tecnología, ni de sistemas de encriptación, que no tengo ni idea.
- Gracias, a mí también me gustaría, cambiando de tema, ¿Cuándo hijos tienes? – dijo Juan, cambiando de tema, para no convertir aquella conversación informal en una discusión política, además no conocía lo suficiente a Mauricio, no quería ofenderle, pero creía que iban por el mismo camino ideológico.
- Tengo tres, mayores que tú, dos casados y una soltera, pero por qué ella lo quiere así, por qué tiene pareja estable desde hace muchos años además de una niña, por otra parte, los hijos casados son chicos, son mayores que mi hija, el mayor tiene dos chicos y el segundo una chica.
- ¿Y viven en Boston?
- Sólo el mayor, que es abogado, el segundo vive en Virginia y es directivo de una gran compañía, la pequeña es periodista en una cadena de noticias nacional en Nueva York, pero

detrás de las cámaras en la redacción, no le gusta salir por la televisión, además, alguna vez le ha escrito sus discursos o ha participado en las campañas de algún político demócrata o de la casa blanca, en campañas presidenciales, toda una celebridad.

- Estará muy orgulloso de ellos
- Y tanto, sólo que hubiera querido que alguien de los tres, hubiera seguido mis pasos, al menos la pequeña hace algo de literatura, ya tiene tres libros en el mercado, los tres son de política. Pero siempre pienso en lo mismo, que es su destino, no el mío, yo ya lo hice, tomando mis decisiones, lo que tenía que hacer, ¿tú tienes hermanos?
- No soy hijo único, mis padres son trabajadores, nunca han salido de valencia, sólo mi padre emigro cuando era joven, para pagarse la casa, pero en esa época y con una dictadura, era la única manera de avanzar, para que digan "del milagro español de los 60". Mi padre emigro en su tiempo y yo con estudios, también tengo que hacerlo. Por eso, no comprendo cómo en los últimos años, parte de la sociedad de mi país, no acepta a la emigración, puesto que hemos sido un país de emigrantes, en los últimos 50 años.
- Ya veo, suele ocurrir, lo que está sentado no se acuerda de lo que está de pie. ¿Y quieres quedarte en Estados Unidos?
- No lo sé, de momento, hasta ahora, sólo pienso en terminar mi doctorado y después ya veremos, ¿y tú? ¿Has vuelto a Chile?
- Durante muchos años no fui a mi país, principalmente por miedo, incluso, cuando había democracia y no me iba a pasar nada, además, mis padres y mi tío, venían a visitarnos, muy a menudo, primero en Venezuela y después en Boston. Sólo volví, cuando murió mi tío, que era hermano de mi madre, para ir al entierro, después cuando murió mi padre, que tuve que ir al entierro y arreglar temas de herencias con mis hermanos, ese mismo viaje me llevé a mi madre a

Estados Unidos, porque aquí en Boston, había mejores médicos. Hace unos diez años que murió. – Mauricio se sentía angustiado diciendo aquello – Pero siempre me sentía como extranjero en aquellas calles que nací y crecí, es como si ya no fuera de allí y mi casa fuera Boston, a miles de kilómetros. Cómo perdemos las raíces con el paso del tiempo, como plantas trasplantadas que no conocen su tierra de origen y le es totalmente extraña.

- Para mí es muy pronto, yo todavía creo que soy de Valencia
- Tiempo al Tiempo, Juan, ya me comprenderás,

Terminaron su comida con más charlas y risas, después de un tiempo, Mauricio miro su reloj y dijo que tenía que irse, que tenía un compromiso, le dijo a Joan, si quería que le acercará al hotel, éste dijo estaría dando una vuelta por el barrio, para acostumbrarse al nuevo vecindario y después se iría hacia la zona de Harvard Square y de allí al hotel a descansar. Juan pensaba cómo iba a encontrar el dinero para el primer alquiler y la fianza, quería hablarlo con sus padres, suponía que ellos, les dejaría el dinero, por supuesto.

Caminado por aquellas calles, pensaba en la historia de Mauricio, de las calamidades que debió pasar, hasta llegar a Boston, todo lo que no le había contado y que él había leído entre líneas, de la amargura de dejarte a tu familia y amigos, su puesto de trabajo y todo lo que conocías, por unos militares, que, sin razón, dieron un golpe de estado en su país, rompiendo toda una generación de jóvenes para siempre.

Pero ¿Mauricio hubiera sido Mauricio?, ¿sin aquello?, ¿hubiera tenido hijos?, un conjunto de infinitas preguntas sin respuestas, le venían a la cabeza acerca que hubiera sido de Mauricio, cuando divergente es nuestro futuro por una decisión u otra, como dimensiones de una misma realidad, donde infinitos Mauricios y Juanes se divergen y multiplican en cada decisión, sin una fórmula matemática que lo cuantifique, o posiblemente sí, pero el ser humano todavía no lo ha encontrado, por ser demasiado inteligible para nuestro razonamiento, un razonamiento binario de acción y reacción, donde las cosas pasan porque tienen que pasar. Juan pensaba que esto mismo nos diferenciaba de los ordenadores, que podían ser más ambiguos, como el gato de schrödinger, pero con numerosas opciones, no sólo muerto o vivo. Sea como fuere, Joan de aquella dimensión, tenía que volver al hotel y la decisión más importante que debería, es decidir que iba a cenar aquella noche, lo que multiplicaría los infinitos Joan que había en otras dimensiones, además de calcular las posibilidades para no quedarse frito ante la televisión y dormirse antes de tiempo, trabajo muy difícil en los últimos días, por el cansancio acumulado y las emociones.

El lunes, Juan se levantó y se dirigió hacia la cafetería, que ya era como su segunda casa, en el poquito tiempo que estaba allí. El día anterior, domingo, Mauricio le había invitado a su casa a comer con su mujer, de ese modo rompía la rutina de estar en el hotel y el tiempo pasaba más rápido, además ese fin de semana había enviado correos a Natasha para ponerle al día de sus avances por Boston, e incluso habían tenido una video conferencia con ella, cosa que le alegro en aquellos momentos de soledad en el hotel.

La mujer de Mauricio era una mujer de casi la misma edad que Mauricio, Juan calculaba que unos tres años más pequeña, con una educación refinada y muy amable. Su acento en español era más pronunciado que el del Mauricio, Juan suponía que sería de otra región de Chile. Mauricio y su esposa vivían en una casa enorme con su jardín en una localidad pequeña de Watertown, que tenía un parque natural impresiónate, que Mauricio se lo enseñó, que no estaba muy lejos de Boston, por ese motivo, Mauricio y su esposa tenían coche, cada uno, la mujer tenía un Honda pequeño de color gris, que era viejito, pero funcionaba.

Aquel fin de semana, Juan había hablado con sus padres, no habría ningún problema en enviarle el dinero, además de unos pocos más para que se comprará los pocos muebles necesarios. Juan había valorado el comprarlos de segunda mano, pero coincidía con su madre, que no todos, puesto que por ejemplo la cama, es muy personal, no sabía quién o cuáles habían dormido allí. Por ese motivo las semanas siguientes se dedicaría a acondicionar el apartamento con los muebles mínimos para vivir y contratar un servicio de internet, ya que lo necesitaba para su trabajo y para asuntos personales.

Esa misma mañana, Mauricio le llamó, para decirle que esa misma tarde podía ir firmar el contrato de trabajo además de unos papeles para que la empresa lo pudiera patrocinar en una Visa, que le había enviado una copia a su correo personal. Juan pensó que toda la documentación para el MIT, se lo habrían enviado directamente a Sofía y al departamento de admisiones del MIT.

Todo estaba en marcha, además, la inmobiliaria le había enviado otro correo que el contrato de alquiler estaba realizado, que la mañana podría ir a fírmalo. El contrato de trabajo no era para echar cohetes, ya que estaba en categoría de becario con un salario, como tal, pero la empresa pagaba todos sus gastos además de su patrocinio para una Visa, por lo que no necesitaba, de momento ningún número de la seguridad social, pero se le tenía que sacar, Juan pensó que tendría tiempo para eso, que ahora, sólo tenía que firmar el contrato y empezar a trabajar. El salario que le prometían no era muy grande, pero, aun así, era más dinero que cualquiera en su país con un contrato normal como trabajador, además, tendría suficiente para pagar el alquiler y vivir en Boston de forma sobrada, ya iría subiendo con el tiempo, era un comienzo y un buen comienzo al fin, pensaba él.

Tras varios meses en Boston, ya vivía el apartamento con lo mínimo de muebles, a lo largo de su estancia ya lo iría acondicionando y comprando más muebles, se encontró con Aaron en uno de sus paseos por Boston, o Aaron le busco directamente a él, porque las casualidades no existen, se dirigieron a tomarse un café.

- Enhorabuena por el trabajo
- Bueno tu conocías, el resultado, no era de extrañar el resultado final
- Eso es verdad, pero de todas formas te felicito, te lo mereces.
- ¿Ahora qué?
- Ahora nada termina el doctorado, ya me pondré en contacto contigo más adelante.
- ¡!Ya está!!!, bueno, ya he empezado a trabajar con ellos, MIT ya me ha admitido con alumno.
- Fantástico, así de simple, todo a su tiempo, por ahora tienes que desarrollar tu sistema y nos pondremos en contacto contigo.
- Bueno me siento como 007 con licencia para matar – ambos se rieron
- Las cosas no son como las películas, suelen ser más simple, pero a la vez complicadas, todo a su tiempo.
- Este fin de semana me vuelvo a España, tengo que arreglar el tema de la VISA.
- Si tienes que pasar por Madrid podrías ir al consulado de Israel en Madrid y visitar a nuestro agregado de defensa allí, Sr Samuel Itzar, dile que vas de parte de Aaron. Él quiere conocerte.
- Vale no te preocupes lo hare.
- Juan que tengas un buen viaje y ya me pondré en contacto contigo
- Gracias y que tengas un buen día
- Igualmente, Juan

Esos días en Boston lucía un sol espléndido, vio cómo se alejaba Aaron de la mesa de la cafetería y decidió abrir su portátil y enviarle un correo a Natasha. Juan y Natasha mantenían una relación a distancia, durante esos meses, se escribían cada día y los fines de semana hacían una videoconferencia, de momento era todo lo que podían hacer, salvando las distancias, iban surgiendo sentimientos entre ambos y la atracción física cada vez era mayor, ambos tenían ganas de verse en persona, pero el trabajo y la distancia se los impedía, por el momento.

Querida Natasha

Como te dije este fin de semana, la vida ya la tengo solucionada aquí en Boston, mi apartamento es muy bonito y ya lo tengo arreglado con algunos muebles, supongo que te gustaría como ha quedado, aunque he seguido algunos de tus consejos, por supuesto estas, invitada a él cuando vengas a visitarme, me vuelvo a España este fin de semana, si quieres podemos vernos o en Suecia o en Madrid, ya que pasare unos días por allí. Ya me dices o si puedes, me da igual ir yo a verte, por si no tienes muchas vacaciones por el momento en tu nuevo trabajo, bueno ya me dices con lo que has decidido, espero tu correo, estoy tiempo deseando verte en persona otra vez, como la primera vez que nos vimos en Nueva York.

Te Quiere, Juan

Ese fin de semana, ya lo tenía todo arreglado de momento en Boston, tras meses viviendo allí, había pedido permiso a su jefe, y había cambiado su billete de avión, ya que tenía el regreso abierto, saldría de Boston ese mismo fin de semana, en el tiempo que llevaba en Boston, ya se sentía parte de la ciudad, al final, tendría razón el Mauricio, que perdamos las raíces, Juan estaba empezando o al menos sentirse cómodo de otro sitio, aunque creía que Boston no era su destino final, menos Valencia su ciudad natal, solo lo sentía porque Natasha no estaba con él en

Boston, porque empezaba a cogerle aprecio y las comunicaciones entre ambos era más frecuente, pero en este viaje podría ir a verla, Natasha le había confirmado que sí podrían verse en Suecia, ya que ella no tenía vacaciones por el momento, por lo que Juan se buscó un vuelo desde Madrid hacia Gotemburgo, no le salió muy caro, volvería a ver a la misteriosa americana-ucraniana en tierras escandinavas, estaba excitado con la idea.

Esta parte de la historia me hace recordar que tuve una novia italiana, también hice una locura de ir a visitarla, ella era de Milán y tomé el primer vuelo hacia el aeropuerto de Malpensa, en Milán, fue un fin de semana, fantástico, con esa chica aprendí italiano, ya que sabia hablar un poco de catalán por mi padre, al final no sé qué paso, pero nos distanciamos, no sé nada de ella. En el caso de mis padres, fue algo más fuerte, se querían, pero las circunstancias fueron las que fueron, pero eso lo contare más adelante, no adelantemos acontecimientos.

Capítulo 8

"De Madrid al cielo pasando por Gotemburgo"

Barcelona, 3 de diciembre 2042

Se nota que ya llega la navidad, las calles están decoradas con luces de todos los colores, pronto empezara las famosas fiestas navideñas de empresa, no me apetecen mucho pero es obligatorio, de momento lo que me apetece es estar en mi nuevo apartamento y escribir, tengo una habitación para mí solo para escribir, he renovado mi escritorio, fui al IKEA y compre uno de esos escritorio hiper modernistas que se montan con unos planos complicados, recuerdo que una vez me vendieron un mueble de salón, con las instrucciones en sueco, menos mal que se algo, sino no me entero.

Ahora que recuerdo, sé que esta semana tiene que venir Roberto desde Madrid, hace siglos que no le veo, no sé qué tiene que hacer aquí en Barcelona, sé que me llamo por teléfono, pero no me quedo claro, bueno en mi estudio tengo una cama plegable, la otra vez en mi antiguo apartamento tuvo que dormir en el sofá. Además, este Roberto tiene una mala suerte con las mujeres impresionante, de una mala pasa a otra peor, lo malo es que se enamora, luego esta derrotado y se quiere morir. Desde el pasillo me está llamando el escritorio, voy a ver si hago algo.

Juan llego de madrugada a Madrid, noto bastante raro que la gente hablara en español, ya que estaba acostumbrado a que todo el mundo le hablase en inglés, se notaba extranjero en su país, se había integrado a los ritmos de Boston y la forma de vivir de allí, con el poco tiempo que llevaba viviendo en Somerville.

Por supuesto su inglés había mejorado muchísimo desde la última vez, ya no dudaba en hablarlo más fluido, pero con acento de Valencia, cosa que le pasaba con el español. Lo primero que hizo, fue llamar a sus padres desde el teléfono español, que aún lo tenía activo y luego a su amigo Javier que se alegró muchísimo, por lo que le dijo su amigo, aún seguía con sus historia de la universidad y cada vez le quedaba menos para terminar, además después de que se fuera a Boston, Javier había empezado a salir con una chica de su pueblo, por lo visto sus sueños de irse de valencia y trabajar fuera quedaban cada vez más lejos, lo más seguro que no saldría de la ribera baja y trabajaría en algún pueblo o ciudad cerca de su ciudad natal, Sueca.

Pero a Juan le hacía gracia, porque siempre era el, el que decía que de valencia no saldría, ahora era su amigo el que no saldría de su pueblo, ya que Javier era el más aventurero de los dos.

Se dirigió a una cafetería del aeropuerto, para tomar un café o algo parecido, allí sentado en una mesa de la cafetería, le envió un mensaje a Natasha diciéndole que pasaría el día en Madrid y que a la mañana siguiente volaría hacia Gotemburgo y podrían verse, Natasha a los pocos minutos les contesto y le pregunto si estaba bien y si su vuelo había sido pesado, cosa que Juan contestó, que lo normal de esos vuelos, le dijo que la echaba de menos, que pronto se verían, solo faltaban horas.

Natasha en esos momentos estaba arreglándose para irse a trabajar, ya que eran antes de las 8 de la mañana. Tras varios mensajes cariñosos, se despidieron y Juan se tomó el café con una sonrisa en la boca. Ese día tenía que hacer muchas cosas, e ir primero a la embajada de Estados Unidos para arreglar su VISA y luego a la de Israel según la sugerencia de Aaron.

Al salir y recoger todas las maletas, en la calle se le acercaron dos hombres músculos y rubios, con el pelo corto y con planta militar, aunque iban vestido de paisano, cada uno se puso al lado de Juan, uno de ellos le apunto con un revolver que lo disimulo con la gabardina que llevaba, porque en ese periodo de tiempo hacia frio en Madrid. Diciéndole que le siguieran y que no hiciera ninguna pregunta. Juan estaba totalmente sorprendido y asustado, uno de los hombres, el que no le apuntaba con la pistola, se hizo cargo de todo su equipaje, mientras el otro le apuntaba con el arma, lo guiaban hacia un coche mercedes negro de lujo con los cristales ahumados, ya que no se podía ver quien estaba en su interior.

Pusieron las maletas en el maletero y abrieron la puerta del coche de la parte posterior, donde Juan vio a un hombre sentado leyendo un periódico nacional, luego los dos matones se pusieron delante, uno en la posición del piloto y el otro en el del copiloto, pusieron el coche en marcha, el hombre del periódico plegó el periódico cuidadosamente y se dirigió a Juan.

- ¿Ha tenido un buen viaje Sr Morant? ¿Puedo llamarte Juan?
- ¿Quién es usted?, y a ¿Qué viene todo esto? ¿Por qué me están secuestrando?
- Es por su Bien, Juan
- Además, ¿Cómo sabe mi nombre? ¿Trabaja para Aaron?
- No trabajamos para Aaron, además sabemos todo sobre ti y lo que está desarrollando en el MIT. Pero tranquilícese que no te va a pasar nada – con un acento ruso
- ¿Qué quieren de mí?
- Colaboración solamente, - el coche circulaba por el centro de Madrid en dirección a la embajada rusa, en la calle Velázquez, pero no se veía nada debido a los cristales ahumados.
- ¿Qué tipo de colaboración?, no sé nada, hace tiempo que no hablo con Aaron - mintió Juan
- Lo sabemos, no te preocupe, es otro tipo de colaboración la que queremos, a su tiempo lo sabrá que queremos de ti, de momento disfruta del viaje y relájate – en aquel momento Juan era un manojo de nervios, estaba dentro de un coche de lujo con un ruso y dos matones, presumiblemente de la misma nacionalidad, no sabía a donde se dirigía, los nervios estaban a flor de piel

- Perdona mi mala educación, mi nombre es Iván Alexandre Rustinov, soy agregado comercial en la embajada rusa en Madrid, - Juan se quedó mudo, en su mente se preguntaba porque los rusos estaban secuestrándole en Madrid tras venir de Boston, no sabía nada, ni entendía nada de nada.
- No sé nada, como le he dicho – estaba histérico
- Lo sabemos, no te preocupes, a su tiempo lo entenderás.
- Pero tengo que ir a mi hotel, tengo una reserva, además tengo cita previa en la embajada de los Estados Unidos para solucionar mi VISA en ese país.
- No se preocupe, ya lo solucionará y tendrá tiempo, por ahora reléjate, no va a pasar nada. Además, he estado leyendo el periódico de esta mañana, puede que el paro suba este mes, ¿qué te parece? – cambiando de tema para empezar una conversación
- ¡!Que me da igual el paro en España!! – Iván le hizo gracia de la expresión de Juan, se sonrió, pero lo hacía para tranquilizarle y desviar la atención hacia otro tema.

Tras unos 45 minutos en silencio dentro del coche, ya que Iván ya no le hizo más tema de conversación, desplego el periódico y siguió leyendo, tras el comentario del paro en España, cuando Juan noto que el coche negro entraba en un garaje subterráneo, y se estaciono. Los matones salieron primero, abrieron la puerta a Juan invitándole a salir, con un gesto en la cabeza, luego salió Iván por la otra puerta.

Caminaron hacia los ascensores, Iván delante y los dos matones cada uno a un lado de Juan escoltándole, Juan resignado no ofreció resistencia y siguió a Iván hacia su destino. Iván saco una tarjeta de identificación y la paso por el escáner del ascensor, abriéndose las puertas de inmediato, apretó el piso cuarto en el cuadro de mandos del ascensor, el ascensor se puso en marcha.

Al llegar al piso cuarto las puertas se abrieron automáticamente y salieron los cuatro de él, era un recinto diáfano y en el fondo había una habitación con una puerta, aunque había escritorios y unas ventanas muy grandes, por donde entraba el sol, Juan noto que no había gente trabajando allí, había un silencio sepulcral, cosa que, hacía que tuviera más miedo, no sabía por qué estaba allí, ni tampoco que le iban hacer, las palabras tranquilizadoras de Iván, no se las creía ni una sola, no eran de alivio en esos momentos.

Se dirigieron con la misma comitiva que el garaje subterráneo hacia la habitación, una vez allí, entraron y le invitaron a Juan a sentarse. La habitación no tenía ventanas y en el centro tenía una mesa rectangular y dos sillas, metálicas, en una de las paredes había un espejo enorme, que seguramente seria para observarlo.

Juan se sentó en una de las sillas y los tres hombres salieron de la habitación, dejando solo a Juan. Juan oyó que la puerta se cerró con un pestiño desde fuera. La desolación y el nerviosismo se cernían sobre Juan, la simple idea de no ver a sus seres queridos y que su vida se truncaba, le ponía aún más nervioso, además que no sabía que, hacia allí, cosa que lo ponía aún más exaltado. Detrás del espejo estaba una habitación con todo un sistema de escucha y un técnico de sonido, además de los dos matones, Iván y su jefe Mijaíl Volkov, un hombre de mediana edad, que tenía cara de pocos amigos. Mijaíl se dirigió en ruso a Iván.

- ты что-то знаешь? (¿Sabe algo?)
- No, lo que está es muy nervioso,
- Normal en su situación, ¿los israelitas saben que está aquí?
- Creo que no, porque cuando lo recogimos del aeropuerto, aún no se había puesto en contacto con ellos, por lo tanto, aún le esperan según el plan que tenían ellos, por eso no te preocupes.
- Mejor, así tendremos ventaja. Otra cosa, ¿Sabemos más cosas sobre él y su entorno?

- Lo mismo, su familia y amigos aquí en España no son un peligro, es gente normal, además tiene contacto con una chica en Suecia, pero nada serio, sabemos que se iba reunir con ella mañana, pero no está relacionado con nada de lo que llevamos entre manos,
- Creo que le aplazaremos los planes de romance a nuestro don casanova, con esa Natasha, creo que se llama. Otra cosa, ¿Has hablado con nuestros científicos?
- Si, de momento tenemos el mismo problema, nuestro sistema es vulnerable a ataques externos, no saben cómo solucionarlo, tenemos que convencer a este tipo para que trabaje con nosotros,
- Ese es el plan. Bueno vamos a ver que se puede hacer, vamos a presentarnos delante de Juan

Mijaíl, salido del recinto detrás del espejo que daba a la habitación donde estaba Juan, la imagen en la habitación era de un Juan desorientado y con las manos en la cabeza, si moverse de la silla, en esos momentos todo el cuerpo de Juan estaba tenso, pero mantenía la compostura, algo dentro de él, le decía que tenía que hacerlo, sino de lo contrario estaba perdido ante esa gente.

Mijaíl, entro en la habitación donde estaba Juan y se sentó delante de él, Juan en ese momento, lo miro con desconfianza y con un toque de rabia, porque no sabía que estaba pasando, Mijaíl muy tranquilo a parto la silla de la mesa, cruzo las piernas, demostrando que controlaba la situación frente a Juan.

- Necesitas algo, ¿una bebida?, ¿comida?, te podemos traer lo que pidas
- No, solo salir de aquí
- De momento no podrá ser, voy a presentarme, me llano, Mijaíl Volkov, soy el superior de Iván, estas aquí porque necesitamos algo de ti.
- ¿El que?

- A su momento te lo diremos, de momento te diremos que estamos impresionados con tus trabajos en Simba y el doctorado que estás haciendo en el MIT, hemos visto que tu sistema, aunque es rudimentario por el momento, funciona y mejor que los que hay hoy en día.
- Entonces es eso, mi sistema de encriptación, - Juan se arrepentía en esos momentos de haber inventado ese sistema, el solo quería hacer el doctorado y que le dieran un título universitario y mejorar, solo eso, pero estaba metido en terrenos que no controlaba y escapaban a su control.
- En parte si, Sabemos que te han reclutado el equipo de Aaron, ¿Sabes quién es ese Aaron?
- No, solo le he visto un par de veces en Boston, siempre contacta el conmigo, nunca al revés. Por otra parte, no sé nada.
- Aaron es el mejor agente israelí del Mossad, aunque participa con otras agencias, entre ellas las norte-americanas, se nos adelantó al reclutarte, porque teníamos pensado hacerlo nosotros, con tu sistema de encriptación diste en el blanco a largo años de investigación por parte de nuestros científicos – en ese momento dentro de la desesperación Juan sintió un sentimiento de orgullo – te voy a ser sincero, porque veo que eres una víctima en todo esto y no sabes nada. En la segunda guerra mundial, muchas de las fortunas judías fueron espoliadas por los nazis, además de fortunas de católicos que tenían simpatías por los judíos o simplemente tenían negocios con ellos, en aquel tiempo, los nazis desarrollaron un sistema de encriptación manual más poderoso que el sistema enigma, que ya tenían en sus comunicaciones militares, ya que conocían la existencia de la máquina de Turing y no querían cometer un segundo error. El autor y arquitecto del sistema fue Frederick Fauster, y los nazis se preocuparon que su descubrimiento no saliera en los libros de texto, ni ningún publicación científica al

respecto, fue un misterio durante años, con ese sistema de encriptación, los alemanes querían salvaguardar el botín de sus espolios y utilizar el dinero una vez la guerra terminara, ellos fueran los vencedores, por ese motivo, crearon una cámara fuerte donde la combinación utilizaba este sistema de Frederick y era totalmente infranqueable a cualquier ataque, físico, porque posee una mezcla secreta de cemento reforzado, acero y otro materiales por determinar hasta la fecha, la guerra termino y una vez el gobierno nazi fue derrocado, muchos de sus científicos nazis, pasaron a las filas nuestras o a la de los americanos, pero Frederick, autor del sistema y arquitecto de la cámara secreta, la cual se encuentra a las afueras de ginebra en suiza en un lugar secreto, fue olvidado, lo que sabemos de Frederick es que pudo escapar de los aliados, pasándose como un soldado raso, cambiando de nombre. Tras la caída del régimen nazi y la entrada de nuestras tropas rusas en Berlín, Frederick, ahora Gustav Greeson, fue refugiado en Francia y de allí paso a España, porque España en aquel tiempo con la dictadura de franco, era el punto de recogida de muchos dirigente y refugiados nazis, al fin y al cabo, durante la guerra, Franco había sido aliado de los nazis. Frederick, perdió toda su familia en los últimos bombardeos de Berlín, ya que tenía una mujer y dos hijos, uno de 10 y el otro de 7. A diferencia de los otros dirigentes nazis que consiguieron pasar a España y esconderse de los aliados, Frederick cayo en el olvido y cuando vino aquí España, no tuvo ningún tipo de ayuda, pensaban que era un simple soldado, Gustav, que había luchado junto a la división azul en rusia. Durante años vivió mendigando por las calles de Madrid, finalmente trabajo como cerrajero a domicilio, finalmente en la década de los años 60, murió de cáncer de pulmón, una artritis de los años que vivió en la calle. Pero con Frederick, ahora Gustav "el alemán" como se le conocía, desapareció el sistema de encriptación creado por él, en los años 20. Porque toda la documentación sobre el sistema estaba en la biblioteca de Hitler, en su buque en Berlín, fue destruida tras los bombardeos, no quedando rastro del sistema. Por ese motivo, no hay pruebas, ni documentos de cómo fue diseñado el sistema, ni en que se basaba. A lo largo de los años y en la guerra fría, tanto los americanos, como nosotros los rusos, intentamos en vano, romper el cifrado de Frederick y abrir la cámara de los nazis, sin conseguirlo, e incluso a la fuerza bruta, perforando uno de los laterales para entrar, pero sin resultados positivos. Los únicos que conocían la combinación de la cámara eran Hitler y el propio Frederick, ambos están muertos. Este tesoro nazi, se calcula que es enorme, tanto en oro, dinero, obras de arte, que de momento están desaparecidas y otros objetos de valor. La combinación de la cámara tiene varios niveles y con nuestros esfuerzos solo hemos conseguido llegar al segundo, pero nuestros agentes nos pasaron tus estudios y tu sistema podría desencriptar más niveles, e incluso abrir la famosa cámara de los nazis, al igual que nosotros los israelitas y los americanos están haciendo lo mismo, supongo que habrán llegado al mismo resultado que nosotros, pero ellos te han reclutado primero. – en ese momento a Juan intentan sacarle sangre y no se la encuentran, estaba congelado, el que pensaba que era un juego de niños su sistema de encriptación y que lo máximo que iba a conseguir sería el doctorado, ahora dos super potencias como los americanos y los rusos estaban peleándose por sus servicios, era increíble, pero por lo visto cierto - Bueno ¿Qué opinas?

- No sé, ¿mi sistema puede hacer eso? – se le despertó la vena científica, en aquellos momentos tan difíciles y en la situación en la que se encontraba.

- Yo no soy científico, pero nuestros expertos dicen que si, además tenemos las valoraciones de los americanos, por nuestro sistema de espionaje, que le han extraído información al respecto, ellos concuerdan con nosotros, que tu sistema podría servir, para romper la seguridad de la cámara nazi – en ese momento Juan pensó en Aaron, que le decía que su trabajo iba ser más mental que físico, ahora lo comprendía todo y empezaban a encajar las piezas del rompecabezas.
- ¿Qué quieren de mí?
- Colaboración
- ¿Pero cómo? Si en teoría trabajo para una empresa tapadera de ellos y MIT está en Estados Unidos, nunca colaboran con ustedes. Todos mis avances será para ellos, lo único que sacare de todo esto además de un dolor de cabeza, el dichoso doctorado, - Juan pensaba "a que mala hora no me quede en valencia y me busque un trabajo de ingeniero, además de buscarse una buena chica en Gandía, ahora estaría pensando en casarse y hacer una hipoteca, como todo el mundo, al final tendría razón mi madre y Javier, que tengo la cabeza llena de pájaros, por eso me pasa lo que me pasa", en aquel momento Juan creía que no era hora para lamentaciones y tendría que tomar decisiones radicales en las siguientes semanas e incluso años – en definitiva que quieren de mí.
- De momento que sigas con tu doctorado y sigas el consejo de Aaron, creo que todos queremos que lo termines – Juan pensaba que, si pudiera ver su exjefe esto, no pensaría que Juan no estaba a nivel - nosotros nos podremos en contacto contigo a su debido tiempo.
- Y solo por curiosidad ¿para qué quieren ese dinero?
- Las economías están muy deprimidas y una inyección de esa cantidad de dinero, podría hacer desestabilizar la balanza hacia un sentido u otro. En definitiva, se resume en más

poder. – Juan se percató de que aquello no era un juego y estaba en medio de una cosa que le sobrepasaba en creces, no podía salir, ni tenía escapatoria, independientemente de si en su momento hubiera rechazado la oferta de Aaron o no, aquello estaba en marcha y no había vuelta atrás, en aquel momento pensó que lo más sensato sería hacer lo que le decían y ver la forma de como salía de esta.

- Comprendo – Dijo Juan
- Solo te pido que te concentres en el sistema y que no se lo cuentes a nadie, ni a tus amigos, familiares y por supuesto a Natasha la chica con la que te estas carteando, lo sabemos todo y te tenemos vigilado, al igual que Aaron en su lado – un escalofrió le recorrido el cuerpo a Juan cuando oyó el nombre de Natasha, ella no tenía la culpa de nada y no quería comprometerla, tendría que tomar una decisión y dejarla al margen, "la culpa", le mortificaría en los siguiente años después de tomar esa decisión que iba a tomar con respecto a Natasha -
- De acuerdo y comprendo, no habrá problemas – la tristeza se apodero de Juan en esos momentos
- Y eso es todo – dijo Mijaíl - creo que hemos llegado a un acuerdo – le ofreció la mano a Juan
- Tenemos un acuerdo – Juan le ofreció la suya y se estrecharon las manos
- Perdón por los modos, pero no teníamos otro modo de ponernos en contacto contigo estas muy vigilado por la gente de Aaron.
- Entiendo – Dijo Juan
- Terminada nuestra charla, mi gente te llevara al hotel y puedes seguir con las cosas que tenías pensado hacer aquí en Madrid.
- Gracias

Al salir de la habitación, Mijaíl no se despido de Juan, solo salió y desapareció, uno de los matones del aeropuerto le indico la salida por el ascensor, donde llegaron hasta el coche mercedes negro que aún estaba aparcado en la misma plaza que cuando llego a la embajada rusa. El matón ruso, condujo hasta el hotel de Juan, él se sentó en la parte trasera, con la ventanilla bajada y viendo las calles de Madrid.

El trascurrir de la gente de un sitio a otro, le permitió relajar la tensión que hasta el momento había acumulado por aquel incidente con los rusos, Juan veía a la gente tranquila cada uno con sus problemas y su mundo, siendo totalmente ajeno a sus pensamientos de ese momento, como observador privilegiado, veía como diferentes vidas se entremezclaban entre aquellas calles, que en cada contacto, se cambiaba el destino de una o varias personas, como si aquel desorden tuviera un orden y una lógica, que el hacer o decir una cosa, condicionara las futuras acciones o incluso reacciones, era el azar, o predestinación que en un momento nos cruzáramos con alguien, o pasara algo, que nos desviara de nuestro inicial rumbo, ¿si no pasara? ¿y si siguiera nuestro plan inicial?, sería bueno y aceptable, nos tenemos que aferrar a ideas preconcebidas o por el contrario, dejar nuestro destino al azar, Juan pensaba en aquel momento, que el futuro muchas veces lo condiciona el pasado, repitiendo los mismo errores y que obviamos el presente, ya que suele ser más impórtate que cualquier tiempo que pasemos, un simple gesto en el presente, nuestro futuro podría ser diferente, encontrarnos en condiciones, situaciones y gente totalmente diferente, pero el presente es ahora, él ahora se convierte en antes, en cuestión de ínfimos intervalos de tiempo, mutándose en cúmulos pasados, experiencias y vivencias del pasado.

La idea que le pasaba por la cabeza, de aquello que le había ocurrido con los rusos, ¿cambiaria su vida? Y ¿en Qué forma?, sería el mismo Juan, o se transformaría en Juan desconocido, lo que si tenía claro, que algún tipo de metamorfosis sucedería con él, otro Juan saldría de esta situación, las estimaciones y los juicios aún tenían que llegar, como una fuerza invisible, Juan se sentía arrastrado a seguirla, a dejarse llevar, las circunstancias no le permitían otra opción, muchas veces no hay opciones, solo esperar las fuerzas del destino, donde podrán fraguar unas líneas de la vida de Juan que aún no se han escrito, esperar.. pensaba Juan, no con resignación, sino con expectación, porque la resignación es el abatimiento, la perdida, el sí porque no hay otra, pero la expectación es esperanza, esperanza por aquello que sucederá o no sucederá, por horizontes nuevos o simple reformas de los que vivimos, Juan pensaba que incluso con resignación o impotencia, la espera es expectación por algo que sucederá, por algo que tiene que acontecer, por algo que tiene que llegar, sin prisas, sin agobios, sin nada, limitándose a ser espera y solo espera, porque con la espera se reflexiona, se hace balance, se mira y se escucha, la espera para poder decidir, la espera como vinculo para el silencio momentáneo y más temporal, la espera para ver a través de los ojos, de poner las cosas en su sitio, o desordenarlas más, como aquella espera en el coche de los rusos de camino al hotel, espera y silencio. El aire de aquel Madrid bullicioso le daba a la cara, con el brazo apoyado en la ventanilla del coche, disfrutaba esa espera, mientras miraba las espaldas de su acompañante, ajeno a todo, espera y más espera.

Al llegar al hotel, le ayudo con las maletas y Juan se dirigió a recepción para hacer el registro y confirmar la reserva que había hecho desde Boston. Con un gesto con la mano, aquel hombre se despidió de Juan y le dejo solo en la recepción. Tras registrase, subió a su habitación y se arrojó a la cama, aún con la ropa puesta mirando el techo de esta, hipnotizado por lo que le estaba pasando. Aquel día estaba soleado en Madrid y los rayos del sol entraban por la ventana que daba al balcón de su habitación, pero no le daba importancia, su mente estaba en otros sitios.

Sentía una responsabilidad mayor, que la que tenía solo terminar el doctorado, pero pensaba que no tenia de otra, las circunstancia eran las circunstancias, muchas veces o casi siempre las circunstancias hacen que las decisiones o acciones sean en un sentido, le vino a la mente un trozo la canción de los Beatles de "Hey Jude".

Hey Jude, don't make it bad.
Take a sad song and make it better.
Remember to let her into your heart,
Then you can start to make it better.

Hey Jude, don't be afraid.
You were made to go out and get her.
The minute you let her under your skin,
Then you begin to make it better.

And anytime you feel the pain, hey Jude, refrain,
Don't carry the world upon your shoulders.
For well you know that it's a fool who plays it cool
By making his world a little colder.

Hey Jude, don't let me down.
You have found her, now go, and get her.
Remember to let her into your heart,
Then you can start to make it better.

So, let it out and let it in, hey Jude, begin,
You're waiting for someone to perform with.
And don't you know that it's just you, hey Jude, you'll do,
The movement you need is on your shoulder.

Hey Jude, don't make it bad.
Take a sad song and make it better.
Remember to let her under your skin,
Then you'll begin to make it
Better better better better better better, oh.

Con el "Na na nana..." del estribillo de la canción, Juan se perdía en un mar de añoranza por lo perdido y lo que iba a suceder, por lo que fue y no pudo ser, como el Jude de la canción tenía demasiada responsabilidad en sus hombros, su espalda se cargaba. Añoranza por lo que hubiera pasado, esperanza por lo que podría pasar, sentía como esa melodía le invadía, le llenaba todas las partes de su cuerpo, era Jude y se sentía como tal, ¿qué hubiera pasado en otras circunstancias?, y qué más da ahora...lo hecho echo esta, las cosas pasan por que tienen que pasar, los ciclos se cierran, los momentos no vuelven, la vida sigue, pero el "hey Jude" seguía en su cabeza, "Na nanana.... Hey jude", terminando y volviendo a empezar, mientras en su cama veía el techo de la habitación y los rayos del sol le acariciaban parte de su cuerpo, añorando que no volverá pasar nunca, por un momento mágico que paso, no volverá, solo en la mente de Juan, "hey Jude", se repetía una y otra vez.

Finalmente miro el reloj, aún tenía tiempo para su cita con la embajada de Estados Unidos y arreglar su visa. Por lo que se fue al baño y se mojó la cara, se cambió y cogió todos los documentos necesarios, luego cogería un taxi se iría a la embajada de Israel, estaba visto que aquel día iba de embajada en embajada, nunca había pisado una y ese día tres.

La embajada de Estados Unidos en Madrid, en el paseo de la castellana, frente la plaza de Emilio Castelar, estando muy cerca de su hotel de Juan, por lo que decidió ir caminando, así de ese modo, tendría tiempo para reflexionar de lo que estaba pasando y centrarse en obtener la visa que necesitaba, después de lo que le había pasado esa misma mañana.

La embajada era un recinto enorme, que daba a castellana y la calle serrano, con un edificio enorme de oficinas y una verja que cerraba el recinto. Al llegar a la puerta el vigilante le pregunto por el motivo de la visita, Juan le enseñó la cita que le habían mandado la embajada de Madrid hacía unos días a Boston. Entro en un recinto con mostradores y espero su turno. Los trámites burocráticos fueron rápidos, solo tuvo que hacer los biométricos y responder en persona, las preguntas que ya había rellenado en el formulario previo que le habían enviado, ya que tenía toda la documentación estaba en regla y un empleado de la embajada, que era español y muy simpático, le dijo que le enviaría el pasaporte en unos días a casa de sus padres, como Juan tenía pensado y programado, luego con el pasaporte tomaría otro vuelo para Boston. Al salir, pensó en comer algo por el centro y luego tomar un taxi hacia la embajada israelita, recordó que cerca había bares donde hacían bocadillos de calamares, en esos momentos le apetecía uno y una cerveza. Por ese motivo se dirigió hacia uno de ellos, le daba igual, luego tomaría un taxi desde allí.

En el taxi, Juan le indico la dirección donde se encontraba la embajada israelí en Madrid, en la calle Velázquez, el taxista no tuvo problemas en encontrarla, el trayecto fue relativamente largo por el tráfico que había en Madrid, aunque se encontraba en el centro, al llegar, la embajada no era igual de lujosa y espectacular como las otras dos, pero no por ello muy importante, el estado de Israel tenía dos puntos neurálgicos en Europa donde tenía deslocalizados la gente del Mossad, uno era Madrid y el otro era parís, históricamente era los puntos fuertes cuando se creó el estado de Israel, en tiempos del presidente David Ben-Gurion.

Su entrevista era con el agregado de defensa en la embajada, casi como el ministro de defensa israelí, el Mossad es el ministerio de defensa de ese país, al estar en guerra, tenía una importancia muy grande frente los otros ministerios, ocupando en importancia y espacio bastante relevante, Juan en un futuro visitaría Tel-Aviv y lo descubría por el mismo, además de visitar diferentes instituciones científicas y académicas del estado de Israel.

La embajada estaba en los pisos altos del edificio y era toda una planta. Al entrar le estaban esperando y fue recibido directamente por Samuel, el agregado de defensa en Madrid, un hombre moreno de tez clara y con facciones mediterráneas y de carácter muy afable, que salió personalmente a su recepción, dándole a Juan un carácter de importancia.

- Bienvenido, ¿Cómo ha ido el viaje?
- Bien, cansado, pero bien – le paso por su mente la visita turística por la embajada rusa
- Me alegro, me ha dicho Aaron que eres de Valencia
- Si
- Yo veraneo en Altea, muy cerca
- Si lo conozco. Alguna vez he ido a veranear allí.
- Además, también me ha dicho que eres una mente privilegiada que tu sistema de encriptación puede solucionar muchos problemas, además que te servirá para obtener el grado de doctor.
- Gracias, eso espero después de todo este lio.
- ¿Te parecerá un poco extraño todo esto?, la verdad – Samuel intentaba tantear a Juan
- Si quiere que le diga la verdad, un poco si
- No tienes que asustarte, por ahora estas fuera de nuestros juegos, nos eres valioso si continuas con el doctorado – estaba visto que todo el mundo estaba esperando el doctorado de Juan, el día de su graduación sería una gran fiesta
- Eso tengo pensado hacer
- Me parece muy bien, luego se te abrirán las puertas de cualquier universidad o centro de investigación
- No es mal plan – siendo irónico
- Te explicó que hacemos aquí, como sabrás de Aaron, soy el agregado de defensa en Madrid, somos el contacto directo con instituciones españolas como el IDEF, los mandos militares españoles y el centro de inteligencia, coordinando proyectos de defensa con la OTAN y otros organismos, también somos el contacto con las empresas españolas e israelitas del sector, creando sinergias entre ellas.
- Muy interesante.

Juan y Samuel estuvieron hablando de algunos proyectos que Samuel llevaba y de España en el sector de la defensa, ya que ocupaba una posición relevante con empresas de alto nivel en el sector, Juan no tenía ni idea de lo que le estaba hablando Samuel, ya que siempre habría creído que España nunca había destacado en nada.

- Bueno no te robo más tiempo, ha sido un placer y ya sabes aquí tienes unos amigos para lo que quieras.
- Gracias lo tendré en cuenta.

Samuel le acompaño a la salida personalmente, mientras le contaba las maravillas de Altea y los buenos ratos que pasaba allí con su mujer e hijos, además de alabar la comida valenciana y sobre todo la paella, Juan le seguía el juego e intentaba ser lo más cortes posible, pero el mensaje de Samuel era claro y alto, también estamos en España, ¡!no lo olvides!!! cosa que lo tenía presente hasta el momento, hacía que Juan no se fiara de ese hombre campechano y de sonrisa fácil.

Tomo otro taxi desde la puerta del edificio de la embajada israelita con dirección al hotel, en su mente estaba Natasha, estaba preocupado de involucrarla, ya que todo lo que le estaba pasando parecía peligroso y podía dañarla de alguna forma, pero no quería separarse de ella, era imposible la idea, pensaba todo el tiempo en ella y quería estar con ella, por ese motivo, durante todo el día estuvo pensando en anular la cita que tenía a la mañana siguiente, tenía los billetes comprados y no necesitaba del pasaporte con su documento de identidad podía viajar a Suecia.

Pero la duda y el miedo a seguir con ella e involucrarla en aquello, hacía que su pensamiento y razón le dijera que no, pero al mismo momento, pensaba que no tendría por qué saber nada y cuando terminara el doctorado, él se iría a vivir a Suecia con ella y se olvidaría de esta gente, o al menos el creía que se olvidarían de él.

Con esto último, Juan tomo las fuerzas necesarias y se dirigió hacia la habitación del hotel a escribirle a Natasha para reafirmar la visita de mañana y continuar como si no pasara nada, al fin y al cabo, de momento solo iba hacer el doctorado y si querían la idea del sistema de encriptación, que se la quedaran, él al final conseguiría sus objetivos y luego buscaría su futuro con Natasha.

Querida Natasha

Mi llegada a Madrid ha sido tranquila, por suerte he terminado todas las cosas que tenía que hacer aquí, me estoy preparando para mañana, mi vuelo sale muy pronto creo que estaré antes del mediodía, creo que me dijiste que me esperarías en el aeropuerto, perfecto, no llevo mucho equipaje, solo una maleta de mano y mi bolsa con el ordenador, durante estas semanas me muero por verte y abrazarte, nos vemos muy pronto.

Te Quiere, Juan

Al terminar el correo un sentimiento de vacío le lleno el corazón a Juan, porque le ocultaba la información a Natasha, pero por otra parte estaba emocionado de pasar todo un fin de semana con ella en Gotemburgo, ya tendría tiempo de solucionar los problemas, lo importante en esos momentos era abrazarla y estar con ella, cosa que le dibujo una sonrisa en su cara, se sentía feliz y contento, además lleno de alegría, pensaba pasar el resto del día visitando Madrid y comprar algún regalo para Natasha, seguro que en el centro podría encontrar algo bonito.

Después del correo, cerro el portátil y se acostó aún vestido sobre la cama, descansaría y luego saldría a cenar por ahí, el vuelo era muy pronto, por lo que casi no tendría tiempo para dormir y tendría que hacer el registro de salida pronto en el hotel, Juan lo pensó mejor, antes de salir por la noche realizo el registro de salida, así a la mañana siguiente solo sería dejar las llaves en la recepción e irse al aeropuerto.

Natasha estaba nerviosa ese día, tenía una sonrisa todo el día, al día siguiente tenía una cita con ese español que le había enviado correos durante los últimos meses, Juan, pensaba que iba a ponerse y de que iban hablar con él en persona, ya que diariamente hablan. Encendió su ordenador y miro la aplicación de correo electrónico, al ver el correo de Juan, le dio un vuelco de alegría al verlo, lo estaba leyendo y la alegría y el nerviosismo se le apoderaban de ella, tras meses volvía a encontrarse con él, y en Gotemburgo, ese tiempo ellos habían forjado una relación, que, aunque era a distancia, se iba consolidando. Si pensarlo, decidió ir con Heidi esa misma tarde a comprarse algún vestido bonito e ir a la peluquería, quería estar radiante, estaba emocionada y no lo podía ocultar. A la mañana siguiente tomaría un taxi he iría a esperar a Juan al aeropuerto.

La mañana siguiente, Juan cogió un taxi y se dirigió hacia el aeropuerto, apenas había dormido aquella noche, pero las ansias de llegar le mantenían despierto, en pocas horas se encontraría con Natasha. El vuelo fue de aproximadamente dos horas y pico, ya que era un vuelo directo, al llegar al aeropuerto de Gotemburgo, tuvo la sensación de novedad y catalogo por el olor aquel nuevo sitio, le gustaba Suecia, parecía un buen sitio para vivir, cuando terminara sus estudios, tenía decidido ir a vivir allí, si Natasha quería, aunque de todas formas tenía pensado volver a Europa, porque América no era sitio para él, de una forma taxativa, independientemente de que nueva Inglaterra era lo más parecido a Europa en todo Estados Unidos, además estaba enamorado de Boston, pero creía que su futuro no sería como el de Mauricio, pasar el resto de sus días en Boston, echaba de menos el viejo continente, no precisamente su país o su amada valencia, que creía que no volvería nunca más, además Boston siempre ha sido una ciudad de paso, para estudiantes, para trabajadores y en general, encanta esa ciudad pero pocos se quedan.

Observaba todo las cosas del aeropuerto, todo le parecía diferente y nuevo, como estaban escritos los carteles de publicidad, todos en sueco y con mezclas de inglés, que diferente y extraño era el lenguaje sueco, no entendía nada de lo que estaba escrito. Al llegar a la salida, vio de inmediato a Natasha, estaba preciosa con un vestido nuevo y su pelo recogido en una cola de caballo, sus ojos azules le miraron al momento y su expresión cambio al verlo, estaba nerviosa esperándole allí, por lo visto llevaba un buen rato. Al verse el uno y el otro se iban acercando hasta que se abrazaron y besaron, no les importaba nada la gente que había alrededor, para ellos no había nadie más en aquella estancia. Juan rodeo con sus brazos a Natasha y sus cabezas se juntaron una al lado de la otras, en un silencio, sin dirigirse ni una palabra, ningún gesto, cuerpo contra cuerpo, fundiéndose en aquel abrazo, el mundo giraba para Natasha y Juan en ese mismo lugar donde estaban, ambos sentían el latido de sus respectivos corazones y la respiración del otro, se decían cosas si abrir la boca, los pensamientos fluían entre ellos con el fondo de un "te quiero", en cada roce y tocándose el pelo.

Tras unos minutos, ambos se separaron y se miraron a los ojos, los ojos azules de Natasha inundaban todo el lugar, su alegría se reflejaba y no ocultaba su estado de ánimo. Los ojos de Juan, verdes, habían cogido tonalidades azules, pensaba que no quería estar en otro sitio que no fuera ese. Se miraron y volvieron abrazar, sin decir nada, sin mover ni un musculo, solo viéndose el uno al otro, recorriendo con la mirada cada uno de los detalles del otro, Juan acariciaba la cara de Natasha con la mano, ella cerraba los ojos, sintiendo sus caricias, por su cara y su pelo, no hubo sonido, no se habló, solo se siento, con ello todo se había dicho entre ellos.

Un viajero paso cerca de ellos con su carito y rompió el hechizo, volvieron a estar en aquella sala ruidosa y llena de gente que venía e iba. Juan cogió de la mano Natasha y se dirigieron hacia la salida, para buscar un taxi, donde se dirigirían al hotel de Juan, que había reservado para el fin de semana, ya que el piso de Natasha era muy pequeño y no estarían solos, aunque ella se ofreció muchas veces a que fuera de todas formas, pero Juan creyó que lo mejor era un hotel en el centro y así tendría más libertad para moverse. El hotel de Juan estaba cerca del rio y en el centro, desde fuera se veían unas vistas muy bonitas de Gotemburgo, Juan le gusto la ciudad, además de estar muy limpia, era una ciudad muy tranquila y fantástica para vivir en un futuro, solo pensaba que cuando terminase con aquel tema, se vendría a vivir aquí con Natasha y empezaría a busca algún trabajo en la universidad, se había informado que la universidad de Gotemburgo tenía su importancia, a nivel de investigación y académico, que algún trabajo podría haber para un recién licenciado de MIT, pero eso no era el tema que le preocupaba a Juan en esos momento, tenía todo un fin de semana que podía disfrutar con Natasha, olvidarse de todo lo demás.

Se registro en el hotel y subieron a su habitación, allí, Juan dejo su abrigo en una silla, y del bolsillo, saco una preciosa rosa roja que llevaba, se la dio a Natasha, ella la cogió y le dio las gracias, acompañándolo de un beso. Luego de la maleta saco un libro que había comprado en Madrid "***Once Upon a Riv*****er**" de **Diane Setterfiel**, y que la noche anterior había escrito una dedicatoria para ella.

> *"Natasha, deseo tener la oportunidad de conocer más a la mujer fantástica que eres, espero que disfrutes del libro. Nada es tan necesario para un hombre como la compañía de una mujer inteligente, Tolstoi, Te quiere Juan"*

Ella se quedó maravillada con aquello, no se lo esperaba. Juan decidió lavarse la cara en el aseo e ir a comer algo con Natasha por el centro. Tras la comida, Natasha le dijo que podrían verse en su apartamento, ya que Berta y Heidi, estarían todo el fin de semana fuera y tendrían todo el apartamento libre, que no hacía falta conservar la habitación del hotel, a Juan le pareció bien la idea y cuando regresará al hotel anularía la reserva. Juan le propuso que quería cocinar para ella, que tenía que probar el plato estrella de su tierra, *"la paella valenciana"*, no el arroz con cosas que se solía comer por ahí. Juan sabia cocinar, ya que lo había aprendido de su madre casi todas las recetas, además se le daba bien hacerlo, no había tenido ninguna queja hasta el momento. Natasha le pareció curioso y divertido, que Juan cocinara para ella. Juan le dijo a Natasha que esa misma tarde iría a comprar los condimentos para la paella y que iría a su casa, solo le pregunto si tenía una sartén en su cocina, cosa que Natasha no estaba del todo segura, pero creía que sí, de todas formas Juan no quería jugársela y compraría una pequeña para freír, ya que para hacer una paella para dos tampoco se iba a poner purista con una paella reglamentaria, además en Boston, estaba cansado de hacerse paellas, con la misma sartén que freía los filetes de carne y le salían buena.

Por la noche después de ducharse en el hotel y asearse se fue a casa Natasha, con la bolsa de la compra que tenía los condimentos y la sartén para cocinar, llamo por el teléfono a Natasha, porque no encontró el timbre de la puerta, ella bajo y lo recibió en el portal del edificio, los dos subieron al apartamento de Natasha.

Hacia una noche fantástica y desde la ventana de la cocina de Natasha se veía la calle tranquila de un sábado por la noche, de vez en cuando pasaba un coche, pero estaba tranquila, Natasha encendió la radio que estaba en la ventana y le ayudo a Juan a sacar las cosas de la bolsa. Juan había comprado un vino para la ocasión, un Chianti de reserva, aunque tuvo que ir a la tienda de licores autorizada por el gobierno, ya que pensaba que se podía comprar, como en España, en el supermercado directamente, pero el dependiente le dijo que no, que fuera primero a la tienda de licores. Natasha saco dos copas y se sirvieron vino, Juan se quitó el abrió y el jersey que llevaba, se quedó con mangas de camisa, empezó a cortar la verdura y sofreírla en la sartén, empezaron a hablar y a reír, se dispuso a cortar el pollo y también sofreírlo, la conversación iba subiendo de tono, Juan puso el agua y se disponía a poner el arroz para hervir, cuando Natasha lo beso y este la beso, fue el detonante para empezar a quitarse la ropa, el uno al otro, desatando la pasión, Juan la apretaba contra su cuerpo y ella le besaba el cuello, Natasha le quito los pantalanes y acariciándole cuando lo hacía, en ese desenfreno amoroso, el agua seguía hirviendo y Juan en un acto reflejo apago el fuego, ya tendría tiempo de hacer la paella, no era momento.

Juan la cogió y la puso sobre la mesa a Natasha y siguieron besándose, en cada beso en cada caricia se incrementaba el deseo, con un gesto con la cabeza, ambos decidieron ir a la habitación de Natasha, por suerte no había nadie en el apartamento, porque ambos estaban medio desnudos, porque hubiera sido algo cómico, si hubieran estados sus compañeras, la pasión siguió por el pasillo, hasta la puerta de la habitación de Natasha, Juan cogió a Natasha y la dejo en la cama, ella lo miraba con deseo, Juan empezó a desnudarla y luego a desnudarse él, en aquel momento eran uno, moviéndose y gimiendo, inundando la habitación de pasión y deseo.

Al cabo de un rato los dos desnudos sobre la cama, Juan se giró hacia Natasha y le dijo "te quiero", y ella contesto "te quiero", luego ella apoyo su cabeza el pecho de Juan y estuvieron un rato sin decir nada, solo disfrutando el uno del otro en silencio, mientras Juan miraba el cabello de Natasha sobre su pecho, ella acariciaba el cuerpo de Juan, jugando con los pelos de Juan.

Finalmente, el hambre les recordó que no habían terminado de cocinar la paella, por suerte para Juan, aún no había puesto el arroz, sino hubiera sido un completo desastre, porque estuvieron más de dos horas en la habitación de Natasha. Por olvido o por las circunstancias, Juan olvido el azafrán y el pimiento rojo, por lo que al final comieron arroz con cosas, él se disculpaba que otro día seguro le cocinaría una paella en condiciones, esta vez, valenciana. Terminaron de comer, el ambiente era muy bueno y estuvieron hablando hasta que se terminaron la botella de vino.

Al final, cansados se fueron a la habitación de Natasha y antes de dormirse tuvieron sexo. A la mañana siguiente, Natasha se despertó abrazada a Juan y sobre su pecho, le gustaba cada parte del cuerpo de Juan, el aún estaba dormido, ella acariciaba su pecho, pesando que ese día tendría que irse y se quedaría sola en esa cama. Pero, Juan tenía que volver a recoger el pasaporte e irse a Boston, su trabajo estaba allí, además tenía que terminar el doctorado, lo habían hablado esa noche y días anteriores que cuando terminara allí en Boston, se mudaría a Suecia, ya que él no tenía ningún problema para trabajar en ese país, al ser comunitario. Le consolaba que lo podría ver en vacaciones, hablar diariamente con él, mediante mensajería electrónica o videoconferencia, pero lo echaría de menos esas largas noches de invierno, ya empezaba a echarlo de menos, lo estaba tocando, pero las circunstancias eran así, no podía hacer otra cosa que esperar y organizar su vida en torno a una distancia que les separaba, pensaba que ojala no se hubiera movido de Estados Unidos, ya que ella hubiera podido moverse a Boston y buscar trabajo, pensó en eso, terminar el año e irse a vivir a Boston con Juan, podría hacerlo y era una buena idea, pero primero quería terminar los trabajos aquí, luego con una recomendación irse allí, al fin y al cabo era su país, Juan también podría buscar algún trabajo en alguna universidad norteamericana, las posibilidades era enormes, ambos eran solteros y sin responsabilidades, en definitiva era libres de moverse hacia un sentido u otro, además sabía que el trabajo de Juan era temporal, sabia los esfuerzos que estaba haciendo y había hecho para conseguir entrar en MIT, por lo que le contaba por la puerta grande, esas ideas le reconfortaron y no pensaba ya en el distanciamiento, sino en posibles soluciones, para que los dos estuvieran juntos. En ese momento, Juan se despertó y la miro, le dio un beso, luego ella volvió a recostarse en el pecho de Juan, mientras el, la acariciaba. Viendo la figura y el cuerpo de Natasha sobre su cuerpo, pensaba que era el hombre más afortunado de este mundo, le encantaba cada rincón del cuerpo de Natasha, cuando Juan le hablo

- ¿En qué piensas?
- En nada, de verdad, que ha sido una noche fantástica y tenerte aquí aún más.
- Tu eres fantástica Natasha, te quiero.
- Yo también, Te quiero
- Estaba pensando que tendré que ir a recoger mi maleta al hotel, la deje en la recepción, junto mi portátil, ya que anoche iba muy cargado con la compra. Tendremos que ir a recogerla, si no te importa, ¿podría quedarme esta noche aquí? Y así mañana salgo por la mañana al aeropuerto.
- No hay problema, así también te presento a mis compañeras de piso, que vendrán esta tarde, creo que será perfecto.
- ¡!Claro!!! me muero de ganas por conocerlas, me has hablado mucho de ellas, por cierto ¿ya sabes si son pareja?
- Claro que lo son y de muchos años por lo que he descubierto, lo sabe toda la empresa, no me costó mucho averiguarlo. De las dos la que más amistad tengo es con Heidi, es más sensible y femenina, Berta tiene sus cosas y siempre quiere estar sola, pero en general las dos son muy buena gente.
- Me alegro de que tengas amigas aquí, a excepción de Mauricio, no tengo muchos amigos en Boston, Mauricio podría ser mi padre, fácilmente, por lo que me dijo, tiene hijos mayores que yo.

- Pues sería bueno que te distrajeras un rato y conocieras gente allí, siempre delante del ordenador o trabajando no es bueno
- Eso tendré que hacer, pero por ahora tengo mucho trabajo, en el MIT te exigen mucho y no tengo mucho tiempo, el que tengo prefiero hablar contigo.
- Gracias por la parte que me toca, pero insisto, sal de vez en cuando y distráete, sino terminaras agotado. ¿quieres que desayunemos y luego vamos a tu hotel?
- Buena idea, pero esta vez no más accidentes culinarios y desayunemos – se rieron los dos

Natasha y Juan se fueron a la cocina, se prepararon unos cafés y unas tostadas, estuvieron hablando en la cocina con el café en la mano y medio desnudos, de cualquier cosa, al cabo de un rato recogieron todo y se fueron a vestirse e irse al hotel.

El día había salido nublado, pero no llovía, ni hacía mucho frio, menos mal que la parada del tranvía estaba cerca, por lo que no tuvieron que andar mucho. Natasha tenía la tarjeta del tranvía y pago el billete por los dos, sentados junto la ventana, observaron el bullicio de Gotemburgo, la gente iba y venía, el rio cuando pasaron por el puente, la estación de trenes, el edificio de la ópera, Juan pensaba que cuando terminara el doctorado y se trasladara allí con Natasha sería un buen trayecto para hacer al trabajo, ya que la universidad y centros de investigación quedaban por el centro. Soñaba con una vida tranquila junto Natasha, enfrascado en sus proyecto académicos o científicos, en esos fines de semana con ella y tener una vida normal y común con ella, quería y anhelaba estar con ella, estaba enamorada de ella y se lo demostraba cada segundo de aquel fin de semana, le iba ser muy duro volver a su piso de Somerville solo, sin ella, la echaría de menos, por ese motivo tenía que terminar el doctorado y el sistema de encriptado, empezar su vida con Natasha, era lo que quería y deseaba más que nada en el mundo.

Llegaron a la parada que estaba cerca del hotel y decidieron que antes de ir a él, pasear por el centro, disfrutar juntos en el poco tiempo, que por circunstancias del destino les había ofrecido. Juan se sentía pleno, cogido de la mano de Natasha, creía que había encontrado a la persona adecuada, se sentía bien, a gusto, consigo mismo, realizado, miraba a Natasha, en cada sonrisa de ella o sus ojos azules, se sentía bien, se sentía orgullo y con la fuerza de terminar no uno, sino miles de doctorados, ya no temía a los israelitas, ni los rusos o cualquiera que se pusiera en contacto con él, solo en ver a Natasha, todos esos fantasmas desaparecían, se esfumaban, pasando a un segundo plano, él pensaba que era el ahora, el que importaba, no el mañana, que aún tenía que venir, seguía mirando a Natasha, algunas veces sin decir nada, solo mirándola, se sentía bien. La miraba cuando hablaba, cuando apartaba su cabello, cuando hacia un movimiento con su cabeza, o cuando bajaba su mirada y no podía ver sus ojos azules, la miraba de reojo, de frente y de cualquier ángulo, el efecto era el mismo, se sentía bien. La feminidad de sus movimientos, sus expresiones, su alegría o su tristeza, le gustaba Natasha, no dudaba en demostrárselo y decírselo, acariciaba su pelo, peinándolo con sus dedos, rozando sus mejillas, dando besos furtivos en medio de una conversación, sin previo aviso, le gustaba Natasha, se sentía bien por ello. Las horas se convirtieron en segundos, a lado de Natasha, pero decidieron volver al hotel y recoger sus cosas. Hicieron el trayecto inverso con el tranvía, Natasha le dijo que seguramente sus compañeras ya estarían en el piso. Al entrar en el apartamento, Berta y Heidi estaban viendo la televisión, sentadas en el sofá, al verlos se levantaron y saludaron a Juan ofreciéndole la mano.

- Encantada de conocerte – dijeron las dos
- Igualmente, pero sentaos, ¿Qué estáis viendo?
- Nada de interés un documental de Netflix, sobre parques nacionales, esta divertido por las imágenes, pero es un documental, al fin y al cabo – dijo Berta

- ¿Podemos acompañaros? – haciéndoles sitio en el sofá a Natasha y Juan
- ¿Cuándo llegaste? – pregunto Heidi
- Ayer por la mañana, Natasha me recogió en el aeropuerto. Pero tengo que volver a Madrid mañana a primera hora. – Natasha puso cara triste – pero prometo que volveré a Gotemburgo, me ha gustado mucho – en ese momento le toco la mano a Natasha en un acto de complicidad y diciéndole con ello que "pronto nos veremos", cosa que le hizo sonreír.
- Claro que sí, aquí tienes una casa para lo que quieras – dijo Heidi – y ¿has hecho algo de turismo?
- No la verdad, pero en otra ocasión prometo venir una semana y si lo hare.
- Si es una lástima, en otra ocasión.
- Nosotras es que este fin de semana teníamos de visitar a una amiga a las afueras de Gotemburgo, que nos había invitado a su nueva casa, por ese motivo ayer no estábamos en el apartamento, además de que hoy hay que prepararse para ir a trabajar,
- Me lo imagino, yo he pedido unas vacaciones a mi jefe y mi tutora para arreglar el visado y venir a ver a Natasha.
- ¿Qué tal? ¿lo tienes arreglado?
- Si me lo enviaran por correo ordinario esta semana a casa de mis padres.
- Mejor, porque si no te lo podrían perder.

Siguieron hablando y cada vez se hacía más oscuro, se iba terminado el día, con él, las horas que los dos podrían pasar juntos, ambos lo sabían, pero estaban resignados y convencidos de ello. A la hora de cenar pidieron unas pizzas y cervezas a domicilio, las cervezas eran de baja graduación, casi sin alcohol, por las restricciones del alcohol en Suecia, casi eran refrescos.

Entre risas y charlas los cuatro, se hizo tardísimo para irse a dormir, todos tenían sus compromisos, por lo que se fueron a sus respectivas habitaciones. A la mañana siguiente, Natasha le dijo a Heidi que se retrasaría en ir a trabajar que quería acompañar a Juan al aeropuerto, cosa que Heidi lo comprendido y le dijo que se lo diría a Ed, su jefe, que no padeciera al respecto. Tras coger un taxi e ir al aeropuerto, Natasha no dejaba de abrazar a Juan en todo momento, este de acariciarla y darle besos, en la mejilla, sentía que el final estaba cerca, pronto se separarían. Tras el registro del viaje, en las puertas de control, Juan miro a Natasha y está a Juan.

- Te echare mucho de menos, escríbeme y llámame cuando llegues a Madrid, estaré todo el día esperando tu llamada – los ojos de Natasha empezaban a humedecerse
- Claro que si lo primero que hare – con las manos le seco las primeras lagrimas que empezaban a salirle, cuando se acercó al oído de ella y le dijo – te quiero y eres lo más importante en mi vida – seguido se puso a llorar y abrazo a Juan.

Estuvieron abrazados un buen rato sin decirse nada y luego Juan con su maleta se dirigió a los controles, cada paso que daba era seguido por Natasha que tenía los ojos llenos de lágrimas y se las apartaba con las manos, antes de las cintas Juan se detuvo, se giró y la vio por última vez, allí llorando y levantándole el brazo en acción de despedida, Juan hizo lo mismo y se adentró en el recinto de controles, perdiendo la visión con Natasha.

Llego a Madrid, triste por la ultima visión que tuvo de Natasha, con la mano alzada despidiéndose y llorando, pero cuando tuviera vacaciones volvería o ella, le visitaría, no sería el fin del mundo, solo era cuestión de tiempo, las distancias eran largas, pero la tecnología de hoy en día las reducía. Desde el aeropuerto de barajas, se dirigió a atocha, la estación de trenes y allí cogería un tren a valencia y luego otro hacia Gandía, a casa de sus padres, aún tenía mucho viaje que pasar, tenía para todo el día, seguro que llegaría por la noche a Gandía.

Llego por la noche a la estación de Gandía, su padre lo esperaba, se abrazaron hacía meses que no se veían y de camino hacia la casa de sus padres, Juan le contaba sobre sus avances en el doctorado y Natasha. Al llegar a casa de sus padres, su madre salió a recibirlo, abrazándole y besándole, había cocinado la cena favorita de Juan, había estado todo el día en la cocina para cocinar algo delicioso para su hijo, que hacía mucho tiempo que no lo veía. Todos se sentaron en la mesa y disfrutaron de la cena, riendo y hablando de Juan y Natasha.

A los pocos días recibió el pasaporte y había comprado un billete de avión desde valencia a Boston, esos días había visto amigos y sobre todo a Javier y su nueva novia, lo encontró diferente y más maduro, como si fuese mayor que él, pensaba que Javier pronto tendría hijos y una vida alrededor de valencia, en cambio a él, le tocaba vivir fuera y el futuro, decidiría, donde residiría. Pero era joven y le gustaba. Le dio envidia sana la relación de Javier y Cristina, su novia, él hubiera querido hacer lo mismo con Natasha, además seguro que Natasha y cristina se llevarían bien, aunque nunca se sabe.

De momento su destino era una relación a distancia, aunque estaban enamorados, seguía siendo a distancia, con las complicaciones que conlleva eso. Aquellos días, su máxima preocupación era el doctorado y terminarlo, aunque tenía pensamientos en sus nuevos compañeros de viaje, además de aquello que le dijeron sobre la cámara nazi, ambos coincidían, tanto los rusos como los israelitas, que Juan tenía una tregua hasta el final de sus estudios.

Le fascinaba la idea de la cámara nazi, como aquel ingeniero y científico alemán la habría construido, que tras más de 80 años y numerosos hombres de ciencia no la habían podido abrir, se sentía alagado que su sistema pudiera hacerlo, aunque nunca aparecería en su expediente curricular, al mismo tiempo intrigado, por saber que contendría aquella cámara tras años de estar cerrada.

Aquello parecía sacado de una película de Hollywood, pero en verdad le estaba pasando a él, un chico de valencia, que solo quería hacer el doctorado, por casualidades de esta vida, encontró la piedra filosofal para desencriptar aquella cámara nazi, "si ahora, lo viera, el profesor que le echo a la calle" seguro que cambiaría de idea, ya que el nivel es relativo según la persona que lo pone o estipula. En aquel momento ¿quién no estaba a nivel? Con un Juan en el olimpo de los ingenieros y científicos, disputado sus servicios por tres naciones, además de salir con una fantástica chica, Natasha, y siempre Natasha.

Capítulo 9

"Las filipinas están muy lejos"

Barcelona, 22 de diciembre 2042

Mañana voy a pasar las navidades con mi Padre, el pobre hombre ha sufrió mucho y más cuando murieron sus padres, no tiene más familia que a mí, antes de coger el tren, le comprare algo bonito y practico, ya que se alegrara. Le he dicho mil veces que se venga a Barcelona, pero es muy cabezota, además como va a trabajar voluntariamente a la universidad, no se para que se jubiló, por lo menos que le pagaran, no se quiere venir, el que decía que no volvería a valencia, creo que es por que estuvo mucho tiempo fuera de su tierra, ahora mayor quiere estar allí. Yo por el contrario no soy de ningún sitio, y me da igual donde viva cuando sea mayor.

Hacía más de cinco meses que Natasha vivía en Gotemburgo, menos de un mes que Juan le había visitado aquel fin de semana, la rutina ya la había hecho suya, todos los días sin faltar, cogía el tranvía para ir a trabajo, al final de su jornada y si hacía muy buen tiempo, caminaba hasta el centro entremezclándose con la gente que iba y venía, por aquellas avenidas amplias y espaciosas, ver a la gente sentada en las escalinatas de la biblioteca de Gotemburgo, no tenía precio, a veces ella también lo hacía, sin mirar el reloj y teniendo todo el tiempo del mundo. Caminando se sentía muy bien, tenía tiempo para pensar en sí misma, además se quitaba el estrés de todo el trabajo que llevaba a sus hombros, debido a que, las últimas semanas había trabajado muchísimo en el proyecto de Filipinas, aunque por su eficiencia, lo tenía casi todo el trabajo terminado, según su jefe, Ed, solo faltaba hacer la visita a las instalaciones en Filipinas, una especie de formalidad, porque con las nuevas tecnologías todo se podía hacer desde Suecia y usando internet.

Como comprobó el viaje era largo y pesado, era a la otra parte del mundo, según gente que había consultado, lo que había visto por internet, al menos entre 10 y 12 horas de viaje, más el desfase de horas, ya que eran mucho en aquellas latitudes desde Suecia, ella pensaba que no todo sería trabajo, que podría hacer algún tipo de turismo, nunca en su vida había ido por esa parte del mundo, era totalmente desconocido, eso le gustaba, le encantaba viajar y conocer lugares nuevos, hasta el momento no había salido de Suecia, desde que había llegado de Estados Unidos, se había limitado a trabajar, hablar con Juan y de vez en cuanto se iba con sus compañeras cerca de Gotemburgo a casa de alguna de sus amigos. En un principio, tenían que ir las tres, pero Ed, decidió que solo irían Heidi y Natasha, para ella le parecía perfecto, ya que tenía más afinidad con Heidi, que no había conseguido con Berta, aunque esta última por el tiempo que vivía con ella, le tenía un cariño especial más que Heidi, pero no quería demostrarle ningún tipo de sentimiento hacia ella.

La semana pasada, noto que tenía retrasos en su periodo menstrual, ya que la semana anterior le tocaba, pero no le bajo, eso le preocupaba por que el fin de semana con Juan, ambos no usaron protección, ella pensaba que no pasaría nada, e incluso el lunes siguiente no le dio importancia, ella no notaba nada extraño en su cuerpo, ni nauseas, ni nada parecido, por lo que pensaba que solo se retrasaba, como otras veces le había pasado y luego le bajaba, volviendo toda a la normalidad. Por precaución y para salir de dudas, pidió una cita al médico de cabecera y además compro una prueba de embarazo.

Primero se hizo la prueba y le salió positivo, estaba embarazada, en el aseo de su apartamento y sentada en la taza del aseo, como el color de la prueba se ponía más intenso y le indicaba que está embarazada, repaso varias veces las indicaciones y había seguido todos los pasos a la perfección, no cabía duda, estaba embarazada, salido de su apartamento y se fue a la primera farmacia que encontró y se compró diferentes test de embarazo de diferentes fabricantes, al llegar a su apartamento, siguió todas las indicaciones de los diferentes test, en todos y en diferentes formas y colores, salía el mismo resultado, estaba embarazada.

En la mesa de la cocina, tenía en fila todos los test, indicándole que estaba super embarazada, no había duda, al final acepto su nueva condición, no le asustaba tener un hijo independientemente de la opinión de Juan, aunque seguro que él se responsabilizaba y la apoyaría en todo el proceso de embarazo, eso no le preocupaba, además si por algún caso no quería, siempre podría criarlo ella, ya tenía experiencia con la que había hecho su madre cuando era ella pequeña, lo que le preocupaba era su trabajo, tendría que llevar un embarazo y trabajar al mismo tiempo, además ya no estaría a solas y tendría que responder por una pequeña vida, que dependía totalmente de ella, además estaría preparada para traer una pequeña persona a este mundo, pensaba ella, su juventud se terminaba en esos momentos, ahora tenía responsabilidades y tendría que cuidar por ella y por el futuro hijo que iba a venir.

Por la noche se lo diría a Juan, conociéndole como le conocía, seguro que tomaba el primer vuelo y se presentaba a Gotemburgo, miedo le daba de decírselo, no por el rechazo, sino por la locura que podría hacer Juan en presentarse en Gotemburgo sin previo aviso, ese hombre era capaz. Pensaba que sería un niño querido, además inteligente, porque el padre lo era y ella también, además ¿Qué color de ojos tendría?, verdes como el padre o azules como la madre, Natasha, pensaba a quien se le parecería más a ella o a él, o una mezcla de los dos, aunque si fuera lo último sería una combinación perfecta, mediterráneo con toques eslavos. Tenía cita con el doctor, por que la había pedido antes de hacerse la prueba de embarazo, de ese modo, podría controlarla y darle indicaciones de que tenía que hacer en aquellos casos. Lo primero que hizo es llamar a su tía Adela, la cual se alegró mucho, le hacía ilusión ser abuela a su edad, Adela era muy presumida, creía que era muy joven para ser abuela, pero ser abuela no tenía precio. Luego hablo con Susan, que casi le da un vuelco al corazón, le dijo que eso si era cambiar y dar un giro de 180 grados, como tanto le decía antes de salir de virginia, que sería una tía fantástica para su hijo, que no la dejara fuera de esa fiesta, que sería un hijo muy querido, le pregunto si se iba a casar con Juan o algo parecido, cosa que Natasha no lo había hablado con él, ni tampoco tenía ni idea como iban a acontecer las cosas, de momento se dejaba arrastrar por las circunstancias, aunque cada vez se veía más madre y deseaba con todo su corazón el hijo que tenía dentro, además si el hijo era de Juan, era un valor añadido, deseaba y quería a ese hijo, tenía casi treinta años y era la edad perfecta de quedarse embarazada.

Luego se lo dijo por mensaje a Berta y Heidi, Berta no hizo ni ningún caso, pero Heidi se alegró mucho, también se apuntaron a la legión de tías que le iban saliendo al bebe. Por tías no seria, el nuevo bebe tendría de sobra, decírselo a Juan seria lo que haría al final del día, le daba miedo que le diera un ataque al corazón a su pronta edad.

Cuando volvió de la visita del doctor, el mundo lo veía de otra forma, sentía más adulta, con más responsabilidades, ya no se tomaba las cosas a la ligera, le preocupaba si sería bueno viajar en su estado a Filipinas, pero el doctor le dijo que no había ningún problema al respecto, que estaba embarazada de pocas semanas y el viaje no le afectaría, solo le pedía que no se cansara y que intentara comer bien durante el viaje. Natasha tenía que ir a trabajar al menos, por la tarde, ya que toda la mañana la había utilizado para asuntos personales, de camino hacia el tranvía para ir a la oficina, pensaba en la pareja que formaban Berta y Heidi, ya que Natasha por lo que pudo descubrir, Berta y Heidi eran pareja de hacía mucho tiempo, pero sólo en la vida privada o personal, en el trabajo eran dos compañeras más, e intentaban separar los dos mundos, aunque todos sabían que lo eran.

Berta era una mujer de principios firmes, creía que una cosa era el trabajo, otra muy distinta la vida personal, eso era una máxima para ella. Natasha pensaba que Berta tenía mal humor, se cabreaba de casi todo, cosa que no se equivocaba, pero interiormente era una bellísima persona, cuando se la conocía más a fondo y ella te incorporaba a su círculo reducido, cosa que había pasado con Natasha. Todo lo contrario, era Heidi, que era más abierta y comunicativa, de fácil sonrisa. Natasha pensaba que eran los dos polos opuestos de la misma cosa, por ese motivo se complementaban tan bien, cubriéndose una a la otra sus diferentes carencias, ya que lo que no tenía una lo poseía la otra, el matrimonio perfecto, la pareja <<sambo>> perfecta, ya que a las parejas no casadas y que vivían juntas en Suecia se les llama <<sambo>>.

Berta y Helen integraron a Natasha en su grupo de amigos como una más, muchos fines de semana se iba con ellas a visitar otras parejas homosexuales, siendo Natasha la única heterosexual en el grupo, cosa que no le importaba, ya que solo veía parejas, dejando los conceptos puritanos de la Virginia de donde venia, esa América profunda donde solo una pareja era formada por un hombre y una mujer, donde las directrices de la iglesia controlaban el comportamiento y la forma de ver la vida de su comunidad. Natasha siempre había sido más tolerante y abierta en esos aspectos, que sus conciudadanos de virginia, ya sea porque nunca arraigo en virginia, claro ejemplo es que vivía ahora en Gotemburgo, o porque había crecido en una ciudad muy grande en un estado del sur, donde hay más diversidad de culturas y formas de ver la vida. Ella pensaba que, si hubiera crecido en un pueblo más pequeño o rural, sus ideas y personalidad sería los mismos, pero al menos le hubiera chocado la relación entre berta y Heidi, por eso agradecía a su madre, primeramente, por la educación tan tolerante que había recibido, segundo por crecer y vivir en un ambiente tan cosmopolita, como aquella ciudad de Tennessee.

En su periodo de lucidez, su madre le enseñó a ser lo que era, a quererse, a defenderse, a amar y de diferentes formas de amar, ya que hay sitio para diferentes amores, no siendo excluyentes unos de los otros, otras de las cosas que le enseñó, fue el respeto, primero consigo mismo, y luego con los demás. De camino al tranvía, Natasha pensaba que su madre había sido y era algo importante en su vida, ella no estaría allí si no fuera por su madre, por sus cuidados y sus atenciones, por su dedicación y sacrificio a lo largo de los años, pensaba que hubiera sido una abuela excelente, donde estuviera estaría orgullosa de su pequeña Natasha, unas lágrimas recorrieron las mejilla de Natasha, secándolas con la mano, de repente pensó, que ojala el niño o la niña se pareciera a su madre, lo quería y lo deseaba desde dentro de su corazón. Dentro del vagón del tranvía, mirando las calles, empezó a dibujar una sonrisa en su cara, pensar que pronto seria madre y que su bebe sería el mejor del mundo.

Al llegar a la oficina, pensó que tenía que prepararlo todo para el viaje, por eso le vino a la mente que Julia podría ser la persona perfecta para ayudarla, ya que como le había dicho Heidi por mensaje de texto, ella lo había arreglado esa misma mañana con Julia, ya tenía los billetes y el alojamiento para su estancia en manila, por ese motivo se dirigió hacia la mesa de Julia. Esta estaba ocupada como siempre, pero al verla la saludo y le dijo que quería. Natasha le explico el mensaje de texto de Heidi y que si pudiera ser el mismo vuelo y hotel para ella sería fantástico, ya que no sabía la disponibilidad del hotel en aquel momento, menos de los billetes de avión. Julia le recordó a Natasha que antes de irse a filipinas que le pidiera permiso a Ed, por una tarjeta de crédito que tenía la compañía y que Ed la guardaba en su escritorio para casos o viajes como estos, Natasha asintió con la cabeza y confirmo, que lo haría esa misma tarde. Hablando con Julia, Natasha sintió un mareo y tuvo que coger una silla, Julia le pregunto que le pasaba y ella le explicó que estaba embarazada, que por ese motivo se había tomado libre la mañana para ir al médico.

Julia la felicito y le dijo que los primeros meses notaria esos cambios hormonales, ya que ella cuando tuvo a sus hijos le paso lo mismo. Empezaron a hablar de embarazos, dejando en segundo lugar el tema del viaje, ya no era interesante, además de los numerosos trabajos que tenía que hacer Julia. Julia le dio muchos consejos, ya que era madre de tres hijos, el menor tenía unos 12 años, sabia de que hablaba, finalmente, le aconsejo que se cuidara ya que ahora tenía que responder por dos.

Aquellas conversaciones, era nuevas para ella, anteriormente las escuchaba, pero no les prestaba atención, no iban con ella, pero ahora eran de sumo interés, iba a ser madre y no quería perderse ningún detalle al respecto, su cuerpo iba a cambiar y ella con él, solo pensaba en Juan y la conversación que tendría en la noche con él, aún no le había dicho nada, quería darle una sorpresa y decírselo en la cara, aunque fuera en video conferencia.

Tras la conversación con Julia, se dirigió hacia su escritorio, cuando vio que la gente se concentraba en la cocina, para hacer una parada con las famosas "fica", era un ritual sueco, donde la gente en mitad de la tarde hacia una parada para comer algo dulce y tomar un café, era una costumbre bastante saludables, ya que con el pretexto de comer un trozo de pastel o algo de pastelería, más el café, la gente socializaba, en su empresa habían creado un sistemas de turnos para la "fica", cada semana le tocaba a uno, hacia dos semana le había tocado a Natasha, por ese motivo fue a comprar una tarta en una pastelería, en verdad en ese periodo era su primera "fica" en su vida, en comparación con Estados Unidos, donde allí, solo se hacía algo parecido cuando se celebraba algún ascenso o era el cumpleaños de alguien en la oficina, normalizar estas paradas y ser un costumbre nacional en Suecia, le gustaba y disfrutaba de hacerlo.

En la cocina vio muchos compañeros y otros que había llegado de trabajos o misiones que como decía ella, aunque ella no tenía una estrecha amistad con todos los compañeros, pero si en alguna ocasión había tenido algún tipo de comunicaciones con algunos de ellos, ya eran meses trabajando en aquella empresa, ya estaba integrada en la rutina de la empresa, empezaba a dirigirse a todos los compañeros por su nombre, alguna sabia hasta su apellido, estaba integrada y era una más dentro del grupo.

Se alegro de volver algunos de sus compañeros que habían vuelto de misiones, ella en poco se iría a una misión en Filipinas, de conocer a nuevos compañeros. Además, en aquella "fica" conoció a colaboradores externos, que por alguna razón o que ese preciso momento habían tenido una reunión o entrevista con alguno de sus compañeros, habían sido invitados en el último momento. Natasha se sirvió más café y cogió otro trozo de tarta para comérselo en su mesa, tenía muchas cosas que hacer y ya había perdido mucho tiempo. Al ver el correo, vio que su colaborador en manila les esperaría y recogería en el aeropuerto, cosa que le tranquilizo, porque, si llegaban y encima tenía que pelear con la frontera idiomática, hubiera sido más difícil para Heidi y ella, pensaba que solo llegaría un portátil, en eso coincidía con Heidi, ya que todos los documentos necesarios estaban en formato digital, con el portátil sería suficiente.

Mientras repasaba los documentos de Filipinas y comía la tarta con un tenedor, con la nueva condición tenía una hambre atroz, ahora la dieta ya no era tan importante, se abría la veda para comer lo que quisiera, alguna cosa tendría de bueno el estar embarazada, pensaba Natasha, se acercó Heidi por detrás y la cogió por los hombros y dándole un beso en la cara, Natasha se sorprendió y se giró sorprendida hacia Heidi, esta le felicito por su nuevo estado y le dijo que estaba muy ilusionada con la nueva noticia, que Berta y ella estaban pensando que Heidi se quedara embazada por inseminación artificial, aunque había leído que había una técnica donde con los dos óvulos, tanto de ella como de Berta, podrían engendrar un bebe, pero por lo que había visto era muy caro y complicado, Berta le daba igual que no tuviera su sangre, ya que sería una buena madre para, él bebe.

Natasha pensaba que era una excelente idea el tema de la inseminación artificial para sus amigas, si Heidi se quedaba embarazada en el mismo tiempo que ella, ambos niños podrían ser amigos e ir juntos a la escuela. Esa idea le ilusionaba y pensaba en tiempos donde ambas irían a los parques, con los niños y las fiestas infantiles, Natasha pensaba que era curioso que la semana pasada solo pensaba en cuando tendría vacaciones para ir a ver a Juan a Boston, hoy tras la noticia de que estaba embarazada, estaba haciendo planes de fiestas infantiles y que los niños jugasen en los parques en las atracciones públicas que habían, en definitiva, algo estaba cambiando en ella, personalmente le gustaba, tras despedirse de Heidi con otro beso, se fue a la impresora para recoger unos documentos que había enviado, allí se encontró con una compañera y empezaron hablar.

- ¿Estás preparada para el viaje? – dijo una compañera de Natasha
- Más o menos, mañana cogeré el vuelo hacia Manila, según me ha confirmado Julia – respondió – el único problema es que son más de 12 horas de viaje, después el cambio de horario, llegarían el domingo, a la mañana siguiente a trabajar, ya veré cómo superare el cambio de horario.
- Nada, estarás unos días mal hecha, porque son muchas horas, pero no habrá ningún problema.
- Eso pienso yo, ya veré – no dijo nada de que estaba embarazada
- ¿Primera vez que haces un viaje?

- Por la Organización si, personalmente no
- No preocupes, la empresa suele buscar buenos alojamientos, el año pasado estuve en latinoamericano, en concreto en Honduras, el hotel estaba muy bien, no de cinco estrellas, pero no era un hostal de mala muerte, además los colaboradores locales suelen ser muy simpáticos y lo reciben con los brazos abiertos.
- Esto no es el problema, porque la pasada noche, estuve mirando por internet, el hotel en Manila y está muy bien, tiene incluido en el precio el desayuno, una piscina con un gimnasio y más cosas. Además, ya he hablado con los colaboradores locales, son muy buena gente, por ese lado no habrá ningún problema.
- Perfecto, que te lo pases bien, no tengas mucho trabajo
- Natasha tienes un minuto – Dijo su jefe Ed, fuera del área de descanso
- Si claro, - respondió cogiendo el café que llevaba en las manos y los documentos en la impresora, dirigiéndose hacia él.

Natasha le siguió hacia el despacho de su jefe. Entraron dentro y Ed le ofreció que se sentara en una silla frente a su mesa.

- ¿Todo preparado? – pregunto Ed
- Si, ayer por mañana termine algunos formularios para nuestros colaboradores y los he enviado, sólo esta tarde, recogeré todas las cosas que necesite para el viaje y mañana cogeré el vuelo.
- Muy bien, recuerda que tiene que cerrar la licencia de obras por la canalización, ya que están muy pesados esta gente del gobierno municipal, formularios detrás de más formularios. Si necesitas ayuda pídesela a Heidi, ella tiene mucha experiencia en estos trámites, esperemos que no tengamos que hacer otro viaje, creo que no, ya que sólo está programado en el coste final, este viaje, los patrocinadores

no quieren meter más dinero, lo necesitamos para el desarrollo del proyecto. Independiente de ello, deseo que haga algo de turismo, no seas tonta, porque creo que tienes unos días libres antes de coger los vuelos de regreso, Filipinas es magnífica, estuve hace unos años y me enamoro.
- Sí, pero nos gustaría cerrar el tema antes de volver a Manila.
- Perfecto, bueno, que tengas un muy buen viaje y estamos en contacto, me recuerdo que te sacaste un número de teléfono sueco, ahora te haré una perdida y ya tienes el mío – Ed le llamó, y a los pocos minutos el teléfono de Natasha sonó, hasta ese momento su jefe nunca le había pedido su teléfono, apenas había tenido iteración con él, ya que siempre estaba ocupado o con reuniones – bueno ya tienes mi teléfono, guardarlo, además tengo el teléfono de Heidi, siempre podemos hablar por internet. No te preocupes en los costes de las llamadas, al final del viaje nos pasas que te has gastado de su bolsillo y te lo reembolsamos. Nada, ahora tengo una reunión en el centro y no nos veremos, pero que tengas un buen viaje y fin de semana.
- Igualmente – dijo

Natasha salió del despacho, aún creía que su jefe era muy atractivo, pero averiguo que estaba casado con una sueca y tenía familia, además ahora iba tener un hijo y estaba con Juan, siendo todo su mundo, pero reconocía que era guapo, en otras circunstancias hubiera coqueteado con él, aunque por su condición de casado, mejor no complicarse la vida, lo más seguro que hubiera pasado de él.

El resto de la tarde, Natasha acabo lo que tenía que hacer y recogió todo lo necesario para el viaje, al final de la jornada, las tres se dirigieron a su casa. Berta y Heidi, querían estar solas, no se lo dijeron directamente, pero buen entendedor pocas palabras le sobran, por eso había pensado en arreglar su maleta, porque el mañana siguiente de madrugada, tenían que coger un vuelo, e ir a tomarse una bebida con algunos compañeros del trabajo, eso sí, no muy tarde, ya que tenía que descansar, dejando así vía libre a sus compañeras y la noche de romance que ellas querían, al fin al cabo cuando vino Juan a ella también se lo hicieron, por ese motivo no le importo lo más mínimo, pero antes quería darle la noticia a Juan, por eso encendió el ordenador y la aplicación de videoconferencia, Juan estaba activo y le llamo.

- Buenos días, cariño, ¿Cómo estás?
- ¡!Natasha!!! preciosa, ahora estaba pensando en ti, buenas tardes, cariño
- ¡!!Si!! Y ¿Qué pensabas?
- Lo guapa que eres y lo mucho que te echo de menos, te quiero
- Y yo a ti, pero tengo una buena noticia para ti, - Natasha no podía esperar y se lo soltó sin más - ¡vas a ser padre!!! Estoy embarazada desde tu visita a Gotemburgo.
- ¡!que!! no me lo puedo creer, ¿De verdad? ¿No me estas mintiendo?
- No esta mañana me he hecho la prueba y he ido al médico, embarazada 100 por 100
- ¡!Soy padre!!! Quiero ir a verte, ¿necesitas algo?
- Para, que te conozco, estoy bien, además mañana me voy a Filipinas, ya lo sabias.
- Si me lo contaste la semana pasada, ¿pero con tu estado es bueno?
- No pasa nada, el medico me ha dicho que no pasa nada, no te preocupes, además todo el tiempo en el viaje cogeré el coche de punto a punto, solo estoy unas semanas, no pasara nada.
- Ve con cuidado y llámame, ahora tienes que pensar por dos.
- Claro que sí, ¿Cómo te ha ido el día?
- Como siempre trabajando y leyendo artículos, además de libros para mi tesis, muy aburrido, luego he ido a comer en Kendal Square. y ¿a ti como te ha ido el día?

- Eso está bien, al menos sales de las cuatro paredes del CIC, por lo que me dijiste es claustrofóbico el pequeño despacho donde trabajáis, estáis como sardinas, una vez me enviaste una foto y es un poco más que un armario grande. En mi caso, arreglando cosas para el viaje a Filipinas, ya lo tengo todo listo, Julia al final de la tarde ya había comprado los billetes y reservado el hotel para mí, además son los mismos que Heidi.
- Si, pero a veces salgo a la cocina o las zonas comunes, mucho tiempo allí me agobia. Fantástico, en ese caso solo te faltara arreglarte la ropa en las maletas.
- Eso es, pero voy a tomar algo con unos compañeros, las dos tortolitos se han puesto cariñosas y quieren estar a solas, creo que quieren animarse a tener un bebe como nosotros, ¿te imaginas?, un amiguito o amiguita para nuestro bebe
- ¿por inseminación artificial?
- Claro tonto, como va a ser, con intervención del espíritu santo.
- Ya lo sé, Natasha, no nací ayer, no seas borde.
- Muchas veces eres tonto de remate, bueno da igual, la cuestión es que se han animado, por eso esa noche romántica de hoy, seguro que están en estos momentos planeando la venida de su bebe.
- Puede ser, o puede que tengan sexo y ya está.
- Que poco romántico que eres
- Practico, Natasha, practico
- Bueno me tengo que arreglar para salir, mañana te envió un mensaje de texto cuando salga de Gotemburgo. Además, te hablo esta noche antes de dormir.
- Lo estaré esperando, bueno pásatelo bien y ve con cuidados ahora sois dos,
- Que pesado, solo son pocas semanas, bueno te quiero y esta tarde sal algún sitio, no te quedes en casa con tu tesis o leyendo. Te quiero nos hablamos luego

- Te quiero, vale lo hare saldré un poco, además hoy tengo motivo para celebrarlo, voy a ser papa. ¡!no me lo puedo creer!! Gracias Natasha te quiero mucho y a nuestro hijo.
- Que tonto eres, yo también te quiero muchísimo.

Los hombres se ponían muy tontos cuando sabían que iban a ser padres, eso pensaba Natasha, más Juan que seguro que medio CIC, parte de Cambridge y Valencia, sabría que es padre, ya que Juan no podía mantener un secreto ni pagándole un millón de dólares, pero a Natasha le hacía sonreír, Juan era un hombre cariñoso y buena persona, siempre la había respetado como persona y como mujer, además la quería muchísimo y no dudaba en externalizarlo, siempre que podía le demostraba su cariño, con detalles, aún recordaba la rosa roja y el libro que le regalo la segunda vez que se vieron en Gotemburgo, además cada día que pasaba, ella estaba más enamorada de él, pensaba que era el hombre de su vida y que pasaría el resto de sus días con él.

Recordó, que tenía que arreglarse y salir a tomar algo con sus compañeros, en el apartamento no se escuchaba nada, Berta y Heidi estaban en la habitación de Berta y no daban señal de vida, seguro que estaría a sus cosas, por ese motivo, cuando saliera había decidido no despedirse de ellas, ya hablaría con ellas al regresar de la cena, además seguro que no la echaban de menos.

Tras salir del apartamento, cogió el tranvía hacia el centro, pensaba cenar por allí cualquier cosa, ya no gastaba su tarjeta americana, ni convertía los dólares que había llevado a coronas, ya era una sueca más con su número personal, tarjeta sueca y pagaba con moneda local. Además, había aprendido algunas palabras en sueco, más bien saludos y dar las gracias. Estaba yendo a cursos de sueco pagados por su compañía, pero seguía hablando en inglés, ya que casi todo el mundo, lo entendía. Suecia es un país que no se necesita muy bien tener papel moneda en los bolsillos, todo se hacía por mediación de transacciones con el móvil, por mediación de una aplicación de móvil o la tarjeta sueca, todavía tenía dinero que había convertido cuando llego aquel fin de semana y que no tenía la oportunidad de gastarlos, era muy difícil que cualquiera lo aceptará, eso que eran de curso legal y todo esto, pero la gente estaba tan acostumbrada al dinero virtual. Al contrario que en su país, que siempre tenía que llevar dinero en el bolsillo, ya que no todos aceptaban las tarjetas, además los camareros no aceptaban propinas, sólo pagabas la comida y el servicio, pero nunca se dejaba un propina, si tú no querías, al contrario que en Estados Unidos, que si no dejabas propina, o bien el camarero te lo recordaba con muy mala leche o podías olvidarte de volver a ese local, estabas vetado de por vida, la cosa era relativamente diferente, ya que los camareros en los Estados Unidos, viven de las propinas, a diferencia de los camareros en Europa que tienen un salario digno y pagan la seguridad social como otros trabajos, por eso, estos últimos no tenían la necesidad de la limosna de la propina.

En un principio a Natasha le chocó, estaba acostumbrada al perfil de camarero de su país, pero después lo entendió, le parecía justo. Por otro lado, el dinero virtual estaba tan extendido en Suecia, que hasta darle limosna a un vagabundo, éste tenía un papel con su número de teléfono para que le hicieras la transferencia/donación, Natasha pensaba, si esta gente no tiene para comer, ¿cómo es que tiene un teléfono inteligente?, otra cosa curiosa, es que no había muchos vagabundos o pobres pidiendo por las calles, ya que el gobierno ayudaba a los más desfavorecidos, por ese motivo, a Suecia era considerada como un país tolerante con la inmigración, al menos cuando Natasha estaba viviendo en Suecia, de ahí que casi toda inmigración proveniente de áfrica o del medio oriente, sobre todo iraní o iraquí, tenían ventajas para conseguir un alquiler social e incluso programas de integración, como pases por un gimnasio o cosas parecidas. También, Natasha conocía la otra cara de la moneda, inmigrantes extracomunitarios como ella, que no podían quedarse en el país, porque no tenían una visa o se le había terminado.

Los europeos no se salían de la quema, si tenían más libertad para entrar y salir del país, por lo del espacio de libre circulación en la Unión Europea, pero si en tres meses no encontraban trabajo, tenían que abandonar el país y volver a su país, muchos de ellos iban a la aventura y se ponían ese objetivo, encontrar trabajo en ese periodo de tiempo, pero lo normal, era que todos los europeos que iban a trabajar a Suecia, siempre estaban con un contrato preestablecido con su nueva compañía sueca, después los trámites eran más directos y rápidos, para Natasha, tuvo que hacer más trámites y tiempo, pero como su jefe también era estadounidense, le aconsejó que tenía que hacer, por ese motivo no tuvo ningún problema al respecto, además su compañía la patrocinó en una Visa, por ese motivo, ahora tenía un Visa para Suecia y toda Europa como residente sueca, al pasado de los años ya podría pedir la nacionalidad sueca, si quería, porque patrocinadores no le faltaban, en eso tenía suerte.

Berta y Heidi eran europeas, alemanas en concreto, pero llevaban muchos años en Suecia, ya tenían la doble nacionalidad sueca, no lo necesitaban, pero de todas formas lo hicieron, además ellas siempre estaban diciendo que ellas eran alemanas y punto. Berta y Heidi hablaban sueco perfecto, al ser una lengua de raíces germánicas no les costó mucho, el inglés moderno también lo es, en cierta forma, pero es una mezcla de lenguas, sobre todo del latín, en la que ha hecho propio algunas palabras, préstamos lingüísticos, puede que inglés antiguo o medieval, pudieran estar más próximo a las lenguas germánicas, la adaptación de una a la otra no fuera tan abismal.

Sea como fuere, Natasha le costaba el sueco, pero progresaba adecuadamente, ya que siempre había sido monolingüe, ruso e inglés.

Al llegar al centro a la altura del puente de Kungsportsbron, que todos los bares y restaurantes que por el día sólo servían comida para familias, ahora en una metamorfosis, se habían convertido en local de ocio y copas con las luces más tenues y guardas de seguridad en la puerta, siguiendo la avenida la transformación también había tenido su efecto, aquella avenida era muy ancha y al final la culminaba la plaza de Götaplatsen, esta plaza fue inaugurada el 1923 en la exposición conmemorativa de Gotemburgo por el 300 aniversario de la ciudad, estaba presidida por la estatua de Poseidón, en una versión más joven, musculosa, desnuda, erguida y a busto completo sobre una piedra y sin trípode, en medio de una fuente de agua, muy diferente a las imágenes que se tienen de él con larga túnica, más envejecido, líneas más griegas, mirada frontal y desafiante, con el famoso trípode presidiendo el reino náutico.

Este Poseidón, estaba en equilibrio a tipo de balanza, sosteniendo un pez en una mano, de formas no muy definidas para saber la especie, pero se sabía que lo era, una cáscara o concha de algún animal marino, en el otra mano. Por lo que veía el pescado era más pesado, debido a que la pierna de ese lado estaba flexionada, reposando el peso del pescado, además estaba como ofreciéndoles a todos los peatones que cruzaban la plaza las maravillas del mar que tenía en las manos, con la mirada hacia el suelo y de lado, con la semejanza de un Poseidón más humano y más cercano, pero sin perder la majestuosidad y rigurosidad de su cargo, cuando el escultor sueco Carl Milles la esculpió, debió pensar en hacer una versión más cercana y modernista de la figura de Poseidón. Sea como fuere, aquella estatua se había convertido en el emblema de la ciudad de Gotemburgo y observaba pacientemente el ir y volver de los habitantes de aquella ciudad nórdica. Detrás tenía el museo de arte de Gotemburgo, con unas escalinatas pronunciadas, a los lados un teatro-restaurante y un auditorio de música donde estaba la filarmónica de Gotemburgo. En frente y a un lado estaba la biblioteca, donde Natasha se sentaba alguna que otra vez, siempre que hacía buen tiempo.

Natasha había quedado en el mismo puente, donde había un barco amarrado permanentemente, que era al mismo tiempo un restaurante, sitio de copas y casino, recordando a los casinos del río Misisipi, instalados en barcos de vapor, también amarrados permanentemente y que estaban en los límites de la legalidad, ya que en el río Misisipi es legal el juego en el río, en este caso el barco era de estética de un crucero de turistas Europeos, a modo de ferry turístico, no tan pomposo como los barcos de vapor norteamericanos, y por qué respeta la licencia de juego, y estar en el río también, Natasha no lo sabía, al fin, podría ser, sólo era una especie de atracción turística, pensaba ella.

El juego en Gotemburgo estaba legalizado, dentro y fuera del rio, en muchos locales de ocio reconvertidos por la zona horaria, había crupieres con mesa movible o plegable, con su licencia legal, donde la gente si quería podía hacer una partida de cartas, Natasha nunca jugó, más que nada, porque odiaba perder dinero, no le encontraba gusto en hacerlo, solía apostar sobre seguro.

Los compañeros de Natasha le esperaban en la puerta del barco, la idea era beber algo allí, después ir a otro sitio, para Natasha le parecía bien, debido a que aprovecharía para cenar. El interior del barco era relativamente pequeño, además, estaba dividido en la zona de juegos, que estaba cerrada aquellas horas, abrían a medianoche y el restaurante. Una vez dentro todos, buscaron alguna mesa vacía para sentarse, en verdad no eran muchos, algunos no eran de la compañía, al ser amigos o conocidos de algún compañero o compañera de Natasha. Pensaba, que aquellos grupos variados era mejor, para conocer nueva gente, que estaba pasando de ser la nueva del barrio a la veterana, porque siempre conocía a alguien que llevaba menos tiempo que ella, pero no escapaba de siempre responder las mismas preguntas como, el tiempo que llevaba, la finalidad de su estancia en Suecia y planes de futuro, cosa ésta última, que no tenía ni idea, cuando tiempo estaría en Suecia, contestando que "ya se vería", más con su novio en Boston, una de sus favoritas, "¿si añoras tu país?", ella pensaba que si estaba allí, poca añoranza tendría, pero no ser mal educada siempre contestaba que "algo, sí" y lo dejaba así.

Al final, de la segunda ronda, el grupo quiso ir a otro sitio, no era muy tarde, todavía había gente en el restaurante comiendo, pero algunos lugares de copas empezaban abrir, por este motivo, fueron a un local con una puerta pequeña y escaleras, en la misma avenida, por dentro tenía tres o cuatro plantas con varias salas o pistas con diferente música, la gente fluía de una planta a otra, por unas escaleras donde sólo podían pasar dos personas a la vez.

Aquel lugar tenía la planta de una casa particular reconvertida, los bajos, tenía un restaurante lujoso, cuanto más subías la cosa se democratizaba, había por todos los gustos, además había partes que se notaba que habían sido antiguos recibidores con sus estanterías incluso, otras eran más modernas, el sitio estaba bien, para tomar algo, si no te gusta la música o la gente, sólo tenías que cambiar de área en el mismo edificio, no estaba mal la idea. Natasha no lo hizo muy largo, había ido por compromiso, a este segundo lugar a tomar algo con sus amigos, por ese motivo, se despidió de sus compañeros y nuevos amigos, escusándose que tenía que volar a la mañana siguiente, cosa que era verdad, se dirigió hacia la puerta, después de tomar una bebida de rigor antes de despedirse.

Al salir a la calle el aire de la noche de Gotemburgo, le enjuagó la cara, como un alivio del ruido que había en el local, en verdad estaba angustiada, el aire de la noche, le hacía bien. Andado observaba a la gente fluyendo por aquella avenida, algunos ya borrachos, otros en camino de conseguirlo, ella se dirigía hacia su casa, sin prisa y no arrepintiéndose de si había perdido la oportunidad de pasarlo bien.

Los tranvías azules-blancos iban y volvían, se mezclaban con los autobuses por la misma vía, del mismo color, a veces había autobuses de diferente color, que tenían otro destino y otra compañía, como era el caso del autobús el aeropuerto, lo que le hizo recordar que, en pocas horas, ella estaría en uno de ellos en destino al aeropuerto y después a Manila. En la parada del tranvía, se dio cuenta de que también había gente como ella, que volvía a casa, que con sus auriculares o leyendo un libro, esperaban pacientemente su tranvía.

Aquel momento, Natasha pensaba en casi todo, en cosas banales, sobre la gente que tenía a su alrededor o que había conocido o conocería, listas de la compra, inventario de lo que tenía en la nevera, pero siempre entremezcladas con pensamiento más profundos, como si de un muelle se tratase, se estirara y luego vuelves al mismo sitio, cambiando de tema cada vez, matizándolo en cada giro, como si fueran varias personas a la vez, una más banal, otra más profunda, a veces frívola y en definitiva Natasha. Pero, Natasha le preocupaba el futuro, no era una persona del aquí y ahora, cosa que a veces no la hacía disfrutar el presente, siempre estaba instalada en el futuro, pero no de forma obsesiva, nunca en el pasado, ya que el hecho, hecho ésta, pensaba ella, defecto que creía que era por las carencias en su niñez, que siempre ha tenido que luchar por conseguirlo, al tener a lo largo de su corta vida metas que conseguir. Se planteaba cómo sería el futuro, si finalmente acabaría en Suecia, si el trabajo sería por muchos años, si haría lo mismo todo el tiempo o cambiaría a otro sector, de momento le gustaba lo que hacía, de hacer algún otro tipo de estudios universitarios o no, pero al momento, instantáneamente, pensaba que era demasiado vieja para meterse a estudiar, si ya le parecía una carga el curso de sueco, para meterse en estudiar cualquier otra cosa, por este caso, anulaba este pensamiento en el momento.

Pero todos esos pensamientos quedaron anulados, cuando pensó que iba a ser madre, lo más seguro que no podría hacer nada de lo anterior, no le angustiaba, ya que era desde aquel día responsable de una nueva vida, un bebe, al mismo tiempo, le daba miedo por la inestabilidad de su situación actual, con un trabajo nuevo y viviendo con dos compañeras de piso, su novio en Boston, ya que ella quería tener una casa propia y establecerse en algún sitio, para criar a su bebe, cosa que le devolvía instintivamente al pensamiento inicial, ¿Qué haré en el futuro?, la pregunta del millón, en aquellos momentos no tenía ninguna respuesta, solo preguntas e interrogantes, finalmente opto por pensar, que pasase lo que pasase, ella seria feliz con su bebe y Juan a su lado, el lugar era lo de menos, sintiéndose pletórica en esos momentos, finalmente se autoconvenció y no quería preocuparse, el tiempo seguro que lo pondrá todo en su sitio, en ese momento surgía entre todas las Natasha, entre tanto pensamiento divergente, la Natasha más sensata y coherente, poniendo fin a sus interrogantes, debido a que de momento no está en sus manos, como se dice el futuro es incierto.

En el viaje del tranvía, Natasha vio el edificio de la ópera, que estaba cerca del río, se dijo que después del viaje compraría unas entradas por una función, independientemente de que fuera sola, con este pensamiento, llego a su parada, mañana o hoy, por las horas, sería otro día.

Por la mañana, Heidi y Natasha, ya estaban preparadas para salir hacia Manila, Berta se despidió de Heidi con un beso apasionado, como si no lo fuera a volver a ver en siglos o nunca, cosa que le hizo confirmar a Natasha, que no sólo fue una cena romántica entre ellas, sino que hubo algo más, en el trayecto hacia el aeropuerto, Heidi y Natasha tuvieron una conversación.

- Sabes que Berta me ha pedido en matrimonio – dijo Heidi emocionada
- Si en serio, me alegro muchísimo, ¿cómo ha sido?
- Nada ayer, Berta preparó una cena, sabes que ella nunca cocina, ayer hizo una cena de lujo, un primer plato, segundo y postre, eso me hizo dudar y ponerme la mosca en la nariz, pensando que algo llevaba entre manos, pero no tenía ni idea, además había preparado el comedor con velas y música romántica, yo seguía teniendo la mosca en la nariz, ¿Qué habrá hecho ésta?, me preguntaba, pero seguía sin saber nada de nada. Ya sabes que Berta no es muy detallista y más bien se áspera, un pedazo de animal, yo decía, que animalada ha hecho. Bien, al final, toda la cena, Berta muy amable y totalmente desconocida, se arrodilla y muestra un anillo de compromiso, dice que si quería casarme con ella. – Heidi se veía emocionada- yo que tenía que decirle, pues un sí muy grande, estoy comprometida con ella, después del viaje iremos alemana a casarnos. ¿Qué te parece?
- Fantástico, enhorabuena, os deseo todo lo mejor, ¿Tenéis pensado dónde?
- Yo quiero a mi pueblo natal, que mis padres estuvieran presentes, son muy mayores, pero tendrán mucha ilusión de casar a su única hija, además es perfecto el sitio para casarse, con mucho verde y paisajes idílicos, Berta le da igual el sitio, esa mujer no cambiara nunca. – Heidi gruñe – no es romántica, ni en estos casos.
- Entonces no se hable más, a delante y os deseo todo lo mejor, ¿Me invitareis a la boda por supuesto?
- Claro que sí, mujer, además vamos a organizar un viaje a alemana para las personas más cercanas a nosotros aquí en Suecia, por eso no te preocupes. No serán muchos, no queremos una gran ceremonia.
- Gracias, estoy emocionada, ¡¡¡Te vas a casar!!! – Exclamo Natasha

- Ya ves, otra cosa, tenemos pensando cambiarnos a otra casa, porque el apartamento en el que vivimos es grande y queríamos una casa pequeña. ¿Quieres quedarte con el apartamento?
- Es demasiado grande para mí sola, si estuviera Juan aquí, sería otra cosa, además el alquiler, preferiría algo más pequeño o al menos pagar casi lo mismo o parecido al alquiler que tengo.
- No tendrás problema, porque la misma compañía que nos alquila el apartamento tiene otros más pequeños en la misma calle e incluso en el mismo edificio. No te puedo asegurar que sean al mismo precio, creo que serán un poquito más caros, no lo sé, pregunta, te ayudare si quieres.
- Lo que me dices me tranquiliza, porque es un verdadero problema la vivienda aquí en Suecia. Además estoy apuntada en la lista de alquiler, pero necesito al menos cinco años en esa puñetera lista para optar a un apartamento, ¡¡¡demencial!!!, luego tres o cuatro meses de fianza para alquilarlo, sé que el piso va a ser con un contrato de alquiler de primera mano, para toda la vida, totalmente mío, teniendo la posibilidad de alquilarlo por un máximo de un año a otra persona, con un alquiler de segunda mano, en definitiva, como he dicho antes, seria mío el apartamento – Suecia tiene un sistema de alquileres de primera mano y segunda mano, pero los de segunda mano tienen muchas limitaciones, suelen ser máximo de un año, tras ese periodo el inquilino debe irse, siempre son inquilinos de primera mano que lo alquilan a otro por un periodo máximo de un año.
- Inténtalo con un contrato de segunda mano, en ocasiones hay buenas oportunidades.
- De momento no, porque ya tengo vivienda, pero no estoy convencida con estos contratos de segunda mano, muchos de ellos no están regulados y sólo son por un año como

máximo, por ley, por tanto, es comida para hoy y hambre para mañana, porque al cabo de un año tengo que buscarme otra cosa, de verdad no tengo ganas, ni tiempo.

- Tienes razón, es un asco, nosotros después del viaje, buscaremos una casa no muy grande a las afueras de Gotemburgo, por qué en Gotemburgo es imposible, no me emociona vivir fuera de la ciudad, soy muy urbanita, pero no hay otra....no queremos que sea una mansión, porque lo que hemos visto hasta el momento son grandísimas, preferimos algo pequeño y reducido, pero si no se puede buscaremos un apartamento, aquí en Gotemburgo, que será lo más seguro, además tenemos pensado comprar, ambas tenemos unos ahorros y hablamos con el banco, no hay problema con unas condiciones muy buenas, pagaríamos menos que un alquiler, solo pagaríamos intereses y poco capital.
- Pero al final, la casa no sería vuestra
- Si, pero es más cómodo que alquilar, además tú decides cuando comienza a pagar capital de la hipoteca, en alemana las hipotecas pagas el capital desde el minuto cero y progresivamente se va reduciendo los intereses, creo que aquí es por la problemática de los alquileres, además si no lo hicieron así, nadie compraría, debido a que alquilando tienes una casa de por vida.
- Mirado por ese lado, tienes razón, a delante y mucha suerte, invitadme a la nueva casa.
- Claro que sí, lo mismo lo digo con tu nueva casa o si te quedas al final el apartamento que vivimos, no importa, la cuestión es hacer una fiesta, - se río Heidi
- Claro, por eso no necesitamos ningún motivo.
- Otra nueva noticia, ¡¡¡hemos decidido tener familia y establecernos en un sitio!!!, todavía no hemos decidido que país, pero creemos que, por Suecia, ya que las dos estamos trabajando aquí y estamos buscado casa en Gotemburgo.

- ¡¡¡El Paquete completo!!!
- Si, me hace mucha ilusión lo de la familia, además ya tengo una edad – Heidi con un poquito de añoranza y conociendo que pasaba de la treintena – todavía no me decidió cómo, si por adopción o por inseminación artificial, pero ya le he dicho a Berta, que quiero ser yo, la inseminada, por supuesto ella no quieres pasar por ese proceso, muy cómoda como siempre, yo creo que si Berta hubiera nacido hombre, no sería tan masculino, le importa tres pitos, creo que por eso la quiero, muchísimo, es un caso de ser humano –suspiró Heidi – al menos tengo tu opinión femenina, porque con Berta no se puede.
- Para lo que haga falta, siempre puedes contar conmigo, además esto de la adopción no es muy complicado y mucho tiempo.
- Exacto, ves como tú estás en la misma línea, con Berta no se puede, lo que tú quieras, ¡¡y ya está!!, no se puede llevar una conversación decente, ¿no serás gay? – Heidi le giñó un ojo y bromeaba, sabía que no por la relación con Juan – porque tienes un puntito – volvía a bromear.
- De verdad, si lo fuera, me gustaría que fuera contigo – aunque le vino la imagen de Juan a la mente,
- Era broma mujer, además muchas gracias, estoy enamorada de la calamidad de Berta, por desgracia suelo ser muy fiel. – sabía que con Natasha no tenía nada que hacer
- Tú te lo pierdes – Natasha hizo una postura sexy, las dos volvieron a reír
- La verdad tienes tu punto – respondió Heidi – en serio, tienes razón, la adopción es muy larga y además me apetece tener un hijo propio, más después de que me dijiste que ibas a ser mana, no por la bobada de la sangre, ni hostias parecidas, es por el egoísmo de ser madre, sé que traer un hijo al mundo es una responsabilidad muy grande, además de que ellos no lo piden, venir este mundo podrido, que al

final, hay muchos bebés sin familia, esperando una, pero me apetece hacerlo y punto.

- Sí, pero es verdad que hay muchos bebés y adolescentes sin familia, podría hacer feliz a uno de esos niños, además de darle un futuro, seríais unas buenas madres.
- Ya veremos, primero tengo como objetivo la inseminación, como segunda la adopción – Natasha ya no quiso convencerla y acepta la decisión de Heidi sin más-

El tiempo había pasado volando y se encontraban en el aeropuerto, tenían que ir a realizar la registración primero y después ir hacia la puerta de embarque, que en el aeropuerto de Gotemburgo no fue muy difícil. El viaje fue relativamente tranquilo, pero muy largo, sólo hicieron una parada en el aeropuerto de Estambul en Turquía, después un vuelo directo hasta Manila.

Natasha como siempre no pudo dormir, ni una sola vez, todo lo contrario que Heidi que se pasó todo el viaje durmiendo, sólo se despertaba para las horas de comer, cuando lo avisaba megafonía, Natasha, le envidiaba, había visto casi todas las películas y series que había frente a la pantalla de su asiento, incluso había caminado hasta el fondo del avión para estirar las piernas, pero aquella situación claustrofóbica la superaba, al verse cerrada en un recinto tan pequeño, le angustiaba muchísimo, siempre le pasaba lo mismo, en esos vuelos internacionales.

Al final del viaje, estaba sudada con el pelo medio grasiento por el ambiente de la cabina del avión y tantas horas de viaje, se sentía sucia y necesitaba un baño urgentemente.

Al llegar a Manila era de madrugada, el nombre del aeropuerto era Ninoy Aquino International Airport o más conocido como NAIA. Por lo que leyó en su smartphone, cuando tuvo algo de cobertura, el aeropuerto fue abierto en julio de 1937, en un principio en el distrito financiero de Makati, alrededor de 1948, se cambió a su actual ubicación, en Pasay en gran Manila.

Por otro lado, el nombre del aeropuerto se cambió en 1987, en honor del periodista y político filipino, Benigno Aquino, que fue asesinado en la década de los ochenta, en el mismo aeropuerto por un grupo paramilitar, después de que estuviera en el exilio en Estados Unidos, durante una temporada, quiso volver a su país.

También leyó que estaba casado con Corazón Equino, que fue una política muy importante en Filipinas. Natasha pensaba que era una lástima que una persona muriese por tener unas ideas diferentes, independientemente si eran contrarias a las de sus contrarios, lo mejor era el diálogo, pero a veces o casi siempre no se da el caso, o no quieren que se dé, además, Natasha pensó que las décadas del siglo veinte, de los 70 y 80 e incluso los 90, fueron muy sangrientos y con muchos muertos de políticos y personas normales, por motivos políticos o no, en todo el mundo, sobre todo en los países del llamado tercer mundo.

Fuese como fuese, Natasha no entendía de política en general, menos de la política filipina, quedando como una reseña histórica de por qué el nombre del aeropuerto se llamaba así. Al bajar del avión, vio que era un aeropuerto remodelado con instalaciones modernas, la gente iba y venía, cada uno con su destino predeterminado, era muy heterogénea y variada la gente, pero predominaba la gente de origen asiático, siendo poco habitual los occidentales como ella y Heidi, lo que las hacía extrañas y distintas.

En la puerta del aeropuerto les esperaba su contacto Filipino, Emilio García, Natasha la primera vez que le conoció por vídeo conferencia, pensaba que era de origen latinoamericano, por el nombre y el apellido, pero después, el propio Emilio les explicó que Filipinas fue una colonia española, por mediación del virreinato de nueva España, desde el siglo quince hasta finales del siglo diecinueve, cuando tuvo su independencia de España, siendo unas de las ultimas colonias que tuvo España en ultramar junto con Cuba, otro de sus territorios tuvo un proceso parecido.

En ese período, España perdió la guerra hispana-americana contra Estados Unidos y por el tratado de París, España tuvo que vender los territorios por la suma de 20 millones de dólares, cantidad irrisoria hoy en día, proclamándose así, la nueva república filipina, bajo el protectorado de Estados Unidos, que tenía por aquel entonces inspiraciones coloniales en otras partes del mundo, todavía las tiene, pero en un ámbito más económico y financiero.

Una vez me explico Juan, que su bisabuelo en el periodo del servicio militar, lo destinaron a Cuba a luchar en esa guerra, porque a los que venían de familias pobres, no tenía otra salida, los destinaban en los servicios militares en España a los peores sitios, en aquel entonces los que iban a Cuba no regresaban, estaban perdiendo la guerra España y había muchos muertos. Su bisabuelo tuvo mucha suerte y volvió a Valencia, luego su hijo, el abuelo de Juan, Tomas, lucho en otra guerra, la guerra civil española (1936-1939), en el bando republicano, pero esta vez, por sus ideas y por qué él quería, sufriendo luego una dictadura de 40 años, como es el destino, padre e hijo lucharon en diferentes guerras y por diferentes motivos, pero eso es otra historia, que si tengo tiempo y folios contare.

Continuando la historia, Natasha se sorprendía, por qué desconocía por completo esta parte de la historia de su país, Estados Unidos, en la escuela o la universidad, solo solían enseñar lo esencial, la independencia del Imperio Británico, guerra civil estadounidense y poco más, los profesores más fuera de lo normal, las guerras con los nativos americanos, pero donde siempre ganaban los John Wayne de turno.

Nunca hubiera pensado que su país estuvo en guerra con España, menos por unos territorios de ultramar, cuando hace tanto tiempo, eso quería decir que tenía que leer más, obtener sus conclusiones por ella misma, de aquello que ocurrió, hacía tantos años.

Además, Emilio le explicó que él hablaba inglés, en todas partes, pero en su casa, hablaba todavía español, pero esto estaba cambiando, siendo el inglés, el que se hablaba en todos los ámbitos de la sociedad filipina, debido a que la gente más joven, abandono el español por completo.

Emilio explicó que en filipinas se hablaban otras lenguas, prehispánicas, les estaba pasando lo mismo, sólo a nivel doméstico, se hablaban y poco. Natasha admiraba cómo los filipinos podrían estar conectado con Latinoamérica, debido a que compartían muchas costumbres, heredadas del colonialismo hispánico, siendo en principio dos culturas totalmente diferentes, en latitudes distintas, pero era normal si los barcos que salían de México hacia España pasaban por filipinas, debido a que en el pasado filipinas perteneció al virreinato de México, el mestizaje cultural era eminente, en que se ha quedado el imperio español, que se decía que nunca se ponía el sol, ahora lo hace pronto, hay poco que recorrer, me refiero al sol.

Pero eso también ocurría en latinoamericano, toda no era igual, dependía de las culturas precolombinas y de la emigración de europeos en esa región o país, por ejemplo, en argentina, una mezcla de italianos y españoles con indígenas. Pero para todos los estadounidenses, todo era igual en latinoamericano, desde Juárez hasta Tierra del fuego, solo había latinos, venían a su país a trabajar, quitándoles recursos.

Además, siempre decían que Norteamérica era Canadá y Estados Unidos, dejando fuera a México de la ecuación geográfica y colocándolo en el mejor de los casos en Centro-América, en el peor, más al sur, como un juego, donde el más rico, disponía de las líneas geográficas a su antojo y preferencia, siendo los ciudadanos de Estados Unidos, los únicos que podían llevar el apelativo de americanos y reduciéndose todo un continente a una sola nación, América, con limites en Canadá y México, los otros habitantes de aquel continente, eran, canadienses, Mexicanos, Chilenos y otras nacionalidad incluidas en aquel continente denominado con la misma palabra que el país de Natasha, al final, el colonialismo había surtido efecto, estaba en plena práctica.

Emilio era un hombre no muy alto, la media de los filipinos, pero más bajito que Heidi y Natasha, de constitución débil y delgada. Alrededor de los sesenta, pelo corto con un estilo clásico y raya al lado, canoso, pero de joven se notaba que le había tenido negro. Llevaba unas gafas de pasta marrones con un estilo clásico, con una apariencia de funcionario, que se tomaba las cosas con mucha tranquilidad.

Heidi y Natasha sabían que Emilio era un hombre muy comprometido en lo que hacía, además de buena persona, había trabajado muchos años por el gobierno local en Manila, ahora al borde de su jubilación, quería hacer algo diferente, por eso, comienzo a trabajar en una organización sin ánimo de lucro local, él decía, que seguiría trabajando en la organización, después de jubilarse, pero sin cobrar, por qué quería estar activo y hacer algo, que la edad mental estaba en la cabeza, Heidi y Natasha creían, que lo haría, no cabía ninguna duda, porque era un hombre abnegado a su trabajo y muy eficiente.

Emilio había ido con coche, las recogió en la puerta del aeropuerto, había calculado cuándo podían llegar de su vuelo, ya que tenía el número de vuelo de Heidi y Natasha, sólo tuvo que comprobarlo en los paneles de llegadas.

La cara de Heidi y Natasha era de completamente de cansancio, al menos tendrían todo el domingo para descansar, no llevaban grandes maletas, porque sólo estarían una semana en principio, puesto que era un trabajo más de comprobación y solucionar algunos problemas que no se podían hacer a distancia, por lo que tendrían unos días libres a finales de la semana.

En un principio, Heidi y Natasha iban a quedarse en casa de Emilio, pero al final, Heidi y Natasha decidieron que no querían molestarle más y cambiaron su reserva a un hotel para toda la semana, cosa que no tuvieron ningún problema, porque era temporada baja y el hotel no tuvo ninguna objeción.

Además, ellas pensaban que así tendrían algún momento de desconexión del trabajo, debido a que en casa de Emilio no la tendrían, siempre saldría algún tema relacionado con el trabajo. Emilio sabía el nuevo plan de Heidi y Natasha, por este motivo se dirigió directamente hacia el hotel, recogiéndolas todos los días en el hotel, debido a que el jefe de Heidi y Natasha no se les había autorizado alquilar ningún coche, para moverse por Manila, pero ellas pensaban que no hacía falta, el hotel estaba muy bien comunicado, había transporte público y el coche de Emilio, si hacía falta.

Su hotel estaba en el pueblo de Makati, que pertenecía al área metropolitana de Manila, era por excelencia, el centro financiero y de negocios de la ciudad, en teoría una de las áreas más ricas de Manila, pero Manila y todo Filipinas tenían contrastes muy grandes, en una misma área, podían existir lo más rico y en unas calles más cercanas, las más pobres, cosa que ocurría en la calle Guatemala de la misma ciudad, donde la pobreza era extrema, era la área donde iban a trabajar, tanto era la pobreza que la gente había construido sus casas como habían podido, con pedazos de llantas metálicas o cualquier otro material que lo podría utilizar en la construcción, a modo de las casas improvisadas al estilo del Brasil, llamadas "favelas".

Aquella gente tenía carencias de todo tipo, pero la más importante, es el no tener agua corriente en sus casas, como en Europa, motivo que extrañaba a Heidi y Natasha, siendo suministro de agua para esas familias del río más cercano, o ir a fuentes públicas por ella, normalmente con utensilios pocos higiénicos, envases de cualquier tipo; envases de aceite de coches, llantas de gasolina reutilizadas y en el mejor del caso y más higiénicos, envases híper-reutilizados de plásticos, de procedencia y uso anterior, inciertos, que solían ser lo suficientemente grandes para no realizar varios viajes, ya que este trabajo solía recaer sobre las mujeres y en particular de la gente más pequeña.

Las necesidades vitales y de aseo personal, era otro gran problema, al carecer de servicios mínimos, estas casas, se limitaban a zonas para vivir y dormir, la gente tenía que ir fuera a hacer sus necesidades, había áreas en aquella parte de la ciudad, que tenían zonas comunes-vecinales, construidas por su vecindario, pero que no tenían una limpieza regular o casi nula, en el otro lado de la moneda, había barrios en esa área, que no tenían tanta suerte o los vecinos no se habían organizado para construir estas zonas comunes-vecinales, es decir estos aseos improvisados, por ese motivo, la gente que vivía allí, buscaba otras alternativas, más básicas, normalmente haciendo sus necesidades fuera de la vivienda, siendo un foco de infecciones para la gente más vulnerable, por lo general para todos.

Por supuesto, aquella gente estaba fuera del sistema y la gran mayoría no cotizaba o pagaba impuestos, por eso tampoco tenían derecho a nada, es decir, a cualquier prestación, por parte del gobierno, como un círculo vicioso, donde el pescado se muerde la cola, porque si no tenías un trabajo estable, o al menos cotizabas regularmente, bajo las leyes filipinas, no podías tener ayudas por parte del gobierno, condenando a aquella gente a repetir la historia una y otra vez, suele pasar en otras partes del mundo, exactamente igual.

La única esperanza eran las asociaciones no gubernamentales, tanto locales como extranjeras, que ponían, o al menos intentaban, un poquito de claridad a tanta oscuridad, pero la gran mayoría de las veces no era suficiente, había mucho trabajo que hacer. Por ese motivo, Heidi y Natasha estaban allí, para aportar su granito de arena, pero a veces era muy difícil hacer su trabajo, como comprobarían esa misma semana.

Natasha estaba convencida de que había suficiente dinero y recursos, en el mundo para solucionar todos los problemas sociales, no siendo el culpable, la sobrepoblación, debido a que no sobraba, ni faltaba gente, ni cualquier idea prefabricada de esas, encubriendo el verdadero problema. Natasha entendía que los recursos eran limitados y que vivían en un mundo donde los recursos tenían que ser administrados inteligentemente, para encontrar un equilibrio donde todos pudieran vivir con un mínimo y esencial estatus social, para desarrollar cualquier proyecto personal, eso no quería decir, según Natasha, que los ricos dejaron de serlo, ni mucho menos, sólo que lo fueran menos y más solidarios, convirtiendo su idea en una utopía muy alejada de la realidad, porque el dinero suele ser sinónimo de poder, con esto no había nada que hacer, mientras se ejercieran poder o control sobre una parte de la población, la acumulación de dinero existirá, porque es el único medio para sustentarlo.

Otra cosa, Natasha pensaba que toda persona tiene un límite variable de ganar dinero, donde había gente que era un límite razonable, otros que querían más, pero pasado ese límite, donde estaban cubiertas sus necesidades básicas, además de sus fantasías y ambiciones, no sólo por él, sino por sus futuras lejanas generaciones, todo se reducía a poder, así de claro.

Por tanto, la ayuda mutua, concepto primitivo de la naturaleza y en cualquier sociedad primitiva, que se matiza en libro "El apoyo mutuo" de Piotr Kropotkin, sólo era una niebla que se lleva el viento, no puedan aplicarse en grupos grandes o amplio espectro de la sociedad, reduciéndose a comunidades pequeñas, donde la ausencia de poder es una máxima, todavía mantenían estas costumbres sociales, entre sus miembros. Escribiendo esto pensaba que, para no entender Natasha de política, tenía las ideas claras, creo que era una frase hecha de Natasha para quedar bien, pero que tenía criterio político, ¡doy fe!, innumerables noches de mi juventud, estuvimos hablando Natasha y yo acerca de estos temas.

Por lo que supieron Heidi y Natasha, Filipinas, en general tenía un gran desnivel social, parecido a los países llamados del tercer mundo, siempre con caracterizaciones y diferencias, pero con el mismo problema de fondo, esto no quería decir que en los llamados países del primero mundo, no había desigualdades, claro que sí, todos los días había desahucios, gente que vivía debajo del umbral de la pobreza y cosas parecidas, donde la clase media estaba en peligro de extinción en cada crisis económica, incluso en los países más industrializados y ricos.

En Filipinas parte de esa gente sin recursos, vivía literalmente en cementerios, un gran problema nacional, como una mezcla de vivos y muertos, donde los propietarios o familiares de los nichos o panteones de los muertos, permitían que la gente viviese en ellos, solos para cuidar las tumbas, siendo viviendas improvisadas, sin ninguna condición de habitabilidad.

La muerte estaba presente cada día en sus vidas, incluso sus propios muertos, ya que no tenían dinero para enterrarlos y optaban por meter varios cuerpos en un mismo nicho, siendo la muerte de aquellas pobres personas, totalmente anónima, sólo conocida por los familiares y amigos más cercanos, en peor de los casos, siendo enterrados en cualquier sitio. La subsistencia de aquella gente dependía en gran medida de la venta de la cera de los cirios funerarios, eran reciclados infinidad a veces para su venta.

En el trayecto hacia el hotel, Natasha y Heidi pudieron ver un poco de Manila, con su tráfico por las carreteras y pasando por edificios muy grandes, que deberían ser oficinas, pero que ese día estaban completamente vacíos, suponían que, por la mañana, un lunes cualquiera, la cosa sería más intensa y habría más gente por la calle y las vías de circulación.

Las dos estaban muy cansadas, no estaban para mucha conversación, Emilio respetó durante el viaje, porque no quería mucho angustiarlas con conversaciones extras. Heidi iba delante en el coche con Emilio, Natasha detrás, Heidi hacia algún tipo de comentario con Emilio, pero Natasha estaba muy cansada por formalismos, se limitaba a ver por la ventana del coche, todo a su alrededor, que por el momento le gustaba.

Natasha sentía una sensación muy extraña, porque tenía sueño, pero no ganas, hambre, pero tampoco, como si su reloj interno, le dijera que no era hora, pero su cuerpo sí. Ella pensaba que era el cambio de horario que provocaba todas esas sensaciones y que después de una buena comida y descansar, podría habituarse, había un cambio muy grande, casi de más de doce horas, recordaba que cuando llegó a Europa, el cambio no fue tan grande y con un par de horas estaba haciendo una vida normal, en ese caso, sería un poquito más de tiempo, además de su estado de embarazada, complicaba las cosas.

Al llegar a su hotel, Emilio las ayudó con el equipaje y las acompañó para registrarse en el hotel, allí mismo en la recepción del hotel, se despidieron hasta la mañana siguiente, las dos subieron hacia sus habitaciones, que eran habitaciones con un pequeño balcón y una cama grande. Lo primero que hicieron, fue tumbarse en la cama, sólo Heidi encendió la televisión, mientras que Natasha no lo hizo.

Por la mañana, las dos se levantaron muy pronto, no hizo falta la alarma de sus móviles, además querían ir a desayunar y estar activas por la jornada que las esperaba. Al llegar al restaurante, todo estaba preparado para el desayuno, porque era un auto servicio, sólo tenías que decir la habitación y el resto te lo tenías que hacer tú, ambas optaron por un desayuno continental, pero podían coger otras comidas locales, pero pensaron que no tenían cuerpo para experimentos culinarios, para el primer día, de ahí que optaran por un café, un zumo, algunas frutas frescas y un croissant o similar. Con una puntualidad británica, Emilio ya estaba en la recepción esperándolas, de lejos les saludó.

- Buenos días, ¿Cómo habéis pasado la noche? – pregunta Emilio
- Buenos días, bien dentro de lo que cabe – respondieron las dos
- Muy bien, porque hoy tenemos un día muy ocupado, en primer lugar, os enseñaré dónde estamos trabajando y os presentaré algunos colegas, además del área del proyecto, después, tenemos una reunión con el gobierno local, que nos explicarán el proyecto de rehabilitación del área, que está aprobado – el gobierno local, recientemente había iniciado un proyecto, para urbanizar toda aquella zona, moviendo a la gente de las casas ilegales, a casas o edificios con apartamento prefabricadas de coste muy barato y que se asignarían por sorteo a diferentes familias del vecindario, claro, que aquella medida era puramente electoral, que todavía ni habían comenzado – por la tarde tendremos una reunión con el suministrador locales – la organización de Natasha y Heidi, tenía la misión de organizar todo el plan de suministro de agua hasta las nuevas construcciones, además de realizar un estudio de potabilidad de la misma, de ahí que

trabajarían con suministradores locales. Por otra parte, el dinero para el proyecto venía de fondos de cooperación internacionales, por mediación de Bancos internacionales y patrocinadores, de todo ese dinero asignado, inicialmente, realmente sólo un poco dinero iría a parar al verdadero proyecto, los otros se perdían como gotas de mayo, ya que el dinero es como el agua, por donde pasan moja, por este motivo, todo el dinero efectivo era contabilizado con lupa por el jefe de Heidi y Natasha, porque, no podían permitirse perder más dinero, el proyecto tenía que tener, al menos un provecho moral y útil, a veces se quedaba en nada - y al fin, estáis invitadas a mi casa para cenar con mi mujer, que nos preparar una comida típica de Filipinas – Emilio les explica el plan para aquel día.

- No le falta de nada, menos mal que hemos desayunado bien, muchas gracias por la invitación – contesta Heidi
- De nada, ¿podemos marchamos?
- Claro que si – contestaron las dos

De camino a la zona de la rehabilitación, pasaron por áreas muy ricas con edificios muy grandes y gente con un estatus social bastante elevado, casi todos con vestidos de ejecutivos y caros, muy atareados, al cabo de un segundo giraron en una esquina con el coche, toda aquella opulencia había desaparecido de repente, como si se hubiesen teletransportado muy lejos de allí, por una tecnología milagrosa, casas pobres, gente con extrema pobreza, mezclada con gente pobre y trabajadora, dos caras de la misma moneda en un mismo lugar geográfico, donde había una línea invisible que dividía los dos mundos, totalmente infranqueable, localizando en su sitio a cada uno de los actores, por supuesto no mezclándose, unos con otros, como el encuentro de dos océanos distintos, que nunca se mezclan.

Heidi y Natasha estaban boquiabiertas al ver aquello, ya no por ver un barrio marginal, sino porque habían estado en otras en diferentes partes del mundo, sino por el hecho de un cambio tan radical, un abismo tan pronunciado, donde sólo girar una esquina en el mismo barrio, la situación era completamente diferente, donde el destino de una persona venía determinado por si nacía o vivía en determinada parte de la calle de esa ciudad de Manila, literalmente.

Llegaron a la zona más pobre de aquel barrio, al principio de la calle habían derribado las casas, había maquinaria de construcción y algunos hombres vigilándolas, debido a que no había movimiento de obreros alrededor. Continuando la calle de tierra y con charcos de la pasada llovida, estaban amontonadas las casas ilegales, sin ninguna simetría de calle, desordenadas, con gente muy pobre a las puertas, observando los movimientos de los obreros al principio de la calle, extrañados como si todo esto no fuera con ellos.

En la zona de obras estaba un barracón metálico donde tenían las oficinas Emilio y sus ayudantes, la idea era estar cerca de las obras y ayudar a las familias desahuciadas, haciendo todos los trámites por la nueva casa, pero por el momento, tenían quedarse en la calle o vivir con otros familiares, los que tienen suerte, metiéndoles más presión a su ya complicada existencia.

La gran mayoría de la gente que vivía en ese barrio era analfabeta y apenas podían hablar inglés, menos leerlo, por ese motivo el asesoramiento de Emilio y sus compañeros era fundamental, firmando sin leer, si podían, los documentos por la nueva casa, otros con su nombre y la huella dactilar, porque ni siquiera tenían documentos de identidad, esta gente tenía suerte de que Emilio y sus compañeros eran unas buenas personas, sino más de uno hubiera hecho negocio, con todo aquello.

Estuvieron hablando con los compañeros de Emilio, acerca del trabajo que hacían allí, por lo que pudieron descubrir, les dijeron los colaboradores, el gran problema de la canalización del agua era un poderoso mafioso local, Felipe "El tuerto", que controlaba aquella parte de la ciudad, a lo visto la urbanización donde estaban las obras, era prejudicial para sus negocios de la droga, además de la prostitución organizada, que había en el barrio, siendo la única vía de escape de aquella pobreza para aquella gente era el crimen organizado y la prostitución, una prostitución masculina, extendida en casi toda Asia y Oceanía, como no, la femenina, porque Felipe tenía una red organizada, donde desde el aeropuerto hacia tours sexuales, con gente en las entradas del aeropuerto para captar a los nuevos clientes, siendo en su gran mayoría hombres de negocios que venían a cerrar algún trato a manila o turistas buscando especialmente estos tipos de tours sexuales, provenientes de Europa o los Estados Unidos, en el caso de los hombres de negocio era porque la área financiera estaba muy cerca del barrio, como pudieron comprobar Heidi y Natasha, el primer día que llegaron a manila, porque pasaron por la área financiera al ir al hotel.

La prostitución infantil era otro de los negocios del tal Felipe, ya que era un fuerte atractivo para estos turistas, por decir algo, sexuales provenientes del primer mundo, muchas veces los padres empobrecidos vendían a sus hijos a este tipo de mafias para solo poder comer o un trabajo en la organización, condenando de por vida a pequeños inocentes y haciéndoles perder su infancia, habían organizaciones en defensa de los niños que intentaban educar a los padres para salvar estos niños y que no fueran vendidos a estos tipos de organizaciones criminales, pero una vez eran vendidos, eran muy difíciles que pudieran salir o reeducar a estos niños traumatizados por los malos tratos y el abuso sexual, intentaban educar y darles facilidades a los padres para que no se vieran obligados a hacer este tipo aberraciones.

Felipe "el tuerto" era el primer impedimento y en definitiva el único en la ejecución del proyecto de Natasha, paralizando las licencias de las obras concedidas por las autoridades locales, por ese motivo la maquinaria de obras en el área estaban paralizadas y apenas había trabajadores-obreros por los alrededores, cosa que ralentizaba los trabajo y en definitiva la adjudicación de las nuevas casas, además de toda la infraestructura relacionada con las aguas potables, principal problema para Heidi y Natasha.

La cosa pintaba muy mal, porque Felipe, tenía gente dentro del gobierno local y estaban paralizando todo, por consecuencia todo el trabajo de meses podría irse al traste, Felipe no quería llegar a ningún acuerdo con la organización de Natasha, menos con Emilio y sus colaboradores, en definitiva él quería dinero y una parte del barrio para seguir haciendo sus actos criminales, pero la organización de Natasha no podía ofrecerle dinero, porque esto se podría considerar soborno, un tema peliagudo, porque si llegasen a enterarse los patrocinadores y otras empresas de la organización, abandonaría los otros proyectos, ya que sería una mala imagen para sus compañías u organizaciones, por no decir la problemática que tendrían con la justicia, siendo en casi todos los países, el soborno un delito muy grave, otro peligro es el filtrado de la información, buscándose líos incensarios, debido a que estas organizaciones no lucrativas tienen fuertes auditorias y tienen que tener las cuentas al día.

Muchos de los socios fundadores, o eran personas muy ricas, que también ejercían de patrocinadores o políticos nacionales o internacionales, que querían dar una imagen más social a su carrera, por eso, no debían jugar con esas cosas con un Felipe que les pedía dinero, tenía que buscar algún tipo de solución al problema, de forma rápida.

Además, Heidi y Natasha tenía instrucciones expresas de no hacer nada al respecto, ni tan siquiera involucrarse en reuniones con esa gente, porque podían hacer fotos o escuchas y utilizarlas en su contra. Por ese motivo, Emilio llevaba todo el peso de la negociación con Felipe, porque Emilio no tenía nada que perder, siendo la asociación a la que pertenecía, no de mucha relevancia o importancia, pero, aun así, Emilio y sus colaboradores no estaban exentos de peligro, la ONG de Natasha era otra cosa muy diferente.

Emilio lo sabía, por ese motivo no les había dicho nada hasta el momento de su llegada, no eran asuntos que se podían tratar por correo electrónico o una llamada, prefería tratarlo cara a cara con Natasha y Heidi. Aunque Ed desde Suecia se lo suponía, en una reunión privada les había avisado o aconsejado de las posibles soluciones que podrían hacer, no dejando constancia de la conversación que tuvo con Heidi y Natasha, en una habitación privada fuera de terceros y oídos mal intencionados, toda precaución era poca, tratándose de sobornos encubiertos.

Después de estar hablando durante un buen rato de las posibilidades con Felipe y el desbloqueo de la situación, Emilio propuso, ir a comer a un restaurante ambulante, que estaba cerca de allí, era un autobús reconvertido y estacionado en un determinado lugar de la calle, donde se servían comida casera, o al menos eso dijo Emilio, convenciéndolas para ir a comer algo típico de su tierra, además estaba cerca de la oficina, no les costaría casi nada volver después de comer, haciéndolo perfecto. Aquí en España se ha puesto de moda este tipo de negocio, puedes comer en la calle, algunos de esos restaurantes son ambulantes y otros siempre están fijos, el otro día cerca de la editorial, fui a comer unos tacos en uno de esos restaurantes ambulantes, hay que reconocerlo estaban muy buenos, además no eran de esa comida Tex-mex, que hay por ejemplo en algunas cadenas de comida rápida como Taco Bell o parecido, bueno ponte a la historia otra vez, sino me pierdo.

Emilio les dijo que era una vieja amiga, con muchas relaciones familiares entre ellos. En principio, Natasha y Heidi no pusieron ninguna objeción, ellas pensaban que por qué no probar algo nuevo y diferente, encima comida local, porque a un pueblo se le conoce por la comida, porque todas las relaciones humanas se centran en la comida o en el acto de la comida, sean estos pueblos o culturas amigables o no, siempre hay alguna cosa o evento que los reúne para comer y hablar de cualquier cosa.

De camino hacia el restaurante con Emilio, debido a que los colaboradores se quedaron a comer en la oficina, porque traían su comida desde casa. Emilio les empezó a contar sobre manila, para romper el hielo, además le apetecía y estaba enamorado de su ciudad. Emilio empezó hablarles del centro histórico de manila, que según les dijo Emilio eran Rizal Park e Intramuros, donde puedes visitarlas con coches de caballos, Emilio les prometió que durante la semana les ensenaría el centro histórico, donde podrían enseñarles las murallas del fuerte y caminar por ellas y ver las universidades, porque cuando los españoles fueron en el siglo XV construyeron una ciudad amurallada en lugar de Kuta o fortaleza de Rajah Soliman.

Emilio les dijo que ahora se le conocía como Intramuros, toda aquella zona, siendo uno de los mejores modelos de fuerte medieval fuera de Europa, Natasha y Heidi escuchaban todas aquellas historias con mucha atención, estaban expectantes de terminar el trabajo para irse a ver todos esos lugares.

Otras de los puntos turísticos que les indico, fue la iglesia de San Agustín, patrimonio de la humanidad por la UNESCO, también les aconsejo ir al museo de San Agustín, cerca de la iglesia, donde podían ver reliquias de los santos con bordados dorados, ambas no estaban interesadas en estas cosas religiosas, pero irían a verla porque la descripción de Emilio sobre aquellos sitios les estaba dejando fascinadas, pensaban ir a visitarlos y aprovechar su estancia en Manila.

La casa manila era otro sitio que les aconsejo Emilio, además del primer hotel en manila, Hotel Manila, situado en el centro histórico y por lo que les dijo Emilio, fue abierto en 1912. Como Heidi había comentado a Emilio, que le gustaba la comida china, y en general asiática, Emilio les recomendó Chinatown donde podían probar autentica comida asiática, no solo china.

Chinatown se había formado por un asentamiento de chinos en manila, como en otras ciudades del mundo, los chinos hacían sus gestos, porque en Boston, también poseía de un Chinatown, Nueva York también.

Emilio les conto que cuando era joven, llevaba a su mujer a la bahía de manila y ambos veían las puestas de sol, siendo el sitio más bonito de toda manila, pero su mujer y él no iban a la bahía por el trabajo y la familia, ahora porque eran mayores para ir y les daba pereza.

Entre este recorrido turístico de manila, los tres se pidieron un pollo con una salsa y arroz blanco para comer, siendo una sugerencia de Emilio. Natasha y Heidi no pusieron ninguna objeción al respecto, estaban para experimentar nuevas cosas y aquello no se lo querían perder.

Al terminar la comida volvieron hacia la oficina, Emilio le contaba más cosas de manila, además de peguntas más personales, Natasha y Heidi no tenían problemas en contestarlas, debido a que crecían que Emilio era un buen hombre, trabajador, su labor en Manila no reconocida por sus conciudadanos era grandísima, muy apreciada por Natasha y Berta, siendo en definitiva un buen amigo y les caía muy bien.

Al llegar a la oficina, todos los colaboradores de Emilio ya estaban trabajando en frente de sus ordenadores, no había resto de sus comidas, habían sido cuidadosos y lo habían recogido todo. Natasha y Heidi se sentían con molestias de estómago, cosa que lo achacaron a la comida de antes en el restaurante móvil. Pero tomaron un té, después una bebida carbonatada para solucionar los ardores de estómago, ellas pensaban que no están acostumbradas a los condimentos y especias de filipinas, porque eran diferentes a las comidas europeas menos espaciadas, tras un reposo, charlando y bebiendo sus bebidas, volvieron a hablar de las estratégicas que iban a utilizar con Felipe "el tuerto". Llegando a la conclusión que lo prudente y seguro, sería que Emilio fuera hablar con él y le planteara algún tipo de solución, cosa que harían a la mañana siguiente.

- Creo que lo prudente seria que tú, Emilio, fueras hablar con él, - dijo Natasha que empezaba a encontrase un poco mareada y no muy bien.
- Tienes razón, creo que sí, iré con Roberto o algún de mis otros colaboradores, porque son del barrio y tendrá más confianza, porque Roberto se crio aquí – miró a Roberto y le hizo un gesto - aunque ya fui hablar con él, hace un par de semanas, pero sin mucho resultado, pero puedo hablar con Felipe, otra vez, a ver qué podemos hacer. Supongo que querrá un trozo del pastel y una buena zona en el barrio para sus negocios.
- No tenemos autoridad para aconsejarte y creo que Ed tampoco, pero debemos mover este proyecto hacia delante, aunque no sea licito, porque un soborno no lo es, pero el fin en cierto modo justifica el modo. Tras tu reunión trazaremos una estrategia a seguir con Felipe, creo que podemos encontrar una solución, además, Felipe por lo que nos has contado quiere encontrar una solución o un trato, por ese motivo debemos intentarlo, ya veremos, Felipe – Natasha más pragmática que nunca intentaba encontrar una solución al problema que tenían delante, pero su voz se le notaba tenue y cansada, su rostro estaba pálido.
- ¿Te encuentras bien Natasha? Tienes mal aspecto – pregunto Heidi a su amiga y compañera
- No mucho, cuando terminemos quiero irme al hotel, no sé si será el desfase horario o el clima de aquí en filipinas, pero estoy un poco mareada o al fin y al cabo el embarazo – Natasha no quería ofender a Emilio con la comida, pero la comida le había provocado malestares

- Pues por hoy poderos iros, no hacéis falta aquí, además tengo que hablar con la gente del ayuntamiento y terminar algunas cosas que tengo pendientes, no os preocupáis y mañana tomaros el día libre e iré hablar con Felipe, a ver qué podemos hacer, por la tarde iré a vuestro hotel, os comento que podemos hacer.
- Perfecto – dijo las dos –
- ¿Puedes buscarnos un taxi hacia el hotel? – dijo Heidi
- Claro ahora le llamo y en cinco minutos estará aquí, intentar descansar
- Lo intentaremos – dijo las dos

Salieron de la oficina esperando el taxi y para que les diera el aire, porque Natasha no se encontraba muy bien, tenía la cara muy pálida. Cuando llego el taxi, se dirigieron hacia el hotel, porque como había dicho Natasha no se encontraba bien, por el cansancio acumulado de trabajo, o también podría su estado de embarazo, pero eso daba igual en esos momentos, solo pensaba que tenía nauseas.

De camino tuvieron tiempo para seguir hablando sobre el proyecto, pero sobre todo de lo simpático que era Emilio, que buena gente y que su familia era agradable y acogedora. Emilio vivía con su mujer, porque sus hijos eran grandes y estaban casados y con hijos. Emilio era un excelente abuelo y como tal ejercía de ello, muchas veces pasaba mucho tiempo con sus nietos, siendo su debilidad y devoción, cuando el trabajo para la organización le dejaba, siendo su segunda devoción y pasión, Emilio era una persona muy comprometida con su comunidad.

Emilio tenía tres hijos, dos chicos y una chica, la chica era la de Enmedio, los tres estaban felizmente casados o al menos eso decía Emilio. La mujer de Emilio, Carmen, de carácter afable y cariñosa, era la típica ama de casa, que toda su vida había dedicado a sus hijos, cara redonda, pero con el paso de los años se le reflejaban el paso de estos, transmitía una tranquilidad con solo mirarla, cosa que les daba una cierta tranquilidad.

Estuvieron hablando de Emilio un largo rato, reluciendo sus virtudes y defectos. Los taxis en filipinas solían ser bastante seguros, todo lo contrario que en Latinoamérica, que tienes que buscar algún taxi autorizado para moverse por la ciudad, podrías ser víctima de algún secuestro rápido, cosa que pasaba con los Volkswagen Beatles verdes, dándose casos en este tipo de taxis peculiares.

Al llegar al hotel, Natasha le dijo a Heidi que se iría a su habitación directamente, cosa que Heidi comprendido perfectamente, ya que no se encontraba muy bien. Heidi se ofreció a ayudarla o si necesitaba alguna cosa de ella, cosa que Natasha reusó.

- ¿Qué te pasa Natasha? ¿Aun sigues mal?
- Continuo sin encontrarme bien, creo que ha sido la comida, no me ha sentado bien, creo que tenía mucho picante, la salsa de pollo o algo así.
- Si tienes razón, yo también estuve con dolores de estómago, después de la comida, pero ahora estoy bien.
- No sé, pero el restaurante ambulante cerca de las oficinas de Emilio, desde el principio no he tenido mucha confianza en él, ya que parecía muy sucio, pero como Emilio nos ha dicho, que se comía muy bien y además casero, pues no he dudado en ir, creo que voy a descansar y si tengo hambre ya bajare al restaurante del hotel y comeré algo ligero, como una ensalada.
- Es una buena idea, yo creo que voy a dar una vuelta por el alrededor del hotel, aún no he visto nada de la ciudad.
- Perfecto – afirmo Natasha – te vendrá muy bien, el paseo, hemos tenido mucho trabajo hoy, por lo tanto, un poco de relax no te vendrá mal.

- Eso creo, además tengo que hablar con Berta, para ver que hace, porque es un desastre de mujer, seguro que el apartamento, lo tiene patas arriba.
- ¡!!seguro!!! conociéndola, lo más seguro, sé que cuando volvamos tendremos mucho trabajo, las dos, arreglando el apartamento, no haciendo nada esta semana – ambas rieron.
- Vas captando a Berta, si fuera hombre, no sería tan masculina, eso no quiere decir que los hombres sean un desastre en la casa, solo, bueno en ocasiones sí, pero Berta se lleva la palma, muchas veces pienso si no soy gay, de verdad, ya que Berta es lo más parecido a un hombre.
- No seas exagerada, Berta es muy femenina, pero a su manera
- Si tú lo dices, lo aceptaremos, pero si quieres que te diga la verdad a mí me gusta como es, dejémoslo ahí.
- Si claro, como quieras
- Natasha descansa y toma fuerzas, porque tenemos una semana bastante movida y más con ese Felipe, el mafioso local,
- Eso es lo que voy a hacer
- Además, estas embarazada, cuídate y descansa

Natasha se dirigió a los ascensores del hotel, mientras Heidi se dirigía a la calle, iba marcando el número de Berta, porque siempre estaba regañando el comportamiento de Berta, pero sin Berta no era nadie. Al llegar a la habitación, se puso más cómoda, con un simple shorts y una camiseta, colocándose en la cama con las piernas cruzadas delante del ordenador, cuando se dispuso a escribir un correo a Juan.

Querido Juan

El viaje ha sido muy largo, más de 12 horas de vuelo, el desfase de horario me está matando, hoy he terminado muy pronto porque no me encontraba bien, ya sea por la comida o por alguna cosa, no te preocupes que no es por el embarazo. Te echo de menos en estos momentos, demasiado, que quisiera que estuvieras aquí conmigo y que me rodearas con tus brazos, necesito de tu cariño, sé que cuando leas esto, estaré durmiendo y lamentablemente será muy temprano para ti, pero no paro de pensar en ti, necesito desesperadamente que este aquí conmigo, te quiero demasiado y no sé qué hacer sin ti, es un sentimiento egoísta por mi parte, porque tú no puedes hacer nada al respecto, porque hay mucha distancia entre los dos, las circunstancias laborales son así, quisiera y deseo que estuviera aquí conmigo en la cama, te quiero y no puedo decir nada más, pero hoy he estado pensando en ti, en nuestro hijo, estoy muy feliz de tenerte a mi lado, salvando las distancias, me haces sentir completa y más después de saber que vamos a ser padres. Voy a ver con mi jefe, Ed, si puedo trasladarme a Boston, sé que quieres que termine mi contrato de un año en Suecia, lo hemos hablado muchas veces, pero te necesito y más ahora, estar a tu lado. Creo que podría haber algún tipo de arreglo al respecto, al menos voy a intentarlo, nada puedo perder, solo es una propuesta, seguro que Ed lo va a comprender o al menos será comprensivo en cierta forma, espero y deseo que diga que sí, solo es cuestión de aptitud, nada más, de echo de menos Juan, recuerdo tus caricias, tus ojos verdes, tu sonrisa, todo tu ser. Miro a tu lado de la cama y no estas, no estas en la cama, es enorme, sin ti, te echo de menos y no puedo hacer nada más, te echo de menos por mil razones, porque necesito mirarte, porque necesito tocarte, olerte y sentirte dentro de mí, te necesito más de lo que tu puedas pensar, más de lo que puedes imaginar, de una forma exagerada, te necesito, el hueco en mi corazón es demasiado grande sin ti, comprendo y entiendo que las circunstancias y la distancia han sido así, pero se puede cambiar, estoy convencida, creo y deseo fuertemente que sí, Te quiero Juan y no hay remedio, no hay solución, no sé qué hacer, los días se vuelve largos sin ti, te quiero sin más, sin condiciones, ni reglas, te quiero sin más, porque eres como eres, por el simple hecho de llamarte Juan, aunque daría igual como te llamases, porque me haces feliz, me haces sentir conectada a algo especial, te quiero por mil razones y ninguna en concreto, solo quiero estar contigo, sentirte, tocarte y acariciarte, sentir tus labios con los míos, mientras me susurras al oído, no hablar o hablar mucho, pero contigo, sentir tus latidos de corazón y que tu sientas los míos, tocar tu pelo, acariciar tu cara a flor de piel, te quiero y no hay remedio, estoy condenada a quererte y voy a pagar por mi condena, no creía en estas tonterías, pero ahora soy una fiel adepta, no he conocido nadie como tú, no he sentido nada parecido con nadie, tú tienes el privilegio, tú y solo tú. Gracias por estar ahí, quiero este niño que llevo dentro, cuando pueda, me escapo y voy a verte a Boston, o si puedes, por favor, ven a Europa. Estoy sensible, se nota, pero solo quiero verte Juan, con ese pensamiento me levanto y me acuesto, repitiendo como una oración o un suspiro... ¡Juan! ¡Juan! ¡Juan!

Te quiere muchísimo, Natasha

Cuando leí esta carta amarillenta de Natasha, me emocione, una por la carta en sí y otra por ser mis padres, ¿Cómo podían tener esa conexión?, no lo sé, pero es bonito comprobar, dejando aparte los típicos romances prefabricados, que son melosos, Natasha y Juan se querían, y mucho, dejando aparte sus personas y físico, debió de ser difícil sus decisiones en el futuro, siendo ahora pasado, pero me acorde del final de la película "El príncipe de las mareas" de Nick Notte y Barbra Straisand, cuando Tom Wingo conduce por el puente que cruza el rio de Savannah, Georgia, mientras hace memoria de lo vivido en Nueva York con Susan Lowenstein, mientras repetía "Lowenstein" "Lowenstein" "Lowenstein".

Una sombra de melancolía se posó sobre Natasha, sabia la realidad, pero en esos momentos necesitaba a Juan, añoraba a Juan, cuando volviera a Suecia se lo plantearía a Ed, luego lo planearía con Juan para volverse a Estados Unidos, quedaba lejos aquellas afirmaciones en virginia de que no volvería más a su país, las cosas habían cambiado, ahora tenía una razón de peso para volver y quería volver. Ed en una de sus reuniones le había hablado que podía teletrabajar y si se iba a Estados Unidos podría trabajar con proyecto de Latinoamérica, siendo la coordinadora de esa zona o el enlace con los proyecto en esos territorios, muchos de sus compañeros trabajaban desde su casas, la cuestión seria que tipo de contrato tendría que firmar, porque a día de hoy tenía un contrato normal en Suecia como trabajadora, pero por sugerencia de Ed, se podía convertir en autónoma, ella misma les cobraría directamente, así le podría pagar por sus servicios o trabajos, independientemente de donde trabajase, ya que no sería empleada directa.

Natasha pensaba que la solución pasaba por ahí, estaba convencida de ello, así tendría más tiempo para el futuro bebe, además de estar cerca de Juan, porque Juan debería de estar en Boston para su doctorado y trabajo en la empresa Simba, solo tendría que buscar una casa para vivir en Boston o sus alrededores, algo más grande, porque el apartamento de Juan era muy pequeño, solo tenía una habitación, pero como Juan comento con Natasha, había en su mismo edificio otros apartamentos más grandes y podría preguntar a la compañía, el precio no era muy elevado al apartamento que tenía Juan y podían mudarse allí. Parecía que todo iba en esa dirección y que el cosmos se alineaba con ellos y al fin podrían estar juntos en Boston.

Juan en muchas ocasiones había dicho que prefería Europa para vivir, Gotemburgo le parecía un lugar perfecto para vivir, pero después de la noticia de su embarazo, Juan empezando el doctorado en Boston, la idea que Natasha regresase a su país, cobraba más relevancia, Natasha finalmente se quedó dormida cuando dejo el ordenador a un lado de su cama. Tras un par de horas de descanso, Natasha despertó y comprobó que aún era de día, pero le apetecía comer algo, se encontraba mejor de la comida del medio día, por ese motivo pensó en bajar al restaurante, el tiempo era muy bueno y hacia una temperatura tropical, por ese motivo no se preocupó por cambiarse, con el short que llevaba y la camiseta eran suficientes, solo tendría que ponerse unos deportivos, deportivos los tenía cerca de la cama.

Cuando estuvo lista, bajo al restaurante y se sentó en una mesa junto a la ventana. De pronto un hombre que estaba leyendo el periódico, dejo de leerlo y se puso a mirarla y hacerle un gesto con la cabeza, esto le incomodo a Natasha, que le desagrado el gesto que le hizo el desconocido, porque no la conocía de nada para tener esas confianzas. Pero pensó que quería ligarla solamente, por ese motivo no le hizo ni caso, en todos los sitios había tipos como ese, pero el hombre se levantó y fue directamente hacia Natasha, acción que le asusto, porque una cosa es el coqueteo con la mirada, otra aproximarse sin previo aviso y directamente. El hombre cuando estuvo cerca de ella empezó a hablarle.

- ¿Cómo estas Natasha? ¿Puedo sentarme? – aunque se sentó de igual forma
- ¿Quién es usted? Y ¿Cómo sabe mi nombre?
- No te preocupes, no te voy a hacer daño, soy un conocido de Juan, o al menos lo intento – sabía que no era ni parecido amigo de Juan, pero creía que eso tranquilizaría a Natasha
- ¿Cómo conoce a Juan?
- Bueno voy a presentarme, soy Aaron, un viejo conocido de Juan, o más bien tenemos tratos los dos.
- Juan nunca me ha hablado de usted.
- Normal y lo comprendo
- ¿Qué quiere? ¿Pasa algo con Juan? - por la cabeza de Natasha paso todo tipo malas cosas, estaba asustada con ese hombre, además no le daba mucha confianza.
- No Juan está bien, supongo que durmiendo a estas horas y totalmente ajeno a nuestra conversación y tiene que ser así

de momento, o creo que nunca debe saberlo. Es decir, nunca debe saber de nuestra conversación de hoy.

- ¿Por qué? ¿Qué quiere de mí? Ya veo que no es su amigo, me estoy asustando, déjeme sola no quiero hablar con usted, llamare a la policía si me molesta.
- No hace falta que lo hagas, te interesa escucharme – eso le puso aún más nerviosa a Natasha - mi intención es salvaguardar una inversión que tenemos con Juan y solo queremos una colaboración por tu parte.
- ¿En qué está metido Juan?, y ¿Qué tipo de colaboración quiere de mí?
- A su debido momento sabrás todo o al menos en parte – Natasha se dispuso a levantarse e irse no se fiaba de ese hombre, cuando Aaron poso la mano en su brazo para detenerla – quédate por favor si amas a Juan, necesitas saber algo de él – Natasha se quedó pero su mirada respiraba pánico, Aaron causaba esos efectos en la gente ya que siempre tenía la misma metodología, pero por alguna razón la gente se quedaba y escuchaba lo que tenía que decirle, supongo que sería el entrenamiento que tenía en el ejército israelí, las tácticas que utilizaba – primero tenemos que saber si habéis decidido vivir en Boston o Gotemburgo.
- Y a usted que le importa ¿Para quién trabaja? ¿Para la compañía de Juan?
- En realidad, la compañía de Juan trabaja para nosotros, pero no voy a ir con rodeos, soy un agente de inteligencia israelí, el trabajo de Juan nos interesó desde que se puso en contacto con los profesores de Boston, el sistema de Juan podría dar solución algunos de los problemas que tenemos hace décadas.
- ¿Juan sabe todo esto?
- Bueno en parte sí, pero no toda la historia – Aaron no sabía que Juan había tenido una reunión con los rusos en Madrid y sabia lo de la cámara acorazada nazi y el sistema alemán

de encriptado – queremos mantenerlo al margen por el momento, ya se lo contaremos, ahora lo que nos interesa es su sistema de cifrado.

- Ya veo y ¿esto que tiene que ver conmigo?
- Nada, pero no queremos tener ningún cabo suelto, y preferimos tenerlo todo bajo control.
- Entiendo – Natasha estaba asustada con la idea de estar en medio de una trama de espionaje
- Si colaboras, te podemos ayudar con ese tal Felipe "El tuerto", en un par de días podréis terminar las obras – Natasha se quedó boquiabierta no podía creer lo que oía, en verdad sí que era un espía, ¿Cómo sabia él, lo de Felipe?
- ¿Cómo sabe eso?
- Recuerdas que soy un agente, todos no tenemos la pinta de las películas de Hollywood
- Y ¿si me ayudan? ¿Qué quieren a cambio? – Natasha paso de asustada a plan negociador
- A su tiempo lo sabrás, ¿hay trato?
- No lo sé, pero sería muy bueno para el proyecto
- Mañana después de la visita de Emilio, nosotros le haremos una visita a Felipe, por la tarde las excavadoras estarán trabajando, totalmente gratuito para vuestra organización y sin contraprestaciones por parte de Felipe, ya no lo volveréis a ver más.
- ¿lo vais a matar?
- No, pero llegaremos a un trato beneficioso para todas las partes ¿trato?
- Bueno, trato – ya se estaba arrepintiendo, porque no sabía que le podría pedir Aaron a cambio, el trueque era arriesgado, porque ella no sabía qué le iba a pedir, pero acepto por que el tema de Felipe sin la ayuda de Aaron pintaba muy mal y no tenía mucha solución.
- Bueno te dejo comer y estamos en contacto

- Vale – Natasha le corría por la mente toda clase de pensamientos, el primero, era si Juan estaba mintiendo y por qué tendría que estar ella metida dentro de este lio.

Necesito hacer una parada en la historia de Natasha y Juan, me acabo de acordar de que le tengo que comprar algún regalo a mi padre, además escribiendo esta parte de la historia me he dado cuenta que alguna duda respecto a la relación tendría Natasha, en esos momentos, porque una cosa es que esperases un hijo de la persona amada y que estuvieras pensando a ir a vivir con ella, otra muy diferente que se metieran por entre medio un agente de la inteligencia israelí, eso da miedo a cualquiera, ¿Qué pensamientos podría tener ella respecto a su relación? No lo sé, nunca me lo dijo, además no son cosas que se exterioricen, pero seguro que tendría miedo y desconfianza en esos momentos sobre quien era Juan y que realmente estaba haciendo en Boston, lo más importante quien era esa gente que la buscaba e increpaba en un restaurante en Manila. Ahora en navidades profundizare con mi padre este tema de los pensamientos y sentimientos de Natasha al respecto y como Juan vivió aquello, pero mi opinión es que Natasha sería un mar de dudas, además tengo que completar ¿Qué paso después de filipinas?, y sobre todo cual la reacción de Natasha al respecto, porque era una mujer enamorada y embarazada de su primer hijo, sé que los tiempos eran diferentes ahora, porque la sociedad a finales del 2010, la gente tenía principios y formas de ver la vida diferentes, pero en general a lo largo del tiempo no ha cambiado casi nada las relaciones entre personas, puede que la tecnología se diferente ahora, que hace más de 30 años, pero el ser humano y sus miedos y fobias no han cambiado. Decidido voy a completar esa parte con Juan, sé que no le gusta hablar de eso y siempre me está diciendo que vivo en el pasado, y es verdad. Desde que reestablecimos la comunicación, mi padre y yo, siempre he estado preguntando sobre el mismo tema, que paso entre Natasha y él, por qué los hechos fueron los que fueron, necesito comprender para cerrar una etapa de mi vida que está abierta y con estos escritos que llevo meses, estoy descubriendo y entendiendo que paso, para entenderme a mí mismo, está sonando el teléfono.

- Dígame
- Philip ¿Cómo estás? Me preguntaba si luego quieres ir a tomar algo, estamos unos amigos y queremos salir un poco – me dijo Elena
- ¡!Que sorpresa!!!, Elena, estoy bien, escribiendo como siempre, ¿tú como estas?
- Bien liada menos mal que viene las navidades y tendré un descanso, seguro que estas escribiendo con tu pluma y un montón de hojas en blanco. No vas a cambiar Philip, cuando te modernizaras e utilizaras algo moderno, como un ordenador o algo sí, es como si estuviera viéndote ahora mismo, delante de tu escritorio y con tu pluma, me da pereza solo de pensarlo luego cuando tengas que pasar todo esas hojas a limpio – Elena es una escritora novel que participaba con la editorial, tenía mucho talento y ha publicado una serie de libros de poemas, ambos tenemos la misma edad, pero ella siempre me dice que tengo que empezar a publicar algo, no vivir a la sombra de otros, que tenía mucho talento, pero no le hacía caso
- Tienes razón, luego es mucho trabajo pasar todos esos pensamientos a limpio, además muchas veces se pierde el sentido de las frases o son completamente diferentes a lo que se quería escribir, pero eso es la magia de la metamorfosis en la escritura, empiezas con una idea y luego es algo totalmente diferente, muchos escritores no quieren volver a releer sus escritos por eso, porque borrarían el texto y lo volverían a escribir.
- Eso es verdad, cuantas veces he rehecho un texto y al final he dicho así se queda, millones.
- Bueno y ¿Dónde vais?

- No lo sé, pero me da igual, algún sitio estará abierto y tomaremos algo, la cuestión es salir y divertirse. ¿te a puntas? ¿sí o no?
- Si, pero quiero terminar de escribir algo más – no le dije en que estaba metido en ese momento, aquello era un proyecto personal.
- Pues nada luego te llamo y concretamos, y que trabajes a gusto
- Gracias

Tras la llamada y beber un poco más de café, las ganas de seguir la historia eran máxima, con cada línea que escribía en la historia me iba atrapando, como si aquellos hechos que pasaron, hace más de 30 años, antes de que yo naciera, fueran mi hechos y mis vivencias, sintiendo cada minuto de aquel periodo. Bueno, dos cosas tengo que hacer, buscar un buen regalo y continuar la historia de Natasha y Juan.

Natasha vio como Aaron se alejaba de su mesa y como una nube desaparecía· del comedor del restaurante, estuvo unos momentos, pensado lo que le había dicho, lo primero que le paso por la cabeza fue cortar con Juan, o al menos eso es lo que opino, aunque no se ha ciencia cierta si lo pensaba, pero los acontecimientos que sucedieron en los próximos días opto por no decirle nada, solo Juan me podrá esclarecer este tema de lo que realmente paso o lo que opino el propio Juan. Natasha no tenía muchas ganas de comer, se le habían quitado las ganas y pensó que cogería alguna ensalada para llevar, se lo comería en la habitación.

Una vez en la habitación, se quedó pensativa, tenía que descansar había sido un día muy duro, a la mañana siguiente tenía que trabajar en el proyecto con Emilio, además, tenía que saber cómo iban las cosas con Felipe "El tuerto", como un acto reflejo se tocó la barriga y pensó que tenía un hijo de que cuidar, se dijo que haría su madre en aquel momento, la necesitaba y sabía que le daría un buen consejo, pero no estaba allí, llamar a Juan para hablar no era buena idea, además después de hablar con Aaron, no tenía muchas ganas, esos días ya vería que haría y por donde tendría que ir su vida, le preocupaba mucho el tema ese de Aaron y la relación con Juan. Pero seguía queriéndole, pensaba que Aaron le había dicho la verdad que Juan no sabía nada del asunto y que solo creía que iba hacer el doctorado en MIT y que le habían patrocinado una empresa, porque se lo había dicho millones de veces. Pero el miedo a meterse en ese tipo de situaciones le daba miedo, el futuro le diría que tenía que hacer por ahora solo podía esperar a las circunstancias.

A la mañana siguiente, no tenía que hacer nada por la mañana, Heidi y Natasha, por ese motivo decidieron ir a visitar los sitios que les había indicado Emilio, además, tenían que esperar a que Emilio les llamara, les contara como había ido la reunión con Felipe, por lo que no tenían más remedio que hacer turismo por Manila. En el centro histórico de la ciudad, decidieron recorrerlo caminando, ver y conocer aquella ciudad que las acogía por unos días, pensaban que podría ser la última vez que visitaban Manila, aunque nunca se sabía, pero ellas estaban disfrutando su visita como unas turistas más, encontraban que aquello era totalmente diferente a lo que conocían en Europa y Estados Unidos, la gente que veían pasar por la calle, tenían un comportamiento diferente, por lo que pudieron comprobar un pensamiento y costumbres diferentes, cosa que les chocaba y les agradaba, al fin y al cabo estaban allí para conocer cosas, sobre todo para trabajar.

En General el desfase horario, ya no era tan acusado, ya hacían vida normal, respetaban los horarios para comer y dormir, cosa que les facilito la adaptación en aquel país. Se sentaron en un parque y empezaron a hablar de cualquier cosa.

- Sabes que Danielle está saliendo con el de contabilidad – dijo Heidi

- No me digas, ¿cómo ha sido eso?, si decía que no le gustaba
- No lo sé los secretos del amor, o que estaba sola y se lo ha pensado
- Eso será porque nos decía que era un pesado además de una persona muy seria para ella.
- Pues mira lo serio, llevan un par de semanas saliendo
- ¿es formal?
- No creo, conociendo a Danielle le durara poco, es un espíritu libre y el chico este quiere una relación estable, mala combinación, lo mires donde lo mires, lo más seguro que el pobre chico saldrá dañado, estoy super convencida.
- Eso sí que es verdad, y ¿Clara?
- Bueno clara se quedó destrozada después de romper con su novio y creo que no sale con nadie.
- Sabes que Ed, está a punto de separarse de su mujer, creo que está durmiendo en un hotel.
- No me digas,
- Si, me lo ha dicho Berta ayer, cuando la llame
- Pero si tiene hijos, será un problema si se separa esas cosas nunca terminan bien, luego están las custodias y cosas parecidas, consecuencias del amor o del desamor.
- Eso es verdad, por lo que me ha dicho Berta es cuestión de una tercera persona.
- Siempre lo es.
- Bueno cambiando de tema, ¿Qué tal te parece manila?
- Fantástica, necesitaba salir y ver un poco la ciudad, nos ha venido bien, ese problema con "el tuerto" – las dos se pusieron a reírse.
- Si lo piensas bien, si, pero no sé cómo quedara Emilio con ese tal Felipe, por lo que me han dicho uno de los colaboradores es una persona muy difícil de hablar y llegar algún acuerdo, me dijo que conocía el caso de una familia del barrio que le pidió dinero a Felipe, cuando vino la fecha de devolución con unos intereses altísimos, el padre de

familia no podía pagarlo y por lo tanto, Felipe secuestro a su hijo mayor, le dio una semana más para que le pagara, pasada un semana, el hombre seguía sin tener el dinero, ya que inicialmente lo había pedido para comer, Felipe le corto los dedos de la mano derecha al hijo mayor de este hombre y le dijo que le daba otra semana, el hombre desesperado busco en amistades y familiares el dinero, pero sin éxito, tras esa semana de prórroga, Felipe mato a toda la familia, el matrimonio y 5 hijos, contando al secuestrado, dejando sus cuerpos en la bahía de Manila, para que se lo comieran las gaviotas, o cualquier animal, por lo que me conto el colaborador de Emilio, ese tal Roberto, no solo se limitó a matarlos sino descuartizar parte de los cuerpos, para indicar a mero aviso, lo que pasaría si no le pagaban. Me dijo, que salió en primera plana en todos los periódicos del país y en el extranjero, incluso el gobierno de la nación tomo cartas en el asunto, debido a que se abrió un debate nacional sobre el crimen organizado en filipinas, pero nunca se investigó ni se acusó a nadie de la organización de Felipe, quedándose cerrado el caso hasta el día de hoy, por lo visto no le interesaba a nadie descubrir lo que había detrás, por miedo o porque simplemente era una familia pobre más, de una zona deprimida de Manila - como era el barrio donde estaban trabajando Heidi y Natasha.

- Es horrible, me da miedo ese hombre, espero terminar pronto, he irme a Suecia, no sé si conseguiremos llegar a un trato con ese Felipe. Pero tampoco me gustaría estar aquí, si no llegamos a un acuerdo y quiere coger represalias contra nuestra organización, prefiero estar segura en Europa, que seguro pasaran cosas como estas, pero al menos yo estoy segura en nuestra casa.
- Tienes toda la razón, filipinas es muy bonita, en particular manila, pero en este mundo, personas como Felipe hace que esta vida no valga la pena, te quitan la esperanza, que todo

va a cambiar. ¿Te apetece unas frutas que he comprado en un mercado ambulante?, parecen deliciosas.

- Claro, - mientras Heidi sacaba de su mochila diferentes clases de frutas exóticas - ¿Tienes algo para beber?
- Si tengo una botella de refresco en mi mochila, podríamos compartirla, o si prefieres he visto cerca de aquí una tienda donde podríamos ir a comprar.
- No hace falta podemos compartirla, no tengo problema si tu no lo tienes, es agradable estar aquí sentadas en este parque en el centro – Heidi y Natasha estaban sentadas en un parque en el centro de la ciudad, mientras veían pasar a la gente, disfrutando del tiempo libre que forzosamente tenían por el tema de la paralización de las obras y en general del proyecto.

Aquel parque estaba en el centro de manila y ambas estaban sentadas sobre el césped, disfrutando un tiempo excelente y dándoles la brisa sobre la cara, era agradable y además el calor no era muy sofocante, cosa que agradecían las dos, estuvieron riendo y hablando durante un buen rato, cuando sonó el teléfono de Heidi.

- Dígame
- Soy Emilio, ya he hablado con Felipe y sorprendentemente ha cambiado de actitud, dice que no pondrá ningún impedimento en la ejecución de las obras, por lo que no habrá problemas en nuestro proyecto de abastecimiento de aguas. Dadas las circunstancias el proyecto sigue a delante solo necesito hablar con la gente del gobierno local y terminar con algunos papeles que ellos necesitan, por ese motivo creo que vuestro trabajo ha terminado aquí en Manila, ¿Qué opináis?
- No me lo puedo creer, si ayer era del todo imposible, ¿Cómo ha cambiado de opinión? – Natasha con una cara sorprendida por que podía escuchar la conversación de Heidi, porque esta puso el teléfono en mano libres, sabia o mejor dicho suponía

quien era el responsable de aquel cambio tan repentino, eso le alegraba por el proyecto seguía adelante, pero al mismo tiempo le asustaba, lo que le había dicho Aaron iba en serio y no era su imaginación. Este tema del sistema de Juan es más grande de lo que pensaba, cuando un gobierno israelí estaba detrás de las ideas de su novio.

- No lo sabemos, pero esta mañana estaba muy amable y lo más sorprendente era que no quería nada a cambio, cuando hace dos semanas pedía una gran suma de dinero, además de un trozo del barrio, para controlar y llegar a cabo sus actividades ilícitas. ¡Increíble!
- Bueno creo que hemos terminado aquí, es hora de volver a Suecia, esta tarde contactare con Ed y le diré que hemos terminado – dijo Heidi
- ¿No queréis hacer turismo aquí en filipinas?,
- No, por mi parte me quiero volver a casa, además quiero ver a Berta, además hemos hecho turismo esta mañana.
- Tienes razón, yo hablare con Ed, para ver si puedo cambiar mi vuelo y pasar unos días en Boston, quiero coger un vuelo desde aquí, luego en Boston volar a Gotemburgo.
- Muy buena idea Natasha – dijo Heidi
- Bueno si lo tenéis claro esta noche os recojo y estáis invitadas a cenar a mi casa, una cena de despedida.
- De acuerdo, hasta la noche
- Hasta la Noche

Se sentían aliviadas y contentas por lo sucedido, pero Natasha tenía el semblante serio, sabia quien lo había solucionado el tema de Felipe, Aaron, ahora tenía que esperar que quería Aaron de ella, lo que él decía “colaboración”, miedo le daba esa palabra pronunciada por Aaron. Tampoco sabía cuándo Aaron se pondría en contacto con ella, con Aaron era todo un misterio, ese hombre era una sombra que aparecía donde menos lo esperabas.

Pero ahora no le preocupa eso, solo quería cambiar el vuelo e ir a ver a Juan, era su máximo deseo y comprobar cara a cara lo que estaba pasando con ese tema de los israelitas y su sistema de encriptación, había decidido no preguntárselo, por si lo ponía en peligro y pensaba observarlo para ver si él sabía algo. A su tiempo ya le contaría la conversación que tuvo con Aaron en el hotel de Manila.

Heidi y Natasha se dirigieron al hotel para hablar con Ed de lo ocurrido e intentar cambiar los vuelos, en el caso de Heidi solo era la fecha y la hora, por el contrario, en el caso de Natasha quería irse a Boston ya que tenían unos días de vacaciones.

Después de hablar con Ed, no hubo problema para el tema de los vuelos, además a Natasha la organización le pagaría los dos vuelos desde manila a Boston y Boston a Gotemburgo, este último seria directo, el primero haría escala en San francisco, luego un vuelo nacional desde San francisco a Boston, en eso no tendría problemas al respecto. Con la confirmación de Ed, ambas se quedaron más tranquilas, porque en verdad allí no hacían nada, podrían tener unos días de vacaciones, no les esperaban hasta la semana siguiente, en su lugar de trabajo, Suecia. Por ese motivo cada una se dirigió a su habitación para hacer su maleta, menos mal que no tenían mucho equipaje. En ese momento Natasha quiso confirmárselo a Juan enviándole un correo.

Querido Juan

Hoy he terminado mi trabajo aquí en manila, nuestro jefe nos ha dado vacaciones, además como hemos conseguido los objetivo finales, nos ha cambiado los vuelos para el regreso de Heidi a Suecia y para mi le he propuesto volar a Boston ¿te hace ilusión? Podemos pasar unos días juntos, tengo muchas ganas de verte y hablar contigo, volare directamente desde Boston a Gotemburgo, ahora voy a hacer las maletas y la agencia ya me ha cambiado los vuelos, mañana por la mañana saldré de manila hacia San francisco y luego en vuelo nacional hacia Boston. Te enviare mi hora de llegada por si quieres esperarme en el aeropuerto. Se que estarás pensando que es muchos viajes para el estado en que me encuentro, pero, aunque este embarazada me encuentro bien.

Te quiere mucho, Natasha

Recuerdo que cuando Natasha me contaba ese episodio de su vida, lo hacía emocionada, creo que tenía ganas de ir a ver a Juan, más después de la conversación con Aaron. Eso me hace recordar que tengo hablar con Juan, urgentemente, sé que lo tengo en la lista de cosas pendientes, otras que tengo es limpiar mi apartamento antes de irme de vacaciones de navidad, porque estaré varias semanas fuera, creo que mi padre quiere que me quede hasta después de navidad. Después de año nuevo, visitare la ciudad natal de mi padre, me hace mucha ilusión, sé que mi padre tras la muerte de sus padres vendió la casa familiar y se trasladó a valencia, comprándose un apartamento, en aquel momento creía que sería mejor para él, vivir en la capital, porque casi siempre había vivido en ciudades grandes y volver a un pueblo pequeño, ni le apetecía, ni le hubiera gustado, porque no se acostumbraría a las rutinas de los pueblos.

La semana pasada hable con Francisco el hijo de Javier que se ha casado y vive con su mujer en Sueca, muy cerca de su padre, mi padre siempre me decía que Javier tenía alma de aventurero, pero cuando termino sus estudios, se quedó en su Valencia, creo que su hijo ha hecho lo mismo. Javier es un hombre simpático, estuve el verano pasado en su casa de verano en el Perelló, es un pueblo que está cerca de Sueca, en su jardín estuve con su familia y su mujer, que es la misma que se casó cuando termino sus estudios de ingeniero electrónico, por lo que me dijo ahora estaba retirado y cultiva por hobby unas tierras que le dejaron sus padres. Javier tiene dos hijos, los dos chicos, francisco es el mayor, el otro es Paco y aun esta soltero y no con muchas ganas de tener pareja. En mi opinión se le ve feliz, porque ha llevado una vida tranquila, me acuerdo cuando escribí aquellas líneas hace meses, cuando era estudiante y estaba con mi padre en la universidad, cuando le conocí, vi que era igual como me lo había descrito mi padre. Juan y Javier siempre han tenido una amistad especial, eso se nota, aun se llaman para tomar un café. Porque le Perelló no está muy lejos de Valencia, solo tienes que tomar la carretera del Saler, que recorre toda la costa pasando por todos los pueblos costeros. Bueno ahora pensando, sé que le voy a regalar a mi padre, una cartera de piel tipo mensajero que he visto en la tienda de la esquina, me la quería comprar para mí, pero prefiero cómprasela para mi padre, le hará mucha ilusión, porque siempre va con su portátil y sus libretas, nunca le he conocido sin ellas, pero no me gusta la bolsa que lleva que se cuelga en los hombros, prefiero la que he visto.

No sé, porque aún sigue trabajando, ya está retirado, encima lo hace gratis, creo que le están explotando en ese laboratorio, pero comprendo que él es feliz dentro de un laboratorio. Creo que voy a ducharme y arreglarme, elena me ha enviado un mensaje diciéndome que a las 7 nos veríamos en el centro.

Capítulo 10

"Origen de las cámaras acorazadas nazi y el tesoro nazi"

Madrid, 23 de noviembre del 2010

Estaba con mi colaborador de la embajada norte americana en un centro de comercial de la castellana, esperábamos a la delegación rusa, creo que no tardarían, Iván se ha había puesto en contacto conmigo, hacía unos días quería hablar sobre algo, pero no tengo ni idea, pero con ese hombre nunca se sabe, los rusos son muy raros, vamos a ver que quieren.

La semana pasada, empezamos a utilizar el sistema de Juan y por suerte pudimos descifrar al menos dos cifras, de las 25 que compone la clave, lastima del grupo de científicos que tenemos en plantilla, un chico desde su casa ha hecho más avances que todos estos ilustres científicos que hemos tenido durante décadas en nómina.

La semana pasada nuestro equipo en puebla, México, ha encontrado un documento en alemán, que da pistas de cómo fueron construidas las cámaras acorazadas nazis de Frederick, porque hemos descubierto otra cámara en Chile, que fue un refugio después de la guerra para los nazis, recuerdo cuando era joven que pertenecí a un comando para capturar nazis en Chile y Argentina, debido a que me reclutaron por aquel entonces porque soy de familia sefardí, se hablar perfectamente español, en aquel entonces nos movíamos bastante por todo el país, fueron unos días dinámicos y hacíamos de todo para conseguir nuestros objetivos, muchas veces trabajamos encubiertos y totalmente en solitario, porque no teníamos apoyo del gobierno israelí, entre los 70 y 80 del siglo pasado, yo era un joven de 20 años que quería comerme el mundo. Por lo que me dijo, nuestro agente en México, el documento lo encontró en una tienda un anticuario, lo compro a este, que no sabía que es lo que le decía porque tenía un cifrado muy simple, pensaba que era uno de esos juegos de palabras que algunos autores utilizan para demostrar su intelecto, pero utilizaba un cifrado Cipher, donde se sustituía el orden de las letras, pero se sabía que el lenguaje base era el alemán.

Pero el anticuario nos dijo que lo compro por la simbología nazi, con sus logos, un águila sobre el símbolo Nazi, por qué autentificó que era de esa época. Por lo que pudimos descubrir, tras el descifrarlo, era la localización de otra cámara acorazada en Santiago de Chile y que tenía la misma clave que la de ginebra, que fue construida por el propio Frederick, al igual que la de ginebra. Además, también explicaba la metodología utilizada en el ensamblado o construcción de la cámara, cosa que nos permitía tener pistas a cerca de la constitución de la cámara y como romperla.

Recuerdo haber visto un registro nazi, con todas las propiedades expoliadas por los nazis, donde se especificaba el nombre de la familia expoliada y la lista de objetos, joyas, obras de arte y dinero, por el volumen, pensamos que no todo estaría en la cámara de ginebra como pensábamos durante estos años, que debería haber otro lugar donde ellos debieron esconder parte del botín.

En ese documento de México se especificaba que, tras la construcción de las cámaras, fueron sacrificados los trabajadores y capataces que la construyeron, como ofrenda a Odín o los dioses, porque la cúpula nazi tenía una fuerte convicción con la cultura escandinava dentro los ideales de la raza aria. Por ese motivo, nuestros expertos están estudiando los rituales vikingos, que enterraban o sacrificaban a humanos una vez escondían el tesoro. Debido a que pensaban que en el Valhalla podrían disfrutar de todos esos tesoros, además de disfrutar de un suculento banquete en el salón de los dioses.

Cuando hable con uno de nuestros expertos, toda esta información nos daba pistas sobre las cámaras y como abrirlas. Nuestro agente en Moscú nos dijo que los rusos estaban muy adelantados y tienen a expertos chinos e indios trabajando en ello, para descubrir la clave de las dos cámaras, bueno ellos aun no conocen la segunda cámara, eso es una ventaja para nosotros.

No sé qué quiere decirme Iván, pero me preocupa, es un hombre muy inflexible y no suele hacer reunión sin ningún motivo. Veremos que nos cuenta, pero seguro que no será nada bueno. Llevo unos minutos aquí en el centro comercial no debe de tardar, hablando del rey de roma por aquí viene,

- Buenas tardes, Aaron, - se aproximó Iván hacia mi mesa.
- Buenas tardes, Iván, ¿Qué tal todo?
- Nada, con mis cosas, bueno vamos al grano y dejémonos de formalismos, nos hemos puesto en contacto con Juan, vuestro protegido y le hemos pedido colaboración, pero vosotros ya lo tenéis cogido, no hemos podido hacerle un trato como vosotros, es una lástima porque lo habíamos visto primero y conocíamos su sistema mucho antes, pero lo necesitamos, por eso desde el kremlin me han dicho que podíamos trabajar juntos, luego los beneficios podrían ser compartidos.
- ¿Y que sacamos nosotros?
- Tenemos en nuestro poder el diario de Frederick
- Eso cambia las cosas, y ¿qué tipo de colaboración queréis?
- Que compartáis los resultados de Juan con nosotros
- Tengo que hablarlo con mis superiores en Tel-Aviv y con el centro de inteligencia en Washington, debido a que ellos llevan el peso financiero de este proyecto desde hace muchísimos años.
- No hay problema podemos esperar, sabemos que habéis conseguido descifrar al menos dos cifras de la clave.
- Si

- Ese Juan es un genio, si sigue perfeccionando el sistema en poco podréis descifrar todos los dígitos.
- Eso esperamos, pero no tiene que distraerse, está en una relación con una chica, Natasha y eso le podría hacer abandonar el proyecto, el amor tiene esos efectos, queremos que ella colabore también con nosotros, y si no, buscaremos la manera de que lo haga.
- Eso tiene razón y ¿que habéis pensado?,
- Esta tarde cojo un vuelo hacia manila para hablar con Natasha y veremos qué podemos hacer para convencerla, porque Juan no tiene que saber nada de que ella le hemos propuesto algo, sino dejara el proyecto de inmediato.
- ¿Tenéis hombres siguiéndola?
- Si tenemos uno en Suecia y otro ahora mismo en Manila, esta vigilada las 24 horas, además tenemos pinchado su teléfono móvil.
- Eso está bien, ¿hay algo más que tengamos que tratar?
- No eso, es todo
- Mantenme informado sobre la decisión de tus superiores
- De acuerdo lo haremos

Vi como Iván se iba de mi mesa y desaparecía entre la gente de ese centro comercial, pues era eso lo que querían los rusos, que trabajemos juntos, a lo visto estamos dando en el blanco y ganándoles la partida, pero es un punto lo del diario de Frederick, me muero por leerlo, seguro que descubrimos más cosas, no veo el día de abrir esa cámara acorazada, descubrir lo que hay dentro.

Tengo que ver los vuelos a Manila, creo que será un vuelo de ida y vuelta, porque no estoy para hacer turismo o algo parecido, además tengo que convencer a Natasha para que trabaje para nosotros, de momento no tengo ninguna herramienta para hacerlo, porque no veo otro motivo que presionarla con Juan, para convencerla. Por lo que me dijo nuestro agente en Manila, hay un mafioso local llamado Felipe “el tuerto”, que está paralizando el proyecto de Natasha, creo que podemos explorar convencer a Felipe para que colabore y desbloquee el proyecto de Natasha, debido a que les está presionando con dinero y una zona en el barrio para hacer sus cosas criminales, ese sería un punto que permitiría ganarme la confianza de Natasha, además según nuestro agente, ha visto que tiene un hermano que está en prisión en la china, por un tema de tráfico de drogas, voy a pedir a las autoridades chinas para conseguir un perdón para el hermano de Felipe, además le podemos comprar un billete de avión para Manila, pero antes del trato voy a hablar con la gente del consulado de Pekín para que lo retenga en el consulado hasta que su hermano, Felipe, cumpla con el acuerdo.

Creo que eso funcionara porque mis superiores están de acuerdo con ello, creo es un precio pequeño para los objetivos que podemos conseguir, otras de las formas que podemos conseguirlo es presionándolo por la fuerza, pero creo que eso no funcionara ya que este Felipe está acostumbrado a este tipo de acciones, pero podría ser una alternativa.

Antes de irme a manila esa misma noche, ya que he encontrado un vuelo en primera clase allí, ¡!que page el gobierno!!, quiero hablar con Samuel. Por ese motivo, me termine el café y me dirigí a la puerta principal del centro comercial, el día estaba bastante bien, no del todo soleado, pero tampoco nublado del todo, vi pasar un taxi libre y levante la mano, le indique mi dirección, calle Velázquez y me dirigí allí, dentro del taxi, vi las calles y el tránsito de las persona de aquí a allá, Madrid siempre ha sido para mi opinión una ciudad muy bulliciosa, al concentrar las embajadas y el gobierno nacional, tenía mucha vida por el centro, pero como ciudad no me gusta, prefiero otras ciudades europeas, creo que esta embajada es mi segunda casa, bueno podría considerarse que es la primera, porque desde hace años que no tengo ninguna dirección y sitio fijo para ir a vivir, después de este proyecto me iré a un sitio tranquilo y donde pueda retirarme. Al entrar en la embajada le esperaba Samuel en el recibidor.

- אתה תמיד מוזמן לחיים "Saludos, Eres bien venido siempre"
- לחיים "saludos", ¿Cómo estás?
- Bien no me quejo, mucho trabajo en los últimos días, ¿A que tenemos el placer de verte por aquí?
- Solo una visita formal, luego esta noche tomo un avión hacia Manila, tengo que ocuparme del proyecto de las cámaras nazis, llevamos muchos años detrás de esas cámaras.

Este proyecto de las cámaras nazis se empezó con los judíos que pudieron salir de la Alemania nazi, finales de los años 30 del siglo pasado, los cuales tenían familiares aun en Alemania, vieron como Hitler les quitaba todo el dinero y las propiedades, encerrándoles en guetos para judíos si nada, esto hizo que aquellos judíos americanos tomaran conciencia y se organizaban para ayudar a aquellos que estaban en Alemania.

Primero recaudando fondos y organizándose, para hacer expediciones con gente local para rescatar a judíos de los guetos, otra facción de este grupo organizo a grupos paramilitares para combatir en la sombra al ejército nazi, causándoles el máximo daño posible. Tras la caída del régimen nazi, después de la guerra, esta organización que se llamaba "hijos de David" בן דוד, se centró en la creación del estado de Israel, siguiendo recogiendo fondos, y sus mercenarios destinándolos en tierra palestina, muchos de los mercenarios habían luchado, junto a la resistencia contra los nazis, por lo que tenían experiencia en la lucha de guerrillas, fueron los causantes de numerosos atentados en tierra palestina, porque lo que querían "los hijos de David", así terminaron llamándose la organización, era fundar o refundar el estado de Israel.

Al ser reconocido Israel como estado y estar dividió Jerusalén en diferentes partes, porque es considerada esta ciudad como santa por las más importantes religiones monoteístas. Algunos de los integrantes de estos grupos paramilitares, se integraron en el ejército de Israel, luchando en las principales guerras israelitas que ha tenido a lo largo de los años, aún tienen en el S. XXI.

Israel se convirtió en el sitio de peregrinaje de todos los judíos, debido a que hicieron llamamientos por parte del gobierno de Israel para que fueran toda persona con orígenes judíos en todo el mundo, en uno de esos grupos de emigrantes, vino un judío que tenía una serie de papeles donde explicaba la existencia de una cámara secreta en los alrededores de ginebra, por una extraña razón, dichos documentos cayeron en manos del director general de seguridad, Sr. Jacob Shurmman, un judío alemán o Jecke.

Los jecke son considerados una parte muy importante en la construcción del estado de Israel. Jacob tras leer los documentos, puso en marcha un grupo de personas que dependerían de él, que estarían financiados por el reciente Mossad, hasta el día de hoy este grupo ha crecido en número de personas, efectivos infraestructura y financiación. Aaron era parte de esta organización gubernamental, anteriormente había sido soldado en el ejército y luego paso a las fuerzas especiales, donde recibió entrenamientos especiales, incluso en la caza de nazis en Latinoamérica. Finalmente paso al proyecto de las cámaras nazis, donde está hasta la fecha de hoy, trabajando.

El estado de Israel siempre ha sido ayudado y financiado por Estados Unidos, con dinero y armamento, por ese motivo también participo en el proyecto de las cámaras. Durante la guerra fría, en un bar de parís en la década los 60, el agente Brian Seans, que trabajaba en el proyecto de las cámaras, como agente en Francia, se enamoró de una polaca, diez años más joven, la cual resulto ser una agente doble, pero esta mujer polaca pudo descubrir el origen de las cámaras polacas, comunicándolo a sus superiores en el kremlin.

Cuando los americanos se enteraron, relegaron a Brian a puestos inferiores, no querían que los rusos supieran que habían cometido un error, tras esto, Brian se colgó en la habitación que los últimos meses vivía, había perdido todo en la vida, le atormentaba la idea de primero haber perdido a la mujer que amaba, que desapareció sin rastro de la vida de Brian, segundo por haber traicionado a su país, el sentimiento de culpa y otra vez la culpa, hizo que no lo pudiera soportar más, quitándose la vida en un hotel en el centro de los Estados Unidos a las afuera de un pequeño pueblo.

Los rusos, con esta información enviaron agentes de la KGB a obtener más información al respecto, por lo que organizo un grupo de estos agentes, ya que en aquella época toda acción por parte de Estados Unidos tenía su reacción en rusia y viceversa, siendo la Genesis de la versión rusa del grupo creado por Shurmman en Israel 10 años antes, en este grupo pertenecía, Iván.

Tras la caída de la unión soviética, este grupo paso por periodos malos e incluso la desaparición, ya que rusia se estaba desintegrando. Gracias a Alexander Ruptinov, secretario de estado del nuevo gobierno ruso y de orígenes ucranianos, rescato este proyecto y lo integro dentro del departamento de defensa e inteligencia, dotándole de fondos y recursos. Los rusos les motivaban otras razones a sus homólogos israelitas, porque, durante los gobiernos de Stalin, rusia fue muy dura con la población judía, muchos de ellos fueron deportados a Siberia, algunos de ellos, al igual que en la época nazi, se convirtieron al cristianismo, cambiando muchos de ellos sus apellidos ruso-judío a apellidos como Martin o similares. Hoy en día hay muchas personas con apellido Martin en Rusia o Ucrania de orígenes judío.

En los últimos años rusia o federación rusa, incorporo a esta búsqueda del tesoro nazi, a china e india, porque en los últimos años habían crecido mucho estos países y estaban dentro de la carrera armamentística. Hoy en día y terminada la guerra fría, tras la caída del muro de Berlín a finales de los 80, las organizaciones israelita y rusa se había quedado como un vestigio de lo que fue la guerra fría, un dinosauro que había crecido con el solo objetivo de encontrar el tesoro de los nazis.

Tras años de intento, tanto físicos como científicos, buscando las maneras de romper la cámara con todo tipo de maquinaria, e intelectuales para descubrir la clave para abrir la cámara, no habían conseguido nada al respecto, los intentos fueron en vano, mucho dinero gastado y toneladas de información al respecto, el secreto de Frederick seguía intacto, por eso cuando vieron el sistema de Juan, al probarlo, dando resultados positivos, movilizaron todo para incorporar a Juan en el proyecto, pero de una forma externa, solo querían su tecnología. Por lo que había dicho Aaron, su sistema podía descifrar por el momento 2 cifras de la clave, siendo un gran avance al respecto.

El despacho de Samuel siempre me había parecido el mejor de la embajada, incluso que el del cónsul de Israel, que era un título honorifico en aquella embajada, ya que el que mandaba era Samuel como agregado de defensa. Tras hablar con el de diferentes temas no relacionado con las cámaras, me dispuse a irme al hotel y prepararme para el vuelo.

Capítulo 11

"El tesoro de los nazis"

Berlín, 14 de marzo 1941

Siempre me ha gustado "la isla del tesoro" de Robert Louis Stevenson, está llena de aventuras, escondiendo ese tesoro que había sido espoliado a los judíos, me sentía igual, como un pirata sanguinario y sin escrúpulos. Los camiones siguen llegando a ginebra con todo ese dinero y propiedades, porque hace un año terminamos las obras de la cámara acorazada en ginebra, cada vez que estoy delante de la puerta de la cámara acorazada, siento un orgullo inmenso por el trabajo que hice, recuerdo cuando empecé el diseño por los años 20, era un recién titulado y quería hacer cosas grandes, aquello días con mi libreta y un lápiz, diseñaba aquel sistema de encriptación mecánico, la futura cámara acorazada, aún recuerdo los primero bocetos a mano, con las notas al margen de página, ahora desde el salón de mi casa, en frente de un café, recuerdo aquello lejano y con mucha añoranza.

Mi padre fue un gran relojero y me enseñó el alma de los mecanismos mecánicos, las distintas partes que componen un todo. Recuerdo la pequeña tienda que teníamos llena de relojes y partes de ellos, las tardes que pasaba con mi padre ayudándole en la tienda después de la escuela, eché de menos esos momentos cuando empecé la universidad. Tras aquel fatídico día, donde un tranvía atropello a mi padre y le quito la vida, parte de esa alma mecánica de sus relojes y su pasión por ellos, murió con él, ahora contemplando mi trabajo en ginebra, revivo esa alma, debido a que él le hubiera gustado participar conmigo en esto y sobre todo estaría orgulloso de lo que he hecho. Cuando miro a mis hijos, pienso que debo de darles ese espíritu que me lego mi padre, aunque en un futuro siempre me sentiré orgulloso de ellos, cosa que ya, lo estoy.

Ayer hable con Rudolf y el traslado del tesoro, está yendo bien, diariamente salen dos camiones desde aquí Berlín hasta ginebra, luego regresan para hacer otro viaje en el mismo sentido, creo que la semana que viene todo o al menos parte estará en ginebra.

Aún recuerdo cuando fui por primera vez al almacén a las afueras de Berlín, vi todas aquellas cosas ordenadas en cajas de madera, pintadas en la superficie, indicaba de que se trataba con el símbolo nazi con el águila. Por lo que pude ver, había de todo, relojes de oro, joyas, lámparas de araña con decoración de oro, pinturas, obras de arte y todo tipo objetos de valor, espoliados antes de la guerra y durante la guerra a las familias judías alemanas y de los países invadidos.

La riqueza que se podía encontrar en aquella inmensa nave industrial era extraordinaria y excedía toda mi imaginación, pensaba yo cuando fui por primera vez, pasando por los pasillos de las filas de cajas que llegaban casi hasta el techo, pensaba que aquel tesoro excedía a cualquiera a lo largo de la historia, ya que los pasillos y los corredizos parecían que no tuvieran fin.

Recuerdo en aquella visita que iba con un capitán y dos soldados que llevaban su arma en la mano, escoltándome por aquellos pasillo creados por las cajas de madera, ahora que lo pienso, el capitán se presentó, pero, no recuerdo su nombre, pero recuerdo su semblante serio y sus botas militares, su uniforme militar con las condecoraciones en su solapa, pero si recuerdo que una de ellas la cruz de hierro, cosa que le pregunte y me dijo que fue al valor y se la concedió el propio Hitler en persona. Ahora después de los traslados de aquel tesoro, visite por segunda vez, siendo un espacio diáfano, un inmenso espacio que antes estaba ocupado por numerosas cajas apiladas.

También pude hablar con Rudolf de una segunda cámara acorazada que la teníamos que construir en las afueras de Santiago de Chile, por lo que tenía que ir allí para coordinar la construcción de esta segunda cámara acorazada. En un principio van a ser iguales, con las reuniones que tuve con Hitler, quería que tuvieran la misma clave y estructura.

Todos mis estudios, documentos y demás cosas relacionadas con el tesoro judío, se trasladó a la biblioteca situada en el bunker de Hitler y resguardada por dos soldados, que iban rotándose cada dos horas y durante las 24 horas, que recibían ordenes directamente de Hitler. Incluso mis trabajos iniciales y mis prototipos rudimentarios fueron guardados allí, aquellos sistemas que hice con piezas de relojes y otros artilugios que encontré o compré en los mercados de los domingos. Fue una época emocionante y fascinante, donde las ideas venían a mí, donde todo era posible de realizar. Por aquella época aun no me había casado con Helen, aunque ya nos conocíamos desde la universidad, cuando conseguí mi trabajo en Siemens, luego me traslade a la división tecnológica del gobierno, donde estoy ahora como jefe de ingeniero en el proyecto "der Schatz", donde soy el máximo responsable del proyecto, como el " Capitán Jonathan Flint" de la isla del tesoro, que tras años de saqueo y espolio, decidieron él y sus compinches, John Silver el Largo y Williams Bones, esconder un inmenso tesoro, creando una maldición para todo aquel que lo quería encontrar.

En frente de mi café y en mi casa, pienso que nunca mi trabajo se publicará, nadie conocerá el sistema y menos la cámara acorazada, perdiéndose en el olvido todo mi trabajo y mis ideas, como una gota en el océano, negándome todo tipo de reconocimiento o mi sitio en la fama. Vivo bien, mi familia después de la construcción de las cámaras acorazadas, vivirá durante generaciones, muy bien, con el dinero suficiente para no tener que sufrir durante décadas, siendo un consuelo para mi intelecto herido y mi egoísmo científico, el bienestar de mi familia, principal razón de mi motivación para seguir adelante con mi estudios y trabajos, muchas veces las razones simples son las más necesarias e importantes, relegando las otras a un simple deseo, algo que hubiera podido ser. En Chile los trabajos ya han empezado, están bastante avanzados, pero la logística será más complicada, debido a que se tendrán que fletar barcos con todo el tesoro, que según Rudolf está en una segunda nave industrial de dimensiones parecidas a la primera.

El otro día estaba pensando, para que tantas riquezas acumuladas, si al final no se podrán usar, toneladas de oro, plata y objetos valiosos, guardados en una cámara sin luces, que nadie podrá ver durante décadas o siglos, siendo solo una consecuencia de la codicia humana, del sentimiento más ruin del ser humano.

Durante los siglos, el poder y el dinero, han sido uno de los motores que han marcado las sociedades, imperios, reinos y republicas, que las personas han intentado conseguir a cualquier precio, incluso el personal, renunciando a lo más preciado o querido por los dos, dinero y poder, eso no me pasara a mí, yo solo me limitare al ámbito de la ciencia, dejando para otros esos deseos mundanos, soy feliz y quiero seguir siéndolo, el dinero no es todo en la vida, solo es parte, siempre que se consiga la felicidad, principal meta a conseguir. Voy a vestirme e irme a ver a Rudolf, debido a que tengo una reunión con el dentro de 2 horas en sus oficinas de la Gestapo en el centro de Berlín.

Frederick, subió a su habitación donde su mujer Helen aún estaba durmiendo y sin hacer mucho ruido, cogió toda su ropa y se fue al cuarto de aseo, allí se cambiaria, porque aún tenía el pijama, afeitándose y arreglándose para la reunión con Rudolf.

Frederick siempre le gustaba vestirse con trajes de color oscuro, siendo sus colores favoritos el azul oscuro o el negro, corbatas de colores tenues, el sombrero siempre a juego con su traje, aquella mañana, cogería una abrigo de ante vintage beis con forma de gabardina, le encantaba ese abrigo porque era cómodo y abrigaba en los días de invierno, aquel marzo era especialmente frio, para casi estar a punto de llegar la primavera. Salió de la casa y se dirigió al garaje, la familia de Frederick tenía una casa grande con una entrada de grava y un jardín, con su garaje a las afueras de Berlín.

Cogió su Mercedes Benz negro, que había comprado ese mismo año, se dirigió hacia los cuarteles de la Gestapo en el centro de Berlín, donde tenía las oficinas Rudolf. Rudolf era un hombre corpulento y con sobre peso, rubio y con los ojos claros, siempre vestía el uniforme de la Gestapo con sus insignias, de pocos amigos y pocas palabras, que mandaba de sus hombres de una forma recta y estricta, no soportaba la debilidad, ni tampoco conocía la compasión. Anteriormente, había trabajado en un campo de concentración como suboficial al cargo de los pabellones de los hombres, experiencia que le forjo como una persona dura e insensible, además de cruel. Con Frederick el trato era diferente, por el simple hecho de que le necesitaba y la codicia por el tesoro judío, le hacía actuar de esa manera.

Muchas veces Rudolf se encendía un cigarrillo, delante de todos esos objectos valiosos y oro en cajas, pensando que podrían ser de él, pero la fuerte formación militar y el amor a la causa, sobre todo a Hitler, le hacía desestimar la idea, limitándose a gestionar todo ese tesoro y almacenarlo en las cajas, tanto era su responsabilidad hacia ese proyecto, que personalmente controlaba e inspeccionaba cada camión que salía de Berlín con un cargamento del tesoro, como si se tratase de sus dinero, con una dedicación abnegada, sacrificando tiempo y esfuerzo en ello.

Por lo que respecta a Frederick, el dinero era lo de menos, su mayor objetivo era la cámara acorazada, considerándolo un hijo más, como padre sentía devoción, para Frederick la cámara acorazada era su hijo, salvando a sus verdaderos hijos, porque era un buen padre, siendo amores diferentes.

Frederick consideraba que la espoliación a las familias judías era un echo despreciable, sentía un desprecio hacia el hurto organizado que estaban haciendo sus compatriotas, pero reconocía que era el único medio para construir la cámara acorazada, donde los medios no siempre justifican el fin, pero para Frederick los toleran, siendo ocultada "la culpa" por algún objetivo más elevado y grandioso.

Hitler estaba obsesionado con el tesoro, creía que, tras su muerte, podría disfrutar del tesoro, que como en las tradiciones vikingas, podría ir al Valhalla y comer en el salón de los dioses, e incluso ser un dios. La cúpula del régimen nazi, creía firmemente en prácticas esotéricas y la magia, creyéndose herederos de los antiguos guerreros germánicos, por lo que practicaban todo tipo de ritos ancestros y creían fervientemente en las antiguas tradiciones de su glorioso pueblo, Frederick no creía para nada en esas cosas, decía que los hombre eran iguales, que no había ningún pueblo superior al otro, pero era tiempos difíciles, el consentimiento o el silencio en algunos casos, podían y hacían, suavizar las situaciones adversas que se podían ocasionar en un determinado momento, siendo este silencio la mejor arma para seguir viviendo, al fin y al cabo, Frederick tenía una familia, se tenía que salvaguardar de aquella locura generalizada.

Al aparcar el coche y dirigirse al despacho de Rudolf, vio que aquel día en especial había mucho ajetreo de gente civil y soldados entrando y saliendo de las oficinas de la Gestapo. A lo visto, según los altos mandos tenían que movilizar tropas al frente oriental en rusia, los rusos estaban dando combate a los alemanes y necesitaban más tropas. A lo largo de la historia de Alemania, la invasión de rusia por parte de Alemania siempre había sido una máxima. Hitler había roto el trato con Stalin y se disponía a invadir Rusia dentro de la operación Barbarroja, con el batallón acorazado Panzer y un ejército enorme, si sucumbía rusia, caería un impero enorme que se extendía desde Europa hasta Oceanía, una oportunidad que no querían desperdiciar los alemanes. Frederick una vez en el despacho de Rudolf se aproximó a él, este levanto la cabeza y he hizo un gesto, para que se sentase, mientras estaba concentrado en unos papeles que tenía delante.

- ¿Qué está pasando? He leído en los periódicos que hemos roto el trato con Stalin
- Es una locura hoy, Hitler ha convocado al alto mando para llevar una operación e invadir rusia, una gran ofensiva y necesitara hombres para hacerlo.
- Ya veo,
- Cambiando de tema, el transporte del tesoro está terminado, he inspeccionado el ultimo cargamento desde aquí, solo falta que este fin de semana, vallamos a ginebra y cerrar la cámara acorazada, por instrucciones de Hitler, solo tú y el, podéis hacerlo el resto nos quedaremos fuera, ya que sois los que conoceréis la clave de la cámara acorazada.
- Así es, tuve una reunión secreta con Hitler y así me lo hizo comunicar.
- Ordenes son ordenes – diciéndolo con resentimiento, debido a que no podría ver más el tesoro judío, tras aquel fin de semana.
- Si eso es, Hitler lo puso muy claro, otra cosa, la semana pasada me enviaron una circular del estado de la otra cámara acorazada en Chile, los trabajos están muy adelantados, pronto se podrá mover todo el resto del tesoro. Una pregunta, ¿Cómo es que no se ha construido en Europa?, como la otra
- La razón es porque, si se pierde la guerra, Hitler tendría otros ingresos en Chile y Argentina, que serían seguros para los dirigentes nazi, si perdiésemos la guerra.
- Entiendo.

Al salir del despacho, tras varios minutos hablando, decidió dejar el coche aparcado y caminar por las calles de Berlín. Observaba como la gente era ajena a la guerra, caminando por las calles, hablando y planeando cuales serían los planes de ese fin de semana, si se irían de picnic o algún sitio parecido para disfrutar de la naturaleza, o que película o espectáculo podían ir a ver, las tiendas estaban abiertas y llenas de clientes que salían con sus últimas compras, que diferencia había en el frente a kilómetros de esa ciudad bulliciosa y en completamente en paz, donde la gente vivía cada día al filo de la desesperación y el único ruido que escuchaban era la del armamento pesado y las bombas, en aquella época Berlín era ajena a toda esa destrucción, la gente simplemente vivía, pensaba que iban a ganar la guerra y su estilo de vida se impondría, que el Reich había llegado para quedarse, el optimismo era la tónica, para los habitantes de esa ciudad, incluso Frederick lo creía, pensaba que después de la guerra todo sería mejor y que Alemania seria grande otra vez, estaban orgullosos de su dirigente y confiaban en él, un orgullo nacional reinaba en todo el país, los sacrificios personales se ponían en segundo plano, eran un daño necesario para el triunfo y la gloria nacional, no sabían que la destrucción estaba llamando su puerta, en los años venideros, Berlín quedaría completamente destrozada y en ruinas, que el pesimismo y la desesperación se apoderaría de cada rincón de esa ciudad y de su gente.

Frederick caminaba tranquilamente en ese ambiente y disfrutando con sus conciudadanos de esa paz ficticia, cuando noto como una sombra le seguía, siempre había estado vigilado desde que había empezado el proyecto, debido a que tenía sobre sus espaldas mucha responsabilidad y era muy valioso para la cúpula del gobierno, aunque no era invitado a sus fiestas, para no levantar sospechas de que solo él, era arquitecto del sistema y las cámaras acorazadas, solo Hitler y Rudolf, conocían que Frederick era el artífice de aquello, quedando todo su intelecto ocultado por la codicia de aquel tesoro judío, pero a él, en esos momentos no le importaba y pensaba que estaba orgulloso de su trabajo, los logros era celebrados internamente, le gustaba su trabajo y estaba feliz de hacerlo.

Su nuevo acompañante no tenía las mismas pautas que los anteriores, además veía que quería de alguna forma contactar con él, por lo que decidió ponérselo fácil, quedo atrás el tranquilo paseo, para pasar a concentrarse en ese misterioso hombre y saber que quería. Por ese motivo mientras caminaba intento sorprenderlo y abordarlo directamente para saber que quería.

Entro en unos grandes almacenes, se aseguró que es hombre también lo hacía con él, la gente tranquila compraba y se divertía en esos grandes almacenes. Frederick se aproximó a un mostrador donde vendían productos para el aseo masculino, le pregunto a un dependiente ciertos productos, ese hombre en el lado opuesto del mostrador también se acercó, preguntó al otro dependiente, para desviar la atención, pasando como un cliente más en esos grandes almacenes, en ese mismo momento Frederick, tras un descuido de aquel hombre, se puso detrás de él, le toco la espalada, este al verle se sorprendió y no sabía cómo actuar, había sido descubierto y tenía que actuar rápido.

- ¿Por qué me estas siguiendo?
- Yo no le sigo a usted – el hombre quería desviar la atención y parecer que no había pasado nada.
- Desde que he salido de las oficinas de la Gestapo, me estas siguiendo ¿Qué quieres?
- Yo no le sigo, déjeme en paz, - en ese momento Frederick le cogió de la solapa de su chapeta en tono amenazante.
- Dime que quieres – el hombre le dio un empujón a Frederick y pudo apartase

Al soltarse el hombre huyo de Frederick, dándose la vuelta de vez en cuando. Frederick con la mano que sujetaba al hombre levantada aun, se quedó quieto y sin decir nada, al poco bajo la mano y se dirigió hacia la calle por la puerta principal de los grandes almacenes. Caminando por la calle le embargo un sentimiento de ridículo, había increpado a un inocente hombre sin motivo aparente, simplemente porque pensaba que le seguían. Al cabo de un rato de aquel incidente, Frederick pensando en otras cosa, se le acerco el hombre que había increpado, le hizo parar y le hablo, tocándole el hombro.

- ¿Puedo hablar con usted Frederick? – Frederick se quedó con los ojos abiertos, era cierto que le estaba siguiendo, no eran imaginaciones suyas y además sabia su nombre,
- Si claro, dígame,
- Soy el soldado Hans, Hans Fischer, mis superiores me han dicho que le diga que esta noche le esperan en una reunión secreta en esta dirección – Hans saco un papel escrito por su mano y se lo dio a Frederick
- ¿Qué reunión secreta?
- Solo cumplo ordenes, la dirección y la hora de la reunión están en el papel, por favor no falle, es muy importante que hable con mis superiores.
- ¿Perteneces a la Gestapo?
- No, esta noche comprenderá todo cuando se lo expliquen, por favor no falle, no le va a pasar nada, solo quieren hablar con usted.
- De acuerdo no fallare,
- Gracias, y adiós
- Adiós

Aquel hombre joven se alejó en dirección contraria a la Frederick, mientras Frederick miraba el papel que le había entregado el soldado joven. Estuvo un buen rato mirando el papel, finalmente decidió guardarlo en el bolsillo del abrigo y seguir caminando por aquella calle llena de gente, pensando lo que le había ocurrido y porque un desconocido le había abordado de esa manera.

Decidió ir a la reunión, aquellos años habían pasado muchas cosas, el país que conocía era totalmente diferente, había cambiado de raíz, el silencio y el miedo se había instalado para quedarse con los nazis en el poder y quería saber, si el soldado no pertenecía a la Gestapo o al gobierno, que querían de él.

Además, Frederick estaba muy relacionado con la cúpula nazi, aunque era un secreto para el resto del mundo, o eso creía, tenía comunicación directa con Hitler, por ese motivo no tenían que hacer aquel espectáculo de que un soldado le siguiera, además que le increpara en medio de la calle para invitarle a una reunión secreta con unos desconocidos, cosa que le aterraba, pero la curiosidad le embargaba, lo normal dentro de su posición hubiera sido, el contacto directo o por mediación de Rudolf, era lógico ese proceder, pero aquello era inusual y extraño. Frederick, decidió volver a las oficinas de la Gestapo, donde tenía aparcado su coche y dirigirse a su casa.

Tras dejar a Frederick, Hanns se dirigió hacia el bar más cercano, necesitaba llamar por teléfono y comunicar a sus superiores que sus recientes órdenes habían sido ejecutadas. Con el primer encuentro en los grandes almacenes con Frederick, le pillo, por sorpresa, no sabía que hacer, debido a que sus órdenes eran seguirlo, he informar sobre cada uno de los pasos de Frederick, llevaba varios días siguiendo a Frederick, al final del día, informaba de los pasos de Frederick. Pero aquello de los grandes almacenes le trastocó, siendo nulas cualquier orden inicial, necesitaba nuevas órdenes, para poder reaccionar, por ese motivo busco una cabina en los grandes almacenes.

Hanns se dirigió al entrar en el bar hacia la barra, para hablar con el camarero y que le indicase donde estaba el teléfono público, para poder llamar, el camarero le indico que estaba en el fondo de la barra.

- Derek Weber soy Hanns, he contactado con Frederick ya le he pasado la dirección y la hora de la reunión de esta noche.
- Bien, ¿Cuál fue su reacción?
- Creo que no habrá problema, esta noche ira a la reunión,
- Buen trabajo, tenemos que saber qué grado de colaboración puede tener con nosotros.
- Creo que colaborara, no creo que tengamos problema con eso
- Perfecto, soldado Hanns, muchas gracias por su trabajo, nos pondremos en contacto contigo, recuerde que la discreción es una máxima en este caso, esperamos muchas cosas de usted. ¡!Por una Alemania libre!!
- Si señor, ¡!Por una Alemania libre!!

Colgó el teléfono y se dirigió hacia la puerta del bar, saliendo y caminando por las calles de Berlín, tenía que volver al cuartel, en esos días estaba muy bullicioso por los temas del frente de rusia, había conseguido aquellos permisos para seguir a Frederick, porque Derek Weber había intercedido por él, ante sus superiores. Hanns pensaba que lo más seguro que le enviarían al frente rusia, como sus compañeros, era lo más seguro, aunque él quería irse al frente occidental, a Francia o algo parecido, en aquellos momentos más tranquilo, por eso aquellos trabajos extras con Frederick le permitirían por un lado u otro, conseguir que le enviaran a un sitio más seguro.

Derek reclutó a Hanns por haber tenido unos expedientes de comportamiento, por su carácter fuerte y enfrentamientos con sus superiores, se había alistado al ejercido por que quería a su país, pero nunca perteneció a los movimientos nazis, los consideraba estúpidos, irrelevantes y fuera de lugar, pero amaba profundamente su país.

Hanns nunca había conocido en persona a Derek, porque siempre había sido una comunicación por teléfono o terceras personas, de hecho cuando lo recluto fue por mediación de otro soldado, que pertenecía al grupo secreto de Derek Weber, solo sabía que Derek también era militar y de muy alto rango dentro del ejército alemán, de familia de militares y con una amplia experiencia en combate, cosa que le enorgullecía como soldado, estar bajo el mando de una persona tan destacable, pero aunque conocía el fin de la organización, nunca conoció a las miembros de ella, era todo un secreto para él, al fin y al cabo, él era un soldado raso y como tal tenía que cumplir órdenes, ese era su objetivo.

Frederick llego a casa, estaba vacía por que los niños estaban en la escuela y su mujer había salido, cosa que aprovecho para relajarse y servirse un whisky con dos hielos, un escoces de vente años, que encontró en el mueble bar, tomo un buen trago, pensó que era todo aquello que le estaba pasando, ¿Qué querían aquella gente?, si como se dio cuenta, no pertenecían al gobierno. Finalmente, alguien sabía que él era el artífice de las cámaras acorazadas, en ese caso su vida estaba en peligro, porque era mucho dinero y responsabilidad sobre sus espaldas, un movimiento en falso por su parte y todo lo que conocía se esfumaría, la preciosa casa donde vivía, el caro traje que vestía, los colegios bilingües de sus hijos y en general su estilo de vida, que tanto le había costado conseguir.

El proyecto del tesoro judío, era un gran secreto incluso dentro del ámbito del gobierno, pocas personas sabia de él, solo los más allegados a Hitler, la gente pensaba que todas esas riquezas y oro, se guardaba en el banco de Alemania, que servirían para aliviar la economía de su país, porque antes de subir al poder los nazis, en los años 20, Alemania había tenido un gran receso económico, llegando a devaluarse el marco hasta niveles máximos, necesitando millones de marcos para comprar una barra de pan, Frederick recordaba aquella época muy oscura, diferente a la que había visto esa mañana en las calles de Berlín, donde la gente se vía contenta y con un nivel de vida bastante alto, ese era uno de los punto por que los nazis habían tenido tanta popularidad en aquellos años, tan oscuros para la historia de Alemania.

Bebiendo aquel escoces, recordaba como habían subido los nazis, al asociarse con el partido nacional-socialismo, un partido de extrema derecha y racista, que gano las elecciones para echar a los comunista del gobierno, seguido de esto, obteniendo el poder, los nazis promulgaron leyes para encerar a los comunistas y los que no pensaban como los nazis, llenando las cárceles de Alemania de gente diferente, luego creando campos de concentración por que podían ser mejor controlados que en las cárceles, creciendo el odio a lo diferente y aquel que pensaba de otra forma diferente a ellos, siendo los siguientes los judíos, Frederick recordaba la famosa noche de los cristales rotos, en noviembre 1938, donde grupos paramilitares y simpatizantes de los nazis, atacaron a las comunidades judías, destrozando las sinagogas y otros sitios sagrados para los judíos, siempre se había sabido que los nazis habían sido antisemitas, pero hasta esa fecha no habían puesto en acción ese odio.

Frederick conocía de primera mano, que se estaban deportando judíos ha campos de concentración, que en una primera instancia los habían puesto en guetos, casi todo el tesoro que poseían los nazis provenía de las espoliaciones que hacía a pie de los vagones funcionarios y soldados alemanes, antes de embarcarlos en los vagones, se les quitaba toda propiedad, les dejaba con solo la poca ropa que podía llevar en las manos o vestir.

Estos objetos requisados eran clasificados allí mismo, los más valiosos como joyas, dientes de oro y demás, eran trasladados al departamento del tesoro judío, previamente los dientes u otro tipo de prótesis de oro, eran fundidos en lingotes de oro, siendo estos lingotes de oro incorporados al tesoro judío.

Se había formado una red, bien organizada donde no se escapaba ningún detalle, mientras tanto el tesoro judío iba creciendo día tras día, necesitando sus cámaras acorazadas para guardarlo. Se sirvió otro escoces, se sentó en el sillón, con las piernas cruzadas, decidió ir a la reunión, tenía que saber que estaba pasando, independientemente del peligro que podría ser, de inmediato descarto la idea de comunicarse a Rudolf, no era buena idea, ese hombre no le caía bien, ni tampoco se fiaba de él, poner más incógnitas en la ecuación no era buena ida, la reunión era tarde, pasada la cena, por lo que aun tendría tiempo de tener un momento familiar y luego irse.

Tras la cena, cogió su abrigo y sombrero, se dirigió al coche, conocía la calle, estaba en el centro, no había problema de encontrarla. Al llegar a la dirección que ponía en el papel, era una casa de estilo victoriana, por lo que abrió la puerta metálica del jardín y se dirigió a la puerta principal, allí llamó al timbre y a los segundos le abrieron la puerta. Al entrar noto que había gente en grupos hablando, incluso en el recibidor, se dirigió a una habitación grande con grandes estanterías llenas de libros, donde había más gente hablando, nadie se percató de su presencia, al menos él, no lo tono, pero seguro que sería el tema principal de algunas charlas en esos grupos de hombres, noto que todos eran hombre, no diviso ninguna mujer, o si la había él no la vio. Tras un rato, se acercó un hombre con un traje caro y hecho a medida, que tenía en la solapa la insignia nazi y le hablo.

- Frederick, ¿supongo?
- Si soy Frederick y ¿con quién tengo el placer de hablar?
- Derek Weber, mariscal de campo de la tercera división de acorazado, un placer conocerle finalmente, ¿Quiere tomar algo?
- Si por favor un escoces con dos rocas,
- No hay problema, - hizo una señal a uno de los hombres que había allí, este se dirigió al mueble bar – Gracias por venir a la reunión, pensábamos que no vendría, cabía esa posibilidad.

- ¿Qué quieren de mí? ¿Cuál es el objetivo de esta reunión? ¿Por qué tanta gente? – Frederick vio que, en esa reunión, había importantes industriales alemanes, que le conocieron y le saludaron con la cabeza, porque habían coincidido en otras reuniones o fiestas, gente que estaba en posiciones elevadas en el alto mando alemán, deportistas de elite, artistas de renombre, en definitiva, lo más selecto de la sociedad berlinesa de aquellos tiempos de guerra, cosa que le desconcertaba, cuál sería el motivo de la reunión.
- Muchas preguntas, Frederick, pero en su tiempo lo sabrá – el misterio y la incertidumbre crecían en la mente de Frederick – Pero hemos visto que tiene una fuerte conexión con nuestro Führer y eso nos interesa para nuestros objetivos, en los últimos tiempo usted es el más próximo a él, cosa que no entendemos del todo, porque hemos visto sus trabajos principalmente en Siemens, por supuesto es un excelente ingeniero y científico, pero no vemos la conexión con el Führer, por eso su persona nos hace más atractiva para nuestra misión. – Dereck intentaba ser directo, pero reservando parte de la información de su misión, porque eran tiempo difíciles y un paso en falso y todo su trabajo podría no servir de nada, toda la misión sería un completo fracaso. – le hemos seguido desde hace un buen tiempo, sabemos que tiene contactos con Rudolf en la Gestapo, numerosas reuniones con los altos mandos del ejército alemán, cosa que nos extraña al ser usted un simple civil. ¿Cuál es su trabajo para ellos?
- Como bien sabrás, o le habrán dicho sus informantes, soy ingeniero y trabajo en proyectos civiles y militares, de alto secreto de estado, como sabrá, estamos en guerra, y la discreción es una máxima. – Frederick ocultaba su

verdadera misión que eran las cámaras acorazadas, que estaba construyendo para Hitler.

- Comprendo, si no es una indiscreción, ¿Cómo llego a estar en esa posición?
- No lo sé, supongo por mis trabajos e investigaciones, contactaron conmigo cuando trabajaba para Siemens, en sus cuarteles generales de Berlín,
- Entiendo, y ¿Cómo es que no está peleando por nuestro país? ¿Se alisto al ejército?
- Si lo hice con rango de oficial, ya que mi franja de edad es obligatorio servir en el ejército, pero tras mi contacto con el gobierno alemán, decidieron que podía servir a Alemania de otra forma, que mis servicios como ingeniero eran más preciados que como patriota, no ingresando en nuestro ejército y quedando como ingeniero civil – no llego a ser oficial del ejército, porque la gente que le había reclutado pensaba que era mejor que siguiera como civil, ya que así no estaría dentro de la jerarquía militar, las ordenes serían más personales y directas, por ese motivo nunca se incorporó a filas, su reclutamiento inicial se perdió o se olvidó, omitiendo para el gobierno y la historia su paso por esos trámites.
- Ya veo, entiendo su secretismo, ya que en estos tiempos hay muchos oídos y ojos en todas partes, Berlín en estos tiempos no es seguro, es un nido de espías y no se puede confiar en nadie. Por cierto ¿qué le ha motivado venir aquí?
- Curiosidad, simplemente – mintió, Frederick no solo le motivaba la curiosidad, estaba en una situación que era un hombre con los pies de barro, toda información podría ayudarle en un futuro, cualquier precaución era poca en esos tiempos, pero estar quieto no era la solución.

- Buena motivación, esperamos complacer su curiosidad, pero creemos que es muy valioso, no por su trabajo como ingeniero, no quiero decir que no lo sea, supongo que lo será, pero lo necesitamos por otros motivos – aquello le desconcertó aún más a Frederick
- ¿Cuáles son?
- Lo necesitamos por su íntima relación con el Führer, es de suma importancia para nuestros objetivos. Nosotros somos un grupo secreto que patriotas que queremos un futuro mejor para nuestro país, empezó con un grupo de militares descontentos por la dirección que llevaban los nazis, estamos trabajando en la clandestinidad para cambiarlo todo, para conseguir una Alemania libre y más democrática, independiente de ideologías políticas. Nuestro objetivo es Alemania, sea cual sea su color.
- Ahora comprendo, ¿Cómo quieren cambiarlo todo? El régimen nazi está muy instalado en todos los ámbitos de nuestra sociedad, va a ser muy difícil desarraigar ese sentimiento de la gente, la gente confía en los nazis, algunos de ellos viven de ellos, ¿Cómo lo van a hacer?
- Todo movimiento tiene un líder, en el ejército, muerto o capturado el líder, la guerra ha terminado, eso queremos hacer, terminar la guerra, desde dentro, nuestro país no puede soportar más esta situación, tenemos que terminar la guerra y firmar un acuerdo con los aliados, terminar la locura de los nazis, no queremos que pase lo mismo que la gran guerra, sabemos las consecuencias que tuvo para el pueblo alemán – Frederick recordaba la primera guerra mundial y el hambruna que paso el pueblo alemán tras la guerra – no se debe repetir y no debemos repetirlo, el pueblo que no recuerda su pasado está condenado a repetirlo, los nazis nos están llevando a un calle sin salida, no podemos permitirlo para el bien de nuestro país, creo que como patriota lo comprenderá.

No piense, que somos unos traidores, que en cierta forma trabajamos para los aliados, no, y es un rotuno no, son nuestros enemigos y siguen siendo, trabajamos para Alemania y los alemanes, es nuestra máxima. Espero haberme explicado claramente y entienda nuestra situación, la situación de nuestro país, en definitiva.

- Perfectamente – Frederick estaba de acuerdo con lo que decía, no le gustaba los nazis, ni la dirección que llevaba todo aquello, pero como todos sus conciudadanos, había sido aceptada y resignada por el bien de sus familias.
- Me alegro de que lo cómpreda y esperamos colaboración por parte de usted.
- ¡!!Entonces quieren matar a Hitler!!! – dijo con una gran exclamación
- Exactamente, tenemos que todo vuelva a la normalidad, para eso nuestro Führer debe ser eliminado, comprendo que no se entiende, viniendo de un militar, que quiera eliminar a su líder, pero es un bien necesario y justo, para el renacer de nuestro país, objetivo máximo en nuestros pensamientos y acciones, la historia nos dará la razón, con el paso de los años, aunque parezca que somos unos traidores, somos unos patriotas convencidos, es nuestro credo y devoción. Por eso le exijo la máxima descripción con las palabras que le he dicho, un simple fallo y la operación no podría ser, truncándose nuestros planes.
- No se preocupe por eso, no voy a decir nada de lo que se hable esta noche, pero ¿Cuál es mi acometido en esto? Por supuesto no lo voy a matar yo.
- Ni se lo vamos a pedir, solo queremos información de los movimientos del Führer. Solo eso, nadie tiene que saber que nos está informando de ello, por su puesto quedaría al margen de cualquier acción posterior. Solo información, mi querido Frederick, solo eso, porque Hitler es un neurótico de la seguridad, es bastante difícil

seguirle el rastro, usted tiene la posición correcta para que nosotros sepamos donde se encuentra en cada momento. Como le he dicho solo queremos información de usted – Frederick respiro a fondo, porque pensaba que ellos sabían sobre las cámaras acorazadas, a lo visto era un secreto incluso para el alto mando alemán, el secreto del tesoro judío. Razón que le tranquilizaba, pero le entristecía porque su trabajo científico nunca saldría a la luz, dañando seriamente su orgullo científico, pero dentro de él, pensaba que tenía que hacer algo por su país, aquello sería una oportunidad, aunque con un extremo riesgo.

- Si es por Alemania, si puedo colaborar
- Gracias, y no se preocupe, usted quedara al margen de cualquier operación, solo información, me pondré personalmente en contacto con usted, no intermediarios, solo usted y yo, nadie tiene que saber que colabora con nosotros, tras esto le voy a introducir algunos de nuestros colaboradores y en definitiva amigos – Frederick pensó que otra vez le dejaban fuera de la historia, que en el futuro, nadie se acordaría del pobre ingeniero Frederick, pasaría al anonimato más extremo, siendo participe de los hechos más importantes de su país. Pero a él, le daba igual en cierta forma.

Dereck le presento una serie de gente, que algunos los conocía en persona y otros solo de haberlos visto alguna vez, pero no habían sido formalmente presentados. Frederick se iba relajando en cada charla, pero no comprendía cuál era su papel allí, porque en cierta forma estaba a favor de lo que decían, Alemania necesitaba un cambio, pero él no iba a matar Hitler, eso lo tenía claro, no quería pasar a la historia como un asesino, debido a que quería ser recordado por sus méritos científicos, al no ser un político, ni nunca había participado en política, Dereck y su organización tampoco lo querían que ejecutara las ordenes de matar a Hitler, solo querían saber los movimientos de Hitler en cada instante, comprendían su delicada situación, pero era necesario su colaboración.

Tras un tiempo, todo el mundo se reunió en aquel salón, Derek Weber, se puso al fondo y procuro ser visible para todos los asistentes y empezó a leer un manifiesto, su voz cada vez subía por las palabras de patriotismo y la emoción que le embargaba, Derek creía cada palabra que decía en ese manifiesto y la transmitía a sus oyentes. Finalmente termino el manifiesto y una gran ovación, "Alemania Libre", se oyó en todo el salón, como si se tratase de una sola voz, tras ese acto emotivo, todos se dirigieron hacia la salida a recoger sus abrigos y sombreros, cada uno en sus conversaciones individuales, despidiéndose de sus los asistentes y organizadores del evento.

Frederick salió de los últimos, se dirigió hacia su coche, tenía que conducir, a la mañana siguiente tenía que organizar para ese fin de semana el cerrado de la cámara acorazada en ginebra, tenía mucho trabajo que hacer, centrando sus pensamientos en ese trabajo, dejando en segundo lugar la conspiración contra Hitler, de esa gente, lo único que pensó, es no hacer nada y esperar el contacto con Derek, al fin y al cabo todo aquello se escapaba de los limitaciones, aunque creía que sería bueno para el pueblo alemán, el fin de la guerra, no quería y debía involucrarse más con esa organización, aunque decidió participar como informante para esta gente de los movimiento de Hitler.

Al mañana siguiente tenía una reunión en las oficinas de la Gestapo con Rudolf, para organizar el cierre de la cámara acorazada en ginebra, por ese motivo se fue de buena mañana a las oficinas, al entrar la secretaria de Rudolf, le dijo que esperase en el recibido, vio que la puerta estaba medio abierto y escucho la conversación telefónica de Rudolf.

- Este fin de semana cerraremos la cámara, ya has preparado todo para el ritual de esta noche, necesitamos matar a esos desgraciados de trabajadores incluido el capataz y poner sus cuerpos dentro de la cámara, son órdenes del Führer. – dijo Rudolf con tono amenazante
- No hay problema, pero ¿qué hacemos con las familias si preguntan por ellos?, - dijo el subordinado
- Vamos a similar un accidente de trabajo y morirán todos, he hablado con los periódicos, lo tengo arreglado para que salga en primera página.
- Bien pensado señor, si no quiere nada más, tengo mucho trabajo que hacer.
- Infórmeme personalmente, no debe haber ningún error al respecto, el Führer visitara este fin de semana ginebra, en un viaje extraoficial y tiene que estar todo arreglado.
- Si señor no se preocupe.

En ese momento escucho como Rudolf colgaba el teléfono, estuvo arreglando algunos papeles, cuando a los minutos salió a recibir a Frederick.

- ¿Llevas mucho rato aquí? – Pregunto Rudolf pensando que había escuchado la conversación
- No acabo de llegar – Frederick desvió la conversación, para que no notara que había escuchado lo suficiente para hacerse a la idea de que querían hacer ese fin de semana.
- Bien, pues vamos a dentro, tenemos muchas cosas que despachar, el Führer necesita que este arreglado antes del fin de semana.
- Claro Que sí,
- La idea es que tú y el Führer cerráis la cámara acorazada, tendrás que enseñarle a poner la combinación para cerrarla, ya está.
- No hay problema al respecto,

- Además, me han confirmado que todo el tesoro esta allí almacenado y la nave industrial está completamente vacía, en temas de logística esta todo finalizado. Por lo que respecta a la otra nave, está siguiendo los mismos protocolos que la primera, tenemos un grupo de funcionarios trabajando por turnos para clasificar los objetos preciosos y más cosas. Con la experiencia de la primera, creo que no tendremos problemas, lo único que veo problemático es la logística, aquí se hacía con camiones, además de por carretera, en la otra cámara acorazada, tendremos que utilizar camiones y barcos para el transporte del segundo tesoro, ahí es donde tendremos los problemas. ¿Cómo va el desarrollo de las obras en Chile?
- Por el telegrama que recibí del capataz, van muy avanzados, muy pronto podremos hacer los primeros envíos, no creo que tengamos ningún problema. Por el tema de los barcos, podemos utilizar barcos chilenos, así no levantaremos sospechas
- Buena idea, tendremos que ponernos en contacto con ellos, el gobierno quiere colaborar y no pondrá ninguna objeción al respecto, lo único es que no deben de salir de ningún sitio de Alemania o los territorios ocupados, sino podríamos tener problemas, otra de las cosas es la ruta que seguirán esos barcos, porque debe ser un secreto, además de un solo envió. Pensaremos en la logística y el sitio donde enviaremos el tesoro, tengo que hablar con el Führer acerca de ello, pero tiene que ser un secreto.
- Por supuesto, además he hecho unas modificaciones en el diseño original puede que esta cámara tenga algo más de seguridad que la primera, he estado probando con mis prototipos y creo que puede funcionar, lo probaremos en esta última.

- No hay problema, como lo veas conveniente, bueno creo que no tenemos más temas que tratar, mi secretaria ya ha reservado un asiento en el avión privado del Führer, viajaremos los tres allí. Tenemos pensado volver a Berlín en lunes, ¿Hay algún problema?
- No por supuesto que no
- Pues si no tenemos que tratar ningún tema más, creo que podríamos finalizar la reunión, que tengas un bien día.
- Igualmente, adiós
- Adiós

Al salir del despacho de Rudolf, una idea le circulaba por la cabeza de Frederick, ¿Por qué habían hecho eso con esos trabajadores? ¿Cuál había sido la finalidad? ¿Podrían hacérselo a él una vez termine la segunda cámara? y ¿Por qué un ritual?, Frederick sabía que los nazis, creían fervientemente en el esoterismo, de echo el grupo reducido de Hitler, lo practicaba, el símbolo de la esvástica es un símbolo religiosos budista y pacifista, pero ahora y tras la barbarie nazi, era considerado un símbolo de miedo y destrucción, por otra parte, estaban convencidos que descendían de las antiguas tribus germánicas y adaptaron algunos de los rituales de los antiguos escandinavos. Uno de los rituales era matar a los que habían hecho la fosa para enterrar el botín de guerra, para que lo vigilaran y así a la muerte, podrían disfrutar del tesoro en el salón de los dioses en el Valhala. Frederick estaba convencido de que ese era el motivo por que habían matado a los trabajadores, incluido el capataz, para que protegiera el tesoro de los judíos.

Además, era una manera que ocultar la localización de la cámara acorazada, de posibles hurtos, no era nuevo este tipo de prácticas en la antigüedad por diferentes culturas y pueblos, desde los pueblos más primitivos, pasando por los egipcios con los faraones, lo vikingos y luego los piratas, siempre habían realizado sacrificios de sangre a diferentes dioses, para salvaguardar los tesoros, como una forma de darles continuidad en el otro mundo. En aquella sociedad donde el hurto a determinadas etnias, la muerte y la destrucción, todo estaba justificado. Frederick sabia acerca del proyecto de la depuración de la sangre del pueblo alemán, los nazis habían creado leyes para los más desfavorecido o enfermos de todo tipo físicos como mentales fueran exterminados, para depurar la sangre y la raza, lo que se denominó higiene racial de Rudolf Hess, con esterilizaciones, exterminios y sobre todo en los judíos. Incluso, el propio Frederick había sido testigo de este programa porque uno de sus hijos era diabético, fue examinado por un grupo de médicos nazis, a punto estuvo de ir su hijo a uno de esos hospitales de la muerte, solo le salvo por el contacto de Frederick con Hitler. Frederick tenía miedo por lo que había escuchado de Rudolf, el alto mando de la Gestapo pensaba que él podría ser el siguiente, una vez terminara la segunda cámara acorazada, por ese motivo cobraba más fuerza las palabras de Derek y su posible colaboración, tenía que hacer algo al respecto y salvaguardar su familia y persona.

Una vez en su casa y su oficina, se dirigió a su escritorio, tomo un papel con el membrete nazi, se dispuso a escribir encriptado explicando el proyecto del tesoro judío de la existencia de una segunda cámara acorazada en Chile, una vez termino de escribir, cogió su diario personal de la época donde invento el sistema de encriptación, los puso en un sobre y escribió la dirección de su amigo Alfonso Ramírez de México. Alfonso Ramírez era un viejo amigo de Frederick, que tenía descendencia alemana, pero era mexicano, un industrial de éxito en México, que se dedicaba a la exportación de maquinaria desde Estados Unidos a los países latinoamericanos.

El padre de Alfonso era un viejo amigo del padre de Frederick, porque eran de la misma ciudad y casi de la misma edad, lo que paso es que el padre de Alfonso se fue a México para probar fortuna y se casó con una mexicana, allí formo una familia, se estableció definitivamente en México. Alfonso le explicaba a Frederick que los primeros años de estar en México, su padre tuvo muchos problemas por el idioma, pero aprendió español y luego todo fue más fácil para él, Latinoamérica era un sitio lleno de posibilidades por aquel entonces, el padre de Alfonso tuvo suerte y pudo salir adelante. A lo largo de los años, Alfonso y Frederick crearon una fuerte amistad, más que la que tenían sus padres, Frederick consideraba a Alfonso casi como su hermano, y le confiaba casi todo, el trato al inverso era igual.

Alfonso al igual que Frederick era un apasionado de los sistemas de encriptación, muchas veces por diversión se enviaban cartas cifradas para que el otro las descubriese, siempre con un resultado positivo y científico en ambas partes.

Tras las circunstancias que estaban pasando, Frederick creyó conveniente enviarle una carta cifrada y el diario personal suyo, como salvaguarda de lo que podría suceder, ya que él podría pasarle algo y su amigo tendría constancia de lo sucedido. El diario no lo sabía nadie, fue la única cosa que lo le dio a la gente del proyecto del tesoro judío, en ese momento se lo confiaría a su mejor amigo y compañero, Alfonso. Tras servirse un escoces, pensó que la enviaría esa misma tarde, por las constancias en que vivían, seguro que tardaría meses en llegar a su destinatario, ya que los embargos y la guerra dificultaban las comunicaciones entre las personas, el teléfono un medio más rápido, no era buena idea, ya que su teléfono estaba pinchado por los servicios secretos nazis. Por ese motivo, lo más seguro era enviarle una carta, seguro que Alfonso pondría esa información a buen recaudo y no pasaría nada, confiaba demasiado en Alfonso, sabía que no podría pasar nada.

La mañana del viernes tenía que tomar un vuelo en el avión privado de Hitler, por lo que se dispuso a arreglarse la maleta y las cosas que tendría que utilizar en el viaje, reunió a familia, como si fuera la última vez que les tuviera que ver, se despidió efusivamente de ellos, no sabía si tras el cerrado de la cámara acorazada, seria ejecutado dentro de este demente ritual escandinavo, como a los trabajadores de la misma, pero si no iba, le acusarían de traición, lo ejecutarían de todos modos.

Por eso decidió cumplir con su deber e ir a ginebra, el día anterior Derek le pregunto por dónde se movería Hitler, él le informo que ese fin de semana Hitler estaría en ginebra y que le iba acompañar, Derek no pregunto el motivo, pero pensó que se trataba de algún proyecto secreto, al ir su ingeniero de confianza.

En el vuelo no hablaron mucho, ya que Hitler se limitó a leer un libro y sentarse en su asiento, pensaba disfrutar del viaje, tanto Rudolf, como el, hicieron los mismo disfrutar del viaje. Rudolf decidió dormir y Frederick se limitó a mirar por la ventanilla del avión, la tripulación está compuesta de dos pilotos, con solo un soldado armado. Por otra parte, un destacamento y varios oficiales de la Gestapo se habían movilizado días anteriores a ginebra, para asegurar la seguridad de Hitler. Frederick había informado a Dereck en que condominio de chalets se hospedaría Hitler, el número de efectivos que protegerían a Hitler y cuál sería la trayectoria que iba a seguir, Dereck tenía las horas y el lugar donde estaría Hitler, lo que hiciera con esta información no le convenia y le daba igual a Frederick.

Llegaron a una parte del aeropuerto de ginebra privado, allí le estaban esperando una conminativa de soldados y el coche blindando de Hitler, de allí lo trasladarían al condominio de chalets, donde pasaría todo el fin de semana con algunos oficiales que se habían trasladado a ginebra, pero no para el proyecto del tesoro judío, ese era un asunto privado de Hitler y lo despacharía de forma independiente entre Rudolf y Frederick, Frederick y Rudolf estarían alojado en un hotel en el centro de ginebra y una escolta les llevaría a todos los sitios, por otra parte, ambos soldados de la escolta se alojaban en el mismo hotel que Rudolf y Frederick.

Derek tras la información de Frederick, puso en marcha el operativo para atentar contra Hitler, destino a Hanns y un suboficial de su confianza, movió los hilos para que en el escuadro que acompañaría a Hitler en ginebra estuvieran los dos, sabía que los dos estaban allí, por lo que espero la llamada de Hanns, al momento sonó el teléfono, Derek sabía que aquella llamada seria de Hanns y descolgó el teléfono.

- Dígame, ¿eres Hanns?
- Si soy Hanns, señor, el objetivo ya está en el sitio.
- Perfecto, ¿habéis preparado todo? – Dereck quería asegurarse que todo estaba bajo control.
- Si hemos puestos los explosivos en el chalet, detonaran al mismo tiempo que tenga la reunión, hemos averiguado que el Führer, estará en esos momentos en el salón, por ese motivo haremos explotar los explosivos, la guerra habrá terminado.
- Eso queremos, aseguraros que todo vaya a la perfección.
- Claro señor, personalmente he comprobado todos los explosivos y están colocados bajo el escritorio de Führer, no puede fallar, no debe fallar.
- Muy bien, mantenme informado de cualquier avance
- Claro señor

Derek colgó el teléfono, se dispuso a hacer otras llamadas, porque tenía que prepararlo todo para después del atentado, organizar un nuevo gobierno de transición, por ese motivo había pensado en varios nombres, que podrían ser excelentes candidatos para llevar la dirección de Alemania después del atentado de Hitler, por ese motivo todo tenía que salir a la perfección, no podía haber cabida para el error, un fallo por parte de ellos, Hitler redoblaría la guardia para la próxima vez, habrían perdido una oportunidad fantástica para eliminar a Hitler, debido a que se encontraba fuera de Alemania, en un país neutral como era suiza, perfecto para su atentado.

Frederick, ese día fue más pronto a las obras de la cámara acorazada, quería inspeccionar personalmente como habían quedado los resultados finales, por lo que pudo comprobar, habían seguido todas sus instrucciones, el resultado había sido excelente. La cámara acorazada se encontraba debajo de una colina, a las afueras de ginebra en medio de un gran bosque con grandes pinos y escondida, solo se podía acceder mediante una carrera de tierra, no señalizada. Para acceder a la cámara acorazada, se hacía mediante una puerta de hierro reforzada incrustada en la colina y una vez dentro, había una habitación grande pavimentada con cemento y al fondo se podía ver una puerta redonda de hierro reforzado, con mecanismos que se podían ver, era una de las mayores cajas fuertes que se habían fabricado, con un sistema de protección, inventado por el propio Frederick.

Frederick se quedó delante aquella puerta que tenía la altura de un edificio, en uno de sus lados estaba un sistema mecánico donde con unas palancas se podía introducir una a una, las cifras de la clave que eran 25, que hasta el momento solo sabrían Hitler y Frederick, quedando en estos dos hombre el futuro de ese tesoro de los judíos, por eso tras la guerra y las cámaras acorazadas estuvieran terminadas, los servicios de Frederick no serían necesarios, lo más seguro seria ejecutado, además nadie sabía de sus trabajos, pensaban que era un protegido por Hitler y un buen ingeniero, cosa que le aterraba a Frederick, debía tener un plan para aquello, cada vez, se afianzaba la idea de ayudar a Derek en su propósito, con la muerte de Hitler, poseería una oportunidad de salir de ese lio, con ello su familia su máxima preocupación.

Delante de la puerta de la caja fuerte, se quedó mirándola, observando su obra, un sentimiento de orgullo y satisfacción le embargo por todo su cuerpo. Frederick había diseñado años atrás aquella maravilla de la tecnología e ingeniería, ahora era realidad, sus cálculos eran los correctos, veía delante de él, el fruto de años de dedicación y esfuerzo, en un conglomerado de mecanismos mecánicos y unas toneladas de hierro reforzado con una aleación que solo él conocía, porque la formula se encontraba en la biblioteca secreta de Hitler en su bunker privado de Berlín.

Por las pruebas que hicieron con ese material secreto en las afueras de Múnich, no podían quebrantarlo ni con la maquinaria más pesada o las sustancias químicas más corrosivas. Frederick había inventado el material manufacturado más resistente del mundo, toneladas de ese material conformaban ese espacio, incluso la puerta de la caja fuerte era de ese material, haciéndola indestructible a cualquier ataque, incluso de bombas y explosivos más potentes. Por otra parte, el sistema de engranajes y mecanismos estaban conectados a una caja de resortes con palancas para cada cifra donde se introducía manualmente la contraseña de 25 números. Cuando se introducía la cifra se accionaba la palanca hasta encontrar la cifra correcta, una vez estaban las 25 cifras se activaba un sistema de mecanismos y engranajes, abriéndose la puerta.

Tenía un sistema de bisagras que permitían que un solo hombre pudiera empujarla y abrirla quedando completamente abierta para que pudiera entrar, todo el peso se repartía a lo largo de la puerta, debido a que la puerta de la caja fuerte pesaba varias toneladas y sin ese sistema hubiera sido muy difícil abrirla, incluso con maquinaria pesada extra. Sintiendo Frederick un orgullo ante su trabajo, su obra de arte, como único espectador la estaba mirando por última vez, por que tras ese fin de semana ya no la volvería a ver más.

Ese mismo momento donde estaba mirando entro la comitiva de Hitler, con el propio Hitler a la cabeza, se paró delante de la puerta acorazada y al lado de Frederick.

- Heil Hitler – hizo un gesto con la mano Frederick
- Heil, amigo Frederick, el pueblo alemán está en deuda con usted, la historia lo pondrá en su lugar
- Para mí, es un orgullo servir al pueblo alemán y mi Führer, es mi satisfacción y deber
- Es una maravilla esta cámara acorazada, ayer estuve por dentro es majestuosa. Sus servicios serán bien recompensados
- Gracias, mi Führer
- Bueno empecemos con la introducción de las cifras, - Hitler hizo un gesto a los soldados que le acompañaban y estos salieron, sin ninguna objeción, ambos, Hitler y Frederick se acercaron a la puerta de la cámara acorazada
- Si empecemos – Frederick iba por delante de Hitler

La antesala de la cámara acorazada se respiraba un silencio sepulcral con iluminación artificial, colocada rudimentariamente a lo largo de las paredes, las cuales eran de cemento reforzado, con el mismo estilo arquitectónico que los bunkers que se construían en toda Alemania para refugiarse de los bombardeos.

Frederick acciono las 25 cifras de la clave y la cámara acorazada empezó hacer unos ruidos, mecanismos mecánicos que se movían por arte de magia, que empezaban a moverse las barras de toneladas de la puerta para quedarse sellada. Las 25 cifras habían sido elegidas por el propio Hitler, en una sesión de espiritismo, debido a que el propio Odín, junto a Thor, le habían dicho cifra por cifra. Con un ruido extremo la puerta se cerró por completo y las cifras en ese momento se pusieron todas a cero, bajándose las palancas de golpe. Como el material con el que estaba construido todo el sistema era inoxidable y extremamente resistente, el mantenimiento era nulo, podían pasar milenios y funcionaria como el primer día. Además, la cámara acorazada tenía sistemas mecánicos para quitar la humedad y no podía entrar nada polvo que pudiera estropear el mecanismo de la cámara acorazada. Frederick, se giró hacia Hitler, este con una sonrisa en la cara le hizo una cara de aprobación, se giró y se dirigió a la salida, dejando a Fredrick a solas en aquella sala de la cámara acorazada.

Aquel silencio le confortaba, con las manos en su abrigo y con el sombrero puesto, se puso en medio de la antesala de la cámara acorazada, respiro aquel aire y noto otra vez, aquel silencio reconfortante, las luces tenues le hacían sentir como en casa, hacia frio, pero no le importaba se sentía a gusto, noto que aquel espacio donde estaba iba estar en soledad y en silencio por un largo tiempo, como la tumba de algún faraón, sabia, aunque no lo había visto que la muerte estaba detrás de aquella enorme puerta y le apenaba por las familias que habían dejado y los futuros truncados que no pudieron vivir, por lo que supo por los periódicos, un grupo de trabajadores fueron encontrados en un nave industrial, la cual había tenido un incendio, debido a la manipulación de material inflamable y explosivo, según el artículo, decía que el informe policial estaban manipulando cloruro de metilo y gas licuado de petróleo, almacenado en bidones en esa nave, por descuido de un trabajador que estaba haciendo trabajos de soldadura, además la nave estaba llena de material inflamable, se incendió toda la nave y todo quedo destruido.

Los cadáveres los encontraron calcinados dentro de la nave, por lo que decía el informe. Según el periódico suizo, el incendio estuvo ardiendo un par de días, cosa que pudieron comprobar los habitantes de los alrededores, porque se podía ver a kilómetros el incendio. Frederick pensó que la puesta en escena había sido fantástica, debido a que todo aquello era una falsa, para que gente no hiciera preguntas al respecto. Por otra parte, las familias fueron indemnizadas con mucho dinero y todo el mundo no hizo preguntas, pasando como un episodio triste y un gran accidente de trabajo.

Frederick salió de ese lugar y tras salir, dos soldados cerraron la puerta blindada del exterior con un sistema de seguridad y la cubrieron con matorrales, quedando oculta bajo aquella colina, la cual estaba llena de los tesoros judíos. Hitler se había ido ya a su reunión en la casa del condominio, él se dirigiría al hotel donde se alojaba. Su trabajo por el momento había terminado, quería descansar, volver lo más rápido a su casa en Berlín y ver a sus hijos.

Hitler en su coche mercedes acorazado, se dirigía a la casa del condumio, que estaba cerca de una zona idílica cerca de un lago, al llegar había varios coche lujosos y vehículos militares, además de soldados hablando a la puerta de la casa alquilada esos días.

Al llegar Hitler y aparcar su coche delante de la entrada de la casa, los soldados se pusieron en posición e hicieron el saludo nazi, Hitler no se inmuto y sigo su camino hacia la puerta. Al entrar se encontró con mariscales y altos mandos del ejército alemán, tenían que despachar con Hitler temas como, por ejemplo, las estrategias con el frente oriental, los avances en la conquista de rusia estaban siendo muy rápidos, cosa que congratulaba a Hitler, en pocos meses llegarían a Moscú. Pero necesitaban más logística, por ese motivo Hitler tenía una reunión con el dictador Francisco Franco, quería que entrara España en la guerra, en contraprestación por la ayuda recibida en la guerra civil, pero para Hitler, Franco era un hombre inferior, no tenía un buen concepto de ese pequeño hombrecito que se creía elegido de dios. Pero le necesitaba para controlar el frente occidental, podría enviarles alguna división para el frente oriental, porque conocía el odio que les tenia a los comunistas. En esos días tenía que acordar la visita con Franco, que lo más seguro seria en el norte de España, cosa que Hitler no le importaba. Al entrar en aquel salón, todos los oficiales se pusieron en posición, le hicieron el saludo nazi, con el "Heil Hitler", Hitler se dirigió al escritorio y se sentó tras él.

- Señores, debemos tener una estrategia para el frente ruso, no quiero que pase como en otras contiendas, porque me viene a la mente Napoleón, nosotros no tenemos que fallar, el pueblo alemán es mucho mejor que cualquier ejercito o imperio que ha existido. Nuestro pueblo es el elegido, descendemos de la mejor raza. – Hitler siguió la tónica de los mítines que hacía ante millones de personas,
- Mi Führer, si descuidamos el frente occidental podemos hacernos débiles en esa parte, tenemos que ser fuertes en ese flanco, además nuestros agentes y confidentes, nos dicen que los Estados Unidos, podría entrar en la guerra siendo un peligro para ese frente – recalco el mariscal Henrik

Durante años Estados Unidos estaban haciendo boicot hacia Japón, debido a que los japones tienen muchas inversiones en california, además del afán colonialista de japón en ese tiempo, su objetivo desde los tiempo de los grandes samuráis era la conquista de la china, cosa que iban hacer mediante la invasión de corea, la eterna invadida por Japón, por ese motivo Estados Unidos veía peligrar su hegemonía en esa área, debido a Filipinas y Hawái, empezando un boicot contra japón, como advirtiéndole, pero cuando japón formo parte del eje con Alemania, Estados Unidos veía que el peligro lo tenía en la puerta, su neutralidad hasta el momento se vería afectada, cosa que le paso lo mismo en la primera guerra mundial, la gran guerra, pero por motivos diferentes, un ataque a Estados Unidos podría ser inminente para hacer declinarse en un bando, eso es lo que le indicaba el mariscal Henrik a su Führer.

- Lo sé, pero en cierto modo nos interesa que Estados Unidos entre en la guerra – replico Hitler – por ese motivo estamos haciendo presión en países latinoamericanos para que se posicionen a nuestro lado y excitar las comunidades germánicas en el continente americano para extender el Reich en América. – todos callaron y siguieron planeando delante de un mapa de Europa donde Hitler estaba en el centro.

Hanns al entrar en la casa Hitler, se dispuso a poner en marcha la operativa, por lo que se fue detrás de la casa y activo el reloj de los explosivos, que se encontraban debajo del escritorio de Hitler, cuando lo hizo, se fue del lugar en dirección hacia el lago.

Había programado las bombas para unos minutos, el tiempo suficiente para poder escapar. Al pasar por al lado de sus compañeros, que algunos fumaban y conversaban riéndose, mientras Hanns pensaba que en pocos minutos estarían muertos. Las cartas estaban echadas y no se podía hacer nada más, se tenía que cumplir las órdenes, el sacrificio de sus compañeros era necesario y se tenía que hacer para terminar aquella locura de los nazis.

A los diez minutos, Hanns escucho una gran explosión a sus espaldas y el camino hacia el lago, donde estaba él, se llenó de polvo. Instintivamente se echó al suelo, al cabo de un rato, se volvió para ver lo que pasaba, dirigiéndose hacia la casa.

Cuando llego allí la escena era dantesca, soldados muertos y otros heridos, otros ayudaban a los heridos, o los trasladaban lejos de la casa, era una escena triste, cuando hacía unos minutos, todo era risas y charlas discernidas, Hanns se sentía culpable de aquello que había pasado, pensaba que no tenía que haberlo hecho, pero no había otra si quería asesinar a Hitler, porque no era tan simple, como empuñar su resolver y matarlo, era muy difícil de hacer, además de inaccesible, pero se consolaba de que al fin la guerra podría terminar, con su acción patriótica había salvado a miles de vidas inocentes de una destrucción segura, por ese motivo se consolaba en aquello.

Al entrar en la casa la escena empeoraba, paredes destruidas, cadáveres en los suelos y miles de escombros esparcidos por el lugar, siguió por aquel pasillo de destrucción, hasta llegar al salón donde había estado Hitler y los altos mandos, lo que vio, fue un gran golpe para él, quedando destrozado. Hitler estaba vivo, pero muy malherido, pero estaba vivo, no sabía que milagro había acontecido allí, pero Hitler cubierto de polvo y con su traje miliar y rostro completamente sucio por la explosión, estaba muy malherido, pero vivo, en el suelo de aquella habitación, siendo atentado por uno de sus generales, que también estaba completamente cubierto de polvo, su cara y todo su cuerpo, vio que Hitler no podía levantarse y era sostenido por su oficial.

Aquello lo cambiaba todo para mal, los planes iniciales habían fracasado, seguramente habría algún tipo de investigación al respecto y depuraciones, averiguarían quien lo había hecho, llegarían hacia él, porque era un simple soldados que había ejecutado unas órdenes, era hombre muerto.

El miedo le recorrido todo el cuerpo, estaba aterrado y sentía miedo al respecto, en aquella situación con un Hitler vivo, solo era tiempo de que lo relacionasen con el atentado de Hitler, Hanns era la pieza más débil en todo este sistema conspirativo, solo era cuestión de tiempo. Intento ayudar a los heridos y hacer lo mismo que estaban haciendo los demás, al fin y al cabo, en aquella situación, necesitaban manos para poder trasladar los heridos. A los pocos minutos llegaron la policía suiza y agregados alemanes que vivían en suiza, estos llamaron a Rudolf en su hotel y Rudolf se lo comunicó a Frederick que en ese momento estaba haciendo una conferencia telefónica internacional con su familia.

Parte del escuadrón desplazado allí, que se encontraba en esos momentos en el hotel de Rudolf y Fredrick, se movilizo rápidamente al lugar de los hechos, era más importante la vida y seguridad de Hitler, que las ordenes iniciales de proteger a Rudolf y Frederick. Al cabo de unos minutos, aquello era un hervidero de gente que iba y venía, por suerte para Hitler su médico personal, había sobrevivido al atentado y estaba en condiciones de atender a Hitler, su máxima responsabilidad en aquellos momentos, que los posibles heridos que pudiera haber.

Finalmente, Hanns salido de allí derrotado, por una parte, por aquella escena de muertos y heridos, por otra por las posibles consecuencias que podría haber sobre las acciones de atentado, lo más seguro, la Gestapo y los servicios secretos de Hitler, iniciarían una investigación al respecto, solo era cuestión de tiempo, con la cabeza cabizbaja, se encendió un cigarrillo y miro con mucha preocupación el futuro.

La recepción del hotel se puso en contacto con Rudolf, un agregado alemán, le había llamado directamente al hotel, al fin y al cabo, aunque no estaba invitado a la reunión, pero Rudolf estaba al mando de aquella operación a ginebra y por lo tanto la seguridad de Hitler. Rudolf cogió el teléfono directamente desde recepción.

- Rudolf, ¡!!han atentado contra la vida de Hitler!!!
- ¿Cómo ha sido? y ¿Está vivo?
- Por un milagro está vivo, pero muy malherido, lo van a trasladar a un hospital de aquí en ginebra, creo que ya estará de camino al hospital.
- Dame descripciones de cómo ha sido todo
- Por lo que hemos averiguado por los expertos policiales, debajo que el escritorio de Hitler había explosivos suficientes para volar entera la casa, lo que ha pasado es que los cimientos de la casa han sido muy sólidos.
- ¿Cómo ha podido salir vivo?

- Por lo que me ha contado uno de sus oficiales que ha podido salir vivo del atentado. Hitler en el momento de la explosión, se encontraba a unos cuantos metros del escritorio, al hacer explosión el escritorio ha salido volando y ha ido a caer sobre la persona de Hitler, salvándole en cierta forma la vida, ya que lo ha protegido de la onda expansiva de las bombas. Muchos de sus oficiales han perdido la vida y algunos soldados que estaban cerca de las ventanas del salón, porque de la explosión han resultados muertos, por los cristales y la metralla que llevaba los explosivos. Ha sido un milagro que Hitler saliera vivo de allí,
- ¿han empezado alguna investigación por parte de alguien, policía, servicios secretos?
- De momento solo la policía suiza está llevando el peso de la investigación.
- Hay que relegarlos, ya que será una investigación interna. Cuando cuelgue, llamare a mis hombres y mañana estarán aquí para hacerse cargo de todo, hay que buscar al traidor que ha hecho esto.
- Por su puesto, si necesitas alguna ayuda dímelo, desde aquí suiza podríamos ayudaros.
- Puede que os necesitamos, pero tenemos que organizarnos para que este atentado no trascienda al público, no podemos reflejar debilidad al respecto. Debe ser un asunto interno, así tiene que quedarse. Estamos en guerra, esto se podría considerar como una debilidad por parte nuestra hacia nuestros enemigos, debemos de actuar rápido y que trascienda lo menos posible, incluso crear una versión de que Hitler no estaba en esa casa, tendrás que borrar cualquier constancia en el hospital, además no creo que tengamos problemas con el gobierno suizo, siempre ha sido colaborativo con nosotros, un escándalo que esa magnitud no les va a

interesar. Querrán ocultarlo y colaborar en cierta forma con nosotros, llámales y acuerda una reunión para esta tarde aquí en mi hotel, tenemos que ser rápidos. Mientras tanto voy a organizar la vuelta a Berlín de Hitler, podemos trasladarlo a Berlín esta misma tarde noche. No podemos tener un fallo en este asunto, no podemos demostrar debilidad más ahora con la conquista de rusia por nuestras tropas, eso significaría para nuestros soldados un grave ataque a su moral. No podemos permitirnos eso, porque en poco podríamos llegar a Moscú y ganar la batalla con los rusos. Además de que se resentirían los otros frentes y no podemos permitirnos el lujo de hacerlo.

- Tomo nota, esta tarde convocare una reunión en tu hotel con el gobierno suizo. No hay problema, ¿crees que han sido los rusos? o ¿los aliados?
- No descarto nada, por eso voy a hacer llamar a mis mejores hombres que se pongan a trabajar y averigüen todo lo que puedan, tengo la sensación de que hay alguien de dentro, algún traidor, por eso tenemos que ver quien ha sido.
- Cuenta con nuestra ayuda, para lo que necesites.
- Seguro, nos podremos en contacto, hay que averiguar dónde está el foco y porque de este atentado sobre la persona de Hitler.

Rudolf colgó el teléfono, se puso manos a la obra, organizando, todo aquello desde la recepción del hotel. En ese mismo momento bajo de su habitación Frederick, conocía sobre el atentado de Hitler porque Rudolf, se lo había dicho, su cara reflejaba preocupación, en cierto modo había sido artífice de aquello, pensaba no ser descubierto, porque la gente de Rudolf no tendría compasión con él, estaba en peligro y lo sabía, una mínima sospecha y podría acabar con mucha suerte en un campo de concentración, pero lo más seguro que sería fusilado por traidor.

- ¿Cómo están las cosas? – pregunto Frederick mientras Rudolf estaba en frente de un papel con el membrete del hotel, escribiendo y focalizado con lo que escribía.
- Perdona, no pasa nada, solo estoy organizando algunas cosas – mientras le daba la vuelta al papel que estaba escribiendo.
- ¿Cómo esta Hitler?
- Está bien y a salvo, pero ha sido una carnicería han muerto muchos soldados y algunos de los oficiales que acompañaban a Hitler en la reunión,
- ¿Sabéis quién es el culpable o culpable? – Frederick intentaba recabar información para saber que tan adelantada esta la investigación de Rudolf conocía muy bien a Rudolf, sabía que habría puesto en marcha toda su gente a trabajar, desde el minuto cero, solo era cuestión de tiempo que lo relacionaran, en ese momento estaría perdido, el atentado fallido de Hitler complicaba todo, ya que si hubiera muerto el escenario sería totalmente diferente.
- Tenemos nuestras sospechas, pero creo que fue desde dentro, por lo que averiguamos las semanas anteriores, los aliados pueden que no estén involucrados en esto, pero solo es una hipótesis, he puesto a mi gente a trabajar. – Rudolf desde hacía tiempo había detectado algunos movimientos raros y sospechosos dentro de los altos mandos del ejército alemán, por lo que había puesto gente a averiguar si había algo detrás de estos hechos sospechosos, hasta el momento solo había encontrado conspiraciones entre altos mandos para subir dentro de la jerarquía nazi, nada serio, que se podrían solucionar con un simple correctivo o charla por parte de él a esta gente, pero el atentado se escapaba a

toda lógica, cosa que preocupaba e intrigaba a Rudolf, quería encontrar las manzanas podridas antes de que toda la cesta lo estuviera.

- ¿Y tenéis algo? – Frederick quería saber más sobre los avances, pero era imposible con Rudolf, no le iba a decir nada. Cosa que le hizo pensar en ser más cauto y lo levantar sospechas al respecto.
- No, pero pronto – Afirmo Rudolf mirándole a los ojos, cosa que asusto a Frederick, Rudolf, no era una de esas personas para tenerla de enemigo, debía tener mucho cuidado con él, cualquier fallo, siendo verdadero o falso, podías acabar delante de un pelotón de fusilamiento.
- Espero que lo encuentres, por el bien de Alemania – Frederick quería relajar aquel momento tenso, que se había creado entre los dos
- Si por el bien de Alemania, ¡!Heil Hitler!! –
- Heil Hitler

Tras dejar a Rudolf, Frederick vio que este se subía a su habitación, le dijo a recepción que le desviasen todas las llamadas a su habitación, e incluso que le llevaran la comida a la habitación, tenía mucho trabajo que hacer, no podía perder ni un minuto más, era un estado de crisis, la resolución de aquello determinaría muchas cosas, entre ellas el futuro de la guerra, ya que no permitiría un desanimo dentro de sus tropas, menos ahora en plena contienda con rusia, estaban ganando, habían conseguido muchos éxitos, ganado muchas batallas a sus enemigos, pero la guerra no había terminado, un solo fallo y podría cambiar la dirección de la guerra, tenía que actuar con cautela y solucionar el problema de raíz, era momento de actuar y lo estaba haciendo.

Frederick, necesitaba aire fresco, por ese motivo se dirigió a la calle, el hotel estaba en el centro de ginebra, por lo que podría salir tranquilamente y dar un paseo por las calles, cosa que hizo.

La preocupación le embargaba, pero era en aquellos momentos donde debía de mantener la calma sobre todas las cosas, valorar objetivamente todas las oportunidades, podría ser que Rudolf no llegase a relacionarlo nunca y podría salir de aquello, lo que, si le paso por la cabeza, es desaparecer una temporada y la cámara acorazada de Chile era una perfecta oportunidad para hacerlo.

Unos meses fuera del alcance de Rudolf, permitiría tranquilizar las cosas y ver el problema desde otra perspectiva, cosa que necesitaba en aquel momento tan crítico, decidido y pensó en comunicárselo a Rudolf cuando llegaran a Berlín, con respecto a su familia, intentaría salvaguardarlos y que su mujer se fuera una temporada con su madre, llevárselos a Chile, hubiera levantado aún más las sospechas, por eso aunque era un sacrificio personal muy grande, decidió no involucrarlos y dejarlos al margen de todo aquel asunto que iba a explosionar de un momento a otro y las consecuencias no se conocían aun, tenía que actuar rápido y de la forma más prudente que podía, había mucho en juego, sobre todo su vida y la de su familia. Por ese motivo cada vez cobraba las importancias irse a Chile una temporada, poner aguas entre medio, era la mejor solución posible.

Pasaron varias semanas de aquel atentado en suiza, las cosas habían vuelto a una normalidad, pero los perros de Rudolf estaban husmeando por todos los sitios, la presión para él y el resto de las personas que estaban en las altas esferas estaba siendo agobiante, ya que nadie estaba fuera de sospecha para Rudolf, lo iba a averiguar y lo haría. Aquella mañana Frederick, se despidió de su mujer e hijos que iban a pasar una larga temporada en casa de su madre de su mujer, él ya había conseguido la aprobación de irse a Chile, con la excusa de inspeccionar los trabajos personalmente y organizar la logística del resto del tesoro de los judíos. Cosa que no levanto sospechas a Rudolf, aprobó su viaje a Chile, solo tenía que hablar con él para concretar algunos temas, su barco salía de Hamburgo hacia Chile la mañana siguiente, estaría varios meses de viaje y totalmente desconectado, solo por mediación de telegramas, se podría comunicar con Rudolf y la gente de las obras de Chile, no diariamente, pero valía la pena para salvaguardar todo lo que tenía. Se llevo sus maletas y cerro su casa, en tiempo no vería a su familia y aquella casa, se dirigió a las oficinas de la Gestapo, ya que tenía una reunión con Rudolf, para concretar algunas cosas antes de irse. Hasta el momento no sabía nada de Derek, ni quería saber de él, era muy peligroso cualquier contacto, más si la gente de Rudolf estaba detrás a la espera de cualquier fallo, lo más seguro es que estuvieran quietos durante una larga temporada. Entro en el despacho de Rudolf y le dejo las maletas a recaudo a la secretaria de este.

- Buenos días
- Buenos días, Frederick, ¿todo preparado para el viaje?
- Creo Que sí,
- Muy bien, infórmame sobre tu llegada allí,
- No te preocupes, ¿eso es una orden de arresto y ejecución? - Frederick vio el papel, no era la primera orden que veía en la mesa de Rudolf, pero viendo las circunstancia estaba obligado a preguntar, nunca se sabía si se podía sacar información del inflexible Rudolf
- Si al soldado Hanns, ¿Lo conoces? – Frederick se quedó blanco y de piedra delante de ese sanguinario teutón.
- No, ¿debía de conocerlo?
- No tienes por qué, esta mañana será ejecutado por traición, hemos encontrado que fue el, quien puso los explosivos en la casa de suiza. – la cara de Frederick era toda una preocupación.
- Ya veo – ocultando su cara de preocupación, aun se acordaba del pobre Hanns cuando le abordo por las calles de Berlín, para cumplir órdenes e invitarle aquella reunión secreta con Dereck, pero en ese momento

intento disimilar cualquier emoción que pudiera captar Rudolf.

- Hemos encontrado a un traidor, pero solo es un soldado, y los soldados reciben ordenes, lo torturamos ayer, no dijo nada, - cosa que alivio a Frederick – pero voy a averiguar quién está detrás, ya que Hanns no actuó solo, debe haber más y creo que de forma interna, ya que Hanns no parece un espía al servicio de los aliados.
- Muy bien – ocultando su nerviosismo y preocupación
- Bueno mi querido Frederick, a otro tema, espero que tengas un buen viaje y estamos en contacto
- Gracias así lo hare,

Rudolf, las semanas pasadas, le había dicho a Frederick que Hitler estaba fuera de todo peligro y que los médicos le habían recomendado reposo y tranquilidad, ya que, aunque físicamente estaba recuperado, mentalmente tenía secuelas del atentado que sufrió, tomaba grandes cantidades de tranquilizante para poder dormir, le temblaba la mano derecha, cosa que el propio Hitler no soportaba, ya que demostraba debilidad y era el máximo responsable del pueblo alemán, un pueblo orgullo y combativo. Por lo que le conto Rudolf, Hitler creía que tenía una misión mesiánica, que los dioses germánicos, le habían elegido para llevar a cabo el tercer Reich con éxito y recobrar las antiguos glorias del pueblo alemán, forjando un imperio alemán, que perduraría mil años, siendo un dogma y ley, para Hitler en esos momentos.

Frederick se dirigió a la salida y cogió un taxi, se dirigió a la estación de trenes de Berlín, que le llevaría Hamburgo y luego iría a embarcar en el barco hacia Chile. Eran muchos meses de viaje, pero al menos podría escapar de toda esa locura, cuando volviera esperaba que las cosas hubieran ido mejor, volver a la normalidad que tanto anhelaba.

Capítulo 12

"Fin de semana en Boston"

Valencia, 2 de enero 2043

Estoy en casa de mi padre, han sido unas navidades entrañables, completamente solos, no necesitamos nadie más, él y yo, el mundo quedaba fuera. Valencia en estas épocas esta hermosa, llena de luces y gente en la calle, además del clima de valencia es una maravilla a cualquier época del año, no me puedo quejar, yo vivo en Barcelona, otra ciudad mágica bañada por el mediterráneo, que me ha enamorado desde el primer momento, desde que me establecí, tras irme de Finlandia, no he encontrado un sitio mejor, pero Valencia ocupa un lugar especial en mi corazón, por muchas razones, una de ellas porque es aquí donde tengo mis origines, de aquí es mi familia paterna, tras generaciones, por supuesto porque esta mi padre, siempre que vuelvo a valencia, tengo algo especial con esta ciudad, es como si en la distancia, perteneciera a este lugar privilegiado, bañado por el mar mediterráneo, sus costas y playas, que embrujan, me hacen sentir como en casa, en esos momentos me siento mediterráneo.

La primera vez que visite Valencia, no fue con mi padre, sino con Natasha, vivíamos fuera de España, ya que ella en todos estos años no había tenido la oportunidad de visitarla y nunca había estado allí, sentía que parte de su alma estaba allí, anhelaba ir a verla como un deseo reprimido durante años, aquel año se decidió, no sé el porqué, un deseo de ir a verla y pasear por sus calles, de tantas veces que la había escuchado a Juan, se enamoró perdidamente de una ciudad creada en su mente y transmitida por Juan, pasión que absorbió de Juan, de los relatos y vivencias en su tierra.

En cambio, Natasha nunca volvió a vivir en los Estados Unidos, cuando aquel Julio de hace muchos años decidió irse para siempre, fue una decisión firme, siendo un adiós para siempre rotundo, un billete de solo ida. Natasha recordaba que aquel día que conoció a Juan en el aeropuerto de Nueva York, algo en su interior le decía que no volvería más, era agua pasada su país, que su futuro, en ese momento incierto, no estaba allí.

Intuía que su vida, a partir de aquel momento era Europa, continente donde no salió jamás, considerándolo su nueva casa. Solo hubo una ocasión cuando yo era pequeño, donde murió la tía Adela, comunicándoselo su mejor amiga Susan, que le llamo, tras el fatídico fallecimiento. En los últimos meses de vida de Adela, Natasha sabia y yo le escuchaba, que Adela no se encontraba bien, cosas de la vejez, por ese motivo, Natasha quería que se mudara a Europa, Natasha pensaba que ya le buscaría una visa adecuada para ella, pero quería y anhelaba estar los últimos con su tía, pero Adela nunca quiso, orgullosa y autosuficiente hasta el final, estar en su casa, siendo la última vez que Natasha fue a los Estados Unidos, exclusivamente para el entierro de su tía Adela.

Recuerdo que fue el primer vuelo internacional que hice, además dentro del abatimiento de Natasha por la muerte de Adela, Natasha siempre intentaba animarme y que no me aburriera en aquel viaje tan largo, haciendo cualquier cosa o juego, era normal esa tristeza por parte de Natasha, había perdido en aquel momento todo lo que representaba importante en su pasado y su juventud, primero cuando era muy joven con su madre, luego con su tía Adela, la cual fue una segunda madre para ella, en su juventud. En ese tiempo si no recuerdo mal, yo tenía alrededor de 10 años y dependía de que mi madre para todo. Madre abnegada a mí, a mis cuidados y atenciones, descuidando su vida personal en todos los sentidos. Creo que en eso lo aprendió de mi abuela Mary, queriendo transmitir ese cariño que recibió ella, en mí, lástima de que no conocer a Mary, mi abuela, pero mi madre dice que soy igual, físicamente, con el pelo rojo y su misma mirada, pero con los ojos de mi padre y su sonrisa, además de sus facciones. Debió de ser duro en los años de soledad cuidándome, ver reflejado a las dos personas que le marcaron su vida, en mí, día tras día, año tras año.

En el escritorio de mi padre intento escribir estas líneas y me acuerdo con cariño, de aquella Natasha que tuve el privilegio de conocer en mi infancia y juventud, que fue la pieza fundamental del rompecabezas en la construcción de mi ser, que siempre estará en mi corazón y nunca podré olvidarla, estando conmigo en cada momento, un abrazo allí donde estes.

Hace poco, mi padre en la sobremesa navideñas me conto, en completa intimidad de las fiestas, lo que paso, con aquella visita de Natasha a Boston y los siguientes sucesos que pasaron, completando un trozo de su vida y en parte de la mía, que desconocía hasta el momento, esa historia que me está absorbiendo y en cada palabra que escribo, siendo una parte de mí que se queda impreso en este papel en blanco, como si las palabras aun no escritas, emergieran y se hicieran lucidas, visibles en cada movimiento de mi pluma, como una fuerza externa que guiara mi mano, para escribir cada palabra, silaba, coma y frase, no siendo dueño del embrujo de la historia, solamente el ejecutor de los pensamientos prestados, en definitiva heredados. Por ese motivo sigo escribiendo con mi pluma y papel, papel encontrado en el escritorio de mi padre, como fiel biógrafo, notario en algunos casos, personaje en otros, me estoy ciñendo a los hechos acontecidos, pero dando saltos a mi personalidad que reluce y opinión, muchas veces ofende y molesta en el relato, pero no puedo ser neutral, no debo ser neutral, soy parte y como tal, vivo y he vivido esta historia, solo tengo un camino después de empezar, escribir, no debo, ni puedo parar, me está constando, lo reconozco, pero el objetivo está marcado, terminar..., y terminar para sacar los fantasmas del pasado, conjurar los ángeles y dioses, ofreciéndoles sacrificios, esperar, siempre es esperar, el juicio final, donde justos y pecadores rendiremos cuentas, tras el apocalipsis, sonaran las arpas celestiales, se encontrara la paz, un advenimiento terrenal donde todo volverá a su lugar, al menos a uno que debería estar, porque lo torcido nunca se puede enderezar, pero al menos se puede arreglar y poner recto, consuelo necesario y en la mayoría de los casos suficiente.

Pensando en este escritorio de mi padre, el cual ha salido hacer unas compras, cuando vuelva a Barcelona ponerme en la última novela que tengo que editar para un joven novelista británico, que por lo que me ha enviado, notas y sus bocetos, creo que tendrá un futuro brillante, es decir como escritor, que ironía la mía, yo corrigiendo a los otros autores y no teniendo el valor suficiente para publicar en mi nombre, solo he escrito cuentos y breves ensayos, pero me muero por publicar mi primera obra real, pero no me he atrevido, no sé qué a donde me llevara este escrito familiar, ni cuál será su fin, al menos estoy exorando mis fantasmas, disfrutando con ello.

Hoy hace un día nublado en valencia, la gente definitivamente ya ha terminado las vacaciones de navidad y se respira normalidad en las calles, un día de trabajo, quedaron atrás los excesos de las navidades, las reuniones familiares y los regalos de compromiso. Ahora quedaba el día de los reyes, siendo trámite exclusivamente infantil, que solo los niños son los protagonistas, en verdad, nunca comprendí a los reyes magos, ni lo que significaban en realidad, yo crecí fuera de España y nunca los celebre, hasta hace poco no conocía mis orígenes españoles, para mí el máximo responsable de los regalos había sido papa Noel, ese hombre bonachón y regordete, que baja por la chimeneas y reparte los regalos con un trineo, lo que nunca he sabido como se lo arreglaba en mi caso, porque nunca he vivido en una casa con chimenea, pero aparte de tecnicismos, siempre junto al árbol nunca falto mi regalo.

Cuando supe su historia de los reyes magos, más real por cierto que el bonachón de papa Noel, era tarde para su magia, era muy mayor para eso, en el polo opuesto estaba mi padre, que creció con los reyes magos y el usurpador de papa Noel fue impuesto en los últimos años, según él, lo que me transmitió ya siendo adulto, que el día de reyes era un día especial, cuando él era un niño, el mejor día de todo el año. Juan pensaba y piensa que papa Noel era un usurpador, un invento de las marcas comerciales para vender más, también piensa que los niños tenían más regalos que cuando él era pequeño, los tiempos habían cambiado y las nuevas tecnologías lo controlaban todo, Juan nunca había celebrado ese papa Noel, que en las futuras generaciones de niños se impondría navidad tras navidad.

En verdad Juan había sido un niño feliz, había tenido una infancia, independientemente que fuera hijo único, no le importaba para nada, muy feliz, llenándole el cariño de sus padres, María y Daniel, en definitiva, mis abuelos, fue una lástima que no los conociera o les llegase a conocer, siempre los tenía presentes, como su esencia fuera con él, estando presente en cada día de Juan, en cada decisión que ha tomado, porque siempre fueron una referencia para él.

Desde que se fue a Boston, sus comunicaciones y contactos fueron espontaneas y en rara ocasiones, porque Juan siempre ha tenido mucho trabajo, aunque no hablasen mucho, siempre estaban en su mente, contrarrestando su ausencia, con la siguiente frase "¿qué haría mis padres ahora?", aunque siempre, al final, hacia su voluntad, ellos eran su referencia de su vida, porque tuvo una fuerte formación moral de ellos, sobre todo de su madre, que fue para Juan, un pilar en los momentos difíciles de su vida, siendo en muchas de las ocasiones la consciencia necesaria en aquellos momentos de crisis y algunas veces insuperables de su vida. De su padre, tuvo a un compañero de viaje y eternas charlas, con aquellos paseos en la su ciudad natal,

Gandía, los numerosos cafés, de esa época le viene la afición por los cafés, que ambos disfrutaban en cualquier lugar y a cualquier hora del día. Con ambos aprendió y se formó como persona, siendo en definitiva Juan.

Sus padres eran totalmente opuestos, pero complementarios, llevaban más de 60 años de matrimonio, más los años de noviazgo, ¡!toda una vida!!!, ¿no crees?, Juan envidiaba sanamente, esa longevidad en la relación de sus padres, si quieres que te diga la verdad, yo también, la vida se escribe con reglones torcidos, fue una lástima, que por fin mi padre y yo contactamos, como padre e hijo, tan tarde, conociendo nuestra realidad, aquel octubre de hace unos años, porque no sabíamos el uno del otro, como dos desconocidos que se dan la mano, pero me alegro como acontecieron las cosas, pero no pude, el destino me lo privo, de conocer aquellas hermosas personas, mis abuelos, que descubrí de la boca de Juan, que con el paso del tiempo, son una parte de mi vida, solo conociéndoles por fotografías familiares, son y serán mis abuelos, esenciales para ser Philip.

Juan tenía toda el apartamento de valencia con recuerdos y vivencias de sus padres, porque vendió su casa en Gandía, el espíritu de ellos se lo llevo detrás de él, no lo podía vender, no debía, su deber como hijo se lo impedía, ni tampoco deshacerse de esos recuerdos, era suyo y solo suyo, porque sus padres, mis abuelos, expresándolo en palabras superlativas, fueron extraordinarios y magníficos en todos los sentidos y aspectos, escribiendo esto, repito otra vez, fue una lástima, hubiera sido un buen nieto para ellos, aunque para Mary también, la madre de Natasha, fue muy joven cuando murió. Adela, siempre la vi como la tía de Virginia, aunque siempre tuve una legión de tías, toda mi vida he estado rodeado de mujeres que me adoraban, recuerdo con cariño a Berta y Heidi, que aún están casadas y retiradas en algún lugar de Alemania, aun mantengo comunicación con ellas, de vez en cuando paso por Alemania para saludarlas, sea por trabajo o no, son mi familia.

Pero el destino es caprichoso, las circunstancias llevaron a no conocer a mis abuelos en persona, pero si en alma, siendo una cosa que a veces me llena de una enorme tristeza, pero la vida es impredecible, teniendo estas extrañas salidas, por algún motivo conoces o pasa algo en tu vida, siendo una persona o algo que te cambia tus metas, tus objetivos, te hace plantearte un nuevo horizonte, totalmente incierto en esos momentos, pero que por alguna razón cósmica, te atrae a seguirlo y abandonar aquello que hasta la fecha, eran totalmente inamovibles, quien sabe si el futuro sea bueno o malo, solo se puede leer en el libro secreto del destino, escrito por los dioses, donde cada pequeña acción tiene un significado, porque estamos predestinados a un final, eso no hay remedio, que para todos es la muerte, pero entre medias es un juego caprichoso del azar, donde tenemos que jugar, muchas de las veces arriesgar, perdiendo y ganando, depende de la mano que tengas.

¡!Ay amigo!!, si supiéramos nuestro destino, ¿Sería más fácil?, en mi opinión, creo que sí, pero también pienso que sería más aburrido, realmente no viviríamos, ni aprenderíamos, solo nos limitaríamos a subsistir, una vida predeterminada. Por eso, esa incertidumbre en nuestro futuro es lo que nos hace humanos, sentirnos vivos, la ilusión de lo nuevo, los nuevos objetivos, independientemente de su desenlace, sea individual o en pareja, eso es indiferente, creo y estoy convencido que sea cual sea el final, siendo el oficio de vivir una tarea difícil, pero es necesario para el desarrollo como personas, Natasha y Juan lo tuvieron que aprender en cada paso que daban, en cada decisión que tomaban. Por eso la historia de Natasha y Juan trasciende de ellos e incluso a mí, generalizándose a cualquiera que lea estas líneas y se identifique con la historia, siendo embrujado por la historia, siendo poco relevante los nombres y las fechas, se cuenta una historia universal y anónima, siendo cierta empatía por parte del lector de estas líneas.

Todos tenemos nuestros miedos y fantasmas, que se materializan en nuestra vida, donde de vez en cuando aparecen y nos atormentan, hay que convivir con ellos, hacerles parte de tu ser, si se ignoran desaparecen, si se les hace frente, también, no siendo compañeros de viaje adecuados, ni apropiados, sino una advertencia de lo que podía pasar, es complejo vivir, por lo que en general sobrevivimos, como recolectores de nuestras propias vivencias y experiencias. En estos folios que he cogido prestado de mi padre y para siempre poseídos por esta historia, porque vine aquí a valencia con solo mi pluma, contare aquel viaje de Natasha a Boston y los acontecimientos que siguieron, espero ser fiel al relato y transmitir su vivencia.

Natasha se encontraba en la puerta de embarque para coger el avión hacia Boston, pero antes pasaría por San Francisco, luego un vuelo nacional hacia Boston, le había comunicado el vuelo y la hora de llegada, Juan estaba muy contento de su llegada, había preparado, un fin de semana romántico con ella, se moría de ganas de verla, después de saber que estaba embarazada de él, eso acrecentaba las ganas.

Juan había trabajado en su prototipo, compaginaba su trabajo con ir a MIT, realizando sus trabajos de doctorado, su tutora de doctorado le guiaba en casi todo, para que consiguiera los objetivos académicos que le eran requeridos, pero comprendía que tenía que trabajar en aquella empresa que le patrocinaba en su doctorado, algunos de los trabajos, no tenían relación con su tema de doctorado, pero un mal menor, al fin y al cabo, era un empleado más, tenía tareas que ejecutaba sin decir nada. En el tiempo que estuvo en el CIC, realizo nuevas amistades y contactos, porque en aquella incubadora de nuevas empresas, la gente solía estar dispuesta a realizar nuevos enlaces y contactos. Mucha de esas conversaciones era en las cocinas o espacios comunes, cerrándose tratos, alianzas, colaboraciones y nuevas expectativas, siendo el perfil de la empresa variable, dependiendo de las circunstancias, cliente en algunos de los casos, vendedor en otros, socios o enemigos comerciales, en definitiva, era un micro mundo vertical, repartido en aquel edificio.

Los fondos de inversión estaban en su salsa, viendo posibilidades de negocio por todos los sitios, porque había mucho talento en ese sitio, ideas revolucionarias y empresas de tiempos futuros, con productos del futuro. Aquello le encantaba a Juan, se veía como pez en el agua, además de sentirse afortunado de pertenecer aquel mundo futurista que cuando saliera de esas paredes cambiaria la vida cotidiana de la gente. A penas se acordaba de los años oscuros y rancios en su universidad de origen, el futuro era ahora y lo estaba viviendo. Muchas de las empresas que estaban en CIC, eran empresas emergentes, Juan nunca estuvo involucrado en temas de negocio, ni tan siquiera se le paso por la cabeza crear una empresa, solo pensaba en la ciencia como tal. Siempre que trabajaba se divertía al hacerlo, cosa que le gratificaba plenamente, por eso cuando Natasha le dijo que estaba embarazada, su felicidad fue máxima, bueno nunca hay un máximo para esas cosas, pero se sentía contento y muy bien. Por eso, ese fin de semana, aprovecharía para pasar el máximo posible con Natasha. Se le paso una idea por la cabeza, el pedirle matrimonio, al fin y al cabo, iban a ser padres.

Ese mismo día, tomo el metro, la línea roja al centro para buscar una joyería y cómprale el anillo de compromiso, que debía de ser el más bonito que él hubiera visto. Ese fin de semana iba ser doblemente especial, le iba a pedir en casamiento y celebrar su paternidad, busco en Boston un restaurante de comida típica española, encontró un restaurante de lujo que servía las mejores tapas de diseño y comida española, pensaba que sería una buena idea que conociera algo de la comida de su tierra, porque no habían tenido la oportunidad de ir a un buen restaurante español, tras decidirlo, cuál iba a ser el escenario para la pedida de mano, hizo la reserva para el sábado por la noche.

En la joyería del centro la dependienta le enseñó varios anillos de compromiso, eligió uno de oro blanco donde en el centro hacia una rosa con piedras preciosas, elegante, sencillo, pero sobre todo muy bonito, siendo una preciosidad, Juan quedo prendado de ese anillo, por ese motivo no miro el precio, lo compro sin más, la dependienta, le felicito por la elección, porque tuvo muy buen gusto, esperaba que en la pedida de mano, tuviera mucha suerte, que la chica dijera que sí, Juan estaba convencido de que diría que sí, a su pregunta, ya que ambos estaban enamorados, lo que le preocupaba en esos momentos, era si, le gustaría el anillo de compromiso, abrió la caja del anillo, lo miro durante un buen rato y cada vez estaba convencido de que era la mejor opción, que Natasha le gustaría mucho, porque eso no le cabía ninguna duda.

Se dirigió a Somerville, comería por allí, porque tenía que ir al aeropuerto después, para recoger a Natasha, tenía tiempo para ello y quería, primero ducharse y arreglarse un poco, por eso. Después de comer se dirigió caminando a su casa. Siempre Juan había considerado, que el caminar era otra de las cosas que le encantaba, recordaba que, de pequeño, cuando vivía en Gandía y después de salir de instituto, caminaba por las afueras de su ciudad, mirando los árboles de naranjas, algunas veces el dueño del campo, si estaba trabajando por allí, le ofrecía que cogiera algunas naranjas. El padre de Juan, Daniel, tenía varios campos de naranjas, heredados de sus abuelos, en sus ratos libres, los arreglaba y luego vendía, la cosecha, aunque no sacaba mucho dinero con ello, debido a que el negocio de agricultor para cualquiera era más por devoción que por negocio, aunque, Juan le ayudaba con las tareas del campo y así reducía gastos.

También recordaba que cerca de sus campos había una acequia y muchas veces iba a bañarse, ya fuera solo o con algunos amigos de la escuela o del barrio. Recordaba aquello con una nostalgia agradable, de unos tiempos de inocencia que no volverían a ser vividos, la infancia para Juan había pasado, con sus aciertos y equivocaciones, no volvería a pasar, ahora era un adulto, a punto de pedirle matrimonio a su novia, esperando un hijo de ella. Juan pensaba y sigue pensando, tras el trascurso de los años, que cada época de nuestra vida es diferente, que vemos esta época de una forma diferente, dependiendo de la edad, con nuestras situaciones agradables y adversas, disfrutándose de una manera diferente, siendo que aquello que se ha vivido en la infancia o la juventud, no se podrá vivir en otra época de nuestra vida, como una cinta infinita con símbolos que una vez pasa una parte de la cinta, no es posible volverla a ver, solo se descubre su significado una vez, cuando tenemos esa parte de la cinta delante de nosotros.

Nuestros aciertos pueden ser equivocaciones en el futuro, aquello que ha sido una equivocación, es la mejor decisión mejor tomada de nuestra vida, somos lo que decidimos y lo que hacemos, nos condicionan nuestras acciones. Intentamos tomar una dirección de un determinado momento, sin conocer, o al menos en un futuro las consecuencias que podrían tener, porque, en un espacio de tiempo largo o corto, la resolución puede ser positiva, pero en el futuro ser desastroso, como las partes de la misma moneda, la cara y la cruz.

Juan se arregló y se dirigió al aeropuerto, tenía que tomar la línea roja, luego la línea plateada, que le dejaba en el mismo aeropuerto, tomando su tiempo para llegar. Estando allí, espero los pasajeros que salían de los vuelos nacionales, porque ella venia desde San Francisco. Cuando la vio salir, estaba radiante, incluso después del viaje y el cansancio, sus ojos azules resaltaban entre toda esa gente, esta preciosa y Juan lo veía así, al localizarla se dirigió a ella, la abrazo y se fundieron en un beso, se miraron y luego se dirigieron hacia la salida, Juan la ayudo con sus maletas que llevaba.

- ¿Has tenido un buen vuelo?
- No ha estado mal, muy cansado, pero aún estoy un poco cansada desde manila, supongo que sería el desfase horario, pero ahora me encuentro bien ¿Y tú?
- Muy liado con el proyecto estamos haciendo grandes avances – Natasha recordó, las palabras de Aaron y que Juan en cierta forma estaba trabajando con ellos, aunque Aaron le dijo que no sabía nada,
- Te lo he dicho miles de veces, debes descansar no es bueno tanto trabajo
- Lo intento, pero cuando me viene una idea la tengo que desarrollar y no paro, es un defecto que tengo, pero eso es trabajo, estoy muy contento de que estes aquí, te he echado mucho de menos.
- Yo también. Sobre todo, en el último viaje a manila, las noches y los días se me hicieron muy largos
- Me parece un sueño de que estamos juntos ¿Habías estado en Boston?, creo que tu familia era de aquí.
- La verdad es que si, pero vine aquí cuando era pequeña, como sabes mi familia materna es de aquí, de origen irlandés, pero si quieres que te diga la verdad, no tengo familiares próximos en Boston, porque los tres hermanos, se fueron de Boston, cuando se casaron, mi madre y mi tío, además de mi tía Adela, que siguió soltera, pero se trasladó a virginia, Natasha nunca supo porque, era una tarea que tenía en su lista de cosas de hacer.
- Te apetece comer algo
- En verdad no, solo darme una ducha e ir a tu casa, para descansar, me muero de ganas de ver tu apartamento,

me lo has descrito tantas veces que es como si hubiera vivido en él, con anterioridad.

- Eso es verdad, pero estoy enamorado de mi apartamento, ¡es super cómodo!
- Pues vamos no perdamos más tiempo.

Natasha y Juan se dirigieron hacia el metro, al llegar a Davis Square, Juan le guio hacia su apartamento que estaba muy cerca de allí, Pasaron por un teatro-cine, Juan le conto que en ese teatro estuvo dando un concierto hace pocos días, la banda U2, que vio al cantante Bono, cosa que le decepciono en grado máximo, que lo vio muy pequeño, pensaba que sería más alto, ya que le había visto por la televisión. Pensó que, viéndolo en persona, no llegaría al micrófono con esa estatura, los milagros de la televisión.

Natasha se dio un buen baño, mientras Juan arreglaba las cosas de Natasha en su habitación. Salió del baño con una toalla en la cabeza y otra que le cubría el cuerpo.

- ¿Cómo ha ido el baño?
- Muy bien, necesitaba ese baño de verdad, eran muchas horas de vuelo
- ¿Qué tal el proyecto de manila? -Natasha se lo había comentado en sus conversaciones, pero no le había contado detalles, de lo que había pasado
- Recuerdo que te conté, que al final se había arreglado, teníamos unos problemas con un mafioso local, un tal Felipe “el tuerto”, vaya nombre, ya que nos había paralizado las obras, pero de la noche a la mañana, este hombre ha entrado en razón, me alegro, porque eso será muy bueno para la comunidad y ha desbloqueado todo. Creemos que a finales de año estará terminado y se podrán asignar las casas a las personas más necesitadas, Emilio nuestro colaborador local, una buena persona, está organizando todo para las listas de asignación y las

de esperas, la semana pasada estaba muy adelantado las tareas. Porque en paralelo, Emilio estuvo trabajando en esos temas. En verdad, Emilio es un excelente trabajador y buena persona.

- Genial, muy interesante el proyecto de manila por lo que me has contado hasta la fecha, me alegro de que todo ha salido bien ¿Y qué dice Ed?
- Ed está dando saltos de alegría, porque le hemos quitado un dolor de cabeza de encima, mira si está contento, que nos ha dado vacaciones a Heidi y a mí, Heidi se ha regresado a Gotemburgo para ver que está haciendo Berta, porque es un desastre de mujer, Heidi es más romántica y tenía ganas de verla, pero Berta le daba igual que hubiera estado más tiempo en manila. Bueno ya la conoces, a Berta, no hay comentarios al respecto – haciendo una cara de asco.
- Esa mujer es un desastre, no cambiara nunca
- Sabes que se van a casar, están buscando fecha para hacerlo, Heidi quiere que sea en Alemania en el pueblo de su familia,
- ¡!fantástico!!! ¿Estamos invitados supongo?
- Claro que sí, tendrás que cuadrar tus vacaciones para volar a Europa.
- Por supuesto, no fallare
- ¿Bueno tienes algo pensado para esta noche, casanova?
- Si tengo una reserva en un restaurante español que me han hablado muy bien
- Perfecto, no puedo esperar

Aquella noche era espectacular, se podía ver la luna llena, esa calle de Somerville no tenía mucha contaminación lumínica y el cielo se contemplaba claramente, además no había ni una sola nube, las luces tenues y bajas, hacían de Day Street un lugar acogedor, intimo, caminando por Day Street, Juan le cogió de la mano a Natasha, se sentían felices y así lo reflejaban sus caras, era una noche tranquila, el cosmos se alineaba con Juan para su propósito, la suerte estaba de su parte, en cada paso que daban hacia Davis Square, Juan se sentía orgulloso de estar con aquella fantástica mujer, que gracia al destino había conocido en Nueva York, sintiéndose, el hombre más afortunado del mundo, la vida le sonreía, todo le iba muy bien, miró la cara de Natasha mientras caminaba y vio que era la mujer más hermosa que había conocido, al menos para él, los enamorados tienen esas cosas, estaba muy enamorado, además aquella extraordinaria mujer llevaba un hijo suyo. Todo era perfecto para Juan, su sonrisa, su feminidad, embargándole un sentimiento de satisfacción y plenitud, nunca en la vida había sentido nada igual, era la mujer de su vida y eso le hacía sentirse pleno, sonreía siempre que hablaba de Natasha, en el trabajo, en la universidad, teniendo a Natasha presente en todas conversaciones y en todos los minutos de su vida, sus sentimientos hacia ella estaban a flor de piel, no disimulaba su plenitud y satisfacción de tener una relación sentimental con Natasha. Al final, llegaron a Davis Square y la luz de aquella plaza, les devolvió a Natasha y Juan a la pura realidad, dirigiéndose a la entrada de metro de la línea roja.

Cuando llegaron al restaurante español, situado en el centro de Boston, su fachada estaba tematizada con detalles andaluces, que invitaban a entrar, sin pensarlo ambos entraron, vieron que la decoración de afuera se extendía al interior, con una decoración emulaba algunos de los salones de la alhambra de granada, con toques orientales e islámicos en algunos de los casos, pero con un fuerte carácter hispánico, como si parte de Al-Ándalus se hubiera trasladado a esa ciudad del “Tea Party” y la revolución americana, eso le gratifico a Juan, porque le hizo recordar a su tierra, por breves minutos. En verdad, el restaurante era muy bonito, cosa que le comunico Natasha a Juan, por lo menos la puesta en escena había sido un éxito, la cosa prometía.

- Juan esto es muy bonito, nunca había estado en un lugar así, tenemos que visitar tu país y que me enseñes valencia, me muero de ganas. – Natasha estaba fascinada solamente con la entrada en ese restaurante, en ese mismo momento, mientras hablaban, Juan confirmaba la reserva en el mostrador.
- Me alegro – la cosa estaba yendo muy bien, otro objetivo cumplido, faltaba lo importante
- No conozco la comida española, la verdad, la única referencia a español es la comida mexicana, y en particular el tex-mex, y tu famosa paella –

El doble sentido se notaba en el ambiente, con ese "paella", esa noche habría un buen postre y lo más seguro en casa de Juan. Natasha aun recordaba el incidente en Gotemburgo sobre la paella, le hacía mucha gracia. Además, en numerosas ocasiones, Juan había prometido cocinar para ella una paella en condiciones y siguiendo los cánones de los maestros paelleros, si se controlaba, mientras la cocinaba, ya que un plato tan típico de la tierra de Juan se había convertido en afrodisiaco para ella.

- Un día de estos te cocinare una buena paella, pero tendrás "paella" cuando regresemos a mi casa – ambos se rieron – pero aquí pediremos otra cosa – volvieron a reír.

Recuerdo que cuando Natasha y yo, visitamos valencia, en la malvarrosa, una de las playas de valencia, en un restaurante de renombre del paseo marítimo, pedimos una paella, porque visitar valencia y no comer una paella, es algo imperdonable, un pecado, ni con bulas papales, se podía quitar, después de eso solo esperaba el infierno más profundo, bueno, mientras la pedíamos, Natasha se le escapo una sonrisa pícara, solo con escuchar "paella", porque aquel episodio en el piso de Gotemburgo, que a partir de ese momento ambos para referirse al sexo, utilizaban el nombre de ese plato tan internacional, por otro lado, Juan no se sentía ofendido para nada, por utilizar el emblema de su tierra para estas denominaciones, solo era gracioso y curioso, una forma de recordar aquel momento, rememorando el lugar y el momento de la concepción de su primer hijo, fuera lo que fuera, siempre se tenía un tema de conversación entorno a la paella, no siempre era en términos culinarios, la memoria y los recuerdos, juegan estas cosas de vez en cuando.

En el restaurante los acomodaron en una mesa bastante céntrica, se sentaron. Juan pidió varias tapas que eran la especialidad de la casa y un vino tinto rioja de reserva, para beber, sabía que Natasha no bebía mucho, se lo había dicho muchas veces, casi nada. Con dos vasos de alcohol estaba ya bebida, pero Juan pensó que era una cena especial y pidió una botella, la ocasión lo merecía.

El camarero volvió al cabo de un rato de la concina, con todo lo que habían pedido, una serie de tapas y comida española de diseño, conformando una colección de mangares de su tierra, en si los platos, para Juan eran corrientes y los podía encontrar en cualquier pequeño bar de su tierra, pero viviendo en el extranjero, aquello se convertía en una ocasión especial, porque no todos los días podía comer aquel tipo de comida, además el lugar, era muy lujoso y muy tematizado, siendo adecuado y propicio para el momento que habían de vivir Natasha y Juan.

Natasha le encanto el restaurante y la comida que tenía delante de ella, cosa que gratifico a Juan, además era un restaurante caro y lujoso en Boston, había tenido varios reconocimientos, la prensa local lo recomendaba para una cena romántica, siendo la mejor opción y perfecto candidato, porque según los artículos de gastronomía, los cocineros era de España, además la presentación de los platos estaba muy bien cuidados, hasta el mínimo detalle, con un surtido de colores brillantes, que embriagaban la vista y encendían el paladar, donde se cuidaba hasta el mínimo detalle, los platos en que se servían, que eran diferentes en cada uno de ellos, las salsas, los complementos e incluso los aliños y aderezos utilizados, evocando el frescor mediterráneo y el color de esas tierras, una simple tortilla, triste en cualquier bar de España, servido en ese restaurante pasaba a ser la reina de la gastronomía más selecta, no siempre siendo una simple tortilla, sino el manjar de los dioses, presentado en una escenografía adecuada, aquello le impresiono a Juan, porque en el bar donde iba con su padre se encontraban los mismos platos, pero sin tanto glamour, ya que eran la versión proletaria del mismo plato, donde su simplicidad, lo hacía funcional, propósito inicial en aquel bar donde iba su padre a comer. Juan no le extraño que hubiera ganado tantos premios gastronómicos, además de su presentación, su sabor y textura, hacían trasladarse a tierras lejanas, siendo un festín para el paladar.

Dentro de esa escenografía que poseía el restaurante, la sillas y la mesa de madera oscura maciza, con unos respaldos grandes, con decoraciones geométricas y con asiento acolchados de terciopelo rojo, con remates dorados para sujetarlo a la silla, la silla, además de los remaches dorados en el asiento, tenía otros de color negro, para unir las partes de la misma, que hacía que la silla, fuera muy elegante y señorial, unos asientos para los reyes, sintiéndose los reyes de aquel lugar, la mesa, también a juego con las sillas, era redonda y lisa en su superficie, vestida con un mantel blanco con decoraciones geométricas y de colores tenues, que no cubría toda la mesa, se podía ver la única pata central de la mesa con las mismas formas geométricas que las sillas, los servicios de cubertería y servilletas, estaban calculados su posición, no dejando nada al azar, en el centro de la mesa, sin restar visibilidad a los comensales, una centro floral, con flores de diferentes colores. En general el ambiente del restaurante, tenía las luces tenues y lámparas islámicas repartidas por el salón comedor, emulando como si fueran una vela, aunque era una simple bombilla en su interior, en la paredes había fotografías de la alhambra de granada, Córdoba, preciosos paisajes de

Andalucía, evitando los numerosos tópicos de la corridas de toros y la flamenca, Juan no vio ninguno, de echo el restaurante se llamaba "café cordobés", las columnas de madera repartidas por todo el salón comedor, tenían las mismas formas geométricas, eran de madera, Juan supuso que aquella columnas eran decorativas y no tenían ninguna función arquitectural, ni tan siquiera funcional, eran meras decoraciones dentro de aquel salón, lo que si se dio cuenta Juan figuras de las decoraciones de aquellas columnas, geométricamente repartidas por aquel espacio, evocaban el glorioso pasado islámico de España y los salones de los grandes califas que reinaron en aquella época, siendo una representación fidedigna de las mil y una noche, un Al-Ándalus en el centro de Boston, con toques más actuales de lo que era hoy en día, Andalucía, en definitiva un "café andaluz".

Sus expectativas sobre el lugar donde iba ser el más importante en su vida, donde le pediría matrimonio a Natasha, eran perfectos, porque las otras alternativas como el restaurante en lo alto del prudencial, le parecieron muy convencionales, miles de parejas lo había hecho allí, aunque las vista desde aquel restaurante eran fabulosas, pero quería cuidar hasta el mínimo detalle, pensó que aquella sería la mejor opción para su propósito. Comieron y se divirtieron con aquella fantástica comida, mientras Juan le explicaba a Natasha el significado de cada comida e incluso su preparación, también hablaron sobre el futuro niño, que en el futuro estarían juntos, cosa que anhelaban los dos.

- Es fantástico, es un sueño este sitio, Juan, muchas gracias, es maravilloso, me siento muy contenta de estar aquí y contigo, además me siento la mujer más afortunada del mundo y este es el mejor momento de mi vida, sin lugar a duda, muchas gracias, Juan – un sentimiento de satisfacción embargo a Juan

- Para ti, podría el mundo a tus pies, nada es imposible a tu lado, y me alegro de que te guste y que estes disfrutando con ello. Espero que esta noche sea muy especial e inolvidable.
- Lo está siendo Juan, nadie en mi vida había hecho nada parecido por mí, me siento la mujer más agraciada del mundo.
- Y yo el hombre –

Se cogieron de las manos y Juan le acaricio la mano con muchísimo cuidado, rozándola casi como un suspiro, mirándose a los ojos, Juan en ese momento, le acaricio la mejilla, cerrando ella los ojos y haciendo gestos de consentimiento, frente a frente, parecía que la mesa hubiera desaparecido, e incluso el restaurante, por aquellas caricias a flor de piel, solo quedan ellos dos, la magia se produjo, al igual que en el aeropuerto de Gotemburgo, solo importaban ellos.

- ¿Quiero hacerte una pregunta, Natasha?
- Dime soy todos oídos – mientras Juan retiraba su mano de la cara de Natasha
- ¿Quieres casarte conmigo? –

Natasha se quedó de piedra, mientras Juan le daba la caja con el anillo de compromiso, la emoción, le embriagaba, ya que el hombre de sus sueños le pedía en matrimonio y en aquel lugar tan mágico.

- ¡Si! –

Sin dudarlo, sin pestañear, un si completo y rotundo, un si desde el convencimiento del amor, de la idea de pasar el resto de su vida a su lado, seguido abrió la caja, donde estaba el anillo de compromiso, unas lágrimas le brotaron, por los ojos, era el anillo más hermoso que había visto, instantemente se puso el anillo en el dedo, observo desde la distancia como quedaba en su mano, como se sentía su nueva situación, no se lo podía creer, estaba comprometida y con el mejor hombre de la tierra, según ella, la felicidad era ella en ese momento, el corazón le latía a mil por hora, la comida y aquel fantástico lugar pasaron a un segundo lugar, solo miraba y remiraba aquel maravilloso anillo, que ahora, en ese momento lucia en su mano. Juan se levantó y se dirigió al lado de su mesa, ella hizo lo mismo, se fundieron en un apasionado beso.

- ¡Estamos comprometidos! – dijo ella a Juan al oído
- Lo sé, me gusta, quiero pasar el resto de mi vida contigo, es mi máximo deseo en este mundo
- Y yo también, quiero estar contigo, te quiero
- Te quiero mucho

Cuando se volvieron a besar, la gente los miraba en el restaurante, pero a ellos no les importaba. Volvieron a sus sitios y ella no paraba de mirar el anillo, darle vueltas en su dedo y observándolo en todos los ángulos y viendo como quedaba en su mano, estaba feliz y no podía ocultarlo, sus ojos azules reflejaban una felicidad extrema, no hacía falta morirse para encontrarse en el paraíso, en ese salón, ya estaba en el más elevado de los cielos.

- Bueno tendremos que pensar en donde ir a vivir
- Lo tengo decidido, Juan, me vuelvo a los Estados Unidos y aquí en Boston, contigo, Ed puede ofrecerme un trabajo remoto y trabajar en casa, cosa que me permitirá venir aquí, cuidar de nuestro futuro hijo, hasta que termines el doctorado, además me será más fácil visitar a mi tía Adela, ya que podría necesitar ayuda de ella cuando nazca, él bebe, porque Adela vive en Virginia.
- Es una buena idea, luego en el futuro decidiremos donde vivir, porque el futuro está abierto.
- Pero, aunque este abierto, siempre será contigo.

Terminaron de cenar y se dirigieron hacia la parada de metro mientras esperaban Natasha le puso uno de sus auriculares en el oído de Juan y el otro en el de ella, desde su teléfono reprodujo la canción se summer time de George Gershwin.

Summertime
And the living is easy
Fish are jumping'
And the cotton is high
Oh, your daddy's rich
And your ma is good-looking
So hush, little baby
Don't you cry

One of these mornings
You're going to rise up singing
Then you'll spread your wings
And you'll take the sky
But 'til that morning
There's a'nothing can harm you
With daddy and mammy standing by ...

Summertime ....

Mientras sonaba la canción se pusieron a bailar pegados en el andén, de aquella estación, pegados y sintiendo uno contra el otro, mientras sonaba ese "summertime", bailando se olvidaron del mundo que les rodeaba, solo había un instante, aquel, solo se rompió, cuando el ruido del metro les hizo despertar, con un beso, se dirigieron al vagón del metro, que indicaba que pronto saldría.

A mí en cierto modo, me paso lo mismo con una chica que salida, nos pusimos a bailar pegados en la estación de trenes de Edimburgo, mientras todos esperaban el tren y nos miraban extrañados, bailando el "summertime", cada uno con los auriculares de su móvil, como si lo estuvieran tocando para nosotros, como si, Ella Fitzgerald cantara solo para nosotros, recordando cada instante de ese momento, volviendo haber ver la escena, viva en mis recuerdos, como brillaban sus ojos, su olor, que llevaba puesto, su pelo rubio, todo, nunca olvidare por muchos años que pase, nunca olvidare.

El fin de semana paso rápido, todas las cosas buenas pasan rápido, como si las horas se convirtieran en segundos, pero llego el momento de que Natasha volviera a Suecia, era un hasta luego, no un adiós, porque en el futuro Natasha se mudaría a Boston. Finalmente, antes que regresara a Boston, Juan le cocino una paella, sin interrupciones entre medio, además de tener su especial "paella" todo el fin de semana en la habitación de Juan, ya que en el estado de Natasha no había problemas de tener sexo. El ultimo día, Juan acompaño al aeropuerto, se despidieron, prometieron que se llamaría ese mismo día, para saber si había llegado bien a Suecia.

Escribiendo esto, que hace poco descubrí, al contármelo Juan estas navidades, me di cuenta el amor que sentían uno hacia el otro, se habían encontrado y eran sus complementos. Mientras Juan me contaba esa parte de su vida, un fondo de tristeza y añoranza surgía de Juan, su ser sentía y padecía aquello en ese momento, no pudo esconderlo, se sentía triste y al mismo tiempo contento por haber tenido la gran oportunidad de vivir aquello y con Natasha, la mujer de sus sueños, nunca de los jamases lo olvidaría, pero tampoco se repetiría.

Ahora retirado y habiendo pasado tantos años, aun recordaba cada detalle de aquella noche en ese salón del califa de Al-Ándalus, los ojos de Natasha, el olor del restaurante, el baile con la banda musical de "summertime", el tacto de Natasha, teniendo presente y como si no hubiera pasado ni un segundo. Juan viviría con aquello el resto de su vida, yo ahora lo hago público, como testigo no presente de aquello, que me ha sido confiado, que no se volverá, a repetir, por su puesto vivir, solo con Natasha y solamente con ella.

Capítulo 13

"Misteriosa memoria USB"

Nueva York, 19 de Marzo 2014

El callejón era oscuro y lleno de humedad, aunque era pleno día, montones de basura se amontonaban cerca de los contenedores, hacia días que no pasaba el camión de la basura, allí se encontraba a salvo de los que le perseguían, hacía unos minutos que le había dado esquina, no sabía si ellos le habían visto entrar en el callejón, se tocó el bolsillo interno de la gabardina, aún tenía el USB, cosa que lo tranquilizo, su confidente le había entregado hace unos días ese USB, esperaba que hiciera un buen uso de él, a la mañana siguiente lo encontraron muerto en un hotel, con una dosis de barbitúricos, bueno eso era la versión oficial de los hechos.

La policía, no pudo descubrir quién era, ya que no tenía ninguna documentación encima, ni pasaporte, cualquier otro documento o identificación, que les pudiera decir quién era, solo un ticket de una cadena de una cadena de comida rápida, efectivo con valor de dos miles dólares americanos, siendo totalmente un misterio para ellos, las huellas que le tomaron, no estaba registrado en los Estados Unidos, ni si quiera lo pudieron encontrar en la base de datos, ni las pruebas de identificación genética, daban una pista de quien era. Era un completo misterio, aquel hombre había salido de la nada, por lo que archivaron el caso, además no había habido violencia, lo más seguro es que sería un espalda mojada, que se había suicidado, no iban a usar recursos para averiguar su identidad, solo sabían y las pruebas de ADN, lo confirmaban, que era de origen latino, por eso las sospechas de si era un espalda mojado, que debido a la presión y problemas personales, se había quitado la vida, era muy corriente, porque solían venir siguiendo el sueño americano y luego cuando no lo conseguían, se venían a abajo, porque no encontraban trabajo o cualquier otra cosa, se suicidaban, era mucha la presión, de no encontrar trabajo, los problemas que dejaban en su país de origen, por eso a la policía, no le pareció, del todo extraño, pasando a ser un caso rutinario, además en los siguientes días, nadie reclamo el cuerpo y no encontraron más pistas sobre su trágica muerte, siendo razonable, el cierre del caso por las autoridades y el traslado, con su posterior entierro en una fosa común.

Además, no encontraron ningún objeto personal de relevancia que descubriera el origen de este hombre, solo tenía una maleta con un poco ropa, no tenía libros y otros objetos personales, salvo el dinero en efectivo, que llevaba encima, que diera pistas de sus orígenes, era un fantasma en vida y de muerto no mejoraba.

Jacob en aquel callejón, se sacó el móvil y miro si tenía algún mensaje, vio que no, ni tan siquiera tenía una notificación, tenía que deshacerse del móvil, lo podrían restear por mediación de él, por ese motivo saco la tarjeta sim y la memoria, con un fuerte pisotón rompió el teléfono, el cual se quedó quebrado por la pantalla del móvil, guardándose la sim y la memoria.

Tenía que salir de Nueva York, pero sabía que el aeropuerto estaría vigilado, las otras vías de escape, por suerte tenía en su cartera más de diez mil dólares de curso legal, dinero suficiente para escapar, alquilando un coche o por mediación de un autobús, menos vigilados, como agregado de la embajada de Israel, tenía pasaporte diplomático, pero no era un salvoconducto frente la gente que lo perseguía, solo lo podría utilizar en algún caso de emergencia, después tendría que huir, porque lo encontrarían de forma rápida.

Jacob era un hombre de mediana edad, que en su juventud había sido teniente en la guerra de los seis días, contra Egipto, Siria, Jordania e Irak, donde Israel, pudo adherir territorios al nuevo estado de Israel, al vencer a esta coalición árabe. Jacob Peretz, de origen sefardita, que hablaba perfectamente español, además de hebreo e inglés, había sido un héroe de guerra en esa batalla, y ampliamente condecorado por ello. Por providencias del destino fue destinado a Nueva York, donde trabajaba de agregado comercial para la embajada de Israel, papel que desempeñaba desde hacía unos veinte años. Aquel callejón, era el único refugio que tenia de momento, tenía que tomarse su tiempo para pensar una estrategia, a seguir, si salía del callejón, podría ser descubierto y la información que llevaba en ese USB, era muy valiosa para arriesgar cualquier posibilidad de escape, por ese motivo quería valorar las posibilidades antes de dar cualquier paso, no quería más equivocaciones, su colaborador, había sido asesinado, simulando que había sido un suicidio, esa gente no iba con rodeos, su vida estaba en peligro, mientras llevara la memoria USB encima de él, su colaborador se llamaba Andrés Fuensanta, era agente de los servicios de inteligencia Chilenos, por lo poco que le había contado, el gobierno Chileno, había encontrado información y planos sobre la cámara acorzada de Frederick, que desvelaría el secreto de tanto años.

Jacob se preguntaba ¿por qué a él?, y ¿por qué ahora?, y como darles respuesta a esas incógnitas, esa era una tarea que tenía que averiguar, pero por el momento, no podía fiarse de nadie, incluso de su propio gobierno, estaba en una espiral de intriga, el único salvo conducto era esa memoria USB. Tras un buen rato en aquel callejón húmedo y sin luz, decidió salir y dirigirse algún bazar, donde se puede hacer llamadas internacionales y consultar internet, en aquella época, mucha gente no poseía de conexión de internet, estas tiendas ofrecían servicio de llamadas e internet por horas, por ese motivo, se dirigió hacia una tienda de estas, para dar un vistazo al contenido de la memoria USB, la otra opción era ir a cualquier biblioteca pública, que también poseía este tipo de servicio, encima era gratis.

No le fue difícil, encontrar una tienda de esas a pocos metros del callejón, se encontraba en un barrio pobre, abundaban este tipo de tiendas, que además de ser un bazar donde vendía de casi todo, ofrecían estos servicios. Entro en la primera que vio, le daba igual que aspecto tuviera, solo quería internet y un ordenador, en el interior había un hombre de origen asiático, leyendo una revista en chino, sentado detrás de un mostrador, bastante sucio, detrás estaba unas estanterías con todo tipo de productos de alimentación y tarjetas telefónicas de prepago de diferentes marcas, al igual que el mostrador tenía un cristal con otros productos a la venta, que por su aspecto parecían de segunda mano, no apetecían nada comprar aquellas cosas. El local era de reducidas dimensiones y en su parte derecha había una hilera de ordenadores, muy viejos, a su parte izquierda unas cabinas para hacer llamadas. Jacob se acercó al mostrador y le pido una hora de conexión, este hombrecillo con el pelo grasiento y ropa sucia se levantó de su asiento con mala gana y tecleo algo en el ordenador que tenía en el mostrador y le indico que ordenador tenía libre. Jacob pago en efectivo el servicio, después de recibir el cambio, se dirigió hacia su ordenador, que era super antiguo, pero al menos tenía todo tipo de conexiones y podría ver el contenido de la memoria USB, desde que Andrés había contactado con él y le había dado la memoria, no había tenido tiempo de verla, no lo quería hacer en su escritorio de la embajada, demasiado arriesgado utilizar los ordenadores de la embajada.

Encendió el ordenador y puso las claves que le había dado el dependiente, apareció un arcaico símbolo de Windows que hacía años que no lo veía, seguramente esos ordenadores serian de segunda mano, no tendrían ningún mantenimiento al respecto. Al abrir la memoria, vio que estaba clasifica por carpetas, con nombres en español, cosa que no tuvo ningún problema al respecto, tales como, "planos", "documentos", "videos" y demás. Se fue a la carpeta de videos, reprodujo un video donde ponía "Frederick", donde salía en primer plano y en una cueva con poca luz, el ingeniero alemán, Frederick Fraser, se notaba que antes de su digitalización, originalmente era una película de 16mm en blanco y negro, donde el sonido no era muy bueno y las condiciones de luz escasas, porque eran lo que parecía una cueva con poca luminosidad.

"Me llamo Frederick Fauster, soy ingeniero alemán y el arquitecto e inventor de un sistema de encriptación y la cámara acorazada que se está construyendo, mi vida corre peligro en estos momentos, no sé, si cuando se termine las obras de esta cámara acorazada y de mi sistema, mi persona tendrá algún valor, lo que me preocupa es mi familia, que aún está en Berlín, podrían ser perjudicados con este asunto. Quiero dejar constancia en esta película que no tengo nada que ver con los espolios a la pobre gente del pueblo judío, soy una víctima igual que ellos, ni esta locura del tesoro de los judíos, solo me limite a construir la mayor obra de ingeniería que se ha construido, junto a la película dejare unos documentos con los planos y demás información de la cámara. Y que dios me perdone"

Jacob no se lo podía creer, tras más de 80 años de misterio alrededor de las cámaras acorazadas de Frederick, muchos esfuerzos desde la guerra fría, él tenía la llave para solucionar el problema, tenía la prueba fehaciente y directa del propio Frederick, increíble y alucinante aquello que tenía en las manos, era muy valioso, en manos equivocadas podría ser un desastre, tenía que ir con mucho cuidado, era poseedor de la llave del mayor tesoro que nunca se había visto. Siguió viendo la carpeta y vio un video con nombre "andres_fuensanta", le dio a reproducirlo y apareció su colaborador, Andrés, en un video desde su móvil.

"Lo que hay en esta memoria USB son años de trabajo e investigación por mi parte, que no tengo y fueron destruidos los originales, siendo esta memoria la única copia que existen de

ellos, tras el misterioso incendio en mi casa, todo se perdió, incluido las otras copias que existían, al desconocido que encuentre este USB, le pido que haga uso responsable de la información, seguramente yo ya estaré muerto..."

El video se cortó en medio de la última frase que dijo Andrés, aquello le puso más incertidumbre, ¿Por qué Andrés se puso en contacto con él? tenía que averiguarlo y en Nueva York, ya no se podía hacer gran cosa, tenía que actuar rápido, le pisaban los talones y por eso decidido ir a hacerse una nueva identidad falsa y salir del país, su destino serio Santiago de Chile, todas las respuestas estaban allí.

No le fue difícil encontrar en el barrio chino de Nueva York, a uno de los mejores falsificadores que el conocía como agregado de la embajada, debido a que había trabajado con él, su discreción y silencio le caracterizaban, era un hombre muy mayor, que paso por el campo de concentración nazi de Auschwitz, antes de la guerra se dedicaba a falsificar moneda y otros documentos alemanes, esa afición le salvo del centro de exterminio, porque se creó una identidad nueva y pudo escapar. Cuando le dio el nuevo pasaporte que era argentino, parecía real, Jacob pensaba que era un artista este hombre en su campo, Ismael así es como se llamaba, era muy cuidadoso en estas cosas.

Con la nueva identidad, ahora Jacob, se llamaba Alejandro Rossetti, se fue al aeropuerto, por el acento argentino, el creía que no tendría ningún problema al respecto, porque su acento español se asemejaba al de Chile y Argentina, solo tenía que forzarlo a más argentino, utilizando más expresiones de ese país, no habría ningún problema, en frente de su puerta de embarque, se introdujo en el avión y este despego con destino a la ciudad de Santiago de Chile.

Capítulo 14

"Aquí Cambio todo"

Barcelona, 21 de febrero del 2043

Otro día, hoy tengo tiempo para poder escribir, el trabajo lo tengo muy adelantado las últimas ediciones, por ese motivo, voy a dedicarle todo el día a esta memoria tan personal, es difícil de expresar lo que sintieron Natasha y Juan en aquellos días que nunca volverán a pasar, quedara los auténticos sentimientos que tuvieron que pasar. Ayer hable con Juan, me vino a la memoria una historia donde Natasha cambiaria radicalmente su vida y el destino de los dos, Juan no lo sabe y que creo que nunca se lo contare, eso le podría destrozar, cambiaria toda la concepción de lo sucedido, hay cosas mejor dejarlas, en el pasado y nunca sacarlas a la luz, aunque salga, si finalmente quiero o me atrevo a publicar este trabajo personal que estoy haciendo, ya no será de mi boca, sino por otros, porque no me atrevo y no debo hacerlo.

Natasha en ese momento le embargo las circunstancias que vivía y tenía que vivir, tomando una decisión que marcaría el resto de su vida y su futuro inmediato, creo que me prepare un café cargado y continuare la historia.

Tras semanas en Gotemburgo, la cotidianidad había vuelto en su vida, limitándose a ir a trabajar, pasar tiempo con Berta y Heidi, que estaban preparando su casamiento y por supuesto hablando con Juan en cualquier medio y a cualquier hora. Ed le había confirmado que no habría ningún problema de trasladarse a Boston, e incluso le era conveniente que estuviera allí para controlar los proyectos de Latinoamérica, además la organización tenía sede en Nueva york, de ese modo podría ir a NY y hablar con sus compañeros, por simplificar las cosas, Ed propuso que su contrato de trabajo se trasferiría a la sede de Nueva York, como Natasha era norteamericana no tendría ningún problema en el tema de permisos de trabajo. Todo esto lo sabía Juan y estaban emocionados con la idea de estar juntos.

De camino al trabajo pensó en parar en el centro de Gotemburgo y desayunar por allí, aquel día tenía tiempo y quería estar en el centro, comer algo, ya se sentía super embarazada y tenía hambre a todo el tiempo, la dieta ya la había dejado y comía lo que le apetecía en cada momento. Aquel día, era un día soleado en Gotemburgo, aunque era un día de trabajo, la gente fluía por las calles de aquella ciudad. Había una cafetería que hacía unos desayunos estupendos y decidió ir allí, tomarse un buen desayuno, tenía un gran día por delante y mucho trabajo por delante, pero ahora quería disfrutar de aquel momento, decidió sentarse en la terraza exterior y pedir unas tostadas con mermelada de melocotón y un cappuccino con chocolate por encima.

Sentada allí, veía bullicio de aquella ciudad que le había acogido, Natasha pensaba que pronto dejaría esas calles y estaría en Boston con Juan. Juan le había dicho que en Somerville había visto una casa de dos habitaciones, con un jardín compartido, que la había visto, era muy acogedora, pero no había decidido nada hasta el momento, hasta que no la viera Natasha, porque sería ella, la que pasaría la mayor parte del tiempo en la nueva casa y tenía que ser a su gusto, por ese motivo, volvería a verla y le enviaría las fotos de la casa, para que le dijera su opinión, Natasha solo había visto la foto de la fachada que tenía la agencia inmobiliaria en su página web, porque la agencia no había puesto las fotos del interior, ni más detalles.

Por lo que había visto, le gustaba la casa, se veía viviendo en ella y al igual que su apartamento en virginia, tenía un buen presentimiento, el duende de aquella casa la volvía a llamar. Estaba ilusionada por todo, ya fuera por su situación de embarazada, debido a que sonreía y estaba feliz por cualquier cosa que hacía y pensaba que el destino le sonreía, tendría un nuevo futuro con Juan y su futuro hijo, en aquella casa que estaba viendo en la pantalla de su ordenador. En definitiva, era feliz. Se aproximaron dos hombres a su mesa, uno de ellos lo conocía de manila.

- Hola Natasha ¿Cómo estás?
- Bien, ¿qué hace usted aquí? –

El miedo le embargo, hacía tiempo que no veía a ese hombre desde manila, en cambio al otro hombre no lo conocía de nada, pero lo que pudo comprobar a primera vista, tenía facciones eslavas y era rubio.

- Queremos hablar contigo, sabes, tras solucionar el problema de manila, teníamos pensado ponernos en contacto contigo – ese hombre le recordaba la deuda que tenía con él.
- ¿Qué quieren de mí?, no les debo nada, si solucionaron el problema de manila, mejor para su conciencia, en especial para esa pobre gente que disfrutara de un mejor futuro, no les debo nada a ustedes. – se afirmó Natasha
- Que maleducado que soy, te voy a presentar a mi amigo, este es Iván y trabaja para el gobierno ruso, en estos momentos estamos trabajando juntos en el proyecto del sistema de Juan – Natasha estaba aterrada, ahora los rusos estaban en el asunto, la cosa se complicaba
- Encantado de conocerte, Natasha – dijo Iván, mientras Natasha no decía absolutamente nada.
- ¿Qué quieren?, tengo mucho trabajo, déjeme en paz – en un tono enfadado y con miedo
- Queremos que colabores con nosotros, aunque eso lo sabes desde manila
- ¿En qué?

- En que Juan termine su proyecto con éxito, estas últimas semanas con tu mudanza a Boston y tu visita hace poco a Boston. Juan a paralizado o al menos no avanza casi sus estudios, esto no es bueno para el proyecto, necesitamos tu ayuda, sabemos que será un gran sacrificio para ti.
- ¿Qué tipo de colaboración? ¿Qué sacrificio?
- Es difícil de plantearlo, pero no tenemos más remedio que hacerlo y decírtelo – Dijo Aaron ocultando su principal objetivo y pensamientos, en esos momentos no sabía cómo plantearlo a Natasha su propuesta y más como reaccionaria, un paso en falso, ambos Juan y Natasha quedarían fuera del proyecto, obligando a tomar medidas drásticas contra los dos, Juan por el momento era muy valioso y no podrían prescindir de él, por lo que tenía que utilizar toda la diplomacia posible para convencer a Natasha que tomara aquella alternativa que le proponía, no querían llegar a soluciones extremas con ella, le era simpática – pero tendremos que proponerte algo que podría ser doloroso y traumático para ti, pero es por el bien de Juan y sobre todo para ti, en primera instancia está el proyecto, que tiene que ser finalizado.
- ¿De qué se trata?, no vengan con rodeos
- Mi compañero Aaron, quiere decir, sé que voy a ser directo, que dejes a Juan y que rompas la relación, necesitamos que se concentre en el proyecto – dijo Iván
- ¡Nunca!, ¡usted está loco!, no lo voy a hacer, además espero un hijo suyo, - chillo exaltada
- Lo sabemos, por eso hemos decidido tomar estas medidas, no podemos tener más contratiempos, tienes que romper con Juan, no hay otra solución.
- No y mil veces, no y no me pueden obligar, soy libre de hacer lo que quiera y deseo estar con Juan.

- De hecho, si podemos, si nos obligas lo haremos, eso no tengas la menor duda – una sombra de pánico le vino a la cara de Natasha – dalo por seguro, no tienes alternativa
- ¿Con que pueden obligarme? - Iván saco unas fotos de su tía Adela hacía unos días y su amiga Susan, en virginia haciendo sus cosas normales y se las enseñó a Natasha.
- Ves estas fotos, son de hace dos días, estamos vigilando a estas dos personas, si no colaboras podrían sufrir un accidente mortal, nuestros hombres están esperando órdenes para ejecutarlas en cualquier momento.
- ¡!No pueden hacer eso!!, ¡!por dios!! – Natasha se puso a llorar, estaba desesperada – son inocentes y no han hecho nada a nadie, por favor no hagan eso. – la desesperación le embargaba, por ese motivo empezó a suplicarles –
- Eso da igual, tampoco tu y Juan soy cumplibles en este caso, pero debemos cumplir órdenes, el sistema de Juan debe de ser finalizado.
- ¿Y para que necesitan ese dichoso sistema de especial?
- No podemos decírtelo, es mejor para ti que no lo sepas, porque solo queremos que te alejes de Juan y no sepas nada o lo mínimo del asunto, será mejor para todos y nadie saldrá perjudicado, no te preocupes Juan tampoco sabe nada al respecto. Juan sabe lo justo, debido a que lo reclutamos por el ansia que tiene de terminar el doctorado, pero no te preocupes él no está metido en este asunto, él es una víctima de su inteligencia, e inventar ese sistema, lo necesitamos solo y que lo termine, sin más entretenimiento, siendo totalmente inocente, de eso no te preocupes, pero, tú eres una distracción muy grande, que podría cambiar los objetivos del proyecto, si toma una dirección que no podamos controlar.

- ¿Qué pasara con Juan una vez lo termine? Quedará destrozado si rompo con él, está muy enamorado e ilusionado
- Lo superara, pasara unos meses destrozado pero el dolor hará que se centre en el proyecto, cuando termine, el destino ya tendrá algo para ti y Juan. Hoy solo tiene que terminar lo que empezó en valencia, de una forma rápida, porque necesitamos el sistema operativo lo más rápido posible.
- ¿Cómo rompo con él? Vamos a ser padres
- Puedes abortar, te podemos poner en contacto con nuestros médicos, pero no debes tener ninguna relación con Juan por el momento, en el futuro podéis tener otro hijo, volveros a juntar o lo que queráis – dijo Iván de una forma deshumanizada y ruin que asusto a Natasha
- ¡!Esta usted loco!!!, eso no lo voy a hacer, me da igual todo, pero no voy a renunciar a mi hijo, me da igual el resto del mundo, pero este niño nacerá – Iván y Aaron venían que esto del bebe iba a ser complicado y una dificultad para que Natasha se alejara de Juan, buscarían algún tipo de solución al respecto.
- Entonces simula un aborto y deja a Juan, esa sería la excusa perfecta de que no quieres saber nade de él.
- Pero no es simple y no es justo, nos amamos y no tenemos motivos para romper nuestra relación
- Provoca la rotura, las mujeres sabéis darles calabazas a los hombres y luego romper por que sea terminado el amor, así de sencillo.
- Si lo hago, ¿Juan estarán a salvo? Me lo prometen.
- No les tocaremos ni un pelo, además no van a enterarse de nada, en un futuro si queréis, puedes buscar a Juan, retomar lo que habéis empezado, es cuestión de tiempo.

- No me va a perdonar nunca, si rompo, se acabó, déjamelo pensar es una decisión que no se puede tomar a la ligera y necesito tiempo.
- Por supuesto, ten mi número de teléfono personal, llámame en cualquier momento, estaré esperando tu llamada y decisión – dijo Aaron en tono tranquilizador

La situación en esos momentos era difícil, por un lado estaba, Juan, Adela y Susan, en definitiva todo su mundo, que les podía pasar cualquier cosa, Natasha se hacía una idea de lo que eran capaces de hacer, claro ejemplo, lo tenía con lo ocurrido en Manila y Felipe "El tuerto", esta gente no iba con tonterías, si lo decían, lo hacían, por otro lado estaba muy enamorada de Juan, su ruptura sería un golpe muy duro para los dos, pero tenía que elegir, además, estaba su bebe, esa gente no tenía escrúpulos para cumplir sus objetivos, podrían hacerla abortar o peor aún matarla, no les importaba, nada, la vida de un ser inocente, solo que se terminara el proyecto de Juan.

Por aquellas calles llenas de luz y gente, ahora eran de pesimismo, tenía que elegir y ver las consecuencias en un futuro, Natasha se autoconvencía, que fuera el que fuera su decisión, siempre tendría sus contras y problemas, el poner en peligro todos sus seres queridos, le aterraba y cobraba la idea de dejar a Juan, tenía que salvarlos, en un futuro Juan lo entendería porque tomo esa decisión, en aquel dramático momento.

Por otra parte estaba él bebe, que no era negociable, lo iba a tener, si o si, así tuviera en contra todo el mundo, rusos, israelitas, americanos o incluso el propio Juan, ese niño era suyo y no iba a renunciar a él, pero entendía que por el grado de la situación, la mejor opción era dejar a Juan, debían de tomar caminos distintos, no sabía si en un futuro o la propia providencia les podría en el mismo camino, sus destinos se unirían, pero en aquel preciso momento, el pensamiento que le corría a Natasha era el de dejar a Juan, solo la suerte y pasar el tiempo, podría unirlos otra vez o no.

En cierta forma somos seres predeterminados, nacemos en un lugar, tenemos amigos que encontramos en diferentes lugares, tenemos nuestra pareja por la fuerza del destino o no, aunque otras veces es forzadas por el entorno y las elecciones de terceros, pero sea como sea todos tenemos un destino que nos espera, donde a veces no podemos llegar, o es el propio destino que no nos llega. En Natasha cobraba fuerza en romper con Juan, no quería decir, que no le quisiese si no todo lo contrario, le adoraba, queriéndole demasiado, a niveles fuera de la razón, pero si seguían juntos, esa gente podía matarlos a todos.

Llego a la puerta de su trabajo y decidió hacer un paréntesis, trabajar por que tenía tiempo para decidir y mucho papeleo en su escritorio, sentada en su escritorio toco su barriga, aun no se le notaba que está embarazada, físicamente, conservaba su figura, pero ella ya notaba al bebe, en su interior, pensaba que su bebe, no conocería a su padre nunca y que por fuerza de las intrigas de los seres humanos ese era el destino más inmediato, en ese momento sobre sus hombros recaía todo un peso que en aquel día le vino de sorpresa, que a lo largo de los años y en ciertos momentos no podría soportar, varias veces, se fue al baño a llorar y luego si alguien, se lo preguntaban decía que era su estado de embarazada, poniendo esa escusa. "la culpa" como tema principal, de lo que pasaba o lo que tenía que pasar, no le dejaba, había venido para quedarse, como compañera de viaje durante mucho tiempo, demasiado pensaba, Natasha.

Pasaron unos días, Natasha en sus pensamientos aun decidía que hacer con la relación de Juan, lo lógico y lo que tendría sentido, era terminar, pero ¿Qué hacía con ocultarle el embarazo?, en ocasiones quería hablar con Juan e irse bien lejos de aquel lugar y olvidarse de ese dichoso sistema que estaba inventando, seguro que Juan tendría oportunidades de encontrar un trabajo o algo parecido y dentro de aquel olvido, podrían ser felices, solo era cuestión de actitud, empezar de nuevo en cualquier parte, el lugar era lo de menos. Esos días de reflexión, planteo diversos escenarios y ninguno le convencía, pero intentaría hablar con Juan, por algún medio que Iván y Aaron no se enteraran, Natasha conocía que sus comunicaciones estaban controladas, pero antes Natasha quería hablar con Aaron, porque, según ella, le parecía una persona más razonable que Iván, ella suponía que Iván era por su carácter eslavo y frio que actuaba de esa manera.

Aaron e Iván aún estaban en Gotemburgo a la espera de la decisión de Natasha, podrían despachar todos los asuntos desde aquella ciudad, bueno lo podían hacer desde cualquier lugar, donde ellos estuvieran, porque poseían una red de contactos y colaboradores, repartidos por todo el mundo. En el Hall del hotel donde se alojaban, estaban tomando un café, hablando y pensando acerca del asunto de Juan y Natasha.

- Tenemos que hacer algo, al respecto, tengo la sensación de que Natasha no dejara a Juan por voluntad propia, se tienen mucho cariño y será muy difícil que ambos se separen, necesitamos que no existan cabos sueltos, Natasha, bueno su relación con Juan, es un factor desestabilizante para los objetivos del proyecto, que no podemos controlar, en cambio sí Juan está solo, es otra cosa, podemos moldearlo a nuestro gusto y que termine su trabajo e investigación.
- ¿Matarla? Me refiero a Natasha, ya que no nos sirve – dijo Iván
- No es una opción, aunque sería rápida, lo reconozco, pero crearíamos un recuerdo doloroso en Juan, aun sería peor, entonces si se desmotivase del todo y el proyecto no se terminaría nunca, incluso, Juan podría hacer una locura y suicidarse, mejor es la rotura de ambos, darles el empujón que necesitan, al menos a Natasha.

- ¿Tienes pensado algo?
- Bueno, sí, pero no será bonito y agradable, sobre todo a Natasha, pero algo se me ocurrirá.

Hacía poco había recibido un mensaje de Natasha, donde le decía, si podían reunirse y si Aaron aún estaba en Gotemburgo, cosa que Aaron respondió de inmediato con otro mensaje, porque era la perfecta ocasión, la abeja caería en la red de la araña, para llevar a cabo la idea que tenía en mente. Por ese motivo, se citó en el centro con ella, en la misma cafetería, que hacía unos días la increpo, porque le pareció un sitio idóneo, además concurrido, cosa que ella no sospecharía nada.

- ¿Cómo estas Natasha?
- No muy bien - por ser cortes a las palabras de Aaron – estos días he estado muy preocupada por la propuesta que me has hecho, es muy cruel y difícil de tomar
- Se que es difícil, pero en la vida se tiene que hacer sacrificios – aquellas hipócritas palabras no servían de nada y además su sacrificio, como decía el, no era por ella o su mundo, sino obligado por Aaron, cosa que le hacía enfurecer.
- Bueno, si tú lo dices
- No te pongas así de condescendiente, no te conviene – Aaron en tono amenazador – es lo mejor para todos, de lo contrario, no tendríamos más remedio de tomar medidas extremas, no intento que lo comprendas, ni intento que así fuera, porque me pongo en tu lugar y en el de Juan, también sentiría rencor y rabia hacia mi persona y todo este asunto, porque es una posición delicada, pero hay mucho dinero en juego, espero que lo comprendas, o al menos lo entiendas.
- No tengo opción, ¿Verdad?, sino la vida de todos está en peligro ¿No puede terminar el sistema otra persona? Y que nos dejen en paz.

- No es posible, Juan es el único que puede finalizar el trabajo, lo necesitamos, lo sentimos – Natasha se dio cuenta que Juan tenía un lugar privilegiado ante esa gente, era demasiado valioso, por eso no le pasara nada de momento, no hasta que termine el sistema que lleva entre manos.
- Me disculpas, no me siento bien y voy al baño – Natasha se sentía mareada

Natasha se dirigió al baño y en ese momento Aaron saco de su bolsillo un polvo que contenía una dosis grande de anticonceptivos y otras sustancias abortivas, que le provocaría de inmediato el aborto, independientemente del número de semanas de embarazo que tuviera, pero no le provocaría la muerte, había sido preparado por los médicos de su organización, todo estaba bajo control, además su efectividad era del cien por cien, no había cabida para el fracaso.

Vertió el contenido del sobre en el zumo de manzana que estaba bebiendo Natasha y removió su contenido con una cuchara, finalmente con una servilleta, limpio la prueba de su delito. Seguidamente y como si no pasara nada, cruzo las piernas y empezó a mirar su móvil, mirando las redes sociales o cosas parecida, esperando a que llegase Natasha, para proseguir la conversación que tenían los dos. Natasha no tardo en volver, tenía la cara pálida, porque estos días apenas había dormido, cuando se sentó en la mesa.

- ¿Te encuentras bien?
- Si ahora mucho mejor, después de refrescarme la cara, necesitaba ir al baño – cuando cogió el zumo y le dio un buen trago, porque tenía la garganta seca
- En tu estado, no son buenas las preocupaciones, aunque estes de poco tiempo, he hablado con mis superiores y ellos podrían darte una cierta cantidad para que empieces en otra parte y que cuides a ese bebe, no

habría problema, cuando termine Juan, siempre podréis empezar donde lo dejasteis, además con dinero.

- No es eso, yo le quiero, además, ¿Cuál sería mi vida siempre huyendo? No todo se paga con dinero,
- Eso es verdad, no me extraña que Juan este enamorado de ti, eres una mujer muy inteligente, el dinero no lo arregla todo, pero he intercedido por ti, para que no te mataran, el asunto es delicado, mis superiores querían soluciones más extremas, comprende que eres una incógnita que no podemos controlar, hay mucho en juego, nosotros solo somos peones en este juego, en verdad, Natasha me caes muy bien, por eso no te ha pasado nada hasta el momento, habéis disfrutado momentos muy bonitos, gracias a mí, un consejo acepta el dinero y desaparece de la vida de Juan, - Natasha estaba aterrada escuchando esas palabras, no podía creer que aquello estaba pasándole a ella, pero pensaba que era le mejor opción que podía hacer en aquellos momentos.
- Ya veo, no tengo opción, ¿De cuánto estamos hablando? Por mi silencio y desaparición
- El suficiente para no preocuparte, - Natasha bebía su zumo, mientras lo miraba atónita.

Estuvieron hablando unos minutos más, cuando Natasha se terminó el zumo y se despidió de Aaron, decidió caminar por las calles, necesitaba aire fresco, a mitad de la calle, sintió un dolor intenso de abdomen, debido a un cólico, cosa que se tocó el estómago, la gente la miraba, luego se sintió mojada y miro, tenía sus pantalones vaqueros azules manchados de sangre, a la altura de sus partes, notaba el sangrado por las piernas, como si se hubiera meado encima, no podía concentrarse por que le dolía mucho la cabeza, cuando tras aquello se desmayó y cayó en el suelo, en medio de la calle, estaba desmallada, como si fuera un títere que le habían cortado las cuerdas.

Habían pasados muchas horas de aquello, Natasha despertó conectada a un gotero con suero en la cama de un hospital, habían pasado casi más de 24 horas que la habían encontrado en la calle en el centro de Gotemburgo, el pánico se apodero de ella, no sabía que le había pasado, estaba totalmente perdida y desorientada, aun le dolía el abdomen, por lo que instintivamente se lo toco. Se enderezo en la cama del hospital, dio un vistazo a donde estaba, la televisión de su habitación individual estaba apagada, solo había un sofá de una plaza en la habitación, al lado de su cama había una serie de máquinas para medir sus constantes vitales, lo cual hacia ese ruido constante. No entendía nada de lo que pasaba, lo último que recordaba, es estar tomando un zumo de manzana, con Aaron en el centro de Gotemburgo, el resto era difuso y lo recordaba entre tinieblas, como si de un sueño se tratase, estaba desconcertada, en el cardio aumentaba sus pulsaciones, se estaba poniendo nerviosa, aquella situación le superaba, vio que estaba completamente desnuda, sin ropa interior, ni sujetador, solo estaba vestida con la típica bata de hospital que se cerraba por detrás. En ese momento entro una enfermera, saludándola.

- Ya has despertado, ¿Cómo te encuentras? Has estado durmiendo mucho tiempo
- ¿Cuánto tiempo he estado así?
- Llegaste ayer al mediodía, ahora ya es casi tarde-noche, creo que más de 24 horas, pero por lo visto te ha venido muy bien, en tu estado es lo más recomendable,
- ¿Y él bebe?
- Lo siento mucho, no hemos podido hacer nada, has perdido al bebe –

Natasha se puso a llorar, se tapó la cara y lloraba, no había consuelo en ese momento, el dolor era insoportable en Natasha, pero no podía parar de llorar, no había consuelo en aquel momento, ningún padre debía de vivir la muerte de su hijo, es una sensación de desolación y dolor, Natasha se sentía como si un parte de ella hubiera muerto con ese bebe, era una sensación horrible, profunda y desgarradora. La enfermera, puso la mano en su hombro y decidió pasar más tiempo con Natasha por el estado de shock, no reaccionaba y solo lloraba, sacaba toda la rabia y el dolor en cada lagrima que vertía, la enfermera llamo a otra compañera y decidieron poner una dosis de diazepam en su gotero. Poco a poco las fuerzas de Natasha iban mermando y acostándose en su cama, cayendo en un profundo y placentero sueño, tras eso las enfermeras decidieron salir y dejarla descansar.

Heidi y Berta estaban al lado de su cama mirándola como dormía, cuando Natasha despertó.

- Por fin dormilona – dijo Berta
- ¿Qué ha pasado? – pregunto Natasha volvía a estar desorientada.
- Nada que te has echado una buena siesta, no has ido a trabajar – dijo Berta en todo de broma
- ¿Cuánto he dormido?
- Por lo que han dicho el doctor casi dos días, te han puesto la comida por el gotero,
- ¿Tan mal estoy?
- De salud estas bien, pero es el nerviosismo y estado de shock en que te encontrabas, pero hace poco ha venido el médico, nos ha dicho que estas perfectamente y cuando estes más tranquila, podrás ir a casa con nosotras, por el tema del trabajo, Ed y toda la oficina ha preguntado por ti, Ed no ha dicho personalmente, que cuando estes bien, ya volverás, de momento tu tarea está llevándolo Kerstin, te acuerdas de ella, también norteamericana como tú, - Natasha asintió con la cabeza, habían coincidido en la cocina, muchas veces bromeaban de cambiar sus vida, ahora ella Kerstin

estaba sustituyendo a Natasha, ironías de la vida, pasa un suceso grave, los nombres y personas ocupan otra posición, rescatándose de la papelera del olvido – por ese motivo, todo está bajo control, solo tienes que ponerte bien y pronto podrás volver a casa,

- Si ya me encuentro mejor - evitando cualquier mención del bebe

Al mañana siguiente, Natasha volvió al apartamento con Heidi y Berta, los médicos les dijeron que había sido un aborto limpio y que no se preocupase por su salud, que estaba perfectamente, que tendría algunas molestias, pero el periodo y la normalidad de su cuerpo, volvería, en el futuro podría tener hijos si quisiera. Era joven y lo superaría, otra cosa seria la herida emocional, eso tardaría muchos años en curarse o incluso nunca, pero sus amigas y Adela, le ayudarían en lo que pudieran.

Cuando un dolor es tan intenso, que quiebra todo tu ser, no hay un mar de lágrimas que pueda calmarlo, no hay medicamento que lo sofoque, ni remedio milagroso que lo cure, así se encontraba Natasha, no tenía ganas de hablar con nadie, Berta y Heidi, se lo había dicho a Juan, este había tomado el primer vuelo, una semana para ver a Natasha y estar a su lado, era lo que tenía que hacer, reunirse en aquellos momentos tan difíciles con Natasha.

Aquella semana que estuvo Juan en Gotemburgo, no se separaron ni un minuto, el intentaba consolarla y quitarle hierro al asunto, Natasha se sentía arropada por todos, Adela la llamaba todos los días e incluso varias veces al día, pero ella estaba en otro mundo, en otra galaxia, no quería estar allí, añoraba lo no conocido, al bebe que hubiera tenido, una cierta culpa le embargaba, había perdido las ganas de vivir, el objetivo de su vida, lloraba a escondidas, no quería ser amada nunca más, tenía una relación de pareja con Juan, en todos los sentidos, pero ella estaba a miles de kilómetros de él, no quería volver, sabía que no era su culpa, pero no quería o no podía volver a la ilusión inicial, el dolor ciega y enmudece, ella se estaba abandonando a ese dolor, como presa por su garras, no viendo su alrededor, ni tampoco el futuro, en ese momento era una utopía imposible de conseguir, lejana, estaba atrapada en su pasado, en aquello que había perdido, en aquello que en manos de otros no había podido ser. Acostado en su cama y mirándose uno al otro, frente a frente, Natasha miraba a Juan, atentamente sin decir nada, cada uno de sus facciones de Juan, sus sonrisa, su pelo, sus ojos verdes, todo le evocaba a tiempos pasados felices, a un pasado que no quería renunciar, pero que se le escapaba de las manos, acariciándole el pelo, notaba su consentimiento y su cariño, veía a un hombre que la quería con todo su ser, un futuro que nunca conseguiría, siguió acariciándole, a flor de piel, con cada taco, quería recordar e impregnar su memoria de sus recuerdos, de su olor, de su tacto, como si en cualquier momento desapareciera, como figura efímera, pero en aquel momento era real y estaba mirándola a ella, no pensaba en nada, ese nada era un todo.

- No te preocupes, yo te quiero mucho, ya tendremos otro hijo, o si prefieres podemos adoptar
- No es eso,
- Lo importante es que este bien, estamos juntos, todo lo otro se puede solucionar, puedo pasar una temporada aquí y te ayudo en lo que pueda, estoy de tu lado y siempre lo estaré.
- Lo sé,
- Alegra esa cara, que triste estas muy fea – Natasha le sonrió, pero no dijo nada al respecto.

La semana paso en cuestión de un instante, un instante reconfortante para Natasha, estaba convencida pero no curada, las sombras de pesimismo se difuminaban con el viento cada día que pasaba, tomaba conciencia de lo ocurrido, sabía que tenía que hacer. Juan se fue a Boston e intentaría trabajar desde

Suecia, algún tipo de acuerdo podría hacer con la Universidad de Gotemburgo, Natasha lo necesitaba y no iba a dejarlo sola.

Las semanas siguientes a la marcha de Juan, Natasha no tenía ganas de hablar con nadie, apenas hablaba con Juan, lo evitaba, conversaciones cortas y siempre terminando que estaba muy cansada, porque no quería ofenderle, pero tampoco hablar con él, se centraba en ir con Berta y Heidi, focalizarse en su trabajo, dejando aparte a Juan, Juan no era importante, Juan había desaparecido para Natasha, Juan estaba allí, como siempre, apoyándola y hablándole, pero ya no para Natasha.

Juan intentaba comunicarse con ella, intentar salvar algo que parecía abocado al fracaso más inminente, su amor, su enamoramiento no le deja ver la realidad, eso afecto a su trabajo, Juan se sentía triste, pero con cada desprecio de Natasha, se iba apagando una llama, antes muy viva, pero seguía luchando.

Pero ella no le decía nada de romper, no le insinuaba nada de la nueva situación, eran pareja, pero no eran, pero a miles de kilómetros, el intentado algo para salvar la relación, ella paralizada, en un limbo personal, donde no tenía cabida Juan. Juan no se sentía a gusto en aquella situación, su amada, había cambiado y no quería volver, él se había quedado en los momentos felices, en el "todo se puede arreglar", se resistía a darse por vencido, no dimensionado la cruda realidad, que Natasha iba a irse, pero no se iba, hacía tiempo que había abandonado el barco, pero estaba allí, una dualidad ocupando el mismo espacio.

Estuvieron un tiempo así, donde Natasha no quería y se veía que no iba a querer, tampoco decía que aquello había terminado, confundiendo a Juan, en cierta forma atormentándole, donde la relación y su trato con Natasha era cambiante cada minuto, algunas veces era de día, el sol brillaba, otras era de noche, no había nada que hacer, pero el seguía, porque la quería, los constantes olvidos, la perdida de detalles por parte de ella, ya no le decía "te quiero", limitándose a un formalismo, a alguien con quien hablar cuando ella tenía tiempo libre, se perdió la confidencia, los planes, en definitiva la ilusión, Natasha estaba en frente de él, pero no estaba, pero Natasha quería estar, Juan se había quedado en la situación de antes del incidente, con la ilusión y las ganas de estar con ella, eso no quería decir que el dolor no le embargara a Juan, también lloro la perdida y fue muy fuerte el saber que algo suyo había muerto, pero quería salvar lo poco que tenía, Natasha, pero ella no se lo ponía fácil, cosa que le hacía desdichado, perdido en ese limbo que Natasha había creado y que por educación o simple compasión hacia Juan, Natasha no le decía a Juan, claramente, esto hacía que Juan sufriera y mucho, no sabía a qué atenerse, a que cogerse, los desprecios de ella, crecían, se había abierto la veda, no había vuelta atrás, mientras tanto Natasha no concretaba, no definía, no esclarecía, no daba su opinión, se limitaba a ver su vida desde el palco, al menos con Juan, poniendo en espera la vida de Juan, decía que todo se arreglaría en el futuro, que algún cambio habría, palabras que herían de muerte a Juan, una espera de meses o años, un purgatorio creado para Juan, donde Natasha se limitaba hacer una vida normal, o eso quería aparentar.

Ese limbo o sala de espera perpetuo, se prolongó, Juan quería hallar una solución, fuera en Boston o en Gotemburgo, estar juntos, al fin y al cabo estaban comprometidos, pero el casamiento paso a segundo plano, siempre era la misma respuesta "el tiempo, algún cambio, espera", palabras que herían a Juan, lo sumían más en aquel limbo instalado, no había solución, la espera se hacía larga y pesada, con cada silencio de Natasha, quedando fuera de un círculo que antes era el centro, que compartían con ella, ahora el formalismo y la educación lo cubrían todo, no dejando nada para la pasión y el sentimiento, algo había cambiado, eso estaba claro, pero no en la dirección que esperaba Juan.

En pocas semanas seria navidad, aún no habían concretado nada para las vacaciones, Natasha le daba largas, él se moría de estar con ella en esas fiestas entrañables.

- ¿Qué vamos a hacer estas navidades? Podría cogerme unas semanas y visitarte o si quieres puedes venir a verme y pasamos las fiestas aquí.
- No tengo nada concretado, además no sé qué voy a hacer, aún no he hablado con Ed, déjame que lo hable.
- Queda una semana, aun no sabes que vas a hacer, bueno ya me dices – en tono de resignación
- Bien, Juan tengo que dejarte, que tengas un buen día.
- Igualmente

Las pocas conversaciones eran copias de la anterior, "no puedo", "estoy cansada", "hablamos luego", pero el anillo y el compromiso de casamiento estaban allí, sin fecha y totalmente abierto, el limbo se había convertido en la casa de Juan, cosa que le desesperaba y estresaba. No se ponía fin o se rescataba, siempre eran hasta aquí, pero ella volvía al inicio del limbo, donde el principio el fin se unían, en un infinito circulo.

Sin soluciones a la vista, solo una espera eterna y sin ningún horizonte a la vista, los días de Juan y Natasha pasaban. Las discusiones crecían, aunque Natasha no decía nada, pero con su silencio y comportamiento lo decía todo, era Juan quien ponía la banda sonora de las discusiones, arrepintiéndose de lo que decía algunas veces, pero Natasha estaba como espectadora de su propia historia, no decía nada, no comentaba nada, el limbo iba creciendo en cada instante que pasaba. En cada paso hacia delante en la relación, se daba dos pasos atrás, pero sin concretar nada, el anillo y el compromiso estaban a la espera de un acontecimiento cósmico que nuca iba a pasar, de una alineación de las estrellas y los planetas, que podría ser que pasara cada ciento de años, lo único que quedaba era la espera, la gran espera, hacia futuros mejores y felices, según las palabras de Natasha a Juan, con la música de fondo "hay que esperar".

- Finalmente ¿vas a venir? o ¿voy? Estas navidades
- Me han invitado Berta y Heidi a su casa de Alemania con su familia, por ese motivo voy a ir, supongo que lo comprenderás, además tu estarás liado con tus cosas, por cierto, gracias por la tarjeta navideña, es muy bonita. – Natasha no le había ni correspondido con una tarjeta navideña para Juan, aunque decía que tenía una cosa para él, un regalo.
- Y prefieres estar con tus amigas que conmigo, entonces que significo para ti, nada, no tengo valor y ¿qué hay de nuestro compromiso?,
- Por ahora estamos bien, las cosas son complicadas, Juan, no se puede hacer nada más. Además, este fin de semana, no me llames porque estaré ocupada con trabajo, hablaremos la semana que viene, tengo que terminar cosas antes de navidad. Mejor ya te llamo yo, después de navidades hablamos, pórtate bien y no te busques a otra, que no me entere – dijo en tono gracioso, cosa que a Juan no le hizo mucha gracia
- Después de navidades – suspiro Juan, y en un arranque de rabia le dijo – ¡!!devuélveme el anillo!! No puedo más, esto no es una relación ni es nada – Natasha no tenía palabras para aquello
- ¿Qué...? ¡!No Juan!!
- Si ya me has oído, devuélveme el anillo, ya no puedo más, quédate con tu fantástica vida, pero no puedo más, envíamelo por correo o haz lo que quieras
- No Juan quedemos y te lo devuelvo
- Vale

Cuando colgó, Juan ya estaba arrepentido de lo que había dicho escribiéndole la siguiente carta, que me enseñó Juan en uno de los viajes que fui a valencia.

Querida Natasha

El dolor me embarga y tras pensarlo, quiero que te quedes el anillo de compromiso, fue un acto de amor a hacia ti, ni se te ocurra devolvérmelo, no lo quiero, comprendo o al menos entiendo que esto tiene un fin y el nuestro ha llegado, hemos pasado momento inolvidables que siempre estarán en mi memoria y que nada será igual después de conocerte, pero asumo y comprendo que algo ha pasado y para mal, espero que algún día nos encontremos por el cariño que nos tenemos, pero ahora es el momento de la despedida, tus continuas decepciones y desprecios, me están matando.

Con todo mi cariño, Juan

A la mañana siguiente le llamo Natasha,

- No te lo devolveré, pero no quiero perderte, por favor, quiero que estes en mi vida, podríamos ser amigos – dijo Natasha
- Si lo seremos siempre, Natasha, eso tenlo por seguro
- Espera…. – Dijo Natasha
- Dime
- ¿Tú me quieres? – pregunto Natasha
- Con toda mi alma, no sé, en que idioma decírtelo
- Voy a ver si en navidades puedo ir, podemos intentarlo, te quiero muchísimo
- Todo depende de ti, por mí siempre te he querido, mi puerta, mi corazón y mi vida siempre estará abierta para ti.

Pasaron los días y Natasha volvió a la misma tónica e incluso no confirmo su visita en navidades, se habían instalado en el estado de la incertidumbre, no sabían si estaban saliendo o no, rompían y se juntaban, en un mismo día. Tras las vacaciones de navidad, Natasha no fue a ver a Juan, ni se vieron en todas las navidades, ella desconecto esas navidades con Juan, pero no rompieron. La cosa no había cambiado, seguía como lo habían dejado antes de vacaciones, con un gran silencio en navidades, solo algún mensaje de que estaba con Heidi y habían ido algún sitio o alguna foto. Pero el más estricto silencio y contestaciones de que "no hay solución" por parte de Natasha, tras navidades, quedaron en verse, pero Natasha ya había asumido el papel de amigos-novios, cosa que desmotivo a Juan, perdida la guerra, Juan dijo que daba igual el anillo y todo el asunto del compromiso, que había llegado el momento de empezar de nuevo, empezó a no contestar a los correos de Natasha, quería olvidar y salir del limbo donde estaba. Por lo que estuvo días sin contestar y sin coger ningún mensaje de Natasha.

En su casa de Day Street en Somerville, era un sábado, no tenía que ir a trabajar, había planeado hacer unas cosas y por la tarde ir a dar una vuelta por Boston, cuando sonó la puerta, abrió la puerta y se encontró a Natasha, llevaban varios días sin hablar con ella, además ella seguía enviando mensajes de que le contestara, pero el, ya no quería. Al principio se quedó helado no comprendía nada.

- ¿Qué haces aquí?
- He venido a verte
- Pasa y tomemos un café, - Juan estaba en estado de shock, no sabía cómo reaccionar
- ¿Cuándo has llegado?
- Ahora, vengo del aeropuerto
- ¿Qué quieres decirme? – Juan estaba resentido por lo de navidad, la había pasado a solas y trabajando, lo había dejado completamente colgado.
- Nada, solo verte

- ¡!Ya está!!!
- Si
- No entiendo nada, no te entiendo Natasha, rompemos, no funciona, no rompemos, tampoco, te propongo ir a vivir juntos, tampoco funciona, dime tú, ya que me lo has dicho millones de veces que no funcionaría en todas las opciones y versiones, entre nosotros, ¿cuál es muestra situación? No sé, cuando se rompe se rompe – mientras Juan acariciaba la cara de Natasha
- Lo sé,
- Estamos en un limbo, lo sabes – dijo Juan
- ¡!Hay algún problema con ello!! – Natasha se sonrió – cual es el problema de ese limbo, yo estoy bien.
- será cómodo para ti, pero no para mi
- Lo sé, pero no hay otra solución
- ¿Por qué? Explícame
- Es complicado y lo sabes de sobra

Pasaron el fin de semana junto en su apartamento, Juan la invito a comer y cenar, se quedó con casa de él, incluso la acompañó al aeropuerto, allí Juan le pregunto

- ¿Quieres que seamos pareja? – pregunto Juan
- Si con todo mi corazón. – dijo Natasha
- Yo quiero volver a verte, no deseo otra cosa en este mundo, pero todo depende de ti

Se abrazaron y besaron, Juan vio como desaparecía Natasha por el corredor hacia su puerta de embarque, lo que no sabía que aquella sería la última vez que la vería. Las semanas trascurrieron, no cambio nada en la relación de Natasha y Juan, eran pareja pero con distanciamiento, no eran los kilómetros de distancia, el problema, Juan no sabía cómo hacerla reaccionar, le enviaba cartas diciéndole que si era su decisión cortar lo entendía, aunque ella nunca se lo decía nada de cortar, silencio, y más silencio, Juan ante el silencio le decía que sus destinos estaban separados y cosas parecidas, eso es lo leía entre líneas, silencio por parte de ella, las carta eran antagónicas por parte de Juan, algunas decía que aceptaba lo de amigos pero se había terminado, otras que se podía arreglar, ya que Juan no sabía a qué atenerse, la indecisión y el completo silencio de Natasha, le estaba matando, ya él era el único que decía algo, desde el fondo del corazón de Juan, quería estar con ella, pero respetaría su voluntad, tampoco servía el cariño y el apoyo que Juan quería darle, no servía nada en un sentido o el otro, el silencio y la indiferencia por parte de Natasha era la tónica, pero Natasha volvía hacerle cualquier detalle de reconciliación, el volvía a tener esperanzas, en San Valentín, la invito a Boston, hacían un festival internacional, ocasión perfecta para concretar la situación, la invito a un fin de semana, cosa que al principio ella, no confirmo, ni quiso confírmalo, por ese motivo discutieron, luego ella dijo que quería venir fervientemente, pero el fin de semana había pasado y el festival había terminado, también le regaló un pañuelo de seda por San Valentín, pero después de eso Juan se desanimó, volvió a cortar cualquier comunicación con ella, Natasha reavivo el fuego, poniéndose en contacto con él, diariamente, aunque Juan no le contestaba, finalmente el cedió, se comunicó con ella, ella le prometía que todo iba a cambiar y que vivirían juntos, era tiempo para empezar una nueva vida, cosa que Juan desconfiaba, pero continuo con aquel limbo, replanteando la relación, en aquella época no sé qué les pasaría por la cabeza, pero seguro que debió de ser duro.

El distanciamiento creció, más cuando su tía abuela en Ucrania, cayo enferma, su prima se había puesto en contacto con ella y necesitaban su ayuda, por lo que volcó toda su atención en solucionar los problemas de su familia en Ucrania, ya que estaban en una guerra civil en Ucrania, algunos territorios de Ucrania querían separarse, la situación era muy complicada. Definitivamente, ya habían cortado y habían quedado como amigos-novios, pero el anillo lo tenía ella, cosa que Juan no lo veía correcto, ni entendía, en estos casos suele devolverse al novio cuando se rompe, pero con Natasha lo tenía en su poder, pero habían roto, por ese motivo, Juan se puso en contacto con ella.

- Podrías darme el anillo, esto no tiene sentido, sé que es por segunda vez, pero me da igual
- Porque, ¿Qué te pasa?
- No soporto más, hemos roto y aún estoy ligado a ti por el anillo de compromiso, no lo devuelves.
- No te preocupes, te lo devolveré – con un tono de resignación

Termino la conversación y escribió el siguiente correo, con todo el peso del mundo sobre sus hombros, escribiendo cada letra, sentía que ya no volverían los días de ilusión y alegría que había pasado con Natasha, aquello pasaba al pasado, que nunca más se repetiría, pero no había solución, ni alternativa ante las circunstancias que estaban aconteciendo, en ese momento, no sabía, si era la mejor elección, pero la única que podía tomar en ese momento, no había reacción por parte de ella, creía que nunca lo habría, en parte tenía razón Natasha, cuando le dijo en navidades "no hay solución", en ese momento estaba de acuerdo con ella, comprendiendo el significado de esa afirmación en ese momento, pero la indecisión y egoísmo de ella le estaban volviendo loco, tenía en su posesión el anillo, no se lo ponía y no lo devolvía, para que servía el anillo de compromiso, para nada, un objeto que seguramente estaría en cajón de su habitación, porque todo el mundo sabía que habían roto, estando Juan en un limbo que Natasha había creado para él, deteniéndose su vida por ese limbo.

Querida Natasha

Me has roto el corazón, no entiendo, ni entendí, tu visita por sorpresa hace unas semana a Boston, tantas horas de vuelo para ser amigos, además no llevabas el anillo puesto, creí y sigo creyendo que lo nuestro tendría solución, por ese motivo si quieres cortar conmigo, corta definitivamente, no podemos seguir así. Te he querido muchísimo, más de lo que debía y la razón me permitían, porque al final me he perjudicado, nunca había sentido nada por una mujer lo que he sentido contigo, pero no puedo seguir instalado en este limbo que estamos, no puedo y no debo, ya que no es bueno para ninguno de los dos, te seguiré queriendo, no tengo remedio, pero desde la distancia, sé que las circunstancias son las circunstancias, lo hemos hablado mucho, pero intentare olvidarte, es la única solución que hay, porque las circunstancias son las que son, no hay vuelta atrás. Pero amigos y algunos días novios, aunque sea la única solución, no es una solución.

Te sigue queriendo, con el corazón roto, Juan

A los pocos días, le llego un paquete por correo rápido, de Natasha, en el interior contenía el anillo, ninguna carta, ninguna explicación, todo ya se había dicho, la elección estaba hecha, pero Juan se resistió, intento llamarla para saber si se podía arreglar, siendo la única respuesta por parte de ella "nuestra relación se ha terminado, no me llames o contactes conmigo más".

Con aquella simple frase, se terminaba el romance de Natasha y Juan, sin billete de retorno, ni explicación al respecto, en verdad estaba todo demasiado dicho, sobre todo hablado, recuerdo que cuando me lo conto Juan, lo contaba con mucha tristeza, porque los meses posteriores lo paso mal, pero se centró en su trabajo, que era lo único que tenía, pero resonaba "no me llames, nuestra relación ha terminado".

Como hijo no se darle explicación al comportamiento de Natasha, independientemente de las amenazas de Aaron, ni ella me lo ha dicho, pero tanta indecisión por parte de Natasha, ¿por qué motivo? ¿Para qué? ¿Con que fin?, en esta parte del relato no tengo palabras para explicar lo ocurrido, cuando Natasha tomo esa decisión, la segunda vez que Juan le pidió el anillo, después Juan intentara de todo para salvar algo ya perdido antes de navidades, donde Juan tantas veces le había dicho Natasha "bueno se ha terminado" y ella ponerlo otra vez al principio, reavivando el fuego, él volvía a intentarlo, no era bueno.

Es una cosa que nunca sabre y creo que Juan tampoco le pudo dar respuesta en su momento, ni entendió. Siendo las cosas como son, Juan y yo tenemos una bonita relación de padre e hijo, pero hemos perdido mucho tiempo. Siendo de momento el final de Natasha y Juan, debido a que hasta fecha de hoy no se han visto.

Natasha en las semanas después de devolverle el anillo, decidió despedirse de la organización, llamar a Aaron para aceptar el dinero, vio en internet, que Edimburgo en Escocia era una ciudad muy bonita para vivir, compro un billete de ida solamente, se despidió de Heidi y Berta, las pocas amigas que había hecho en Gotemburgo, tomo ese vuelo, otra página de su historia se abría y para Juan en Boston también, quedando atrás aquellos días que fueron los dos felices, compartiendo deseos y esperanzas.

Esta ruptura entre Juan y Natasha, aunque intensa, pero clave para la historia, creí era importante detallarla para los futuros acontecimiento que esclarecerían el misterio del tesoro de los judíos, no haber sucedido así, el final de Natasha y Juan no estaría contando la historia de las cámaras de Frederick y el desenlace de la génesis del mayor imperio empresarial que la historia del mundo, jamás ha visto la humanidad. Espero no estando, adelantando la historia o futuras historias. Pero decisiones en un momento condicionan y determinan el desarrollo de los futuros acontecimientos. Somos lo que decidimos y lo que queremos hacer en ese momento.

Espero y deseo seguir contando...con mi pluma y una pila de folios en blanco.

Aunque yo, Philip Morant, empecé a existir en esa última visita a Boston de Natasha a Juan, cosa que me confeso Natasha hace poco tiempo, al leer una de sus cartas.

"La culpa" tema principal de mis escritos sobre mis padres y que sin esa ruptura, entre Natasha y Juan, yo no estaría aquí, consecuencia de un todo o vacío absoluto.

Capítulo 15

"El final del misterio está cerca"

Santiago de Chile, 23 de marzo 2014

Jacob, o mejor dicho Alejandro, ya estaba en Santiago de Chile, recordaba que había leído en algún memorándum que Frederick, había estado allí, hacía unos 80 años atrás, supervisando las obras de la segunda cámara acorazada, se sentía como aquel Frederick que llego a Chile, sin saber nada de español, en un mundo nuevo y desconocido para él, porque hoy en día todo está globalizado y da igual las distancias, hemos creado una cultura general y global, pero en plena segunda guerra mundial, pasar de un Europa en guerra a Chile, en Latinoamérica sería un cambio abismal. Jacob, pensaba que al menos en el caso de Frederick tenía una comitiva que le esperaba en el aeropuerto, en su caso, nadie le esperaba, más valía que fuera así, por su bien.

Lo primero que tenía pensado era, buscar alguna pista sobre Andrés, empezar por ahí, ir directamente a la embajada de Israel, sería un error y quedaría al descubierto, mejor seguir con la identidad de Alejandro, antes de salir de Nueva York, hizo una serie de llamadas en aquella tienda de teléfonos, consiguió más información de Andrés Fuensanta.

Conocía donde había vivido, al igual que el, había sido militar, pero él sirvió en los 80 para el gobierno chileno, en la lucha del narcotráfico. Por lo menos, sabia lo suficiente de Andrés para empezar una investigación, sin ayuda externa, eso es lo que iba hacer, tirar del hilo, para ver que podía sacar de él.

La semana pasada en un comitiva que visito Boston, tuvo la oportunidad de entrevistarse con Juan Morant, el ingeniero y científico que estaba creando el sistema de encriptación, para romper la seguridad de las cámaras acorazadas, Jacob cuando lo vio le dio lástima, porque estaba muy serio, además sabía lo que los altos mando habían ordenado y las consecuencias que habían tenido, pero era un mal menor, el proyecto seguía adelante, además vio que Juan estaba más integrado que nunca, en terminarlo, era su único objetivo, cosa que le congratulo a Jacob, debido a que parecía un buen hombre. Por lo que respecta a Natasha, su exnovia, no se sabía nada, solo que había dejado el trabajo y marchado de Gotemburgo. Fuese como fuese, el sistema ya descifraba 15 de los 25 cifras de la clave, más de la mitad, siendo muy rápido, faltaban 10 para obtener el resultado final, por eso Juan había intensificado sus esfuerzos, además por vía rápida, su tutora le había propuesto a la comitiva de tesis, que a principios del siguiente año, Juan podía leer la tesis, tenía material para escribir no una tesis, sino miles, cosa que alegro a Juan, al fin seria doctor, su sueño se cumplía, centrándose en esas 10 cifras de la clave que aun eran una incógnita. Pero Jacob pensaba que, con la inteligencia de Juan, pronto seria resuelto el problema.

Los siguientes pasos de Jacob era buscarse un centro de operaciones en Santiago, donde pudiera vivir y moverse por la ciudad, por lo que opto por un motel barato en el centro, con una habitación individual, así no tendría compañeros de habitación, le resultaría más fácil, hacer su trabajo, de la otra forma, todo serian problemas, no le convenia que nadie metiera las narices en sus asuntos.

Se registro en un motel con el nombre de su pasaporte, Alejandro Rosetti, que era un autónomo de la construcción, que iba a trabajar a Santiago, por una temporada, cosa que no levanto mucha sospecha, porque la ciudad había muchas construcciones y gente que iba a trabajar allí por el mismo motivo, fueran chilenos o extranjeros. Además, en aduanas, no le pusieron muchas complicaciones, concediéndole un visado de turista, tiempo suficiente para averiguar lo que él quería, tampoco iba a mudarse a Chile y cambiar de identidad, su idea era volver a

Nueva York y seguir siendo Jacob, era algo temporal, lo de Alejandro Rosetti, pero a Jacob le hacía gracia pasarse por un argentino, a veces exageraba, el acento argentino, pero estaba encantado en hacerlo.

Jacob venía de una familia de judíos sefarditas, que emigraron a Uruguay desde Europa, aún tenía familia lejana en Uruguay, después de la creación del estado de Israel y la llamada del gobierno a cualquier judío, que quisiera vivir en tierra santa, toda su familia se mudó allí, él era muy joven y había terminado la carrera, alistándose al ejército, por ese motivo fue un excombatiente en la guerra.

Según contaban sus abuelos, sus antepasados venían del califato de Valencia, fueron expulsados en la época de los reyes católicos, viviendo en diferentes partes del mediterráneo, su bisabuelo, que estaba establecido en Grecia, tomo un barco a Uruguay, con toda su familia, para probar fortuna, estableciéndose definitivamente, hasta que se mudaron al nuevo estado de Israel.

Los padres de Jacob, aunque eran mayores, aun Vivian en Tel-Aviv, cerca del paseo marítimo, sus hermanos algunos vivían fuera de Israel y otros allí, pero no tenía mucha relación con ellos, ya habían creado sus familias, él era separado, hacía unos 10 años y tenía dos hijos, una chica y uno chico en ese orden, que vivían cerca de su madre, apenas podía estar con sus hijos, porque estaban en Europa.

Tenía la última dirección de Andrés, es por donde empezaría a buscar, no estaba muy lejos del motel donde se alojaba, era una zona residencial, llamo a un taxi, le indico la dirección, al llegar allí, era una casa de una planta con una entrada y jardín, más bien modesta, parecida a la de sus vecino, por lo que veía, el jardín estaba descuidado, hacía tiempo que nadie pasaba por allí, en el buzón, que estaba al lado de una puerta metálica que se entraba en el jardín y un camino hacia la puerta principal, estaba lleno de correspondencia, alguna puesta encima del buzón, saco como pudo toda la correspondencia, para ver si encontraba alguna pista, casi toda era facturas de la electricidad o cosas parecidas, pero le llamo la atención una carta de una tal Silvana Soroto, con remitente en el propio Santiago, por el apellido parecía argentina, pero no estaba seguro, no quería aventarse a primeras de cambio, cuando la abrió y empezó a leerla.

Buenos días, Andrés

Te escribo esta carta, porque por mediación de tu teléfono y en redes sociales, no me contestas, no sé si la leerás, he estado averiguando lo que me dijiste, ese tal Frederick estuvo aquí en plena segunda guerra mundial, los registros de extranjería, lo confirman, pero no se en que estaba metido ese tipo, pero el gobierno chileno lo tenía entre algodones, le pusieron coche y escolta particular, durante su estancia aquí, estuvo alojado en una habitación de lujo, en el Hilton. Debería ser un peso pesado, del gobierno nazi, me tienes que explicar más sobre el asunto, me ha picado la curiosidad. Ve con mucho ojo, que en este asunto están metidos los judíos y los rusos, hace un par de semanas, vino un tipo, que decía llamarse Iván, que tenía cara de pocos amigos, e iba con otro judío, que le llamaban Aaron, sino recuerdo mal, esos están metidos en algo muy gordo, porque mandaban más que nuestros jefes. Por lo que he visto, ese Frederick era un ingeniero alemán, estaba construyendo no sé qué cámara acorazada aquí en Santiago de Chile, pero sabes que esta gente siempre tiene una tapadera, desconozco su verdadero motivo de pasarse casi 4 años aquí en Chile. Pero al final desapareció sin dejar ningún rastro, no hay constancias en el registro de aduanas de que saliera del país, ni tan siquiera ningún registro después del 1944, casi a punto de terminase la guerra, creo que lo mataron, pero no puedo aventurarme, es mi opinión. No he podido averiguar nada más por el momento, cuando tenga más te llamo o escribo, pero la cosa esta al rojo vivo aquí.

Cordialmente, Silvana Soroto

Jacob no tenía ni idea quien era esa Silvana, pero tenía su dirección al reverso del sobre, por lo que, sería fácil localizarla y hablar con ella, averiguar que paso con Andrés y por qué contacto conmigo, arriesgando la vida, como lo hizo.

Tomo otro taxi y si dirigió a la dirección que ponía en la carta, era un edificio en el centro, y el apartamento estaba por la mitad. Llamo al telefonillo, contesto una chica, tuvo suerte y estaban en casa, le dijo que era amigo de Andrés Fuensanta, esta le abrió la puerta del edificio, Jacob se dirigió hacia el ascensor, allí subió a la planta del apartamento de Silvana y llamo a la puerta, abrió la puerta una chica joven con el pelo castaño y suelto, que llevaba unas gafas de pasta.

- Si, ¿Qué quiere?
- Soy amigo de Andrés Fuensanta, mi nombre es Jacob, Andrés contacto conmigo en Nueva York……
- ¡!Pase!! que las paredes oyen – ambos entraron en el apartamento de Silvana hasta el comedor, allí se sentaron,
- Perdone si he sido ruda, pero el rellano no es un sitio para hablar de Andrés, - dijo en tono irónico – ¿Qué me decía?
- Te estaba diciendo que soy amigo de Andrés y me llamo Jacob, quiero información, ¿Porque Andrés contacto conmigo?
- ¿Andrés está bien?
- Lo siento mucho, su amigo ha muerto, lo encontraron en un hotel de Nueva York con indicios de suicidio – Jacob se limitó a decir el parte oficial de la policía, aunque él sabía que lo habían asesinado.
- ¡!Dios mío!! Esto es más gordo que lo que pensaba
- ¿El que?
- Todo este asunto del ingeniero Frederick

- ¿Qué sabe de Frederick?
- Bueno lo único que sé es que estuvo aquí en la segunda guerra mundial para construir un sistema de seguridad para los nazis y que el gobierno de mi país le ayudo, que en 1944 desapareció no hay rastros de él. – Jacob comprobó en persona que él tenía más información que Silvana sobre Frederick,
- ¿Para quién trabajaba Andrés?
- Bueno, Andrés era un espíritu independiente, principalmente para los servicios de inteligencia chilenos, pero en la selva, en una misión para desarticular un operación de narcotráfico, del cartel norteño, encontraron una cueva, muchos años oculta, que tenía una caja metálica con documentos en alemán, planos de un sistema y una película 16mm en blanco y negro. Como Andrés sabia alemán, debido a que tiene parientes de origen alemán, se llevó la caja con él y no informo a sus superiores, luego por lo que me conto él, digitalizo todo los documentos y se hizo una copia en una memoria USB, pero creo que lo perdió todo con el incendio de su casa, luego el seguro se lo reparo todo, porque encontraron que el problema fue que se dejó una estufa de gas encendida y algo se prendió fuego, propagándose el incendio, yo no me creo la versión oficial, si quieres que te diga la verdad, en mi opinión fue intencionado, esos documentos eran valiosos, o querían deshacerse de Andrés, de alguna forma o manera, pero como digo esa es mi opinión – mientras se sacaba un cigarrillo y le ofrecía otro a Jacob - ¿Quiere uno?
- No gracias, y ¿Quién podría estar interesado en matar a Andrés?
- Rusos, israelitas, vete a saber, todos quieren su parte del pastel – le dio una buena calada.

- ¿Sabes quién soy yo?
- Si, Jacob Peretz, agregado de la embajada de Israel en Nueva york, bueno lo de agregado es un decir, espía.
- Dejemos los formalismos, pero si, ¿Quién eres tú?
- Analista de sistemas informáticos para el gobierno chileno, no soy espía, al menos no
- ¿qué hace un analista de sistemas metida en esto?
- No lo sé, solo sé que Andrés me llamo para cierta información y como somos amigos de hace muchísimos años, demasiados creo yo, se la di.
- ¿Qué le diste?
- Información del tesoro judío y por qué están esos colegas suyos aquí en Chile.
- ¿Quiénes?
- Un tal Iván, creo que es ruso y el otro Aaron, que ese es de su país. – Jacob puso una cara de espanto
- ¿Seguro que están aquí? ¿Estos días? – la presencia esos dos complicaba las cosas, eran capaces de hacer cualquier cosa por llegar a los objetivos.
- Segurísima, esta mañana los he visto
- Mal asunto – hizo un gesto negativo con la cabeza
- ¿Qué es eso del tesoro judío?
- Es un proyecto nazi para guardar las espoliaciones de los judíos durante la guerra, se crearon dos cámaras acorazadas, una está aquí en Santiago de Chile y la otra se encuentra en ginebra, ambas tienen un sistema de seguridad, inventado por ese tal Frederick, que ya lo conoces, personalmente durante la construcción de las cámaras acorazadas, inspecciono los trabajos. Ese tesoro es incalculable, no sabemos de cuánto dinero estamos hablando, porque además del dinero y objetos valioso de las familias ricas judías, también están los objetos de los judíos que eran deportados a los campos de concentración, millones y

millones de oro fundido y joyas preciosas, se estima que es el mayor tesoro que haya existido.

- ¡¡¡Wau!!! Que fuerte, por eso tanto interés de esos dos, me refiero al ruso y al judío
- Si es verdad que esos documentos son los planos y las notas de Frederick, esa información vale millones, puede que nuestras vidas no valgan nada, para esa gente, que intentara conseguir la información
- ¿Tienes la memoria USB?
- Si y otras copias – antes de salir de Nueva york, copio todo la memoria USB y alquilo una taquilla del aeropuerto, donde dejo solo las memoria USB.
- ¿Pero ahora la llevas encima?
- Si una copia, ¿Por qué?
- ¿Me lo dejas ver?, - Jacob la miro con desconfianza, pero al final opto por dejarle la memoria, además que podía hacer un simple analista de sistemas, ella no parecía muy peligrosa
- Claro – Silvana cogió su portátil y enchufo la memoria USB. Y empezó a ver los videos y demás información
- Bueno no se alemán, pero creo que son los planos originales de la cámara acorazada Chilena, indicando cada una de las partes, cómo funcionan, en manos de un experto esa cámara estaría abierta en un cerrar y abrir de ojos.
- Eso mismo pienso, yo
- ¿Qué hacemos?
- Por primero, guardarla y luego averiguar por qué Andrés vino a mí. ¿Tú lo sabes?
- No
- Tenemos trabajo, ¿quieres trabajar conmigo? O tienes algo más importante que hacer,

- Estas de broma, un tesoro judío y un ingeniero nazi, no me lo perdería ni por todo el dinero de esas cámaras acorazadas.
- Contratada, otra pregunta, ¿vives sola?
- No crees que eres un poco mayor para mi
- No lo digo por eso, es por mudarme aquí, si no te importa
- Tú en tu casa, al fin y al cabo, para que, vale mi opinión,

Jacob regreso con todas sus cosas, se acomodaría en el sofá, tenían que trabajar rápido, porque le pisaban los talones, si averiguaran que él estaba allí, la vida de los dos estaría en peligro, más estando en la misma ciudad con Iván y Aaron. Jacob los conocía, sabia de lo que eran capaces, pero le extrañaba que estuvieran juntos, porque eran grupos de trabajo distintos, desde hacía muchos años, desde la guerra fría, nunca habían colaborado, pero aquella amistad, le hacía sospechar que había algo más, algo oscuro que los unía en un fin común, en ese momento entro Silvana en su salón y vio acomodarse.

- Tranquilo como si no estuviera, esta es tu casa – con ironía
- Te pagare por las molestias,
- No es eso, pero da igual, ponte cómodo
- Bueno tenemos alguna pisa a seguir, cuéntame cómo era Andrés
- Era buen tipo, la verdad, tuvimos nuestras cosas y lios, hace mucho tiempo, pero aun manteníamos amistad, me supo mal cuando me dijiste que se había suicidado, - se notaba resentimiento en sus palabras, Jacob pensaba que había habido algo sentimental entre ellos – pero me extraña que se suicidara, no era de esos que a la mínima abandona el barco, incluso en

condiciones extremas, una vez me conto, que en la selva colombiana, fue secuestrado y torturado durante días, no se le paso luego suicidarse, paso página del asunto, sé que a veces le temblaba la mano, cuando dormía después de aquello, pero suicidarse no lo creo, pienso que lo asesinaron – Jacob coincidía con ella

- ¿Por qué vino a buscarme?
- No lo sé, sé que los últimos días estaba nervioso por algo que paso en aquella selva, como estuvimos comentando, tenían una operación para desarticular una red de narcotráfico, de cocaína entre Perú y Chile. Le estaba siguiendo la pista de Armando Molares, un capo de la droga Chilena, jefe del cartel norteño, que opera entre las fronteras de Chile y Perú, tiene sus laboratorios en Perú, en condiciones infrahumanas tiene varios pueblos de indígenas, para la elaboración de la pasa de cocaína, que luego vendía a Colombia, por eso, Andrés trabajaba muchas veces encubierto y para diferentes organismos extranjeros, entre ellos la DEA o FBI. Bueno, eso creo que no es importante, para lo que estamos buscando – le hizo un guiño a Jacob – yo muchas veces desde aquí, le hacía de logística y le proporcionaba información para sus operaciones, la mayoría encubiertas, de ahí nos venia nuestra longeva amistad – aunque parecía una niña Silvana ya tenía sus años, aunque era más joven que Jacob. – en definitiva, Andrés era un agente de campo, muchas veces por la complicación de la operación un fantasma, cosa que le permitía moverse a donde quisiera, sin ser detectado – Jacob comprendido como lo localizo tan rápido – en esa operación Andrés por pura casualidad, porque pensaba que era un laboratorio de ese Armando, para elaborar la cocaína, encontró una caja metálica con los

documentos y la película del ingeniero Frederick, sus compañeros lo le dieron importancia, porque eran papeles viejos con el membrete nazi, pensaban que luego Andrés, que pudo leer por encima algún documento y vio el potencial, los vendería a un anticuario, para sacar algo de dinero, como sabes o ahora te lo cuento, cuando vas a esas redadas, la gente siempre se queda una parte del botín, es algo ilícito y secreto entre compañeros, lo que sale en la televisión es solo una parte de lo que requisaron, el resto se lo quedan lo que participaron en la operación, es decir en todos los sitios se cuecen habas, tú me entiendes – Jacob asintió con la cabeza- bueno continuo, cuando regreso a Santiago, pudo leer los documentos, pero tuvo que conseguir un proyector y pantalla de cine para ver la película de Frederick, cosa que recuerdo le llevaba de cabeza, ya que solo encontraba de 8mm o super 8, tuvo que recorrer a un anticuario, que era un coleccionista de cámara de cine antiguas, todo una odisea, doy fe, me acuerdo que el mismo hombre le paso la película a digital, casi sin perder ninguna definición, creo que mejor que la cinta de Frederick, porque la limpio del ruido ambiental, la voz de Frederick se escuchaba mucho mejor. Andrés, noto que dos hombres de Armando le seguían, al principio pensó que sería por el motivo de la redada, pero por un confidente, le dijo que Armando tenía la mosca detrás de la oreja en aquello que se había llevado Andrés de su selva, porque al fin y al cabo, esos territorios los controlaba él, por lo que me conto, tuvo varias visitas no amistosas de los amigos de Armando, buscando o intentando averiguar que se había llevado, en definitiva, Armando sabia por la gente infiltrada en el gobierno y los agentes de campo que trabajaban para él, que eran documentos nazis muy antiguos, que no se preocupase, que a lo mejor Andrés tenía un nuevo hobby, que hay quienes coleccionan sellos, otros objetos de la segunda guerra mundial. Pero no sé, porque motivo, eso no le convencía a nuestro amigo Armando, no paraba de hostigarle, incluso le quemo la casa, como te he comentado, pero no obtuvo ninguna información al respecto, solo silencio, cosa que hacía que Armando cogiera más interés, lo último es lo que me has contado tu y su suicidio.

- Interesante, podemos contactar con algún confidente, para ver si sabe algo más que tú,
- Si podemos, es un ratero que trabaja en zona oeste, y que tiene su guarida en el bar "cielito lindo", no me mires así – Jacob se sonrió, de los afanes de mariachi que tenía el dueño del establecimiento -, que yo no puse el nombre, díselo al dueño de ese bar, bueno eso da igual, lo importante es que su nombre es Damián Salvacostas, ese hombre vende a su madre por un trago, trabaja para nosotros, la policía y los narcos, paquete completo.
- ¿Podemos ir a ver ahora?
- Por qué no, ese bar es casi su casa, si quieres que te diga la verdad no se si tendrá una
- No perdamos tiempo

Cogieron las chaquetas y con un taxi, fuero a la dirección del "cielito lindo", al entrar en el bar, el cual estaba muy oscuro, solo había escoria de personas, no apetecía ni pedir la hora al camarero de la barra, estaba sucio y olía mal, pero los clientes no estaban allí por el buen servicio, seguro que no dejaban recomendaciones al respecto del local. En eso localizaron a Damián, sentado en una mesa, releyendo un periódico de hacía casi dos días, pero no había nada más, un vaso de vino tinto, se acercaron y hablaron con él.

- Te acuerdas de mi – dijo Silvana
- Si, la zorra de Andrés, claro que sí, ¿Cómo esta ese desgraciado?
- Mejor que tu – ocultando su muerte
- ¿Qué quieres? Tengo mucho trabajo, volviendo aquella paginas mugrientas del periódico
- Información y tú nos la vas a dar.
- No sé nada, lárgate
- ¿Cuéntame porque Armando estaba interesado con Andrés?
- No lo sé, cuéntamelo tú, a lo mejor eran novios, Andrés y Armando
- ¿Qué quieres para hablar?, dime un precio
- Nada que te vayas – cuando Jacob se levantó y se acercó a Damián y con el dedo toco un punto del cuello, entre los hombros y la cabeza - ¡!que haces desgraciado!! ¡!no me puedo mover!! – mientras presionaba con el dedo ese punto -
- ¿Dime lo todo? o te quedas así para todo el resto de tu vida
- Está bien, pero para – estaba aterrado y paralizado todo el sistema nerviosos, le costaba hablar y menos moverse, no tenía voluntad sobre su cuerpo, cuando soltó el dedo, este volvió a la normalidad –
- Dile a tu amigo que deje de hacer truquitos con los dedos, - estaba molesto y aterrado, pero recupero el aliento – bueno Armando tenía tratos con un mafioso ruso, que controlaba parte de Europa, creo que en temas de prostitución y drogas, estaba interesado en hacer negocios con Armando, porque su cocaína era de una calidad superior....bueno, la cuestión es que tenía contactos con un agente ruso que trabajaba en la embajada de España, creo que le llamaban Iván, - la cara de Jacob cambio de color, esto se ponía

interesante – Bueno este Iván hacia trabajitos para el capo ruso, pero visito a Armando, para saber que eran esos documentos en alemán, no sé si eran de un chiflado ingeniero nazi, que no recuerdo su nombre, pero me lo dijeron, pero no me importa, la cuestión es que como favor a los rusos, Armando accedió a presionar a Andrés para averiguarlo, pero vio que Iván tenía mucho interés, por lo que sospecho que esos documentos tendrían un valor muy grande cuando los rusos estaban detrás, por ese motivo Armando está buscando a Andrés y los documentos, pero nadie sabe nada de tu amigo, te lo juro que no se más.

- Muchas gracias, ves como hablando la gente nos entendemos.
- Vete a la mierda
- Que tengas un buen día, Damián

Salieron del bar, Jacob estaba preocupado, la mafia rusa, estaba metida en el asunto de las cámaras acorazadas, esa gente era muy sanguinaria, por eso Jacob pensaba ¿Qué hacía Aaron metido en ese asunto?, desde Israel, el proyecto del tesoro de los judíos desconocía la colaboración con los rusos, y menos con la mafia rusa, ¿Qué hacía Aaron allí? Lo primero que se le paso por la cabeza, es que Aaron era un agente doble o trabajaba para la mafia rusa, aunque la segunda cobraba más interés, tenía más lógica, las personas por dinero, en este caso mucho dinero, hace cualquier cosa. El siguiente paso que le vino a la cabeza, era visitar el sitio donde encontraron la caja metálica.

- Prepara tu mochila que nos vamos de excursión
- ¿A dónde?
- A la selva, ¿sabes el punto donde se hizo la redada?,
- No, pero si me das unos minutos te averiguo donde es
- Eres un ángel – los dos sonrieron

- No es para tanto – iban cayéndose bien, una chilena contestona y un judío con acento español raro

En cuestión de minutos, Silvana sabia donde era el punto exacto, compraron unos billetes de autobús hacia la frontera con Perú, luego tendrían que caminar por caminos rurales, hasta el punto de la cueva. Los autobuses chilenos no eran muy cómodos y más si iban a provincias, pero ellos no iban hacer turismo, querían saber el misterio que envolvía y porque Andrés había ido a visitar a Jacob.

- ¿Qué te gusta mi país?
- Si lo conocía, pero nunca lo había visitado, cuando leí "mi país inventado" de Isabel allende, conocí el carácter de los chilenos, por mediación de esa mujer, pero nunca he estado
- Esa escritora es la de "la casa de los espíritus", buena película
- Exacto
- Se que eres judío, porque no puedes ocultarlo, pero como sabes hablar también español
- Mi familia es de Uruguay y emigramos a Israel, cuando se creó el estado de Israel.
- Ya decía yo que hablabas bien el español
- ¿De dónde eres tú?
- Soy de Santiago, por lo que se, toda mi familia es de allí, sé que un antepasado mío era gallego, pero de Galicia, Galicia, no solo español, pero nunca volvió y se quedó aquí, al principio, por lo que me contaron, trabajo de cualquier cosa, desde mozo de almacén hasta barrendero, me decía mi abuelo, que nunca se quejaba mi bisabuelo, ya que decía que en su tierra se morían de hambre, luego abrió un ultramarinos, se casó con una Chilena, así es como nací yo, además yo soy la única de mi familia que fui a la universidad, mi

padre sigue trabajando en el ultramarinos que abrió el gallego, tres generaciones y yo rompí la cadena, no me veía, en una tienda vendiendo alimentos.

- Pero te apellidas Soroto,
- Si mi padre es argentino, de orígenes italianos, mi madre es la nieta del gallego, mi padre se hizo cargo del negocio, ya que mi padre vino a trabajar a Santiago y conoció a mi madre, casi no veo a mis familiares argentinos, me acuerdo de pequeña les fui a visitar, pero nada más, con mis padres, que tengo primos allí, pero no teníamos contacto, mi padre se hizo más Chileno que los Chilenos, incluso había perdido su acento argentino, mucha gente pensaba que mi padre era el hijo de mi abuelo, no el yerno. En aquella época la sociedad chilena era muy machista y las mujeres quedaban a un segundo lugar, por eso mi abuelo cogió a mi padre como un hijo. Por ese motivo, mi padre siempre me está diciendo que me busque un buen hombre y siente la cabeza, lo lleva claro, me gusta mi soltería.
- Ya veo – se sonrió Jacob
- Cuéntame algo sobre ti,
- ¿Qué quieres saber?
- ¿Estas casado? Y esas cosas
- Estoy divorciado, me case hace diez años con una francesa judía, Stephanie, ella trabajaba para una empresa de marketing, como diseñadora, pero cuando nos casamos, nos mudamos a Paris, allí nació nuestros hijos, Charlotte y Miquel, que casi no los veo, porque la custodia la tiene la madre, el divorcio fue complicado, muchos años, pero al final, nos divorciamos, yo me fui a Nueva York y empecé a trabajar como agregado en la embajada. Pero sabes una cosa, los echo de menos, no sé por qué razón o no

lo quiero recordar, paso y nos separamos mi exmujer y yo, porque hace mucho tiempo, pero no fue por terceras personas, eso lo tengo claro, es complicado las relaciones de parejas, son dos personas que tienen que entenderse, complicado.

- Por eso sigo soltera, mejor sola que mal acompañada
- Eso es – se rieron los dos
- Otra cosa, pareces un buen tipo, ¿cómo es que te dedicas a esto?
- Es una larga historia, muchas veces lo pienso, dejarlo todo dedicarme a algo más tranquilo y creativo sin complicaciones, un trabajo de 8 horas, donde los fines de semana disfrutaría de algún de mis hobbies, creo que podría ver más a mis hijos.
- ¿Por qué no lo haces?
- Buena pregunta, creo que por que no tengo hobbies – se rieron los dos - ¿Y tú?
- Yo, no tengo problemas con lo que hago, me gusta mi vida, disfruto de estar sola, sin complicaciones, sin hipotecas, ni cosas de esas parecidas, soy un pájaro libre.
- Ya veo, si eres feliz
- Por el momento si, no me quejo
- Fantástico, no cambies
- No quedara mucho – mientras Silvana miraba por la ventana del autobús,
- No creo por la tarde estaremos en la frontera, cuando paremos comprare algo para comer
- Buena ida, además iré al baño, me muero de ganas
- Yo también

Se produjo un silencio entre los dos, cada uno estaba en sus pensamientos, abstraídos e intentando disfrutar y descansar de aquel viaje improvisado, Silvana miraba el paisaje por la ventana, Chile es un país de contrastes, depende de la región donde estes cambia el ambiente. Silvana se giró hacia Jacob, que estaba distraído en sus pensamientos.

- Estaba pensando, ¿porque Frederick construyó esas cámaras acorazadas?
- Para guardar el tesoro de los judíos, creo que te lo dije, - Silvana hizo un gesto de afirmamiento
- ¿Por qué Chile y en especial Santiago? En ese tiempo no era neutral
- Si lo era, pero Chile tiene una de las comunidades alemanas más grandes de toda Latinoamérica, uno de los objetivos de Hitler era extender el nazismo por todo el mundo, pensaba que por las colonias de ultramar podría extender el imperio que quería construir, uno de los afanes de Hitler era conquistar Latinoamérica. Brasil, argentina y otros países eran simpatizantes de la Alemania nazi, o al menos no enemigos, en el caso de Chile había una fuerte comunidad alemana, como te he dicho antes, y además una gran fuerza conservadora, en los años 30 del siglo pasado, Chile firmo convenios de comercio con la alemana nazi, luego con la invasión de Polonia y la expansión de Alemania en Europa, Chile presionado por Estados Unidos, rompió los acuerdos de exportación, aunque Estados Unidos y la propia Chile se declararon neutrales, en ese momento. En aquellos tiempo había un gran debate político en Chile, si se consideraba neutral o participaba con los aliados, aunque por presiones se mantuvo neutral, solo al final le declaro la guerra a Japón, por presiones de Estados Unidos, que siempre ha tenido, junto Gran Bretaña, por aquella época, la comunidad alemana y los grupos de extrema derecha y conservadores Chilenos, estuvieron a punto de dar un golpe de estado en Chile, para aliarse con el eje, preocupación

que tenían desde la administración de Washington, debido a que varias administraciones americanas siempre estaban mirando a Chile, porque es un país de números recursos naturales, también lo son los países de sus alrededor, por ese motivo la idea de Hitler, una vez terminada la guerra en Europa, conquistándola toda y formando alianzas con países europeos neutrales o afines al régimen nazi, era Latinoamérica, y necesitaba dinero e influencias para conseguirlo, porque tenía fuertes enemigos en el norte, Estados Unidos, México y Canadá, este último dependiente de Reino unido, pero el plan era ese, para la conquista del continente americano, pero no pensaba que Latinoamérica en especial, es un área y región muy complicada, en continua evolución, desde los tiempos coloniales, debido a que por ese periodo salieron números movimientos de izquierda en Chile, dando lugar a lo que se llamó "gobiernos radicales", que se alineaban más con la unión soviética, que tenían ideología comunista. ¿Por qué el gobierno chileno permitió la construcción de la cámara acorazada? Simplemente por interés, dentro de su neutralidad no sabía cuál iba a ser el rumbo de la guerra, aunque miraba a Estados Unidos, pero Alemania al principio era un posible aliado que no querían perder, al menos no hacerlo públicamente, además las presiones de los grupos pronazis Chilenos, presionaban para ello, creo que el gobierno Chileno, permitió y cerró los ojos en este asunto, de una forma encubierta para no dañar sus relaciones con Estados Unidos, de ese modo, si Hitler salía triunfador, ellos no salían mal parados, era cuestión de donde se decantaba la balanza para tomar una decisión desde Chile, es decir, saber cuál va ser el caballo ganador, me entiendes – Silvana hizo un gesto de afirmación – según nuestros informes consintió e incluso arropo al ingeniero Frederick en esta empresa de la construcción de la cámara acorazada, lo que pasara luego, el destino lo diría.

- Eso me suena, muy chileno
- Eso no paro aquí, después de la guerra muchos altos mandos alemanes, pusieron su miras en países latinoamericanos, cambiando alguno de ellos de identidad y otros no, manteniendo sus verdaderos nombres, e incluso su rango militar, de un ejército que ya no existía, por ese motivo se organizaron para encontrar el tesoro de los judíos, porque una vez muerto Hitler, querían volver a renacer el poder alemán, aunque eso significara hacerlo fuera de Alemania, se crearon fuerzas paramilitares y grupos políticos, con afinidades nazis, incluso en el corazón de Estados Unidos, pero sin un líder y dispersados, cosa que facilito mucho las cosas a mi gobierno, Israel, para buscar venganza, nada que ver con la caridad cristina de poner la otra mejilla, creando como contrapartida grupos encubiertos para cazar nazis, desestabilizar los planes del retorno de los nazis, como he dicho, estos grupos se fueron desintegrando, porque los antiguos dirigentes nazis eran capturados o en algunos de los casos morían de causas naturales, mezclándose con las ideologías de los partidos de extrema derecha de los países donde estaban, en definitiva eran radicales, pero de su país, me entiendes – Silvana afirmo con la cabeza – en ese mismo tiempo, mi gobierno también se unió a la búsqueda del tesoro judío, al igual que Estados Unidos que dio soporte a Israel, pero un agente americano, que se le fue la lengua en plena guerra fría, lo que hace el amor, ya que se enamoró de una espía doble polaca y esta lo traiciono, los rusos se

metieron en la carrera del tesoro judío, supongo que pensaron, si ellos están ahí, porque nosotros no. Ahora por lo que hemos averiguado por tu ilustre amigo del "cielito lindo", la mafia rusa y la mafia chilena, han metido sus narices en el asunto.

- ¡!Wau!! esto es muy gordo,
- Esto es solo la punta del iceberg, que podría haber más, porque ahora dos agentes de diferentes países y agencias diferentes están colaborando, por la búsqueda del tesoro judío.
- ¿Qué harían con tanto dinero?
- Poder y desestabilizar la balanza en un sentido o el otro.
- Ya veo.
- En mi opinión, deberían de abandonar la búsqueda del tesoro, al final seremos los ciudadanos lo que salgamos perjudicados de todo este asunto. Pero ordenes son órdenes.
- Eso es verdad, seguro que luego se hará un mal uso del dinero.

El autobús se paró en la última parada, que coincidía con su destino, ambos bajaron, no llevaban ninguna maleta, ni nada parecido, solo Silvana llevaba una mochila, el pueblo era pequeño y no había muchos habitantes, la gente estaba cada uno a lo suyo, era un día normal en ese pueblo, Jacob se dio cuenta que los habitantes tenían un aspecto más indígena que en la capital. Preguntaron como podían encontrar el camino que los llevaría hacia la cueva de Frederick, una mujer anciana se los indico que camino debían seguir. Siguieron el camino, que cada vez se hacía más intransitable, la vegetación muchas veces interrumpía el paso, con las manos apartaban las ramas de los árboles o las plantas, cerca de una montaña, según las indicaciones que Silvana pudo conseguir, debía de estar la cueva, por ese motivo decidieron buscar la entrada de la cueva, era una tarea difícil, porque la montaña tenía muchos huecos y era grande. Estuvieron buscándola, e incluso se separaron, al final Silvana la encontró. Apartaron las ramas, su entrada era estrecha y solo pasaba uno a la vez, allí dentro en ese espacio reducido solo había un foco de pie, que intentaron hacer funcionar y estaban completamente roto, además que eran muy viejo y sin energía, menos mal que Silvana llevaba una linterna en su mochila, también vieron cajas de madera con el símbolo nazi con el agila, cosa que les tranquilizo, porque habían encontrado el sitio adecuado y una caja metálica totalmente abierta, que debería de ser donde estaban los documentos originales de Frederick.

Siguieron buscando por si podían encontrar más información, pero solo vieron cosas viejas y que no funcionaban, de repente escucharon unos ruidos en el exterior, no estaban solos, Jacob lamento no estar armado, debido a que cuando salido de Nueva york, para levantar sospechas, no se preocupó de conseguirse un arma. Al minuto se escucharon unas voces en español que decían "es por aquí, patrón", cosa que puso nervioso a Jacob y Silvana, no tenía escapatoria, la única salida de la cueva era por donde habían entrado, solo les quedaba esperar y apagar la linterna, quedando completamente a oscuras. Al final los dos hombres armados con aspecto indígena entraron dentro de la cueva con linternas, pronto apuntaron con las linternas a Jacob y Silvana, diciendo uno de ellos "están aquí". Al momento un hombre que iba con un traje muy caro y se dirigió a ellos.

- No vamos a hacerles daño ¿Qué hacen aquí? – Silvana reconoció al hombre de inmediato, era Armando, ambos no contestaron a la pregunta - ¿Qué saben de Andrés? ¿Dónde está?
- No sabemos nada – contesto Silvana

- No te creo, ese desgraciado lleva varias semanas desaparecidas, nadie sabe nada de él, llevadlos a la camioneta, en la finca les interrogaremos – Armando ordeno a sus hombres

Aquellos sicarios los llevaron a una camioneta vieja y mugrienta, los pusieron en la parte de detrás, por caminos rurales, con muchos baches, llegaron a la finca de Armando, el hombre que les vigilaba todo el tiempo, les indico al bajar de la camioneta y dirigirse hacia la casa principal de la finca. Al entrar en la casa se dirigieron hacia el salón principal, allí les esperaba Armando y dos hombres más,

- Cuanto tiempo sin vernos Jacob – dijo Aaron
- ¿Por qué estas metido en esto? – dijo Jacob
- Bueno el sueldo de funcionario no es mucho, además si encontramos el tesoro, viviré como un rey. – Jacob contuvo la rabia
- ¿Por qué matasteis a Andrés? – Armando hizo una cara de exclamación, no sabía ese dato
- Nosotros no lo matamos, no tenemos nada que ver con su asesinato, lo queríamos vivo.
- Comprendo, ¿Por qué estamos aquí?
- Tú lo sabes Jacob, queremos la memoria USB. – Jacob la había escondido en la casa de Silvana, para más seguridad
- No la llevo encima,
- ¿Dónde está?
- En Estados Unidos, a buen recaudo.
- ¿Dónde?
- No te lo voy a decir, - Aaron sabía que no lo haría por mucho que lo torturara, tenía la misma formación que él, - ¿nuestros superiores lo saben?,
- Son ellos los que me enviaron aquí, claro que si – la trama se extendía a capas superiores.

- ¿Qué tienen que ver Armando y la mafia rusa? – Armando puso atención a la contestación de Aaron.
- Son nuestros socios, aquí todos salimos ganando – le guiño un ojo a Armando – hay mucho dinero para todos, además necesitamos su red de distribución, una vez encontremos el tesoro, esto no lo tiene que saber nadie, su red de suministro nos permitirá distribuir toda esa riqueza, además necesitaremos blanquear todo ese dinero, ellos tienen los contactos, esto no es ir al banco y hacer un simple deposito como comprenderás – en ese momento pensó que después de encontrar el tesoro, su vida y la de Silvana no valdría nada, estarían muertos.
- Comprendo – entonces entendió por qué la copula de su organización había metido a la mafia en el asunto, debido a que para los narcotraficantes les resultaría fácil, blanquear todo ese dinero, que en un principio iría dirigido todo ese dinero a empresas suportadas por el gobierno y luego a las arcas del gobierno, pero por el camino, muchos se harían muy ricos, entre ellos Aaron e Iván.
- ¿Por qué los rusos? – Jacob miro a Iván
- Porque tienen el diario personal de Frederick, pero tras leerlo, solo contiene la descripción del prototipo inicial de Frederick, Juan ha trabajado con el diario y por eso tiene 15 cifras de la clave. A lo visto solo era un diseño inicial, luego perfecciono el sistema, pero a Juan le dio ideas de cómo mejorar su sistema.
- ¿Quién es Juan? – pregunto Silvana
- Tu amiga es preguntona, - no le hizo gracia a Aaron, la impertinencia de Silvana – pero te contestare, qué más da, Juan es nuestro científico que está en Boston y está descifrando la clave de las cámaras acorazadas.
- Mucha gracias, satisfecha por tu contestación

- ¿Quién eres tú? Además de un incordio
- Bueno, nadie, estoy aquí casi por casualidad, solo tenía amistad con Andrés, nada más.
- Recuerdo que Andrés tenía un colaborador en el gobierno ¿Eras tu? – pregunto Armando
- Podría ser, no lo sé, no tengo ni idea qué te refieres. – desviando la conversación
- Jacob, sabéis demasiado, tendréis que venir con nosotros a Boston e ir a ver a Juan, necesitamos esos documentos para ver si podemos descifrar todas las claves, - Aaron debía tener taco porque Jacob poseía la memoria USB, sabía que haría lo que fuera para mantener la vida.
- Hace tiempo que no voy allí,
- Armando, ¿Aun tienes tu avión privado aquí en la finca?
- Si está en el hangar, creo que lo están poniendo al día, puedes cogerlo si quieres, le daré instrucciones a mis hombres, para que lo preparen ¿Cuándo quieres salir?
- Lo más pronto posible, si es hoy mejor, otra cosa la chica se queda con Iván aquí. Necesitamos que no hagas tonterías – era arriesgado eso, porque Jacob solo conocía a la chica un par de días, pero Aaron sabía que Jacob no permitiera que le pasase nada a Silvana, independientemente de si la conocía de horas, entraba dentro de su carácter.
- Silvana, no te pasara nada, volveré – eso no le daba mucha confianza a Silvana porque no conocía a Jacob de nada, pero no tenía más remedio
- Eso espero, sino lo tengo claro con esta gente
- Tranquila volveré
- Voy a hacer unas llamadas y asegurarnos que no tenemos problemas con el aterrizaje del avión en Boston, ¿Sabes el número de avión?

- Si apunta – Armando le dio todas las cifras, mientras Aaron saco una libreta y apunto todas las cifras-letras.
- Perfecto.

Estuvieron esperando allí en el salón Jacob y Silvana, vigilados por dos sicarios de Armando, que tenía cara de pocos amigos, al final apareció Aaron, les indico a los sicarios que nos acompañaran a un todoterreno que había aparcado en la puerta de la casa de la finca, allí Jacob se despidió de Silvana que se fue con uno de los sicarios, que amablemente le indico por donde tenía que ir, Jacob subió al todoterreno, con Aaron y el otro sicario.

- No es necesario este hombre, voy a cooperar – le hablo en hebreo a Aaron
- Lo sé, es por Armando, no por mí, es un maniático de la seguridad
- Perdona que te pregunte, ¿Qué le paso a Natasha?
- No lo sé, le dimos una cierta cantidad de dinero por alejarse de Juan, hasta la fecha no sabemos nada de ella, lo último que supimos es que había cogido un vuelo a Edimburgo, solo de ida, pero puede que este allí o no, quien lo sabe.
- ¿Juan lo sabe?
- No, aun piensa que está en Gotemburgo, se centró en su trabajo y en su doctorado, solo trabaja y trabaja, ya no se le ha conocido ninguna otra relación, debió de quedarse destrozado.
- Seguro, iba a casarse y tener un hijo. ¿Por qué fue tan drástico lo que hiciste? Me refiero a hacerla abortar
- Para salvarle la vida, parece mentira, como me conoces, pero para salvarle la vida, nuestros superiores querían matarla, tomar medidas extremas con Juan. Pero al romper ellos, ha sido más suave todo, bueno tu ya me entiendes, pero al menos están

vivos. Me caía bien esa chica, después de leer su historial de su vida, cuando la vigilábamos, no sé, me hago viejo, Jacob, creía que no tenía corazón, pero si lo tengo.

- Bueno ella no pensara lo mismo, Juan cuando lo sepa tampoco
- Me da igual, cuando abra la cámara acorazada pasaran a la historia, podrán tener la vida normal que quieran, pero primero Juan tiene que terminar el sistema.
- Y si, no lo termina
- Tenemos maneras de que lo haga, hay un profesor de MIT, un chileno que es muy amigo de Juan, le podemos presionar con él.
- ¿Cómo?
- Ya se nos ocurrirá algo – miedo le daba aquellas palabras

Al llegar al hangar y la pista de aterraje, estaba preparado el avión privado de Armando. La finca de Armando estaba en medio de la selva, tenía kilómetros y kilómetros de extensión, él vivía aislado de cualquier vecino, cosa que, para su negocio, le venía muy bien.

Subieron al avión y despegaron, el viaje fue relativamente cómodo, el avión privado de Armando tenia de todo, con asientos muy cómodos y catering en el avión, que se encargaban los propios pilotos de servir, el catering no era muy elaborado, casi todo era sándwich, snacks y toda clase de bebidas con alcohol o sin. Jacob no comió nada, solo tomó una botella de agua, pero Aaron si, un sándwich, sopa de tomate, que se la calentaron en un microondas y un café, luego se quedó dormido.

El sicario de Armando se quedó en Chile, tenía razón Jacob, él iba a colaborar, no hacía falta, Aaron lo sabía. Al llegar a Boston, no tuvieron problemas de aterrar, todo estaba arreglado por Aaron desde Chile, porque el transito fue rápido, además como tenían pasaportes diplomáticos, no hizo falta hacer colas en inmigración.

Fueron al CIC a ver a Juan, que por aquel entonces ya tenía todo un despacho para el solo, la empresa había crecido ya tenían más de 25 empleados, la última inyección de capital, había hecho que crecieran rápido, el CEO de la compañía estaba buscando ya unas instalaciones más propicias para la compañía, habían pasado de ser una empresa emergente a una mediana empresa, donde tenían clientes en cartera, aunque les faltaban algunos de los departamentos, pero estaba previsto que cuando se mudaran, incorporarían esos servicios a la empresa, por lo que aun tenían que crecer más.

Juan disfrutaba con su trabajo y veía como la empresa que le había patrocinado para hacer el doctorado, crecía profesionalmente con él, ahora y con el doctorado acabado, participaba en la universidad y compaginaba con su nuevo cargo dentro de la compañía de R&D scientific manager, llevando unos 10 ingenieros a su cargo, había empezado a llevar gafas, le fallaba la vista, se le veía más mayor de la edad que tenía, pero se había centrado en su trabajo y estaba totalmente acomodado en Boston, ya que vivía en Braintree, al sur de Boston, en una casa no muy grande para el solo.

En su pequeño mundo que eran esos laboratorios, trabajaba en diferentes proyectos para la compañía, entre ellos el del tesoro de los judíos. Tenía un simulador para probar sus avances, luego un grupo de ingenieros en ginebra lo probaba con la cámara acorazada original, sabía si había tenido algún avance al respecto. La vida era cómoda y tranquila para Juan, de vez en cuando se iba a Valencia, España a visitar a sus padres y amigos, por lo que supo que Javier iba ya por familia numerosa, quedaba lejos los dos estudiantes en el tren de valencia a Gandía, los nervios por ir a MIT, por aquel tiempo,

Juan asistía a conferencia que le llamaban y viaja a diferentes países para ello. Jacob y Aaron, fueron directamente al despecho de Juan en el laboratorio y entraron sin llamar.

- Buenas tardes, ¿Aun trabajando Juan? – dijo Aaron, mientras Juan levantaba la cabeza de los papeles que tenía delante, para ver quien era
- ¡!Que sorpresa!! ¿Qué haces aquí? – dejando de un lado los papeles y centrándose en su visita
- Ya ves, necesitaba verte
- ¿A mí?, o mi trabajo – hacía tiempo que se conocían
- A los dos, malpensado, ¿Qué tal como va todo?
- Bien, mucho trabajo, estamos en medio de una reestructuración, pero no nos quejamos
- Si lo veo, os han puesto mucho dinero
- Si es verdad, pero la compañía está creciendo mucho, cada vez crecemos más, recuerdo cuando éramos cuatro en una habitación que apenas tenemos intimidad, ahora que tengo mi despacho y el laboratorio de ahí fuera, la diferencia es abismal.
- Ya lo creo
- Bueno ¿Qué te trae por aquí? Visitar Boston, no será y menos a mi
- Eres demasiado inteligente para mí, bueno, hemos encontrado varios documentos sobre Frederick en Chile, que podrían servirte para tus investigaciones y encontrar todas las cifras del sistema.
- ¿los tienes aquí? - Juan le pico la curiosidad.
- No tenemos que ir a Nueva york para recogerlos – se refería a la memoria USB que tenía Jacob
- Fantástico, nos vendrá bien, paras las pruebas que tenemos que hacer esta semana con el simulador.
- Te voy a presentar, Este es mi amigo Jacob,
- Encantado – ofreciéndole la mano

- Jacob nos ayudara en el proyecto, porque es el quien ha encontrado los nuevos documentos de Frederick. Creo que será de gran valía para el proyecto y estamos al final de años de trabajo ¿No crees Juan?
- Espero que si
- Claro, pronto veremos el interior de la cámara acorazada
- ¿Dónde os alojáis?
- No tenemos pensado aun, pero voy a reservar el mismo hotel que la última vez.
- Buena idea, es muy bueno y está cerca del centro y del CIC
- Por eso, Bueno Juan veo que estas ocupado, a lo largo de esta semana te haremos una visita

Salieron de CIC, Aaron no quiso perder más tiempo, se dirigió al aeropuerto para coger cualquier avión a Nueva York, allí en Nueva York, fueron a la casilla que tenía el numero de la fecha de nacimiento del hijo pequeño de Jacob, este saco la llave y abrió la casilla, dentro en el inmenso vacío había unas memorias USB, Jacob las cogió y dejo la llave en la casilla. Sin salir del aeropuerto cogieron otro avión hacia Boston y fueron directamente al hotel que le había dicho Aaron. Aaron reservo dos habitaciones, no había peligro que escapase Jacob, ahora estaba igual de metido en el asunto que él, cada uno se despidió y se fueron a sus respectivas habitaciones.

En la habitación Jacob, no podía descansar, por eso decidió dar un paseo por Cambridge, era una noche tranquila solo se veía a estudiantes que salían de MIT, debido a las ultimas clases, se respiraba tranquilidad, en la mente de Jacob, no le cuadraba porque Andrés, había acudido a él, además por qué fue asesinado, porque la versión oficial, no se la creía, el suicidio, parecía un chiste para un agente de narcóticos tan experimentado y trabajando encubierto que soportan mucha presión, hiciera eso por un mal de amores, ridículo pensaba Jacob, algo no cuadraba en todo aquello, pero no sabía que era, los suyos no eran, los rusos tampoco, la mafia menos, Armando lo estaba buscando en Chile, ¿Quién era?, era un interrogante que tenía que solucionar, pero primero estaba la cámara acorazada, el poderla abrir, que pasaría luego con todos ellos, Aaron y Iván, les eliminarían, tenía que pensar un plan B, para esas circunstancias, no lo podía dejar al azar, por eso pensó ir en ese momento, Jamaica Plain y conseguir una pistola no registrada y con armamento, quería estar preparado para lo que fuera.

No le fue difícil, encontrar a alguien que le vendiera una pistola, decía que era nueva y no había sido registrada, la venta de armas en Massachussets esta reglamentada y debes tener una licencia, además solo se venden em tiendas especializadas, que hay pocas, porque la gente no suele estar armada en ese estado, pero el resto de los estados, la cosa cambia, en la florida se venden en los supermercados y casi sin restricciones. Cambias de estado, cambias de mundo, por ese motivo esta gente de Jamaica Plain las compraba fuera del estado y después la revendía, no le costó barata, pero por lo que vio en el cañón, tenía razón el que se la había vendió, no había rastros de pólvora, no había sido utilizada, no era un modelo que le gustaba, pero era una pistola y eso era lo importante, con un poco más de dinero le vendió varios cargadores.

Ahora se sentía seguro, ya que Aaron siempre iba armado, aunque nunca utilizaba la arma, porque tenía otras técnicas para convencer a la gente. De regreso al hotel, decidió estar en el hall del hotel e utilizar el ordenador de allí, para ver un poco más los documentos de Frederick, en general eran muy técnicos, pero en la última imagen que parecía de una libreta de apuntes, faltaba una hoja, amplio la foto y vio el resto de papel que queda cuando lo arrancas de la libreta, habían sido cuidadosos, pero se notaba la rasgadura, seguido puso el video de Frederick y noto que había sido editado, ya que en las palabras de Frederick había partes que habían sido cortada y eliminadas, dejando solo el mensaje original, no se podía comprobar, porque los originales fueron destruidos en el incendio de casa Andrés, ¿Pero que contenían esa última hoja? ¿y las partes del video?, no se sabe, pero no le cuadraba, alguien estaba intentando ocultar una información que sería crucial para abrirlas las cámaras acorazadas o descubrir el misterio del tesoro de los judíos, ¿Quién?, esa era la pregunta.

Siguió mirando los documentos técnicos, pero no le relevaron más información, suponía que a Juan seria todo un mundo que se le abría, pero a él, le resultaban aburridos, después de varias horas viendo los documentos le venció el sueño y decidió irse a su habitación, pido al servicio de habitaciones que le subiera la cena y decidió descansar, tenía muchas cosas en que pensar.

A primera hora de la mañana se presentaron ante el despacho de Juan, entraron sin llamar y le saludaron

- Buenos días
- Buenos días
- Te traemos la memoria USB – Juan estaba emocionado como un niño
- Dámela y le echare un vistazo - la cogió y la inserto en el conector de USB e hizo movimientos en el portátil de su escritorio.

Juan permanecía en silencio mientras Jacob y Aaron lo veían, sentados en una sillas en frente del escritorio, solo se le escuchaba decir, "ya claro", "entiendo por qué la variable." y cosas parecidas, Jacob y Aaron no le dieron más importancia, seguían mirándolos o comprobando su teléfono móvil, tras un buen rato, dejo el ordenador, cogió un lápiz y un papel, empezó a hacer formulas y números, al final apareció una secuencia de 25 números, sin decir nada a sus visitantes, se levantó y fue directamente al prototipo, le introdujo los 25 cifras, por arte de magia, se abrió la famosa cámara acorazada virtual, todos se quedaron boquiabiertos, lo había conseguido después de más de 80 años, Juan un estudiante de doctorado, rechazado por su universidad y su antiguo grupo de investigación, en especial su exjefe, aquel con pelos en la oreja, había desvelado el secreto mayor guardado, en siglos, donde otros había sido un completo fracaso, en su caso fue un acierto.

- ¡!!Funciona!!! no me lo puedo creer, - dijo Juan casi lágrimas en los ojos, mientras Aaron sonreía, y Jacob pensaba
- ¡!!Enhorabuena!!! compañero Juan, sabía que lo harías, tenía ese presentimiento – Dijo Aaron – Ahora tenemos que organizarlo todo para abrir las dos cámaras acorazadas al mismo tiempo – todos acudieron a ver el simulador no se lo podían creer, estaba abierta la cámara simulada, la simulación en 3D se veía en la pantalla gigantesca, como se abría poco a poco, habían reproducido gráficamente hasta el mínimo detalle.

Los siguientes días fue una locura, tenían que organizarlo todo, para volar a ginebra, por video conferencia, lo hicieron así, por el orden en que se cerraron las cámaras, ya que la de ginebra fue la única que cerro Hitler, después del atentado en ginebra, se blindo la seguridad con Hitler, además la guerra estaba muy avanzada e iban perdiendo, por eso delego, completamente en Juan, en el caso de Chile no hubo sacrificios humanos, los trabajadores volvieron a sus casas con sus familias, no lo permitió Frederick.

Tuvieron que trasladar medio laboratorio de Juan a ginebra y Chile, desplazar a ingenieros y científicos de confianza de Juan a los dos lugares, montaron un sistema de video conferencia con pantallas grandes y cámaras que grabarían todo el suceso, en último lugar irían Aaron, Juan y Jacob en el avión de Armando, incluso Armando quería ir a ver el acontecimiento.

Llego el día, en ginebra, una comitiva de coches oficiales les llevaron a la cámara, Juan entro en aquella cámara acorazada, ahora con luces artificiales potentes y la última tecnología, pero Juan se imaginó a Frederick en 1941 con unas luces menos intensas observando su obra, por un momento en diferentes tiempos, Juan y Frederick ocuparon el mismo espacio, Juan sentía la presencia de Frederick en el mismo sitio donde él estaba de pie en frente de la puerta de la cámara acorazada, sentía en la lejanía el orgullo y satisfacción de su trabajo, dos hombres de diferentes épocas, en diferentes circunstancias y espacio de tiempo diferente, sintiendo lo mismo, el amor a su trabajo hacia aquella obra de la ingeniería.

Sus asistentes ya lo tenían todo preparado desde hacía semanas, solo necesitaban que Juan lo comprobase y pulsara el botón, para introducir las 25 cifras, conectaron con Chile e hicieron unas pruebas, todo funcionaba a la perfección, el momento llegaba y Juan se dispuso a pulsa el botón que abría las dos puertas a la vez, ya que se enviaría la orden para abrirla en Chile, cuando Juan pulso el botón rojo, se escuchó unos ruidos de desplazamiento de las barras, parecía que todo iba bien, cuando de repente las palancas de la contraseña se pusieron todas a la posición inicial y un mecanismo indicaba que pusiera una segunda clave, por las palabras en alemán que se veían en el panel de la cámara acorazada.

La desolación le inundo a Juan, había fracasado, tenía que empezar de nuevo, en este caso no sabía la longitud de la clave, si sería de 25 cifras o menos, cabía la posibilidad que la segunda clave fuera más corta, en la cabeza de Juan se había quedado en blanco, era un fracaso estrepitoso, al final tendría razón su exjefe de su antigua universidad, se sentó en una silla enfrente de la puerta de la cámara acorazada, con las manos en la cabeza, pensaba que tanto esfuerzo, para nada, en esos momentos, pensó en Natasha y el hijo que nunca pudo tener, no había servido para nada, dichoso doctorado.

- ¿Qué ha pasado? – dijo Aaron nervioso y enfadado, él se veía dentro tocando el oro
- Necesita una segunda clave y no tenemos más información
- ¿Qué piensas hacer Juan?
- En primer lugar, irme al hotel y pensar, pero empezar de nuevo para la segunda clave, creo que es lo que más sentido puede tener ¿en Chile también ha pasado los mismo?
- Si, nos muestra el mismo mensaje – dijo un colaborador
- No hay otra, vamos a buscar la segunda clave
- No pasa nada, Juan hemos perdido una batalla, pero no la guerra, - dijo Aaron

En el hotel, Juan sentado vestido encima de la cama, pensando en que había fallado, se sentía decepcionado y muy depresivo, cogió el portátil, repaso los documentos de Frederick y miro uno por uno, vio que en uno de los planos mecánicos, en referente a los mensajes mecánicos que se mostraban en el panel, vio una reseña escrita a mano, amplio la imagen y la pudo leer, como no sabía alemán, copio cada palabra y la traduzco en Google, antes no se había percatado de ello, por su desconocimiento del alemán.

"Die Geburt unseres Anführers wird es uns ermöglichen, die Tür zu unseren Zielen zu öffnen"

"El nacimiento de nuestro líder nos permitirá abrir la puerta de nuestros objetivos"

Que significaba aquello, Juan no lo sabía, el líder era Hitler, pero podría ser una un eslogan propagandístico nazi, pero no tenía sentido en documentos técnicos, solo los ingenieros accedían a ellos, no tendría mucha difusión. ¿Qué sentido tenía aquello?, se repetía "el nacimiento de nuestro líder...", cuando le vino a la cabeza, "la fecha de nacimiento de Hitler abre la cámara acorazada", por un golpe de suerte tenía la oportunidad de abrir la cámara acorazada, busco en internet y encontró en la Wikipedia.

> "Adolf Hitler (pronunciado /ˈadɔlf ˈhɪtlɐ/ (escuchar)), hispanizado Adolfo Hitler (Braunau am Inn, Alta Austria, Imperio austrohúngaro; 20 de abril de 1889-Berlín, Alemania nazi; 30 de abril de 1945), fue un político, militar y dictador alemán de origen austríaco..."

Veinte de abril de 1889, es decir 20031889 o 18890321, tenía dos posibilidades, llamo a Aaron y todo el mundo, es menos de una hora estaban todos allí como por la mañana, era casi la medianoche y en Chile también estaban preparados, introdujeron las primeras cifras 18890321 y pulso el botón, el panel se reinició y mostro el mismo mensaje alemán, todo no estaba perdido, el nerviosismo se respiraba en el ambiente, he introdujeron la segunda cifra, 20031889, por arte de magia, el ruido del desplazamiento de las barras prosiguió.

- ¿Qué pasa Juan? – pregunto Aaron
- Creo que es la clave, se está abriendo
- ¡!De verdad!!

- Eso espero, sino no tengo más ideas – cuando la puerta por los mecanismos de bisagras empezó a abrirse.
- ! ¡Se abre! – se escuchó en la sala

El ruido de la bisagras y los mecanismos inundaban toda la antesala, los que estaban allí tenía los ojos fijados como aquella mole de hierro se movía lentamente y dejaba escapar un aire que hacía más de 80 años no había ocupado otra instancia, otro lugar para circular, ya que la cámara era hermética, poco a poco, centímetro a centímetro, la puerta se iba abriendo, descubriendo el interior de aquella cámara acorazada, conectando dos tiempos, dos épocas, otra gente, descubriendo el tesoro gamas visto, donde ni los registros nazis podían calcularlo, con el paso del tiempo, iría aumentando, eran espectadores de primera fila de algo sorprendente, algo extraordinario, fantástico y sorprendente, algo que no ocurría nunca más, era el ahora y en ese momento, no había más, la puerta se abrió por completo después de media hora de ruido de bisagras, el silencio lo inundo todo, todo estaban mirando al interior.

- ¿Qué es esto?, está vacía – dijo Aaron enfurecido y dando puñetazos a lo primero que veía - No me lo puedo creer, solo hay una docena de cadáveres amontonados, no me lo puedo creer, como es posible – y se cogía de la cabeza con las manos – no puede ser – abandonando el lugar.
- Chile, ¿en vuestro lado ha pasado lo mismo? – pegunto Juan
- Si Dr. Morant – contesto un colaborador

Pasaron dos horas y ya no quedaba nadie allí, solo Juan y Jacob dentro de la cámara acorazada,

- Es gracioso Jacob, he dedicado toda mi vida a este sistema, para abrir una cámara acorazada vacía. – Juan se puso a reír.
- Si, es gracioso, a lo visto alguien se adelantó a nosotros, dicen que el ladrón que roba a un ladrón tiene cien años de perdón.
- Y ahora ¿Qué? – le vino a la memoria Natasha que no la había olvidado, durante todos estos años.
- Puedes hacer tu vida, vuelve a Europa si quieres
- Eso hare, ahora mi hijo tendría cuatro años y empezaría la escuela.
- Lo siento lo de Natasha, ¿Sabes algo de ella?
- No, pero espero que sea feliz este donde este – Juan se le veía un semblante de añoranza y tristeza.

Salieron de la cámara y Juan apago el sistema de luces, la cámara acorazada de los nazis quedaba a oscuras para siempre, el misterio estaba resuelto. En el hotel Juan se dirigió a su habitación cuando entro en ella, se encontró a Aaron, con una pistola.

- ¿Dime donde está el dinero?
- ¿Qué dinero?
- El de la cámara acorazada
- No lo sé, tú lo has visto como yo, alguien hace tiempo se adelantó.
- Maldito desgraciado, hubiera tenido que matar a Natasha y a ti, cuando me lo dijeron en Suecia.
- ¿Qué has dicho? – en un tono enojado
- Si lo que has escuchado, te hubiera tenido que matar, no sirves para nada, menos tu amiguita Natasha – los ojos le salían de los sitios mientras le apuntaba con el revolver
- ¿Qué le hiciste a Natasha? – Juan sospechaba lo peor, pero quería oírlo d Aaron

- Yo le salve la vida a Natasha, haciéndola abortar – en ese momento Juan perdió los papeles y se abalanzo sobre Aaron,

Estuvieron peleando, Aaron perdió el revolver que quedo en medio de la habitación, la pelea se igualaba, ambos estaban desarmados, los movimientos eran rápidos, se incrementaba la intensidad de la pelea, Aaron llevaba la iniciativa porque estaba entrenado para ello, pero Juan le movía el ansia de venganza, Juan sangraba por todos los sitios, su ropa estaba completamente rota, Aaron casi no se había hecho nada, mientras le chillaba "levanta cobarde, te voy a matar", eso enfurecía a Juan y hacía que con las pocas fuerzas, envistiera a Aaron, finalmente Juan tendido en tierra, Aaron encolerizo quería rematar a Juan, cuando Juan giro la cabeza y vio que a su alcance estaba el revolver, estiro el brazo, y cogió el resolver, apunto a Aaron y disparo a la cabeza, en ese momento, Aaron se desplomo y cayó al suelo entre medio de una charco de sangre, en ese momento, dejo el revolver en el suelo y se marchó del hotel.

A los meses de lo ocurrido en ginebra, Juan estaba en su despacho del CIC, enviando su carta de renuncia, había hablado con gente en la universidad de Aberdeen en Escocia y podían conseguirle una plaza, dejaba atrás todo aquello y empezaba una vida más tranquila y enfocada a la docencia, el tesoro judío era historia, el sistema de encriptación también, no le quedaba nada que hacer allí, todo respiraba pasado necesitaba algo nuevo, algo diferente y Aberdeen en Escocia le parecía un gran cambio, cogió un papel y empezó a escribir.

Querida Natasha

Ha pasado mucho tiempo desde que no te escribo, me han parecido una eternidad, aun te tengo en mis recuerdos, en mis sueños, no sé dónde estás, la cobardía o el miedo al rechazo, me hizo alejarme de ti, perdí la oportunidad de ser feliz con una mujer maravillosa, el tiempo no puede volver atrás, ni arreglar lo roto, pero dentro del dolor por nuestro hijo, me ofusque en pequeñas cosas, te pido perdón desde dentro de mi corazón, los primeros meses de nuestra ruptura, el dolor fue inmenso, me sentía mal, no encontraba ningún sentido a nada, pedirte por segunda vez el anillo fue un grave error por mi parte, pero el dolor me cegaba, no dejaba ver lo que realmente pasaba, hace dos semanas mate a un hombre, al asesino de nuestro bebe, pero eso ya sabrás quien fue, comprendo y entiendo por qué sucedieron las cosas, y como acontecieron, cada uno ha tomado caminos diferentes y vidas diferentes, pero aún recuerdo a la Natasha de mi época, que me hizo vivir un sueño, que nos queríamos casar, que queríamos tener un hijo, la Natasha que me enamore y que siempre estará en mi corazón, aquella que me cantaba "hey jude" de los Beatles, que siempre me llevaría en su corazón, aquella que me prometía que estaría siempre conmigo, aquella de la que me enamore, la que le regale una rosa, la que baile en la estación, aquella Natasha es la que vive en mí, aquella que en la cama al decirle "te quiero", me abrazo con toda su fuerza, no quería que me fuera, que me esfumara, siendo la última vez que nos vimos, Natasha de los abrazos sin palabras y de las miradas. Espero tener suerte en mi nueva aventura y que tu seas feliz estes donde estes. Lo siento mucho.

Con toda mi alma, te quiere, Juan

Juan cerró la puerta de aquel despacho y no volvió la vista atrás una etapa de su vida quedaba en aquella estancia en Boston, pronto estaría en Escocia y empezaría de nuevo.

Capítulo 16

"Edimburgo nuevo punto de partida y esperanza"

Barcelona, 5 de mayo 2043

¿Cuánto tiempo tarda en empezar a escribir un relato y terminarlo?, yo pienso, que no hay tiempo establecido, ya que cuando escribes, hay momentos que las palabras salen solas, otras necesitas tiempo para que salgan, creo, es una afirmación personal, que no existe una regla para expresar en un momento, en un instante, aquello que estás pensando o que sientes, porque escribir es sentir y sentir es escribir, el juego no es buscar lo resonante o arcaico para que quede bien sobre un papel, frases complicadas o juegos de palabras, sino escribir es contar, contar un historia, eso estoy haciendo yo en estos escritos que superan en volumen de hojas mi expectativas iniciales.

Repasando mis cosas, vi una carta amarillenta escrita por Natasha, y me vino a la memoria, de forma instantánea, mis recuerdos en Edimburgo, porque por mis venas corre sangre de diferentes culturas, soy y me siento escoces, escocia siempre estar en mi corazón, me siento orgulloso de decirme escoces, siempre será mi hogar.

Natasha se mudó a Edimburgo, después de romper con todo en Gotemburgo, solo se llevó lo necesario y luego Berta y Heidi, le enviarían el resto o iría a por ellas, ya que en primera instancia debía de buscar un hotel en Edinburgh y empezar una vida nueva, se sentía bien y era joven.

En la estación de trenes de Edimburgo, salido a Kings Street, al mirar los autobuses y los coches pasar, ella se sintió perdida, ya que no sabía que hacer, ni tan siquiera que hotel debería de coger, tenía en su mochila su ordenador portátil, un teléfono sueco, el libro que estaba leyendo "La ridícula idea de no volver a verte" de Rosa Montero, en la versión original, ya que hace tiempo empezó a aprender español, era una biografía no oficial de Marie Curie, sobre la pérdida de un ser querido. En ese momento delante de la tienda de Apple, no sabía dónde tomar una dirección, derecha o izquierda, cuál sería la mejor opción, paso delante de ella una mujer, le sonrió, cosa que le devolvió al bullicio de la calle, por lo que se fue a buscar un taxi, le pregunto al taxista, cuál sería el mejor hotel, el taxista le indico un Premier Inn que estaba muy bien comunicado y buen precio, no estaba mal.

Natasha dijo, ese será mi hogar temporal. Llego al hotel y se registró, dirigiéndose a su habitación, se sentía sola, el silencio lo llenaba todo, no conocía a nadie en esa ciudad, que parecía muy agradable para vivir, ella pensaba que eso si era empezar de cero. Con el dinero que le había dado Aaron en Suecia, podía empezar allí, necesitaba un trabajo, por ese motivo empezó a buscar algunos trabajos de secretaria o empresas de seguros, durante las semanas busco cualquier trabajo, sin resultado o éxito, pero no se desanimó, no podía decirle a nadie o hablar con nadie, tenía que hacerlo sola, incluso a su tía Adela, le decía que ya tenía un trabajo, solo a Berta y Heidi, les dijo que estaba allí, sin trabajo.

Pero finalmente, decidió alquilarse un piso, cerca de Haymarket, donde estaba la otra estación de trenes, tenía mucha comunicaciones con otras partes de Edimburgo. El apartamento no estaba amueblado y se compró, algunos muebles, los justos para poder vivir, cama, sofá y una mesa, ya tenía todas las cosas de Gotemburgo, Heidi y Berta, se las habían llevado, en una visita que le hicieron para que no estuviera tan sola en Edimburgo, pasaron todo un fin de semana. Berta le dijo por un correo electrónico, que su amigo Hanns, aquel estudiante sueco de post doctoral, en sociología, le habían dicho que había una vacante en el departamento de sociología, para una secretaria y editora, su trabajo era un poco de todo, desde asistir al personal del departamento hasta edición de artículos y libros de los profesores o catedráticos, Natasha no le desagrado la idea de trabajar en la Universidad de Edimburgo, el sueldo no era mucho, pero al menos podría buscar algo más estable, además el trabajo era temporal.

Era el día de la entrevista de trabajo, al igual como su primer día en la ONG en Suecia, se vistió bien e intento tener una buena presentación, cuando llego a la universidad se fue directamente al departamento de sociología y estudios políticos, tenía que entrevistarse con el profesor Robert Mclein, un profesor titular de la universidad de Edimburgo, tenía una plaza en sociología, ahora estaba con un tema de relaciones escocesas y la Europa del este, algo muy parecido a lo que estaba metido Hanns, el chico sueco, pero a Natasha le sonó a chino. Entraron, Robert era mayor que Natasha, Natasha se sentó.

- Buenos días, ¿Como estas?
- Buenos días, Bien, ¿Y usted?
- Bien, con mucho trabajo, por lo que he visto en tu CV se te llamas Natasha, pero eres norteamericana, aunque tienes un apellido Ucranies.
- Si tengo descendencia ucraniana e irlandesa,
- Curioso – dijo Robert en tono soberbio – que has trabajado en Estados Unidos como secretaria en una compañía de seguros y luego en Suecia para una organización no lucrativa.
- Si, recientemente he terminado mi contrato, he venido aquí porque me había dicho que Edimburgo es un buen lugar para vivir,
- Ya veo, y ¿tienes experiencia en edición?
- Si en la universidad trabaje en el periódico de la universidad, editando los artículos de opinión, además era jefa de contenidos en la gaceta de esta, por supuesto no cobrábamos.

- Aquí tampoco será un sueldo elevado, pero tampoco el trabajo es necesario tener mucha experiencia – el trabajo era más una secretaria para todo,
- No importa, me ha gustado el ambiente y trabajar de nuevo para la universidad me gusta.
- Eres americana, ¿Te tenemos que esponsorizar? ¿Puedes trabajar aquí?
- No porque soy residente de Suecia, después del contrato ya podre pedir residencia británica.
- Perfecto, bueno no tengo más preguntas, ¿pero cuando podrías empezar?
- Cualquier tiempo, estoy desempleada
- ¿Mañana?
- ¡!!Si!!
- Pues te espero mañana aquí en mi despacho e iremos a administración para arreglar todo el papeleo.
- ¡!Muchas gracias!!

Cuando salió de la universidad se fue a celebrarlo, por lo que decidió ir a un buen restaurante y tomarse una buena comida, luego decidió pasear por Edimburgo, hacia un día nublado, pero había mucha gente por las calles, Natasha tras un tiempo de soledad y tristeza, se sentía contenta, tenía un nuevo trabajo.

Las semanas pasaban y cada vez, tenía más amistad con Robert, siendo el único amigo que tenía en Edimburgo, Robert le empezaba gustar Natasha, por lo que un día, le pido una cita y ella acepto. Aquella noche se arregló y salió con Robert por el centro de Edimburgo.

Robert y Natasha se vieron más veces y empezó una relación con Robert, le parecía un hombre culto y empezaba a gustarle, Robert era un profesor de la universidad de Edimburgo con prestigio y un estatus social en la sociedad escocesa, por eso cuando Robert le pidió matrimonio, porque Natasha le dijo que estaba embarazada, acepto al momento. La boda fue intima con algunos invitados de la novia, principalmente Adela, Susan que vinieron de Estados Unidos, Berta y Heidi, con algunas amigas de Suecia, los conocidos y familiares de Robert. En un principio fueron a vivir al apartamento de Robert y luego se compraron una casa en hipoteca a las afueras de Edimburgo. Tras la boda, Natasha dejo el trabajo de la universidad y empezó a estudiar para enfermera, por las noches en la universidad. Yo nací, el mayo del 2012, con un parto natural de Natasha, Robert me reconoció y me dio su apellido, por lo que aún conservo el mismo apellido ahora.

Pasaron los años y yo iba creciendo, Natasha ya era enfermera titulada, se certificó en el NHS (sistema de salud británico) y empezó a trabajar en clínicas de Edimburgo, a los dos años y medio, Natasha y Robert se divorciaron, yo era muy pequeño, Natasha ya no soportaba más las infidelidades de Robert, la última fue con una alumna que la dejo embarazada, por lo que dio por terminada la relación, el divorcio fue muy largo y duro, además de costoso, pero al final llegaron a un acuerdo en mi custodia, semanas alternas.

Mi madre me adoraba, era lo único que tenía en el mundo, cuido de mi después del divorcio, con plena devoción. Mis recuerdos de mi infancia, los recuerdo con mi madre, haciendo cosas con ella, aunque los fines de semana alternos iba con mi padre, Robert, pero siempre recuerdo a mi madre allí, todo el tiempo, dedicándose a mí, siendo el centro de su mundo. Natasha tuvo otras citas, pero nada serio, nunca cuajaban o no quería complicarse la vida, era feliz conmigo. A la edad de 12 años, yo ya comprendía las cosas, empezaba a tener criterio propio, empezaba mi periodo de adolescencia, los de mi infancia ya habían pasado. La vida para Natasha seguía segura y lenta, tenía un trabajo estable, una casa pagada y a mí, que iba creciendo cada año que pasaba, no necesitaba nada más.

Un día, leyó una noticia que el Dr. Juan Morant, inventor del sistema de encriptación que llevaba su nombre, se había mudado a Aberdeen, era profesor titular en la asignatura de criptología, algo se le movió a Natasha por dentro, el pasado se presentaba en forma de presente, esos días que leyó la noticia, estaba inquieta, sabía que Juan estaba a dos y media de ella, en el mismo país, pero él no sabía nada de ella, pero ella valoro lo que tenía, poniendo en un balanza el trabajo estable como enfermera, una casa que la tenía pagada y un hijo, por ese motivo, no intento ponerse en contacto con Juan, mucho en riesgo en juego.

Además, Juan no sabía si estaba solo o tenía pareja o tendría hijos como ella, por ese motivo no le dio más vueltas al asunto. En un futuro, intentaría contactar con Juan, pero por el momento, quería estar al margen, aunque veía todos los progresos de Juan en su nueva ciudad, en cierta forma seguía su progresión, en la más clandestinidad, sin decir nada a nadie. El tiempo iba pasando, yo iba creciendo, pasando mi juventud en el instituto, teniendo amigos y mis primeras novias, la dedicación de Natasha era total, ella decidido consagrar su vida a mí, era lo único que tenía, a lo único que se aferraba, Natasha era una abnegada madre, yo era su único y principal objetivo, dejando sus preferencias personales y su vida por mí.

Como descubriría tiempo más tarde, cuando tuve la oportunidad de hablar con Juan, en persona, por aquel tiempo, abandono escocia, se regresó a valencia, ya que sus padres habían muerto y tenía asuntos que tratar, también desde su universidad, esa universidad que le envió o más bien forzó a irse al extranjero a que triunfara, le ofrecía una plaza de mucha responsabilidad en un centro de investigación en el propio campus, poniéndole la alfombra roja, en aquel entonces el gobierno español quería recuperar, mediante un programa nacional, a españoles con renombre o científicos, para que se establecieran en España, lo que se llamó "recuperación de fuga de cerebros". Juan acepto, aunque Aberdeen, le gustaba mucho y había vivido muy bien en aquella ciudad, pero era tiempo de irse, por lo que me explico. Natasha mucho tiempo después se enteró, que Juan no estaba en la universidad de Aberdeen, por segunda vez él se había ido, no se sabía si volvería a verle.

Empecé estudiar periodismo, se me habría mi etapa universitaria, la misión de Natasha ya había terminado, no encontraba nada más que dedicarse, yo era mayor y tenía que hacer mi vida, ella tenía que pasar a un segundo plano, por lo que decidió irse a Alemania, ya que le parecía un país que le gustaba para vivir y dejar escocia definitivamente. Nos comunicamos todos los días e incluso varias veces al día, ella estaba orgullosa del hombre en que me había convertido, que estuviera tomando las riendas de mi vida. Un día, no me contestaba a mis llamadas, no había más comunicaciones, al principio pensé que estaría ocupada, pero los días se convirtieron en una semana, preocupado, tome el primer vuelo y me fui a su casa en Alemania, me dijeron los vecinos que hacía varios días que no veían a Natasha, que era muy raro, porque era una mujer de costumbres diarias, casi siempre hacia lo mismo, todos los días, ir al hospital a trabajar, ya que encontró un trabajo de enfermera en el Hospital universitario de Múnich, ella vivía cerca de Múnich en un pequeño pueblo, hacer ejercicio, ir de compras, llevaba una vida solitaria, pero ordenada. Fui al hospital, también estaban extrañados porque también la estaban buscando, Natasha se convirtió en un fantasma, nadie sabía nada, nadie había visto nada, pudo entrar en casa Natasha, que era una casa alquilada, sus cosas estaban allí, como si en cualquier momento volviera a regresar, revisando sus cosas encontré una caja de zapatos grande que contenía objetos, unos libros y muchas cartas que nunca se habían enviado y estaban en un sobre donde ponía "Juan", leí cada carta sentado en aquella mesa de su salón donde las escribió, ocupando el mismo sitio, que donde ella volcaba su añoranza, descubriendo en cada letra de esas cartas, mi pasado y mi presente, en aquel momento el desconocido "Juan Morant" cobraba un significado diferente para mí, mis anhelos de conocer aquel hombre que había sido tan importante para Natasha, se convirtieron en mi objetivo. Durante meses estuve buscando a Natasha e incluso contrate a un investigador privado, pero no había rastro de ella, el Hospital donde trabajaba Natasha levanto un expediente disciplinario y me comunicaron que la habían despedido, cerré la casa de Natasha y cogí todos sus objetos personales, Natasha se había esfumado, nadie sabía nada, como el humo que se lleva el viento, nadie daba razones.

En aquel momento me arme de valor, valor que necesito Natasha para ponerse en contacto con Juan y me fui a Valencia, con las cartas de ella en la mano, con la esperanza de que Juan, el Juan de Natasha, el protagonista de esa correspondencia me diera una solución o al menos una pista de donde estaba Natasha, ya que, en aquel momento, solo existía en mi mente, la Natasha, la madre abnegada. Para Juan, recuerdo muy bien aquel momento, fue un shock, porque me confundió con mi hermano, aquel que nunca existió, aquel que murió en las calles de Gotemburgo, que Natasha por venganza o cualquier cosa había ocultado, la lógica y la razón, le decían que aquello paso y él estuvo presente, además Aaron lo confeso. Pero la mente juega pasadas muy extrañas y él, dentro de su corazón anhelaba aquel hijo tan esperado, pero no veía que tenía otro hijo fruto del amor posterior.

Juan sabia menos que yo, aquello le convirtió en mi aliado, buscamos y buscamos, Natasha no aparecía por ningún sitio, de un día para otro dejo de existir, los últimos pasos fueron donde vivía y trabajaba en Alemania, pero eso no ayudaba para nada,

Natasha había desaparecido, aquella joven americana-ucraniana que fue, ya no existía, solo en el recuerdo de los dos.

El tiempo paso, yo termine la carrera de periodismo, trabaje en Edimburgo durante un tiempo, tuve la oportunidad de irme a Finlandia, no la desaproveche, allí viví una época muy bonita, de mi vida, pero decidí volver a España, primero a valencia, pero por mi oficio, Barcelona o Madrid, debían ser mi destino, me decante por Barcelona. Con Robert, ahora mi padrastro, pero oficialmente mi padre, mantengo una relación correcta, por que al principio no quería saber nada de mí, al fin y al cabo, todo este tiempo había creído que era su padre y finalmente no lo era. Por el tiempo y los años vividos nos concedimos una tregua, al final y al cabo durante todas las etapas de mi formación como persona, había sido su hijo.

Con Juan iba creciendo nuestra relación, estaba descubriendo mi verdadero pasado y junto a Juan componiendo pieza por pieza el rompecabezas de mi vida.

Ahora, después de años de búsqueda de Natasha y cambiarme el apellido por el de Juan, se quién soy, escribo estas líneas para afirmarlo, para dejar constancia fehaciente de mi ser, mi idiosincrasia, escribo para aprender y comprender, a un Philip Morant, que no conocía, que ahora con telón de la historia de Juan y Natasha, defino y comprendo.

Mi vida sigue y la de Juan igual, creo que la de todo el mundo, no hay nada que se detenga, espero, más bien deseo que la Natasha real que tanto evoco en estas líneas, nunca se difuminen como el Daniel de la "Sombra del viento" con su madre, realizando este esfuerzo desde la memoria y de la colección de recuerdos revividos, necesarios e imprescindibles.

Al fin he terminado, montones de hojas escritas a mano, encima del escritorio, un largo trabajo de pasarlas a limpio y en formato digital, honestamente no sé qué voy a hacer con ellas, pero en el ejercicio de releer y editar, iré ordenándolas, mental y físicamente.

Dejo la pluma sobre los folios y mañana empiezo con el trabajo de vivir, que no es poco.

Capítulo 17

"Genesis de un imperio"

Santiago, 23 de marzo 1944

La cámara acorazada ya está cerrada, Hitler no quiso venir, lo comprendo, ya que, en el pasado incidente en ginebra, las medidas de seguridad se han incrementado, además con los sucesivos atentado a su persona, operación valkiria.

Al igual que la cámara acorazada de ginebra, he utilizado las mismas claves, pocos saben, que realice un sistema adicional, para cerrar la cámara acorazada, eso fue una modificación de última hora, me siento orgulloso de ello, ya que el que quiera abrirla se llevara una grata sorpresa. Mis días pasan lentamente en el Hilton, las noticias en Europa no son buenas para mi país, nuestro líder, nos ha llevado a la ruina, vamos perdiendo la guerra, los aliados están cada vez más cerca de Berlín, estoy padeciendo por mi familia, no puedo dormir pensando en ellos, sé que de alguna forma están seguros en casa de mis suegros, los niños ya no van a la escuela, los bombardeos a la ciudad son constantes, le he dicho muchas veces a mi mujer, que se traslade a una zona rural, aunque sea cerca de Berlín, pero sus padres no quieren, ya que son fieles al movimiento nazi, dicen que quieren estar en Berlín hasta el último minuto, ya que de otra forma seria una traición a su país, creo que son unos cabezotas, es solo un tema egoísta, pero conseguirán que los maten a todos, por ellos, personalmente me da igual, pero su hija no quiere abandonarlos y está arrastrando a mis hijos a una muerte segura, eso me preocupa.

Son tres años en este país, desde que vine huyendo del atentado de ginebra, creo que todo se habrá olvidado, ya que tendrán cosas más importantes en que ocuparse, no en un grupo de patriotas chiflados que han fracasado miles de veces en atentar contra la vida de Hitler.

Desde hace tiempo no recibo comunicación de Rudolf, seguro que estará trabajando en otras cosas, ese hombre siempre me ha dado malas vibraciones, no me gusta, mejor que no se ponga en contacto conmigo.

Pensando, creo que no puedo moverme, las comunicaciones marítimas y aéreas están cerradas con Alemania, es imposible hacer punto en cualquier puerto alemán, bueno, en general en toda Europa, ya que están muy vigilados por los aliados, los aliados controlan marítimamente cualquier barco, yo como alemán y además relacionado con la cúpula de mi país, seria capturado, la mejor opción es esperar a que termine la guerra, pero a lo mejor es demasiado tarde para mi familia, voy a ver si puedo regresar a la zona aliada y poder moverme en Alemania, necesito ir a Berlín, hace meses que no puedo hablar con ellos, el correo y el teléfono no funcionan, las comunicaciones están cortadas, están completamente asediados, creo que pronto caerá la capital, lo que pasa es que aun resiste nuestro Führer, mientras este al mando, la gente resistirá, a los ataques, aunque su estado de salud se esté deteriorando, no saben cuánto aguantara más esta situación. Internamente hay grupos muy allegados a Hitler, que quieren reemplazarlo por algún mariscal, pero no sería bueno para las tropas, minaría su moral, que el Führer abandonara el barco, cuando se está hundiendo.

Aquí sentado en mi habitación, viendo Santiago por la ventana, su bullicio y la gente en paz, en una habitación en silencio y en completa armonía, estoy escribiendo sobre guerra y destrucción, que ironía, ya que en este preciso momento en mi país, puede ser el completo caos, escribo para olvidar, para pasar el rato y mantener mi mente ocupada, los días son largos aquí en mi habitación, parecen semanas y las horas días, cuando tenga la ocasión, tengo ganas de irme, también la situación en Chile es complicada, a nivel político, los cambios de gobierno se alternan de un lado a otro, además los grupos pro germánicos que apoyaban a Hitler e indirectamente a mí y al proyecto, al estar esté terminado y estar más preocupados en otras cosas no de mantener a un ingeniero nazi en un hotel del centro de Santiago, se han centrado en política local y nacional, menos mal que transferí algo de dinero.

Aquí en Chile se terminó mi tiempo, pero no puedo salir, ya no tengo ningún soporte por parte de nadie y menos de mi gobierno, que hace tiempo que no se nada, creo que lo tendré nunca. Ya que estoy solo en este país, que se ha desmarcado de la neutralidad y tomara pronto parte con los aliados, debido a la presión de los Estados Unidos, no hay cabida para mí, soy una mancha negra, que pronto intentaran quitarla, pero por el momento me están dejando en paz, pero tengo que encontrar una salida, no tengo amigos y estoy solo.

Frederick decidió salir a pasear, lo hacía constantemente desde que estaba allí, daba largo paseos y regresaba tarde al hotel, se sentaba en un banco del parque, veía como pasaban la gente, añoraba a su familia, pero no podía hacer nada. Estando, mirando la cotidianidad de la gente de Santiago, se sentó un hombre que hacía mucho tiempo que no le veía y se llevó una grata sorpresa.

- Cuanto tiempo Frederick
- ¿Qué haces aquí? Si hace mucho tiempo desde antes de lo de ginebra.
- Estoy buscándote hace mucho tiempo
- Pues ya me has encontrado, dime ¿Qué quieres de mí? Información no te puedo dar, no sé nada y el proyecto está acabado.
- Un negocio que nos hará ricos,
- No quiero ser rico, solo salir de esta
- Escúchame y veras como cambias de opinión.
- Soy todo oídos
- Sabes que después de la operación valkiria, Hitler reforzo su seguridad, fue una autentica caza de brujas, muchos

amigos y compañeros, fueron presos y capturados, algunos de ellos ejecutados por traición, fue una purga en toda regla, yo pude escapar en el último minuto, a Noruega y luego me entere que estabas en Chile y vine a verte, ya que me entere de lo de las cámaras acorazadas, la situación en Alemania no tiene remedio, dentro de poco perderemos la guerra, es cuestión de tiempo, pero mientras Hitler este al mando, esos fanáticos no pararan, pero no hay solución, si fuera por mí, me rendiría en este momento y buscaba una solución digna, pero estoy exiliado como tú y además todos mis cargos militares y responsabilidades, han pasado a la historia, soy el primero de mi familia, que ha sido expulsado del ejército alemán con deshonor, mis familiares estén donde estén, no estarán muy orgullosos de mí, pero eso es otra historia, lo hice por un motivo más grande y elevado, Alemania, aunque no sirvió de nada, la cuestión es que nadie se acuerda de tu proyecto, ni de las cámaras acorazadas, te propongo, coger el dinero y repartirlo, tú tienes las claves y se cómo distribuir el dinero en suiza y en latino América, tengo los contactos necesarios, hay bastante dinero para mil generaciones, contando con los dos. ¿Qué me dices?

- No quiero ese dinero, está manchado de sangre, además siempre me buscarían, pero te ayudare si me ayudas a volver a Berlín y me das un poco de dinero, el suficiente para salir de esta.
- ¿Por qué?
- Mi familia está allí, quiero sacarla de allí, por ese motivo lo del dinero suficiente para sacarlos.
- Trato hecho, puedo arreglarlo todo para hacerlo

Dereck Weber le indico cuales serían los siguientes pasos para seguir, primero tendría que realizar la logística de toda esa riqueza, cosa que Dereck ya había pensado, ya que sabía de ante mano cuánto dinero habría, además con sus contactos en Latinoamérica, no le resultaría difícil. En un principio, iban abrir la cámara acorazada de Chile y trasladar el dinero a Bancos en Uruguay, Chile, Brasil y Argentina, luego en esos países, crear empresas subsidiarias. Derek había comprado una empresa de maquinaria agrícola en Uruguay, ya que llevaba muchos meses en ese país, cosa que le facilitaba las cosas en los objetivos que él quería, incluso les había cambiado el nombre a maquinarias Weber, en un futuro sería el Genesis de Industrias Weber, que luego se ramificarían a todo el continente americano.

En un par de meses todo estaba arreglado, no levantarían sospechas, ya que la cámara acorazada no estaba vigilada, ni protegida por ningún soldado chileno o los grupos paramilitares, a nadie le interesaba los asuntos nazis, los tiempos iban cambiando, ya que el país se había posicionado del lado de los vencedores, los aliados, por ese motivo era un asunto del pasado, podrían trabajar tranquilos con la cámara.

Dereck tenía todo pensado hasta el mínimo detalle. A lo visto en Alemania, descubrió el secreto de la cámara acorazada y el secreto del tesoro de los judíos, empezó a idear un plan, casi de forma obsesiva, pero le faltaba la confirmación de Frederick, por eso en esa conversación en el parque, no admitiría un no, por suerte Frederick quería salirse de ese asunto y accedió a colaborar, Dereck no le importaba compartir, habría mucho dinero para los dos, incluso quería hacerlo socio e incorporarlo a su empresa uruguaya, no vendría mal un ingeniero de su talla, en su nuevo emporio, pero Frederick quería olvidar y pasar página, solo quería ver a su familia, estaba así por culpa de ese dinero y quería salirse, olvidándose de ese maldito dinero.

A lo largo de ese tiempo Frederick preparo su vuelta a Alemania y algo de dinero para él y su familia, después de tantos años era su ilusión, pronto se reuniría con su familia, anhelaba y deseaba hacer esto, olvidando todo. No pido mucho dinero, solo el suficiente para sacar a su familia de Alemania y establecerse en otro lugar, en miles de conversaciones que tuvieron, el repetía lo mismo. Dereck insistía en transferirle una gran suma de dinero después de abrir la cámara acorazada, en una cuenta numerada en suiza, cosa que rechazo Frederick en numerosas ocasiones, solo quería salir de aquello, no involucrarse más en aquel asunto del dinero de los judíos, parecía que había una maldición en ese dinero, ni tan siquiera lo quería tocar.

Ese día se reunió con Dereck en el Hall del hotel, como casi todos los días, el hotel de Dereck estaba cerca, además sus asuntos en Uruguay los había delegado a su mano derecha Ernesto Sifuentes, un uruguayo que ya trabajaba con los antiguos dueños, que por alguna razón Dereck había confiado en él, por eso todo estaba bajo control, su ausencia no se notaria, Dereck y Frederick estaban hablando en el vestíbulo y planificando toda la operación.

- Entonces, me dices, que la cámara acorazada tiene dos claves
- Si, las diseñé yo mismo, no intervino ningún ingeniero, yo hice los ajustes necesarios
- ¿Por qué la fecha de nacimiento de Hitler en la segunda?
- Narcisismo, mi amigo, es lo que nos llevado a vivir fuera de Alemania – ambos se rieron
- Eres un genio, seguro que no quieres empezar esto conmigo, tengo pensado formar el mayor imperio empresarial de la historia, podrías ser mi socio, ¿Seguro que no quieres? Diseñarías y harías lo que quisieras, tu serias tu jefe, si no quieres involucrarte en finanzas – Dereck convenciendo a Frederick para que participase
- No Dereck, ese dinero esta maldito, porque lo consiguieron con el sufrimiento de muchos inocentes, no quiero saber nada de él, solo quiero volver y salvar a mi familia.

- Entiendo, tú te lo pierdes, por otra parte, tu familia está bien, aún están en casa de tus suegros, pero siguen bien.
- Gracias a dios, ¿Has arreglado el pasaje?
- Si no te preocupes pronto saldrás de aquí.
- Otra cosa, he hablado con los trabajadores que construyeron la cámara acorazada, no habría ningún problema, trabajar para ti.
- Perfecto ya que he constituido otra compañía aquí en Chile, los contratare a todos o comprare su compañía para que trabajen para mí, me dijiste ¿que su jefe era un tal Julián Rodríguez?,
- Si, como veo tienes todo pensado, miedo me das, - Dereck era una persona muy ambiciosa, anhelaba ese tesoro. – pronto escuchare el nombre de Industrias Weber
- Seguro que sí, seguro que si – mientras Dereck soñaba despierto

Dereck le había proporcionado un pasaje en un barco con bandera holandesa, que le dejaría en Ámsterdam, allí los contactos de Dereck le acompañarían a Berlín en aquellos momentos asediada por los aliados, era una misión muy peligrosa y descabellada, ya que casi todo el mundo hacia el camino contrario, pero entendía por qué lo estaba haciendo, principalmente por su familia.

La cámara acorazada en Chile se abrió por primera vez después de su cierre hacía unos tres años, Frederick le había dicho las calves a Dereck Weber, para que la cámara acorazada en ginebra, Dereck pudiera abrirla el solo, ya que, en ese tiempo, Frederick estaría con su familia a salvo en cualquier parte y viviendo una vida normal, no quería saber nada de esa locura del tesoro de los judíos. En el momento de abrirla estaban los dos juntos delante de la cámara acorazada.

- ¡!Fantástico Frederick!! – mientras observaba esas riquezas, montones y montones de oro, además de objetos preciosos, que iluminaban aquel oscuro lugar
- La gente del gobierno no sabe cuánto hay, es incalculable
- ¿Seguro que no quieres participar?
- No, gracias, Dereck, solo te pido que no contactes más conmigo, déjame al margen de todo, ya te lo he dado todo, hasta información técnica, - hacía tiempo en el norte de Chile, había grabado un película y dejado un copia de los documentos que le había entregado a Dereck, no se fiaba de Dereck, ni de nadie, más con esa gran cantidad de dinero, por eso los había escondido en una cueva, sabía que había creado un problema y que la avaricia de Dereck era mayor que la de Hitler, por eso para despistar a Dereck, revisitar por última vez la cueva, le dijo que iba a visitar un viejo amigo en el norte, cosa que no levanto ni la más mínima sospecha en Dereck.
- Tus deseos son ordenes, cuando cojas ese barco nuestros caminos se separan para siempre – mirando con codicia todo ese dinero
- Eso espero

Se despido de Dereck y a la mañana siguiente tomaba el barco hacia Europa, quedaban años atrás en Chile, donde había aprendido español, en esos momentos tuvo añoranza de su habitación del hotel, que durante años había sido su casa, los empleados del hotel lo conocían y lo saludaban, en cierta forma se dejaba en Santiago a su familia Chilena, por decirlo de alguna forma.

Para no levantar sospechas, Dereck había arreglado que el barco fuera de mercancías, Frederick seria parte de la tripulación, en concepto de ayudante cocinero, aunque Frederick no sabía cocinar y nunca pisaría la cocina. No tardo en confraternizar con la tripulación, su carácter afable y amigable le ayudo, todos le llamaban "el alemán", la tripulación estaba compuesta por gente de diferentes nacionalidades, sobre todo asiáticos, por lo que hablaban principalmente en francés o inglés, aunque el barco tenía bandera holandesa, solo el capitán era holandés, de Hengelo, una ciudad cerca de la frontera con Alemania. Con el capitán hablaba bastante, ya que era el único que hablaba alemán.

El viaje debería ser de varios meses en ese barco, por lo que tenía que acostumbrarse a las rutinas de la tripulación, cosa que no le importaba, no tenía que trabajar, por lo que pasaba gran parte del tiempo leyendo algún libro, o paseando por cubierta, donde coincidía con el capitán, mientras hablaban del día a día del viaje.

Una mañana diviso el puerto de Ámsterdam, había llegado a Europa, tras meses de viaje. Después de hacer puerto, se despidió de la tripulación y se dirigió al punto de encuentro con el contacto de Dereck, era un motel en Ámsterdam, a allí llamo al número de teléfono que le proporciono Dereck, estaban esperando su llamada. Holanda estaba destrozada, por las calle se veía la miseria y el paso de la guerra, la gente pasaba hambre y dependían de las ayudas de los aliados, no tenían gobierno, el único que tenían era provisional y estaba formado por militares de los aliados, hasta que reconstruirán el país. A los pocos días, llego una persona preguntando por él, le dijo que hiciera el equipaje y que le acompañara.

- ¿Frederick?
- Si, ¿quién pregunta?
- Thomas, soy su contacto para llevarlo a Berlín – Frederick confió en ese hombre ya que no tenía más remedio, podría ser un agente del gobierno o cualquier otra cosa, pero su corazonada decía que debía confiar en él,
- Le esperaba
- No tenemos tiempo que perder, tenemos muchos kilómetros que hacer, solo le dejare en las líneas

enemigas, pasar a Berlín tendrá que ser cuestión suya, ¿De acuerdo? – era el trato que había cerrado con Dereck, Frederick creía que le ayudaría a cruzar la línea enemiga, pero si le aproximaba sería suficiente.

- De acuerdo

Subieron el Citroën de Thomas y se dirigieron a las líneas enemigas, en poco tiempo, empezaron a ver en las carreteras refugiados que se dirigían en sentido contrario y muchos soldados, casi todos norteamericanos, que no hacían preguntas, llegaron a un pueblo que estaba en la línea de combate, allí Thomas se despidió.

- Bueno Frederick, espero que tenga suerte y salve a su familia, aquí nos despedimos, podrá pasar el frente, si se va por aquellas colinas, no son objetivos militares y luego es cuestión de suerte, espero que la tenga.
- Muchas gracias,

Siguió el consejo de Thomas, cruzo la colina, por la noche ya estaba en el bando alemán, casi no había tenido problemas. Por la mañana se dirigió a la carretera que le llevaría a Berlín, allí vio a muchos refugiados que intentaban salir de la zona alemana, los aliados en el frente los dejaban pasar ya que los ejércitos alemanes estaban muy debilitados.

El seguía el camino contrario, cosa que extrañaba a la gente, vio un comando que se dirigía a Berlín, les dijo que quería unirse a la batalla para defender Berlín, cosa que hizo que le incorporase en su comando y lo llevarían a Berlín, uno de los soldados se le quedo mirando y le hablo.

- Te conozco, tú eres Frederick Fraser
- Si – no quería ocultar su identidad
- Lo sé, porque te vi muchas veces en el cuartel de la Gestapo en Berlín
- Efectivamente soy yo

- ¿Qué haces aquí?
- Vuelvo a defender nuestra patria,
- Te honra tu decisión, necesitamos hombres en estos tiempos de desastre para nuestra patria, bienvenido, compañero.
- Gracias

Por alguna razón, el soldado que había conocido en el comando había hablado de más, cuando llegaron a Berlín, dos oficiales, se dirigieron a él,

- Frederick Fraser, podría acompañarnos con nosotros
- ¿Por qué?
- Un viejo amigo quiere hablar con usted
- ¿Quién?
- El comandante Rudolf -Frederick se le helo el cuerpo, otro fantasma del pasado aparecía y no para felicitarle
- Si no hay remedio,
- No es una sugerencia, es una orden

Frederick los acompaño y se dirigieron a los cuarteles de la Gestapo, allí les esperaba Rudolf, los cuarteles parecían totalmente diferentes, no había gente entrando y saliendo, estaban atrincherados, con metralletas y soldados vigilando el perímetro, al entran ya no había recepcionistas, ni secretarias, ni personal civil, todo estaba de cualquier forma y muchos militares. Al entrar en el despacho de Rudolf, continuaba igual, pero con cajas de municiones en los rincones.

- ¿Cuánto tiempo Frederick? Pensaba que estabas muerto, no sabíamos nada de ti
- Si mucho tiempo,
- Como ves esto es el fin, pronto perderemos la guerra y la gloriosa Alemania dejara de existir, pero ¿qué haces aquí?
- Salvar a mi familia

- ¿Te puedo ayudar?
- Creo que sí, ¿puedes ayudarme a localizarla?
- Dime donde están y les pondremos a salvo, otra cosa ya habéis abierto la cámara acorazada, hace tiempo que no hablo con Dereck – Frederick se quedó de piedra
- ¿Cómo sabes lo de Dereck?
- Bueno es una larga historia, pero cuando estábamos investigándole, Dereck por alguna razón conocía la existencia del tesoro judío, me propuso un trato, yo a cambio de eso, le dije que delatara algunos de sus colaboradores para que la cúpula se quedara tranquila, cosa que hizo sin ningún problema, le di cobertura aquí en Alemania a Dereck, le ayude a escapar a Uruguay, hace tiempo, me informo que ya había contactado contigo. ¿Estás en esto con nosotros? – quería saber si compartiría el pastel con alguien mas
- No quiero saber nada, solo quiero salvar mi familia
- Como quieras, pero por nuestra amistad te ayudare – no había amistad lo hacía para que se quitara de en medio
- Gracias
- ¿Dónde viven?
- 120 de Friedrichstraße, en casa de mis suegros
- No hay problema, te llevo yo ahora y los ves

Rudolf le llevo a la dirección que le dijo en su Jeep, al llegar todo eran escombros, pregunto a la gente, le dijeron que hacía dos días en el bombardeo la casa había sido destruida, que creían que no había supervivientes, esto mino la moral de Frederick. Estuvo días y semanas buscándolos, pero sin un resultado positivo, habían desaparecido de la tierra, un día le avisaron que habían encontrado los restos de una mujer y dos niños que coincidían con la descripción que él decía, fue directamente a verlos.

- Los hemos encontrado esta mañana haciendo limpieza en la zona de Friedrichstraße, ¿Puede reconocerlos? – el soldado médico-forense le quito las sábanas a los cadáveres que estaban en una plancha metálica

- Si son ellos – los ojos se le inundaron de lágrimas, estaba desolado, el mundo se le vino abajo, lo había perdido todo.

Salió de la morgue improvisada, bajo por las calles, "la culpa" le inundaba, otra vez ella, lo había perdido todo, se dirigió al motel y se encerró en su habitación. Pasaron días y semanas, solo salía cuando sonaban las sirenas de bombardeo, muchas veces en medio de la calle, se paraba y decía que le cayera una bomba encima de él, que terminara el sufrimiento, pero siempre había un alma caritativa, que le salvaba la vida.

No tenía razón de vivir, lo había perdido todo, por un estúpido y absurdo proyecto, que al final no había obtenido ningún provecho, de camino se encontró un cadáver de un soldado, por una extraña razón, le llamo la atención, se agacho y miro su placa y tenía el nombre de Gustav Greeson, al principio le pareció chocante, pero luego se reconoció en ese nombre, cogió el cuerpo del soldado y se intercambió las ropas, quería cambiar de vida e identidad, para olvidar, dejando toda su documentación en el cuerpo del soldado muerto, el cogiendo la del soldado, transformándose en Gustav Greeson, soldado de primera.

Con su nueva identidad se dirigió a la columna de refugiados que intentaban salir de Berlín, se quitó las insignias y demás distintivos militares y fue en dirección al frente aliado, para pedir refugio y su rendición. Tras varios días caminando, llego al frente, allí se rindió y paso al lado aliado, donde fue a un campo de concentración con otros soldados.

En 1945, cuando termino la guerra, los campos de refugiados estaban llenos de soldados alemanes, los aliados no podían controlar tanta gente, por lo que, decidieron hacer convoyes y enviar a estos soldados a sus pueblos o donde ellos quisieran,

Frederick dijo que si podían enviarle a Francia, por suerte de Frederick, ahora Gustav, le enviaron a Francia, a la afueras de Paris, allí pudo conseguir un billete de tren hasta la frontera en España, ya que su objetivo era irse a España, conocía el español y podría trabajar allí, además el régimen de franco era permisivo con los alemanes, podría tener suerte y rehacer la vida como Gustav Greeson.

Estuvo un día para llegar a la frontera, allí cambio de tren y entro en España, la primera estación que paro fue en Girona, al bajar, el país estaba igual que el resto de Europa, gente pobre y pasando una post guerra, en España durante algunos años antes, debido a su guerra civil, pero allí parado en la estación de Girona, se dijo.

"Bienvenido a tu nueva vida, Gustav Greeson"

Capítulo 17

"Un judío y una chilena"

Santiago, 20 Noviembre 2015

Ya hace tiempo que paso eso del tesoro de los judíos, ahora vivo en Santiago, me traslade de Nueva York aquí, fue una gran decepción el encontrar las cámaras acorazadas vacías, pero alguien hace mucho tiempo fue más listo que nosotros, tiempo y años buscando el dinero para nada, pero no me extraña que siempre hubiera un misterio en el tema, ya que había una fuerza muy grande en cada paso que nosotros dábamos, destruyendo pistas y dificultando todo.

Finalmente, encontré la última hoja de la libreta de Andrés, no sé por qué motivo llego a manos de Armando, pero no pregunte, en esa hoja, explicaba que industrias weber estaba detrás de todo este asunto, que seguramente fueron ellos los que mataron a Andrés, no querían que se supiera la verdad, pero entre cielo y tierra, no se esconde nada, ahora Dereck Weber, el filántropo y multimillonario, estaba retirado en su propia isla, era su hijo Oscar Weber el que llevaba el negocio, hay que tener cuidado con esa gente, por ese motivo me mantengo al margen.

Mi trabajo de agregado comercial en embajada israelí en Chile no va mal, pongo en contacto empresas israelitas con chilenas, nada de espionaje o nada parecido, todo comercial, me llevo mi comisión y las promociono, yo también me he retirado de eso, por lo menos sobrevivo.

Al final fui a por Silvana en la finca de Armando, tras eso tuvimos un romance, al final nos casamos, mis hijos pasan temporadas con nosotros y estamos esperando un hijo, al final la que no quería casarse, quiere después de este, otro niño, creo que he despertado una bestia.

Silvana sigue trabajando en el gobierno, pero en otro departamento, en hacienda y contribuciones, algo más tranquilo y menos emocionante.

En referencia a Juan, sé que se fue a escocia, no sé si seguirá allí, no tengo mucho contacto, después del incidente con Aaron, no hemos tenido contacto, por una extraña razón, el asesinato de Aaron se ocultó, no le interesaba a nadie. Por lo que respecta a Iván, dejo esto y ahora tiene una compraventa de coches de lujo en Madrid, los compra por toda Europa y se los vende a los países de Europa del este, creo que hace algo más, pero no estoy seguro, después de lo que paso, hizo amistades peligrosas con la mafia rusa.

Armando fue condenado por narcotráfico, pero estuvo poco tiempo en la cárcel, compro a los jueces y ahora está en la calle, haciendo otra vez sus negocios, ya que volvió abrir sus laboratorios en el norte del país, solo me puse en contacto con él, por la ultima hoja de las notas de Andrés, por lo que pude averiguar, en esas notas, además de estar involucrado industrias weber en el asunto, explica por qué me buscó, porque era el que menos estaba metido en el tema, supongo que fue una casualidad, pero no le doy más importancia, ya que su idea era ponerse en contacto con el gobierno israelí y darles la información, para obtener protección, ya que su vida estaba en peligro, debido que había descubierto el que estaba moviendo los hilos y no se fiaba de nadie.

Mi vida ahora es tranquila, tengo una casa a las afueras de Santiago, me limito a ir a mi despacho en el centro, ya que cree una empresa de representación empresarial, ir a la embajada, pasear al perro y los fines de semana disfruto de mi familia, no puedo pedir más.

Todo aquello queda como un sueño, algo pasado, que se vivió, pero que no volverá más.

Dear Natasha

Notas del Autor

Con esta historia de "Querida Natasha" o "Dear Natasha", intento hace un retrospectiva de los sentimiento humanos, que difícil es relacionarnos entre nosotros, en todos los niveles, aunque el tema principal pueda parecer la historia de Juan y Natasha, incluso el nombre del libro es "Dear Natasha", por la constante correspondencia que tenían entre ambos, esta historia trasciende más allá de ellos, siempre visto desde los ojos de su único hijo Philip, que como fiel documentalista, describe con pleno detalle lo sucedido entre sus padres. Pero la historia más allá, contando las relaciones familiares, la añoranza, los recuerdos, la vivencias y en definitiva todas las sensaciones, que por los años recolectamos y hemos vivido, por ese motivo este libro está dentro una colección que he titulado "colección de los recuerdos revividos", debido a que, con este libro, cuando mis personajes recuerdan, reviven cada minuto esos recuerdos, es humano recordar y añorar, nos hace marcarnos metas y objetivos. La Historia está enmarcada dentro de un sistema de encriptación y un tesoro inmenso por descubrir, al más estilo de las novelas de aventuras y piratas, donde los principales personajes del libro ni son buenos, ni son malos, solo víctimas de las circunstancias en las que vivieron. El libro promete una serie de cosas, esperando que el lector le guste, misterio, aventuras, ciencia, política, espías, inmigración, empezar de cero, temas sociales, empresas, universidades, historia y un bonito relato entre Natasha y juan.

Espero que te guste "Dear Natasha".

Edimburgo junio 2022

Biblioteca - Josep Daniel Llopis

Dear Natasha

Printed in Poland
by Amazon Fulfillment
Poland Sp. z o.o., Wrocław

90427861R00289